廣州話
俗語詞典

（增訂版）

歐陽覺亞　周無忌　饒秉才　編著

商務印書館

廣州話俗語詞典(增訂版)

編　　著：歐陽覺亞　周無忌　饒秉才

責任編輯：鄒淑樺

封面設計：張　毅

出　　版：商務印書館(香港)有限公司
　　　　　香港筲箕灣耀興道 3 號東滙廣場 8 樓
　　　　　http://www.commercialpress.com.hk

發　　行：香港聯合書刊物流有限公司
　　　　　香港新界荃灣德士古道 220-248 號荃灣工業中心 16 樓

印　　刷：中華商務彩色印刷有限公司
　　　　　香港新界大埔汀麗路 36 號中華商務印刷大廈

版　　次：2021 年 3 月第 1 版第 2 次印刷
　　　　　© 2018 商務印書館(香港)有限公司
　　　　　ISBN 978 962 07 0525 0
　　　　　Printed in Hong Kong

前　言

　　我們現在這本書的前身是《廣州話俗語詞典》，從內容上看，它包括廣州話常用的俗語、諺語和歇後語。為甚麼當時只叫俗語詞典？我們的考慮是該書當時所收錄的詞條數量還不算很多，而諺語歇後語的比例相對比較少，籠統叫俗語詞典就可以了。該書面世以後想不到受到社會上的普遍歡迎，這對我們是極大的鼓舞。為了滿足廣大讀者的需求，我們大家下決心進一步豐富它、完善它，儘量把廣州話常用的俗語諺語歇後語都包羅進來。經過5、6年的努力，我們又收集到為數不少的俗語、諺語和歇後語素材。經過認真的挑選加工之後補充詞條，作為增訂版重新出版。

　　經過多年的搜集加工工作，我們最後從眾多的素材中選取了1300多條比較滿意的詞條增補進去。現在看來，本詞典可以説是名副其實的廣州話俗語諺語歇後語詞典了。它將以嶄新的面貌與讀者見面。我們衷心希望讀者對它提出寶貴的意見。

　　在增補工作過程中，我們除了參考同行們的有關著作之外，還吸取社會上提供的素材來豐富本書的內容。在這當中主要有魏偉新的《粵港俗語諺語歇後語詞典》，它對我們很有參考作用；本書的熱心讀者台灣桃源縣的謝明燈先生多次給我們提供了數百個用以補充的詞條；清遠市的酈雲老師數次給我們提供了為數不多但很實用的俗語詞條，這些都是修訂本詞典很重要的素材，起到錦上添花的作用。我們對他們表示衷心的謝意。

編著者

2017 年 5 月

目　錄

詞條索引表

本表按詞條首字筆畫數排列，同筆畫的字，則按字的起筆，以橫（一）、豎（丨）、撇（丿）、點（、）、折（一）為序；首字相同，則按次字語音次序排列。詞條右邊的號碼是詞典正文的頁碼。

十四　畫

A

亞崩吹簫，嘥聲壞氣 a³ beng¹ cêu¹ xiu¹, sai¹ séng¹ wai⁶ héi³

〔歇後語〕亞崩：對兔唇或缺門牙的兒童或青年的昵稱；嘥：浪費。缺了門牙的人吹笛子，既費氣又吹不好。形容人說話得不到好的效果，白費口舌。 例 講咁多佢都唔信，真係亞崩吹簫，嘥聲壞氣（說了那麼多它都不信，白費口舌）。

亞崩叫狗，越叫越走 a³ beng¹ giu³ geo², yüd⁶ giu³ yüd⁶ zeo²

〔歇後語〕缺了門牙的人說話不清楚，連狗也聽不清叫它幹甚麼，以為是趕它走。 例 佢哋唔知係唔係怕我，個個都係亞崩叫狗，越叫越走（他們不知是不是害怕我，個個都越叫越不願意來）。

亞崩買火石，揻過先知 a³ beng¹ mai⁵ fo² ség⁶, kig¹ guo³ xin¹ ji¹

〔歇後語〕揻過：互相碰撞過；先知：才知道。比喻要經過較量之後才知道誰強誰弱。 例 你話邊個贏，亞崩買火石，揻過先知（你說誰贏，比過才知道）。

亞崩咬狗虱，唔死有排慌 a³ beng¹ ngao⁵ geo² sed¹, m⁴ séi² yeo⁵ pai⁴ fong¹

〔歇後語〕狗虱：跳蚤；有排：有一段時間。缺牙人咬跳蚤，咬不死也讓跳蚤嚇個半死。比喻人遇到驚險，被嚇得夠戧。

亞崩劏羊，嗁都冇得嗁 a³ beng¹ tong¹ yêng⁴, ngé¹ dou¹ mou⁵ deg¹ ngé¹

〔歇後語〕劏：宰；嗁：羊叫聲，哀鳴。被宰殺的動物，毫無掙扎能力。比喻人在強敵面前，害怕得不敢吭聲。 例 嗰只賊仔畀警察捉住，好似亞崩劏羊，嗁都冇得嗁（那個小偷被警察抓住，一聲不吭）。

亞崩養狗，轉性 a³ beng¹ yêng⁵ geo², jun² xing³

〔歇後語〕轉性：性情或性格發生轉變。多用來形容小孩長大後性格轉變。 例 你嗰仔呢排乖咗好多，好似亞崩養狗，轉性咯嘛（你兒子近來好像變得懂事了）。

亞波校燈，有着有唔着 a³ bo¹ gao³ deng¹, yeo⁵ aêg⁶ yeo⁵ m⁴ zêg⁶

〔歇後語〕亞波：人名；校燈：

A

調整，安裝電燈；着：亮；對。亞波技術不好，安裝的電燈，有的亮有的不亮。"着"是雙關語，還有"對"的意思。 [例] 呢件事，你係亞波校燈，有着有唔着（這件事你有的對有的不對）。

亞保亞勝 a³ bou² a³ xing³

人名的通稱，相當於"張三、李四"。 [例] 我呢度成日都有人嚟，唔係揾亞保就係揾亞勝（我這裏整天都有人來，不是找張三就是找李四）。廣州話稱呼人習慣在人的姓氏或名字之前加上一個"亞"（阿）字，如亞李、亞張，亞強、亞娟等等。普通話多用"老"字加在姓氏之前，稱呼年齡比自己大的人或平輩人；用"小"字加在姓氏或名字之前，稱呼年齡比自己小的人，如老張、老李、小張、小李，或小強、小娟。廣州話對年紀大的人有時也用"老"字，但對青年人多在名字前面除了加"亞"字之外還可以或在後面加"仔""女"，表示愛稱，如強仔、娟女。 [例] 亞曾，你今日得閒嗎（老曾，你今天有空嗎）？｜強仔，叫娟女買個西瓜翻嚟（小強，叫小娟買個西瓜回來）。

亞斗官，二世祖 a³ deo² gun¹, yi⁶ sei³ zou²

〔歇後語〕亞斗：劉備的兒子劉禪；二世祖：雙關語，原指蜀漢的第二代國君劉禪，現在廣州話用來指敗家子。 [例] 有啲人屋企好有錢，但係佢啲仔大使大食，正一亞斗官，二世祖（有些人家裏很有錢，但是他的兒子亂花錢，大吃大喝，十足的敗家子）。"阿斗"舊讀 o¹ deo²，今讀 a³ deo² 是受普通話的影響。"官"指公子哥兒，紈綺子弟。

亞福，福成一鑊粥 a³ fug¹, fug¹ xing⁴ yed¹ wog⁶ zug¹

鑊：鐵鍋。比喻把事情弄得一團糟。 [例] 乜都畀你搞到亂晒，你真係阿福，福成一鑊粥咯（甚麼都讓你弄亂了，你真是個二百五，搞得一塌糊塗）。

亞均賣大頭魚，好噏唔噏

a³ guen¹ mai⁶ dai⁶ teo⁴ yü⁴, hou² ngeb¹ m⁴ ngeb¹

〔歇後語〕噏：嘴巴動，比喻說話。民間故事：亞均賣大頭魚，有顧客看到他的魚嘴巴不動，嫌魚不新鮮不買。顧客離去後，魚的嘴巴又動了，亞均氣得罵魚"你好噏唔噏"，意思是嘴巴該動時不動，不該動時卻動。人們用這話來責備人該說不說，而不該說的卻亂說。 [例] 喺貴賓面前，你講話要注意，咪

學亞均賣大頭魚，好喰唔喰
（在貴賓面前，說話要注意
點，別不該說的亂說）。

亞支阿佐 a³ ji¹ a³ zo³

這樣那樣，又這又那。形容人
在旁指手畫腳。　例　你咪喺度
亞支亞佐（你別在這裏打岔）。

亞奇生阿奇，奇上加奇 a³ kéi⁴

sang¹ a³ kéi⁴, kéi⁴ sêng⁶ ga¹ kéi⁴

〔戲謔語〕非常奇怪。　例　嗽嘅
事都會有，真係亞奇生亞奇，
奇上加亞奇咯（這樣的事都會
有，真是奇之又奇了）。

亞蘭嫁阿瑞，大家累鬥累 a³ lan⁴

ga³ a³ sêu⁶, dai⁶ ga¹ lêu⁴ deo³ lêu⁶

〔歇後語〕阿蘭：女子名；阿
瑞：男子名。阿蘭和阿瑞工作
與生活都很勞累。兩人結婚之
後，彼此仍不能互相照顧，反
而相互牽累。常用來比喻兩個
人合作得不好，起不到互補或
促進的作用。又說「阿蘭嫁阿
瑞，累上加累」。

亞蘭賣豬，一千唔賣賣八百

a³ lan⁴ mai⁶ ju¹, yed¹ qin¹ m⁴ mai⁶
mai⁶ bad³ bag³

〔歇後語〕相傳以前有一位村婦
叫亞蘭，她到集市上出售她自
己養的四頭肥豬，起初有人出
價一千元買她這四頭豬。亞蘭
認為一千元價錢太低，買賣不
成交。到了下午快收市了，別
的買主只出價八百元。亞蘭只
好忍痛賣了。後來人們用「亞
蘭賣豬，一千唔賣賣八百」這
個歇後語來取笑那些不知足而
做事又不當機立斷的人。　例
人哋開價一百文你都唔賣，到
時候你就亞蘭賣豬，一千唔賣
賣八百喇（人家開價一百元你
都不賣，到時候你就賣不到這
個價了）。

亞六捉蛤，焗住 a³ lug⁶ zug¹ geb³, gug⁶ ju⁶

〔歇後語〕捉蛤：捉田雞；焗住：
悶着，轉指不得已而為之。人們
晚上到田野捉田雞都是帶燈或
火把去照，但阿六卻用煙火來
焗（燻）。借指辦某一事只是「焗
住」（被迫）去做。　例　呢次我哋
嗽樣做，好似阿六捉蛤，焗住呀
（這次我們這樣做是出於無奈，
沒辦法呢）。

亞聾送殯，唔聽佢支死人笛

a³ lung⁴ sung³ ben³, m⁴ téng¹ kêu⁵ ji¹
séi² yen⁴ dég⁶⁻²

〔歇後語〕亞聾：聾人；笛：
嗩吶。聾人參加送殯，聽不到
由笛子吹奏的哀樂。「死人笛」
是雙關語，兼指討厭的話語、
說教。　例　你唔好講咁多咯，
大家都好似亞聾送殯，唔聽
你支死人笛咯（你別說那麼多
了，大家都好像不願意聽你說
教了）。

A

亞聾賣布，唔講呢疋（筆）

a³ lung⁴ mai⁶ bou², m⁴ gong² ni¹ ped¹

〔歇後語〕呢疋：這一疋。因
"疋"與"筆"音近。"唔講呢
疋"，即不說這事，不願談論
這一話題。 例 得喇得喇，我
哋係亞聾賣布，唔講呢疋（得
了得了，咱們不講這一件事）。

亞聾燒炮，得陣煙

a³ lung⁴⁻² xiu¹ pao³, deg¹ zen⁶ yin¹

〔歇後語〕聾人放鞭炮，聽不見
聲音，只看見一陣煙。比喻甚
麼都得不到。 例 搞來搞去，
好似亞聾燒炮，得陣煙（搞來
搞去，甚麼東西都得不到）。

亞聾養雞，啼（提）都唔啼（提）

a³ lung⁴⁻² yêng⁵ gei¹, tei⁴ dou¹ m⁴ ti⁴

〔歇後語〕啼：與提同音。聾
人聽不到聲音，以為雞沒有
啼。指人對某事一字不提。
例 呢件事佢覺得好丟架，就一
於阿聾養雞，啼都唔啼（這件
事他以為很丟人，以後連提都
不提了）。

亞茂整餅，冇嗰樣整嗰樣

a³ meo⁶ jing² béng², mou⁵ go² yêng⁶ jing² go² yêng⁶

〔歇後語〕整餅：做餅；冇嗰樣
整嗰樣：沒有那樣做那樣。舊
時廣州著名酒家蓮香樓有一名
點心師傅，人叫"亞茂"。他
工作很負責，做的點心很受顧
客歡迎。他每天都注意顧客喜
歡甚麼樣的點心，凡是賣完了
的，他就趕快生產。人們形容
亞茂做餅"冇嗰樣整嗰樣"。
這句話本來是讚揚亞茂的，
但後來慢慢變成了形容人沒事
找事做，多此一舉等消極意義
了。例 你唔好搞咁多花樣喇，
咪好似亞茂整餅，冇嗰樣整嗰
樣嘅啦（你別搞那麼多花樣，
不要沒事找事幹了）。

亞婆髻，安嘅

a³ po⁴ gei³, ngon¹ gé³

〔歇後語〕老太太的頭髮稀疏，
頭上裝上假髮髻。"安"是雙
關語，其一是安裝，其二是編
造。這裏指人編造事實。 例
我睇你講嘅嘢係亞婆髻，安嘅
（我看你說的事是編造的）。

亞駝跌落水，到底都唔掂

a³ to⁴⁻² did³ log⁶ sêu², dou³ dei² dou¹ m⁴ dim⁶

亞駝：駝背的人。到底：到水
底；又指最後。唔掂：不直；
又表示不妥當、不順利。指到
水底都是不直的，雙關指到最
後都不順利。 例 嗰單嘢，亞
駝跌落水，到底都唔掂，冇成
功（那件事最終都不順利，沒
做成）。

亞駝賣蝦米，大家都唔得掂

a³ to⁴⁻² mai⁶ ha¹ mei⁵, dai⁶ ga¹ dou¹ m⁴ deg¹ dim⁶

〔歇後語〕唔得掂：雙關語，

原意是弄不直，引申為沒辦法、不得了、對付不了等。

例 呢個古董好聲搬呀，打爛咗就亞駝賣蝦米大家都唔得掂喇（這個古董要小心搬，打破了就不得了啦）。

亞威阿水 a³ wei¹ a³ sêu²

亞威亞水都是人名，即亞威或者亞水，相當於普通話的 "張三李四"。

B

巴掌生須，係噉個底 ba¹ zêng² sang¹ sou¹, hei⁶ gem² go³ dei²

〔歇後語〕係噉：是這樣的。指人要在手掌裏長鬍子是不可能的。轉指人的能力有限，僅僅如此，沒有那個本事。 例 呢個人經驗唔夠，巴掌生須，係噉個底（這個人經驗不足，能力有限，就是這個水準）。

把口喰過油 a² heo² long² guo³ yeo⁴

喰：漱，涮。嘴巴用油漱過那麼滑，形容人說話油嘴滑舌的。 例 你講話好似把口喰過油噉，做推銷員就啱喇（你說話嘴巴太滑了，做推銷員就對了）。

把口唔修 ba² heo² m⁴ seo¹

口：嘴。嘴巴無遮攔，說話缺德。 例 佢把口唔修，成日得罪人（他說話缺德，老是得罪人）。

霸巷雞乸 ba³ hong⁶ gei¹ na²

雞乸：母雞。在街巷裏稱霸的母雞。比喻霸道的人，一般指女性。 例 你唔好惹佢呀，佢係霸巷雞乸嚟㗎（你別招她，她又潑辣又霸道）。

八仙吹喇叭，不同凡響 bad³ xin¹ cêu¹ la³ ba¹, bed¹ tung⁴ fan⁴ hêng²

〔歇後語〕形容某些人或事物表現突出，與眾不同，很有特點。多用來比喻人的表現、成就等卓越出眾。 例 佢呢次演講直程係八仙吹喇叭，不同凡響（他這次的演講簡直是很了不起）。

八卦新聞 bad³ gua³ sen¹ men⁴⁻²

八卦：多指封建意識濃厚的人的舉動，也指好管閒事，愛搬弄是非。八卦新聞專門報導社會名人特別是演藝界名人的隱私的無聊新聞。 例 小報都中意賣埋啲八卦新聞（小報都喜歡刊登那些無聊新聞）。

八字生得正 bad³ ji⁶ sang¹ deg¹ zéng³

形容人的命運好。

八月八，蚊大過鴨 bad³ yüd⁶ bad³, men¹ dai⁶ guo³ ngab³

形容農曆八月以後蚊子多而且叮人厲害。

八月十五雲遮月，正月十五雨紛飛 bad³ yüd⁶ seb⁶ ng⁵ wen⁴ zé¹ yüd⁶, jing¹ yüd⁶ seb⁶ ng⁵ yü⁵ fen¹ fei¹

〔農諺〕農曆八月十五的時候如果是陰天，那麼到來年正月元宵節時，將會是雨紛紛的天氣。

八月天，秋風緊 bad³ yüd⁶ tin¹, ceo¹ fung¹ gen²

〔農諺〕到了農曆八月，秋風陣陣，已進入秋高氣爽的季節，天氣逐漸變得涼爽了。

八月種番薯，好過四月借米煮 bad³ yüd⁶ zung³ fan¹ xu⁴, hou² guo³ séi³ yüd⁶ zé³ mei⁵ ju²

〔農諺〕農曆八月種番薯雖然遲了一點，但還會有收成，這樣到了來年春天不至於向人借米下鍋了。

伯父個老婆，伯母（百冇） bag³ fu⁶ go³ lou⁵ po⁴, bag³ mou⁵

〔歇後語〕伯父之妻就是伯母。伯母與"百冇"同音，比喻甚麼都沒有。 例 呢次火燭好多屋都燒晒，真係伯父個老婆，百冇咯（這次火災許多房子都燒了，甚麼東西都沒有了）。

伯父拍烏蠅 bag³ fu⁶⁻² pag³ wu¹ ying⁴⁻¹

伯父：老年人，這裏借指塘虱（鬍子鯰）；烏蠅：蒼蠅。用蒼蠅比喻黑豆。一種菜餚，即黑豆燒鬍子鯰，廣州話叫"黑豆炆塘虱"。

伯爺婆穿針，離得遠 bag³ yé⁴⁻¹ po⁴⁻² qun¹ zem¹, léi⁴ deg¹ yün⁵

〔歇後語〕伯爺婆：老太婆。由於老人眼睛遠視，穿針時要離得遠一點才能看得清楚。指兩件事沒有甚麼關聯。

百斤加一，有你唔多，冇你唔少 bag³ gen¹ ga¹ yed¹, yeo⁵ néi⁵ m⁴ do¹, mou⁵ néi⁵ m⁴ xiu²

〔歇後語〕挑東西時挑一百斤再加一斤，不算太重，減少一斤也輕不了多少。意思是"有你無你都是無足輕重的"。 例 你算乜嘢吖，百斤加一，有你唔多，冇你唔少（你算甚麼，有你不算多，沒你不算少）。

百年歸老 bag³ nin⁴ guei¹ lou⁵

婉辭。指人活到一百歲以後最終逝世了，相當於普通話"百年之後"。 例 等佢百年歸老之後再講啦（等他百年之後再說吧）。

百足咁多爪 bag³ zug¹ gem³ do¹ zao²

百足：蜈蚣；爪：昆蟲的腿、腳。意思是像蜈蚣那麼多腿。一般用來形容人愛走動，一天到處亂走，別人很難找得到他。 例 佢八足咁多爪，去邊度搵佢呀（他像蜈蚣那麼多腿，到那裏找他去）！又説"百足咁多腳"。

白菜煮豆腐，一清二白 bag⁶ coi³ ju² deo⁶ fu⁶, yed¹ qing¹ yi⁶ bag⁶

〔歇後語〕白菜煮豆腐，沒有作料，又青又白。比喻為人清白，不謀私利，公務員廉潔奉公，兩袖清風。普通話有"小葱拌豆腐，一清二白"一説。

白花蛇浸酒，冇功效 bag⁶ fa¹ sé⁴ zem³ zeo², mou⁵ gung¹ hao⁶

〔歇後語〕用白花蛇泡酒沒有藥效。要用眼鏡蛇、五步蛇、金環蛇、銀環蛇等毒蛇才行。指某種藥物對治療某種病沒有效力，也指某種措施沒有作用。 例 你呢個辦法係白花蛇浸酒，冇功效嘅（你這個辦法完全沒有作用）。

白露水，冇益人 bag⁶ lou⁶ sêu², mou⁵ yig¹ yen⁴

〔歇後語〕冇益：沒有益處，無利於。白露節氣，在 9 月 7、8 號或 9 號之間，民間認為這時的天氣已經變涼了，下雨對人或莊稼都不利。"冇益人"表示無益於他人，甚至有損於他人。 例 你做呢個工程只顧你自己，白露水，冇益人（你做這個工程只顧你自己，損害了別人）。

白鴿眼，附旺唔附衰 bag⁶ geb³ ngan⁵, fu⁶ wong⁶ m⁴ fu⁶ sêu¹

〔歇後語〕旺：興旺發達；衰：倒霉、衰落、敗落。傳説鴿子喜歡興旺而富有的人家，而不願意依附貧窮衰落的家庭。比喻喜歡攀附權貴而遠離窮親戚窮朋友的人。 例 有啲人喜富厭貧，正一白鴿眼，附旺唔附衰（有的人喜富厭貧，就像鴿子依附富人而離棄窮人一樣）。

白蟻飛，雨淋漓 bag⁶ ngei⁵ féi¹, yü⁵ lem⁴ léi⁴

〔農諺〕帶翅膀的白蟻從巢穴裏成群地飛出來時，預示着大雨將至。

白蟻蛀觀音，自身難保 bag⁶ ngei⁵ ju³ gun¹ yem¹, ji⁶ sen¹ nan⁴ bou²

〔歇後語〕木雕泥塑的觀音菩薩被白蟻蛀爛了，自己也保不住自己，怎麼能夠去保佑別人的平安呢。相當於"泥菩薩過海，自身難保"。 例 呢次我都白蟻蛀觀音自身難保咯，點有力量去幫你呢（這次我都成了泥菩薩過海自身難保了，哪裏有能力去幫你呢）。

白糖炒苦瓜，同甘共苦 bag⁶ tong⁴ cao² fu² gua¹, tung⁴ gem¹ gung⁶ fu²

〔歇後語〕白糖是甜的而苦瓜是苦的，兩樣東西一起炒，其味道又甜又苦，比喻同甘共苦。 例 你哋兩個十幾年嚟好

似白糖炒苦瓜同甘共苦呀（你
們兩個十幾年來同甘共苦真難
得啊）。

白雲山放大炮，驚天動地

bag⁶ wen⁴ san¹ fong³ dai⁶ pao³, ging¹ tin¹ dung⁶ déi⁶

〔歇後語〕舊時廣州北部的白雲
山每天中午鳴炮，炮聲響亮。
比喻事情令人震驚。

白雲山撞雨，冇得避 bag⁶ wen⁴

san¹ zong⁶ yü⁵, mou⁵ deg¹ béi⁶

〔歇後語〕白雲山：位於廣州
市區北部，是個風景區；冇得
避：沒有地方躲避。指過去
的白雲山非常荒涼，沒有建築
物，連躲雨的地方也沒有。指
不可迴避 例 呢次你一定要出
面至得，你係白雲山撞雨，冇
得避咯（這次你一定要出面才
行，你是迴避不了的）。

白雲山蟋蟀，得把聲 bag⁶ wen⁴

san¹ xig¹ sêd¹, deg¹ ba² séng¹

〔歇後語〕得把聲：只有聲音，
即只會叫喚而已。白雲山開發
以前蟋蟀很多，廣州人常到那
裏捉蟋蟀。但這裏的蟋蟀叫
聲雖然洪亮，卻不善於打鬥。
人們用來比喻人只會叫喊不會
幹。 例 你乜都唔做，成日嘈
嘈閉，好似白雲山蟋蟀，得把
聲嘅嘛（你甚麼都不幹，整天
叫喚，就像白雲山蟋蟀那樣，
只會叫不會幹）。

白鱔上沙灘，唔死一身潺（殘）

bag⁶ xin⁵ sêng⁵ sa¹ tan¹, m⁴ séi² yed¹ sen¹ san⁴

〔歇後語〕白鱔：白鰻魚，又叫
"江鱔"。潺：白鰻魚身上的黏
液，由於"潺、殘"兩字音近，
被借用作殘缺的殘。 例 呢次
佢輸得好慘，我話佢白鱔上沙
灘，唔死一身殘咯（這次他輸
得很慘，我說他不完蛋也元氣
大傷了）。

白翼撲燈火，狂風大雨沱

bag⁶ yig⁶ pog³ deng¹ fo², kong⁴ fung¹ dai⁶ yü⁵ to⁴

〔農諺〕白翼：雌性白蟻，有
翅，能飛；大雨沱：大雨滂沱。
白翼撲燈火，意味着狂風大雨
就會來臨。

白撞雨，潵（讚）壞 bag⁶ zong⁶

yü⁵, zan³ wai⁶

〔歇後語〕白撞雨：有太陽時下
的雨；潵：熱的東西突然變冷，
像淬火那樣。"潵壞"即由於溫
度突然變化，使東西變壞了。
這裏諧音"讚壞"，指人被表
揚、稱讚而變驕傲。 例 你成
日咁表揚佢唔得㗎，我怕會白
撞雨，潵壞佢呀（你整天表揚他
是不行的，這樣會毀了他的）。

擺街邊 bai² gai¹ bin¹

指在街邊設擺擺賣。 例 佢冇
嘢做，惟有擺街邊咯（他沒有工
作，惟有在街邊擺賣當小販了）。

擺烏龍 bai² wu¹ lung⁴⁻²

因為糊塗而弄錯了。 例 你工作太馬虎喇，時時都擺烏龍（你工作太馬虎了，經常都弄錯了）｜呢次又擺烏龍喇（這次又搞錯了）。

拜得神多自有神保佑 bai³ deg¹ sen⁴ do¹ ji⁶ yeo⁵ sen⁴ bou² yeo⁶

指交朋友多了，或者結交一些神通廣大的朋友，關係廣，有事情就會有人關照幫助。

拜神唔見雞 bai³ sen⁴ m⁴ gin³ gei¹

人拿雞去拜神，卻丟了雞，又不知道誰偷了去，只好嘟嘟囔囔的樣子。另一説法是有個窮人買不起雞做供品，在祈禱時便低聲向神解釋，祈求原諒。廣州話用來形容人心裏有意見，嘴裏嘟囔的樣子。 例 調佢去基層工作，佢就成日拜神唔見雞嘅（調他去基層工作，他就整天嘟嘟囔囔的，）。

斑鳩唔食米，死咕咕 ban¹ geo¹ m⁴ xig⁶ mei⁵, séi² gu⁴ gu⁴

指某些地方死氣沉沉，沒有生氣。 例 呢個部門唔夠活躍，好似斑鳩唔食米，死咕咕（這個部門不夠活躍，死氣沉沉）。

扮鬼扮馬 ban⁶ guei² ban⁶ ma⁵

廣州話的"鬼"與"馬"經常連在一起，表示令人討厭或滑稽的東西，如：鬼鬼馬馬（古古怪怪，不正經），鬼五馬六（污七八糟），整鬼整馬（亂搞一氣）等。"扮鬼扮馬"指人裝神弄鬼。 例 你唔好成日扮鬼扮馬嚟嚇細佬哥（你不要整天裝神弄鬼來嚇唬小孩）。

扮豬食老虎 ban⁶ ju¹ xig⁶ lou⁵ fu²

裝扮成豬的樣子來誘捕老虎。形容人裝扮成憨厚愚蠢的樣子來迷惑人以謀取利益。 例 你睇佢裝得好似好笨嘅，其實唔知幾精，扮豬食老虎咋（你看他裝得好像很笨似的，其實精得很，他是裝糊塗的）。

扮嘢 ban⁶ yé⁵

裝模作樣。 例 你唔使喺度扮嘢喇，我都知到晒㗎（你不要在這裏裝模作樣了，我全知道了 ｜ 佢冇咁困難嘅，扮嘢嘅嚟（他沒有那麼困難，裝窮罷了）。

包頂頸 bao¹ ding² géng²

專門跟別人抬槓的人。 例 呢個係包頂頸，邊個同佢都唔啱（這個是抬槓專家，誰跟他都合不來）。

包袱掛門閂，隨時準備走人 bao¹ fug⁶ gua³ mun⁴ san¹, cêu⁴ xi⁴ zên² béi⁶ zeo² yen⁴

〔歇後語〕表明隨時可以離開此地，無意久留。 例 你唔使招呼我，我都包袱掛門閂，隨時準備走人咯（你不必招待我，我是隨時準備走的）。

包尾大翻 bao¹ méi⁵ dai⁶ fan¹

傳統粵劇的一些劇目演到最後時，往往出現眾演員全部出台表演翻跟頭的場面，非常熱烈，叫"包尾大翻"。人們常用來形容某些活動場面精彩熱烈。 例 琴晚個聯歡會最後唔知幾熱鬧，好似包尾大翻噉（昨晚的聯歡會最後不知有多熱鬧，大家歡蹦亂跳）。

包青天斷案，冇得傾 bao¹ qing¹ tin¹ dün³ ngon³, mou⁵ deg¹ king¹

〔歇後語〕包青天：指宋代的包拯；冇得傾：沒有商量的餘地。因為包青天所斷的案件都是鐵案，絕對不能翻案。 例 你要求我破例批准你呀，包青天斷案冇得傾（你要求我破例批准你嗎，沒有商量的餘地）。

包二奶，實聽拉 bao¹ yi⁶ nai⁵⁻¹, sed⁶ ting³ lai¹

〔戲謔語〕二奶：非婚同居的姘婦；實聽：一定，准；拉：抓捕。警告那些非法包養姘婦的人，一旦發現，必然被抓捕法辦。

飽唔死，餓唔親 bao² m⁴ séi², ngo⁶ m⁴ cen¹

唔親：（餓）不着。撐不死，

餓不着。對個人生活狀況的評價，不算富裕也不受窮。總的意見還是對自己的現狀不甚滿意。 例 佢算係就業咯，工資好低，總之飽唔死餓唔親啦（他算是就業了，工資很低，總之撐不死餓不着就是了）。

飽洗身，餓剃頭 bao² sei² sen¹, ngo⁶ tei³ teo⁴

廣東民間認為，餓着肚子洗澡容易頭暈，而肚子吃飽了去剃頭則不好受。所以人們通常要吃過晚飯才去洗澡，而吃飯後不宜立即去理髮。

飽死荷蘭豆 bao² séi² ho⁴ lan⁴⁻¹ deo⁶⁻²

令人討厭而可憐的樣子。青少年人多用的口頭禪。對某人的舉止行為表示討厭時用。 例 我睇見佢就憎喇，飽死荷蘭豆（我看見他就討厭，叫人作嘔）。

飽人唔知餓人飢 bao² yen⁴ m⁴ ji¹ ngo⁶ yen⁴ géi¹

酒足飯飽的人不知道挨餓的人難受。比喻已經得到滿足的人不體恤別人的艱難困苦。普通話也有"飽漢不知餓漢飢"的說法。

爆大鑊 bao³ dai⁶ wog⁶

指突然爆發嚴重事件或爆出驚人新聞。 例 琴日佢哋單位爆大鑊嘅，知道嗎（昨天他們單位爆出大新聞，知道嗎）？

爆血管 bao³ hüd³ gun²

形容人受到重大刺激後的感受，普通話一般用"夠戧"或"頭疼"。 例 個仔唔聽話，畀佢激到我爆血管咯（兒子不聽話，讓他氣得我夠戧）。

爆人陰私 bao³ yen⁴ yem¹ xi¹

揭人老底、隱私。 例 有啲八卦小報中意爆人陰私（有的八卦小報喜歡揭露別人的隱私）。

筆管吹火，小氣 bed¹ gun² cêu¹ fo², xiu² héi³

〔歇後語〕用毛筆管來吹火，所吹出的氣量很小。比喻人的度量小。 例 請人食飯得兩碟餸，真係筆管吹火，小氣到極（請人家吃飯才兩碟菜，夠小氣的）。

北風易得抵，南風凍死仔
beg¹ fung¹ yi⁶ deg¹ dei², nam⁴ fung¹ dung³ séi² zei²

〔農諺〕冬天的時候，人們習慣了寒冷，颳北風雖然寒冷，但還是能忍受。但南風天很暖和，突然轉北風，人們就覺得寒冷難受。

北風吹皇帝，孤寒 beg¹ fung¹ cêu¹ wong⁴ dei³, gu¹ hon⁴

〔歇後語〕孤：皇帝的自稱；孤寒：吝嗇。 例 佢呢份人真係北風吹皇帝，孤寒到極（他這人真是吝嗇到極點了）。

跛腳鷯哥 bei¹ gêg³ liu¹ go¹

跛腳：瘸腿；鷯哥：俗稱八哥兒。瘸腿的八哥兒。廣州話用來形容有嚴重缺陷的人。八哥兒雖然有模仿人說話的能耐，但缺了腿。多用來比喻有嚴重缺陷的人。 例 佢呢個人生得幾好，不過乜都唔會，直程係一隻跛腳鷯哥（他這個人長的還可以，不過甚麼都不會，簡直就是一個低能兒）。

跛腳鷯哥撞到自來蜢 bei¹ gêg³ liu¹ go¹ zong⁶ dou³ ji⁶ loi⁴ mang⁵⁻²

鷯哥：俗叫八哥兒。不能走動覓食的八哥卻碰到了自動飛來的蚱蜢，比喻得到了意外的救援。 例 佢真係好命，到呢個時候重有人借錢畀佢，跛腳鷯哥撞到自來蜢咯（他真是命好，到這個時候還有人借給他錢，簡直是天上掉下來的餡餅）。

跛腳鴨 bei¹ gêg³ ngab³

比喻運轉不靈、難以作為的政府機構。

跛手太監，無拳（權）無勢 bei¹ seo² tai³ gam³, mou⁴ kün⁴ mou⁴ sei³

〔歇後語〕跛手：胳膊因受傷而殘疾；無拳：諧音無權；無勢：像太監一樣被去了"勢"，即雄性的生殖器官被除掉了。常用來形容原來有權力的人，退出崗位以後所處的狀態。 例 佢而家成為一個跛手太監，無拳無勢咯（他現在成了一個無權無勢的人了）。

嚛傢伙 bei⁶ ga¹ fo²

嚛：糟糕；傢伙：在這裏沒有甚麼意思。糟了；糟透了。 例 嚛家伙，唔記得帶錢出嚟添（真糟糕，忘了帶錢出來了）。

嚛嚛都冇咁嚛 bei⁶⁻² bei⁶ dou¹ mou⁵ gem³ bei⁶

即最糟糕了，再沒有比這更糟糕的了。 例 呢次機會難得，但係畀佢搞膈晒，真係嚛嚛都冇咁嚛咯（這次機會難得，但是讓他給攪黃了，真是糟糕透了）。

畀都唔恨 béi² dou¹ m⁴ hen⁶

唔恨：不羨慕，不稀罕。白給也不要。 例 你啲嘅嘅嘢，真係畀都唔恨呀（你的這些東西，白給也不要）。

畀個水缸你做膽 béi² go³ sêu² gong¹ néi⁵ zou⁶ dam²

藐視對方沒有膽量做某事。相當於"量你也不敢""你敢！"的意思。 例 你想打我呀，畀個水缸你做膽啦（你想打我嗎，量你也不敢）！｜畀個水缸你做膽（我看你沒有膽量，你膽子太小了）。

畀你大晒 béi² néi⁵ dai⁶ sai³

大晒：最大。以你最大。多因對方太蠻橫，無法與之抗衡時

説。 例 好，我讓你，畀你大晒，得囉喎（得，我讓你，算你是老大，行了吧）？

畀眼睇 béi² ngan⁵ tei²

畀眼睇：用眼睛看。有"你等着瞧吧"的意思。 例 你話邊個衰，你畀眼睇啦（你說誰倒霉，你等着瞧吧）。

畀西瓜皮人踩 béi² sei¹ gua¹ péi⁴ yen⁴ cai²

比喻給人下套，使人上當。 例 你放心啦，我唔會畀西瓜皮人踩嘅（你放心吧，我是不會給別人下絆子的）。又説"畀西瓜皮人踩"。

畀人蹁咗一鑊 béi² yen⁴ xin³ zo² yed¹ wog⁶

畀：被；蹁咗：騙了；一鑊：一鐵鍋，即一次。被別人騙了一回。 例 啲撞棍好犀利，我都畀人蹁咗一鑊呀（騙子很厲害，我也給人騙了一回）。

鼻哥窿都冇肉 béi⁶ go¹ lung¹ dou¹ mou⁵ yug⁶

鼻哥窿：鼻孔；冇：沒有。鼻孔也沒有肉。鼻孔本來就沒有肉，這是幽默的説法。當人們受到驚嚇時，鼻孔更加擴大，形容人十分驚恐的樣子。 例 睇你怕到個樣，連鼻哥窿都冇肉（看你害怕得，張口結舌的樣子）。

鼻哥冇肉，一生勞碌 béi⁶ go¹ mou⁵ yug⁶, yed¹ sang¹ lou⁴ lug¹

鼻哥：鼻子。迷信者認為，鼻子上肉少的人生活會比較勞碌。

殯儀館大減價，抵死 ben¹ yi⁴ gun² dai⁶ gam² ga³, dei² séi²

〔歇後語〕抵：值；抵死：該死。罵人的話。

稟神都冇句真 ben² sen⁴ dou¹ mou⁵ gêu³ zen¹

稟神：禱告。形容人老是撒謊，連對着神靈禱告都沒有一句真話。 例 你千祈唔好信呀，佢稟神都冇句真（你千萬別信，他這人連祈禱都沒有一句真話）。

崩口人忌食崩口碗 beng¹ heo² yen⁴ géi⁶ xig⁶ beng¹ heo² wun²

直譯是唇裂的人怕使用缺口碗，意思是有忌諱的人怕碰上忌諱的事。提醒人說話時要注意不要犯忌諱。 例 你唔好亂講呀，崩口人忌食崩口碗（你不要亂說，有忌諱的人怕聽不吉利的話）。

崩嘴茶壺，難斟 beng¹ zêu² ca⁴ wu⁴, nan⁴ zem¹

〔歇後語〕斟：倒（茶、酒等），另一個意思是商量、商討。"難斟"是雙關語，一般指難以商量的事和人。 例 你呢個問題真係崩嘴茶壺難斟喇（你這個

問題確實難有商量的餘地了）。

病深唔用猛藥 béng⁶ sem¹ m⁴ yung⁶ mang⁵ yêg⁶

〔諺語〕病情過於嚴重時不能用太猛的藥，必須用藥性較溫和的藥慢慢調理。比喻清除頑疾或社會積弊不能操之過急。

邊個都知阿媽係女人 bin¹ go³ dou¹ ji¹ a³ ma¹ hei⁶ nêu⁵ yen⁴

誰都知道的真理，不言而喻。 例 你提嘅問題大家都知到，邊個都知到阿媽係女人，係嗎（你提的問題大家都知道，正如誰都知道阿媽是女人，是嗎）？

邊個都唔叻得晒 bin¹ go³ dou¹ m⁴ lég¹ deg¹ sai³

邊個：誰；叻得晒：在各面都比別人強。意思是無論誰都不可能在各方面是最優秀的。即人無完人，誰都有優點和缺點。

扁鼻哥戴眼鏡，你緊佢唔緊 bin² béi⁶ go¹ dai³ ngan⁵ géng³, néi⁵ gen² kêu⁵ m⁴ gen²

〔歇後語〕緊：着急。你着急他不着急。 例 人哋當事人都唔急，你使乜急呢，扁鼻哥戴眼鏡，你緊佢唔緊（人家當事人都不急，你何必急呢，皇上不急太監急）。

表錯情 biu² co³ qing⁴

人在交際中如果聽錯了對方的話，或理解錯了對方的意思，

就會作出錯誤的表情。廣州話這個詞語的意思是"搞誤會了"，有點諧謔的意味。 〔例〕人哋冇話請你，你表錯情喇（人家沒説請你，你搞誤會了）｜你唔好表錯情呀，佢唔係叫你（你不要弄錯了，她不是叫你）。

波羅雞，靠黐 bo¹ lo⁴ gei¹, kao³ qi¹

〔歇後語〕波羅雞：廣州郊區黃埔南崗廟頭村南海神廟（又叫波羅廟）廟會期間所銷售的一種紙製玩具雞；黐：粘貼；靠黐：靠粘貼而成。相傳曾有一艘印度（古稱波羅）商船在黃埔附近靠岸，一名貢使達奚司空因故誤了船而流落廟頭村。他天天在江邊佇立凝視遠方，盼望印度商船能來接他回國。過了很久，他便化為一個石頭人。村民為了紀念他就在廟裏立了塑像，尊稱為波羅神。每年廟會期間人們製造各種供品銷售，其中一種雞做工精美，人們便買來做紀念品，取名為"波羅雞"。由於這種玩具是用竹篾作架，上面貼上紙和雞毛，完全靠粘貼而成。廣州話的"黐"有兩個意思，其一是"粘貼"，其二是"蹭"，借機會沾點好處，即"蹭吃、蹭喝"。 〔例〕我哋逢親星期日都翻屋企同老豆老母食飯，好話唔好聽，波羅雞，靠黐啦（我們每星期天都回家跟父母親

吃飯，説得不好聽是蹭飯唄）。

玻璃夾萬，有得睇冇得使 bo¹ léi⁴⁻¹ gab³ man⁶, yeo⁵ deg¹ tei² mou⁵ deg¹ sei²

〔歇後語〕夾萬：保險櫃；有得睇：只有看的；冇得使：沒有（錢）可使用，（錢）無法拿來花。形容人只能看到錢，但錢財不屬於自己的，無法利用。 〔例〕我呢個會計，就好似玻璃夾萬，有得睇，冇得使（我這個會計，整天跟錢打交道，但自己沒有錢花）。又説"玻璃夾萬"。

玻璃棺材，睇通晒 bo¹ lei⁴⁻¹ gun¹ coi⁴, tei² tung¹ sai³

〔歇後語〕睇通晒：完全看透了。比喻對人世或某些事物看透了。如：對呢種事，人哋都玻璃棺材，睇通晒咯（對這種事，人家都完全看透了）。

玻璃眼鏡，假晶（精） bo¹ léi⁴⁻¹ ngan⁵ géng³, ga² jing¹

〔歇後語〕精與晶同音，讀 zéng¹ 時有聰明的意思。比喻某人不是真的聰明，而是裝出來的。

撲撲齋 bog¹ bog¹ zai¹

撲：敲打；齋：書齋。過去的私塾裏，當哪一個學生學習不好，或者犯了紀律，老師就用戒尺來敲打學生以示懲罰。人們就用這個詞來戲稱過去的私

塾。 例 佢亞爺喺摄摄齋教過幾年書（他的爺爺在私塾裏教過幾年書）。

博出位 bog³ cêd¹ wei⁶⁻²

指人為了引起別人的注意，故意做出一些與眾不同的舉動，與普通話的"嘩眾取寵"近似。 例 你有本事就唔使嗽樣博出位啦（你有本事就用不着這樣嘩眾取寵了）。

博亂 bog³ lün⁶

趁着混亂的機會幹非法的事。 例 公園人多，大家注意有人博亂（公園人多，大家注意有人渾水摸魚）。

博懵 bog³ mung²

趁人不留神時矇騙別人。 例 街邊賣野時時都有人博懵呀，要打醒精神至得（街邊賣東西經常都有人行騙，要提高警惕才行）。

搏到盡 bog³ dou³ zên⁶

全力以赴，拼盡全力。"搏"就是拼搏，用盡全力來拼搏。 例 我睇呢場波大家都係搏到盡啦（我看這場球賽雙方都全力以赴了）。

搏過至知 bog³ guo³ ji³ ji¹

與人較量過才知道自己的能力、水準如何。 例 你話邊個贏，搏過至知（你說誰能贏，比一比才能見分曉）。

搏一搏，單車變摩托 bog³ yed¹ bog³, dan¹ cé¹ bin³ mo¹ tog³

搏：拼搏；單車：自行車。鼓勵人們大膽行事，不要畏縮。敢於拼搏就有可能成功。

髆頭高過耳 bog³ teo⁴ gou¹ guo³ yi⁵

髆頭：肩膀。形容人十分清瘦而且兩肩高聳，一般用來描寫抽大煙等吸毒者的體態。 例 呢個人一睇就知道係食白粉嘅喇，髆頭高過耳（這個人一看就知道他是吸毒者，又瘦又端肩）。

髆頭有力 bog³ teo⁴ yeo⁵ lig⁶

〔戲謔語〕髆頭：肩膀。肩膀有力氣，暗指用來給人扛大腿。比喻一些人為了達到某一目的而給別人拍馬屁獻殷勤。

幫係人情，唔幫係道理 bong¹ hei⁶ yen⁴ qing⁴, m⁴ bong¹ hei⁶ dou⁶ léi⁵

〔諺語〕意思是説，我幫你是出於人情道義上的考慮；不幫助是自然的，因為我沒有幫助你的義務。

幫理唔幫親 bong¹ léi⁵ m⁴ bong¹ cen¹

指只幫助有理的一方，哪怕親人也不偏袒。 例 你哋邊個有理我幫邊個，幫理唔幫親（你們誰有理我幫誰，幫理不幫親）。

煲電話粥 bou¹ din⁶ wa⁶⁻² zug¹

煲粥：熬粥。長時間地打電

話，像熬粥一樣。 例你煲電話粥煲咗差唔多一個鐘咯噃（你泡電話差不多泡了一個小時了）。

煲老藕 bou¹ lou⁵ ngeo⁵

詼諧的説法。指老年人談戀愛或再婚。 例幾十歲一個人過都幾難㗎，煲老藕啦（幾十歲一個人過也夠困難的，再找一個老伴吧）。

煲冇米粥 bou¹ mou⁵ mei⁵ zug¹

煮沒有米的粥。通常用來指人做徒勞無功的事。 例你既冇資金又冇原料就起工廠，即係等於煲冇米粥嘅（你既沒有資金又沒有原料就蓋起工廠，這不就是搞無米之炊嗎）！

煲燶粥 bou¹ nung¹ zug¹

燶：煮糊了。表面意思是把粥熬糊了，多用來比喻把事情弄壞了。 例你要認真啲做，因住煲燶粥呀（你要小心做，當心把事情搞黃了）。

煲魚生粥，啱啱熟 bou¹ yü⁴ sang¹ zug¹, ngam¹ ngam¹ sug⁶

〔歇後語〕啱啱熟：剛剛熟。廣東人喜歡喝魚生粥，做法是將生魚片放進滾燙的白粥裏，瞬刻魚肉變色後即可食用。比喻兩人剛認識不久，還不算深交。 例我嚟咗冇幾耐，同大家都係煲魚生粥，啱啱熟咋（我來了沒幾天，跟大家只是剛剛熟識罷了）。

煲水新聞 bou¹ sêu² sen¹ men⁴⁻²

煲水：煮白開水，即沒有內容。指表面熱鬧，卻沒有實際內容的新聞。 例嗰啲小報都係登晒啲煲水新聞，冇乜好睇（那些小報盡愛登載一些沒有內容的新聞，沒甚麼好看）。

補漏趁天晴 bou² leo⁶ cen³ tin¹ qing⁴

屋漏雨要趁天晴的時候來修補，比喻做某事要不失時機。 例而家房價低，買屋就補漏趁天晴啦（現在房價低，要買就抓緊機會了）。

補漏趁天晴，讀書趁年輕 bou² leo⁶ cen³ tin¹ qing⁴, dug⁶ xu¹ cen³ nin⁴ héng¹

勸誡人們趁年輕的時候用功讀書，就像補漏一樣，要趕在天氣好的時候進行。

保你大 bou² néi⁵ dai⁶

直譯是算你大。有"服了你"的意思。 例呢次的確保你大喇（這次的確服了你了）。

報紙賣 bou³ ji² mai⁶

報紙上登載（某一消息）。 例琴日呢度嘅消息，今日報紙賣喇（昨天這裏的消息，今天的報紙登載了）｜報紙都賣過咯，重有假嘅咩（報紙都登載過了，還有假的嗎）？

暴窮難抵，暴富難睇 bou⁶ kung⁴ nan⁴ dei², bou⁶ fu³ nan⁴ tei²

難抵：難以忍受；難睇：難看，不堪入目。形容暴發戶富裕起來十分張狂，處處顯富，令人側目。又説"暴寒惡抵，暴富惡睇"。

本地薑唔辣 bun² déi⁶ gêng¹ m⁴ lad⁶

有些人總認為本地的東西不如外地的或國外的好，連鮮薑也認為外地的才好。近似普通話的"月亮也是外國的圓"的意思。例 你唔好話本地薑唔辣，其實呢度啲名牌貨大把呀（你不要説本地的東西不好，其實這裏的名牌有的是）。

本地狀元 bun² déi⁶ zong⁶ yün⁴

〔戲謔語〕指麻風病人。

半鹹淡 bun³ ham⁴ tam⁵

一半鹹一半淡，相當於普通話的"半鹹不淡"，引申為不地道、不準確。廣州話的"半"可以加上意義相反的兩個單音形容詞，構成諸如"半生熟""半新舊""半鹹甜""半肥瘦"等説法。普通話一般可以用"半…不…"或"不…不…"來對譯。例 呢煲飯煮得半生熟（這鍋飯燜得半生不熟的）｜呢件衫重係半新舊（這件上衣還是半新不舊的）｜佢嘅身材最好喇，重係半肥瘦嘅（她的身材最好了，還是不胖不瘦的）。

半天吊 bun³ tin¹ diu³

吊在半空中，上下無依傍。比喻事情辦到一半便辦不下去，進退兩難。

半條命 bun³ tiu⁴ méng⁶

形容人由於疲勞或其他原因而顯得身體虛弱，萎靡不振。相當於"半死不活"。例 我琴日爬山，癐到我得翻半條命嗽（昨天爬山，累得我半死不活的）｜睇你半條命嗽，行都行唔喐（看你半死不活的，走也走不動）。

半唐番 bun³ tong⁴ fan¹

唐：代表中國或中式的東西；番：指西方的東西。"半唐番"就是不中不西的意思。例 佢嘅打扮有啲半唐番嗽（他的打扮有點半中不西的）。

半桶水 bun³ tung² sêu²

半瓶醋。

半桶水，冇料又認叻 bun³ tung² sêu², mou⁵ liu⁶⁻² yeo⁶ ying⁶ lég¹

〔歇後語〕叻：聰明能幹。肚子裏沒有才學又自認了不起。相當於普通話的"半瓶醋"。例 你唔好半桶水，冇料又認叻啦（你不要半瓶醋還要認為很了不起）。

半夜雞啼，唔知丑（醜） bun³ yé⁶ gei¹ tei⁴, m⁴ ji¹ ceo²

〔歇後語〕"醜"是雙關語，其

一是地支的丑,其二是羞恥。公雞應該在丑時(凌晨一時至三時)以後才開始啼,但半夜子時就啼了,不知道"丑時",亦即不知羞恥。 例 你呢個人真係半夜雞啼唔知醜,人哋冇請你你就嚟(你這個人真是不知羞,人家沒請你你就來)。

半夜食黃瓜,唔知頭尾 bun³ yé⁶ xig⁶ wong⁴ gua¹, m⁴ ji¹ teo⁴ méi⁵

〔歇後語〕夜裏看不清楚黃瓜哪一邊是頭,哪一邊是尾。比喻人做事不知道首尾。 例 你呢件事我唔係幾清楚,好似半夜食黃瓜,唔知頭尾呀(這件事我不大清楚,就像半夜吃黃瓜,不知首尾)。

C

叉燒飽掟狗,有去無回 ca¹ xiu¹ bao¹ déng³ geo², yeo⁵ hêu³ mou⁴ wui⁴

掟:扔,投擲。〔歇後語〕用叉燒包來打狗,包子扔出去就撿不回來了。比喻東西被拿去就要不回來。 例 我本書借畀佢,一直冇還,真係叉燒包掟狗,有去無回咯(我的書借給他,他一直沒有還,恐怕有借沒有還了)。

叉燒滾湯,冇生肉 ca¹ xiu¹ guen² tong¹, mou⁵ sang¹ yug⁶

滾湯:氽湯;冇生肉:雙關語,沒有生的肉,不長肌肉。形容人身體乾瘦,不長肉。 例 呢個仔都十幾歲咯,重係叉燒滾湯,冇生肉(這孩子都十幾歲了,還是不長肌肉)。

跐錯腳 ca¹ co³ gêg³

跐:腳踏在某個地方。指人走路時踏錯了腳,比喻不小心犯了錯誤。 例 年輕人冇經驗,有時容易跐錯腳,唔緊要,改咗就好嘅(年輕人沒有經驗,有時容易犯錯誤,不要緊,改了就好了)。

茶瓜送飯,好人有限 ca⁴ gua¹ sung³ fan⁶, hou² yen⁴ yeo⁵ han⁶

茶瓜:一種小醬瓜,多作病人下飯用;好人:雙關語,一指好的人,二指健康的人。"好人有限"即這人好也好不了多少,暗指不是好的人。 例 我睇呢個人都係茶瓜送飯,好人有限個咯(我看這個人好不了多少)。

茶樓搬家,另起爐灶 ca⁴ leo⁴ bun¹ ga¹, ling⁶ héi² lou⁴ zou³

〔歇後語〕意思是從頭做起。 例 我哋唔做本行,惟有茶樓

搬家另起爐灶咯 (我們不幹本
行,就只好從頭做起了)。

茶葉翻渣,冇味 ca⁴ yib⁶ fan¹ za¹, mou⁵ méi⁶

〔歇後語〕茶葉翻渣:把沖過的
茶葉晒乾重新製作成茶。拿沖
過的茶葉來沖茶,自然無味。
形容重複某些活動,沒有意思。

搽脂蕩粉 ca⁴ ji¹ dong⁶ fen²

塗脂抹粉。

搽脂粉吊頸,死要面子 ca⁴ ji¹ fen² diu³ géng², séi² yiu³ min⁶ ji²

〔歇後語〕吊頸:上吊,人到要
死的時候還要搽胭脂打扮,形
容人死也要面子。 例 錯咗都
唔肯承認,真係搽脂粉吊頸,
死要面子(錯了也不承認,真
是死要面子)。

插得早,收成好;插得遲,冇發市 cab³ deg¹ zou², seo¹ xing⁴ hou²; cab³ deg¹ qi⁴, mou⁵ fad³ xi⁵

〔農諺〕冇:沒有;發市:買賣
成交。強調插秧要及時,倘若
誤了農時,將導致失收。

插田插到秋,有種也少收 cab³ tin⁴ cab³ dou³ ceo¹, yeo⁵ zung³ ya⁵ xiu² seo¹

〔農諺〕水稻晚造要在立秋(八
月六、七號)前插秧,如果過
了立秋就誤了農時,儘管插了
也難望豐收。

插田到立夏,插唔插就罷 cab³ tin⁴ dou³ lab⁶ ha⁶, cab³ m⁴ cab³ zeo⁶ ba⁶

〔農諺〕指到了立夏,即 5 月 5
日或 6 日,夏天開始了,這個
時候才插早稻就太晚了,跟不
插差不多。 例 穀雨過咗十日
重未插田就唔好插喇,開講有
話"插田到立夏,插唔插就罷"
啦嗎(穀雨過了十天還沒有插
秧,俗話説"插秧過了立夏,
不插也就罷了",是嗎)。

插田唔落糞,如同屋企瞓 cab³ tin⁴ m⁴ log⁶ fen³, yü⁴ tung⁴ ngug¹ kéi² fen³

〔農諺〕唔落糞:不下糞,不施
肥;屋企:家裏;瞓:睡。種
田不施肥就沒有收穫,白費勁。

擦鞋 cad³ hai⁴

拍馬屁。 例 你成日同人哋擦
鞋,我聽見都肉酸呀(你整天
給人拍馬屁,我聽見都覺得肉
麻)。

拆後欄 cag³ heo⁶ lan⁴⁻¹

後欄:店鋪後面用來儲存貨物
的重要地方,被人拆掉了,損失
難以估量。比喻被打中了要害。

拆屋避蠄蟧 cag³ ngug¹ béi⁶ kem⁴ lou⁴

形容為了躲避蜘蛛而拆掉房子
的愚蠢行為,相當於普通話的
"削足適履"。

拆條龍船分唔到一眼釘 cag³ tiu⁴ lung⁴ xun⁴ fen¹ m⁴ dou³⁻² yed¹ ngan⁵⁻² déng¹

形容人多，有甚麼東西大家一分就沒有多少了。 例 得幾斤嘢，咁多人點分吖，拆條龍船分唔到一眼釘㗎 (才幾斤東西，那麼多人怎樣分呢，僧多粥少啊)。

拆咗個祠堂，分唔到一片瓦 cag³ zo² go³ qi⁴ tong⁴, fen¹ m⁴ dou³⁻² yed¹ pin³ nga⁵

東西雖然不少，但因為人多，每人分到的東西甚少。

賊過興兵，無濟於事 cag⁶ guo³ hing¹ bing¹, mou⁴ zei³ yü¹ xi⁶

〔歇後語〕事後才採取措施，指對於事情沒有甚麼幫助。 例 都退咗燒至畀佢食藥，即係賊過興兵，無濟於事 (都退了燒了才給他吃藥，沒用)。

賊口賊面 cag⁶ heo² cag⁶ min⁶

賊頭賊臉。 例 我睇呢個人賊口賊面，好似唔係好人 (我看這個人賊頭賊臉的，好像不是好人)。

賊佬試砂煲 cag⁶ lou² xi³ sa¹ bou¹

試砂煲：買砂煲時，顧客一般要裝上水試看漏不漏。賊光顧缸瓦店，目的不是買東西，而是先來踩點，探聽情況。比喻有人在做某一事時，不是真的要做某事而另有目的。 例 你注意個嘅仔，好似唔係嚟買嘢，係賊佬試砂煲咋 (你注意那個小子，好像不是來買東西，是來踩點的)。

賊仔入學堂，碰到都係書（輸） cag⁶ zei² yeb⁶ hog⁶ tong⁴, pung³ dou³ dou¹ hei⁶ xu¹

〔歇後語〕指人賭博每次都輸，又比喻做事每次都失敗。 例 你唔好去賭喇，賭博好似賊仔入學堂，碰到都係輸 (你不要去賭了，逢賭必輸無疑)。

踩沉船 cai² cem⁴ xun⁴

船要沉了，有人還要用腳去踩，船就沉得更快。喻"落井下石"。 例 人哋有困難，你唔去幫就算喇，為乜重去蝦人呀，噉即係踩沉船嘛 (人家有困難你不去幫忙也就罷了，為甚麼還去欺負人家呢，這豈不是落井下石嗎)！

踩親佢條尾 cai² cen¹ kêu⁵ tiu⁴ méi⁵

觸怒某人，觸動某人的神經或痛處。 例 你噉做就踩親佢條尾咯 (你這樣做就踩了他那根筋兒了)。

踩地盤 cai² déi⁶ pun⁴

指侵犯別人的勢力範圍。 例 大家各有各嘅範圍，你唔好亂踩我地盤呀 (大家各有各的範圍，你不能侵犯我的勢力範圍)。

踩燈花 cai² deng¹ fa¹

指小偷在華燈初上的時候行竊。 例 嗰啲賊仔最中意喺啱啱黑嘅時候嚟踩燈花（小偷喜歡在天剛黑的時候來行竊）。

踩過界 cai² guo³ gai³

侵入別人的勢力範圍。 例 你唔好踩過界呀（你不要侵入我的範圍啊）。

踩蕉皮 cai² jiu¹ péi⁴

比喻中了圈套。 例 你要注意唔好踩蕉皮呀（你要注意不要中圈套啊）。

踩死蟻 cai² séi² ngei⁵

形容人走路慢騰騰。 例 你行得咁慢，真係踩死蟻咯（你走得這麼慢，真是能把螞蟻全都踩死了）。

踩着芋莢當蛇 cai² zêg⁶ wu⁶ hab³ dong³ sé⁴

形容人害怕過去慘痛的經驗教訓，以至遇到相似的情況也害怕起來。相當於普通話的"一朝被蛇咬，三年怕井繩"。 例 你怕乜吖，唔使踩着芋莢當蛇（你怕甚麼呢，不必一朝被蛇咬，三年怕井繩嘛）。

柴可夫 cai⁴ ho² fu¹

歇後語，後面還有"斯基"，即司機。 例 我而家做咗柴可夫咯（我現在當了司機了）。

柴哇哇 cai⁴ wa¹ wa¹

形容很多人在一起，熱熱鬧鬧的，鬧着玩兒等意思。 例 你哋呢度人多，柴哇哇嗽幾好呀（你們這裏人多，熱熱鬧鬧的多好玩啊）｜冇乜野，柴哇哇嘅嘛（沒甚麼，鬧着玩罷了）。也表示馬馬虎虎地度日，虛度光陰。如：冇乜嘢做，柴哇哇又過咗幾日（沒幹甚麼事，馬馬虎虎又過了幾天）。

柴魚命，唔打唔成器 cai⁴ yü⁴ méng⁶, m⁴ da² m⁴ xing⁴ héi³

〔歇後語〕柴魚：明太魚，廣州人喜歡用乾柴魚和花生熬粥，但乾柴魚很硬，要捶打過後才能用。人們用來比喻不挨打受罵就不聽話的孩子。 例 呢個仔係柴魚命，成日畀老豆打（這個孩子命不好，整天被父親打罵）。

杉木靈牌，唔做得主 cam³ mug⁶ ling⁴ pai⁴, m⁴ zou⁶ deg¹ ju²

〔歇後語〕杉木一般多用來做農具或傢俱，不能用來做神主牌（靈牌）。"唔做得主"是雙關語，兼指不能作主。 例 佢呢個人一啲主見都冇，真係杉木靈牌嚟嘅，唔做得主（他這個人一點主見也沒有，真是杉木做的靈牌，作不得主）。

蠶蟲師爺自困自 cam⁴ cung⁴⁻² xi¹ yé⁴ ji⁶ kuen³ ji⁶

蠶吐絲把自己纏了起來。用來
譏笑人在算計別人的時候作
繭自縛，害人反害己的愚蠢行
為。 例 你噉樣做就等於蠶蟲
師爺自困自咯（你這樣做無疑
是作繭自縛了）。

餐餐食豬骨，好過畀人屈

can¹ can¹ xig⁶ ju¹ gued¹, hou² guo³
béi² yen⁴ wed¹

食豬骨：形容生活清苦；畀人
屈：讓別人排擠、欺壓。寧可
自己受窮也不願意過被人欺負
受壓抑的生活。

餐搵餐食 can¹ wen² can¹ xig⁶

搵：找。沒有積蓄，每天掙得
的錢只夠當天食用，甚至找一
頓吃一頓。 例 以前佢生活好
艱難，每日都係餐搵餐食咋
（過去他生活很艱難，每天都
是有上頓沒下頓地過着）。

撐起士角炮，唔怕馬來將 cang¹

héi² xi⁶ gog³ pao³, m⁴ pa³ ma⁵ loi⁴
zêng¹

用弈棋的術語來比喻對待任何
事情都要有所準備，相當於平
常說的"有備無患"。

撐台腳 cang³ toi⁴ gêg³

指兩個人尤指兩夫妻或戀人面
對面坐着親昵地吃飯。 例 佢
哋兩公婆幾乎日日都去嗰間
飯店撐台腳（他們兩口子幾乎
每天都去那家飯店在一起吃

飯）｜你係唔係掛住翻去同個
老婆撐台腳呀（你是不是惦着
回去跟老婆吃飯）？

棖眼棖鼻 cang⁴ ngan⁵ cang⁴ béi⁶

棖眼：光線刺眼，晃眼。形
容光線過於強烈，看不到東
西。"棖眼"多叫"巉眼"cam⁴
ngan⁵。

炒埋一碟 cao² mai⁴ yed¹ dib⁶

把各種東西放在一起炒，比喻
把新賬和老賬一起算。 例 你
如果再係噉，我就炒埋一碟同
你算賬（如果你再這樣，我就
新賬老賬一起跟你算）。

炒蝦拆蟹 cao² ha¹ cag³ hai⁵

炒蝦：近似普通話的"國罵"，
比喻人滿嘴髒話；拆蟹：取
"蟹"字與"屌"（女陰）音近，
也是罵人的話。 例 嗰個人成
日喺度炒蝦拆蟹嘅，太唔似樣
喇（那個人整天在那兒髒話連
篇，太不像話了）。

炒老闆魷魚 cao² lou⁵ ban² yeo⁴ yü⁴

諧謔語。指職工因不滿老闆的
作為而主動辭職。 例 你嘅人
工太低喇，不如炒老闆魷魚算
咯（你的工資太低了，不如辭
職算了）。又叫"炒老細魷魚"。

炒魷魚 cao² yeo⁴ yü⁴

魷魚炒熟後卷成筒狀，好像卷
起了鋪蓋，比喻被解雇、辭
退。 例 你做得唔好就要畀老

鑊炒魷魚喇（你幹得不好就要被老闆辭退的）。近年來普通話也吸收廣州話這個詞。

車大炮 cé¹ dai⁶ pao³

吹噓，說大話。 例 呢個人有啲唔係幾踏實，中意車大炮（這個人不怎麼踏實，愛吹噓）。

車大炮唔使本 cé¹ dai⁶ pao³ m⁴ sei² bun²

說大話不用本錢。形容人隨意吹牛撒謊，近似普通話的"吹牛皮不上稅" 例 你唔好信佢呀，車大炮唔使本（你別信他的，吹牛皮不上稅）。

車歪咁轉 cé¹ mé² gem³ jun²

車歪：陀螺。比喻忙得不可開交，忙得像陀螺那樣團團轉。 例 呢次開會，我哋幾個人忙到車歪咁轉（這次開會，我們幾個人忙得團團轉）。

車天車地 cé¹ tin¹ cé¹ déi⁶

車：即"車大炮"。指漫無邊際地胡扯。 例 呢個人得閒冇事做，成日喺度車天車地（這個人遊手好閒，整天胡吹亂扯）。

扯貓尾 cé² mao¹ méi⁵

兩人互相串通蒙騙別人。 例 你因住有人扯貓尾呃你呀（你當心有人互相串通蒙騙你）。

扯線公仔 cé² xin³ gung¹ zei²

公仔：畫中人或人物玩具。用線來操縱的木偶，比喻受人操縱的人。 例 要做就自己做主，我唔想當扯線公仔（要幹就自己做主，我不想當被人操縱的木偶）。

邪不勝正 cé⁴ bed¹ xing³ jing³

意思是邪惡敵不過正義的力量。 例 你唔使怕，邪不勝正嘛（你不用害怕，邪惡敵不過正義的力量）。

七七八八 ced¹ ced¹ bad³ bad³

指事情已接近完成或者完成了一大半。 例 你托我辦嘅事都完成咗七七八八喇（你托我辦的事已經完成得差不多了）。

七除八扣 ced¹ cêu⁴ bad³ keo³

扣除各項開支。 例 一個月收入，七除八扣之後就有幾多喇（一個月的收入，扣除各項開支就所剩無幾了）。

七坐八爬，半歲生牙 ced¹ co⁵ bad³ pa⁴, bun³ sêu³ sang¹ nga⁴

描述嬰兒生長發育過程。七個月能坐，八個月會在地上爬，到半歲的時候能長出乳牙了。

七扶八插 ced¹ fu⁴ bad³ cab³

形容眾人扶掖某一人，引申指大家對某人的幫助。 例 我呢次嘅成功係全靠大家七扶八插得嚟嘅（我這次的成功是全靠大家的共同幫助才得到的）。｜爺爺跌跛腳，大家七扶八插送佢去醫院（爺爺摔傷腿，大家前後左右的攙扶着他上醫院）。

七個銅錢分兩份，唔三唔四

ced¹ go³ tung⁴ qin⁴ fen¹ lêng⁵ fen⁶, m⁴ sam¹ m⁴ séi³

〔歇後語〕形容人的舉止不正派，跟普通話"不三不四"的說法一樣。

七個一皮 ced¹ go³ yed¹ péi⁴

數東西時，一個單位叫"一皮"，人們習慣以五個為一單位，一五一十地數，但忙亂起來時，竟把七個當作五個來數。廣州話用這來形容人們忙亂的樣子。 例 呢排我真係忙到七個一皮咯（近來我真是忙得亂了套了）。

七國咁亂 ced¹ guog³ gem³ lün⁶

戰國時七國戰爭頻繁，社會混亂。"七國咁亂"是形容亂七八糟、一塌糊塗的狀態。 例 呢度一個月冇人管理，大家搞到七國咁亂（這裏一個月沒人管理，大家搞得亂七八糟的）。

七支八離 ced¹ ji¹ bad³ léi⁴

指整體分崩離析，東西擺放得零亂，也指身體累得要散架似的。 例 呢啲零件放得七支八離點得呀（這些零件到處亂放怎麼行）！｜搞咗幾日裝修，

瘦到我全身七支八離嗽呀（搞了幾天裝修，累得我全身散了架似的）。

七窮六絕 ced¹ kung⁴ lug⁶ jud⁶

形容人極端貧困、潦倒的樣子。 例 雖然有困難，但重未到七窮六絕嘅地步（雖然有困難，但還是沒有達到一貧如洗的地步）。

七仆八坐九扶離 ced¹ pug¹ bad³ co⁵ geo² fu⁴ léi⁴

描寫嬰兒發育成長的過程。七仆：七個月大的嬰兒能夠趴在牀上；八坐：八個月能夠坐；九扶離：九個月後能扶他站立時離開手。

七情上面 ced¹ qing⁴ sêng⁵ min⁶

七情：人的各種表情；上面：表現在臉上。多用來形容人在公眾面前表演賣力，表情豐富。 例 呢場戲佢七情上面，好落力㗎（這場戲他表情十足，挺賣力的）。

七月七，崗棯熟到甩 ced¹ yüd⁶ ced¹, gong¹ nim¹ sug⁶ dou³ led¹

〔農諺〕崗棯：南方一種野生漿果，小灌木，生長在小山坡上，果子像北方的黑棗，熟後紫紅色。有的地方取名"逃軍糧"，雅稱"桃金娘"；甩：掉，脫落。到了農曆七月七，桃金娘熟透了。

七月紅雲蓋天頂，收好禾苗灣好艇 ced¹ yüd⁶ hung⁴ wen⁴ goi³ tin¹ déng², seo¹ hou² wo⁴ miu⁴ wan¹ hou² téng⁵

〔農諺〕農曆七月時，如果天上有紅雲，就意味着要颳大風（颱風），就要把田裏的禾苗保護好，把小船停泊好。

七月落金，八月落銀 ced¹ yüd⁶ log⁶ gem¹, bad³ yüd⁶ log⁶ ngen⁴

〔農諺〕落：下雨。農曆七月時下雨，雨像金子那樣珍貴；八月時下雨，雨像銀子那樣珍貴。

七月蚊生牙，八月蚊生角 ced¹ yüd⁶ men¹ sang¹ nga⁴, bad³ yüd⁶ men¹ sang¹ gog³

〔農諺〕農曆七月裏蚊子好像長出了牙齒那樣厲害，到了八月好像長出了角，叮人更加厲害了。

七月唔種，八月唔壅，番薯大過天冬 ced¹ yüd⁶ m⁴ zung³, bad³ yüd⁶ m⁴ ngung¹, fan¹ xu⁴ dai⁶ guo³ tin¹ dung¹

〔農諺〕唔壅：不培土施肥。番薯到農曆七月還不種，或者八月裏不培土施肥，那麼到收成時，番薯只有比天冬大一點而已。

七月冇立秋，遲禾冇得收 ced¹ yüd⁶ mou⁵ lab⁶ ceo¹, qi⁴ wo⁴ mou⁵ deg¹ seo¹

〔農諺〕農曆七月如果不逢立秋節氣，晚稻種得晚了就沒有好收成。

出得廳堂，入得廚房 cêd¹ deg¹ téng¹ tong⁴, yeb⁶ deg¹ cêu⁴ fong⁴

形容婦女能出廳堂待客，也能進廚房做飯，泛指婦女儀表端莊大方能處理好內外事務。例 亞嫂真係出得廳堂入得廚房（大嫂既能出廳堂見客又能做好家務，真是裏裏外外一把手）。

出海三分命 cêd¹ hoi² sam¹ fen¹ méng⁶

出海：指漁民出海捕魚。海邊的漁民普遍認為，每次出海都有一定的風險。

出嚟威，識搶咪 cêd¹ lei⁴ wei¹, xig¹ cêng² mei¹

〔戲謔語〕出嚟威：出來展現個人的才能；搶咪：搶話筒，爭取各種機會。比喻要出來混，就要懂得如何把握時機。

出爐鐵，唔打唔得 cêd¹ lou⁴ tid³, m⁴ da² m⁴ deg¹

〔歇後語〕鐵塊燒紅，要及時煅打，否則不能成器。借指孩子等過分淘氣，不打不成。例 呢個仔正一出爐鐵，唔打唔得（這個孩子太淘氣了，非揍不可）。

出老千 cêd¹ lou⁵ qin¹

指賭博時要騙術。例 你要注

意佢打啵會出老千㗎（你要注意他打牌會使騙術的）。也指以騙術騙人的行為。

出門問路，入鄉問俗 cêd¹ mun⁴ men⁶ lou⁶, yeb⁶ hêng¹ men⁶ zug⁶

勉勵出外的人要經常虛心請教別人，不要自以為是。 例 出門問路，入鄉問俗呢個規矩你都唔懂點得呀（出門問路，入鄉隨俗這個規矩你都不懂怎麼行呢）。

出門無六月 cêd¹ mun⁴ mou⁴ lug⁶ yüd⁶

〔諺語〕指人要離家遠遊，就算是在夏天六七月也要帶上適當的禦寒的衣服，以防不測。 例 你出去旅遊一定要帶夠衫呀，出門無六月嘛（你出去旅遊一定要帶夠衣服啊，夏天也有涼的時候嘛）。

出門睇木棉，木棉知冷暖 cêd¹ mun⁴ tei² mug⁶ min⁴, mug⁶ min⁴ ji¹ lang⁵ nün⁵

〔諺語〕木棉要到天氣轉暖的時候才開花，所以木棉花一開，就意味着不會有太冷的天氣了。

出門睇天色，入門睇面色 cêd¹ mun⁴ tei² tin¹ xig¹, yeb⁶ mun⁴ tei² min⁶ xig¹

外出要看天氣，進門要看主人的臉色。這話原為提醒人們無論外出或到別人家裏做客，都不能任意行事。 例 喺人屋企住，出門睇天色，入門睇面色好唔舒服嘅（在別人家裏住，出入都要看人家的臉色，很不自在的）。

出門彎彎腰，回家有柴燒 cêd¹ mun⁴ wan¹ wan¹ yiu¹, wui⁴ ga¹ yeo⁵ cai⁴ xiu¹

〔諺語〕每次出門，看到柴火就撿起來，家裏就不缺柴火了。比喻人要勤勞，每天只要一點點的收穫，就能積少成多。

出處不如聚處 cêd¹ qu³ bed¹ yü⁴ zêu⁶ qu³

出處：出產地；聚處：集聚地，集散地。物產的原產地在價格和品質方面往往不如集散地優越。這是民間商人的經驗之談。

出橫手 cêd¹ wang⁴ seo²

使用不正當的手段來達到目的。 例 你因住有人出橫手呀（你當心有人對你使壞）。

出盡八寶 cêd¹ zên⁶ bad³ bou²

想盡辦法，使盡渾身解數。 例 事情已經嗽咯，你出盡八寶都冇用啦（事情都已經這樣了，你就是使盡渾身解數也沒有用了）。

尺有所短，寸有所長 cég³ yeo⁵ so² dün², qun³ yeo⁵ so² cêng⁴

〔諺語〕比喻人在智力上和能力上存在千差萬別，但各人都會有自己的長處和短處。意思是評價一個人要全面。 〔例〕長短、好壞都係相對嘅，尺有所短，寸有所長啦嗎（長短、好壞都是相對的，好人也有缺點，差的人也有優點，是不是）。

砌生豬肉 cei³ sang¹ ju¹ yug⁶

指誣陷人。 〔例〕你因住有人砌你生豬肉（你當心有人來誣陷你）｜我唔怕人哋嚟砌生豬肉（我不怕別人來誣陷）。

沉香當柴燒 cem⁴ hêng¹ dong³ cai⁴ xiu¹

把貴重的沉香當作木柴來燒，說明不懂價值或極大的浪費。 〔例〕你將呢個古董嚟做雞兜，真係將沉香當柴燒，太浪費喇（你把這個古董來裝雞食喂雞，好比把沉香做柴火來燒一樣，實在太浪費了）。

親力親為 cen¹ lig⁶ cen¹ wei⁴

親自動手。 〔例〕呢件事你要親力親為至好（這件事你要親自動手才好）。

親生仔不如近身錢 cen¹ sang¹ zei² bed¹ yü⁴ gen⁶ sen¹ qin⁴⁻²

〔諺語〕意思是過去人們普遍認為養兒可以防老，但在市場經濟時代，老人自己有了錢心裏才踏實。

親生仔唔似近身錢，靠買米不及自耕田 cen¹ sang¹ zei² m⁴ qi⁵

gen⁶ sen¹ qin⁴, kao³ mai⁵ mei⁵ bed¹ keb⁶ ji⁶ gang¹ tin⁴

〔諺語〕靠親生兒子不如靠身上的錢方便，靠買米不如靠自己耕種的田地。

趁地腍 cen³ déi⁶ nem⁴

腍：軟。趁着地還沒有硬，容易挖坑將死人埋葬。這是罵人的話。意思是叫人快點死。 〔例〕你幾時死呀，趁地腍啦（你甚麼時候死，趁地還軟好給你挖坑吧）。

趁風使悝 cen³ fung¹ sei² léi⁵

悝：船帆。又叫"見風使悝"。多用來形容善於投機的人看見風向有變而立即轉變立場，相當於普通話的"見風使舵"。 〔例〕有人善於趁風使悝，專搞政治投機（有人善於見風使舵，專搞政治投機）。

趁墟咁早 cen³ hêu¹ gem³ zou²

趁墟：趕集；咁早：那麼早。珠江三角洲一帶農村集市一般開市都很早，相當於其他地方的早市。 〔例〕趁墟咁早你就嚟做乜呀（趕早市那麼早你就來幹甚麼）？

趁墟賣魚尾，一定要搭嘴 cen³ hêu¹ mai⁶ yü⁴ méi⁵, yed¹ ding⁶ yiu³ dab³ zêu²

〔歇後語〕趁墟：趕集；搭嘴：搭腔。在農村集市上買魚尾，賣魚的要給顧客搭上點魚嘴或魚頭。這是某些農村集市的習慣。形容愛說話的人喜歡跟別人搭話。 例 人哋傾偈唔使你參加，趁墟賣魚尾，一定要搭嘴做乜吖（人家聊天用不着你參加，你插甚麼嘴呢）。

趁你病，攞你命 cen³ néi⁵ béng⁶, lo² néi⁵ méng⁶

攞：取、要。指趁對方有困難的時候進行要脅或打擊，使對方慘敗。相當於普通話的"乘人之危""趁火打劫"等意思。 例 你唔使擔心，我唔會趁你病，攞你命嘅（你不必擔心，我是不會乘人之危的）。

趁你病，撻你訂 cen³ néi⁵ béng⁶, tad³ néi⁵ déng⁶

〔戲謔語〕撻你訂：爽約，吞沒定金。趁人有病的時候撕毀合約。比喻乘人危險的時候就毀約或者吞沒定金。

陳顯南賣告白，得把口 cen⁴ hin² nam⁴ mai⁶ gou³ bag⁶, deg¹ ba² heo²

〔歇後語〕陳顯南是廣州抗戰前的普通醫生，他的醫術並不高明，但廣告貼遍大街小巷。人們拿他到處宣揚自己的做法譏笑為"得把口"。 例 我睇佢都係冇料嘅，頂多就係陳顯南賣告白，得把口嘅（我看他也是沒有甚麼學問，頂多就是吹噓而已）。

陳列品，得個睇字 cen⁴ lid⁶ ben², deg¹ go³ tei² ji⁶

〔歇後語〕形容某些東西是個花架子，中看不中用。 例 你呢個工程唔實用，得個睇字（你這個工程不實用，中看不中用）。

陳年中草藥，發爛鮓 cen⁴ nin⁴ zung¹ cou² yêg⁶, fad³ lan⁶ za²

〔歇後語〕發爛鮓：腐爛霉變。轉指人歇斯底里大發作般瘋狂。 例 你唔好再同佢拗咯，佢都好似陳年中草藥，發爛鮓噉嘅樣咯（你不要在跟他爭了，他已經歇斯底里大發作了）。

陳村碼頭，逢艔（賭）必啱 cen⁴ qun¹ ma⁵ teo⁴, fung⁴ dou² bid¹ ngam¹

〔歇後語〕艔：渡船；啱：對、合。"逢艔必啱"是哪一條船到這個碼頭停靠都可以。因為"艔"與"賭"同音，人們把這說成"逢賭必啱"，譏諷那些賭徒凡有賭博必然參加的行為。 例 呢個賭鬼日日都去賭，真係陳村碼頭，逢艔必啱呀（這個賭徒天天都去賭，只要有賭就去）。

春鯿秋鯉夏三鯬 cên¹ bin¹ ceo¹ léi⁵ ha⁶ sam¹ lei⁴

〔農諺〕三鯬：鰣魚。春天的鯿魚秋天的鯉魚最肥美，春夏之間的三鯬魚即鰣魚從海上進入內河產卵，這時的鰣魚最肥美。 例“春鳊秋鯉夏三鯬”，夏天買鰣魚食最啱喇（“春鳊秋鯉夏三鯬”，夏天買鰣魚吃最合適了）。

春吹南風晴，北風雨唔停 cên¹ cêu¹ nam⁴ fung¹ qing⁴, beg¹ fung¹ yü⁵ m⁴ ting⁴

〔農諺〕春天颳南風就天晴，颳北風就會出現連陰雨。

春東風，雨祖宗 cên¹ dung¹ fung¹, yü⁵ zou² zung¹

〔農諺〕春天颳東風，雨會下得多。

春分秋分，日夜對分 cên¹ fen¹ ceo¹ fen¹, yed⁶ yé⁶ dêu³ fen¹

〔農諺〕每年的春分和秋分兩個節氣，當天白天和黑夜的時間相等。

春分瓜，清明麻 cên¹ fen¹ gua¹, qing¹ ming⁴ ma⁴

〔農諺〕南方耕作習慣，每年的春分即三月下旬就種瓜，到清明即四月初就種麻。 例三月中喇，“春分瓜，清明麻”，要種瓜咯（三月中了，“春分瓜，清明麻”，該種瓜啦）。

春分唔浸穀，大暑冇禾熟 cên¹ fen¹ m⁴ zem³ gug¹, dai⁶ xu² mou⁵ wo⁴ sug⁶

〔農諺〕農曆春分時節要開始育種，否則誤了農時，到大暑時就沒有收成。

春分唔濕穀，夏至禾唔熟 cên¹ fen¹ m⁴ seb¹ gug¹, ha⁶ ji³ wo⁴ m⁴ sug⁶

〔農諺〕濕穀：浸穀。春分時不及時浸穀育秧，錯過了季節，以後就算插了秧，到夏至時稻子還成熟不了。

春分日日暖，秋分夜夜寒 cên¹ fen¹ yed⁶ yed⁶ nün⁵, ceo¹ fen¹ yé⁶ yé⁶ hon⁴

〔農諺〕春分過後，一天比一天暖和；秋分過後，一天比一天寒冷。

春寒雨至，冬雨汗流 cên¹ hon⁴ yü⁵ ji³, dung¹ yü⁵ hon⁶ leo⁴

〔農諺〕春天冷了往往要下雨，冬天下雨則天氣變暖。

春霧晴，秋霧雨 cên¹ mou⁶ qing⁴, ceo¹ mou⁶ yü

〔農諺〕春天下霧，天氣會晴朗；秋天下霧，則會下雨。 例春天落霧唔會落雨，農諺有話“春霧晴，秋霧雨”啦嗎（春天下霧不會下雨，農諺說“春霧晴，秋霧雨”是吧）。又說“春霧晴，夏霧雨”。

春南旱，夏南雨 cên¹ nam⁴ hon⁵, ha⁶ nam⁴ yü⁵

〔農諺〕春天颳南風則天旱，夏天颳南風則多雨。

春一粒，秋一斗 cên¹ yed¹ neb¹, ceo¹ yed¹ deo²

C

〔農諺〕春天時的一粒穀種，到了秋天就有一斗糧食了。

春早遲耕種，春遲早早耕

cên¹ zou² qi⁴ gang¹ zung³, cên¹ qi⁴ zou² zou² gang¹

〔農諺〕春：立春。立春來得早要遲一些時候耕種；立春來得遲就要早早耕種。

春種早，收成好，春種遲，食番薯

cên¹ zung³ zou², seo¹ xing⁴ hou², cên¹ zung³ qi⁴, xig⁶ fan¹ xu⁴

〔農諺〕春天不違農時，按時插秧，就會有好收成；春種延誤了農時，就沒有收成，只好吃番薯了。

青磚沙梨，咬唔入

céng¹ jun¹ sa¹ léi⁴, ngao⁵ m⁴ yeb⁶

〔歇後語〕咬唔入：啃不動。用來比喻十分吝嗇的人，輕易不能從他身上佔到便宜。也比喻秉公辦事、鐵面無私的人，別人不容易通過私人關係從他那裏得到好處。 例你要佢出錢呀，真係青磚沙梨咬唔入呀（你要他出錢嗎，他可是個青磚沙梨啃不動啊）。

青靚白淨

céng¹ léng³ bag⁶ zéng⁶

形容人清秀、白皙而漂亮。例呢個女仔都幾青靚白淨嘅（這個女孩相當秀氣白嫩）。

青靚白淨，九成有病

céng¹ léng³ bag⁶ zéng⁶, geo² xing⁴ yeo⁵ béng⁶

青靚：青而漂亮。臉色青而白的年輕人，九成是有疾病。因為臉色不紅潤，氣血不佳，可能肝功能不好，或者得了貧血病。

請神容易送神難

céng² sen⁴ yung⁴ yi⁶ sung³ sen⁴ nan⁴

把神招來容易，但要送回去就不容易了。比喻請外人或外來勢力進來援助，中間發生甚麼矛盾或者事成以後，如果他們賴着不走就難以收場。

窗外吹喇叭，鳴（名）聲在外

cêng¹ ngoi⁶ cêu¹ la³ ba¹, ming⁴ xing¹ zoi⁶ ngoi⁶

〔歇後語〕窗外吹喇叭，聲音在外邊。"鳴"與"名"同音。"鳴聲在外"即"名聲在外"。 例佢呢個人窗外吹喇叭，鳴（名）聲在外（他這個人是窗子外吹喇叭，鳴聲在外）。

唱衰

cêng³ sêu¹

指把別人的缺點誇大宣揚，達到損毀別人聲譽、打擊別人的目的。 例佢呢個人夠衰啦，唔使我去唱衰佢咯（他這個人夠缺德的，用不着我去宣揚他的德行了）。

長頸罌

cêng⁴ géng² ngang¹

罌：一種容器。"長頸罌"即長脖子容器。戲稱人的胃。 例啲啲野早就入晒佢嘅長頸嘢咯（那些東西早就裝到他的肚子裏去了）。

長過長堤路 cêng⁴ guo³ cêng⁴ tei⁴ lou⁶

〔戲謔語〕長堤：廣州路名。長堤路很長，人們形容東西長時，説比長堤路還長，表明非常長。

長氣袋 cêng⁴ héi³ doi⁶⁻²

形容人的氣很足，説話能説個沒完，長跑也不喘氣。　例 呢個長氣袋講咗兩個鐘都唔停一下（這個喋喋不休的人説了兩個小時也不停一下）｜你呢個長氣袋最好參加馬拉松跑啦（你這個不喘氣的人最好參加馬拉松賽跑了）。

長命工夫 cêng⁴ méng⁶ gung¹ fu¹

長命：長時間的；工夫：工作。指工期很長的工作，需要投入很多的精力和時間，一般人很不耐煩。　例 你呢啲長命工夫我冇耐心做喇（你這些費時間的工作我沒有耐心做了）。

長命工夫長命做 cêng⁴ méng⁶ gung¹ fu¹ cêng⁴ méng⁶ zou⁶

費時間的工作要慢慢做。　例 你怕乜嘢呀，長命工夫長命做啦嗎（你怕甚麼，費時間的工作你慢慢幹唄）。

長年大月 cêng⁴ nin⁴ dai⁶ yüd⁶

長年累月，表明時間很長。　例 慢性病要長年大月嘅食藥

都幾麻煩嘅（慢性病要長年累月地吃藥也真夠麻煩的）。

長貧難顧 cêng⁴ pen⁴ nan⁴ gu³

指對一時有困難的人可以幫忙，但對經年貧窮的人就難以照顧了。

長途車尾，沙塵 cêng⁴ tou⁴ cé¹ méi⁵, sa¹ cen⁴

〔歇後語〕沙塵：傲慢、輕浮，愛表現。形容人工作不踏實。　例 佢呢個人做事唔穩陣，我睇都係長途車尾，沙塵個咯（他這個人做事不穩重，自以為很了不起，看來不可靠）。

抽後腳 ceo¹ heo⁶ gêg³

抓辮子。　例 我唔怕邊個嚟抽後腳（我不怕誰來抓辮子）。

抽痛腳 ceo¹ tung³ gêg³

抓住對方的弱點、把柄。與"抽後腳"相近。　例 我冇乜痛腳畀佢抽（我沒有甚麼把柄讓他抓的）。

秋分天氣白，唔憂冇飯喫 ceo¹ fen¹ tin¹ héi³ bag⁶, m⁴ yeo¹ mou⁵ fan⁶ yag³

〔農諺〕天氣白：天晴朗；喫：吃；冇飯喫：沒飯吃。秋分時節如果天氣晴朗，當年一定豐收，就不擔心沒有飯吃了。

秋風起，三蛇肥 ceo¹ fung¹ héi², sam¹ sé⁴ féi⁴

〔農諺〕三蛇：通常用作菜餚的三種蛇。颳秋風的時候，蛇類準備冬眠，體內養分充足，所以比較肥美。

秋風起，食臘味 ceo¹ fung¹ héi², xig⁶ lab⁶ méi⁶⁻²

秋天天氣乾爽，適宜於做臘腸、臘肉、臘鴨等東西，也是吃這些東西的好時機。

秋後扇，冇人吼 ceo¹ heo⁶ xin³, mou⁵ yen⁴ heo¹

〔歇後語〕吼：光顧；冇人吼：沒有人青睞。秋天天氣涼爽，扇子就沒有人要了。 例 冬天賣西瓜，直程係秋後扇，冇人吼咯（冬天賣西瓜就沒有人光顧了）。

秋蟬跌落地，冇晒聲 ceo¹ xim⁴ did³ log⁶ déi⁶, mou⁵ sai³ séng¹

〔歇後語〕秋蟬：秋天的知了；冇晒聲：沒有聲音。知了一跌落在地上就再也不能叫了。比喻人理虧而不敢吭聲。 例 你話佢兩句就秋蟬跌落地，冇晒聲咯（你說他兩句就一聲不吭了）。

臭罌出臭醋 ceo³ ngang¹ cêd¹ ceo³ cou³

罌：瓦罐。臭的容器裝過的東西也是臭的。比喻家庭或父母不好，其子女一般都會受到影響。

臭屎密抠 ceo³ xi² med⁶ kem²

抠：蓋、遮掩。意思是把醜惡的事密密地蓋起來，不讓外露，近似"家醜不外揚"。 例 呢啲嘢梗係唔畀人知啦，臭屎密抠嘛（這些事當然是不會讓外人知道了，家醜不外揚嘛）。

臭肉惹烏蠅 ceo³ yug⁶ yé⁵ wu¹ ying⁴⁻¹

惹：招引；烏蠅：蒼蠅。指肉發臭了才引來蒼蠅，喻臭味相投。比喻人自己行為不端，才引來壞人。

湊夠一個好字 ceo³geo³ yed¹ go³ hou² ji⁶

比喻一子一女加起來是一個"好"字。 例 你問我有幾個仔女呀？湊夠一個"好"字（你問我有幾個子女嗎？剛湊夠一個"好"字，一子一女）。

吹吹水，唔抹嘴 cêu¹ cêu¹ sêu², m⁴ mad³ zêu²

形容人使勁地吹牛皮，說話時吐沫橫飛。

吹打佬跌利市，嘥氣 cêu¹ da² lou² did³ lei⁶ xi⁶, sai¹ héi³

〔歇後語〕吹打佬：民樂的吹奏者；跌：丟失；利市：又叫利是、利事，紅包，即賞錢；嘥氣：浪費氣力、白費氣力。吹奏樂器的人把得到的賞錢給丟掉了，白費了氣力。比喻跟不講道理的人或不聽教誨的人說道理，徒勞無功。 例同你呢個咁頑固嘅人講道理，我都嫌吹打佬跌利市，嘥氣呀（跟你這個這麼頑固的人講道理，我還嫌白費唇舌吶）。

吹得脹佢咩 cêu¹ deg¹ zêng³ kêu⁵ mé¹

奈何得了他嗎？能奈他何？拿他怎麼辦？ 例佢咁唔講理，你吹得佢脹咩（他這麼不講理，你奈何得了他嗎）？

吹佢唔脹，掹佢唔長 cêu¹ kêu⁵ m⁴ zêng³, meng¹ kêu⁵ m⁴ cêng⁴

掹，拉扯。奈何不了某人。 例呢個人咁唔要面，真係吹佢唔脹，掹佢唔長（這個人這麼不要臉，真是奈何不了他了）。年輕人多用。

吹唔脹 cêu¹ m⁴ zêng³

直譯是奈何不了、無可奈何。 例呢件事你吹唔脹佢呀（這件事你奈何不了他）。普通話"奈何得了他"，廣州話則説"吹脹佢""吹得佢脹"或"吹得脹佢"。

吹鬚睩眼 cêu¹ sou¹ lug¹ ngan⁵

吹鬍子瞪眼，形容人生氣的樣子。 例你睇佢惡到吹鬚睩眼嗽（你看他兇得吹鬍子瞪眼的）。

娶咗心抱，唔要老母 cêu² zo² sem¹ pou⁵, m⁴ yiu³ lou⁵ mou⁵⁻²

（娶，口語 cou²）心抱：媳婦，妻子。娶了妻子之後就不要母親了。人們用來批評那些不孝兒子，結婚生子之後就不贍養父母的做法。 例呢個衰仔好唔孝，娶咗心抱就唔要老母咯（這孩子很不孝，娶了媳婦就不要母親了）。

除笨有精 cêu⁴ ben⁶ yeo⁵ zéng¹

指人除了愚笨，還是有聰明的時候，對人的貶大於褒。相當於普通話的"愚者千慮，必有一得"。指人笨，只是偶樂精明而已。 例你唔使灰心，除笨有精，你收穫都唔少嘅（你不必灰心，你還是有對的地方嘛，而且收穫不少呢）。

除褲放屁，多此一舉 cêu⁴ fu³ fong³ péi³, do¹ qi² yed¹ gêu²

〔歇後語〕除褲：脫褲子。形容人做了不必要的事情。 例好多手續、證明都有必要嘅，直程係除褲放屁，多此一舉（許多手續、證明都是沒有必要的，簡直是多此一舉）。

除褲隔渣 cêu⁴ fu³ gag³ za¹

除褲：脫掉褲子；隔渣：過濾。指小氣的人為了防止流失微小的利益而不擇手段。 例佢呢個人唔知幾孤寒，除褲隔渣都制㗎（他這個人不知有多吝嗇，為了一點小利，竟然做出很不得體的舉措）。

廚房階磚，鹹濕 cêu⁴ fong⁴ gai¹ jun¹, ham⁴ seb¹

〔歇後語〕階磚：地磚；鹹濕：淫穢，(男性) 好色。 例 呢條友正一廚房階磚，鹹濕到極呀 (這個傢伙下流極了)。

初歸新抱，落地孩兒 co¹ guei¹ sen¹ pou⁵, log⁶ déi⁶ hai⁴ yi⁴

新抱：新媳婦；落地孩兒：剛出生的嬰兒。剛過門的新媳婦和新生的嬰兒一樣，都要及時調教，讓他們懂得家規家風和待人接物的禮數。

初寒水暖，回暖水寒 co¹ hon⁴ sêu² nün⁵, wui⁴ nün⁵ sêu² hon⁴

〔農諺〕天氣剛變寒冷的時候，地上的水仍然是暖的，但天氣回暖的時候，地上的水則是寒冷的。

初嚟甫到 co¹ lei⁴ bou⁶ dou³

廣州話的 "甫" 字原讀 fu²，但這裏習慣讀 bou⁶。"甫到" 是剛剛到一個地方，即 "下車伊始" 的意思。 例 我初嚟甫到，唔敢亂發表意見 (我初來乍到，不敢亂發表意見)。

初嚟甫到，唔識鑊灶 co¹ lei⁴ bou⁶ dou³, m⁴ xig¹ wog⁶ zou³

剛剛到達一個新的地方，對當地的情況不了解。 例 我啱嚟咗冇幾耐，初嚟甫到，唔識鑊灶 (我剛來沒多久，對這裏的

情況不大了解)。

初三十八，應刮盡刮 co¹ sam¹ seb⁶ bad³, ying¹ guad³ zên⁶ guad³

指潮水每逢初三或者十八都會大漲。

搓得圓，撳得扁 co¹ deg¹ yün⁴, gem⁶ deg¹ bin²

形容人性情隨和，好相處。 例 佢嘅脾氣好隨和嘅，搓得圓，撳得扁 (他的脾氣很隨和，人家怎樣對他都無所謂)。

搓圓撳扁 co¹ yün⁴ gem⁶ bin²

指人態度隨和，沒有自己的主見，或由人隨意擺佈。 例 你呢個人一啲主見都冇，任人搓圓撳扁 (你這個人一點主見都沒有，任隨別人擺佈)｜我唔中意畀人隨便搓圓撳扁 (我不喜歡讓人家隨意擺佈)。

錯有錯着 co³ yeo⁵ co³ zêg⁶

本來是錯的，卻變成對的了。相當於普通話的 "歪打正着"。 例 呢條題目我本來唔識嘅，求其亂答啦，結果畀我撞對咗，真係錯有錯着咯 (這條題目我本來不懂，隨便亂答吧，結果讓我碰對了，真是歪打正着了)。

坐穩車 co⁵ wen² cé¹

應酬用語，送別人乘車臨別時祝福的話。相當於普通話的 "一路平安" 或 "一路順風"。

例 車快開咯，我翻去咯，坐穩車呀（車快開了，我回去了，祝你一路平安）！如果送人乘船，則説"坐穩船"。

坐移民監 co⁵ yi⁴ men⁴ gam¹

坐監：坐牢。某些國家規定，要想移民該國，需要於若干年內在居留國住夠兩年以上的時間。人們把為等候移民身份而居住兩年的時間戲稱為坐牢，坐移民牢。

睬佢都戇 coi² kêu⁵ dou¹ ngong⁶

戇：傻的意思，整句話的意思是"傻瓜才理他呢"。對某人某事表示不屑一顧的態度時用。 例 嗰啲人咁懶，叫我睬佢都戇呀（那些人那麼懶，傻瓜才理他呢）。又説"睬佢都傻"。

菜刀剃頭，牙煙 coi³ dou¹ tei³ teo⁴, nga⁴ yin¹

〔歇後語〕牙煙：危險。用大菜刀剃頭太危險了。比喻處境非常不安全。 例 你哋爬上咁高都唔帶保險繩，真係菜刀剃頭，牙煙咯（你們爬那麼高都不帶保險繩，真夠危險的）。

才多身子弱 coi⁴ do¹ sen¹ ji² ylg⁶

身子：身體。一些人認為，有才華的讀書人往往不注意鍛煉身體，雖然書本知識多了，身體卻虛弱了。

財不露眼 coi⁴ bed¹ lou⁶ ngan⁵

〔諺語〕指個人的錢財不要讓人看見，尤指在公共場所，為了安全起見，不能把自己身上帶的錢暴露出來。 例 你出門要注意，你帶啲錢唔好畀人睇見，財不露眼呀（你出門要注意，你帶的錢不要讓別人看見，財不露眼嘛）。

財多身子弱，錢多瞓唔着 coi⁴ do¹ sen¹ ji² yêg⁶, qin⁴ do¹ fen³ m⁴ zêg⁶

〔諺語〕身子：身體；瞓：睡。錢財多了，身體倒變弱了，也經常失眠。戲指那些有錢人，錢財多了，擔心被偷，經常失眠，傷害了健康。 例 你睇佢成日話病，食得多啦嗎，財多身子弱，錢多瞓唔着囉（你看他整天説有病，吃得多唄，錢多了，吃飽撐的）。

財多砑死仔，糞多砑死禾 coi⁴ do¹ zag³ séi² zei², fen³ do¹ zag³ séi² wo⁴

〔諺語〕砑：壓；禾：水稻。財多壓死子女，肥料過多壓死禾苗。告誡人們不能溺愛子女，給他們太多錢反而害了他們。種莊稼也不能過多地施肥，肥料太多也會燒死禾苗。

財到光棍手，有去冇回頭 coi⁴ dou³ guang¹ guen³ seo², yeo⁵ hêu³ mou⁵ wei⁴ teo⁴

光棍：騙子。提醒人們不要輕

易把錢財交給騙子，以免上當受騙。

財來自有方，唔使咁彷徨

coi⁴ loi⁶ ji⁶ yeo⁵ fong¹, m⁴ sei² gem³ pong⁴ wong⁴

唔使咁：不必那麼。告誡人們要發財必須取之有道，不要失去理智。

財散人安樂 coi⁴ san³ yen⁴ ngon¹ log⁶

個人的錢財消散了，但人得到平安。遭受經濟損失時用來安慰人心的話。相當於普通話的"破財免災"、"財去身安樂"的說法。 例 唔見咗幾萬文唔緊要，人有事就好，財散人安樂嘛（失去幾萬元不要緊，人沒事就好，破財免災嘛）。

裁縫度身，有分寸 coi⁴ fung⁴⁻²

dog⁶ sen¹, yeo⁵ fen¹ qun³

〔歇後語〕裁縫是根據人體的尺寸來裁製衣服的，所以自然有分寸了。 例 你唔使驚，我係裁縫度身有分寸嘅（你不用害怕，我是有分寸的）。

牀板跳上蓆，相差有限

cong⁴ ban² tiu³ sêng⁵ zég⁶, sêng¹ca¹ yeo⁵ han⁶

〔歇後語〕從牀板上跳到蓆子上，距離相差無幾。比喻兩樣東西差別不大。 例 你哋兩個嘅成績都係牀板跳上蓆，相差有限嘅（你們兩人的成績差不

了多少）。

牀下底吹喇叭，低聲下氣 cong⁴

ha⁶ dei² cêu¹ la³ ba¹, dei¹ séng¹ ha⁶ héi³

〔歇後語〕形容人在某些人跟前忍氣吞聲。 例 人哋有權有勢，有乜辦法呢，我惟有牀底下吹喇叭低聲下氣係啦（人家有權有勢，有甚麼辦法呢，我惟有低聲下氣就是了）。

牀下底放紙鷂，高極有限 cong⁴

ha⁶ dei² fong³ ji² yiu², gou¹ gig⁶ yeo⁵ han⁶

〔歇後語〕紙鷂：風箏；高極：再高（也…）。在牀底下放風箏，再高也高不了多少。 例 助理員唔會有幾多工資嘅，我話都係牀下底放紙鷂，高極有限啦（助理員不會有多少工資的，我看再高也高不到那裏去）。

牀下底破柴，包撞板 cong⁴ ha⁶

dei² po³ cai⁴, bao¹ zong⁶ ban²

〔歇後語〕撞板：碰釘子。在牀底下劈柴一定碰着牀板。 例 你呢個辦法一定係牀下底破柴，包撞板，你信唔信（你這個辦法准碰釘子，你信不信）？

牀下底踢毽，大家都咁高

cong⁴ ha⁶ dei² tég³ yin², dai⁶ ga¹ dou¹ gem³ gou¹

〔歇後語〕在牀底下踢毽子都踢得一般高，意思是不分高下，

高不到哪裏去。 例 我睇你哋兩個都係差唔多，斒底下踢毽大家都咁高啦（我看你們兩個都差不多，彼此不分上下吧）。

牀鋪被蓆 cong⁴ pou¹ péi⁵ zég⁶

牀上用品的總稱，相當於普通話的"鋪蓋蚊帳"。 例 屋裏頭牀鋪被席乜都齊（屋裏面鋪蓋蚊帳甚麼都齊備）。

牀頭有籮穀，死咗有人哭 cong⁴ teo⁴ yeo⁵ lo⁴ gug¹, séi² zo² yeo⁵ yen⁴ hug¹

死咗：去世，死了。農村的老人去世時若是有些穀物，就會有人來哭喪以便能分得一些。戲指一般老人，去世的時候如果手頭上有點錢財就會有人來送終。

粗口爛舌 cou¹ heo² lan⁶ xid⁶

指人滿口粗話、髒話。 例 講話粗口爛舌，太唔似樣喇（說話髒話連篇，太不像話了）。

粗生粗養 cou¹ sang¹ cou¹ yêng⁵

指家境不富裕的孩子，雖然粗茶淡飯，但其身體反而比較健壯。 例 佢嘅經濟條件雖然唔係幾好，但係佢嘅仔生得重好實淨，真係粗生粗養咯（他的經濟條件雖然不怎麼好，但他的兒子長得挺結實的，真是粗茶淡飯也能養出壯實的孩子啊）。又叫"粗食粗大"。

粗身大勢 cou¹ sen¹ dai⁶ sei³

形容孕婦身材粗壯的樣子。 例 你都粗身大勢咯，就咪做咁多粗重野喇（你都有孕在身了就別幹那麼多重活了）。

粗食粗大 cou¹ xig⁶ cou¹ dai⁶

飲食不講究，所以身體長得強壯。 例 細路仔粗食粗大，食得太精細反為唔好（小孩子吃得粗就長得好，吃得太精細反而不好）。

草蜢鬥雞公，嫌命長 cou² mang⁵⁻² deo³ gei¹ gung¹, yim⁴ méng⁶ cêng⁴

〔歇後語〕罵人不知天高地厚，自取滅亡。 例 你同佢鬥，簡直係草蜢鬥雞公，嫌命長啦（你跟他鬥，簡直是找死）。

曹操都有知心友，關公亦有對頭人 cou⁴ cou¹ dou¹ yeo⁵ ji¹ sem¹ yeo⁵, guan¹ gung¹ yig⁶ yeo⁵ dêu³ teo⁴ yen⁴

〔諺語〕指世界上甚麼人都有，哪怕曹操也有好朋友，關公也有跟他作對的人。 例 呢個世界乜野事都有，乜野人都有，曹操都有知心友，關公亦有對頭人嗎（這個世界甚麼事都會發生，甚麼人都有，就是曹操也有知心的朋友，關公也有對頭人嘛）。

嘈喧巴閉 cou⁴ hün¹ ba¹ bei³

吵吵鬧鬧、大聲吵鬧，達到叫

人難以忍受的程度。 〔例〕嗰啲
細蚊仔喺度嘈喧巴閉，冇辦法
開會（那些小孩在那兒吵吵鬧
鬧，沒辦法開會）。

速速磅，唔好四圍望 cug¹ cug¹
bong⁶, m⁴ hou² séi³ wei⁴ mong⁶

〔戲謔語〕磅：指"磅水"，即
給錢，交費；四圍望：到處張
望，拖延時間。催人付款時的
俏皮話。

充大頭鬼 cung¹ dai⁶ teo⁴ guei²

充闊氣，冒充有錢有勢的人，
近似普通話的"打腫臉充胖
子"。 〔例〕我哋都知到你嘅底
細，唔使喺度充大頭鬼咯（我
們都知道你的底細，不用在這
裏打腫臉充胖子了）。

涌尾茜，兩便擺 cung¹ méi⁵ sei¹,
lêng⁵ bin⁶ bai²

〔歇後語〕涌：珠江三角洲的小
河溝；茜：一種水草；兩便：
兩邊。河溝裏的茜草，根據潮
汐的進退，不停地向邊擺。比
喻善於投機的人根據情況向
不同方向搖擺。 〔例〕呢個人冇
主見嘅，好似涌尾茜，兩便擺
（這個人沒有主見，像牆頭草
一樣兩邊擺）。

蟲蟲蟻蟻 cung⁴ cung⁴ ngei⁵ ngei⁵

泛指各種小昆蟲。 〔例〕一到夏
天，嗰啲蟲蟲蟻蟻就多喇（一
到夏天，那些小昆蟲就多了）。

蟲摟蔗頭，好尾運 cung⁴ leo¹ zé³
teo⁴, hou² méi⁵ wen⁶

〔歇後語〕摟：蚊蠅等飛蟲附
在食物上蛀咬。蔗頭：甘蔗接
近根部附近。尾運：甘蔗尾部
沒有遭受蟲害，即好尾運。比
喻人的晚年運氣好。 〔例〕你退
咗休重有養老金，真係蟲摟蔗
頭，好尾運咯（你退了休後還
有養老金，真是福氣好啊）。

重陽兼霜降，有穀冇處裝
cung⁴ yêng⁴ gim¹ sêng¹ gong³, yeo⁵
gug¹ mou⁵ qu³ zong¹

〔農諺〕兼：並且，加上。重陽
節和霜降節氣如果出現在同一
天，當年會風調雨順，莊稼可
以生長得好，有望豐收。

重陽水浸基，餓死冇人知
cung⁴ yêng⁴ sêu² zem³ géi¹, ngo⁶ séi²
mou⁵ yen⁴ ji¹

〔農諺〕基：田基，即田塍。
重陽時水稻將要成熟，如果下
大雨，雨水漫過田塍，晚稻受
淹，田裏收成大大減少，當年
就會成災。

重陽有雷聲，瓜菜唔得平
cung⁴ yêng⁴ yeo⁵ lêu⁴ xing¹, gua¹ coi¹
m⁴ deg¹ péng⁴

〔農諺〕唔得：不能；平：便
宜。重陽時打雷下雨，地裏的
瓜菜受淹，蔬菜就會減產，價
錢就便宜不了。

D

打白鴿轉 da² bag⁶ geb³ jun⁶

指人出門離家不遠，只在附近轉了一圈便回去。 例 今日唔想去邊度，出去打個白鴿轉就翻屋企咯（今天不想到哪裏去，出門轉一圈就回家了）。

打邊爐 da² bin¹ lou⁴

吃火鍋。近年來粵語人逐漸吸收了普通話的説法，叫"食火鍋"，但比較少用。 例 今日好冷呀，打邊爐好嗎（今天真冷，吃火鍋好嗎）？｜你中意要啲乜野嚟打邊爐呀（你吃火鍋喜歡要些甚麼東西）？

打邊爐唔同打屎窟 da² bin¹ lou⁴ m⁴ tung⁴ da² xi² fed¹

打邊爐：吃火鍋；打屎窟：打屁股。同樣是打，但打的內容不同。前者是享受，後者是受懲罰。表示一些表像相同的事物其實質可能相差甚遠。 例 嗰間公司待遇好得多，同呢間比，就打邊爐唔同打屎窟咯（那家公司待遇好得多，跟這家比就像天跟地了）。

打場大風，執塊樹葉 da² cêng⁴ dai⁶ fung¹, zeb¹ fai³ xu⁶ yib⁶

〔諺語〕執：撿。颳過大風之後，樹枝樹葉被颳落不少，可只撿到一張樹葉。比喻在大好機會面前僅獲得很少的利益，形容人無能或運氣極差。 例 呢次機會本來都唔錯，但只係打場大風，執塊樹葉咋（這次機會本來是不錯的，但只是小小的賺了一點）。

打大赤肋 da² dai⁶ cég³ leg⁶

赤肋：裸露上體。"打大赤肋"更加強調赤身的程度，有點像"赤膊上陣"的意味。 例 佢哋食飯食到打大赤肋（他們吃飯都吃得赤裸上身了）｜開空調啦，噉就唔使打赤肋啦（開空調吧，這樣就不用赤膊了）。

打大風都打唔甩 da² dai⁶ fung¹ dou¹ da² m⁴ led¹

唔甩：分不開，脱不掉。形容兩人關係密切，外力無法拆開。 例 佢兩個好啱偈，打大風都打唔甩（他們兩個非常要好，棒打都拆不開）。

打突兀 da² ded⁶ nged⁶

暗吃一驚，打個愣怔。 例 接到通知，我即刻打個突兀（接到通知，我不由得一怔）。

打得更多夜又長 da² deg¹ gang¹ do¹ yé⁶ yeo⁶ cêng⁴

〔諺語〕指辦事時間拖延得過長最終會出現枝節而辦不成。相當於"夜長夢多"。　例 你要快啲辦好手續，就怕打得更多夜又長（你要趕緊把手續辦好，就怕夜長夢多）。

打得少 da² deg¹ xiu²

警告人的話，意思是你欠揍了。

打定輸數 da² ding⁶ xu¹ sou³

打定：預先準備好；輸數：失敗的情況。事先作好失敗的準備。　例 你哋同我哋比賽，你打定輸數啦（你們跟我們比賽，你先做好失敗的準備吧）！

打倒掟都冇滴墨水 da² dou³ déng³ dou¹ mou⁵ dig⁶ meg⁶ sêu²

打倒掟：顛倒過來。人沒有學習過，俗話說沒有"喝"過墨水。就算顛倒過來也倒不出一滴墨水，比喻人沒有文化。

打飯炮 da² fan⁶ pao³

原意是打過了吃飯的響炮了。過去廣州的觀音山每天中午 12 點都打炮，不少人把這炮聲作為午飯的信號。如果過了炮聲還不回來就趕不上吃飯了。　例 你 12 點鐘之前重唔翻就打飯炮喇（你 12 點之前還不回來就沒飯吃了）。"打飯炮"也有餓肚子的意思。

打斧頭 da² fu² teo⁴

指代人辦事從中佔小便宜。相當於普通話的"揩油"。　例 你放心得啦，畀佢做唔會打斧頭嘅（你放心得了，讓他做他不會佔小便宜的）｜我估佢打咗我五十文斧頭（我猜他揩了我五十塊錢的油）。

打風打唔甩 da² fung¹ da² m⁴ led¹

甩：脫開。形容兩人的感情非常好，整天形影相隨。　例 佢哋兩個關係好到鬼嗽，成日喺埋一度，打風都打唔甩（他們兩個好得要命，整天在一起，風吹不散，雷劈不開）。

打風唔蕩西，三日就翻歸 da² fung¹ m⁴ dong⁶ sei¹, sam¹ yed⁶ zeo⁶ fan¹ guei¹

〔農諺〕打風：颳大風，指颱風；蕩西：颳向西；翻歸：回家，轉回來。意思是颳颱風時，開始風都是從東北颳過來，一般轉向南方，到颱風即將過去時就轉颳向西北。如果風向不轉向西北方的話，三天之後颱風還要來。這裏說的"三日"只是個大概的天數，有時一兩天風向就轉。

打腳骨 da² gêg³ gued¹

敲打小腿骨。轉指攔路搶劫、收買路錢。　例 以前就係呢條水路經常有人打腳骨（過去這條水路上經常有人打劫收買路錢的）。

打狗都要睇主人 da² geo² dou¹ yiu³ tei² ju² yen⁴

打狗看主人。比喻懲罰某人要看他的父母或上司的面子，不能貿然行事。 例 你唔能隨便罰佢㗎，打狗都要睇主人啦（你是不能隨便處罰他的，打狗也要看主人嘛）。

打劫紅毛鬼，進貢法蘭西 da² gib³ hung⁴ mou⁴ guei², zên³ gung³ fad³ lan⁴ sei¹

〔戲謔語〕紅毛鬼和法蘭西，二者都泛指外國人或者指其利益與自己無關的人。從紅毛鬼那裏搶奪來的東西，轉送給法蘭西。喻從富有的人那裏奪取了東西，自己不享用，又送給別人，有點劫富濟貧或借花獻佛的意思。 例 你呢次迫老闆請飲茶，有啲打劫紅毛鬼，進貢法蘭西嘅味道喎（你這次逼老闆請客，有點劫富濟貧的味道啊）。

打鼓趁興 da² gu² cen³ hing³

打鼓要趁人們高興的時候進行，比喻做甚麼事要趁好的時機，有乘興、趁勢的意思。 例 你最好而家就提出來商量，打鼓要趁興嘛（你最好現在就提出來商量，趁大家高興嘛）。有時也有趁機添亂的意思。 例 你唔好喺度打鼓趁興喇，人哋都夠閉翳咯（你別在

這添亂了，人家也夠愁的了）。

打功夫 da² gung¹ fu¹

功夫：武術；打功夫：練習武術。現在普通話也引用粵語"功夫"這個詞。 例 佢十歲就學打功夫喇（他十歲就學武術了）。廣州還有"國技""打國技"的説法，現在人們已不用這個詞了。

打功夫嗽手 da² gung¹ fu¹ gem² seo²

形容人事情多而忙亂。 例 呢幾日客仔太多，我一個人做到打功夫嗽手都唔掂（這幾天顧客太多，我一個人做得不亦樂乎還應付不過來）。

打過先知龍與鳳 da² guo³ xin¹ ji¹ lung⁴ yü⁵ fung⁶

打過：較量過；先知：然後知道。比喻經過較量才知道是甚麼水準。相當於普通話的"是騾子是馬拉出來遛遛"。

打口水仗 da² heo² sêu² zêng³

口水：吐沫。因為有些人在激烈辯論時吐沫橫飛，好像是用口水作武器，互相噴射。多比喻人們在口頭上互相爭辯、對罵。 例 我費事同佢打口水仗（我懶得跟他作無謂的爭吵）。又叫"打口水官司"。

打住家工 da² ju⁶ ga¹ gung¹

當保姆。即到人家裏當保姆。 例 你做保姆係打住家工嗎

（你當保姆是在顧主家裏住的嗎）？

打爛個瓦罉，冇飯開 da² lan⁶ go³ nga⁵ cang¹, mou⁵ fan⁶ hoi¹

〔歇後語〕瓦罉：砂鍋。做飯的砂鍋被打破了，沒飯吃了。一般用來比喻失業了，沒有收入的意思。

打爛沙盆璺（問）到篤 da² lan⁶ sa¹ pun⁴ men⁶ dou³ dug¹

璺：裂痕；篤：底兒。打破沙鍋問到底，表示對事情的原委追問到底。 例 呢件事大家都心知肚明，你唔好打爛沙盆問到篤喇（這件事大家都心裏有數，你不要打破沙鍋問到底了）。

打爛齋缽 da² lan⁶ zai¹ bud³

齋缽：和尚用來化緣的缽盂。缽盂打破了，比喻事情沒有希望。經常引申指違背原來約定的行為。 例 呢次畀佢打爛齋缽，搞唔成咯（這次他違約，搞不成了）。

打鑼都揾唔到 da² lo⁴ dou¹ wen² m⁴ dou³⁻²

揾唔到：找不到。形容東西稀少寶貴，相當於普通話的"打着燈籠也難找"。 例 你呢位拍檔咁好，真係打鑼都揾唔到啦（你這位夥伴這麼好，打着燈籠也難找啊）。

打鑼咁揾 da² lo⁴ gem³ wen²

揾：找。打着鑼去找，形容到處找人或東西。普通話有"打着燈籠到處找"的説法。 例 你去咗邊度呀，大家打鑼咁揾你（你到那裏去了，大家打着燈籠到處找你）。｜咁靚嘅野，你打鑼咁揾都揾唔到呀（這麼好的東西，你打着燈籠也找不到）。

打落門牙帶血吞 da² log⁶ mun⁴ nga⁴ dai³ hüd³ ten¹

表示受到欺負而不敢反抗，受委屈而無處申訴，只好忍氣吞聲。 例 佢好慘呀，畀人蝦到鬼噉，惟有打落門牙帶血吞咯（他真慘，被別人欺負得不像話，只好忍氣吞聲了）。

打牙鉸 da² nga⁴ gao³

牙鉸：下巴的關節。打牙鉸即聊天、閒聊、閒扯。 例 我唔得閒同你喺度打牙鉸（我沒工夫在這裏跟你閒扯）｜佢工作唔落力，成日同人打牙鉸（他工作不努力，整天跟別人瞎聊）。

打生打死 da² sang¹ da² séi²

形容人為了某事而爭鬥得非常激烈。 例 為咗分配經費，幾個人打生打死噉爭（為了分配經費，幾個人拼命地爭奪）。

打瀉茶 da² sé² ca⁴

舊時指女子訂婚後，未婚夫死亡。

打蛇隨棍上 da² sé⁴ cêu⁴ guen³ sêng⁵

〔諺語〕人用棍子打蛇，蛇就勢順着棍子爬上來咬人。形容人順着別人的話，馬上做出對自己有利的反應，相當於普通話的"順竿兒爬"的意思。 例你唔好打蛇隨棍上，我有答應你呀（你不要順竿兒爬，我可沒有答應你啊）｜問你乜嘢就答乜嘢，好似打蛇隨棍上，嗽點得呢（問你甚麼你就答甚麼，就懂得順竿兒爬，這怎麼行呢）。

打蛇打七寸 da² sé⁴ da² ced¹ qun³

〔諺語〕七寸：蛇身尾部約七寸的地方，是蛇的要害處。打蛇要打在要害處才容易把蛇打死。比喻打擊敵人要攻擊其要害處才奏效。 例你要打佢嘅要害至得呀，打蛇打七寸啦嗎（你要打他的要害才行，好比打蛇要打它七寸的地方）。

打蛇唔死畀蛇咬 da² sé⁴ m⁴ séi² béi⁴ sé⁴ ngao⁵

〔諺語〕民間傳說，打蛇一定要打死，如果把蛇打傷了，蛇會報仇的。比喻對壞人壞事鬥爭要徹底，不然會留有後患。 例對付敵人要堅決消滅，打蛇唔死畀蛇咬㗎（對付敵人要堅決消滅，打蛇不死會被蛇咬的）。又說"打虎唔死畀虎咬"。

打死多過病死 da² séi² do¹ guo³ béng⁶ séi²

人們對壞人的咒語，即作惡多端的人，多半不得善終。

打死狗講價 da² séi² geo² gong² ga³

打死了狗才問狗的價錢，那就只好由狗主漫天要價了。經常用來告誡人們，凡事要先談好條件再幹，否則是會吃虧的。 例你要就問清楚價錢，唔好打死狗講價（你要就先問清楚價錢，不要完了才問價錢）。

打鐵要短，做木要長 da² tid³ yiu³ dün², zou⁶ mug⁶ yiu³ cêng⁴

打鐵時作為原料的鐵要比製成品略短些，而做木工時，木料要比製成品略長些。

打同通 da² tung⁴ tung¹

指兩人或多人串通一氣行騙。 例街邊時時有人打同通，你要因住呀（街邊經常有人互相勾結行騙，你要當心啊）。

打橫嚟 da² wang⁴ lei⁴

橫行霸道，不講理、蠻幹。 例呢度要講道理，你唔好喺度打橫嚟呀（這裏要講道理，你不能在這裏橫行霸道啊）｜你要慢慢拆，唔好打橫嚟嘛（你要慢慢拆，不要蠻幹啊）。

* 打皇家工 da² wong⁴ ga¹ gung¹

指香港回歸前在港英政府部門工作。

D

打醒精神 da² xing² jing¹ sen⁴

提高警覺，集中注意力。 例 你夜晚開車要打醒精神至得呀（你晚上開車要提高注意力才行啊）｜你想贏我呀，打醒精神啦（你想贏我嗎，那就使足勁吧）。又叫"打醒十二分精神"。

打書釘 da² xu¹ déng¹

戲稱在書店蹭書看而不買書。蹭戲看也可以說成"打戲釘"等。

打友誼波 da² yeo⁵ yi⁴ bo¹

打波：打球。打友誼球。比喻作聯絡感情的舉動。 例 我哋唔計較輸贏嘅，打友誼波嘢（我們不計較輸贏，只是友誼比賽而已）｜有陣時都要打下友誼波先得㗎（有時也要聯絡一下感情才行的）。

打完齋唔要和尚 da² yün⁴ zai¹ m⁴ yiu³ wo⁴ sêng⁶⁻²

指事情辦完了就不管原來辦事的人員。有點忘恩負義的樣子。近似普通話的"過河拆橋"。 例 你噉做直程就係打完齋唔要和尚（你這樣做簡直就是過河拆橋）！

打齋鶴，度人升仙 da² zai¹ hog⁶, dou⁶ yen⁴ xing¹ xin¹

〔歇後語〕舊俗喪家門前要樹立一根幡竿，上面有一隻紙鶴，叫"打齋鶴"，用以超度亡魂，即所謂"度人升仙"。人們把"打齋鶴度人升仙"比喻為誘人學壞，往死路上引。 例 你教人吸毒，正一打齋鶴度人升仙（你教人吸毒，把人往死路上引）。

打雀嗷眼 da² zeg³⁻² gem² ngan⁵

嗷眼：那樣的眼睛。像打鳥兒那樣盯着。形容人目不轉睛地盯着目標。 例 佢打雀嗷眼睇住個女仔（他目不轉睛地盯着那個姑娘）。

打針食黃連，痛苦 da² zem¹ xig⁶ wong⁴ lin⁴, tung³ fu²

〔歇後語〕又痛又苦的意思。 例 我睇你呢次都算係打針食黃連，好痛苦咯（我看你這次也夠痛苦的了）。

打真軍 da² zen¹ guen¹

動真格的。 例 呢次係打真軍㗎（這次可是動真格的啊）。

打腫面皮充肥佬 da² zung² min⁶ péi⁴ cung¹ féi⁴ lou²

打腫臉充胖子。 例 就算你打腫面皮充肥佬，人哋都識得出你嘅底細（就算你打腫臉皮充胖子，人家都認得出你的底細）。

搭順風車 dab³ sên⁶ fung¹ cé¹

乘搭別人的便車，普通話叫"搭腳兒"或"搭便車"。廣

州話還可以引申為沾別人的
光。 　例 我橫掂要去廣州，
你就搭我順風車去啦（我反正
要去廣州，你就搭我的便車去
吧）｜你畀佢搭下順風車啦，
佢有嘢做都幾艱難㗎（你就讓
他沾沾光吧，他沒工作也挺困
難的）。

搭通天地線 dab³ tung¹ tin¹ déi⁶ xin³

比喻搭上了上下各種關係。
例 辦事要講原則，唔係話搭
通天地線就掂喇（辦事要講原
則，不是搭通了上下關係就萬
事大吉了）。

帶兩梳蕉去探人 dai³ lêng⁵ so¹ jiu¹
hêu³ tam³ yen⁴

〔戲謔語〕帶兩掛香蕉去探訪親
友，比喻兩手空空去探人。因
為兩隻手很像兩掛香蕉。 　例
人哋要請你食飯飲酒，帶兩梳
香蕉去探人點得呀（人家請你
吃飯喝酒，你兩手空空去見人
怎麼行）！

帶埋米嚟都嫌你煮瘦鑊 dai³ mai⁴
mei⁴ lei⁴ dou¹ yim⁴ néi⁵ ju² seo³ wog⁶

帶埋米：連米也帶；煮瘦鑊：
把鐵鍋煮乾澀。連米也帶來都
嫌你把鐵鍋煮壞了。表示對人
十分鄙視。 　例 你唔好以為你
好架勢，就算帶埋米嚟都嫌你
煮瘦鑊呀（你別以為你很了不
起，你的東西我瞧不起）。

帶眼識人 dai³ ngnan⁵ xig¹ yen⁴

指能辨別人的善惡長短。 　例
佢做慣領導，好帶眼識人嘅
（他做慣了領導，很能辨別人
的好壞）｜交朋友要帶眼識人
（交朋友要分清好壞）。

大把世界 dai⁶ ba² sei³ gai³

大把：很多；世界：日子、光
景。形容人前途無量、來日方
長，或者指掙錢的機會多，能
過上好日子等。 　例 你而家重
好年輕，將來大把世界啦（你
現在還很年輕，前途無量）｜
呢度係大城市，大把世界呀
（這裏是大城市，掙錢的機會
多着呢）。

大柴塞死火，大力使死牛
dai⁶ cai⁴ seg¹ séi² fo², dai⁶ lig⁶ sei²
séi² ngeo⁴

〔農諺〕用大塊的柴必然把灶
火塞滅，使用狠力驅趕耕牛會
把牛使壞。勸喻人們要愛惜財
物，對人對物都不能粗暴蠻橫。

大出血 dai⁶ cêd¹ hüd³

商家誇張性的商業用語，意
為嚴重虧本出售貨物，目的
是吸引顧客。 　例 呢間超市又
叫大出血咯，去睇下有啲乜平
嘢賣啦（這家超市又叫大減價
了，去看看都有些甚麼便宜貨
吧）。也指個人的巨額破財。

大大話話 dai⁶ dai⁶ wa⁶ wa⁶

D

大話：謊話；大大話話：誇張
地説，有時也有粗略估計的意
思。 例 我呢個古董大大話話
都值萬零文㗎（我這個古董粗略
估計也值萬兒八千的）｜我唔係
話嚇你，大大話話一年賺十幾
萬唔成問題（我不是嚇唬你，一
年隨便賺十幾萬不成問題）。

大癲大廢 dai⁶ din¹ dai⁶ fei³

形容人嘻嘻哈哈、大大咧咧，
對事情漫不經心的樣子。近似
普通話的"沒心沒肺"。 例 你
睇佢乜都唔憂愁，成日大癲大
廢（你看他甚麼都不發愁，大
大咧咧的）。

大花大朵 dai⁶ fa¹ dai⁶ do²

形容布料或衣服等上面印着許
多大而失當的花朵。 例 窗簾
大花大朵，唔好睇（窗簾的花
兒太大了，不好看）。

大花面叫母親，"無錢" dai⁶ fa¹ min⁶⁻² giu³ mou⁵ cen¹, "mu³ qin³"

〔歇後語〕大花面：粵劇中的大
花臉。粵劇裏的大花臉用官話
道白稱呼"母親"時，音如粵
語的"無錢"。人們用這來戲
指沒有錢。 例 一到月底，佢
就大花面叫母親"無錢"咯（一
到月底，他就沒錢了）。

大花面抹眼淚，離行離迾 dai⁶ fa¹ min⁶⁻² mad³ ngan⁵ lêu⁶, léi⁴ hong⁴ léi⁴ lad⁶

〔歇後語〕大花面：粵劇中的花
臉。當演劇要擦眼淚時，大花
臉不能用手真的擦臉，要離開
臉假意地擦。"離行離迾"即
離開行列，也比喻做事離開了
規範。 例 你寫嘅字離行離迾，
唔係幾齊整（你寫的字離開了
格子，不怎麼整齊）｜做事要
按照習慣嚟做，唔好大花面抹
眼淚，離行離迾嗽嘛（做事要
按照習慣來做，不要脱離規範
嘛）。

大花灑 dai⁶ fa¹ sa²

花灑：澆花或洗澡用的噴頭。
因大花灑噴水量大，而"水"
在廣州話裏有錢財的意思。
"大花灑"便用來比喻亂花錢的
人。 例 呢個正一大花灑，飲
一餐茶就使咗成千文（這個傢
伙是個亂花錢的人，喝一次茶
就花掉上千元）。

大花筒 dai⁶ fa¹ tung⁴

一種圓筒形的煙花，因為它霎
時間五彩繽紛，旋即聲息全
無，人們用來比喻肆意揮霍錢
財不久將會敗落的人。現在多
説"大花灑"。

大花筒，亂散 dai⁶ fa¹ tung⁴, lün⁶ san³

〔歇後語〕形容東西雜亂無章。
例 睇你個房似乜，大花筒，
亂散（看你的房間像甚麼，亂
七八糟）。

大快活 dai⁶ fai³ wud⁶

形容人樂觀開朗，也指樂觀開朗的人。 例 佢成日咁笑，真係個大快活（他整天笑個不停，真是個樂觀開朗的人）。

大番薯 dai⁶ fan¹ xu⁴⁻²

指愚笨的人。 例 你真係大番薯咯，咁簡單嘅野都唔識做（你真笨，那麼簡單的事都不會做）｜你唔好笑佢大番薯，做起野嚟叻過你添（你別笑他愚笨，幹起活兒來比你還強呢）。

大富由天，小富由儉 dai⁶ fu³ yeo⁴ tin¹, xiu² fu³ yeo⁴ gim⁶

〔諺語〕有的人認為，要成為豪富需要由天來決定，但要小富則靠自己勤儉就能達到。

大家都嚟話 dai⁶ ga¹ dou¹ gem² wa⁶

〔客套話〕。嚟話：這麼說，如此。一般用於聽到對方對自己說恭維話後的回答，意思是彼此都這樣，相當於普通話的"彼此，彼此"。

大吉利是 dai⁶ ged¹ lei⁶ xi⁶

廣州話原來應該是"大吉利市"，但人們多寫作或讀為"大吉利是"或"大吉利事"，即大吉大利的意思。迷信的人遇到不吉利的事時，立即說聲"大吉利是"以消除晦氣。 例 今早一出門就撞見嗰單野，真係大吉利是咯（今天一大早出門就碰上那種東西，真是倒霉透了）。

大雞唔食細米 dai⁶ gei¹ m⁴ xig⁶ sei³ mei⁵

〔諺語〕大的雞應該吃大的米，小的雞應該吃小的米。這是一般規律。通常人們拿這句話來比喻大的商號或工廠要做大的生意，不做小的買賣。也用來形容"大人物"不屑於幹那些雞毛蒜皮的事情。 例 你呢個零件大工廠唔會同你加工嘅，大雞唔食細米嘛（你這個零件大工廠是不會給你加工的，大工廠的胃口大唄）。

大狗爬牆，細狗學樣 dai⁶ geo² pa⁴ cêng⁴, sei³ geo² hog⁶ yêng⁶

比喻大人做甚麼事情，都會是孩子學習的榜樣，如果大人做壞事，孩子也會學壞。 例 你喺個仔面前唔好講粗口，大狗爬牆，細狗學樣（你在兒子面前不要說髒話，大人做甚麼，孩子就學甚麼）。

大嚿衰 dai⁶ geo⁶ sêu¹

嚿：量詞，個、塊的意思。這裏作名詞用，是個子、塊頭的意思。衰：即倒霉、差勁。整個意思是個子大而手腳不靈活或愚笨的人。 例 你真係大嚿衰咯，咁簡單嘅數你都算唔掂（你真是白長得這麼高大了，這麼簡單的數你都算不出來）！｜我呢個大嚿衰真冇用，行幾步就氣羅氣喘（我這個大個子真沒用，走幾步就氣喘的不得了）。

大件事 dai⁶ gin⁶ xi⁶

事情嚴重、事態嚴重。 例 身份證唔見咗就大件事咯（身份證丟了就嚴重了）｜打爛個杯有乜咁大件事吖（不就打破一個杯子嗎，有甚麼了不起的）。

大哥大 dai⁶ go¹ dai⁶

原指港澳地區黑社會的大頭目，後指磚塊式的移動手機，現用以戲稱某一行業裏的權威人物或企業。 例 佢錢唔算多，不過勢力好大，係呢度嘅大哥大咯（他錢不算多，不過勢力大，在這裏算是老大了）。

大哥莫話弟，話出大失禮
dai⁶ go¹ mog⁶ wa⁶ dei⁶, wa⁶ cêd¹ dai⁶ sed¹ lei⁵

莫話：不要説；話出：説出來；大失禮：大大丟臉。整個意思是：你不必説了，還是心照不宣吧，要是我也説出來對大家都不利。在回答對方的威脅時用，含蓄的話語中帶有警告的意味。

大姑娘説媒，説人不説己
dai⁶ gu¹ nêng⁴ xud³ mui⁴, xud³ yen⁴ bed¹ xud³ géi²

〔歇後語〕指只批評別人，不批評自己。 例 你講話淨係話人，唔話自己，正一大姑娘説媒，説人不説己（你説話只説別人，不説自己）。又説"大姑娘做媒，講人唔講自己。"

大光燈，嘰嘰聲 dai⁶ guong¹ deng¹, hê⁴ hê⁴⁻² séng¹

〔歇後語〕大光燈：汽燈；嘰嘰：汽燈點亮時的聲音。形容人多説話，發出嘈雜的聲音。多用來比喻人説話聲勢大而行動小。 例 佢呢個人成日得把聲，正一大光燈嘰嘰聲（他這個人整天只會嚷嚷，雷聲大雨點小）。

大光燈，照遠唔照近 dai⁶ guong¹ deng¹, jiu³ yün⁵ m⁴ jiu³ ken⁵

〔歇後語〕大光燈：汽燈，這種燈適宜在廣場上用，如農村的戲台，村鎮夜市等。由於這種燈能照得比較遠，而近處反而照不到，人們就用這種燈來比喻那些經常為別人做好事，對自己家裏反而照顧少的人。 例 佢老婆埋怨佢成日顧住幫人，自己屋企一啲都唔理，好似大光燈，照遠唔照近（他妻子埋怨他整天光幫助別人，對自己家一點兒都不照顧，就像大光燈一樣）。"大光燈"也用於貶義，形容聲勢大而行動少或者名聲在外而在當地卻不大吃香的人。

大蝦米跌落水，到底都唔掂

dai⁶ ha¹ mei⁵ did³ log⁶ sêu², dou³ dei²
dou¹ m⁴ dim⁶

〔歇後語〕唔掂：雙關語，一是不直的意思，二是不妥當、不順利等意思。蝦米煮熟了之後成了鉤狀，再也不能伸直了。借指事情沒搞好。　例 呢次好似大蝦米跌落水，到底都唔掂嘞（這次真的完全沒有辦法了）。

大恰細，畀屎喂

dai⁶ heb¹ sei³, béi² xi² wei³

〔兒童戲謔語〕恰：欺負；細：小。畀：給。　例 你為乜蝦人呀，大恰細，畀屎喂（你為甚麼欺負人家，大人欺負小孩，沒出息）。後面還有一句："細蝦大，拉去賣"。

大鄉里入城

dai⁶ hêng¹ léi⁵ yeb⁶ séng⁴

形容人對外界新鮮事物甚麼都不懂，甚麼都好奇。　例 你喺呢度住咗幾年嘞，重係大鄉里入城嗽，乜都要問（你在這裏住了好幾年了，好像剛進城的人似的，甚麼都要問）。

大口田螺唔戀泥，瘦水大頭唔食茜，鯇魚發現青頭仔，即刻清塘清到底

dai⁶ heo² tin⁴ lo⁴ m⁴ lün² nei⁴, seo³ sêu² dai⁶ teo⁴ m⁴ xig⁶ sei¹, wan⁵ yü⁴ fad³ yin⁶ céng¹ teo⁴ zei², jig¹ heg¹ qing¹ tong⁴ qing¹ dou³ dei²

〔農諺〕養魚人一旦發現田螺不喜歡水中的泥，或者大頭魚不吃茜草，或者草魚發現有青頭仔，説明塘水和泥土有問題，應該立即把魚塘徹底清理乾淨。

大喉欖，食凸 dai⁶ heo⁴ lam², xig⁶ ded⁶

〔歇後語〕喉欖：喉結；凸：超出。食凸是雙關語，一個意思是吃東西時，喉結突出來，另一個意思是超出，形容吃量超過預算。　例 呢個月伙食，變成大喉欖，食凸嘞（這個月的伙食，變成超過預算了）。

大海撒拃鹽，淡而無味 dai⁶ hoi² sad³ za⁶ yim⁴, tam⁵ yi⁴ mou⁴ méi⁶

〔歇後語〕海：這裏指河；拃：量詞，把。在大河裏撒一把鹽，河水依然淡而無味。比喻節目、文章等平淡不精彩。　例 呢個節目太簡單喇，好似大海撒拃鹽，淡而無味（這個節目太簡單了，淡而無味）。

大寒出熱，牛姆死絕 dai⁶ hon⁴ cêd¹ yid⁶, ngeo⁴ na² séi² jud⁶

〔農諺〕大寒即一月二十日或二十一日。如果天氣轉暖，預兆開春時會特別寒冷，母牛都要凍死。

大寒颳南風，兩造就有一造空 dai⁶ hon⁴ guad³ nam⁴ fung¹, lêng⁵

zou⁶ zeo⁶ yeo⁵ yed¹ zou⁶ hung¹

〔農諺〕大寒時如果颳南風，天氣變暖，來年天氣惡劣，必有一造失收。

大寒唔凍，凍到芒種 dai⁶ hon⁴ m⁴

dung³, dung³ dou³ mong⁴ zung³

〔農諺〕大寒時天氣不冷，到了來年就會冷到芒種時節。

大寒蚊蟲叫，舊穀有人要

da⁶ hon⁴ men¹ ji¹ giu³, geo⁶ gug¹ yeo⁵ yen⁴ yiu³

〔農諺〕蚊蟲：蚊蠓。大寒時如果蚊子多，説明天氣不冷，那麼害蟲就多，來年莊稼肯定收成不好，連去年的舊穀都有人要。

大寒冇霜雪，蟲多殺唔絕

dai⁶ hon⁴ mou⁵ sêng¹ xud³, cung⁴ do¹ sad³ m⁴ jud⁶

〔農諺〕大寒時如果不下霜雪，氣候則不夠寒冷，害蟲殺不絕。

大寒冇雨落春霜 dai⁶ hon⁴ mou⁵

yü⁵ log⁶ cên¹ sêng¹

〔農諺〕大寒時沒有雨，到了春天就會出現霜凍。

大寒牛躺淰，出正凍死魚

dai⁶ hon⁴ ngeo⁴ tong³ ban⁶, cêd¹ jing¹ dung³ séi² yü⁴

〔農諺〕淰：爛泥。大寒時如果牛要躺水坑，説明天氣熱，等到了來年正月的時候，天氣就很冷，水裏的魚也會被凍死。

大寒三朝，霜水過橋 dai⁶ hon⁴

sam¹ jiu¹, sêng¹ sêu² guo³ kiu⁴

〔農諺〕大寒節過了三天之後，氣溫連續下降，天氣才真正的冷，地面容易出現霜凍。

大好沉香當柴燒 dai⁶ hou² cem⁴

hêng¹ dong³ cai² xiu¹

比喻把珍貴的東西當作不值錢的東西，大材小用，糟踐寶物。　例你將幾個醫生派去打掃衛生，難怪有人話你大好沉香當柴燒咯（你把幾個醫生派去打掃衛生，難怪有人説你大材小用了）。

大菌食細菌，細菌當補品

dai⁶ kuen² xig⁶ sei³ kuen², sei³ kuen² dong³ bou² ben²

〔諧謔語〕大菌：不講究衛生的人自我比喻。他們認為不衛生也沒關係，吃了不衛生的東西不一定生病，説"不乾不淨，吃了沒病"。　例你話佢食飯之前唔洗手，佢重話"大菌食細菌，細菌當補品"添（你説他飯前不洗手，他還説"不乾不淨，吃了沒病"呀）。

大纜扯唔埋 dai⁶ lam⁶ cé² m⁴ mai⁴

扯唔埋：不能拉在一起。用纜繩也拉不到一起。形容兩個人性格不同，或感情不好，彼此合不來。

大懶使二懶，二懶使門檻

dai⁶ lan⁵ sei² yi⁶ lan⁵, yi⁶ lan⁵ sei²
mun⁴ kam⁵

譏笑那些懶人自己的事都指使別人去做，而被他指使的人也是懶人一個，結果甚麼事也做不成。　例 你係懶人，你想使佢幫你真係大懶使二懶，二懶使門檻咯（你是懶人，你要叫他幫你真是懶人使懶人了）。

大良亞斗官，敗家子 dai⁶ lêng⁴ a³ deo² gun¹, bai⁶ ga¹ ji²

〔歇後語〕大良：佛山市順德區政府所在地。亞斗：指三國時蜀國劉備的兒子"阿斗"。蜀國到了他手上便滅亡了。比喻把家產揮霍淨盡的敗家子。　例 我睇佢咁大使大食，一定係大良亞斗官，敗家子咯（我看他這麼大吃大喝的，准是敗家子了）。

大老倌上台，係威係勢 dai⁶ lou⁵ gun¹ sêng⁵ toi⁴, hei⁶ wei¹ hei⁶ sei³

大老倌：名藝人；係威係勢：很有氣派的樣子。形容人有意裝成某種樣子。　例 你有話就講，唔使好似大老倌上台，係威係勢嘅（你有話就直說吧，不必裝模作樣了）。

大轆墨打鑼，烏啄啄 dai⁶ lug¹ meg⁶ da² lo⁴, wu¹ dêng¹ dêng¹

〔歇後語〕大轆墨：大塊圓形的墨；烏：黑；啄啄：打鑼聲。

形容人糊裏糊塗。　例 呢個問題我重係大轆墨打鑼，烏啄啄嘅嘛（這個問題我還是糊裏糊塗呢）。

大轆木 dai⁶ lug¹ mug⁶

大大的一段木頭，比喻行動緩慢、笨手笨腳、思維遲鈍的人。與普通話的"傻大個兒"相似。　例 你生得咁鬼高大，論論盡盡，似條大轆木嘅（你光長得那麼高，行動一點都不靈活，真像傻大個兒）。

大轆藕 dai⁶ lug¹ ngeo⁵

戲指抽大煙的煙槍。　例 佢食大轆藕食咗十年㗎喇（他抽大煙抽了十年了）。另一個意思是花錢大手大腳的人。　例 你呢個大轆藕唔好亂買嘢呀（你這個大手大腳的人不要亂花錢啊）。也指傻傻笨笨的人。

大轆藕抬色，好少理 dai⁶ lug¹ ngeo⁵ toi⁴ xig¹, hou² xiu² léi⁵

〔歇後語〕大轆藕：傳說有一個苦力，為人憨厚，其綽號叫"大轆藕"；色：即秋色，民間傳統的慶祝活動，以兒童妝扮成戲劇中的人物被人抬着出遊，叫"抬色"。大轆藕為人老實，他只顧抬色，從不欣賞所抬的人物長相如何。後來人們用這個歇後語表示不搭理別人的閒事。　例 佢點搞我都由得佢，我一於大轆藕抬色，好少理（他怎麼搞我也由他去，管他呢）。

大轆藕抬色，盡地快活 dai⁶ lug¹ ngeo⁵ toi⁴ xig¹, zen⁶ déi⁶ fai³ wud⁶

〔歇後語〕盡地：儘量地。大轆藕只顧"抬色"，從中享受到與大家一樣的快樂。　例 你就乜都唔使做嘞，大轆藕抬色，盡地快活啦（你現在甚麼都不必做了，充分享受快樂吧）。

大轆竹 dai⁶ lug¹ zug¹

戲指一種用粗竹製成的水煙筒。　例 農村人中意用大轆竹食煙（農村的人喜歡用竹製水煙筒抽煙）。

大馬站過小馬站，相差不遠 dai⁶ ma⁵ zam⁶⁻² guo³ xiu² ma⁵ zam⁶⁻², sêng¹ ca¹ bed¹ yün⁵

〔歇後語〕大馬站：廣州地名；小馬站：廣州地名。廣州的大馬站與小馬站兩地相鄰，從大馬站到小馬站很近。比喻兩件事物差不了多少。　例 兩個人嘅成績都係大馬站過小馬站，相差不遠（兩個人的成績差別不大）。

大模屍樣 dai⁶ mou⁴ xi¹ yêng⁶

形容人擺臭架子、大模大樣的。例 嗰條友成日大模屍樣，好似好有料嘅（那個傢伙整天擺臭架子，好像很有學問似的）。

大蟒蛇屙屎，未見過 dai⁶ nam⁴ sé⁴ ngo¹ xi², méi⁶ gin³ guo³

〔歇後語〕蟒蛇：蟒。強調從來沒有發生過這樣的事。　例 十零歲嘅仔就做老闆，大蟒蛇屙屎，未見過（十來歲的孩子就做老闆，從來沒有見過）。

大粒神 dai⁶ neb¹ sen⁴⁻²

戲稱大人物，有譏諷的意味。例 你睇佢個樣，似晒個大粒神噉呀（你看他這德行，像個大人物似的）。

大粒嘢 dai⁶ neb¹ yé⁵

大人物、大官。　例 呢個係大粒嘢嚟㗎（這可是個大人物呀）｜一個科長唔算大粒嘢（一個科長不算大官）。

大眼乞兒 dai⁶ ngan⁵ had¹ yi⁴⁻¹

乞兒：乞丐。指胃口大的乞丐，你給他少了他不要。比喻那些眼高貪大貪多的人。　例 人哋畀少啲都唔要，真係大眼乞兒咯（人家少給一點也不要，胃口真夠大的）。

大安主義 dai⁶ ngon¹ ju² yi⁶

過分安心而放任不管。　例 我約好佢嚟就大安主義等佢，點知佢居然唔嚟（我約好他來就放心地等他，誰知他居然不來）。

大泡和 dai⁶ pao¹ wo⁴

指無能的人，相當於普通話的

"窩囊廢"。 例 呢個大泡和乜都唔識做（這個窩囊廢甚麼都不會做）。

大炮打蚊螆，白費力 dai⁶ pao³ da² men¹ ji¹, bag⁶ fei³ lig⁶

〔歇後語〕蚊螆：蚊蠓等小飛蟲。形容人做事徒勞無功。 例 小小事情要咁多人嚟搞，直程係大炮打蚊螆，白費力啦（小小的事要這麼多人來搞，簡直是大炮打蚊蟲，白費力了）。

大炮友 dai⁶ pao³ yeo⁵⁻²

大炮："車大炮"（撒謊）的簡略語。指愛吹牛的人。 例 佢講話有一句係真嘅，正一大炮友（他說的話沒有一句是真的，十足的吹牛皮大王）。

大殺三方 dai⁶ sad³ sam¹ fong¹

賭博術語，指某一賭局全部的人都輸了，惟獨一人獲勝。又指競技比賽中一家獨贏。 例 今日佢大殺三方，贏晒（今天他把三方都贏了）。

大生意怕跌，小生意怕歇 dai⁶ sang¹ yi³ pa³ did³, xiu² sang¹ yi³ pa³ hid³

做大的生意怕的是價格下跌，做小生意怕的是歇業停頓。

大石砸死蟹 dai⁶ ség⁶ zag³ séi² hai⁵

〔諺語〕砸：壓。一塊大石頭壓在螃蟹的身上，能把螃蟹壓死。比喻以權勢壓服別人。 例 你話晒係個領導，有問題要同大家商量，唔好大石砸死蟹呀（你多少還是個領導，有問題要跟大夥商量，不要仗勢欺人）。

大細老嫩 dai⁶ sei³ lou⁵ nün⁶

指一家大小。 例 我屋企大細老嫩有十個人（我家一家大小有十個人）。

大細超 dai⁶ sei³ qiu¹

原意指眼睛一大一小，引申指厚此薄彼。 例 分嘢要分得勻巡啲，唔好分成大細超嗽（分東西要分得均勻一點，不要厚此薄彼，一多一少）。

大神好講，小鬼難擋 dai⁶ sen⁴ hou² gong², xiu² guei² nan⁴ dong²

比喻正派的人或地位高的人好說話，容易溝通，但對不講道理的小人就難以對付了。

大聲夾惡 dai⁶ séng¹ gab³ ngog³

聲音大而且兇惡。形容某些人既無理又兇惡。 例 呢個人好冇道理，講話大聲夾惡（這個人很沒有道理，說話又兇又狠）。

大手骨 dai⁶ seo² gued¹

形容人用錢慷慨大方，出手不凡。 例 呢個闊佬一出手就千千聲，真係大手骨喇（這位大款一出手就上千塊，真是出手不凡啊）。

大水喉 dai⁶ sêu² heo⁴

水喉：水龍頭。大的水龍頭放水快。廣州話水代表錢財。大水喉即大手大腳花錢的人。

大頭佛 dai⁶ teo⁴ fed⁶

原指民間喜慶時用的一種面具，多為笑面和尚的樣子。現也指頭腦簡單的人。 例 你咪睇佢係個乜嘢長，其實係個大頭佛嚟嘅（你別看他是個甚麼長，其實是個無能之輩）。也指惹出大麻煩。 例 弊嘞，呢次搞出個大頭佛添（糟糕，這次惹出麻煩了）。

大頭鬼 dai⁶ teo⁴ guei²

戲稱闊氣的人。 例 呢個大頭鬼你話有幾多身家呢（這位闊少你説有多少家產）？｜我知到你嘅底細，你唔使充大頭鬼（我知道你的底細，你不用充闊氣）。

大頭蝦 dai⁶ teo⁴ ha¹

指做事粗枝大葉、冒冒失失的人，近似普通話的"馬大哈"或"二百五"。 例 上堂又唔記得帶書包，真係大頭蝦（上課也忘了帶課本，就是個馬大哈）。

大天二 dai⁶ tin¹ yi⁶⁻²

指舊時珠江三角洲一帶的武裝惡霸，在地方橫行霸道，魚肉鄉民。其手下的嘍羅叫"馬仔"。 例 舊時珠江三角洲啲大天二有好多馬仔（過去珠江三角洲的惡霸有許多嘍羅）。

大肚腍，冇良心 dai⁶ tou⁵ dem¹, mou⁵ lêng⁴ sem¹

〔兒童戲謔語〕大肚腍：腹大便便的人。多用來戲指一些有錢有勢、為富不仁的人。

大肚腩過獨木橋，鋌（挺）而走險 dai⁶ tou⁵ nam⁵ guo³ dug⁶ mug⁶ kiu⁴, ting⁵ yi⁴ zeo² him²

〔歇後語〕大肚腩：腹部大的人。鋌與挺同音。形容人冒着風險幹事情。

大話怕計數 dai⁶ wa⁶ pa³ gei³ sou³

〔諺語〕大話：謊話；計數：算帳。整個意思是撒謊的人害怕認真查對、核實。 例 我講嘅都係實話，任你查啦，大話怕計數呀（我説的都是實話，隨便你查去，撒謊是經不起你查對的）。

大暈風，細暈雨 dai⁶ wen⁶ fung¹, sei³ wen⁶ yü⁵

〔農諺〕大暈：月暈大；細暈：月暈小。月暈大兆風，月暈小兆雨。

大鑊蒸餸，樣樣都熟 dai⁶ wog⁶ jing¹ sung³, yêng⁶ yêng⁶ dou¹ sug⁶

〔歇後語〕大鑊：大鐵鍋；餸：菜餚。用大鐵鍋蒸菜餚，每一樣菜都同時蒸熟。比喻對每一情況都熟悉。　例我對你哋嘅情況好似大鑊蒸餸，樣樣都熟（我對你們的情況可以説是瞭若指掌）。

大王眼 dai⁶ wong⁴ ngan⁵

比喻貪心或胃口大。　例要咗重想要，真係大王眼喇（要了還想要，真貪心）。

大食姑娘搓削粉 dai⁶ xig⁶ gu¹ nêng⁴ co¹ sêg³ fen²

大食：食量大，大吃；削粉：稀軟的粉。食量大的姑娘為了使做出來的熟米粉顯得多些而把米粉做得過於稀軟。多用來取笑把米粉或米飯做得過軟的人，調笑她的食量太大了。　例今次啲蘿蔔糕蒸得咁爛，梗係怕唔夠食就放多啲水，唔怪之得人哋話大食姑娘搓削粉咯（這次的蘿蔔糕蒸得這麼稀爛，一定是怕不夠吃就多放水了，難怪有人説大吃的姑娘搓稀粉了）。

大食姑婆望坐月 dai⁶ xig⁶ gu¹ po⁴ mong⁶ co⁵ yüd⁶

〔戲謔語〕姑婆：原指父親的姑姑，泛指年齡較大的婦女。取笑愛吃的婦女。因為產婦在月子裏有豐富而營養好的食物，能夠大快朵頤。

大食懶 dai⁶ xig⁶ lan⁵

好吃懶做，也指好吃懶做的人。　例你真係大食懶喇（你真是好吃懶做的人）｜大食懶，起身晏（兒歌：好吃懶做的人，起得晚）。

大笑姑婆 dai⁶ xiu³ gu¹ po⁴

指愛笑的女人。　例睇佢成日笑，好似個大笑姑婆（看她整天笑，好像個大笑的婆婆）。

大暑涼，秋後熱 dai⁶ xu² lêng⁴, ceo¹ heo⁶ yid⁶

〔農諺〕大暑的時候涼，到秋天以後天氣就熱。　例你咪話大暑唔熱就會涼嘞，俗話講，大暑涼，秋後熱，重要熱㗎（你別説大暑不熱就會涼了，俗話説，大暑涼，秋後熱，還是會熱的）。

大暑小暑，有米懶煮 dai⁶ xu² xiu² xu², yeo⁵ mei⁵ lan⁵ ju²

〔諺語〕小暑至大暑期間，天氣最熱，人們連飯都懶得做了。形容這個時候氣候十分炎熱。　例呢幾日熱到唔想郁，真係大暑小暑，有米懶煮咯（這幾天熱得不想動，真是大暑小暑，有米也懶得煮飯了）。

大暑熱，雨唔歇 dai⁶ xu² yid⁶, yu⁵ m⁴ hid³

〔農諺〕農曆大暑時如果天氣熱，雨水就多。

大樹林中一塊葉，有你唔多冇你唔少 dai⁶ xu⁶ lem⁴ zung¹ yed¹

fai³ yib⁶, yeo⁵ néi⁵ m⁴ do¹ mou⁵ néi⁵ m⁴ xiu²

樹林裏的一片葉子，多你一片不算多，沒有你也不算少。比喻個人在世界上是微不足道的，就好比大海中的一滴水一樣。

大雪唔凍，驚蟄唔開 dai⁶ xud³ m⁴ dung³, ging¹ jig⁶ m⁴ hoi¹

〔農諺〕農曆大雪時如果天氣不冷，寒冷的天氣推遲，到了來年驚蟄時仍然寒冷，蟲蟻也不及時出來。這樣的氣候對農事不利。

大人大姐 dai⁶ yen⁴ dai⁶ zé²

意思是“這麼大年紀的人”（與小孩相對而言）。 [例] 都大人大姐咯，使乜怕醜吖（都這麼大的人了，還害甚麼羞）！｜大人大姐重咁小氣（這麼大的人還那麼小氣）。

大耳窿 dai⁶ yi⁵ lung¹

指放高利貸的人。 [例] 呢個大耳窿嘅利息好高㗎（這個高利貸者的利息是很高的）。

大耳牛，唔受教 dai⁶ yi⁵ ngeo⁴, m⁴ seo⁶ gao³

〔歇後語〕耳朵大的牛不好調教。比喻一些孩子不容易聽從長輩的教導。 [例] 呢個仔正一係大耳牛，唔受教（這個孩子很倔，很不聽話）。

大熱倒灶 dai⁶ yid⁶ dou² zou³

倒灶：砸鍋，失敗。事先被大家看好的、廣泛認為必將獲勝的卻偏偏失敗了。

大魚大肉骨叉叉，茶淘冷飯似冬瓜 dai⁶ yü⁴ dai⁶ yug⁶ gued¹ ca¹ ca¹, ca⁴ tou⁴ lang⁵ fan⁶ qi⁵ dung¹ gua¹

〔諺語〕骨叉叉：骨瘦如柴的樣子；淘冷飯：以茶水泡飯。民間經驗認為，孩子經常吃大魚大肉，結果是長得骨瘦如柴，而用粗茶淡飯餵養的孩子卻長得壯如冬瓜。

大魚頭，鯇魚尾，塘虱中間蛤乸髀 dai⁶ yü⁴ teo⁴, wan⁵ yü⁴ méi⁵, tong⁴ sed¹ zung¹ gan¹ geb³ na² béi²

大魚：鱅魚，胖頭魚；塘虱：鬍子鯰；蛤乸：田雞；髀：腿。廣州民俗，吃胖頭魚要吃魚頭，吃草魚要吃尾段，吃鬍子鯰要吃中段，吃田雞要吃大腿。又叫“鱅魚頭，鯇魚尾，塘虱中間蛤乸髀”。

大魚食細魚，細魚食蝦毛 dai⁶ yü⁴ xig⁶ sei³ yü⁴, sei³ yü⁴ xig⁶ ha¹ mou⁴⁻¹

大魚吃小魚，小魚吃小蝦，說明自然的規律。常用來比喻人類社會弱肉強食的現象。 [例] 做生意就係競爭、淘汰，好似大魚食細魚，細魚食蝦毛嘅（做生意就是競爭和淘汰，都是弱肉強食的了）。

大隻累累，跌落坑渠 dai⁶ zég³ lêu⁴ lêu⁴, did³ log⁶ hang¹ kêu⁴

〔戲謔語〕大隻：個子大，大塊頭。坑渠：溝渠。譏笑個子大而無能的人。 例 你生得咁大隻都擔唔起，有乜用吖，大隻累累，跌落坑渠 (你長得這麼大的個子也挑不起，有甚麼用呢，白長這麼大了)。

大陣仗 dai⁶ zen⁶ zêng⁶

排場大或陣容大，隆重熱烈。 例 琴日個大會真係大陣仗呀 (昨天的大會排場真夠大的) | 一啲啲小事使乜咁大陣仗呢 (一點點小事何必造那麼大的聲勢呢)。

擔起一頭家 dam¹ héi² yed¹ teo⁴ ga¹

承擔一家人的生活的任務。

擔沙塞海 dam¹ sa¹ seg¹ hoi²

〔諺語〕表示徒勞無功。 例 你噉做就係等於擔沙塞海啦 (你這樣幹肯定是徒勞無功)。

擔屎都唔偷食 dam¹ xi² dou¹ m⁴ teo¹ xig⁶

形容人極為老實。本來擔屎誰都不會偷吃，這句話只是強調某人老實，不貪心，屬於褒義。 例 佢就夠老實個咯，真係擔屎都唔偷食呀 (他夠老實的，甚麼也不貪)。

擔嘢唔識轉髆 dam¹ yé⁵ m⁴ xig¹ jun² bog³

擔嘢：挑東西；轉髆：換肩。挑東西不會換肩，形容人還不會挑東西，說明對農業勞動還是外行。又形容人辦事死板，不會靈活變通。

眈天望地 dam¹ tin¹ mong⁶ déi⁶

東張西望。 例 你過馬路唔好眈天望地噉行呀 (你過馬路不要東張西望地走啊)。

膽正命平 dam² jing³ méng⁶ péng⁴

形容人無私無畏，見義勇為。 例 佢呢個人膽正命平，好多人都服佢 (他這個人無私無畏，見義勇為，很多人都服他)。

擔竿也曾做過筍 dam³ gon¹ ya⁵ ceng⁴ zou⁶ guo³ sên²

〔諺語〕擔竿：用竹子做的扁擔。意思說，擔竿以前也曾經經過竹筍這一階段。比喻人不要譏笑兒童幼稚，你雖然老成有經歷，但從前也經歷過孩童階段。 例 邊個都做過細佬哥啦，擔竿也曾做過筍啦嗎 (誰沒經歷過兒童呢，就像竹擔竿以前也是從竹筍過來的嘛)。

淡淡定，有錢剩 dam⁶ dam⁶ ding⁶, yeo⁵ qin⁴⁻² xing⁶

〔兒童戲謔語〕淡定：鎮定，從容。鼓勵人們做事要穩重。

簞咁大個頭 dan¹ gem³ dai⁶ go³ teo⁴

簞：古代盛飯的竹器。"簞咁大個頭"形容人遇到困難時頭

腦發脹。　**例** 呢個問題搞到我
箇咁大個頭呀（這個問題弄得
我頭疼腦脹啊）。

單車落坡，踩（睬）都唔踩

（睬） dan¹ cé¹ log⁶ bo¹, cai² dou¹ m⁴
cai²

〔歇後語〕廣州話的"踩"和"睬"
音近，作"理睬"的意思用。**例**
我好嬲佢，佢叫我我就單車落
坡睬都唔睬佢（我很生他的氣，
他叫我我根本不理他）｜對呢
件事，我單車落坡，踩都唔踩
（這件事我才不管）。

單單打打 dan¹ dan¹ da² da²

冷嘲熱諷，指桑罵槐。**例** 你
有意見就講出嚟，唔好成日喺
度單單打打（你有意見就說出
來，不要整天冷言冷語的）。

單吊西 dan¹ diu³ sei¹

單吊：麻將術語，只差一個將
牌即可以成和；西：麻將牌的
"西"。指吊單張"西風"即成
和。轉指只有一件西服，也指
只有半截裏子的西服。**例** 一
件單吊西，換都冇得換（一件
西服，換也沒有換的）｜你想
平就買單吊西啦（你想便宜就
買半裏的西服吧）。

單料銅煲，熱得快 dan¹ liu⁶⁻² tung⁴

bou¹, yid⁶ deg¹ fai³

〔歇後語〕單料：用料單薄的意
思，銅煲：燒水用的銅鍋。"單

料銅煲"即比較薄的銅鍋，燒
水時容易熱。人們用這來比喻
那種跟陌生人很快就打得火熱
的人。**例** 佢同乜人都好快搞
熱，正一單料銅煲熱得快（他
跟誰都很快打得火熱，就像薄
銅鍋一樣熱得快）｜你交朋友
唔好單料銅煲熱得快嘅至得呀
（你交朋友不要像薄銅鍋一燒
就熱那樣才行）。又說"單料
銅煲，一滾就熟"。

單眼佬睇老婆，一眼見

dan¹ ngan⁵ lou² tei² lou⁵ po⁴, yed¹
ngan⁵ gin³

〔歇後語〕單眼佬：獨眼的人。
睇：看。一眼見：一眼就看見，
一目了然。**例** 你呢篇報告好簡
單，單眼佬睇老婆，一眼見（你
這篇報告很簡單，我一目了然）。

單眼佬睇世界，隻眼開隻眼

埋 dan¹ ngan⁵ lou² tei² sei³ gai³, zég³
ngan⁵ hoi¹ zég³ ngan⁵ mai⁴

〔歇後語〕睇：看；埋：合攏、
閉合。指人對甚麼事都不認
真，一隻眼開一隻眼閉，過得
去就算了。**例** 佢真係烏龍，
做乜都單眼佬睇世界，隻眼開
隻眼埋，你話嚟點得吖（他真
糊塗，做甚麼都不認真，得過
且過，你說這樣怎麼能行）。

單眼仔睇榜，一眼睇晒

dan¹ ngan⁵ zei² tei² bong², yed¹ ngan⁵
tei² sai³

〔歇後語〕睇榜：看榜；睇晒：一目了然。 例 你哋得十零個人，我一入嚟就單眼仔睇榜，一眼睇晒咯（你們只有十來個人，我一進來就一目了然了）。

單身寡佬 dan¹ sen¹ gua² lou²

單身漢。 例 佢單身寡佬乜負擔都冇，你唔使憂佢冇錢呀（這個單身漢甚麼負擔都沒有，你用不着擔心他沒有錢花）。也説"單身寡仔"。

疍家雞，見水唔得飲 dan⁶ ga¹ gei¹, gin³ sêu² m⁴ deg¹ yem²

〔歇後語〕疍家：廣東、福建、廣西沿海的水上居民，生活在船上，從事漁業、水上運輸等工作。他們所養的雞也在船上，整天看到水但喝不了。比喻有的東西可望而不可即。 例 我日日守住果園，咁多荔枝我都係疍家雞見水唔得飲咋（我天天看守果園，那麼多的荔枝我只有看的份兒而已）。

疍家佬打醮，冇壇（彈）dan⁶ ga¹ lou² da² jiu³, mou⁵ tan⁴

〔歇後語〕疍家佬：水上居民；打醮：請道士做法事；冇壇：不設道場、神壇。壇與"彈"同音，有挑剔、批評的意思。因此，"冇彈"即沒有意見的意思。 例 你哋呢度嘅條件咁好，真係疍家佬打醮，冇彈咯（你們這裏的條件這麼好，沒有甚麼可説的）。又説"疍家婆打醮，冇壇（彈）"。

疍家婆打仔，睇你走得去邊度 dan⁶ ga¹ po⁴ da² zei², tei² néi⁵ zeo² deg¹ hêu³ bin¹ dou⁶

〔歇後語〕邊度：哪裏。疍家婆打罵孩子，看你能逃到哪裏去。因為疍家人住在船上，孩子被母親打就無地可躲。指人無路可逃。 例 呢次你唔投降就唔得，疍家婆打仔，睇你走得去邊度（這次你不投降就不行，你是甕中之鱉，能逃到哪裏去）！

疍家婆攞蜆，第二篩（世）dan⁶ ga¹ po⁴ lo² hin², dei⁶ yi⁶ sei¹

〔歇後語〕攞蜆：撈蛤蜊。因為河裏的蛤蜊都藏在沙石的下面，要撈蛤蜊，必須把上面一層的沙子撥去，第二篩才有蛤蜊。又"篩"與"世"音近。"第二篩"即第二世，指希望渺茫，惟有等下一輩子了。 例 你想當明星呀，疍家婆攞蜆，第二篩啦（你想當明星嗎，下一輩子吧）。

揙腳骨 deb⁶ gêg³ gued¹

揙：砸打；揙腳骨：指攔路搶劫。 例 舊時呢度治安好亂，時時有土匪揙腳骨㗎（過去這裏很亂，經常有土匪攔路搶劫）。也有人用來指人"敲竹槓"。　例 你係唔係想嚟捹腳骨呀（你是不是想來敲竹槓）？

捹金龜 deb⁶ gem¹ guei¹

金龜：比喻掌握錢財的妻子。戲稱向妻子要錢。　例 呢次你又要翻去捹金龜喇（這回你又要回去向媳婦要錢了）。

得把口 deg¹ ba² heo²

只剩下一張嘴。用來形容人光説不做。　例 你有意見就一齊嚟做，唔好成日得把口（你有意見就一起來做，不要光説不幹）。廣州話也有説"死剩把口"，與這個意思同，但只有在罵人時用。又叫"得把牙"或"得把聲"。

得啖笑 deg¹ dam⁶ xiu³

啖：量詞，口。只得到一笑罷了。形容某些事沒有實際效果，最後只得到哈哈一笑而已。　例 你做呢啲嘢有乜效果嘅，大家得啖笑嘛（你做這些事是沒有甚麼效果的，大家只能得到一笑罷了）。

得到上牀牽被扣，得到被扣又要過頭 deg¹ dou³ sêng⁵ cong⁴ hin¹ péi⁵ kem², deg¹ dou³ péi⁵ kem² yeo⁶ yiu³ guo³ teo⁴

扣：蓋（被子）。上了牀要拉被子蓋，蓋了被子又要蓋過頭。形容人得寸進尺，不知足。　例 你唔好貪心唔知足，得到上牀牽被扣，得到被扣又要過頭，嗽就人哋唔理你喇（你不要貪得不知足，得寸進尺，這樣的話人家就不理你了）。

得個吉 deg¹ go³ ged¹

即得個空，甚麼都沒有的意思。由於廣州話"空"字與"凶"字同音，不吉利，在話語裏"空"字都多改用"吉"字，"空屋"叫"吉屋"，"空車"叫"吉車"等等。　例 今日乜都揾唔到，得個吉（今天甚麼都找不着，兩手空空）。

得個……字 deg¹ go³……ji⁶

中間的省略號可以換其它形容詞或動詞的字，如笑、食等等，表示只有這樣，而不是其它。　例 佢噉搞法，真係得個慘字咯（他這樣搞，真夠慘）｜呢度冬天一啲都唔好玩，得個冷字（這裏冬天一點也不好玩，冷得夠嗆）｜呢個人得個懶字（這個人就是懶）｜你成日乜都唔做，得個食字（你整天甚麼也不幹，只顧吃）。

得閒死唔得閒病 deg¹ han⁴ séi² m⁴ deg¹ han⁴ béng⁶

連病的時間也沒有，形容人忙得不可開交，多用來抱怨工作太忙。　例 呢度人手少，忙到你得閒死唔得閒病呀（這裏人手少，忙得不可開交）。

⋯⋯得嚟 deg¹ lei⁴

相當於普通話的動詞加上"起來"的格式，有時也有"⋯⋯得了"的意思。 例 呢種藥食得嚟要食半年㗎（這種藥吃起來要吃半年的）｜咁多人我通知得嚟嗎（那麼多人我通知得了嗎）？

得人驚 deg¹ yen⁴ géng¹

令人可怕。 例 呢個情況真係好得人驚（這個情況真是很令人可怕）｜有個好得人驚嘅消息（有個很可怕的消息）。

低頭切肉，把眼看人 dei¹ teo⁴ qid³ yug⁶, ba² ngan⁵ hon³ yen⁴

指賣豬肉的人會看不同的顧客而有不同的對待，對熟客則切給上好的肉，對一般顧客則隨便應付。引申指作風勢利的人會看人行事。 例 呢個人做事唔夠公道，對唔同嘅人用唔同嘅手段，真係低頭切肉，把眼看人呀（這個人做事不公道，對不同的人用不同的手段，他做甚麼都先看你是誰）。

抵得頸 dei² deg¹ géng²

忍得住氣。 例 呢件事我唔抵得頸（這件事我忍不住氣）｜你脾性好你抵得頸（你脾氣好，你忍得住氣）。

抵冷貪瀟湘 dei² lang⁵ tam¹ xiu¹ sêng¹

〔諺語〕抵冷：忍冷；瀟湘：《紅樓夢》裏的瀟湘館，林黛玉住的地方。"瀟湘"代表秀氣、秀麗的意思。女孩子為了顯得身材苗條、秀氣而寧可少穿衣服，叫"抵冷貪瀟湘"。 例 你大冷天都唔着幾多衫，真係抵冷貪瀟湘咯（你大冷天的也不穿多少衣服，寧可凍着也要苗條）。

第一鯧，第二䱽，第三馬鮫郎 dei⁶ yed¹ cong¹, dei⁶ yi⁶ mong¹, dei⁶ sam¹ ma⁵ gao¹ long⁴

鯧：鯧魚，即平魚；馬鮫郎：又叫馬鮫魚，即鰆魚，鮁魚。廣東一般人過去習慣認為海產中這三種魚產量大而且比較好吃。其實比這些魚名貴而且好吃的還有許多。

第一時間 dei⁶ yed¹ xi⁴ gan³

最短的時間，儘快。 例 我睇見佢跌倒，第一時間就扶佢起身（我看見他跌倒，馬上就扶他起來）｜一睇見落雨我第一時間就閂窗（一看見下雨我儘快就把窗戶關了）｜如果有消息我第一時間通知你（如果有消息，我馬上通知你）。

第一津對上，冇甫（譜） dei⁶ yed¹ zên¹ dêu³ sêng⁵, mou⁵ pou²

〔歇後語〕第一津：廣州路名。第一津對上：第一津以上。廣州第一津以下有第二甫、第

三甫到十八甫，但以上則沒有
"甫"了。廣州話"甫"與"譜"
同音，"冇譜"是離奇、毫無道
理、沒準兒等意思。 例 你講
話直程係第一津對上，冇甫（你
說話簡直是太沒準兒了）。

扰心口 dem² sem¹ heo²

扰：捶打；心口：胸膛。捶打
胸膛，表示悲哀或悔恨。 例
呢件事真係激到我扰心口咯
（這件事真氣得我要命）｜你都
做錯咗咯，扰心口亦都唔得掂
吖（你都做錯了，後悔有甚麼
用）！還有一個意思是"敲詐
勒索"。 例 因住有人扰你心
口（當心有人對你敲詐勒索）。

扰心扰肺 dem² sem¹ dem² fei³

捶胸頓足。形容人悔恨交加或
悲痛萬分時的舉動。 例 呢次
佢屋企火燭，燒晒啲嘢，激到
扰心扰肺（這次他家火災，東西
全燒光了，氣得他捶胸頓足）。

跕蹄跕爪 dam⁶ tei⁴ dem⁶ zao²

跕：踩（腳）。連連踩腳。 例
個細路女唔見咗個公仔，急到
跕蹄跕爪（這個女孩兒丟了個
洋娃娃，急得直踩腳）。

扽蝦籠 den³ ha¹ lung⁴

扽：蹾。把蝦籠重重地往下
放，把蝦弄出來，戲稱把腰包
的錢全部掏空（或花光、被偷
光）。 例 琴晚坐車唔覺意畀

人扽咗蝦籠（昨晚坐車沒注意
讓人偷了腰包了）。

燉冬菇 den⁶ dung¹ gu¹

指被冷落、被降職、被作弄。
例 嗰個嘅仔畀老闆燉冬菇喇
（那個小青年讓老闆降職了）。

燈光火着 deng¹ guong¹ fo² zêg⁶

燈火通明。 例 琴晚你辦公室
燈光火着，係唔係加班呀（昨
晚你辦公室燈火通明，是不是
加班）？

燈心敲鐘，冇音 deng¹ sem¹ hao¹ zung¹, mou⁵ yem¹

〔歇後語〕用燈心來敲鐘，發
不出聲音。比喻人不吭聲。
例 叫你咁多聲都唔應，居然
燈心敲鐘，冇音嘅（叫你那麼
多次都不答應，居然沒有聲
音）？

燈芯拎成鐵 deng¹ sem¹ ling¹ xing⁴ tid³

很輕的燈心，長時間地拿着不
動，也會覺得很重。比喻很輕
鬆的活兒，只要長時間地做，
也會覺得很累、很重。

燈油火蠟 deng¹ yeo⁴ fo² lab⁶

原指燈油錢，現在泛指水電
費。 例 我呢間店一個月嘅燈
油火蠟都要好多錢㗎（我這個
店一個月的水電費開支不少）。

登高運轉 deng¹ gou¹ wen⁶ jun²

民間認為，人登上高處可以使自己不好的運氣得到轉變，近似時來運轉的意思。

蹬手蹬腳 deng¹ seo² deng¹ gêg³

隨意舉手，隨意蹬腿蹬腳。形容人趾高氣揚的樣子。 例 你睇佢都未做就蹬手蹬腳，好似好吖嗽（你看他都還沒有做就舉手蹬腳的，好像很了不起的樣子）。

等到頸都長 deng² dou³ géng² dou¹ cêng⁴

形容等待的時間太長。 例 等你出嚟，大家等到頸都長咯（等你出來，大家等得不耐煩了）。

戥豬石 deng⁶ ju¹ ség⁶

農民挑豬去賣時，一頭放豬，另一頭放一塊大石頭，這塊石頭叫「戥豬石」。人們比喻為臨時被採用的東西，近似普通話的「敲門磚」。

戥穿石，陪襯用 deng⁶ qun¹ ség⁶, pui⁴ cen³ yung⁶

〔歇後語〕戥穿石：伴娘，伴郎。比喻只作陪襯，無實際用處的東西。

掟煲 déng³ bou¹

掟：扔；煲：鍋。戲稱戀人的感情破裂或夫妻離異。相當於普通話的「吹了」。 例 嗰對嘅仔嘅女早就掟煲咯（那兩個青年男女早就吹了）。

掟死狗 déng³ séi² geo²

掟：扔，擲。意思是能把狗打死。一般用來戲稱餅食過硬，足可以把狗打死。 例 呢啲餅咁硬，真係掟死狗咯（這些餅那麼硬，足可以打死狗了）。

兜篤將軍 deo¹ dug¹ zêng¹ guen¹

原來是弈棋術語，人們用來表示迂迴到對方的後面給予打擊的意思。 例 呢次佢哋畀我兜篤將軍，搞到唔知幾狼狽（這次他們被我從後面打擊，弄得狼狽不堪）。

斗令都唔值 deo² ling⁶⁻² dou¹ m⁴ jig⁶

斗令：舊時指半角錢，折合銀圓三分六厘。據當時的商業行話，"斗"是"三"的代用語，"令"是"六"的代用語。抗戰勝利以後已經沒有"斗令"這個說法了，但"斗令都唔值"這個熟語仍然使用，形容價值甚低。 例 呢啲衫褲斗令都唔值（這些衣服一分錢也不值）。也說"一個仙都唔值"。

鬥官窮，鬥鬼絕，鬥揼衙門屎忽裂 deo³ gun³ kung⁴, deo³ guei² jud⁶, deo³ lem³ nga⁴ mun⁴ xi² fed¹ lid⁶

揼：坍塌，倒閉；屎忽：屁股。勸誡人們不可與官府鬥，如果跟官府鬥，倒霉的是自己。

豆腐刀，食軟唔食硬 deo⁶ fu⁶ dou¹, xig⁶ yün⁵ m⁴ xig⁶ ngang⁶

〔歇後語〕切豆腐的刀，切的都是軟的東西。比喻有些人只能用軟的辦法對付而不能用強硬的辦法。 例 呢個人就係豆腐刀，食軟唔食硬（這個人就是豆腐刀，吃軟不吃硬）。

豆沙包，黑心 deo⁶ sa¹ bao¹, hag¹ sem¹

〔歇後語〕豆沙包裏的餡是棕黑色的。比喻壞心腸的人，其心是黑的。 例 你千祈唔好學豆沙包，黑心嘅呀（你千萬不要像豆沙包那樣黑心啊）。

豆豉上樓梯 deo⁶ xi⁶ sêng⁵ leo⁴ tei¹

戲稱五線譜。 例 鋼琴琴譜都係豆豉上樓梯嘅，我唔識睇（鋼琴琴譜都是五線譜，我看不懂）。也有人戲稱為"香雞督豆豉"。

對對和，冇得估 dêu³ dêu³ wu², mou⁵ deg¹ gu²

〔歇後語〕對對和：麻將術語，即碰碰和，對手們無法猜測你聽甚麼牌。引申指事情無法猜測。 例 考試題目唔係老師出嘅，對對和，冇得估（考試題目不是老師出的，無法猜測）。

對住棺材講大話，嚇死人 dêu³ ju⁶ gun¹ coi⁴ gong² dai⁶ wa⁶, hag³ séi² yen⁴

〔歇後語〕對着棺材裏的死人説謊，嚇唬死人。引申指某人的話語把人嚇壞了。

對眼生上頭頂 dêu³ ngan⁵ sang¹ sêng⁵ teo⁴ déng²

形容人高傲，看不起別人。 例 有啲人唔知幾高寶，對眼生上頭頂（有的人不知有多高傲，眼睛長在頭頂似的）。

啲咁哆 di¹ gem³ dê¹

一丁點兒。廣州話"多"字讀do¹，表示少的時候"多"字發生音變，讀 dê¹，為了區別不同的意義，把表示少的 dê1 寫做"哆"。 例 畀啲咁哆我就得咯（給我一丁點兒就行了）｜你得啲咁哆夠邊個食呀（你只有一丁點兒夠誰吃）！

疊埋心水 dib⁶ mai⁴ sem¹ sêu²

疊埋：集中、收攏；心水：心思。把心思集中起來，就是專心、集中精力。相當於普通話的"專心致志"，"集中精神"。 例 我如果疊埋心水嚟學一定學得會（如果我專心致志地學，是一定學得會的）｜考試你一定要疊埋心水，唔好東想西想（考試你一定要集中精神，不要東想西想）。"疊埋心水"還有"下定決心"的意思。 例 你要做呢單生意就要疊埋心水做至得（你要做這筆生意就要下定決心幹才行）。

跌倒揦番拃沙 did³ dou² la² fan¹ za⁶ sa¹

揦：抓取；拃：量詞，把。摔跤在地也要抓上一把沙子。比喻遭到挫折或失敗後，多少也要挽回一點損失。 例 佢嘅生意失敗咗，得番啲保險費，算係跌倒揦番拃沙啦（他生意失敗了，得到一些保險費，算是挽回一點損失了）。也用來形容人理虧也要強辯以挽回面子。 例 你都知到錯嚟重同人哋拗，跌倒重要揦番拃沙（你都知道是錯了還跟人狡辯，死要面子）。

跌倒執到個桔 did³ dou² zeb¹ dou³ go³ ged¹

執：撿；桔：桔子。摔了一跤撿了一個桔子。廣州話的"桔"與"吉"同音，"執到個桔"即"撿到個吉"。比喻雖然受到挫折或小的損失，但卻得到意外的好處。 例 呢次你畀工廠辭退，而家喺呢間公司工作，得到提升，好過以前多多聲啦，真係跌倒執到個桔咯（這次你被工廠辭退，現在在這家公司工作，得到提拔，比以前好多了。真是因禍得福啊）。

跌眼鏡 did³ ngan⁵ géng³

眼鏡掉了，表示判斷錯誤，估計不足，看走眼。 例 呢次我又跌眼鏡喇（這回我又看走眼了）| 佢當選主任，大家都大跌眼鏡咯（他當選主任，大家都看走眼了）。

跌咗個橙，執番個桔 did³ zo² go³ cang⁴⁻², zeb¹ fan¹ go³ ged¹

跌咗：丟失了；執番：撿回來。比喻雖然受到損失，但又得到一定的收穫。 例 呢次交易有啲損失，不過又得到好多客戶，好似跌咗個橙，執番個桔啦（這次交易雖然賠了一點，但又聯繫到很多客戶，有失又有得）。

的起心肝 dig¹ héi² sem¹ gon¹

的起：提起；心肝：心思、注意力。把注意力提起來，表示立下決心，兢兢業業，集中注意力等意思。 例 學乜野都要的起心肝嚟學至得㗎（學甚麼都要兢兢業業地學才行）。

的而且確 dig¹ yi⁴ cé² kog³

的的確確。 例 我前日喺公園睇見佢，的而且確（我前天在公園看見他，的的確確）。

點不知 dim² bed¹ ji¹

誰知、哪兒知道、料想不到。 例 我以為噉就算做完喇，點不知重話要加班喎（我以為這樣就算做完了，誰知還說要加班啊）| 佢明明話過同意嘅，點不知居然唔認賬（他明明說過同意的，料想不到他居然不認賬）。

點得呀 dim² deg¹ a³

婉拒對方的盛情，語氣比較緩和，有"這怎麼行"的意思。 例 又要請我哋食飯，點得呀（又要請我們吃飯，這怎麼行）！

點係呀 dim² hei⁶ a³

客氣用語。相當於"怎麼會這樣""哪能這樣"。 例 你話要幫我做晒，點係呀（你要幫我全做了，哪能這樣呢）。

點紅點綠 dim² hung⁴ dim² lug⁶

指人指手畫腳、信口開河、胡說八道。 例 食飽飯冇事做，又喺處點紅點綠喇（吃飽飯沒事做，又在那兒胡說八道了）。

點話點好 dim² wa⁶ dim² hou²

怎麼說都可以，怎麼都可以。 例 由你話啦，點話點好啦（由你說了算，怎麼都可以）。

掂過條蔗 dim⁶ guo³ tiu⁴ zé³

掂：直，順利。比甘蔗還直，比喻事情非常順利。 例 呢件事掂過條蔗（這件事辦得非常順利）。

癲癲地，唔識死 din¹ din¹ déi⁶⁻², m⁴ xig¹ séi²

〔兒童戲謔語〕癲癲地：傻乎乎的；識死：懂得危險。形容人不懂得危險，不知天高地厚。

拥牀拥蓆 din² cong⁴ din² zég⁶

拥：打滾。在牀上滾來滾去。例；佢唔知做乜，肚痛到拥牀拥蓆（他不知為甚麼，肚子痛得在牀上直打滾）。

墊棺材底 din³ gun¹ coi⁴ dei²

舊時民間傳說的一種刑罰方式，把犯人處死後置於被害人的棺材下面，作為賠罪。現在常用來比喻代人受過，當替死鬼。 例 你明知佢嗽係犯法咯，重同佢擔保，直程係同佢墊棺材底啦（你明知道他這樣是犯法的了，還給他做擔保，這簡直是給他做替死鬼了）。

電燈杉掛老鼠箱，一高一矮

din⁶ deng¹ cam³ gua³ lou⁵ xu² sêng¹, yed¹ gou¹ yed¹ ngei²

〔歇後語〕電燈杉：電燈杆。在電燈杆上掛着老鼠箱。比喻兩個人一高一矮。尤指一對情人或夫妻。 例 佢哋兩夫妻真得意，好似電燈杉掛老鼠箱，一高一矮（他們兩口子真有意思，一個這麼高一個這麼矮）。

電燈杉，指天督地 din⁶ deng¹ cam³, ji² tin¹ dug¹ déi⁶

〔歇後語〕電燈杉：電燈杆，多比喻身材高的人；督：指。比喻人呆呆地站着。也用來形容人說話時指手畫腳。

電燈膽，唔通氣 din⁶ deng¹ dam², m⁴ tung¹ héi³

〔歇後語〕電燈膽：燈泡；唔通氣：不通氣，即妨礙別人，不通情達理。指那些不善解人意，不給人方便的做法。 例 人哋兩個喺度傾偈，你坐埋去唔行開，真係電燈膽唔通氣（人家兩個在那兒談論事情，你坐着不動，真是不通情達理）。

電燈着，鬼揾腳 din⁶ deng¹ zêg⁶, guei² meng¹ gêg³

電燈一亮，就有鬼拽腳。形容賭癮重的人，每天到了晚上就被別人拽去賭博。 例 呢個賭鬼一到電燈着就鬼揾腳喇，乜都唔理（這個賭鬼一到晚上就被別人拽去賭，甚麼事都不管）。

頂趾鞋 ding² ji² hai⁴

〔戲謔語〕擠腳的小鞋。丈夫戲稱把自己管得非常嚴的妻子。

頂住石磨做戲，吃力不討好 ding² ju⁶ ség⁶ mo⁶ zou⁶ héi³, hég³ lig⁶ bed¹ tou² hou²

〔歇後語〕頂住：用頭頂着；做戲：演戲。用頭頂着石磨演戲，又吃力又無法表演出優美的動作。比喻做壓力大而又看不出成績的工作。 例 你做後勤工作，大家意見又多，真係頂住石磨做戲，吃力不討好咯

（你做後勤工作，大家意見又多，真有點吃力不討好了）。

頂唔順 ding² m⁴ sên⁶

招架不住，吃不消。 例 咁重嘅嘢，叫我一個人拎，真有啲頂唔順呀（這麼重的東西，叫我一個人拿，真有點吃不消啊）｜呢排工作好忙，我有啲頂唔順咯（近來我很忙，有點招架不住了）。

頂硬上 ding² ngang⁶ sêng⁵

硬着頭皮應付，無論如何也要幹下去。 例 咁好嘅機會唔好放過，幾大都要頂硬上（這麼好的機會不要放過，多大的困難也要幹下去了）。

頂心杉 ding² sem¹ cam³

比喻經常作梗、使人不快的人。類似普通話的"肉中刺""眼中釘"。 例 你成日同佢拗，梗係將你睇成頂心杉咯（你整天跟他抬槓，當然把你看成了他的眼中釘了）。

鼎湖上素，好齋 ding² wu⁴ sêng⁶ sou³, hou² zai¹

〔歇後語〕鼎湖：廣東名勝，肇慶市鼎湖山。那裏慶雲寺的素菜"鼎湖上素"很出名；齋：素食。好齋：雙關語，其一是好的素菜，其二是"很素"的意思，"好"作"很"解，指其菜很清淡，引申指某些項目、

工程等不能從中得到甚麼利益。 例 年終獎金得兩百文，鼎湖上素，好齋呀（年終獎金只有兩百元，沒有油水啊）。

定過抬油 ding⁶ guo³ toi⁴ yeo⁴

定：穩定、穩當。抬油需要很穩才行，比抬油還穩當，形容非常從容鎮定，對所幹的事非常有把握。 例 聽日考試，佢一啲都唔緊張，定過抬油（明天考試，他一點也不緊張，非常從容鎮定）。

定晒形 ding⁶ sai³ ying⁴

形容人發愣，對周圍事物沒有反應。 例 嚇到佢定晒形（把他嚇得發呆）｜你諗乜嘢，喺度定晒形呀（你想甚麼，在這裏愣着不動）？

刁僑扭擰 diu¹ kiu⁴ neo² ning⁶

形容小孩調皮、不聽話、難以對付。 例 呢個仔好唔聽話，唔知幾刁僑扭擰嘅（這孩子不聽話，不知道有多蠻纏啊）。也用來形容女孩愛使小性子。

吊頸都要唞啖氣 diu³ géng² dou¹ yiu³ teo² dam⁶ héi³

吊頸：上吊；唞啖氣：歇一口氣。強調幹工作不能連續不斷地幹下去，再忙再急也要歇一下。 例 我飲杯茶坐一下嘛，吊頸都要唞啖氣啦嗎（我只不過坐一下歇歇氣，就算上吊也要歇口氣吧）。

吊頸鬼搽粉，死要面 diu³ géng² guei² ca⁴ fen², séi² yiu³ min⁶⁻²

〔歇後語〕吊頸鬼：上吊死的人。上吊自殺的人還化妝搽粉，講究儀表。"死要面"的另一個意思是窮講究面子。 例 你噉做就係吊頸鬼搽粉，死要面（你這樣做就是打腫臉充胖子，死要臉）。

吊起嚟賣 diu³ héi² lei⁴ mai⁶

形容商家看到暢銷貨物稀缺就哄抬物價或者不願意出售。 例 有啲商販睇見貨物暢銷就吊起嚟賣（有些商販看到貨物暢銷就哄抬物價）。引申指人自我抬高身價。 例 你唔好以為你有技術就可以吊起嚟賣（你不要以為你有技術就可以拿一把）。

多層紗紙隔層風 do¹ ceng⁴ sa¹ ji² gag³ ceng⁴ fung¹

〔諺語〕紗紙：薄而韌的紙。多了一層薄薄的紙也能擋風，比喻多穿一件單薄的衣衫也會暖和一些。 例 着多一件衫就暖咗好多，多層紗紙隔層風啦嗎（多穿一件衣服就暖和許多，多一層紙也能隔一層風唄）。又說"多層紗紙擋層風"。

多除少補 do¹ cêu⁴ xiu² bou²

多退少補。 例 你先交五百文，

多除少補（你先交五百元，多
退少補）。

多得唔少 do¹ deg¹ m⁴ xiu²

本來意思是"感謝不盡"，但
人們常用作相反的意思，有怪
責、埋怨的意思。　例 唔使你
幫手咯，你快啲行開我就多得
唔少咯（不用你幫忙了，你趕
快離開我就感謝不盡了）｜搞
成噉嘅鬼樣，真係多得你唔少
（搞成這個模樣，全怪你）。

多多聲 do¹ do¹ séng¹

表示數目大大超過。　例 佢嘅
收入超過你嘅多多聲啦（他的
收入大大超過你的收入）｜中
國人口超過日本多多聲啦（中
國人口大大超過日本的人口）。

多多益善，少少唔拘 do¹ do¹ yig¹ xin⁶, xiu² xiu² m⁴ kêu¹

指不論多少，一律歡迎。　例
捐款大家捐幾多都啱，多多益
善，少少唔拘（捐款大家捐多
少都可以，多也歡迎，少也歡
迎）。

多到唔恨 do¹ dou³ m⁴ hen⁶

唔恨：不稀罕。形容多得不得
了，有的是。　例 一到夏天，
呢度嘅香蕉多到唔恨（一到夏
天，這裏的香蕉多得不得了）。

多句嘴 do¹ gêu³ zêu²

多說一句話，指加上一句提醒
別人的話。　例 我怕佢唔記得

呀，多句嘴先得呀（我怕他忘
記了，多説一句話才行）｜全
靠你多句嘴，我至冇搞錯（全
靠你一句話提醒，我才沒有弄
錯）。

多個香爐多個鬼 do¹ go³ hêng¹ lou⁴ do¹ go³ guei²

指多一件事情就多一點麻煩。
例 多一事不如少一事，多個
香爐多個鬼（多一事不如少一
事，多一件事就多一點麻煩）。

多個香爐多隻鬼，多個菩薩 多炷香 do¹ go³ hêng¹ lou⁴ do¹ zég³ guei², do¹ go³ pou⁴ sad³ do¹ ju³ hêng¹

多一個機構就多一些人，多一
個領導，下面就要多一點麻
煩。比喻機構重疊，辦事效率
不高。

多個錢，多枝花 do¹ go³ qin⁴, do¹ ji¹ fa¹

錢多一點，東西就多一點。喻
錢多一點就可以多買點東西，
或多辦點事。

多仔多女多冤家，冇仔冇女 坐蓮花 do¹ zei² do¹ nêu⁵⁻² do¹ yün¹ ga¹, mou⁵ zei² mou⁵ nêu⁵⁻² co⁵ lin⁴ fa¹

子女多的人憂心多、煩惱多，
沒有子女的人清淨得像菩薩一
樣沒有煩惱。説明甚麼情況都
既有利也有弊。

多謝夾盛惠 do¹ zé⁶ gab³ xing⁶ wei⁶

盛惠：感謝；夾：而且、連

D

帶。用於受惠後表示感謝。 例 我畀咗一啲啲佢，佢就多謝夾盛惠咯（我給了他一點兒，他就連聲道謝）。

度住屎窟裁褲 dog⁶ ju⁶ xi² fed¹ coi⁴ fu³

度：量身；屎窟：屁股。比喻按具體情況辦事。 例 你度住屎窟裁褲就唔怕做錯（你根據具體情況來做就不怕做錯）。比喻辦事儘量節省費用或材料。

度身定做 dog⁶ sen¹ ding⁶ zou⁶

量身定做。引申指根據某人的具體情況而專門設計。 例 我呢件衫係度身定做嘅（我的這件上衣是量身定做的）｜為呢個歌星度身定做寫咗首歌（為這個歌星專門寫了一首歌）。

袋袋平安 doi⁶ doi⁶ ping⁴ ngon¹

〔諧謔語〕第一個“袋”是動詞，第二個“袋”是口袋的意思。“袋袋”即裝進口袋，“平安”是安穩的意思。整句話是心安理得地把東西裝進口袋裏去。是吉祥話“代代平安”的諧音。 例 今日又發錢，大家就袋袋平安（今天又發錢，大家照收不誤）｜都話唔准收利是咯，佢重係袋袋平安（都說不準收取紅包了，但他還是照收不誤）。

當街當巷 dong¹ gai¹ dong¹ hong⁶

指當眾做事或説話。 例 兩兄弟當街當巷嗌交，成乜體統（兩兄弟當眾吵架，成何體統）！

當紅炸子雞 dong¹ hung⁴ za³ ji² gei¹

粵菜名。戲稱當時極為走紅的年青演員。

當時得令 dong¹ xi⁴ deg¹ ling⁶

行時，合時令，正合時宜。 例 呢個歌星而家最當時得令喇（這個歌現在正當紅）。

當佢狗吠 dong³ kêu⁵ geo² fei⁶

鄙視別人所説的話，相當於“他説的話只是狗叫而已”。 例 理佢咁多做乜，我當佢狗吠呀（管他呢，我當他是狗叫）。指對方時可説“當你狗吠”。

當佢冇嚟 dong³ kêu⁵ mou⁵ lei⁴

冇嚟：沒有來。對某事或某人很輕視，根本不放在眼裏，等於沒看見。有“不當一回事”“不在話下”等意思。 例 佢敢同我比，當佢冇嚟啦（他敢跟我比，不在話下啦）｜我唔怕，我當佢冇嚟呀（我不怕，我不把他放在眼裏）。

當佢透明 dong³ kêu⁵ teo³ ming⁴

當他不存在。表示根本不把他放在眼裏。同“當佢冇嚟”。

刀切豆腐，兩面光 dou¹ qid³ deo⁶ fu⁶, lêng⁵ min⁶ guong¹

〔歇後語〕兩面都不得罪，兩邊討好。

刀傷易治，口傷難醫 dou¹ sêng¹ yi⁶ ji⁶, heo² sêng¹ nan⁴ yi¹

〔諺語〕刀傷傷人皮肉，容易醫治，但惡語傷了人心就很難治癒了。告誡人們出言要謹慎，無論甚麼情況都不要說過頭話，用言語傷害別人。

刀仔鋸大樹 dou¹ zei² gê³ dai⁶ xu⁶

刀仔：小刀。用小刀鋸大樹，比喻用小的本錢博取大的利潤。　例你期期都買彩票，卒之中咗大獎，真係刀仔鋸大樹咯（你每期都買彩票，終於中了大獎，真是小本博到了大利了）。也比喻力量雖小，但經過鍥而不捨的努力，也可能取得成功。

都幾係㗎 dou¹ géi² hei⁶ ga³

夠甚麼的；夠…的；相當那個的。　例喺山區工作，生活條件都幾係㗎（在山區工作，生活條件夠艱苦的）｜一個人要招呼成班學生，都幾係㗎（一個人招待整班學生，真夠甚麼的）。

都唔知好嬲定好笑 dou¹ m⁴ ji¹ hou² neo¹ ding⁶ hou² xiu³

好嬲：該生氣；定：還是，或者。真不知道該生氣還是該笑。相當於"令人哭笑不得"的意思。　例呢個問題連三歲細路都懂，你都答唔出，叫我都唔知好嬲定好笑（這個問題連三歲小兒都懂得，你都答不出，真叫我哭笑不得）。

倒亂磚頭，冇個啱 dou² lün⁶ jun¹ teo⁴, mou⁵ go³ ngam¹

啱：合適。形容東西淩亂，難以查找。喻男女找對象挑來挑去沒有一個合適。　例佢拍拖拍咗咁耐，重係倒亂磚頭冇個啱（他談戀愛談了那麼久，還是沒有一個合適的）。

賭場無父子 dou² cêng⁴ mou⁴ fu⁶ ji²

〔諺語〕指賭博場上大家只看着錢，沒有甚麼情義可言，所以喜愛賭博的人是六親不認的。　例賭錢嘅人好唔講情面嘅，開講有話，賭場無父子呀（賭錢的人是很不講情面的，俗話說賭場無父子呐）。

倒米壽星 dou² mei⁵ seo⁶ xing¹

指造成自家利益受損害的人。　例你激走顧客，真係倒米壽星咯（你把顧客氣跑了，真是個破財星）。

倒瓤冬瓜 dou² nong⁴ dung¹ gua¹

倒瓤：瓜類"婁"了。這裏用來比喻人外強中乾或徒有虛名而已。　例你唔好怕佢呀，佢不過係倒瓤冬瓜咋（你不用怕他，他只不過是外強中乾而已）。

倒瀉籮蟹 dou² sé² lo⁴ hai⁵

倒瀉：撒出來。像倒翻了一籮筐螃蟹。比喻秩序大亂的狀態。 例 電影院散場嘅時候，嗰啲人好似倒瀉籮蟹噉，亂晒龍（電影院散場的時候，人們像倒翻了一籮筐螃蟹似的，秩序大亂）。也形容十分忙亂。 例 幾件事一齊嚟，搞到我好似倒瀉籮蟹噉（幾件事一起來，弄得我手忙腳亂）。

倒屎咁早 dou² xi² gem³ zou²

過去城市裏清除各家各戶的馬桶多在深夜至黎明前進行。這裏用來形容人辦事過早了。 例 倒屎咁早就出去做乜呀（這麼早就出去幹嗎）？

⋯到夠 dou³ geo³

"到夠"前面加上動詞，表示"足夠"的意思。 例 休息日你就玩到夠啦（休息天你就玩個夠吧） | 畀你睇到夠咯（給你看個夠了）。

到喉唔到肺 dou³ heo⁴ m⁴ dou³ fei³

吃的東西太少，好像只達到喉嚨就沒有感覺了，形容食欲沒有滿足。 例 我好肚餓，食一碗簡直係到喉唔到肺（我肚子太餓了，吃一碗簡直就像沒有吃東西似的）。

⋯到唔恨 dou³ m⁴ hen⁶

恨：想要。形容東西多得不得了，你都不想要了。 例 海邊啲魚，真係多到你唔恨呀（海邊的魚簡直是多得不得了） | 呢度嘅魚，食到你唔恨呀（這裏的魚吃得你都不想再吃了）。

倒吊荷包 dou³ diu³ ho⁴ bao¹

把錢包顛倒過來，即把錢全部拿出來了。形容人甘願竭盡財力去辦某事。 例 我為咗起呢間工廠已經倒吊荷包咯（我為了蓋這工廠已經竭盡全力了） | 我寧願倒吊荷包都要全部買晒（我寧願虧掉老本也要全部都買下來）。

倒吊冇滴墨水 dou³ diu³ mou⁵ dig⁶ meg⁶ sêu²

倒過來也倒不出一滴墨水。形容人沒有文化。 例 寫報告由你嚟搞啦，我倒吊冇滴墨水（寫報告由你來做吧，我沒有文化）。

倒吊砂煲 dou³ diu³ sa¹ bou¹

連煮飯的砂鍋也倒掛起來了，形容人非常窮。 例 舊時有啲人窮得好交關，到青黃不接嘅時候就要倒吊砂煲咯（過去有些人窮得很厲害，到青黃不接的時候就揭不起鍋了）。

倒掛臘鴨，油嘴滑脷 dou³ gua³ lab⁶ ngab³, yeo⁴ zêu² wad⁶ léi⁶

〔歇後語〕滑脷：舌頭潤滑。臘

鴨顛倒掛起來時，臘鴨油會順着往下流，弄得嘴和舌頭都是油汪汪的。比喻人說話油腔滑調的。　**例** 佢呢個人正式係倒掛臘鴨，油嘴滑脷，你唔好信呀（他這個人說話油腔滑調，你不要信）。

督口督鼻 dug¹ heo² dug¹ béi⁶

督：指點、杵。這裏形容人說話時用手指指點點對方，很不禮貌的樣子。　**例** 你同人講話唔好督口督鼻，太冇禮貌喇（你說話不要對着人指指點點的，太沒禮貌了）。

督卒過河當車使 dug¹ zêd¹ guo³ ho⁴ dong³ gêu¹ sei²

督卒：弈棋術語，即拱卒子。過了河的卒子其威力差不多頂一個車。比喻人在外面一旦發揮了主觀能動性就能發揮很大的作用，很了不起。

獨沽一味 dug⁶ gu¹ yed¹ méi⁶⁻²

原指只賣一種藥材，現指只賣一種貨物或只幹一種工作。　**例** 我呢度獨沽一味，唔賣其它野（我這裏只賣一樣東西，不賣其它東西）｜我嘅業餘愛好獨沽一味，捉棋啫（我的業餘愛好只有一樣，僅僅是下棋）。

獨行俠 dug⁶ hang⁴ hab⁶

原指單獨闖蕩江湖的人，現戲稱獨自進行盜竊作案的人。　**例** 我睇琴晚偷野嘅人係獨行俠嚟嘅（我看昨晚偷東西的人是單獨作案的人）。

獨市生意 dug⁶ xi⁵ sang¹ yi³

獨家生意。　**例** 我呢間舖頭賣嘅野周圍都冇得賣，係獨市生意嚟㗎（我的舖子賣的東西附近都沒有賣的，是獨家生意）。

獨食難肥 dug⁶ xig⁶ nan⁴ féi⁴

〔諺語〕肥：肥胖，健壯。吃獨食的人難以健壯。譏笑那些自私吝嗇的人，獨自佔了全部利益，不與別人分享是不會有好處的。

獨食剃頭痛 dug⁶ xig⁶ tei³ teo⁴ tung³

〔戲謔語〕一般用來取笑喜歡吃獨食的小孩。

讀破字膽 dug⁶ po³ ji⁶ dam²

讀錯字。　**例** 大學生咯，重讀破字膽（大學生了還讀錯字呀）。

讀書少，畀人藐 dug⁶ xu¹ xiu², béi² yen⁴ miu⁵

〔戲謔語〕畀人藐：被人藐視。讀書少就會被別人看不起。

毒蛇噴豬籠，嘥氣 dug⁶ sé⁴ pen³ ju³ lung⁴, sai¹ héi³

〔歇後語〕嘥氣：浪費氣力。　**例** 同你講咁多都冇用，真係毒蛇噴豬籠，嘥氣（跟你說這麼多也沒有用，白費勁）。

D

端午節先嚟拜山，遲唔遲啲

dün¹ ng⁵ jid³ xin¹ lei⁴ bai³ san¹, qi⁴ m⁴ qi⁴ di¹

〔歇後語〕先嚟：才來；拜山：掃墓；遲啲：遲一點。意思是是否太晚了。南方風俗掃墓多在清明前後，大概是農曆三月，端午節已經是農曆五月初，這個時候去掃墓就太晚了。　例 你而家至到，好似端午節先嚟拜山，遲唔遲啲呀（你現在才到，像是端午節時才來掃墓，太晚了吧）？

端陽有雨是豐年，芒種行雷米滿田

dün¹ yêng⁴ yeo⁵ yü⁵ xi⁶ fung¹ nin⁴, mong⁴ zung³ hang⁴ lêu⁴ mei⁵ mun⁵ tin⁴

〔農諺〕行雷：打雷。端午下雨當年是豐收年，芒種時打雷糧食就豐收。

短度闊封

dün² dou⁶⁻² fud³ fung¹

度：物體的長度。戲稱矮而胖的人。　例 呢個矮仔，又矮又肥，真係短度闊封（這個矮子，又矮又胖，真是個矮胖墩）。

冬大過年

dung¹ dai⁶ guo³ nin⁴

冬：冬至。廣東地區每年冬至這個節氣都過得很隆重，尤其是在農村。但實際上冬至不如春節過得隆重。這僅是誇張的說法。　例 今年冬至佢係都要翻屋企過，話冬大過年喎（今年冬至他無論如何都要回家過節，說甚麼冬至比過年隆重呢）。

冬瓜豆腐

dung¹ gua¹ deo⁶ fu⁶

婉辭。舊時辦喪事，喪宴上常有冬瓜和豆腐這兩樣菜餚。人們便用這話來指意外發生的不幸事情，相當於普通話的"三長兩短"。　例 你要注意安全，有乜冬瓜豆腐就麻煩㗎喇（你要注意安全，有甚麼三長兩短就麻煩了）。

冬至出日頭，立春凍死牛

dung¹ ji³ cêd¹ yed⁶ teo⁴, lab⁶ cên¹ dung³ séi² ngeo⁴

〔農諺〕冬至時應該比較冷，如果天晴不冷，到了立春就會非常寒冷。　例 今年冬至好天，到立春就會好冷，農諺話冬至出日頭，立春凍死牛呀（今年冬至晴天，到立春就很冷，農諺說冬至出太陽，立春就凍死牛啊）。

冬至唔凍，冷到芒種

dung¹ ji³ m⁴ dung³, lang⁵ dou³ mong⁴ zung³

〔農諺〕冬至時如果不冷，第二年春天就比較冷，一直冷到芒種，即六月初。　例 今年冬至唔係幾凍，出年就會好冷個咯，開講有話冬至唔凍，冷到芒種（今年冬至不怎麼冷，明年就會很冷，俗話說冬至不冷，冷到芒種呢）。

冬至唔過唔冷，夏至唔過唔熱

dung¹ ji³ m⁴ guo³ m⁴ lang⁵, ha⁶ ji³ m⁴ guo³ m⁴ yid⁶

〔農諺〕冬天要過了冬至才冷，夏天要過了夏至才熱。

冬至冇雨一冬晴 dung¹ ji³ mou⁵ yü⁵ yed¹ dung¹ qing⁴

〔農諺〕冬至那天沒有下雨，整個冬天都會是晴天。

冬至魚生夏至狗 dung¹ ji³ yü⁴ sang¹ ha⁶ ji³ geo²

民間有人認為，到了冬至的時候適宜吃魚生，即生的魚肉，夏至時最好吃狗肉。廣東地區有所謂"狗怕夏至"、"夏至狗，冇埞走"（狗遇上夏至，沒地方逃跑）的説法。 例 冬至到喇，好多人中意食魚生，話冬至魚生夏至狗喎（冬至快到了，人們喜歡吃魚生，説甚麼冬至吃魚生夏至吃狗肉吶）。

冬至雨，元宵晴；冬至晴，元宵雨 dung¹ ji³ yü⁵, yün⁴ xiu¹ qing⁴; dung¹ ji³ qing⁴, yün⁴ xiu¹ yü⁵

〔農諺〕農曆冬至時如果下雨，到來年元宵節就會是晴天；如果冬至是晴天，則到了來年元宵節就會下雨。

冬至早耕田，功夫在來年 dung¹ ji³ zou² gang¹ tin⁴, gung¹ fu¹ zoi⁶ loi¹ nin⁴

〔農諺〕功夫：好的結果。晚稻收割後，到冬至前後犁田翻曬，可以增加田地的肥力。來年就大不一樣了。

冬在月頭，賣被置牛；冬在月尾，賣牛置被 dung¹ zoi⁶ yüd⁶ teo⁴, mai⁶ péi⁵ ji³ ngeo⁴; dung¹ zoi⁶ yüd⁶ méi⁵, mai⁶ ngeo⁴ ji³ péi⁵

〔農諺〕冬：冬至；月頭：月初；月尾：月底。冬至如果出現在月初，當年不冷，可以把被子賣掉來買耕牛；冬至如果出現在月下旬，當年就會很冷，要把耕牛賣掉來買被子。

東邊魚肚白，晾衫竹晒坼

dung¹ bin¹ yü⁴ tou⁵ bag⁶, long⁶ sam¹ zug¹ sai³ cag³

〔農諺〕魚肚白：指天空的顏色像魚肚一樣的白；晾衫竹：晒衣服用的竹竿；坼：裂。早上起來，東邊的天空呈魚肚白，當天是大晴天，能把晾衣服的竹竿晒裂了。 例 朝頭早如果東方天色好似魚肚白嘅，當日就會出猛日頭，農諺有話"東邊魚肚白，晾衫竹晒坼"呀（早上如果東方天色出現魚肚一樣的白色，當天太陽很猛烈，農諺説"東邊魚肚白，晾衣竹竿也晒裂"呢）。

東風吹生蟲，西風水殺蟲

dung¹ fung¹ cêu¹ sang¹ cung⁴, sei¹ fung¹ sêu² sad³ cung⁴

〔農諺〕冬天的時候颳東風，

天氣暖和，害蟲容易滋生；颳西風下雨時，天氣寒冷，害蟲不容易生長。又説"東風一包蟲，西風一包藥"。

東風雨怕西風，西風晴怕雷公

dung¹ fung¹ yü⁵ pa³ sei¹ fung¹, sei¹ fung¹ qing⁴ pa³ lêu⁴ gung¹

〔農諺〕下雨時颳東風，如果突然變為颳西風，那就將會轉晴；晴天時颳西風，如果有雷聲那就會下雨。

東風一包蟲，西風一包藥 dung¹ fung¹ yed¹ bao¹ cung⁴, sei¹ fung¹ yed¹ bao¹ yêg⁶

〔農諺〕水稻晚造時，若颳東風，則天氣暖和，害蟲容滋生；若颳西風，則下秋雨，天氣寒冷，害蟲被凍死，等於撒了一包殺蟲藥。

東家唔打打西家 dung¹ ga¹ m⁴ da² da² sei¹ ga¹

打：打工。比喻在這裏打工待不下去，可以到另一家去，天無絕人之路。也指人在某處失意，可以到別的地方尋求發展。　例 呢間工廠唔要你唔使驚，東家唔打打西家嘛（這家工廠不要你不要着急，此處不留人，自有留人處嘛）。

東貴西富，南賤北窮 dung¹ guei³ sei¹ fu³, nam⁴ jin⁶ beg¹ kung⁴

舊時人們對廣州城區居民貧富狀況或生活狀態的描寫，認為富人多居住在西部，即西關一帶；權貴者多居住在廣州的東部，而勞苦大眾多居住在城南或城北地區。

東莞臘腸 dung¹ gun² lab⁶ cêng⁴⁻²

廣東東莞市所產的臘腸很有特色，短而粗大，有獨特的香味。人們用來形容個子矮而胖的人。　例 你睇你嘅樣，又矮又肥，好似東莞臘腸噉（你看你的身材，又矮又胖，就像一根東莞臘腸那樣）。

東莞佬猜枚，開晒（害晒）dung¹ gun² lou² cai¹ mui⁴⁻², hoi¹ sai³

〔歇後語〕猜枚：劃拳；開晒：劃拳時手掌打開，表示數目"五"。東莞話"開晒"與廣州話的"害晒"音近。戲稱事情被搞壞了。　例 呢次畀你搞到東莞佬猜枚，開（害）晒咯（這次讓你把事搞黃了）。

東莞佬猜枚，三（生）個四（死）個 dung¹ gun² lou² cai¹ mui⁴⁻², sang¹ go³ séi² go³

〔歇後語〕東莞人説話"三四"近似廣州話的"生死"。人們戲謔指"生一個，死一個"。

東閃日頭紅，西閃雨淙淙，南閃閃三夜，北閃雨就射

dong¹ xim² yed⁶ teo⁴ hung⁴, sei¹ xim² yü⁵ cung⁴ cung⁴, nam⁴ xim² xim² sam¹ yé⁶, beg¹ xim² yü⁵ zeo⁶ sé⁶

〔農諺〕東邊打閃預示天晴，西邊打閃預示要下雨，南邊打閃可能持續三天也不一定有雨，北邊打閃馬上就要下雨。

凍水沖茶，冇味 dung³ sêu² cung¹ ca⁴, mou⁵ méi⁶

〔歇後語〕凍水：涼水；沖茶：沏茶。用涼水沏茶泡不出茶味。多用來指事情乏味。
例 過節搞呢啲活動直程係凍水沖茶，冇味啦（過節搞這些活動當然是沒勁了）。

戙起牀板 dung⁶ héi² cong⁴ ban²

戙起：豎起。豎起牀板就是不睡覺。比喻晚上加班工作。
例 今晚又要戙起牀板咯，有乜辦法吖，工夫太緊喇（今晚又要熬通宵了，沒法子，工作太緊了）。

F

花旦梳頭，唔使髻（計） fa¹ dan² so¹ teo⁴, m⁴ sei² gei³

〔歇後語〕唔使髻（計）：不用髻。演戲的花旦不用梳髮髻。"髻"與"計"同音，計即計較，計算的意思。 例 呢單數就花旦梳頭唔使髻咯（這筆賬就不必計算了）。

花燈好睇亦要油 fa¹ deng¹ hou² tei² yig⁶ yiu³ yeo⁴

〔諺語〕花燈：用燈火或蠟燭驅動畫面的燈籠。花燈這東西好看但要費油，説明甚麼東西都要成本，沒有錢辦不了事。 例 你冇錢點辦得活動站呀，花燈好睇亦要油嗎（你沒錢怎麼辦得活動站呢，點花燈好看也要油啊）。

花哩胡碌 fa¹ li¹ wu⁴ lug¹

花花綠綠、花裏胡哨。 例 咁大個人重着得花哩胡碌，唔好睇（那麼大的人還穿得花裏胡哨，不好看）。

花被抁雞籠 fa¹ péi⁵ kem² gei¹ lung⁴

抁：蓋，蒙蓋。指外表好看，其實內裏空虛。形容表裏不一的事物。 例 咪睇佢着得咁光鮮企理，其實係花被抁雞籠咋（別看他穿得那麼華麗，其實他口袋是空的）。

花被抁雞籠，外便好睇裏便臭 fa¹ péi⁵ kem² gei¹ lung⁴, ngoi⁶ bin⁶ hou² tei² lêu⁵ bin⁶ ceo³

〔歇後語〕抁：蓋；外便：外面；好睇：好看。用花被子蓋雞籠，外面好看，裏面則發臭。比喻有些人衣着雖然華麗，但內心醜陋。 例你咪話佢着得咁靚，幾日唔洗身，似晒花被揩燈籠，外便好睇裏便臭（你別說他穿的這麼漂亮，幾天不洗澡，正像花被子蓋燈籠，外面好看裏面臭）。

花心大少 fa¹ sem¹ dai⁶ xiu³

花花公子，整天只顧追逐女性的富家子弟。

花心蘿蔔 fa¹ sem¹ lo⁴ bag⁶

比喻對愛情不專一的人，尤指男性。 例呢個人真係一個花心蘿蔔，拍拖未夠一個月又換一個人（這個人把談戀愛當作兒戲，談不到一個月又換一個人）。

化骨龍 fa³ gued¹ lung⁴

民間傳說，有一種有腳的黑魚（廣州話叫生魚），人誤吃了以後，體內的骨頭會慢慢融化掉，故稱為"化骨龍"。有些人感歎自己的孩子食量大，常把他們比作能消化骨頭的"化骨龍"。 例屋企有兩條化骨龍，你幾多嘢都唔夠佢哋食呀（家裏有兩個能吃的孩子，多少都不夠他們吃）。

髮菜蠔豉 fad³ coi³ hou⁴ xi⁶⁻²

〔吉祥語〕髮菜：諧音發財；蠔豉：曬乾的牡蠣，諧音好市。一般人們喜歡用髮菜和牡蠣肉

乾作配菜，如髮菜蠔豉燉圓蹄（髮菜牡蠣燉豬肘子），取其吉利之意。

髮菜豬手 fad³ coi³ ju¹ seo²

〔吉祥語〕諧音發財就手。人們燉豬蹄時，喜歡放一點髮菜，叫髮菜豬手，諧音"發財就手"。

發花癲 fad³ fa¹ din¹

因相思過度而精神錯亂。

發風發出面 fad³ fung¹ fad³ cêd¹ min⁶⁻²

患麻風病症狀顯露出來。比喻醜事敗露、外揚。 例有乜問題唔好揞住，遲早會發風發出面嘅（有甚麼問題不要揞着，醜事早晚會敗露的）。

發雞盲 fad³ gei¹ mang⁴

指人得了夜盲症。

發開口夢 fad³ hoi¹ heo² mung⁶

說夢話，夢囈。 例琴晚你發開口夢喇（昨晚你說夢話了）｜你講話亂晒龍，好似發開口夢嗽（你說話語無倫次，好像說夢話似的）。

發夢都估唔到 fad³ mung⁶ dou¹ gu² m⁴ dou³

發夢：做夢；估：猜想。做夢都想不到。 例呢個仔居然考上呢間大學，真係發夢都估唔到（這個孩子居然考上這所大學，真是做夢都想不到）。

發夢游西湖，好景不長

fad³ mung⁶ yeo⁴ sei¹ wu⁴, hou² ging²
bed¹ cêng⁴

〔歇後語〕發夢：做夢。做夢遊玩美景，但時間很短。比喻美好的景色或美好的生活狀況轉眼即逝。

發牙痕 fad³ nga⁴ hen⁴

痕：癢。人愛吃零食，也形容人多嘴。 例 你成日都食口立濕，係唔係發牙痕呀（你整天都吃零食，牙齒癢癢了吧）？｜你發牙痕咩，乜都講（你太多嘴了，甚麼都説）。

發噏風 fad³ ngeb¹ fung¹

噏：胡説。胡言亂語、胡説八道的意思。 例 你唔好發噏風啦，人哋邊度有咁壞吖（你別胡説了，人家那裏有那麼壞呢）｜咪聽佢喺度發噏風（別聽他在這裏胡説八道）。

發水麵包 fad³ sêu² min⁶ bao¹

比喻肥胖的人像發了水的麵包一樣，虛胖，不結實。

發錢寒 fad³ qin⁴⁻² hon⁴

指人為了獲得錢財而幾乎想瘋了。 例 呢間餐館一斤山坑魚仔賣到成百幾文，係唔係發錢寒呀（這家餐館一斤山溝小魚竟然賣到一百多元，是不是想錢想瘋了）？想當官想瘋了、想結婚想瘋了等也可以説"發官寒""發老婆寒"等。

快刀切葱，兩頭空 fai³ dou¹ qid³ cung¹, lêng⁵ teo⁴ hung¹

〔歇後語〕用刀把葱葉切斷，兩頭都是空的。比喻甚麼都沒有。 例 你兩面都要照顧好，搞唔好就變成快刀切葱，兩頭空咯（你兩面都要照顧好，不然就變成兩頭落空了）。

快過打針 fai³ guo³ da² zem¹

一般人認為，治病最快見效的是打針。比打針還快，表示做事的效率極快。 例 叫佢寫信，快過打針啦（叫他寫信，比打針還快）。

快手快腳 fai³ seo² fai³ gêg³

動作迅速，快當。 例 佢做嘢快手快腳（他幹活動作神速）。

快活不知時日過 fai³ wud⁶ bed¹ ji¹ xi⁴ yed⁶ guo³

人快樂的時候，不知時間過得飛快。 例 你而家無憂無慮，成日唱歌跳舞，快樂不知時日過咯（你現在無憂無慮，整天唱歌跳舞，不知道時光得過得快了）。有時也指人虛度時光，沒有長進。

快油慢酒 fai³ yeo⁴ man⁶ zeo²

過去副食商店賣油和酒時，都用油提、酒提來舀油或酒。舀油時動作要快，舀酒時動作要慢，這樣顧客才滿意。這是因為舀油時油提上面的油要略高於油提的邊沿，油慢慢地往下流。打油的動作快，顧客得到的油就多。而打酒則相反，動作太快時酒提的酒可能要漾出來，酒量就不足了。 例 你打油動作要快呀，唔係就唔夠秤㗎喇，快油慢酒吖嗎（你打油的動作要快，不然油的分量就不夠了）。

番鬼佬睇榜第一 fan¹ guei² lou² tei² bong² dei⁶ yed¹

番鬼佬：洋人；睇：看。洋人張榜排列名次是從左到右，過去中國人排列名次是直行書寫，從右到左，二者正好相反。洋人看中國人的榜，他認為的第一名其實正是中國人最末一名，即倒數第一。 例 呢次考試，佢得到個番鬼佬睇榜第一（這次考試，他得了個倒數第一）。

番薯跌落灶，該煨 fan¹ xu⁴⁻² did³ log⁶ zou³, goi¹ wui¹

〔歇後語〕番薯：白薯，甘薯；該煨：應該用炭火來烤。白薯跌到灶塘裏就該用炭火來煨。"該煨"一語是廣州話用來對受難、受苦人、或受傷人表示憐憫的嘆詞。 例 佢傷得咁慘，番薯跌落灶，該煨咯（他傷得這麼重，受罪啊）！

幡杆燈籠，照遠唔照近 fan¹ gon¹ deng¹ long⁴, jiu³ yün⁵ m⁴ jiu³ ken⁵

〔歇後語〕同"大光燈，照遠唔照近"。

翻工望出糧 fan¹ gung¹ mong⁶ cêd¹ lêng⁴

翻工：上班；出糧：發工資。上班只顧領工資。批評一些不負責任的人，只顧掙工資，不顧工作的品質。

翻去舊時嗰度 fan¹ hêu³ geo⁶ xi⁴ go² dou⁶

〔戲謔語〕嗰度：那裏。戲指死亡。 例 五六年前佢就翻去舊時嗰度咯（五六年前他就過世了）。

翻渣茶，冇厘味道 fan¹ za¹ ca⁴, mou⁵ léi⁴ méi⁶ dou⁶

〔歇後語〕翻渣茶：沏過的茶葉曬乾了再拿來沏。"冇厘味道"是毫無味道的意思。 例 聽你講古仔，好似翻渣茶，冇厘味道（聽你講故事，正如喝翻渣茶，毫無味道）。

反轉豬肚就係屎 fan² jun² ju¹ tou⁵ zeo⁶ hei⁶ xi²

比喻翻臉不認人。 例 佢呢個人好冇譜嘅，一句唔啱就好惡，真係反轉豬肚就係屎（他這個人很沒準兒，一句不合就發脾氣，翻臉不認人）。

返潮話梅，又鹹又濕 fan² qiu⁴ wa⁶ mui⁴, yeo⁶ ham⁴ yeo⁶ seb¹

〔歇後語〕鹹濕：淫穢。 例

佢似晒個返潮話梅，又鹹又濕（他真像個好色之徒）。

凡事留一線，日後好相見

fan⁴ xi⁶ leo⁴ yed¹ xin³, yed⁶ heo⁶ hou² sêng¹ gin³

〔諺語〕指遇事要留有餘地，不要把事情做絕。 例 呢個唔係大問題，唔使追究咯，凡事留一線，日後好相見嘛（這個不是大問題，就別追究了，留有餘地以後好說話嘛）。

犯眾憎 fan⁶ zung³ zeng¹

觸犯眾怒。 例 你做埋啲得罪人嘅野，唔怕犯眾憎呀（你盡幹那些得罪人的事，就不怕觸犯眾怒嗎）？

犯小人 fan⁶ xiu² yen⁴

迷信的人認為做了某些事，衝撞了鬼神。 例 你隨地大小便唔怕犯小人呀（你隨地大小便不怕衝撞了鬼神嗎）？

飯後瞇一瞇，好過飲雞汁

fan⁶ hou⁶ heb¹ yed¹ heb¹, hou² guo³ yem² gei¹ zeb¹

瞇一瞇：打一個盹兒。吃飯後打一個盹兒比喝雞湯還有好處。

飯可以亂食，説話就唔可以亂講 fan⁶ ho² yi⁵ lün⁶ xig⁶, xud³ wa⁶ zeo⁶ m⁴ ho²yi⁵ lün⁶ gong²

説話：話語。人們強調亂説話的後果嚴重，寧可亂吃東西也不可以亂説傷害他人的話。因為吃錯東西只傷害自己的身體，而説錯了話則傷害別人的心。

飯前一碗湯，勝過開藥方

fan⁶ qin⁴ yed¹ wun² tong¹, xing³ guo³ hoi¹ yêg⁶ fong¹

指吃飯前喝碗好的湯，比吃補藥對身體更有好處。又説"飯前一碗湯，激死大藥房"。

飯熱唔得熱食 fan⁶ yid⁶ m⁴ deg¹ yid⁶ xig⁶

比喻做事要按部就班，不能操之過急。 例 要按部就班做至得，飯熱唔得熱食（要按部就班做才行，不能操之過急）。

飯黏點食得人肥 fan⁶ nim¹ dim² xig⁶ deg¹ yen⁴ féi⁴

飯黏：飯粒兒；點：怎麼；肥：胖。小小的飯粒怎麼能把人吃得胖呢。比喻某事投入太少是難以成功的。也表示利益太少使人收穫甚微而失去吸引力。

忽必烈，吞金滅宋（餸）

fed¹ bid¹ lid⁶, ten¹ gem¹ mid⁶ sung³

〔歇後語〕忽必烈：元世祖；金：女真族所建的朝代。忽必烈的先人和他先後滅了金朝和宋朝。廣州話"宋"和表示菜餚的"餸"同音。"滅宋"即"滅餸"，把飯桌上的菜餚全部吃光的意思。一般用來指人侵吞集體伙食（吞金）和大吃大喝（滅饌）的行為。

佛都有火 fed⁶ dou¹ yeo⁵ fo²

佛本來是很慈善的，不容易生氣，但某人實在太壞了，以致老佛爺也生氣了。 例 佢噉搞法，真係佛都有火㗎（他這樣做，佛爺也生氣了）。

佛山孝子，似層層 fed⁶ san¹ hao³ ji², qi⁵ ceng⁴ ceng⁴

〔歇後語〕似層層：酷似。傳說舊時佛山有一種行業是代人辦理殯葬、掃墓，承辦人甚至扮成孝子哭祭亡靈，裝扮得十分相似。比喻某人活靈活現地模仿別人的言行。 例 你做戲扮乞兒做得好似，真係佛山孝子，似層層（你演戲扮乞丐做得很像，像模像樣的）。

佛爭一炷香，人爭一口氣 fed⁶ zang¹ yed¹ ju⁶ hêng¹, yen⁴ zang¹ yed¹ heo² héi³

〔諺語〕神佛只要求香客供上一炷香，而人則要爭一口氣。勸喻人們要有志氣，不要自暴自棄。 例 要努力做出成績，佛爭一炷香，人爭一口氣，千祈唔好執輸過人（要努力做出成績，佛爭一炷香，人爭一口氣，千萬不要比別人差）。

飛機打交，高鬥（竇） féi¹ géi¹ da² gao¹, gou¹ deo³

〔歇後語〕打交：打架。高鬥：雙關語，其一是在高處爭鬥，其二是指人高傲。 例 好多人都話佢飛機打交，高鬥喎（許多人都説他挺驕傲的）。

飛機火燭，燒雲（銷魂） féi¹ géi¹ fo² zug¹, xiu¹ wen⁴

〔歇後語〕火燭：火警；燒雲：與銷魂同音。銷魂是陶醉、極度快樂的意思。 例 呢度環境咁好，又游水又扒艇，真係飛機火燭，燒雲㗎（這裏環境這麼好，又游泳又划船，真是令人陶醉了）。

飛機上彈琴，高調 féi¹ géi¹ sêng⁶ tan⁴ kem⁴, gou¹ diu⁶

〔歇後語〕形容人説話張揚，愛説漂亮話。 例 你哋講話唔夠實事求是，都係飛機上彈琴，高調（你們説話不夠實事求是，都是過於高調）。

飛機運茶壺，高水瓶（平） féi¹ géi¹ wen⁶ ca⁴ wu⁴, gou¹ sêu² ping⁴

〔歇後語〕形容技能高。 例 你哋個個老師傅都係飛機運茶壺，高水平（你們每一位老師傅都是高水平的）。

飛機撞紙鷂，有咁喵得咁蹺 féi¹ géi¹ zong⁶ ji² yiu⁶⁻², yeo⁵ gem³ ngam³ deg¹ gem³ kiu²

〔歇後語〕紙鷂：風箏；有咁唔得咁蹺：有這麼巧就有這麼巧。説明事情發生得很蹊蹺。

飛起嚟咬 féi¹ héi² lei⁴ ngao⁵

飛起：形容動作猛烈。多指商家宰客達到嚴重的程度。　例　一張門票要 5000 文，簡直係飛起嚟咬（一張門票要 5000 元，簡直是宰人）。

飛擒大咬 féi¹ kem⁴ dai⁶ ngao⁵

形容商家漫天要價，狠宰顧客。　例　呢間鋪頭嘅嘢貴過人哋嘅成倍，直程係飛擒大咬（這家商店的東西比別的貴了一倍，簡直是明目張膽宰客）。

飛來蜢 féi¹ loi⁴ mang⁵⁻²

送上門來的好事，意外得到的利益。　例　呢個世界邊度有飛來蜢吖（這個世界哪裏有天上掉下來的餡餅）！

飛天本事 féi¹ tin¹ bun² xi⁶

天大的本領，高強的本事。　例　任你有飛天本事我都唔怕（哪怕你有天大的本領我也不怕）。

飛天蠄蟧 féi¹ tin¹ kem⁴ lou⁴⁻²

蠄蟧：大蜘蛛。比喻能爬高樓的小偷。　例　夜晚要注意啲飛天蠄蟧嚟入屋偷嘢呀（晚上要當心那些樑上君子進屋偷東西啊）。

飛象過河 féi¹ zêng⁶ guo³ ho⁴

指下中國象棋時違規把"象"走過了界河。比喻吃飯時從別人面前夾菜的不禮貌舉動。也比喻超越範圍侵犯了別人的利益的行為。　例　你有你嘅工作範圍，我有我嘅工作範圍，唔好飛象過河呀（你有你的工作範圍，我有我的工作範圍，不要侵犯我的地盤啊）｜你唔好飛象過河（你不要多管閒事啊）。

非洲和尚，黑（乞）人僧（憎）

féi¹ zeo¹ wo⁴ sêng⁶⁻², hed¹ yen⁴ zeng¹

〔歇後語〕"黑人僧"廣州話諧音"乞人憎"，令人討厭的意思。　例　佢呢個人真係非洲和尚，黑人僧（他真是令人討厭）。

肥佬着喇叭褲，髀（比）上不足，髀（比）下有餘 féi⁴ lou² zêg³ la³ ba¹ fu³, béi² sêng⁶ bed¹ zug¹, béi² ha⁶ yeo⁵ yü⁴

〔歇後語〕肥佬：胖子；髀：大腿。廣州話的"髀"字與"比"字同音。即比上不足，比下有餘。　例　我哋嘅工資唔算多，肥佬着喇叭褲，髀上不足，髀下有餘啦（我們的工資不算多，比上不足比下有餘吧）。

肥佬着笠衫，幾大就幾大

féi⁴ lou² zêg³ leb¹ sam¹, géi² dai⁶ zeo⁶ géi² dai⁶

F

〔歇後語〕笠衫：套頭的汗衫。胖子穿汗衫，身體大就把汗衫撐大。一般用來比喻人的決心，有"無論如何""豁出去了"的意思。 例 你要我出幾多錢都得，我而家就係肥佬着笠衫，幾大就幾大嘞（你要我出多少錢都行，我現在豁出去了，怎麼着就怎麼着）。

肥水唔流過別人田 féi⁴ sêu² m⁴ leo⁴ guo³ bid⁶ yen⁴ tin⁴

肥水：有肥效的水。肥水應該用在自己的田裏而不要流到別人的田裏。一般指人不要把自家的利益流到別人那裏去。 例 咁好嘅機會梗係留畀自己人啦，肥水唔流過別人田嘛（這麼好的機會當然留給自己人了，肥水不流過別人田嘛）。

肥頭耷耳 féi⁴ teo⁴ deb¹ yi⁵

耷耳：耳朵下垂。一般用來形容人肥胖的相貌，有着豬一樣的耳朵和肥胖的腦袋。 例 你成日食飽飯冇事做，唔怪之得肥頭耷耳啦（你整天吃飽飯沒事做，難怪長得肥頭肥腦的樣子了）。

肥田種粳，瘦田種秈 féi⁴ tin⁴ zung³ geng¹, seo³ tin⁴ zung³ xin¹

〔農諺〕肥沃的田可以種粳稻，而瘦田則只能種秈稻。

肥屍大隻 féi⁴ xi¹ dai⁶ zég³

形容人個子大而且肥胖，有貶意。 例 你肥屍大隻嘟動一啲都唔方便（你太胖了，行動一點兒也不方便）｜一啲力都冇，賺你咁肥屍大隻喇（一點兒力氣都沒有，你白長得這麼大的個子了）。

分分鐘 fen¹ fen¹ zung¹

每時每刻，隨時。 例 我分分鐘都等住你嚟（我隨時都恭候着您的到來）｜今日我分分鐘都得閒（今天我整天都有空）。

分甘同味 fen¹ gem¹ tung⁴ méi⁶

有美味大家共嘗，有福同享。 例 我哋大家一齊做嘢，要分甘同味至得㗎（我們大家一塊做事，要做到有福同享才行）。

粉牌字，任改唔嬲 fen² pai⁴ ji⁶, yem⁶ goi² m⁴ neo¹

〔歇後語〕粉牌：小食店裏介紹本店所供應食品的名稱和價格的牌子；任改：隨意改動；唔嬲：不生氣。粉牌上的字可以隨便改動。一般用來表明自己所寫的東西只是臨時的，別人可以隨意改動。 例 我寫呢篇嘢係粉牌字，任改唔嬲（我寫的這篇東西大家可以隨便改動）。

瞓得覺落 fen³ deg¹ gao³ log⁶

瞓：睡。可以安枕無憂了。

例 等個仔揾到工作佢就瞓得覺落嘞（等他兒子找到工作他就可以安枕無憂了）。

瞓身落去 fen³ sen¹ log⁶ hêu³

瞓：睡、躺。整個人躺下去。形容全力投入某一工作。 例 呢件事你要瞓身落去先至得呀（這件事你要把精力全部投入才行）。

墳前燒報紙，呃鬼 fen⁴ qin⁴ xiu¹ bou³ ji², ngag¹ guei²

〔歇後語〕呃：欺騙。在墳前拿報紙當作元寶來燒，這是欺騙鬼神。 例 你做呢啲嘢直程係墳前燒報紙，呃鬼（你做這些東西簡直是欺騙大家）。

墳頭耍大刀，嚇鬼 fen⁴ teo⁴ sa² dai⁶ dou¹, hag³ guei²

〔歇後語〕在墳前耍大刀，只能嚇鬼。比喻用威脅手段只能嚇鬼，對付人是沒有用的。 例 你呢兩下手勢好比墳頭耍大刀，嚇鬼就得嘅（你這兩下子功夫，只能嚇唬嚇唬人而已）。

火滾火燎 fo² guen² fo² liu⁴

形容人十分焦急、煩躁，也形容人非常惱怒。 例 到呢個時候都重未嚟，你話叫人幾火滾火燎吖（到這個時候還沒來，你說叫人多焦急呀）｜佢聽到呢個消息一定火滾火燎咯（他聽到這個消息一定非常惱怒了）。

火遮眼 fo² zé¹ ngan⁵

人往往因為過分生氣而看不到身邊的一切，就像怒火遮住了眼睛一樣。形容人因氣極而失去理智。 例 使乜咁惡呢，我睇你係火遮眼咯兒（何必那麼兒，我看你是氣糊塗了）。

火紅火綠 fo² hung⁴ fo² lug⁶

形容人生氣達到頂點，怒不可遏。 例 好心你唔好再激佢咯，佢都惡到火紅火綠咯（行行好吧你別再氣他了，他生氣得控制不住了）。

火麒麟，周身引（癮）fo² kéi⁴ lên⁴, zeo¹ sen¹ yen⁵

〔歇後語〕引：引信、引線。廣東民俗，春節或元宵時燒火麒麟，表示吉慶。火麒麟用竹篾和紙製成，上面捆滿鞭炮、花炮、起火等。因身上佈滿引線，廣州話引、癮同音，人們以此來形容人對甚麼都有興趣（癮）。 例 佢呢個人係火麒麟嚟㗎，周身引（他這個人是個火麒麟，滿身是引——對甚麼都感興趣）。

火星撞地球 fo² xing¹ zong⁶ déi⁶ keo⁴

形容雙方激烈地衝突，矛盾表面化。 例 佢兩個嗌起交嚟唔知幾激烈，好似火星撞地球噉（他們兩個吵起架來不知有多激烈，就好像火星撞上了地球那樣）。

F

火燒芭蕉，根焦葉爛心不死

fo² xiu¹ ba¹ jiu¹, gen¹ jiu¹ yib⁶ lan⁶ sem¹ bed¹ séi²

〔歇後語〕芭蕉樹心在莖的中央，火燒芭蕉葉子燒焦了，但芭蕉心燒不死。比喻人對某些事情不死心。　例 我睇你重係火燒芭蕉，根焦葉爛心不死（我看你還是不死心）。

火燒地球，炭（歎）世界

fo² xiu¹ déi⁶ keo⁴, tan³ sei³ gai³

〔歇後語〕炭與歎同音。廣州話"歎"是"享受"的意思。歎世界：享受美好的日子。　例 你兩個都有退休金，個仔又有份好工作，你哋真係火燒地球，炭（歎）世界咯（你們兩位都有退休金，兒子又有份好工作，你們真夠享福的了）。

火燒燈芯，冇炭（歎）

fo² xiu¹ deng¹ sem¹, mou⁵ tan³

〔歇後語〕廣州話"炭"與"歎"同音，"歎"是享受、享福的意思。"冇炭"等於"冇歎"，是雙關語，一是沒有炭，二是沒法享受、沒有清福可享。　例 退咗休重有咁多事做，真係火燒燈芯冇炭咯（退了休還有那麼多事情要做，真是沒法享清福了）。

火燒棺材，大炭（歎）

fo² xiu¹ gun¹ coi⁴, dai⁶ tan³

〔歇後語〕木做的棺材燃燒後成了一塊大大的炭，廣州話"大炭"諧音"大歎"，即可以大大地享受的意思。　例 而家你仔女都工作，又唔使你帶孫仔孫女，真係火燒棺材大炭咯（現在你的子女都工作了，又不用你帶孫子孫女，真可以大大地享福了）。

火燒豬頭，熟口熟面

fo² xiu¹ ju¹ teo⁴, sug⁶ heo² sug⁶ min⁶

〔歇後語〕形容人們互相很熟悉或似曾相識。　例 我哋大家都係多年鄰居，火燒豬頭，熟口熟面（我們大家都是多年鄰居，彼此都很熟）｜頭先呢個人好似火燒豬頭，熟口熟面（剛才那個人臉很熟）。

火燒旗杆，長炭（歎）

fo² xiu¹ kéi⁴ gon¹, cêng⁴ tan³

〔歇後語〕"長炭"諧音"長歎"。歎：享福、享樂；長歎：長久地享清福。　例 你退咗休之後，身體重咁好，以後就好似火燒旗杆嘅，長炭咯（你退了休之後，身體還這麼好，從此可以長久地享福了）。

火燒屋樑，長炭（歎）

fo² xiu¹ ngug¹ lêng⁴, cêng⁴ tan³

〔歇後語〕"炭"與"歎"同音，是休息、享受等意思。　例 你退咗休重有退休金，以後嘅生活真係火燒屋樑，長炭咯（你退了休以後還有退休金，以後可以長久地享受了）。

火燒城隍廟，急死鬼 fo² xiu¹ xing⁴ wong⁴ miu⁶⁻², geb¹ séi² guei²

〔歇後語〕"鬼"為雙關語，既指鬼也指人。非常急的意思。 例 話十點鐘開始，而家都九點十個字咯，人重未到，真係火燒城隍廟，急死鬼咯（説十點鐘開始，現在都九點五十分了，人還沒到，你説不急死人嗎）！

火煙筆直上，雨水唔使想 fo² yin¹ bed¹ jig⁶ séng⁵, yü⁵ sêu² m⁴ sei² séng²

〔農諺〕唔使想：不必想，即不用指望。火煙筆直上升，説明沒有風，沒有風就不會有雨。

火焰唔出灶，有雨淋五穀；火焰筆直上，雨水唔使想 fo² yim⁴ m⁴ cêd¹ zou³, yeo⁵ yü⁵ lem⁴ ng⁵ gug¹; fo² yim⁴ bed¹ jig⁶ séng⁵, yü⁵ sêu² m⁴ sei² séng²

〔農諺〕燒火時火焰出不了灶，空氣濕度大，可能會下雨；如果火焰筆直上升，説明空氣乾爽，不會下雨。

貨不對板 fo³ bed¹ dêu³ ban⁶⁻²

板：樣板，樣品。送來的貨與原來的樣品不一樣。引申指實際情況與原來的的許諾不一樣。

荒地冇人耕，耕起有人爭 fong¹ déi⁶ mou⁵ yen⁴ gang¹, gang¹ héi² yeo⁵ yen⁴ zang¹

荒地本來沒有人耕種，一旦有人開荒耕種了就有人來爭搶。比喻一些東西本來沒有人重視，一旦有人發現並利用了就有人來爭奪。

放白鴿 fong³ bag⁶ gab³

一種詐騙術，以婦女為誘餌，借結婚為名引誘男人。待得到錢財後婦女便像放飛的鴿子一樣逃回。 例 嗰兩個嘢係放白鴿嘅，你要注意呀（那個傢伙利用婦女行騙，你要當心啊）。

放低二兩 fong³ dei¹ yi⁶ lêng⁵⁻²

〔戲謔語〕戲稱到洗手間小便。 例 你要唔要放低二兩先呀（你要不要上洗手間啊）。

放飛機 fong³ féi¹ géi¹

戲稱被人拋棄，尤指約會時因對方失約而有被拋棄的感覺。 例 嗰個嘅仔琴晚想話同個女朋友約會，點知畀人放飛機咯（那個小青年昨晚想跟女朋友約會，誰知對方失約讓人耍了）。

放飛劍 fong³ f ei¹ gim³

〔戲謔語〕比喻人吐痰。 例 唔好隨街放飛劍呀（不要隨街吐痰啊）。

放路溪錢，引（癲）死人 fong³ lou⁶ kei¹ qin⁴, yen⁵ séi² yen⁴

〔歇後語〕民俗認為，撒在路上

的紙錢是用來給死者引路的。
"引"與"癮"同音，引死人即
"癮死人"，形容某事物非常引
誘人。

放你都唔生 fong³ néi⁵ dou¹ m⁴ sang¹

認定對方無能，就算給予優越
的條件也無濟於事。

放屁安狗心 fong³ péi³ ngon¹ geo² sem¹

靠放屁是滿足不了狗的需求
的，只能給狗以安慰。比喻事
情雖然做了但不起作用，有徒
勞無功的意思。 例 你冇實際
行動，靠講幾句話有乜用呢，
直程係放屁安狗心 (你沒有實
際行動，靠說幾句話有甚麼用
呢，白費勁)。

放聲氣 fong³ séng¹ héi³

放風聲，透漏消息。 例 對方
放聲氣出嚟，話要你哋賠償佢
哋至得喎 (對方放風出來，説
要你們賠償他們才行吶)。

放葫蘆 fong³ wu⁴ lou⁴⁻²

指吹牛、撒謊。 例 佢頭先講
嘅都係放葫蘆嘅 (他剛才説的
都是撒謊的) ｜ 成晚都聽佢放
葫蘆，冇癮 (整個晚上都聽他
吹牛，沒意思)。

防君子不防小人 fong⁴ guen¹ ji² bed¹ fong⁴ xiu² yen⁴

指一些簡單的防護設施，讓遵
守法紀的人製造象徵性的障
礙，但對那些不遵守法紀的人
則不起作用。 例 我呢個門求
其閂住就得咯，防君子不防
小人 (我這扇門隨便閂着就行
了，小偷是防不了的)。

苦瓜噉嘅面 fu² gua¹ gem² gé³ min⁶

像苦瓜那樣的臉，形容人愁眉
苦臉的樣子。 例 呢件事好容
易辦，你唔使苦瓜噉嘅面 (這
件事很容易辦，你不必愁眉苦
臉)。又叫"苦瓜乾噉嘅面"。

苦瓜撈牛肉，越撈越縮 fu² gua¹ lou¹ ngeo⁴ yug⁶, yüd⁶ lou¹ yüd⁶ sug¹

〔歇後語〕撈：拌，謀生；縮：
縮水的簡稱，即錢越來越少
了。用苦瓜拌牛肉，越拌牛肉
越縮小。比喻人外出謀生，
境況越過越不好，即錢越來越
少。 例 呢兩年生意唔係幾好
做，好似苦瓜撈牛肉，越撈越
縮 (這兩年生意不怎麼好做，
越做越虧)。

苦瓜炆鴨，苦過弟弟 fu² gua¹ men¹ ngab³, fu² guo³ di⁴ di²

〔歇後語〕炆：燒、燜；弟弟：
象聲詞，鴨子叫的聲音，也指
鴨子。用苦瓜來燒鴨，讓鴨也
變苦了。借指生活、工作等非
常艱苦的意思。 例 你呢次去
做工，條件咁差，真係苦瓜炆
鴨，苦過弟弟咯 (你這次去做
工，條件這麼差，真夠苦的)。

苦口苦面 fu² heo² fu² min⁶

苦着臉，愁容滿面。 例 你苦口苦面點見客人呀（你苦着臉怎樣去見客人呢）？｜佢成日苦口苦面，好似有心事嗽噃（他整天苦着臉，好像有甚麼心事）。

斧頭揼鑿鑿揼木 fu² teo⁴ deb⁶ zog⁶ zog⁶ deb⁶ mug⁶

用斧子砸鑿，把鑿鑿進木頭。比喻一個人對另一個人施加壓力，而這一個人把壓力轉嫁到別人身上。 例 大佬蝦細佬，細佬蝦妹，好似斧頭揼鑿鑿揼木咯（大哥欺負弟弟，弟弟欺負妹妹，就像斧頭砸鑿鑿砸木頭一樣）。

扶旺唔扶衰 fu⁴ wong⁶ m⁴ fu⁴ sêu¹

扶：扶持，依附；旺：興旺，富有；衰：衰敗，貧窮。指某些人或動物如鴿子等，喜歡依附富貴人家而嫌棄窮人的表現。 例 呢個人好嘥，扶旺唔扶衰，正一白鴿眼（這個人很糟糕，趨炎附勢，狗勢利眼的）。又叫"附旺唔附衰"。

闊口拿扒 fud³ heo² na⁴ pa⁴

闊：寬；拿扒：沒有甚麼具體意思，只是說明闊的狀態。多用於形容器皿的口過於寬。 例 呢個碗闊口拿扒，唔好用（這個碗碗口太大了，不好用）｜裙腳闊口拿扒亦唔好

（裙子下擺太寬了也不好）。

闊佬懶理 fud³ lou² lan⁵ léi⁵

形容人對事情或別人不聞不問、漠不關心。 例 大家嘅事個個都闊佬懶理就唔得喇（大家的事個個都不聞不問就不行的了）｜佢自己嘅事，我闊佬懶理呀（他自己的事我才不管呢）。

寬鞋緊襪 fun¹ hai⁴ gen² med⁶

穿鞋要寬鬆一點，穿襪子要緊一點，穿着才舒服。

風吹雞蛋殼，財散人安樂 fung¹ cêu¹ gei¹ dan⁶⁻² hog³, coi⁴ san³ yen⁴ ngon¹ log⁶

〔歇後語〕指人受到某種程度的損失時，有點難受，但散了財換來人的平安也算好事。這句話用來安慰經濟上受到損失的人，相當於"破財消災"的說法。 例 損失一啲錢唔緊要，風吹雞蛋殼，財散人安樂（損失一點點錢沒關係，破財消災嘛）。

風吹芫荽，荽（衰）貼地 fung¹ cêu¹ yün⁴ sêu¹, sêu¹ tib³ déi⁶

〔歇後語〕芫荽：香菜。廣州話"荽"與"衰"同音，即倒霉、討厭、缺德等意思。"衰貼地"即倒霉得很、令人討厭得很。 例 呢個人邊個都討厭佢，衰到鬼嘅，真係風吹芫荽，荽

貼地呀（這個人誰都討厭，真
夠餿）。

風涼水冷 fung¹ lêng⁴ sêu² lang⁵

形容環境好，又通風又涼快，
空氣清新。 例你呢度環境
真好，風涼水冷，最好住人喇
（你這裏環境真好，又通風又
涼快，最適合住人了）。

風生水起 fung¹ sang¹ sêu² héi²

形容活躍，有生氣。多指生意
或事業。 例你間公司搞得風
生水起，真唔錯（你的公司搞
得很紅紅火火，真不錯）。

風水輪流轉 fung¹ sêu² lên⁴ leo⁴ jun²

指人的遭遇、時運會不斷發
生變化，甚至好壞互相轉換。
多用來安慰一時遭遇不好的
人。 例你一時失敗唔算太緊
要，以後會好翻起嚟嘅，風水
輪流轉嘛（你一時的失敗不算
太要緊，以後會重新好起來
的，這僅是一時的遭遇而已）。

**風水佬呃人十年八年，唔呃得
一世** fung¹ sêu² lou² ngeg¹ yen⁴ seb⁶
nin⁴ bad³ nin⁴, m⁴ ngeg¹ deg¹ yed¹ sei³

〔諺語〕堪輿師只能暫時的騙
人，騙不了一輩子。比喻自己
所說的是實話，就算騙也騙不
了一輩子。這話多用來表白自
己的真誠。

**風水先生無埞葬，占卦先生
半路亡** fung¹ sêu² xin¹ sang¹ mou⁴

déng⁶ zong³, jim¹ gua³ xin¹ sang¹
bun³ lou⁶ mong⁴

〔諺語〕風水先生：地理先生、
堪輿師，專門替人看風水的；
埞：地方；占卦先生：卜卦算
命的人。看風水的人卻找不到
埋葬自己的風水好的墓地，而
占卦的人卻測不出自己有多長
的壽命，說不定走到半路就遭
到不測而死亡了。

風頭火勢 fung¹ teo⁴ fo² sei³

指某些活動正處在風頭上。
例而家整頓交通秩序正係風
頭火勢，你要特別注意呀（現
在整頓交通秩序正在風頭上，
你要特別注意啊）。

風扇底下傾偈，講風涼話
fung¹ xin³ dei² ha⁶ king¹ gei⁶⁻², gong²
fung¹ lêng⁴ wa⁶⁻²

〔歇後語〕傾偈：聊天。指冷嘲
熱諷地說些打擊別人積極性的
話。 例人哋有困難，你哋唔
好風扇底下傾偈，講風涼話喇
（人家有困難，你們不要說風
涼話了）。

寬鞋緊襪 fun¹ hai⁴ gen² med⁶

穿鞋要寬，穿襪子要緊一點。

逢人知己 fung⁴ yen⁴ ji¹ géi²

形容人碰到誰都像知己朋友一
樣。例而家社會上乜人都有，
你對邊個都逢人知己嘅，有啲
危險呀（現在社會上甚麼人都

有，你無論對誰都一見如故，那是有危險的）。

奉旨（子）成婚 fung⁶ ji² xing⁴ fen¹

中國古代小說或戲曲裏有很多奉皇帝旨意成婚的故事，這叫"奉旨成婚"。由於旨與子同音，現在廣州話説的"奉旨成婚"其實指的是"奉子成婚"，即因為有了孩子才成婚。這話用來譏笑那些未婚同居並有了孩子後才登記成婚的做法。

G

加把口 ga¹ ba² heo²

從旁幫助説句話，幫腔。 例 唔該同我加把口，儘量説服佢啦（請你給我幫幫腔，儘量説服他吧）。

加加埋埋 ga¹ ga¹ mai⁴ mai⁴

把許多數目加在一起。 例 今年嘅收入加加埋埋有三四萬啦（今年各種收入加在一起有三四萬吧）。

加零一 ga¹ ling⁴ yed¹

在原有的數字上加上零一，表示超過極限。有"特別""非常""極度"等意思。 例 呢個人壞到加零一（這個人壞得不能再壞了）｜衰到加零一（討厭透了）。

家嘈屋閉 ga¹ cou⁴ ngug¹ bei³

嘈：吵鬧；閉：是"巴閉"的省略，吵鬧，嘈雜的意思。家裏弄得吵吵鬧鬧的，叫人不得安寧。 例 佢屋企幾兄弟唔夠和睦，成日搞到家嘈屋閉（他家裏幾兄弟不和睦，整天搞得吵吵鬧鬧的）。

家肥屋潤 ga¹ féi⁴ ngug¹ yên⁶

形容家庭富足、豐衣足食。 例 而家我哋村個個人都唔憂食唔憂着，大家都家肥屋潤咯（現在我們村每個人都不愁吃不愁穿，大家都豐衣足食了）。

家空物淨 ga¹ hung¹ med⁶ zéng⁶

家裏甚麼東西都沒有。 例 舊時有啲農村窮得好交關，真係家空物淨呀（過去有些農村窮得很厲害，可以説是家徒四壁）。

家山發 ga¹ san¹ fad³

家山：祖墳。迷信的人認為祖墳風水好就蔭及子孫。 例 佢考上大學，有人話家山發，呢啲係迷信嘅野（他考上大學，有人説是祖墳風水好，這些是迷信的）。

家山有眼 ga¹ san¹ yeo⁵ ngan⁵

祖宗有靈。人們用這話來警示後人，千萬不要做壞事。 例 你唔好做壞事呀，家山有眼，做壞事要報應你㗎（你不要做壞事，祖宗有靈，做壞事要遭報應的）。

家頭細務 ga¹ teo⁴ sei³ mou⁶

家庭瑣事，家務事。 例 家頭細務好多野要做㗎（家庭瑣事很多事都要幹）｜你唔好話家頭細務好輕鬆，其實都好㿗嘅（你別說家務事很輕鬆，其實是很累的）。

家和萬事興，家衰口不停

ga¹ wo⁴ man⁶ xi⁶ hing¹, ga¹ sêu¹ heo² bed¹ ting⁴

〔諺語〕家衰：家道中落，家庭衰敗。家庭和睦，諸事順利興旺，而不和睦的家庭往往是由於家庭成員不團結，無論大事小事都爭吵不已，導致家庭衰敗。

家爺仔乸，姨媽姑姐 ga¹ yé⁴ zei² na², yi⁴ ma¹ gu¹ zé¹

仔乸：母子。泛指家族成員。 例 佢個仔結婚，請咗二十幾圍酒，淨係家爺仔乸，姨媽姑姐就有百幾人（他兒子結婚辦了二十幾桌酒席，光家屬和親戚就有一百多人）。

家中有一老，猶如一個寶

ga¹ zung¹ yeo⁵ yed¹ lou⁵, yeo⁴ yü⁴ yed¹ go³ bou²

〔諺語〕家裏頭有一位老人，就好像有一個寶物。形容老人對家庭的重要性。

假假地都係 ga² ga² déi⁶⁻² dou¹ hei⁶

假假地：有點假；都係：也是，也算是，總還是。某事物雖然有缺點、有不足之處，但仍然可以對它持肯定的態度。 例 你唔好理，佢假假地都係個大學生吖（你別管，他總還是一個大學生嘛）｜總之佢假假地都係你細佬吖（總之他好賴還是你弟弟嘛）。

假過賣貓 ga² guo³ mai⁶ mao¹

過去賣貓只給人看貓的頭，這樣容易掩蓋缺點。用來比喻人們虛偽、弄虛作假。 例 你千祈唔好信呀，佢嘅野假過賣貓（你千萬別信，他的東西全是假的）。

嫁雞隨雞，嫁狗隨狗，嫁隻馬騮通山走，嫁隻鴨仔隨水遊

ga³ gei¹ cêu⁴ gei¹, ga³ geo² cêu⁴ geo², ga³ zég³ ma⁵ leo¹ tung¹san¹ zeo², ga³ zég³ ngab⁵ zei² cêu⁴ sêu² yeo⁴

順口溜。馬騮：猴子。反映舊社會對女子的束縛，女子只能依附丈夫，夫唱婦隨。

嫁女賭時福 ga³ nêu⁵ dou² xi⁴ fug¹

嫁女兒要看當時的家境如何，家境好時，婚禮就隆重一些，嫁妝會多一些。比喻辦事要看機遇，不可能每次都一樣。

嫁要嫁東山少爺，娶要娶西關小姐 ga³ yiu³ ga³ dung¹ san¹ xiu³ yé⁴, cêu² yiu³ cêu² sei¹ guan¹ xiu² zé²

東山：廣州市地名，在廣州東部；西關：地名，在廣州西部。相傳東山的人多權貴，西關小姐文雅端莊。

合米落鑊 gab³ mei⁵ log⁶ wog⁶

合米：數人湊米；落鑊：下鍋。幾個人湊米下鍋煮飯，表明彼此是"同撈同煲"，是暫時的關係，臨時的朋友。　例　我同佢都係臨時住喺呢度，大家合米落鑊咋（我跟他都是臨時住在這裏，大家湊在一起住吃而已）。

合手合腳 gab³ seo² gab³ gêg³

形容合夥人彼此配合得很好。　例　你哋合手合腳搞得好好（你們大家齊心合力互相配合搞得很好）。

合升唔合斗 gab³ xing¹ m⁴ gab³ deo²

升比斗小，升代表小的數目，斗代表大的數目。人只會算小數，不會算大數。比喻眼光只看見小的得失而看不到大的得失。

隔河千里路 gag³ ho⁴ qin¹ léi⁵ lou⁶

形容大河兩岸雖然彼此能看得見，但要到對岸，卻要繞很遠的路。

隔籬飯香 gag³ léi⁴ fan⁶ hêng¹

隔籬：隔壁。小孩吃別家的飯菜往往覺得比自己家的飯菜香。多用來指一些人對自己的東西習以為常，不覺得好，而對別人的東西則十分羨慕，總覺得別人的東西好。　例　你總係覺得隔籬飯香，嫌自己嘅嘢唔好（你總是覺得別人的東西都比自己的好）。

隔籬鄰舍 gag³ léi⁴ lên⁴ sé³

左右鄰居，泛指街坊鄰居、鄰里。　例　大家都係隔籬鄰舍，應該互相幫助至啱呀（大家都是左右鄰居，應該互相幫助才是）。又叫"隔籬左右"。

隔籬二叔婆 gag³ léi⁴ yi⁶ sug¹ po⁴⁻²

隔壁的老太婆。泛稱鄰居老太太。　例　你要問就問隔籬二叔婆啦（你要問就問隔壁的老太太吧）。

隔年通勝，唔值錢 gag³ nin⁴ tung¹ xing³, m⁴ jig⁶ qin⁴

〔歇後語〕通勝：曆書。過了期的曆書，無用了，不值錢。比喻東西無用或技術過期。　例　你單單識得打字，唔會用電腦，正一隔年通勝，唔值錢略（你光會打字，不會用電腦，就像舊黃曆一樣不值錢了）。

隔年月餅，脹（益）晒 gag³ nin⁴ yüd⁶ béng², yig¹ sai³

G

〔歇後語〕膩:含油脂類的食物存放時間過長而變了質的味道。廣州話"膩"與"益"同音,"益晒"指對某人大為有利,後面要帶指人的賓語。 例 咁好嘅野你都唔要,真係隔年月餅,膩晒我嘞(這麼好的東西你也不要,真是便宜了我了)。

隔山買牛,好醜撞彩數 gag³ san¹ mai⁵ ngeo⁴, hou² ceo² zong⁶ coi² sou³

〔歇後語〕撞彩數:碰運氣。隔着山那麼遠買牛,是好是壞根本看不清,只好碰運氣了。 例 上次買襪有得揀,五文一包,大家就隔山買牛,好醜撞彩數嘞(上次買襪子不能挑選,五塊錢一包,大家就只好碰運氣了)。

隔成條墟咁遠 gag³ séng⁴ tiu⁴ hêu¹ gem³ yün⁵

墟:農貿市場;咁遠:這麼遠。農村的農貿市場一般不大,但有些人看來從市場的這頭到另一頭也覺得很遠。一般用來形容彼此相隔太遠。 例 戲院隔成條墟咁遠,我唔想去嘞(戲院離這裏太遠了,我不想去了)。

隔夜茶,毒過蛇 gag³ yé⁶ ca⁴, dug⁶ guo³ sé⁴

茶水放置過長時間會產生毒素,不宜再喝。蛇字與茶字相押,可能是從客家話裏吸收的。

隔夜茶,唔倒(賭)唔安樂 gag³ yé⁶ ca⁴, m⁴ dou² m⁴ ngon¹ log⁶

〔歇後語〕習慣認為隔夜茶是有毒的,一定要倒掉。廣州話"倒"與"賭"同音。"唔倒唔安樂"諧音"唔賭唔安樂"即不賭不舒服。形容人嗜賭成性。 例 呢個賭鬼唔知幾爛癮,真係隔夜茶,唔倒唔安樂呀(這個賭棍,賭癮太大了,要是不賭就不舒服)。又叫"隔夜茶,一天光就倒(賭)"。

隔夜風爐都吹得着 gag³ yé⁶ fung¹ lou⁴ dou¹ cêu¹ deg¹ zêg⁶

隔夜風爐:隔天已經滅了火的爐子。能把早已熄滅的爐子吹得着火,形容人急跑之後氣喘吁吁的樣子。 例 我走咗兩圈,索氣到隔夜風爐都吹得着嘞(我跑了兩圈,氣喘得要命,滅了火的爐子也能吹得着)。

隔夜仇 gag³ yé⁶ seo⁴

宿怨,不大不小的怨恨。 例 你同佢有乜野隔夜仇咩(你跟他過去沒甚麼仇怨吧)?

隔夜素馨 gag³ yé⁶ sou³ hing¹

素馨花過了夜雖然乾了,但還可以做藥材。常用來比喻人雖然老了,起不到原來的作用,但仍然有其它的價值。 例 佢呢個老專家好有料㗎,退咗休重有好多人要返聘佢,真係隔夜素馨嘞(他這位老專家很有學問，退了休還有很多人要返聘他，餘熱還真不少）。

隔夜油炸鬼，冇厘火氣 gag³ yé⁶ yeo⁴ za³ guei², mou⁵ léi⁴ fo² héi³

〔歇後語〕油炸鬼：油條；冇厘火氣：指油條已經涼了而且變蔫兒了。比喻人不易發怒或沒有朝氣、無精打采。 例 佢呢個人好似隔夜油炸鬼嗽，冇厘火氣（他這個人就像變蔫兒的油條，沒有一點脾氣）。也比喻人和善軟弱，不容易發脾氣。

街知巷聞 gai¹ ji¹ hong⁶ men⁴

家喻戶曉。 例 呢個消息都街知巷聞啦，你都唔知（這個消息都已經是家喻戶曉了，你還不知道）？

芥菜老薑生菜仔 gai³ coi³ lou⁵ gêng¹ sang¹ co³ zei²

〔戲謔語〕這句話與“嫁錯老公生錯仔”諧音。一般用於自謔取笑。

戒煙又戒酒，病魔走夾唔咻 gai³ yin¹ yeo⁶ gai³ zeo², béng⁶ mo¹ zeo² gab³ m⁴ teo²

咻：休息；走夾唔咻：不停地逃跑。戒了煙酒病魔就逃跑了，強調戒煙戒酒的作用。

奸奸狡狡，朝煎晚炒；忠忠直直，終歸乞食 gan¹ gan¹ gao² gao², jiu¹ jin¹ man⁵ cao²; zung¹ zung¹ jig⁶ jig⁶, zung¹ guei¹ hed¹ xig⁶

朝：早上；終歸：終於。奸詐的人，早飯吃煎的，晚飯吃炒的；忠直老實的人，最終還是乞討要飯。慨歎舊社會的不公平，奸詐的人反而生活得好，而忠直的人卻過着貧窮的生活甚至淪為乞丐。

揀飲擇食 gan² yem² zag⁶ xig⁶

揀：挑選；擇：選擇。整個意思是挑吃，偏食。 例 細佬哥唔好揀飲擇食至得呀（小孩不要挑吃才好）。

耕田唔養豬，猶如秀才唔讀書 gang¹ tin⁴ m⁴ yêng⁵ ju¹, yeo⁴ yü⁴ seo³ coi⁴ m⁴ dug⁶ xu¹

〔農諺〕耕田不養豬，好比秀才不讀書。

耕田唔養牛，自己攞難受 gang¹ tin⁴ m⁴ yêng⁵ ngeo⁴, ji⁶ géi² lo² nan⁶ seo⁶

〔農諺〕唔：不；攞：找，取。耕田不養牛，自己找難受。

梗過至知 gang³ guo³ ji³ ji¹

梗：比試，較量；至：才。指兩人經過直接比試才知道誰更優秀或更強大。 例 你唔使急自，邊個叻要梗過至知（你先別急，誰最棒要比試過才知道）。

交吉 gao¹ ged¹

吉：吉祥。這裏用做“凶”字的避諱詞。廣州話的“空”字

與 "凶" 字同音，人們為了吉利，用吉字代替凶字。因此 "交吉" 是作為 "交空" 的婉辭。 例 你間屋幾時交吉呀（你甚麼時候交空房子出來）？

交通燈，點紅點綠 gao¹ tung¹ deng¹, dim² hung⁴ dim² lug⁶

〔歇後語〕過去的交通燈是由警察用手控制的，可以隨意指揮，手指一點下去燈就變紅或變綠。這裏用來形容人亂加指點，瞎指揮。 例 唔關你事，你嘴多多做乜呢，交通燈，點紅點綠（不關你的事，你插甚麼嘴，瞎指揮）。

搞掂 gao² dim⁶

弄妥了，做好了，解決問題了，弄清楚了等意思。 例 呢件事簡單，一日我就搞掂咯（這件事簡單，我一天就弄好了）｜招呼一餐，一百文搞掂（招待一頓飯，一百元就解決問題）。

搞搞震 gao² gao² zen³

瞎鬧，胡搞一通。 例 大家都專心聽課，你唔好喺度搞搞震呀（大都在專心聽課，你不要亂搞一氣啊）！｜佢成日喺度搞搞震，唔知做乜（他整天胡搞一通，不知搞甚麼名堂）。

搞搞震，冇幫襯 gao² gao² zen³, mou⁴ bong¹ cen³

〔戲謔語〕搞搞震：像煞有介事地折騰；幫襯：光顧，生意成交。指有人在搗亂，使得顧客都跑掉了。

搞唔掂 gao² m⁴ dim⁶

唔掂：不通順、不通暢。吃不消、招架不住或沒辦法對付。 例 咁多事要我一個人做，怕搞唔掂呀（那麼事要我一個人來做恐怕吃不消）｜呢個細路仔太跳皮喇，我搞佢唔掂呀（這個小孩太淘氣了，我對付不了他）。

搞笑 gao² xiu³

製造笑料逗人一笑，逗樂。 例 呢部電影一味搞笑，冇乜教育意義（這部電影盡是逗樂，沒甚麼教育意義）。也有滑稽、可笑的意思。 例 真搞笑，咦嘅事都會有（真滑稽，這樣的事情也會出現）｜佢講話好搞笑（他說話很好笑）。

攪風攪雨 gao² fung¹ gao² yü⁵

興風作浪、播弄是非。 例 有啲人成日喺度攪風攪雨，影響大家團結（有些人整天興風作浪，影響大家團結）。

攪屎棍 gao² xi² guen³

指撥弄是非的人。 例 你正一係攪屎棍，你一嚟呢度就亂晒龍（你真是愛惹是生非的傢伙，你一來這裏就亂了套）。

攪是攪非 gao² xi⁶ gao² féi¹

搬弄是非。　例 攪是攪非嘅人最衰㗎喇（搬弄是非的人是最討厭的了）。

覺覺豬 gao³⁻⁴ gao³⁻¹ ju¹

〔兒語〕睡覺。　例 九點鐘喇，快啲覺覺豬啦（九點了，趕快睡覺去吧）。

教書先生搬屋，執書（輸） gao³ xu¹ xin¹ sang¹ bun¹ ngug¹, zeb¹ xu¹

〔歇後語〕執書：收拾圖書。廣州話"書"和"輸"同音。"執輸"是吃虧、佔下風的意思。　例 你同佢比，梗係教書先生搬屋，執書啦（你跟他比，肯定吃虧）｜呢次你又教書先生搬屋，執書晒咯（這次你又佔下風了）。

教堂休息，唔講道理 gao³ tong⁴ yeo¹ xig¹, m⁴ gong² dou⁶ léi⁵

〔歇後語〕教堂是講道的地方，休息就不講道了，戲謔為不講道理。

教識徒弟，餓死師傅 gao³ xig¹ tou⁴ dei⁶⁻², ngo⁶ séi² xi¹ fu²

教會了徒弟，致使師傅失業了。相傳舊時師傅教徒弟一般都留有一手絕技，暫時不傳授，這是為了保護自己的需要。只有確認徒弟忠心盡責後才把絕招傳授給徒弟。

急出恭，褲頭解唔松 geb¹ cêd¹ gung¹, fu³ teo⁴ gai² m⁴ sung¹

急着要如廁，但褲帶解不開。形容人在緊急關頭時偏偏遇上了阻滯。也形容人處事不夠沉着，心越急越辦不好。

急急腳 geb¹ geb¹ gêg³

行色匆匆，步履匆匆。　例 我睇你急急腳嗽，去邊度呀（我看你行色匆匆，到哪裏去）？

急雷先晴，悶雷難晴 geb¹ lêu⁴ xin¹ qing⁴, mun⁶ lêu⁴ nan⁴ qing⁴

〔農諺〕打雷時，如果雷打得很急，説明雨雲移動快，雨水很快就會停；如果打的是悶雷，雨雲移動慢，雨則下個不停。

趷起條尾就知到你屙屎定屙尿 ged⁶ héi² tiu⁴ méi⁵ zeo⁶ ji¹ dou³ néi⁵ ngo¹ xi² ding⁶ ngo¹ niu⁶

趷起：翹起。看牛的人看到牛翹起尾巴時就知道它要拉屎或撒尿。老年人自恃有經驗，指責年輕人耍滑騙人時用。　例 你想呃我，你趷起條尾就知到你屙屎定屙尿咯（你想騙我，你想幹甚麼我一看就知道了）。

腳踏馬屎憑官勢 gêg³ dab⁶ ma⁵ xi² peng⁴ gun¹ sei³

諷刺慣於阿諛奉承的人狐假虎威，對老百姓作威作福。

腳底生風，有咁快走咁快 gêg³ dei² sang¹ fung¹, yeo⁵ gem³ fai³ zeo² gem³ fai³

咁快：那麼快。形容人身體健
壯，健步如飛。

雞髀打人牙鉸軟 gei¹ béi² da² yen⁴
nga⁴ gao³ yün⁵

雞髀：雞腿；牙鉸：下巴的關
節。比喻吃了人家的東西，下
巴關節就發軟，連說話都硬不
起來了。比喻得了人家的好處
就不能堅持原則了。 例 佢點
會去管呢，雞髀打人牙鉸軟啦
嗎（他怎麼會去管呢，吃了人
家的嘴軟唄）。

雞春咁密都菢出仔 gei¹ cên¹ gem³
med⁶ dou¹ bou⁶ cêd¹ zei²

雞春：雞蛋，農村多用；菢：
孵（小雞）。雞蛋那麼嚴密也
能孵出小雞來。比喻再密的東
西也有縫隙。 例 你唔使呃人
咯，邊個唔知吖，雞春咁密都
菢出仔咯（你不用騙人了，誰
不知，紙是包不住火的）。

雞蛋摸過輕四兩 gei¹ dan⁶⁻² mo²
guo³ héng¹ séi³ lêng²

形容人十分貪婪，愛佔便宜，
連被他摸過的雞蛋也輕了許
多。 例 呢個人貪心出晒名，
雞蛋摸過輕四兩呀（這個人貪
心出了名，就是雁過也要拔
毛）。

雞啄唔斷 gei¹ dêng¹ m⁴ tün⁵

東西細長堅韌，雞也啄不斷。
比喻人說話過長，老說不完。

例 你個主任講話鬼咁謅氣，雞
啄唔斷（你的主任說話太囉嗦
了，說個沒完）。

**雞忌發瘟，鴨忌離群，馬忌
眼瞓，牛忌腳震** gei¹ géi⁶ fad³
wen¹, ngab³ géi⁶ léi⁴ kuen⁴, ma⁵ géi⁶
ngan⁵ fen³, ngeo⁴ géi⁶ gêg³ zen³

〔農諺〕眼瞓：睏，想睡覺；
腳震：腿發抖。養雞最忌諱雞
瘟，鴨子最忌諱離群，馬最忌
諱犯睏要睡覺，牛最忌諱腿發
抖。凡有這幾種表現的上述動
物都是有病。

雞忌發瘟，人忌口痕 gei¹ géi⁶
fad³ wen¹, yen⁴ géi⁶ heo² hen⁴

口痕：口癢，貪嘴，即隨意説
話。雞怕發瘟，人怕嘴巴不檢
點。告誡人們不要隨意議論別
人的是非。

雞噉腳 gei¹ gem² gêg³

像雞走路那麼快。形容人急
急忙忙地走路，含貶義。 例
你做乜呀，睇你雞噉腳嘅（你
幹甚麼去，看你急急忙忙的樣
子）？

雞頸鴨下扒 gei¹ géng² ngab³ ha⁶ pa⁴

下扒：下巴。殺雞鴨的技巧。
殺雞時刀要落在雞的脖子上，
殺鴨時刀要落在鴨的下巴上。

雞鴨早入籠，聽朝熱頭紅
gei¹ ngab³ zou² yeb⁶ lung⁴, ting¹ jiu¹
yid⁶ teo⁴ hung⁴

〔農諺〕熱頭：太陽。雞鴨進籠早，明天太陽紅，即明天將會是大晴天。

雞毛鴨血 gei¹ mou⁴ ngab³ hüd³

形容場面亂七八糟，狼狽不堪難以收拾。 例 佢兩個將呢度搞到雞毛鴨血（他們兩個把這裏弄得亂七八糟）｜兩個人打到雞毛鴨血（他們兩個打得不可開交）。也形容比賽或賭博輸得很慘。 例 琴晚佢打麻雀輸到雞毛鴨血咯（昨晚他打麻將輸得很慘）。

雞嫲竇咁亂 gei¹ na² deo³ gem³ lün⁶

雞嫲竇：母雞窩。形容牀鋪等淩亂不堪。

雞屙尿，少見 gei¹ ngo¹ niu⁶, xiu² gin³

〔歇後語〕雞衹有一個泄殖孔，拉屎撒尿同時進行，沒有單獨撒尿的。"少見"即沒見過。 例 你今日乜咁勤力呀，真係雞屙尿，少見（你今天為甚麼這麼用功，真少見）。

雞歲咁多 gei¹ sêu³ gem³ do¹

雞歲：雞嗉子，雞嗉囊；咁多：這麼多。形容東西很少。 例 畀人哋雞歲咁多，都唔夠楗牙罅（給人家一丁點，都不夠塞牙縫兒呐）。

雞手鴨腳 gei¹ seo² ngab³ gêg³

毛手毛腳，笨手笨腳。 例 睇你做野雞手鴨腳嘅，一啲都唔得（看你幹活毛手毛腳的，一點兒也不行）。

雞同鴨講 gei¹ tung⁴ ngab³ gong²

形容兩人語言不通，無法溝通。 例 你唔識廣州話，我唔識上海話，同你講話真係好似雞同鴨講嘅咯（你不懂廣州話，我不懂上海話，跟你説話就像雞跟鴨説話一樣）。也形容雙方意見分歧很大，沒有共同語言，談不攏。

雞食放光蟲，心知肚明 gei¹ xig⁶ fong³ guong¹ cung⁴, sem¹ ji¹ tou⁵ ming⁴

〔歇後語〕放光蟲：一種像蚯蚓的爬蟲，身上有熒光。表示對某事很清楚。 例 你咪以為我唔知，其實我係雞食放光蟲，心知肚明（你別以為我不知道，其實我是一清二楚的）。

雞回籠早，天氣晴好；雞回籠遲，大雨將至 gei¹ wui⁴ lung⁴ zou², tin¹ héi³ qing⁴ hou²; gei¹ wui⁴ lung⁴ qi⁴, dai⁶ yü⁵ zêng¹ ji³

〔農諺〕雞回籠早預示明天天氣晴朗，如果雞回籠晚了，則預示明天大雨將會來臨。

雞屎藤，又長又臭 gei¹ xi² teng⁴, yeo⁶ cêng⁴ yeo⁶ ceo³

〔歇後語〕雞屎藤又叫"雞矢

藤”，是一種野生植物，蔓生，分佈於江南、華南各省，海南各地多有生長。葉對生，葉和莖可治小兒疳積、痢疾、風濕骨痛等。海南有人把雞屎藤搗碎和上大米粉，揉成顆粒狀的“粑仔”，加水煮成甜食。據說有保健作用。因為雞屎藤有個屎字，人們誤以為臭而已。

雞入黑搵食，聽日有雨滴

gei¹ yeb⁶ hag¹ wen² xig⁶, ting¹ yed⁶ you⁵ yü⁵ dig⁶

〔農諺〕雞到回籠的時候還覓食，預示明天會有雨下。

雞仔唔管管麻鷹 gei¹ zei² m⁴ gun² gun² ma⁴ ying¹

不管小雞卻管老鷹。比喻家長不管好自己的孩子卻怪責別人的不是。

雞仔媒人 gei¹ zei² mui⁴ yen⁴⁻²

愛管閒事的人，愛做沒有意義甚至討人嫌的事的人。 例 你成日做雞仔媒人嘅嘢，邊個會多得你呢（你盡做那些討人嫌的事，誰會感謝你呢）。

雞早晴，鴨早雨 gei¹ zou² qing⁴, ngab³ zou² yü⁵

〔農諺〕雞早早要出籠，預示當日是晴天，但鴨要早早出來活動，預示當日要下雨。

計我話 gei³ ngo⁵ wa⁶

話：說。“計我話”有依我說或依我看的意思。 例 呢件事，計我話係好重要嘅（這件事，依我說是很重要的）｜呢個桶計我話有一百斤呀（這個桶依我看有一百斤重）。

飢食荔枝，飽食黃皮 géi¹ xig⁶ lei⁶ ji¹, bao² xig⁶ wong⁴ péi⁴

〔諺語〕民間認為荔枝是熱性的水果，糖分多，肚子餓的時候吃可以消除飢餓感；黃皮甜中帶酸，可以幫助消化，適宜在飯後吃。

幾大都要 géi² dai⁶ dou¹ yiu³

字面意思是無論如何都要，但實際意思是“無論如何”“非…不可”。 例 你幾大都要還翻畀我（你無論如何也要還給我）｜我今日幾大都要去（今天我非去不可）。

幾大就幾大 géi² dai⁶ zeo⁶ géi² dai⁶

見“肥佬着笠衫，幾大就幾大”條。

幾咁閒 géi² gem³ han⁴

表示無所謂、算不了甚麼、很隨便等意思。 例 幾文雞之嗎，幾咁閒吖（才幾塊錢，算不了甚麼）｜要佢寫封信，幾咁閒啦（要他寫封信，太容易了）。

幾…下 géi² …ha⁵

“幾”與“下”之間加上形容詞，表示“相當…”“挺…的”

的意思。 例 呢條路都幾遠下㗎 (這條路也相當遠的) | 佢都幾叻下嘅 (他也相當不錯)。

幾係 géi² hei⁶

表示 "相當那個" "夠…的" "夠戲" 等意思。 例 今日熱得幾係㗎 (今天挺熱的) | 呢個人都幾係㗎 (這個人也相當那個) | 老李有啲自私, 我話老張都幾係呀 (老李有點自私, 我說老張也夠戲)。

幾難先至 géi² nan⁴ xin¹ ji³

表示相當困難才成功或達到目的。 例 幾難先至起到間屋呀 (好不容易才蓋了所房子) | 你唔知我幾難先至考入大學呀 (你不知道我有多困難才考上大學呀)。

幾十百 géi² seb⁶ bag³

表示很多很多、無數的意思。 例 你嘅意見幾十百人都會同意 (你的意見許多人都會同意的) | 你呢句話講過幾十百次咯 (你這句話說過無數次了)。

今年雙春，出年盲年 gem¹ nin⁴ sêng¹ cên¹, cêd¹ nin⁴ mang⁴ nin⁴

〔農諺〕雙春：一年中兩個立春；盲年：沒有立春的年份。農曆如果某一年出現兩個立春，那麼來年就沒有立春這個節氣。

今時唔同往日 gem¹ xi⁴ m⁴ tung⁴ wong⁵ yed⁶

現在的情況跟過去不同、今非昔比。 例 都乜嘢時代喇，你重講嗰啲嘢，今時唔同往日咯 (都甚麼時代了，你還講那些事，今非昔比嘍)。

今日唔知聽日事 gem¹ yed⁶ m⁴ ji¹ ting¹ yed⁶ xi⁶

今天不知道明天的事，意思是明天的事明天再説。比喻人的命運很難預測。 例 你使乜杞人憂天呢，有錢你就使啦嗎，今日唔知聽日事 (你何必杞人憂天，有錢你就花唄，今天不知道明天怎麼樣呢)。

甘心忿氣 gem¹ sem¹ fen⁶ héi³

甘心情願。 例 大家都甘心忿氣就容易做 (大家都甘心情願就好説)。也表示服氣。 例 你噉話，大家就甘心忿氣 (你這樣説，大家才服氣)。

金晴火眼 gem¹ jing¹ fo² ngan⁵

人因熬夜而眼睛充血的樣子。 例 琴晚加班，瘦到我金晴火眼 (昨晚加班，累得我眼睛都紅了)。

金鑲玉石板 gem¹ sêng¹ yug⁶ ség⁶ ban²

豬肉釀豆腐的美稱。

錦上添花易，雪中送炭難 gem² sêng⁶ tim¹ fa¹ yi⁶, xud³ zung¹

sung³ tan³ nan⁴

〔諺語〕錦上添花的事容易做
到，但雪中送炭就難了。

嗷唔係 gem² m⁴ hei⁶

"係"字語調上升，表示贊同對
方的意見。相當於"可不是嗎"
的意思。 例 你話大家都應該
參加，嗷唔係（你説大家都應
該參加，可不是嗎）！｜甲：
我話要開會討論至得。乙：嗷
唔係，要開會至得呀（甲：我
説要開會討論才行。乙：可不
是嗎，要開會才行）。

嗷又係 gem² you⁶ hei⁶

對對方的話表示有所啟發，相
當於"可也是"。 例 你話買太
多菜容易漚爛，嗷又係嗎（你
説買太多菜容易漚爛，可也是
呀）｜你話太多人去交涉容易
亂，嗷又係（你説太多人去交
涉容易亂，可也是）。

咁大個仔 gem³ dai⁶ go³ zei²

直譯是"這麼大的孩子"，但
實際是"長這麼大了"的意
思。 例 我咁大個仔都未見過
（我長這麼大了都沒有見過）｜
你咁大個仔唔同你細佬呀，要
聽話至得呀（你這麼大的孩子
了，跟你弟弟不一樣，要聽話
才行呀）。如果説的是女子，
就要用"咁大個女"。

咁多位 gem³ do¹ wei⁶⁻²

直譯是"那麼多位"，實際上是
"諸位"的意思。 例 咁多位，
對唔住，我遲到喇（諸位，對
不起，我遲到了）｜呢度咁多
位都係我嘅老師（這裏諸位都
是我的老師）。

**咁中意錢，不宜去飲唥錢幣
廠嘅坑渠水** gem³ zung¹ yi³ qin⁴,
bed¹ yi⁴ hêu³ yem² dam⁶ qin⁴ bei⁶
cong² gé³ hang¹ kêu⁴ sêu²

〔戲謔語〕不宜：不如；飲唥：
喝一口；嘅：的；坑渠：溝渠。
你那麼喜歡錢，不如去喝一口
錢幣廠的地溝水。

撳地游水 gem⁶ déi⁶ yeo⁴ sêu²

用手按着水底游泳，表示安
全、穩當。 例 呢件事好安全
嘅，重安全過撳地游水（這件
事很安全，比按着地游泳還
安全呢）。也表示沒有甚麼進
步。 例 我睇你呢幾個月好似
撳地游水嘅嗎（我看你這幾個
月好像沒有甚麼進步啊）。

撳鷓鴣 gem⁶ zé³ gu¹

撳：按。捕鳥者用雌性鷓鴣做
誘餌，誘捕雄鷓鴣。比喻設圈
套行騙。 例 佢琴晚畀人撳鷓
鴣，損失咗幾百文（他昨晚被
人行騙，損失了幾百塊錢）。

跟紅頂白 gen¹ hung⁴ ding² bag⁶

紅：指權貴；白：指失勢的人。
形容某些人對權貴阿諛奉承，

對普通人蠻橫的態度。 例 嗰啲跟紅頂白嘅人係唔做得領導㗎（那些對上阿諛奉承對下蠻橫的人是不能做領導的）。

跟尾狗 gen¹ méi⁵ geo²

指老跟在別人身後的人，多指小孩。 例 你呢個跟尾狗重唔快啲行開（你這個跟屁蟲還不快點走開）！也指只會模仿別人，自己毫無主見的人。

跟手尾 gen¹ seo² méi⁵

指跟在別人後面做善後工作，常用來指承接別人的麻煩事。 例 你做成呢個爛攤，我懶得同你跟手尾呀（你做成這個爛攤子，我懶得跟你收拾）｜你自己嘅野亂掉亂放，邊個同你跟手尾呀（你自己的東西亂扔亂放，誰跟你擦屁股）。

跟人口水尾，食人番薯皮 gen¹ yen⁴ heo² sêu² méi⁵, xig⁶ yen⁴ fan¹ xu⁴ péi⁴

〔兒童順口溜〕指鸚鵡學舌的人沒有出息，只能吃別人的番薯皮。

跟着好人學好人，跟着南無學拜神 gen¹ zêg⁶ hou² yen⁴ hog⁶ hou² yen⁴, gen¹ zêg⁶ nam⁴ mo⁴ hog⁶ bai³ sen⁴

〔歇後語〕指小孩愛模仿別人，往往跟着誰就學誰。

近廚得食 gen⁶ cêu⁴ deg¹ xig⁶

靠近廚房就容易吃上好東西，比喻佔據了有利地位，優先獲得好處。 例 你住喺市場旁邊，有乜好野你都容易買到，真係近廚得食喇（你住在市場旁邊，有甚麼好的東西你都容易買到，真是近水樓台先得月了）。

近官得力，近廚得食 gen⁶ gun¹ deg¹ lig⁶, gen⁶ cêu⁴ deg¹ xig⁶

接近官府可以借助官府的力量辦事，而靠近廚房就容易得到好吃的。比喻近便而先得到好處。相當於普通話的"近水樓台先得月"的意思。

近山唔好燒枉柴，近河唔好洗枉水 gen⁶ san¹ m⁴ hou² xiu¹ wong² cai⁴, gen⁵ ho⁴ m⁴ hou² sei² wong² sêu²

〔諺語〕靠山也不要隨便浪費柴火，近河也不要多浪費水。勸諭人們凡事都要注意節約。

驚都鼻哥窿都冇肉 géng¹ dou³ béi⁶ go¹ lung¹ dou¹ mou⁵ yug⁶

〔戲謔語〕鼻哥窿：鼻孔。表示受到了驚嚇，鼻孔也張大了。 例 嗰次坐過山車，我驚到鼻哥窿都冇肉呀（那次坐過山車，把我嚇得夠戧）。又說"驚到囉柚都冇肉"。

頸筋大過頸柄 géng² gen¹ dai⁶ guo³ géng² béng³

頸筋：脖子上的靜脈血管；頸

柄：整個脖子。形容人生氣的樣子。 例 佢一嗌起交嚟就頸筋大過頸柄（他一吵起架來就臉紅脖子粗）。

頸筋耙鏈噉 géng² gen¹ pa⁴ lin⁶⁻² gem²

頸筋：脖子上的靜脈血管；耙鏈噉：像耙鏈那樣粗。形容人激動時脖子上的血管粗得像犁耙的鐵鍊那樣。

姜太公封神，漏咗自己 gêng¹ tai³ gung¹ fung¹ sen⁴, leo⁶ zo² ji⁶ géi²

〔歇後語〕傳說故事，姜太公將陣亡將領封為神，而他自己沒有死，不入封神之列。比喻全心全意為大家辦事，不考慮個人利益的人。 例 我哋嘅領導都係為咗大家，乜都唔考慮自己，好似姜太公封神，漏咗自己（我們的領導完全為了大家，甚麼都不考慮自己，甚至都忘了自己）。

薑辣口，蒜辣心，辣椒辣兩頭 gêng¹ lad⁶ heo², xun³ lad⁶ sem¹, lad⁶ jiu¹ lad⁶ lêng⁵ teo⁴

〔諺語〕吃薑只覺得嘴巴辣，吃蒜則覺得胃辣，但吃辣椒吃多了則嘴巴和肛門都覺得辣。這三種辛辣食物雖然都辣，但人身體的反應是不一樣的。

九出十三歸 geo² cêd¹ seb⁶ sam¹ guei¹

舊時高利貸的一種利息計算方法，借出 100 元，只支付 90 元，到還貸的時候本利合起來要還 130 元。

九曲橋散步，行彎路 geo² kug¹ kiu⁴ san³ bou⁶, hang⁴ wan¹ lou⁶

〔歇後語〕在九曲橋上散步，走的自然都是彎路。

九唔搭八 geo² m⁴ dab³ bad³

形容人思想紊亂，説話不連貫或前後矛盾，做事沒有條理。 例 你講話為乜九唔搭八呀，係唔係思想開小差呀（你説話為甚麼毫無條理，思想開小差了吧）？

九熟十收，十熟九收 geo² sug⁶ seb⁶ seo¹, seb⁶ sug⁶ geo² seo¹

水稻到九成熟時就收割，穀粒不容易掉落，如果到了十成熟時才收割，穀粒容易掉落，只能收到九成的稻穀。

九成九 geo² xing⁴ geo²

百分之九十九的可能性。 例 呢件事九成九係佢做嘅（這件事百分之九十九是他幹的）。

九月九，雷收口 geo² yüd⁶ geo², lêu⁴ seo¹ heo²

〔農諺〕每年農曆九月初九即重陽節以後，就再也聽不到雷聲了。

九月九，先生唔走學生走

geo² yüd⁶ geo², xin¹ sang¹ m⁴ zeo²

hog⁶ sang¹ zeo²

〔兒童順口溜〕舊時農村有的地方重陽節要放假一天，讓學生參加掃墓活動。

九月收雷，十月收爐 geo² yüd⁶

seo¹ lêu⁴, seb⁶ yüd⁶ seo¹ léng⁶

〔農諺〕收雷：停止打雷；收爐：停止打閃。農曆九月一般停止打雷，十月停止打閃。到了九月以後雨水變少，一般不會有雷雨出現。

九月圓臍十月尖 geo² yüd⁶ yün⁴ qi⁴

seb⁶ yüd⁶ jim¹

〔農諺〕圓臍：指母螃蟹；尖：尖臍，即公螃蟹。指吃螃蟹最佳的時節。九月的母螃蟹或十月的公螃蟹最肥美。

久咳夜咳薑使得 geo² ked¹ yé⁶ ked¹

gêng¹ sei² deg¹

久咳或者夜咳吃薑最有效。

久唔久 geo² m⁴ geo²

不時，過一段時間（又重新做某事）。 例 我哋久唔久都會翻嚟睇下嘅（我們時不時都會回來看看的）。又叫"久不久"。

久晴見霧雨，久雨見霧晴

geo² qing⁴ gin³ mou⁶ yü⁵, geo² yü⁵

gin³ mou⁶ qing⁴

〔農諺〕多日晴天忽然下霧就會有雨，多日下雨忽然下霧就會轉晴。

久晴夜風雨，久雨夜風晴

geo² qing⁴ yé⁶ fung¹ yü⁵, geo² yü⁵ yé⁶

fung¹ qing⁴

〔農諺〕連續幾個大晴天晚上來風預示着要下雨，連續幾天下雨晚上颳風預示着要轉晴。

久一…久二… geo² yed¹… geo²

yi⁶…

指斷斷續續地幹某事。 例 好大包糖，畀佢久一食啲久二食啲，最後食晒咯（好大的一包糖果，讓他今天吃點兒，明天吃點兒，最後讓他吃光了）。

狗拉龜，無處落手 geo² lai¹ guei¹,

mou⁴ qu³ log⁶ seo²

比喻辦事遇到困難，無處下手。相當於普通話的"狗咬刺蝟，無處下口"。 例 我唔懂呢度嘅情況，叫我寫介紹，真係狗拉龜，無處落手咯（我不懂這裏的情況，叫我寫介紹，真是狗咬刺蝟無處下口了）。

狗咬賊仔，暗啞抵 geo² ngao⁵ cag⁶

zei², ngem³ nga² dei²

〔歇後語〕暗啞抵：暗中忍受。比喻吃了虧而無法聲張。 例 呢次佢畀人呃咗兩百文，唔好意思講畀人知，狗咬賊仔，暗啞抵囉（這次他被人騙了兩百元，不好意思告訴別人，惟有暗自忍受唄）。

狗咬狗骨 geo² ngao⁵ geo² gued¹

形容同夥之間自相殘殺或互相勾心鬥角，多指壞人。 例 佢哋為咗分贓，打起交嚟，真係狗咬狗骨咯 (他們為了分贓不勻竟然打起來，真是狗咬狗了)。

狗咬呂洞賓，不識好人心

geo² ngao⁵ lêu⁵ dung⁶ ben¹, bed¹ xig¹ hou² yen⁴ sem¹

〔歇後語〕埋怨別人不懂得自己的良苦用心。

狗怕夏至，雞怕年初二 geo² pa³ ha⁶ ji³, gei¹ pa³ nin⁴ co¹ yi⁶

〔諺語〕廣東民俗，夏至那天，人們喜歡吃狗肉，而正月初二民俗叫"開年"，每家都殺雞。

狗上瓦坑，有條路 geo² sêng⁵ nga⁵ hang¹, yeo⁵ tiu⁴ lou⁶

〔歇後語〕瓦坑：瓦壟。狗不會攀爬，不能上瓦壟，但居然上去了，肯定有它的路子。比喻某人做某事成功了，必然有其門路。含貶義。 例 呢個人能夠當上理事，一定係狗上瓦坑，有條路 (這個人能夠當上理事，必定有門路)。

狗瘦主人羞 geo² seo³ ju² yen⁴ seo¹

自己養的寵物狗瘦而難看，當主人的也感覺不好意思。比喻手下的人個個儀態醜陋、無能，當領導的也感覺沒有光彩。

狗肉滾三滾，神仙坐唔穩 geo² yug⁶ guen² sam¹ guen², sen⁴ xin¹ co⁵ m⁴ wen²

〔戲謔語〕廣東民間有些人愛吃狗肉，這話既反映狗肉香氣誘人，又反映某些人嗜食狗肉的程度。

狗仔坐轎，不識抬舉 geo² zei¹ co⁵ giu⁶⁻², bed¹ xig¹ toi⁴ gêu²

〔歇後語〕抬舉：雙關語，一個意思是抬起來，另一個意思是對人的稱讚或提拔。 例 人哋讚你你都唔領情，真係狗仔坐轎，不識抬舉 (人家稱讚你你都不領情，真是不識抬舉)。又説"狗仔抬轎，不識抬舉"。

韭菜命，一長就割 geo² coi³ méng⁶, yed¹ cêng⁴ zeo⁶ god³

〔歇後語〕韭菜的命運就是一長了就被人割去。比喻自己的錢財一多了就被子女拿去。常用來自嘲。 例 你賺幾多錢都冇用，啲仔女又話買乜又話買物，都畀佢哋攞晒去，我真係韭菜命，一長就割 (你就是賺了多少錢也是白搭，子女們又說買這個又說買那個，都讓他們拿了去。我就像韭菜那樣，一長了就被割掉)。

結他無線，冇得彈 gid³ ta¹ mou⁴ xin³, mou⁵ deg¹ tan⁴

〔歇後語〕結他：吉他，即六弦琴；冇得彈：雙關語，一是沒有琴可彈，二是表示沒有甚麼可指責的。　例 你呢道嘅服務咁好，真係結他無線，冇得彈咯（你這裏的服務這麼好，真是沒甚麼可説的）。

激到啤一聲 gig¹ dou³ bé¹ yed¹ séng¹

激：使人生氣；啤：洩氣的聲音。形容把人氣得不得了。　例 你唱衰晒佢，激到佢啤一聲（你揭了他的短，氣得他不得了）。

激到死死下 gig¹ dou³ séi² séi² ha⁵⁻²

氣得死去活來，氣得要命。　例 你點話佢佢都唔聽，真係激到你死死下（你怎麼説他他都不聽，真的把你氣死）。

激死老豆搵山拜 gig¹ séi² lou⁵ deo⁶ wen² san¹ bai³

激死：氣死；老豆：又作老竇，父親；搵：找。為能有墳墓拜祭而把父親氣死。用於責備孩子不要太淘氣，不然把父母氣死了。　例 你咁大個仔一啲都唔生性，係唔係要激死老豆搵山拜呀（你這麼大的孩子一點也不懂事，是不是要把你爹氣死才舒服啊）？

…極都唔… … gig⁶ dou¹ m⁴ …

表示盡了最大的努力仍然達不到目的。第一個省略號代表某一動作，第二個省略號代表其結果。　例 話極都唔聽（不管怎麼説還是不聽）｜做極都唔完（怎麼做也做不完）｜學極都唔會（怎麼學都不會）｜諗極都諗唔掂（怎麼想都想不通）。

見步行步 gin³ bou⁶ hang⁴ bou⁶

看一步走一步。　例 呢個新辦法我哋未做過，總之見步行步啦（這個新辦法我們沒有做過，總之看一步走一步吧）。

見財化水 gin³ coi⁴ fa³ sêu²

眼看快到手的錢財竟然化為烏有了。

見到唐人講鬼話，見到番鬼口啞啞 gin³ dou³⁻² tong⁴ yen⁴ gong² guei² wa⁶⁻², gin³ dou³⁻² fan¹ guei² heo² nga² nga²

唐人：中國人；番鬼：外國人。譏笑某些喜歡表現自己的人，在本國人面前故意説外國話，但見到真正的外國人就成了啞巴了。

見風扯悝 gin³ fung¹ cé² léi⁵

悝：船帆。看到有風了，馬上扯起船帆。比喻利用有利時機，採取行動。　例 做生意要見風扯悝揸住好機會（做生意要行動迅速，見到有利機會要馬上抓住）。也常用於貶義，比喻人做事看風使舵。　例 呢個人好狡猾，做乜野都見風扯悝（這個人很狡猾，做甚麼事都看風使舵）。

G

見風駛悝 gin³ fung¹ sei² léi⁵

根據風向來操縱船帆。比喻看見風向不對就立即改變方向，含貶義。 例 有啲人好會投機，一向善於見風駛悝（有些人很會投機，一向善於看風使舵）。

見高拜，見低踩 gin³ gou¹ bai³, gin³ dei¹ cai²

見到地位比自己高的人就逢迎，見到地位比自己低的人就欺負。 例 呢個白鴿眼專門見高拜，見低踩，真唔係嘢（這個勢利眼見到領導就逢迎，見到地位低的人就欺負，真不是東西）。

見過鬼怕黑 gin³ guo³ guei² pa³ hag¹

形容人經歷過兇險，遭受過驚嚇後，心有餘悸。相當於"一朝被蛇咬，十年怕井繩"。 例 佢出過一次車禍，而家唔敢開車，真係見過鬼怕黑嘞（他以前出過一次車禍，現在不敢開車，真是一朝遭蛇咬，十年怕井繩了）。

見招拆招 gin³ jiu¹ cag³ jiu¹

針對競爭對手的來勢一一採取應對手段化解。 例 呢盤棋雙方見招拆招，真精彩（這盤棋，雙方你攻我守，十分精彩）。

見牙唔見眼 gin³ nga⁴ m⁴ gin³ ngan⁵

只看見牙齒，看不見眼睛。形容人大笑的樣子。 例 你睇佢笑到見牙唔見眼（你看他笑得眼睛都看不見了）。

見惡怕，見善蝦 kin³ ngog³ pa³, gin³ xin⁶ ha¹

蝦：欺負。形容人欺軟怕硬。

見蛇唔打三分罪 gin³ sé⁴ m⁴ da² sam¹ fen¹ zêu⁶

見到毒蛇不打就有三分罪。蛇比喻壞人壞事。如果放縱了壞人，不跟他作鬥爭，就等於對社會犯罪。

見屎忽嘟唔見米白 gin³ xi² fed¹ yug¹ m⁴ gin³ mei⁵ bag⁶

屎忽：屁股；嘟：動。形容舂米的人只見屁股在動，但米卻舂不白。批評人工作不認真，只做表面功夫，效果不佳。 例 呢個人做嘢都係搞搞震嘅，見屎忽嘟唔見米白（這個人幹活裝模作樣，總不出活兒）。

見人食豆嗯嗯脆 gin³ yen⁴ xig⁶ deo⁶⁻² ngog¹ ngog¹ cêu³

看見人家吃豆嘎崩脆。比喻看見別人做事以為很容易，其實並不然。 例 你見人食豆嗯嗯脆，以為好容易呀（你見人家吃豆子嘎崩脆，以為很容易嗎）？

見周公 gin³ zeo¹ gung¹

戲稱人睡覺。 例 十點鐘都未

到，佢早就去見周公咯（十點
還沒到，他早就睡覺了）。

驚蟄落雨到清明，清明落雨不得晴 ging¹ jig⁶ log⁶ yü⁵ dou³ qing¹ ming⁴, qing¹ ming⁴ log⁶ yü⁵ bed¹ deg¹ qing⁴

〔農諺〕驚蟄時下雨，往往能下到清明，而清明時下雨則很難停。

驚蟄唔浸種，大暑唔響桶 ging¹ jig⁶ m⁴ zem³ zung², dai⁶ xu² m⁴ hêng² tung²

〔農諺〕唔響桶：打禾桶不響，即收成不好或沒有收成。驚蟄時不浸種，誤了農時，到了大暑時就失收了。

驚蟄有雨早下秧 ging¹ jig⁶ yeo⁵ yü⁵ zou² ha⁶ yêng¹

〔農諺〕驚蟄時下雨就該早點育秧。

勁到爆 ging⁶ dou³ bao³

好得不得了。

叫起手 giu³ héi² seo²

指要使用或需要的時候。 ⟨例⟩平時要準備啲錢，叫起手要拎得出嚟呀（平時要準備一些錢，需要時拿得出來才行）。

嗰處黃蟺捐嗰處泥 go² xu³ wong⁴ hün² gün² go² xu³ nei⁴

嗰處：那裏；黃蟺：蚯蚓；捐：鑽；泥：土。那裏的蚯蚓鑽那裏的土。比喻各有各的愛好，互不相干。 ⟨例⟩你理佢做乜，嗰處黃蟺捐嗰處泥（你管他呢，誰愛怎麼着就怎麼着）。

個心十五十六 go³ sem¹ seb⁶ ng⁵ seb⁶ lug⁶

心裏沒有主意，拿不定。 ⟨例⟩你話買好定唔買好呢，我個心十五十六（你說買好還是不買好呢，我心裏七上八下的）。

各花入各眼 gog³ fa¹ yeb⁶ gog³ ngan⁵

由於審美觀不同，每個人眼中所見到的花美不美不完全一樣。 ⟨例⟩好難講邊一種最靚，各花入各眼啦嗎（很難説哪一種最美，大家見仁見智吧）。

各處鄉村各處例 gog³ qu³ hêng¹ qun¹ gog³ qu³ lei⁶

各地有不同的風俗習慣，應該加以尊重。 ⟨例⟩過年過節各地習慣唔同，正所謂各處鄉村各處例咯（過年過節各地的習慣不同，正所謂各地有各地的鄉規俗例）。

各施各法 gog³ xi¹ gog³ fad³

各人用各人的辦法。 ⟨例⟩大家可以各施各法，完成任務就得嘞（大家可以各人用各人的辦法，完成任務就行）。

各適其適 gog³ xig¹ kéi⁴ xig¹

指各人做自己愛好的事。 ⟨例⟩退休工人有好多活動任你參

G

加，各適其適啦（退休工人有很多活動隨你參加，你喜歡甚麼就玩甚麼）。

乾冬濕年 gon¹ dung¹ seb¹ nin⁴

〔農諺〕冬至節氣氣候乾爽，如果不下雨，到春節期間，一般都比較潮濕多雨。 例 冬至唔落雨，到春節時就可能會落雨，叫乾冬濕年（冬至不下雨，到春節的時候就下雨，這叫乾冬濕年）。

乾冬濕年，禾米滿田 gon¹ dung¹ seb¹ nin⁴, wo⁴ mei⁵ mun⁵ tin⁴

〔農諺〕乾冬：冬至時天氣晴朗；濕年：春節期間下雨。這是雨水充足的氣候。來年則風調雨順，糧食充足。又説"乾冬濕年，雨水浸田"。

乾糕餅，米（咪）製 gon¹ gou¹ béng², mei⁵ zei³

〔歇後語〕乾糕餅：一種用米粉為原料的餅食；米（咪）：否定副詞，別、不要的意思；製：幹、做。"米（咪）製"，雙關語，一般表示別幹、不要做。 例 呢件事，我話重係乾糕餅，米製好咯（這件事，我看還是別幹算了）。

乾冷灌水，濕冷排水 gon¹ lang⁵ gun³ sêu², seb¹ lang⁵ pai² sêu²

〔農諺〕晚稻插秧後遇到寒冷天氣，如果是晴天，則要灌水保溫，如果是雨天，則要排水。

乾手淨腳 gon¹ seo² jing⁶ gêg³

形容人手腳乾淨。不隨便拿取別人的東西。

乾塘捉魚，冇走雞 gon¹ tong⁴ zug¹ yü⁴⁻², mou⁵ zeo² gei¹

〔歇後語〕乾塘：把魚塘的水放掉；走雞：逃脱，錯過。形容事情有把握，十拿九穩。 例 你就放心好咯，呢次一定乾塘捉魚，冇走雞（你就放心得了，這次一定有絕對把握）。

乾淨企理 gon¹ zéng⁶ kéi⁵ léi⁵

整齊乾淨。 例 呢個宿舍都幾乾淨企理嘅（這個宿舍還算整齊乾淨）。

趕狗入窮巷，擰轉頭咬翻啖 gon² geo² yeb⁶ kung⁴ hong⁶, ning⁶ jun² teo⁴ ngao⁵ fan¹ dam⁶

〔歇後語〕窮巷：死胡同；咬翻啖：（回頭）咬一口。把狗趕進死胡同，狗無路可逃就會回頭咬人。勸人做事要留有餘地不要把事做絕了。 例 你要好好同人哋商量，唔好趕狗入窮巷，擰轉頭咬翻啖呀（你要好好跟人家商量，不要逼狗跳牆，最後咬你呀）。又叫"趕狗入窮巷，咬甩你褲襠"。

趕住去投胎 gon² ju⁶ hêu³ teo⁴ toi¹

迷信的人認為，人死後其靈魂可另投一母胎轉世。説人"趕住去投胎"是譏諷別人匆忙的樣子。 例 睇你行得咁急，係唔係趕住去投胎呀（看你走得那麼匆忙，是不是趕着去投胎）？

趕唔切 gon² m⁴ qid³

唔切：不及，來不及。趕不及。 例 你唔快啲就趕唔切喇（你不快點兒就趕不及了）。"趕"字可以換成其他的動詞，如"抄唔切"（來不及抄寫），"講唔切"（來不及說）"食唔切"（來不及吃）等。

缸瓦開花，白銀滿家 gong¹ nga⁵ hoi¹ fa¹, bag⁶ ngen⁴⁻² mun⁵ ga¹

〔吉祥語〕當家裏人不小心把器皿摔破時，主人就說"缸瓦開花，白銀滿家"的吉祥語，目的是安慰對方。

缸瓦船打老虎，盡地一煲 gong¹ nga⁵ xun⁴ da² lou⁵ fu², zên⁶ déi⁶⁻² yed¹ bou¹

〔歇後語〕缸瓦：日用陶器；盡地：盡其所有；煲：砂鍋；一煲：用砂鍋砸下去。賣缸瓦的船隻有砂鍋、缸等陶器，要打老虎情急之下只有用砂鍋來砸了。有"孤注一擲""破釜沉舟"的意思。 例 我呢次惟有缸瓦船打老虎，盡地一煲喇（我這次惟有孤注一擲了）。

講粗口，唔知醜，人人話你面皮厚 gong² cou¹ heo², m⁴ ji¹ ceo², yen⁴ yen⁴ wa⁶ néi⁵ min⁶ péi⁴ heo⁵

〔兒童順口溜〕批評說粗話的人不要臉。

講大話 gong² dai⁶ wa⁶

說謊。 例 我唔係同你講大話㗎，係真㗎（我不是跟你說謊，是真的）｜你唔好講大話呃人（你不要說謊騙人）。

講大話，甩大牙 gong² dai⁶ wa⁶, led¹ dai⁶ nga⁴

〔兒童順口溜〕大話：謊言；甩：掉。說謊話會掉大牙。

講得口響 gong² deg¹ heo² hêng²

形容人說漂亮話，唱高調，說得好聽。 例 你講係講得口響，但唔知做得點呢（你說是說得漂亮，但不知道做得怎樣呢）｜佢講得口響嘅嗻，唔會係真嘅（他說得好聽而已，不會是真的）。

講多錯多 gong² do¹ co³ do¹

說話多了錯誤也就會多，有"言多必失"的意思。 例 你唔使講咁多，講多錯多你知嗎（你不必說多，言多必失你知道嗎）？

講多無謂，食多滯胃 gong² do¹ mou⁴ wei⁶, xig⁶ do¹ zei⁶ wei⁶

〔諺語〕多說無益，多吃傷胃。表示自己不想多說了，因為說了也沒有用。例 我唔想講咯，講多無謂，食多滯胃（我不想說了，多講了也沒有用處）。

講咁易 gong² gem³ yi⁶

說那麼容易。表示很容易，不費力氣等意思。 例 叫我寫個報告，講咁易啦（要我寫個報告嗎，太容易了）｜呢個煲煮水好快㗎，講咁易啦（這個鍋燒水很快開的，說話就得）。

講鬼咩 gong² guei² mé¹

表示對對方的建議或當時的條件等持否定的態度。 例 你唔帶錢嚟，講鬼咩（你不帶錢來，說甚麼也沒有用）！

講起又講 gong² héi² yeo⁶ gong²

〔口頭禪〕承接前面的話題，補充一些新的情況。相當於"順便說"、"依我說"、"再說了"等。 例 講起又講，我話重係唔好參加喇（依我說，我認為還是不要參加了）｜講起又講，我哋本來唔夠條件做嘅（再說了，我們本來是不夠條件做的）。又說"講開又講"。

講來講去三幅被，量來量去二丈四 gong² loi⁴ gong² hêu³ sam¹ fug¹ péi⁵, lêng⁴ loi⁴ lêng⁴ hêu³ yi⁶ zêng⁶ séi³

過去民間織造業的慣例，每一幅被的長度是八尺，三幅被即二丈四。比喻人說話重複，沒有新意。 例 呢個領導冇料嘅，講來講去三幅被，量來量去二丈四（這位領導沒有才學，說來說去就那麼一點東西）。

講三講四 gong² sam¹ gong² séi³

說三道四、說長論短、東拉西扯。 例 我嘅事唔使你喺度講三講四（我的事不用你在這裏說三道四）｜你唔好再講三講四咯，浪費時間（你不要再東拉西扯了，浪費時間）。

講心嗰句 gong² sem¹ go² gêu³

說真心話，說實在話。 例 講心嗰句呢，我係真心為你好嘅（說心裏話，我是真心為你好的）。

講數口 gong² sou³ heo²

討價還價。 例 你話實幾多錢就幾多啦，我冇時間同你講數口（你確定多少錢就多少，我沒有時間跟你討價還價）。也指一般民事的談判。 例 你準備好至同人講數口呀（你準備好才跟別人談判啊）。

講話有骨 gong² wa⁶ yeo⁵ gued¹

話中有話，說話帶刺兒。 例 佢好似講話有骨噉嘅（他說話好像帶刺兒啊）。

講笑搵第樣 gong² xiu³ wen² dei⁶ yêng⁶⁻²

講笑：開玩笑；搵：找。第樣：別的。開玩笑請找別的吧。 例乜你噉講㗎，講笑搵第樣啦（怎麼你這麼說啊，這是不能開玩笑的）。

講耶穌 gong² yé⁴ sou¹

耶穌：即基督。比喻説大道理。 例 我最煩佢同我講耶穌喇（我最厭煩的就是他跟我説教）。

講嘢倔擂槌 gong² yé⁵ gued⁶ lêu⁴ cêu⁴

講嘢：説話；倔：粗而短。形容人説話粗野，或者不夠圓滑，直來直去。

講嘢一嚿溜 gong² yé⁵ yed¹ geo⁶ leo⁶

講嘢：説話，説事情；一嚿溜：成塊成團的，即發音不清晰，成串地發音。 例 上台發言講嘢一嚿溜嗽，邊個聽得懂吖（上台發言説話成串成串的，誰聽得懂呢）。

講人事 gong² yen⁴ xi⁶⁻²

講人情，講情面。 例 考學校靠分數，冇得講人事嘅（考學校靠分數，不能講人情）｜而家搵工作唔能夠講人事喇（現在找工作不能找關係講人情了）。

高大衰 gou¹ dai⁶ sêu¹

形容人雖然又高又大，但仍然不懂事，還常幹壞事。 例 你睇佢咁大隻咯，重好唔生性，真係高大衰（你看他個子都這麼大了，還不懂事，真是一個傻大個兒）。

高過高第街 gou¹ guo³ gou¹ dei⁵ gai¹

〔戲謔語〕高第街：廣州的名街，過去以衣服或各種小商品商店出名。比高第街還高，只是戲謔的説法。

告地狀 gou³ déi⁶ zong⁶

將自己的不幸和苦況書寫出來放在路旁，爭取人們的同情和幫助。 例 呢度時時都有人告地狀，有啲都係好凄慘㗎（這裏經常有人在路旁寫上自己的遭遇，有的還挺凄慘的）。

告枕頭狀 gou³ zem² teo⁴ zong⁶

戲稱妻子向丈夫訴説他人的不是。 例 你係唔係又聽到老婆同你告枕頭狀呀（你是不是又聽到你妻子向你告誰的狀了）？

孤寒亞鐸叔，發極都有限

gu¹ hon⁴ a³ dog⁶ sug¹, fad³ gig⁶ dou¹ yeo⁵ han⁶

孤寒：吝嗇；阿鐸叔：吝嗇的人；發極：無論怎麼發。過分吝嗇的人，難以發大財。

孤寒財主 gu¹ hon⁴ coi⁴ ju²

指有錢而吝嗇的人。

古靈精怪 gu² ling⁴ jing¹ guai³

古古怪怪。指人的性格、言談舉止奇特怪異。 例 佢打扮得

G

古靈精怪，唔知似乜（她打扮得古古怪怪，不知像個甚麼東西）。

古老當時興 gu² lou⁵ dong³ xi⁴ hing¹

把古老過時的東西當作時髦的東西。　例 你將幾年前嗰啲舊衫褲攞嚟着，人哋重話古老當時興添（你把幾年前的衣服拿來穿，人們還認為很時髦呢）｜而家又興翻舊時嘅款式，真係古老當時興呀（現在又時興過去的款式，真是古老又變時髦了）。

古老十八代 gu² lou⁵ seb⁶ bad³ doi⁶

指年代很久遠，很久以前的。　例 呢啲都係古老十八代嘅嘢咯，重講佢有乜用吖（這些都是很久以前的事了，還説它幹甚麼）！

古老石山 gu² lou⁵ ség⁶ san¹

比喻思想守舊的人，也形容人迂腐。　例 你正一係古老石山嚟嘅，而家已經係乜年代喇，重講呢啲俗例（你真是個思想守舊的人啊，現在是甚麼年代啦，還講究這些俗例）。

古老屎塔，口滑肚臭 gu² lou⁵ xi² tab³, heo² wad⁶ tou⁵ ceo³

〔歇後語〕屎塔：馬桶，指陶製的。古老的馬桶，桶的邊沿被磨得光滑了，但裏面很臭。比喻人嘴巴説的很好聽，但內心

的主意很壞。

古月粉 gu² yüd⁶ fen²

古月：胡字的分體。戲稱胡椒麵兒。　例 你買一兩古月粉翻嚟（你去買一兩胡椒麵兒回來）｜食魚粥要放啲啲古月粉至唔腥（吃魚粥要撒點胡椒麵兒才不腥）。

估估下 gu² gu² ha⁵

估：猜。隨便猜想。　例 我估估下就估中咯（我隨便猜猜就猜中了）｜我估估下嘅嗻，唔一定準（我隨便猜想罷了，不一定準確）。

估唔到 gu² m⁴ dou³

猜不到，料想不到。　例 我估唔到你會咁早嚟（我沒想到你會那麼早就來）｜我亦估唔到會咁快就批准落嚟（我也想不到會這麼快就批准下來）。

估話 gu² wa⁶

以為，猜想，多用於事實與自己的想法不吻合的時候。　例 我估話你唔嚟咯，所以就唔等你喇（我以為你不來了，所以就不等你了）｜大家都估話你出去打工，賺翻啲錢翻嚟起屋，點知你賭輸晒（大家滿以為你出去打工賺點錢回家蓋房子，誰知你賭錢都給輸光了）。

鼓氣袋 gu² héi³ doi⁶⁻²

比喻生悶氣的人。　例 睇你成

日好似個鼓氣袋嗽，為乜咁嬲呀（看你整天氣鼓鼓的，為甚麼這麼生氣）？｜你睇佢呢個鼓氣袋，好似人哋爭咗佢好多錢嗽（你看他這生氣的樣子，好像人家欠了他很多錢似的）。

鼓埋泡腮 gu² mai⁴ pao¹ soi¹

腮幫子鼓得圓圓的，形容人生悶氣的樣子。　[例] 有意見就提嘛，唔使成日鼓埋泡腮（有意見就提嘛，何必整天鼓起腮幫子呢）。

顧得頭來腳反筋 gu³ deg¹ teo⁴ loi⁴ gêg³ fan² gen¹

顧此失彼。　[例] 呢排太忙喇，直程係顧得頭來腳反筋（近來太忙了，簡直是顧此失彼）。

顧得優鞋又甩髻 gu³ deg¹ yeo¹ hai⁴ yeo⁶ led¹ gei³

優鞋：提鞋；甩：脫落，散落。形容人忙亂，顧此失彼的狼狽相。　[例] 一個人照顧呢間店，客人多起嚟真係顧得優鞋又甩髻喇（一個人照顧這家店，客人多起來就忙得顧了頭，丟了尾了）。

顧住收尾嗰兩年 gu³ ju⁶ seo¹ méi⁵ go² lêng⁵ nin⁴

顧住：當心；收尾：最後。當心最後的幾年。警告行為殘暴的人，要注意積德，否則遭報應而不得好死。

瓜老襯 gua¹ lou⁵ cen³

謔稱人死亡。　[例] 嗰個衰鬼早就瓜老襯喇（那個缺德鬼早就死掉了）。

寡母婆 gua² mou⁵ po⁴⁻²

指有了孩子的寡婦。　[例] 寡母婆日子好難捱呀（孤兒寡母的，日子可難熬哇）。

掛個算盤喺褲頭 gua³ go³ xun³ pun⁴ hei² fu³ teo⁴

喺：在；褲頭：褲腰。在褲腰上掛着一個算盤，形容人極度的精打細算。

關公細佬，翼德（亦得） guan¹ gung¹ sei³ lou², yig⁶ deg¹

〔歇後語〕關公：關雲長；細佬：弟弟。關雲長的結義弟弟張飛字張翼德。廣州話"翼德"與"亦得"同音，即"也行""也可以"的意思。　[例] 要同我換個位，冇問題，關公細佬，翼德（你要跟我換個位子，也可以，換吧）。

關人屁事 guan¹ yen⁴ péi³ xi⁶

表示與自己無關或不願意過問。相當於"管他呢"的意思。[例] 佢哋自己整爛咗自己修翻好就得囉，關人屁事（他們自己弄壞了自己修好就行了，管他呢）。

骨瘦如柴煲轆竹 gued¹ seo³ yü⁴ cai⁴ bou¹ lug¹ zug¹

煲轆竹：像煮一段竹子一樣。

形容人瘦得皮包骨。 例 呢個人骨瘦如柴煲轆竹噉，係唔係有病呀（這個分瘦得皮包骨，是不是有病呢）？

骨頭打鼓 gued¹ teo⁴ da² gu²

人死了若干年以後，骨頭逐漸乾枯得足以用來打鼓的程度。形容某事已發生了許多年。

倔尾龍 gued⁶ méi⁵ lung⁴

傳說中攪風攪雨的動物。比喻愛製造事端、增添麻煩的人。 例 呢條倔尾龍又要搞乜嘢嘞（這個愛製造麻煩的傢伙又要搞甚麼花招了）。

倔尾龍拜山，攪風攪雨

gued⁶ méi⁵ lung⁴ bai³ san¹, gao² fung¹ gao² yü⁵

〔歇後語〕拜山：掃墓。倔尾龍來掃墓，把風雨都帶來，結果風雨大作。比喻愛搞是非的人一來，一定被攪得大家都不得安寧。 例 呢次佢嚟一定係倔尾龍拜山，攪風攪雨咯（這次他來，准要把這裏弄得滿城風雨了）。

倔頭路行唔通 gued⁶ teo⁴ lou⁶ hang⁴ m⁴ tung¹

斷頭路走不通。 例 你呢個方法唔得，倔頭路行唔通（你這個方法不行，斷頭路走不通）。

龜過門檻，搏一搏 guei¹ guo³ mun⁴ kam⁵, bog³ yed¹ bog³

龜跨越門檻時必然要翻轉身體。比喻人的運氣經過拼搏一下就會翻轉過來。 例 呢次惟有龜過門檻，搏一搏啦（這次惟有拼一拼了）。

鬼打都冇咁精神 guei² da² dou¹ mou⁵ gem³ jing¹ sen⁴

冇咁：沒有那麼。形容人突然表現出異常的興奮。 例 一話有嘢食咯，佢就鬼打都冇咁精神（一說有東西吃了，他就興奮得不得了）。

鬼打鬼 guei² da² guei²

狗咬狗。比喻壞人之間的爭鬥。 例 佢哋嗰啲人冇一個係好人，自己鬼打鬼嘛，唔好理佢（他們那些人沒有一個是好人，自己狗咬狗罷了，別理他）。

⋯鬼⋯馬⋯ guei²...ma⁵

在"⋯"之內加上動詞，表示對該動作厭惡。 例 講鬼講馬咩（還說甚麼）！｜都冇人嚟，玩鬼玩馬咩（都沒有人來，還玩甚麼）！

鬼火咁靚 guei² fo² gem³ léng³

咁靚：那麼漂亮。形容漂亮的程度難以複加。

鬼五馬六 guei² ng⁵ ma⁵ lug⁶

形容人油滑、不正經。 例 呢個人鬼五馬六，唔做得正經事（這個人油滑得很，幹不了正經事）。也指污七八糟的東西。 例 年輕人要好好學習，唔好學埋晒鬼五馬六嘅嘢（年輕人要好好學習，不要盡學那些污七八糟的東西）。

鬼揞眼 guei² ngem² ngan⁵

揞：用手捂着。被鬼蒙住眼睛，即鬼迷心竅。 例 你係一時鬼揞眼犯咗錯，大家可以原諒你，以後注意就得嘞（你是一時鬼迷心竅犯了錯，大家可以原諒你，以後注意就行了）。

鬼怕惡人蛇怕棍 guei² pa³ ngog³ yen⁴ sé⁴ pa³ guen³

〔諺語〕只要你態度強硬，連鬼也怕你；蛇雖然可怕，但用棍子就可以對付。鼓勵人們要大膽，敢於與邪惡鬥爭，就能克敵制勝。

鬼拍後枕 guei² pag³ heo⁶ zem²

後枕：後腦勺兒。迷信的人認為，後腦勺兒被鬼拍打了，就會迷糊不清，把自己的秘密說出來。 例 佢一時鬼拍後枕，講咗自己嘅秘密出嚟（他一時糊塗，把自己的秘密說了出來） | 唉，我唔知係唔係鬼拍後枕呢，點解連呢啲都講埋出嚟呢（嗨，我是不是鬼迷啦，怎麼連這些都說了出來）！又說"鬼拍後尾枕，不打自招"。

鬼殺咁嘈 guei² sad³ gem³ cou⁴

咁：那麼；嘈：吵鬧、叫嚷。形容人大聲吵鬧。 例 琴晚佢哋唔知做乜，搞到鬼殺咁嘈（昨晚他們不知幹甚麼，吵鬧得要命） | 你有意見好好講，唔使鬼殺咁嘈（你有意見好好說，不要大叫大嚷）。

鬼死咁 guei² séi² gem³

表示很、極之、非常。 例 條路鬼死咁遠，我唔去咯（路太遠了，我不去了） | 呢個人鬼死咁衰（這個人太討厭了） | 佢打扮得鬼死咁靚（她打扮得太漂亮了）。

鬼畫符 guei² wag⁶ fu⁴

指字寫得太潦草，使人無法辨認。 例 你寫得太潦草喇，好似鬼畫符噉（你寫得太潦草了，猜也猜不出來）。

鬼食泥嗽聲 guei² xig⁶ nei⁴ gem² séng¹

嗽聲：那樣的聲音。形容人喃喃自語，口中念念有詞。 例 我唔知佢為乜成日鬼食泥嗽聲（我不知道他為甚麼整天喃喃自語的）。

鬼影都冇隻 guei² ying² dou¹ mou⁵ zég³

形容到處看不到人。 例 學校一放假，呢度鬼影都冇隻咯（學校一放假，這裏連人影都沒有了）。

桂姐賣布，一疋還一疋 guei³ zé²
mai⁶ bou³, yed¹ ped¹ wan⁴ yed¹ ped¹

〔歇後語〕民間故事說，小商販桂姐賣布，因為顧客多，照顧不過來，她高叫"一疋還一疋"，意思是一疋一疋地賣。由於"一疋"諧音"一筆"，人們用來表示賬目一筆歸一筆，每筆都很清楚的意思。 例 你睇下呢張單啦，我嘅賬都係桂姐賣布，一疋還一疋㗎（你看一看這張單據吧，我的賬目都是一筆歸一筆的）｜我哋兩個人嘅賬分開算，桂姐賣布，一疋還一疋（咱們兩個人的賬分開算，一筆歸一筆）。

貴過貴州 guei³ guo³ guei³ zeo¹
〔戲謔語〕比貴州還貴。指貨物太貴了。

貴買貴食 guei³ mai⁵ guei³ xig⁶
東西價錢貴，但是屬於稀少的高檔食物，吃着也覺得珍貴。 例 呢種海參幾千文一斤，人話有營養嗎，貴買貴食啦（這種海參幾千元一斤，可人家說有營養啊，貴也值得）。

貴人出門招風雨 guei³ yen⁴ cêd¹
mun⁴ jiu¹ fung¹ yü⁵
安慰別人的話。朋友外出時遇到下雨，使用這句調笑的話一般能起到安慰的作用。

跪地餵豬乸，睇錢份上 guei⁶ déi⁶
héi³ ju¹ na², tei² qin⁴ fen⁶ sêng⁶

〔歇後語〕餵：餵養；豬乸：母豬。跪在地上餵母豬，是為了將來母豬產仔，可以賣錢，而不是對母豬有甚麼敬意。指為了掙錢，不惜屈辱。 例 你唔好搞錯，我噉做係跪地餵豬乸，睇錢份上咋（你不要弄錯，我這樣做是看在錢的份兒上罷了）。

櫃桶穿篤 guei⁶ tung² qun¹ dug¹
櫃桶：抽屜；穿篤：底部破了。比喻掌櫃私吞了老闆的錢財。

君子離台三尺 guen¹ ji² léi⁴ toi⁴
sam¹ cég³

一般指吃飯時，身體要離開飯桌，不要挨在飯桌旁邊或兩手趴在桌上。 例 食飯要注意禮貌，兩隻手唔好趴住張台食，記住君子離台三尺（吃飯要注意禮貌，兩隻胳膊不要趴在桌子上吃，離桌子遠一點）。

滾攪晒 guen² gao² sai³
滾攪：打攪、叨擾。指多多打攪了。 例 今日滾攪晒喇（今天多多打攪了）｜真對唔住，重滾攪晒你哋添（真對不住，還多多叨擾你們了）。

滾紅滾綠 guen² hung⁴ guen² lug⁶
坑蒙拐騙。也有胡鬧、亂搞、胡說八道等意思。 例 你成日滾紅滾綠，大家都憎咗你喇

（你整天胡鬧亂搞，大家都討厭你啦）。

滾水淥腳 guen² sêu² lug⁶ gêg³

滾水：開水；淥：開水燙物。比喻人走路急匆匆的樣子。 例我睇你滾水淥腳嘅，急住去邊度呀（我看你走路急匆匆的樣子，急着到哪兒去）？

滾水淥豬腸，兩頭縮 guen² sêu² lug⁶ ju¹ cêng⁴, lêng⁵ teo⁴ sug¹

〔歇後語〕縮：縮水的簡稱。廣州話"縮水"戲稱錢變少了。用開水燙豬腸，豬腸兩頭都收縮。比喻人的錢從兩個方面都變少了。 例我呢份工資，又要扣屋租又要打稅，正一滾水淥豬腸，兩頭縮咯（我的這份工資，又要扣房租又要繳稅，大大減少了）。

滾水唔響，響水唔滾 guen² sêu² m⁴ hêng², hêng² sêu² m⁴ guen²

〔諺語〕燒水時，水嘩嘩地響，説明水還沒有開，如果響聲小了，水就開了。 例滾水唔響，響水唔滾，而家水重好響，未滾呀（開水不響，響水不開，現在水還很響，還沒有開呢）。

滾水浸腳，企唔定 guen² sêu² zem³ gêg³, kéi⁵ m⁴ ding⁶

〔歇後語〕滾水：開水；企唔定：站不穩。形容人匆匆忙忙忙的樣子。 例你成日好似滾水浸腳，企唔定嘅嘅，做乜呀（你整天好像開水燙腳似的，站不穩，匆匆忙忙的幹甚麼）？

滾油淥老鼠，死定咯 guen² yeo⁴ lug⁶ lou⁵ xu², séi² ding⁶ lo³

〔歇後語〕滾油：燒開的油；淥：燙。用開着的油來燙老鼠，必死無疑。表示絕望。

滾熱辣 guen² yid⁶ lad⁶

形容食物滾燙。 例麵包新鮮出爐，滾熱辣呀（麵包剛出爐，滾燙滾燙的）｜油炸嘢啱起鑊，滾熱辣呀（油炸的東西剛出鍋，滾燙滾燙的）。也用來形容剛發生的事物。

穀要換種，薯要換壟 gug¹ yiu³ wun⁶ zung², xü⁴ yiu³ wun⁶ lung⁵

〔農諺〕水田種稻子，最好經常換種不同的品種，種薯類也要每年換不同的地，這樣作物才生長得好。

穀雨冇雨，交田還田主 gug¹ yü⁵ mou⁵ yü⁵, gao¹ tin⁴ wan⁴ tin⁴ ju²

〔農諺〕穀雨前後一般要下雨，倘若這時段天不下雨，當年早造秧插不下去，只好把田交還給田主了。

掬起泡腮 gug¹ héi² pao¹ soi¹

掬起：鼓起；泡腮：腮幫子。形容人生氣的樣子。 例佢一

G

唔中意就掬起泡腮（她一不喜歡就鼓起腮幫子）。

癐到死死下 gui⁶ dou³ séi² séi² ha⁵

癐：累。累得要命。 〔例〕今日行咗三十里路，癐到我死死下（今天走了三十里路，累得我夠戧）。形容其他情況，也可以說"惡到死死下""嬲到死死下"等。

癐到一隻屐噉 gui⁶ dou³ yed¹ zég³ kég⁶ gem²

屐：木屐，木板鞋。累得一塌糊塗；累得一灘泥似的。 〔例〕農村勞動辛苦，開頭幾日唔習慣，大家癐到一隻屐噉（農村勞動辛苦，開始幾天不習慣，大家累得一灘泥似的）。

G

觀音兵 gun¹ yem¹ bing¹

觀音：比喻女性。觀音麾下的兵，戲稱喜歡向女性獻殷勤的男人。

觀音菩薩，年年十八 gun¹ yem¹ pou⁴ sad³, nin⁴ nin⁴ seb⁶ bad³

戲指一些女性永遠把她們的年齡報得很年輕。 〔例〕你唔使問喇，佢重好後生，觀音菩薩，年年十八嘛（你不必問了，她還很年輕，也就是十七八吧）。

觀音坐轎，靠人抬舉 gun¹ yem¹ co⁵ giu⁶⁻², kao³ yen⁴ toi⁴ gêu²

〔歇後語〕比喻一些人的成名靠別人吹捧、抬舉。 〔例〕你有乜咁架勢啫，你都係觀音坐轎，靠人抬舉之嗎（你有甚麼了不起呢，你是靠別人給你捧起來罷了）。

官府在遠，拳頭在近 gun¹ fu² zoi⁶ yün⁵, qun⁴ teo⁴ zoi⁶ gen⁶

政府或公安局在遠處，拳頭就在跟前。發生爭執時，強者用來威脅弱者的話，目的是使弱者害怕。 〔例〕官府在遠，拳頭在近，佢咁惡，先避一避佢再講（山高皇帝遠，拳頭在近，他這麼兇，先避讓他一下再説）。

官字兩個口 gun¹ ji⁶ lêng⁵ go³ heo²

過去一般老百姓認為當官的有權有勢，害怕跟官員爭執，擔心有理也説不過他們，戲稱"官"字有兩個口。 〔例〕你講得過佢咩，"官字兩個口"（你說得過當官的嗎，當官的能説）。

官仔骨骨 gun¹ zei² gued¹ gued¹

官仔：公子哥兒，多為有錢有勢的人；骨骨：很愜意的樣子。略帶貶意。

棺材裏面伸手，死要錢 gun¹ coi⁴ lêu⁵ min⁶ sen¹ seo², séi² yiu³ qin⁴

〔歇後語〕已經死了的人躺在棺材裏面還伸手要錢。形容財迷貪得無厭。 〔例〕呢個財迷貪心到極，真係棺材裏面伸手，死要錢（這個財迷貪心極了，死了也想要錢）。

棺材老鼠，食死人 gun¹ coi⁴ lou⁵
xu², xig⁶ séi² yen⁴

〔歇後語〕指那些專門做與死人有關的生意，從中賺死者家屬的錢。比喻某些以暴利宰客的行為。 例 嗰間舖一紮香賣五十文，真係棺材老鼠食死人呀（那家小舖子一小把香賣五十元，真是大賺死人錢了）。

棺材舖拜神，想人死 gun¹ coi⁴
pou³ bai³ sen⁴, sêng² yen⁴ séi²

〔歇後語〕棺材舖舖主拜神，目的是想發財，即希望多些人死，多賣些棺材。形容某些人為了私利而希望別人倒霉，甚至做出傷天害理的事。 例 你太唔講人情喇，你噉做即係棺材舖拜神，想人死嘛（你太不講人情了，你這樣做就是把人逼上絕路了）。

棺材頭燒炮仗，嚇死人 gun¹ coi⁴
teo⁴ xiu¹ pao³ zêng⁶⁻², hag³ séi² yen⁴

〔歇後語〕嚇死人：雙關語。其一是把死人嚇着了，其二是把在場的人嚇壞了。 例 你做呢單嘢真係棺材頭燒炮仗，嚇死人咯（你做這件事真是把人嚇壞了）。

捐過老婆裙腳底，一世聽晒老婆使 gün¹ guo³ lou⁵ po⁴ kuen⁴ gêg³
dei², yed¹ sei³ téng¹ sai³ lou⁵ po⁴ sei²

〔戲謔語〕捐：鑽；聽晒：完全聽從。具有封建迷信思想的人認為，男人要是從老婆的裙子或褲子底下鑽過，他一輩子將會變成一個懼內的人，一切聽從老婆的指揮。

捐窿捐罅 gün¹ lung¹ gün¹ la³

捐：鑽；窿：窟窿；罅：縫隙。形容動物或人到處鑽。 例 老鼠一見人嚟就捐窿捐罅走晒（老鼠一見人來就紛紛鑽進洞裏去了）。

工多藝熟 gung¹ do¹ ngei⁶ sug⁶

無論做甚麼工作，做的時間長了就熟練。 例 你如果做咗幾年就做得快嘞，工多藝熟啦嗎（你如果幹了幾年就做得快了，做得多就熟練唄）。

工夫長過命 gung¹ fu¹ cêng⁴ guo³
méng⁶

工夫：工作。工作比人的壽命要長。戲稱工作永遠做不完。有勸人注意身體，不要過分勞累之意。 例 你唔使熬夜，工作點都做唔晒嘅，工夫長過命啦嗎（你不用熬夜，工作是永遠也幹不完的）。

工夫長過命，幾時做得工夫贏
gung¹ fu¹ cêng⁴ guo³ méng⁶, géi² xi⁴
zou⁶ deg¹ gung¹ fu¹ yéng⁴

工期比命還長，甚麼時候才能把工夫做完。

工字無出頭 gung¹ ji⁶ mou⁴ cêd¹ teo⁴
寫工字不能寫出頭。有人認為

打工的人難以發大財，難有出頭之日。

公不離婆，秤不離砣 gung¹ bed¹ léi⁴ po⁴, qing³ bed¹ léi⁴ to⁴

一般用來戲稱那些形影不離的夫妻。 例 你兩夫婦形影不離，真係公不離婆，秤不離砣呀（你們倆夫唱婦隨，形影不離，真是和睦的一對啊）。

公雞戴帽，冠（官）上加冠（官） gung¹ gei¹ dai³ mou⁶⁻², gun¹ sêng⁶ ga¹ gun¹

〔歇後語〕官與冠同音。比喻人連連升遷。

公講公着，婆講婆着 gung¹ gong² gung¹ zêg⁶, po⁴ gong² po⁴ zêg⁶

公説公有理，婆説婆有理。

公用電話，有錢有話講，冇錢冇得傾 gung¹ gung⁶ din⁶ wa⁶⁻², yeo⁵ qin⁴ yeo⁵ wa⁶ gong², mou⁵ qin⁴ mou⁵ deg¹ king¹

〔歇後語〕冇得傾：沒有商量的餘地。強調有錢好辦事。 例 呢個攤位係出租嘅，公用電話，有錢有話講，冇錢冇得傾（這個攤位是出租的，有錢可以商量，沒錢就沒門兒）。

攻鼻捵脷 gung¹ béi⁶ la² léi⁶

攻鼻：辣味鑽鼻子；捵脷：辣味刺激舌頭。形容芥末等刺激鼻子和舌頭。

攻打四方城 gung¹ da² séi³ fong¹ xing⁴

戲謔語，比喻打麻將。 例 下晝得閒，大家就玩下攻打四方城啦（下午有空，大家就玩玩麻將吧）。

恭喜發財，利市揸來 gung¹ héi² fad³ coi⁴, lei⁶ xi⁶ deo⁶ loi⁴

〔兒童戲謔語〕揸，拿取。恭喜發財，請把利市交來。

* 過大海，博好彩 guo³ dai⁶ hoi², bog³ hou² coi²

〔戲謔語〕過大海：指到澳門；博好彩：賭博。指從香港到澳門賭博。

過江龍 guo³ gong¹ lung⁴

戲稱有較大的本事或經濟實力，到外地謀求事業發展的人。 例 我唔係過江龍點敢嚟你哋呢度投資呀（我沒有本領怎麼敢來你們這裏投資呢）。

過氣老倌 guo³ héi³ lou⁵ gun¹

過氣：過了鼎盛時期；老倌：舊時稱老藝人。通常用來比喻失去權勢地位的人。 例 都變成過氣老倌咯，有乜用吖（都變成沒有權勢的人了，還有甚麼用）！

過橋抽板 guo³ kiu⁴ ceo¹ ban²

過了河就抽掉橋上的木板，比喻事情成功了就不理幫助過自己的人。 例 佢幫過你，唔好過咗關就唔理人，唔能夠過橋抽板呀。(他幫助過你，你不要過了關就不管別人，不能過河拆橋)。

過橋都要踉幾踉 guo³ kiu⁴ dou¹ yiu³ ngen³ géi² ngen³

踉：上下彈動。形容人過於謹慎小心，連過橋都怕橋不穩而先在橋上彈動幾下才敢走過去。

過霜降望禾黃 guo³ sêng¹ gong³ mong⁶ wo⁴ wong⁴

〔農諺〕禾黃：水稻成熟。過了霜降，就可以盼望晚稻成熟了。

過水濕腳 guo³ sêu² seb¹ gêg³

比喻掌管錢財的人利用工作之便謀取私利或佔取便宜。 例 你做會計要注意自律，唔好過水濕腳呀 (你做會計的要注意自律，不要佔便宜啊)。

過時過節 guo³ xi⁴ guo³ jid³

逢年過節。 例 過時過節要打個電話寄啲錢翻屋企 (逢年過節要打個電話寄點錢回家)。

過咗春分日日暖，過咗秋分夜夜寒 guo³ zo² cên¹ fen¹ yed⁶ yed⁶ nün⁵, guo³ zo² ceo¹ fen¹ yé⁶ yé⁶ hon⁴

〔農諺〕每年春分過後天氣逐漸變暖，而秋分過後天氣逐漸變冷。

過咗秋，日子漸漸收 guo³ zo² ceo¹, yed⁶ ji² jim⁶ jim⁶ seo¹

〔農諺〕過咗秋：過了立秋。過了立秋時節，白天一天比一天短。

過咗海就係神仙 guo³ zo² hoi² zeo⁶ hei⁶ sen⁴ xin¹

比喻只要過了關就是勝利，萬事大吉。 例 考試及格就得嘞，過咗海就係神仙 (考試及格就可以了，過了關就萬事大吉)。

光棍佬教仔，見便宜莫貪 guong¹ guen³ lou² gao³ zei², gin³ pin⁴ yi⁴ mog⁶ tam¹

〔歇後語〕光棍佬：單身漢，兼指騙子無賴。傳說有一個單身漢用泥土糊在一個舊茶壺上冒充古董賣給別人，恰巧他兒子從外面回家，對他說他買了一個古董。光棍佬一看，原來就是自己剛賣給別人的那個假古董，氣得光棍佬打了兒子一個巴掌，說"以後見便宜莫貪"。這話常用來勸喻人們不要貪便宜。

光棍佬遇着冇皮柴 guong¹ guen³ lou² yü⁶ zêg⁶ mou⁵ péi⁴ cai⁴

光棍：沒有皮的木材；光棍佬：騙子；冇皮柴：騙子。二者都是騙子、無賴。騙子遇着無賴，大家彼此彼此。 例 佢哋兩個都想擸人便宜，點知光棍佬遇着冇皮柴，邊個都有佔着數 (他們兩個都想佔人便

宜,誰料騙子遇着無賴,大家
彼此彼此)。

光棍唔蝕眼前虧 guong¹ guen³ m⁴
xid⁶ ngan⁵ qin⁴ kuei¹

光棍:無賴,無業遊民,也指
男子漢;蝕:輸蝕的簡縮,
即虧損,吃虧。勸喻人們不
要吃眼前虧。相當於"好漢不
吃眼前虧"。 例 佢哋人多,
你唔鬥得過佢,算咯,光棍唔
蝕眼前虧(他們人多,你鬥不
過他,算了,好漢不吃眼前虧
嘛)。

光面工夫 guong¹ min⁶ gung¹ fu¹

指表面工作,華而不實的工
作。 例 你淨係做埋啲光面工
夫,冇乜用嘅(你盡幹那些表
面工作,沒甚麼用的)。

光廳黑房 guong¹ téng¹ heg¹ fong⁴⁻²

民間習慣認為,房子的廳堂是
家人活動和接待客人的地方,
要光亮一些,而臥室是睡覺的
地方,不宜對外暴露,光線要
暗淡一些。在一些農村,臥房
甚至沒有窗戶,只有一兩片亮
瓦。

光頭佬擔遮,無髮(法)無天
guong¹ teo⁴ lou² dam¹ zé¹, mou⁴ fad³
mou⁴ tin¹

〔歇後語〕光頭佬:禿子;擔:
扛;遮:傘。禿子扛傘,看不
見頭髮也看不見天。"髮"與

"法"同音。"無髮無天"即"無
法無天"。指人無視法律,為
所欲為。 例 咪以為你有錢就
可以光頭佬擔遮,無法無天,
嗽樣係唔得嘅(別以為你有錢
就可以為所欲為,這是不行
的)。

光鮮企理 guong¹ xin¹ kéi⁵ léi⁵

企理:整齊。指人的衣着整齊
美觀。 例 去飲要着得光鮮企
理至得呀(去喝喜酒要穿得整
齊美觀才行啊)。

桄榔樹,一條心 guong¹ long⁴ xu⁶,
yed¹ tiu⁴ sem¹

〔歇後語〕桄榔樹:常線高大
蕎木,莖直無分枝,樹心含澱
粉,可以製成食品。形容人
對人對事只有一個心思。 例
你應該信佢,佢對你真係
桄榔樹,一條心㗎(你應該
相信他,他對你真是一條心
的)。

廣東涼茶,包好 guong² dung¹
lêng⁴ ca⁴, bao¹ hou²

〔歇後語〕涼茶:廣東人用來
去火的湯藥;包好:藥店事先
包好待售,另一個意思是保證
好。這是雙關語。 例 你呢個
收音機我同你修整過喇,總之
係廣東涼茶,包好(你的收音
機我給你修理好了,總之保證
沒問題)。

廣東三樣寶，陳皮、老薑、禾稈草 guong² dung¹ sam¹ yêng⁶ bou², cen⁴ péi⁴, lou⁵ gêng¹ wo⁴ gon² cou²

陳皮：新會柑的皮，又叫果皮；老薑：鮮薑；禾稈草：稻草。廣東的三件寶是陳皮、鮮薑和稻草。這僅是打趣用的話。

廣東一鑊熟，唔夠湖南一煲粥 guong² dung¹ yed¹ wog⁶ sug⁶, m⁴ geo³ wu⁴ nam⁴ yed¹ bou¹ zug¹

〔諺語〕一鑊熟：煮一大鍋飯；唔夠：不夠；煲：飯鍋。過去廣東人比湖南少，出產的糧食沒湖南多。廣東煮一大鍋飯所用的米，沒有湖南熬一鍋粥用的米多。

廣州人講廣州話，聽唔明就翻鄉下 guong² zeo¹ yen⁴ gong² guong² zeo¹ wa⁶⁻², téng¹ m⁴ ming⁴ zeo⁶ fan¹ hêng¹ ha⁶⁻²

〔戲謔語〕明：明白；翻：回去。調笑不會講廣州話的本省人，連廣州話都聽不懂，還不如回農村老家去好了。

H

蝦到上面 ha¹ dou³ sêng⁵ min⁶⁻²

蝦：欺負。欺負人達到表面化的地步，露骨地欺負別人。例 你亦都太犀利喇，蝦人居然蝦到上面（你也太厲害了，欺負別人居然達到這樣露骨的地步）｜你太腍喇，畀人蝦到上面，（你太軟弱了，讓人欺負到這個地步）。

蝦冇乸，蛤冇公，塘虱唔會出涌 ha¹ mou⁵ na², geb³ mou⁵ gung¹, tong⁴ sed¹ m⁴ wui⁵ cêd¹ cung¹

〔諧謔語〕乸：母，雌性；蛤：又叫蛤乸，大青蛙，田雞；塘虱：鬍子鯰；涌：小河汉。廣州話"蝦"叫"蝦公"，"田雞"叫"蛤乸"。從字面上看，蝦（蝦公）沒有母的，蛤（蛤乸，田雞）沒有公的，鬍子鯰出不了小河溝。

蝦人蝦物 ha¹ yen⁴ ha¹ med⁶

形容人橫行霸道，誰都敢欺負。例 佢呢個人蝦人蝦物，邊個都怕佢三分（他這個人橫行霸道，誰都怕他三分）。

下流賤格 ha⁶ leo⁴ jin⁶ gag³

賤格：賤相、下賤、犯賤。指人下流猥瑣。例 嗰個鹹濕佬下流賤格，邊個都憎佢（那個色鬼真夠下流的，誰都恨他）。

下扒輕輕 ha⁶ pa⁴ héng¹ héng¹

下扒：下巴。指人隨便許諾而不兑現，言而無信。 例下扒輕輕嘅人係靠唔住嘅（隨便許諾的人是靠不住的）｜呢個人下扒輕輕，講過又唔算數嘅（這個人信口開河，説過的話又不算數）。

夏季東風惡過鬼，一斗東風三斗水 ha⁶ guei³ dung¹ fung¹ ngog³ guo³ guei², yed¹ deo² dung¹ fung¹ sem¹ deo² sêu²

〔農諺〕夏季颱風來時一般先刮東風，風勢猛烈，帶來雨水也特別多。

夏至狗，冇埞走 ha⁶ ji³ geo², mou⁵ déng⁶ zeo²

〔歇後語〕冇埞：沒有地方。到了夏至，狗無路可逃。廣東習慣在夏至時吃狗肉。民間有"狗怕夏至"的説法。 例你而家就係夏至狗，冇埞走咯（你現在再也沒法逃走了）。

夏至冇蚊到立秋 ha⁶ ji³ mou⁵ men¹ dou³ lab⁶ ceo¹

〔農諺〕春天蚊子最多，到了夏天蚊子變少了，但到立秋以後蚊子又多起來了。

夏至早，荔枝一定好 ha⁶ ji³ zou², lei⁶ ji¹ yed¹ ding⁶ hou²

〔農諺〕夏至來得早，當年的荔枝一定有好的收成。 例今年夏至嚟得早喎，荔枝一定好喇，夏至早，荔枝一定好嘛（今年夏至來得早，荔枝一定好了，俗話説夏至早，荔枝一定好嘛）。

夏食西瓜，餓死醫家 ha⁶ xig⁶ sei¹ gua¹, ngo⁶ séi² yi¹ ga¹

説明夏天吃西瓜對身體有好處。

客家佔地主 hag³ ga¹ jim³ déi⁶ ju²

客家：外來人，或客人；地主：本地人或主人。指外來的客人佔據了主人的位置。 例我係客人，如果我代表你講話就係客家佔地主喇（我是客人，如果我代表你講話就是喧賓奪主了）。

鞋底沙，扽乾淨至安樂 hai⁴ dei² sa¹, den³ gon¹ zéng⁶ ji³ ngon¹ log⁶

〔歇後語〕扽：蹾，重重地往下放；至：才；安樂：舒服。鞋裏的沙子，要把他蹾乾淨了才舒服。比喻隨便花錢的人，要把錢花光了才舒服。 例呢個嘢使錢好犀利，個袋一有錢就好似鞋底沙，扽乾淨至安樂（這個傢伙花錢很兇，口袋一有錢就非把它花光了才痛快）。

喊打喊殺 ham³ da² ham³ sad³

形容人們吵架激烈，甚至用打殺來威脅別人。 例琴晚隔籬唔知幾嘈，有人喊打喊殺，唔知做乜（咋晚隔壁吵鬧極了，有人要打要殺的，不知為甚麼）。

喊驚 ham³ géng¹

舊時迷信的人認為，人得了重病，可能是病人曾經在甚麼地方被甚麼東西驚嚇了，其靈魂離開了身體，在外面遊蕩。家裏的人在夜裏外出呼喊病人的名字，把他的靈魂招回家，這種做法現在已沒有了。 例 你話我嚇親你呀，使唔使同你喊驚呀（你説我嚇壞了你嗎，要不要給你叫魂）？

咸蛋煲湯，心都實 ham⁴ dan⁶⁻²

bou¹ tong¹, sem¹ dou¹ sed⁶

〔歇後語〕煲湯：煮湯，氽湯；心都實：極度失望。用咸鴨蛋來煮湯，鴨蛋的黃是硬的。形容人對某事極度失望。 例 咁大個仔做乜都唔會，想起就咸蛋煲湯，心都實咯（這麼大的孩子幹甚麼都不會，想起來真叫人失望了）。

咸豐嗰年 ham⁴ fung¹ go² nin⁴

嗰年：那年。指很久遠以前。 例 都咸豐嗰年咯，重提佢做乜吖（都很久以前的事了，還提它幹嗎）。

鹹魚翻生 ham⁴ yü⁴ fan¹ sang¹

鹹魚重新復活，比喻不可能的事。 例 你自己打爛嘅重想要人賠，等鹹魚翻生啦（你自己打破的還想要別人賠償，等太陽從西邊出來吧）。又指重獲生機。 例 佢嘅生意好似唔掂，點知而家又鹹魚翻生嘞（他的生意好像不行，誰知現在又重獲生機了）。

鹹魚放生，唔顧死活 ham⁴ yü⁴ fong³ sang¹, m⁴ gu³ séi² wud⁶

〔歇後語〕把已經死了多時的鹹魚再拿去放生，自然達不到放生的目的了。"唔顧死活"是雙關語，比喻不管人家的危險和痛苦。 例 你呢個工程太危險喇，唔怪之得有人話你係鹹魚放生，唔顧死活咯（你這個工程太危險了，難怪有人説你是不顧人的死活了）。

鹹魚臘肉，見火就熟 ham⁴ yü⁴ lab⁶ yug⁶, gin³ fo² zeo⁶ sug⁶

鹹魚和臘肉，只要稍微一燒、烤或蒸，很快就熟。因為這些東西沒有水分，遇到高溫馬上就熟。 例 臘肉炒荷蘭豆好簡單，一炒就得㗎喇，鹹魚臘肉，見火就熟啦嗎（臘肉炒荷蘭豆很簡單，稍微一炒就行了，人説鹹魚臘肉一炒就熟，是吧）。

鹹魚淡肉 ham⁴ yü⁴ tam⁵ yug⁶

烹調技術，做魚的菜要鹹一點，做肉的菜要淡一點。

慳番啖氣暖下肚 han¹ fan¹ dam⁶ héi³ nün⁵ ha⁵ tou⁵

慳番：節省下來；啖氣：一口氣。勸人別再與人理論，白費唇舌。也用於面對別人不採納意見而自嘲。 例 同佢爭乜吖，慳番啖氣暖下肚好咯（跟他爭甚麼，白費唇舌） | 你唔接受就算咯，我慳番啖氣暖下肚（你不接受接就算了，我還省點心呢）。

慳己唔慳人 han¹ géi² m⁴ han¹ yen⁴

慳：節省。對自己要節儉，但對別人則不能太節儉。意思是對別人要大方一點，不能節省。

慳頭慳尾 han¹ teo⁴ han¹ méi⁵

形容人十分省儉，處處節約開支。 例 要維持呢個家真係唔容易呀，如果唔係慳頭慳尾，邊度有錢買屋吖（要維持這個家真是不容易啊，如果不是處處節約，哪裏有錢買房子呢）。

閒過立秋 han⁴ guo³ lab⁶ ceo¹

閒過立秋：比立秋還清閒，比立秋還平常，不足為奇。立秋時節是農閒時間，因為夏收夏種大忙已過，秋收秋種大忙還沒到來。此語一般多作雙關語用，指某事太平常了，不必認真對待。 例 呢次考試絕對冇問題，我話閒過立秋啦（這次考試絕對沒問題，不必當一回事）。

閒閒地 han⁴ han⁴⁻² déi⁶⁻²

形容事情很平常、不怎麼重要。 例 捐幾百文閒閒地嘅，使乜表揚吖（捐幾百元沒甚麼了不起，不必表揚） | 唔使你幫，我一個人拎閒閒地啦（不用你幫忙，我一個人拿行了，小意思）。

閒時唔燒香，急時抱佛腳 han⁴ xi⁴ m⁴ xiu¹ hêng¹, geb¹ xi⁴ pou⁵ fed⁶ gêg³

〔諺語〕同"平時唔燒香，急時抱佛腳"。 例 你平時唔勤力讀書，到考試就捱夜喇，正所謂閒時唔燒香，急時抱佛腳，有乜用呢（你平時不用功讀書，到考試了就開夜車，平時不燒香，急時抱佛腳，這有甚麼用）！

閒時嘢，急時用 han⁴ xi⁴ yé⁵, geb¹ xi⁴ yung⁶

嘢：東西。平時很少用的東西，只是到了急需時才用。強調有些東西平時好像沒有用處，但不能丟棄，因為說不定甚麼時候就有用了。

坑渠鴨，顧口唔顧身 hang¹ kêu⁴ ngab³, gu³ heo² m⁴ gu³ sen¹

〔歇後語〕坑渠：溝渠。在溝渠覓食的鴨子只顧找吃的，顧不得羽毛被蹭髒。比喻人只顧追求美食，卻不講究衣着是否整潔美觀。

坑渠浸死鴨 hang¹ kêu⁴ zem⁶ séi² ngab³

浸死：淹死。溝渠也能把鴨子淹死。比喻人一旦粗心大意，無論在甚麼地方都會出問題的。近似普通話"陰溝裏翻船"的説法。

行不計路，食不計數 hang⁴ bed¹ gei³ lou⁶, xig⁶ bed¹ gei³ sou³

食量大的人用來鼓勵大家不必節食的話語，吃東西不必考慮多少，只要滿足就行，正如走路一樣，誰也沒有計算你走了多少路。

行步路都打倒褪 hang⁴ bou⁶ lou⁶ dou¹ da² dou³ ten³

打褪退：倒着走，倒退。走路也打倒退。形容人幹甚麼都不順利。 例 呢輪唔係幾好，行步路都打倒褪（最近不怎麼順利，連走路都往後退）。

行差踏錯 hang⁴ ca¹ dab⁶ co³

指人走了錯路，犯了錯誤。 例 年輕人一行差踏錯，就要即刻指出至得（年輕人一旦有了差錯，要馬上指出才行）｜下一步好重要，如果行差踏錯就好難講咯（下一步很重要，如果走錯了就很難説了）。

行出行入 hang⁴ cêd¹ hang⁴ yeb⁶

走出走進，出出進進。 例 呢度行出行入都係我哋公司嘅人（這裏出出進進的都是我們公司的人）｜你呢個箱放喺走廊度，大家行出行入都唔方便（你這個箱子放在走廊裏，大家走出走進都不方便）。

行得快，好世界 hang⁴ deg¹ fai³, hou² sei³ gai³

〔兒童戲謔語〕走得快就有好運氣。 例 快啲行啦，嘩，行得快，好世界（快點走吧，聽着，誰走得快誰就有好運氣）。

行得正，企得正，唔怕雷公在頭頂 hang⁴ deg¹ jing³, kéi⁵ deg¹ jing³, m⁴ pa³ lêu⁴ gung¹ zoi⁶ teo⁴ déng²

〔諺語〕企：站立。人光明磊落、行為端正，就算雷公在頭頂也不怕。 例 你怕乜嘢呀，做事行得正，企得正，唔怕雷公在頭頂（你怕甚麼，做事光明磊落還怕甚麼）！

行得埋 hang⁴ deg¹ mai⁴

埋：靠近、合攏的意思。指能夠走到一起，合得來。 例 你同佢行得埋嗎（你跟他合得來嗎）？合不來則叫"行唔埋"。

行得山多終遇虎 hang⁴ deg¹ san¹ do¹ zung¹ yü⁶ fu²

〔諺語〕上山比喻為幹冒險的事，遇虎比喻為遇險。多用來勸告人們不要做過多的冒險

事，以免遭到不測。又説"上
得山多必遇虎"。

行花街 hang⁴ fa¹ gai¹

指廣州等城市春節前幾天逛花
市的習俗。 例 年卅晚好多人
都去行花街買花（年三十晚很
多人都去逛花市買花）。

行行企企 hang⁴ hang⁴ kéi⁵ kéi⁵

走走站站，走一會兒又站一會
兒。形容人無所事事，遊手好
閒的樣子。 例 佢行行企企又
一日，乜都唔做（他走走站站
又一天，甚麼都不做）｜呢條
街人多，大家行行企企（這條
街人多，大家走走站站）。

行開行埋 hang⁴ hoi¹ hang⁴ mai⁴

走來走去，來來去去。 例 呢
度行開行埋都要有人照顧先得
（這裏來來去去都要有人照顧
才行）。

行雷都聽聞 hang⁴ lêu⁴ dou¹ téng¹
men⁴

打雷都能聽得到，指彼此相隔
不遠，只有幾里路。 例 佢住
得好近，行雷都聽聞（他住得
很近，打雷都聽得見）。這是
誇張的説法。

行路唔帶眼 hang⁴ lou⁶ m⁴ dai³ ngan⁵

走路不帶眼睛，即走路不看
路。多用於批評人走路碰撞
了別人之時。 例 你要睇住嚟
嗎，行路唔帶眼點得呢（你要

看着別人嘛，走路不看路怎麼
行呢）。

行路撞死馬 hang⁴ lou⁶ zong⁶ séi²
ma⁵

形容人走路魯莽，橫衝直撞，
連馬也能撞死。

行衰運 hang⁴ sêu¹ wen⁶

指走背運。 例 一個人行衰運
嘅時候，連飲水都哽頸呀（一
個人走背運的時候，連喝水也
會噎着）。

行運行到腳趾尾 hang⁴ wen⁶ hang⁴
dou³ gêg³ ji² méi⁵⁻¹

腳趾尾：腳小趾頭。形容人
非常走運，運氣很好。 例 你
就好啦，又中獎又賺大錢，真
係行運行到腳趾尾咯（你就好
了，又中獎又賺大錢，真是全
身都走運了）。

行運一條龍，失運一條蟲 hang⁴
wen⁶ yed¹ tiu⁴ lung⁴, sed¹ wen⁶ yed¹
tiu⁴ cung⁴

行運：走運；失運：不走運，
失意。形容人運氣來時幹甚
麼都順利，光彩照人，令人羨
慕；但失意的時候，幹甚麼都
不成功，處處遭人白眼。

行運醫生醫病尾 hang⁴ wen⁶ yi¹
sang¹ yi¹ béng⁶ méi⁵

走運的醫生醫治快要痊癒的病
人。因為前面的醫生已經打好
病人康復的基礎。 例 你碰啱

病人都快好咯，食你一劑藥就好晒，真係行運醫生醫病尾嘞（你碰巧病人都快好了，吃了你一服藥就全好了，你這大夫真走運）。

行船好過灣 hang⁴ xun⁴ hou² guo³ wan¹

〔諺語〕行船：走着的船；好過：比較好；灣：停泊。走着的船比停着好，因為不論走得快或慢，船還是在前進，總比停着好。普通話有"不怕慢，就怕站"的説法。　例 日日都要學習，進步快慢都唔緊要，行船好過灣嘛（天天都要學習，進步快慢都不要緊，不怕慢就怕站嘛）。

行船走馬三分險 hang⁴ xun⁴ zeo² ma⁵ sam¹ fen¹ him²

〔諺語〕乘船或騎馬都有一定的危險。比喻凡是做甚麼事都有一定的風險。多用來勸喻別人做事不能麻痹大意。　例 你帶大家出去玩要注意安全呀，行船走馬三分險啦嗎（你帶領大家出去玩要注意安全，不要麻痹大意啊）。

行入泰康路，好篸（好慘）hang⁴ yeb⁶ tai³ hong¹ lou⁶, hou² cam²

〔歇後語〕泰康路：廣州市區裏的一條馬路，舊時這裏有很多山貨舖，賣竹器，其中的糞箕（篸）做的品質很好。廣州話的

"篸"與"慘"同音。好篸即好慘。　例 呢排股票大跌，佢呢次行入泰康路，好篸咯（近來股票大跌，他這回夠慘的）。

考師傅 hao² xi¹ fu⁶⁻²

比喻能人遇到了難題。　例 做呢個零件工藝要求咁高，真係考師傅咯（做這個零件工藝要求這麼高，對熟練工也是一個考驗）｜呢個問題確實係考師傅（這個問題確實難辦）。

姣婆遇着脂粉客 hao⁴ po⁴ yü⁶ zêg⁶ ji¹ fen² hag³

姣婆：放浪的女人；脂粉客：好色的人。比喻兩人臭味相投。

姣屍扽篤 hao⁴ xi¹ den³ dug¹

姣：淫蕩，賣弄風騷，專指女性。"屍扽篤"三個字沒有具體的意思，只是襯托"姣"的狀態。形容女子故作嬌媚的姿態以吸引男子。　例 呢個衰女真係姣屍扽篤，太肉酸喇（這個討厭的女子故作媚態，太肉麻了）。

靴咁大隻腳 hê¹ gem³ dai⁶ zég³ gêg³

形容人遇到為難事而腳步沉重。　例 呢次輪到我上台講話，真係靴咁大隻腳咯（這次輪到我上台講話，我幾乎走不動了）｜借錢唔到，靴咁大隻腳，（借不到錢，我連步也邁不回來了）。

H

合眼緣 heb⁶ ngan⁵ yün⁴

一看上去就有良好的印象。 例 佢哋一見到就中意，真合眼緣呀（他們一見到就滿意，真是一見鍾情啊）。

合晒合尺 heb⁶ sai³ ho⁴ cé¹

合晒：完全符合；合尺：廣東民間音樂音階的總稱，即二胡兩條弦空拉時的兩個音。普通話叫"工尺"。合拍、完全吻合、協調一致的意思。 例 你兩個拍檔就合晒合尺喇（你兩個配合最合適了）。也有正合心意、正合口味的意思。又説"啱晒合尺"。

乞到飯焦嫌冇餸 hed¹ dou³⁻² fan⁶ jiu¹ yim⁴ mou⁵ sung³

飯焦：鍋巴；冇餸：沒有菜。乞丐要到了鍋巴又嫌沒有菜，比喻人不知足，貪得無厭。 例 人哋好難至幫你買到票，你重話人唔送你上車，你唔好乞到飯焦嫌冇餸至得㗎（人家很不容易幫你買到了票，你還説人家不送你上車，你不要得寸進尺了）。

乞人憎 hed¹ yen⁴ zeng¹

乞：討，惹得；憎：討厭。令人討厭的意思。 例 你呢個人太多嘴，好乞人憎嘅（你這個人嘴太貧了，真叫人討厭）｜你唔好做埋咁多乞人憎嘅嘢呀（你不要做太多缺德的事啊）。

"乞"字又讀 had¹。

乞兒兜捌飯食 hed¹ yi¹ deo¹ la² fan⁶ xig⁶

捌：抓；食：吃。在乞丐碗裏抓飯吃，比喻打窮人的主意。 例 你連賣一啲嘅廢品都想抽稅，等於喺乞兒兜捌飯食咯（你連賣一點兒廢品都想收稅，等於打窮人的主意了）。

乞兒煮粥，唔等熟 hed¹ yi¹ ju² zug¹, m⁴ deng² sug⁶

〔歇後語〕乞兒：乞丐。乞丐很飢餓，煮粥又很費時間，所以不等粥煮熟就要吃了。形容人心急，來不及等待。 例 間屋重未裝修好就搬入去住，乞兒煮粥，唔等熟（房子還沒裝修好就搬進去住，太心急了）。

乞兒留命睇世界，發瘋唔死等船埋 hed¹ yi⁴⁻¹ leo⁴ méng⁶ tei² sei³ gai³, fad³ fung¹ m⁴ séi² deng² xun⁴ mai⁴

乞兒：乞丐；發瘋：麻風病人；等船埋：等船靠岸。勸諭命運不好的人要堅強地活下去，不要輕生，乞丐那麼窮困還要留着命看世界，麻風病人還等船靠岸，以便送到海島上生活。

乞兒唔留隔夜米 hed¹ yi¹ m⁴ leo⁴ gag³ yé⁶ mei⁵

乞丐每天討飯，每天吃光，不留隔天的食物。比喻人把食物即時吃光或把當月的收入都花光，不留一點積蓄。 例 成斤餅你都食晒，乞兒唔留隔夜米（整斤的餅你都吃光，一點也不剩）｜你月月嘅工資都使晒食晒點得呀，乞兒唔留隔夜米係唔得嘅（你每個月的工資都吃光花光怎麼行，不留下一點是不行的）。又叫"乞兒唔留隔夜鮓"。

乞兒婆叫貴姐，得個名好聽

hed¹ yi⁴⁻¹ po⁴ giu³ guei³ zé², deg¹ go³ méng⁴⁻² hou² téng¹

〔歇後語〕年老女乞丐的名字叫貴姐，只有名字好聽。批評某人某事徒有其名。 例 有啲商家斬客好犀利，正一係乞兒婆叫貴姐，得個名好聽（有的飯店宰客很厲害，名字倒好聽，徒有虛名）。

乞兒身，相公口 hed¹ yi¹ sen¹, sêng³ gung¹ heo²

相公：指富貴的人。乞丐的身，長着相公的嘴巴。比喻人雖窮，但對飲食的要求卻像個富人那樣。形容人又窮又講究飲食。

黑狗偷食，白狗當災 heg¹ geo² teo¹ xig⁶, bag⁶ geo² dong¹ zoi¹

黑狗偷吃，白狗遭殃。比喻一個人幹了壞事，卻要另一個人替他承擔責任。 例 本來唔係你嘅責任，而家要罰你，真係黑狗偷食，白狗當災咯（本來不是你的責任，現在卻要罰你，真是要你背黑鍋了）。

黑過墨斗 heg¹ guo³ meg⁶ deo²

黑：比喻作倒霉，運氣差；墨斗：木工用的器具，裏面裝有棉線和墨汁。形容人非常倒霉或運氣極差。 例 呢次乜都唔見晒，真係黑過墨斗咯（這次甚麼都丟了，真倒霉透了）。

黑口黑面 heg¹ heo² heg¹ min⁶

繃着臉，板着臉。形容人滿臉不高興的樣子。 例 佢黑口黑面嘅，唔知嬲乜（他繃着臉，不知為甚麼生氣）？

黑面神 heg¹ min⁶ sen⁴

謔稱臉上膚色比較黑的人，也指滿臉怒色的人。 例 你睇你晒成個黑面神嘅（你看你晒得黑黑的）｜佢今日唔知為乜，成個黑面神嘅（他今天不知為甚麼，變得滿臉怒氣沖沖的樣子）。

黑泥白石光水氹 heg¹ nei⁴ bag⁶ ség⁶ guong¹ sêu² tam⁵

水氹：水坑。走夜路時，辨別路況的口訣。黑色的是（泥）土，白色的是石頭，反光的是水坑。

黑市夫人 heg¹ xi⁵ fu¹ yen⁴

指姘婦。 例 嗰條友好似好正經嘅，其實佢偷偷搞咗個黑市

H

夫人（那個傢伙像是很正經似的，其實他偷偷搞了個姘婦呢）。

喺門角落頭燒炮仗 hei² mun⁴ gog³ log⁶⁻¹ teo⁴⁻² xiu¹ pao³ zêng⁶⁻²

喺：在。在門後放鞭炮，形容人想放鞭炮又不敢公開在屋外放，害怕被別人知道。比喻人想炫耀自己又不得其法，作用不大。

係都要 hei⁶ dou¹ yiu³

表示決心大，不管如何也要。 例 佢話係都要參加㗎（他説不管怎麼樣也要參加啊）｜你係都要還翻畀我（你無論如何都要還給我）。

係福唔係禍，係禍躲唔過 hei⁶ fug¹ m⁴ hei⁶ wo⁶, hei⁶ wo⁶ do² m⁴ guo³

是福就是福，是禍躲也躲不過。一般用來勸慰別人要正確對待福與禍，遇到不幸的事要處之泰然。

係嗽話 hei⁶ gem² wa⁶

客套話。直譯是"就是這樣""就這麼着"的意思，是對別人的祝福表示接受和感謝時的用語。相當於"承您貴言"或"謝謝，彼此彼此"的意思。 例 係嗽話啦，我好好（承您貴言，我很好）｜"你辛苦喇！""係嗽話啦！"（"您辛苦啦！""彼此彼此！"）

係嗽先 hei⁶ gem² xin¹

暫且這樣，先這樣。 例 唔好改㗎，係嗽先啦（不用改了，先這樣吧）｜係嗽先，以後至算啦（就這樣，以後再説吧）。

係嗽意 hei⁶ gem² yi³⁻²

做個樣子，做個姿勢，意思意思。 例 你唔好當真，係嗽意之嗎（你不要當真，意思意思罷了）。

係咁大 hei⁶ gem³ dai⁶⁻²

直譯是"就這麼大"，常用來戲稱"死了""完蛋"等意思。 例 嗰隻野就係咁大咯（那個傢伙就這樣完蛋了）。

係咁上下 hei⁶ gem³ sêng⁶ ha⁶⁻²

大概就是這麼樣，差不多就是這樣。 例 你有五十幾？係咁上下啦（你有五十幾？差不多這麼樣吧）｜一個月人工有一兩千文，係咁上下啦（一個月的工資有一兩千塊錢，差不多就是這樣吧）。

係嗰句講嗰句 hei⁶ go² gêu³ gong² go² gêu³

嗰句：那一句，是甚麼問題就是甚麼問題，不能無中生有亂説話。

係唔係先 hei⁶ m⁴ hei⁶ xin¹

〔口頭禪〕直譯是"先斷定是不

是”，其目的是徵求對方的同意、確認，有“對不對”“是不是這樣”的意思。　例 我哋都係業主，係唔係先（我們都是業主，對不對）？｜有意見大家都可以提，係唔係先（有意見大家都可以提，是不是）？

係威係勢 hei⁶ wei¹ hei⁶ sei³

好像很有來頭的樣子，似乎很有氣派的樣子。　例 你睇佢係威係勢噉，好似要開大公司噉（你看他那認真勁兒，似乎要開大公司似的）｜佢係威係勢噉，其實係好差嘅（他像是很了不起的樣子，其實是很差勁的）。

係人都 hei⁶ yen⁴ dou¹

誰都、無論甚麼人都。　例 呢個字係人都識得（這個字誰都認識）｜呢個會係人都要參加（這個會誰都要參加）。

係啦 hei⁶⁻² la¹

確切地答應別人的要求時用，有“…就是了”的意思。　例 我用完還翻畀你係啦（我用完了還給你就是了）｜我聽日交卷係啦（我明天交卷就是了）

係就假嘅 hei⁶ zeo⁶ ga² gé³

表示不同意對方的觀點，有“才不是呢”“肯定不是”等意思。　例 你話佢係你嘅細佬呀，係就假嘅（你說他是你的弟弟

嗎，肯定不是）。其他不同情況也可以説成“有就假嘅”“冇就假嘅”等。

欺山莫欺水 héi¹ san¹ mog⁶ héi¹ sêu²

〔諺語〕山雖高但可以慢慢地往上爬，而水似乎很柔弱，容易使人失去警惕而溺水身亡，不能大意。　例 你爬山慢慢爬就安全，但游水就要小心喇，俗話講，“欺山莫欺水”啦嗎（你爬山慢慢爬就安全，但游泳就要小心才行，俗話説，欺山莫欺水，是不是）？

…起上嚟 …héi² sêng⁵ lei⁴

相當於“…起來”的意思。　例 佢激動到喊起上嚟（他激動得哭了起來）｜大家都唱起上嚟（大家都唱起來）。

氣定神閒 héi³ ding⁶ sen⁴ han⁴

心情平靜，情緒安定，從容鎮定。　例 你唔使急自，你要氣定神閒噉同佢講至得（你先不必着急，你要心平氣和地跟他説才行）。

氣羅氣喘 héi³ lo⁴ héi³ qun²

氣喘吁吁，上氣不接下氣。　例 我唔夠氣，一爬山就氣羅氣喘（我氣力不足，一爬山就氣喘吁吁）｜佢氣羅氣喘噉走入嚟，一句話都講唔出（他上氣不接下氣地跑進來，一句話也説不出）。

H

戲棚仔，好快大 héi³ pang⁴ zei², hou² fai³ dai⁶

〔歇後語〕戲棚：演戲的棚子；戲棚仔：戲劇裏的嬰兒；好快大：很快就長大。戲劇裏的嬰兒或小孩子很可能下一幕就長大成人。戲稱小孩長得快。🈸你個仔真係戲棚仔，好快大呀（你的兒子長得真快，就像演戲的孩子一樣長得那麼快）。

戲棚竹，死頂 héi³ pang⁴ zug¹, séi² ding²

〔歇後語〕戲棚竹：支撐戲棚底下的竹子；死頂：死撐着。作為支撐戲棚的竹竿，無論戲棚有多重都要死撐着。比喻遇到甚麼困難都要死死撐着。🈸有乜辦法呢，惟有戲棚竹，死頂啦（有甚麼辦法呢，惟有拼死支撐着唄）。

扰頭埋牆 hem² teo⁴ mai⁴ cêng⁴

扰頭：碰頭；埋牆：靠牆。把頭向牆上碰撞，表示極端懊悔，也比喻自討苦吃。🈸而家佢真係後悔到頭扰埋牆咯（現在他真是後悔得捶胸頓足了）｜你嗽樣做等於自己扰頭埋牆嘅（你這樣做不就等於自討苦吃嗎）！

冚家富貴 hem⁶ ga¹ fu³ guei³

〔罵人語〕冚家：全家；富貴：用其相反的意思，即倒霉、死絕等。但罵人的語氣比較輕。🈸邊個冚家富貴搞亂晒我嘅野呀（哪個討厭的傢伙把我的東西搞亂了）！

幸運暗瘡倒運癩 heng⁶ wen⁶ ngem³ cong¹ dou² wen⁶ lai³

暗瘡指青春痘、痤瘡；癩：疥瘡。人臉上長了暗瘡是年青人的特點，而身上長了疥瘡則是骯髒、不講究衛生的結果，誰都害怕。

香雞督豆豉 hêng¹ gei¹ dug¹ deo⁶ xi⁶

香雞：香棒；督：杵，戳。同"豆豉上樓梯"。

香蕉樹影，粗枝大葉 hêng¹ jiu¹ xu⁶ ying², cou¹ ji¹ dai⁶ yib⁶

〔歇後語〕批評人工作不細心。🈸工作要認真細緻，唔能夠好似香蕉樹影粗枝大葉嘅㗎（工作要認真細緻，不要粗枝大葉啊）。

向飛髮佬拜師，從頭學起 hêng³ féi¹ fad³ lou² bai³ xi¹, cung⁴ teo⁴ hog⁶ héi²

〔歇後語〕飛髮佬：理髮師。"從頭學起"是雙關語，既指從開始學也指從剪頭髮開始學。🈸你而家呢個工作係新嘅工作，乜都要向飛髮佬拜師，從頭學起呀（你現在的工作是新的工作，甚麼都要從頭學起啊）。

口多身賤 heo² do¹ sen¹ jin⁶

〔諺語〕口多:嘴多;賤:下賤。人說話過多就顯得輕浮,因而被人看不起。 例 你咪以為你講得多人哋就話你叻呀,其實口多身賤(你不要以為你說得多人家就說你有能耐,其實越說得多越被人看不起)。也指說話多容易得罪人,因而招人打罵。

口花花 heo² fa¹ fa¹

嘴多多,愛說不中用的話。 例 呢個人口花花,唔係幾踏實(這個人嘴太貧了,不怎麼踏實)。

口嚡脷素 heo² hai⁴ léi⁶ sou³

口嚡:口苦而澀;脷:舌頭;素:指淡而無味、嘴巴苦澀、食慾不振等感覺。 例 呢幾日食油炸嘢太多喇,搞到我口嚡脷素(這幾天我吃油炸東西太多了,弄得我口苦舌苔厚,食慾不振)。

口輕輕 heo² héng¹ héng¹

形容人說話隨便,信口開河,輕諾。 例 呢個人唔係幾穩重,講話口輕輕嘅(這個人不怎麼持重,說話太隨便了)。

口硬心軟 heo² ngang⁶ sem¹ yün⁵

說話厲害,但心腸和善。 例 呢個人成日鬧人,好似好惡,其實口硬心軟嘅(這個人整天罵人,很像很兇,其實不過是刀子嘴,豆腐心罷了)。

口水多過茶 heo² sêu² do¹ guo³ ca⁴

說話時噴出來的口水比喝的茶水還多,形容人廢話多。 例 你講咗咁耐,真係口水多過茶咯(你說了大半天,真夠累的)。

口水多,冇尿屙 heo² sêu² do¹, mou⁵ niu⁶ ngo¹

〔兒童戲謔語〕譏笑發議論過多的人,口都乾了就沒有小便了。

口水花噴噴 heo² sêu² fa¹ pen³ pen³

形容人說話時吐沫橫飛。 例 佢講起話嚟口水花噴噴,我真係怕晒佢嘞(他說起話來吐沫橫飛,我真是怕了他了)。

口爽荷包涊 heo² song² ho⁴ bao¹ neb⁶

口爽:嘴巴答應得痛快;涊:澀滯不暢。答應別人的要求時很痛快,但要掏錢時卻遲遲拿不出來。 例 你答應捐款就好爽脆,但叫你攞錢就拖拖拉拉,真係口爽荷包涊咯(你答應捐款倒挺痛快的,但要你掏腰包就磨磨蹭蹭了)。

口甜脷滑 heo² tim⁴ léi⁶ wad⁶

脷:舌頭。油嘴滑舌、油腔滑調。 例 呢個人我睇唔係幾老實,講話太過口甜脷滑喇(這個人我看不怎麼老實,說話過分油嘴滑舌了)。

H

口同鼻拗 heo² tung⁴ béi⁶ ngao³

拗：爭吵、爭辯。比喻內部無謂的紛爭。 例 大家都係自己人，成日拗嚟拗去冇用，即係口同鼻拗嘛（大家都是自己人，整天爭來爭去沒用）。

口笑肚唔喐，面無四兩肉

heo² xiu³ tou⁵ m⁴ yug¹, min⁶ mou⁴ séi³ lêng² yug⁶

喐：動。形容奸詐的人的相貌，笑的時候只有嘴巴動，面部沒有表情。

口在路邊 heo² zoi⁶ lou⁶ bin¹

本應說"路在口邊"，意思是說到陌生的地方，為了避免走錯路就要多向人問路，即路在嘴邊的意思。但人們習慣說成"口在路邊"。 例 你出門在外，行路要時常問人呀，口在路邊嗎（你出門在外，走路要經常問人，路就在你嘴邊嘛）。

喉乾頸渴 heo⁴ gon¹ géng² hod³

形容人非常渴。 例 成半日冇飲水，搞到我喉乾頸渴咯（成半天沒喝水，渴得我要命）。

喉嚨伸出手 heo⁴ lung⁴ sen¹ cêd¹ seo²

形容人迫不及待地想進食。 例 我晏晝未食飯，餓到喉嚨伸出手咯（我中午沒吃飯，餓得不得了啦）｜啲點心咁靚，我一睇見就喉嚨伸出手咯（點心那麼好看，我一看見就巴不得

吃上一口了）。

厚皮柑，薄皮橙 heo⁵ péi⁴ gem¹ bog⁶ péi⁴ cang⁴⁻²

民間對柑橘品質優劣的評價，認為柑果要皮厚一點的品質好，而柳丁則認為皮薄的才優良。

後嚟先上岸 heo⁶ lei⁴ xin¹ sêng⁵ ngon⁶

一般乘渡船的習慣是最後登船的人，到上岸時應該首先上岸。這本來是合理的做法，但一般多用來批評那些違反"先來後到"規則的人。 例 佢本來比大家遲咗 3 年參加工作，但唔知為乜，居然後嚟先上岸，最早升級（他本來比大家參加工作晚了 3 年，但不知為甚麼居然後來居上，比大家早升級）。又叫"遲嚟先上岸"。

後尾枕浸浸涼 heo⁶ méi⁵ zem² zem³ zem³ lêng⁴

後尾枕：後腦勺。形容心都涼了。 例 我一聽見呢個消息，後尾枕浸浸涼咯（我一聽見這個消息，心都冰涼了）。

後生講威水，老人講舊時

heo⁶ sang¹ gong² wei¹ sêu², lou⁵ yen⁴ gong² geo⁶ xi⁴

威水：美麗大方。年輕人對穿着講究美麗大方，而老年人則崇尚過去的傳統。

墟巴嘈閉 hêu¹ ba¹ cou⁴ bei³

墟：墟場即集市；嘈閉：吵鬧、鬧哄哄。形容農村集貿市場吵鬧的狀況，一般用來形容人們吵吵鬧鬧的樣子。 例 呢度接近市場，成日都墟巴嘈閉（這裏接近市場，整天都很吵鬧）｜你哋喺度墟巴嘈閉，搞到我哋都冇辦法開會咯（你們在這裏鬧哄哄的，弄的我們都沒辦法開會了）。

去石灣啷過釉，油嘴滑脷 hêu³ ség⁶ wan¹ long² guo³ yeo⁶⁻², yeo⁴ zêu² wad⁶ léi⁶

石灣：佛山市石灣區，以陶瓷製品聞名；啷過釉：上過釉；油嘴滑脷：油嘴滑舌。形容人說話油嘴滑舌，就像上過釉的陶器那麼滑溜。

險過剃頭 him² guo³ tei³ teo⁴

戲稱剃頭有一定的危險，主要是用來形容經歷了十分危險的事。 例 樓上跌咗個花盆落嚟，差啲揼中我，真係險過剃頭呀（樓上掉了一個花盆下來，差點打中我，夠危險的）。

險死還生 him² séi² wan⁴ sang¹

死裏逃生、大難不死。 例 琴日佢間屋畀颱風吹冧咗，佢一啲事都冇，真係險死還生呀（昨天他的房子被颱風颳倒了，他一點事都沒有，真是死裏逃生啊）｜佢跌咗落去，好彩冇跌傷，真係險死還生呀（他掉了下去，幸好沒有受傷，真是有驚無險啊）。

欠人錢債不是財 him³ yen⁴ qin⁴ zai³ bed¹ xi⁶ coi⁴

〔諺語〕欠了人家的債，手上的錢不算是你自己的錢財。 例 你做生意嘅錢大部分都係借人嘅，欠人錢債不是財，你擺乜闊佬吖（你做生意的錢大部分都是借人家的，欠人錢債不是財，你擺甚麼闊氣）！

獻醜不如藏拙 hin³ ceo² bed¹ yü⁴ cong⁴ jud³

〔客套語〕表示不願意向眾人顯示才能時的套話。即沒有把握的事不如不說、不做。

兄弟唔啱偈硬過鐵 hing¹ dei⁶ m⁴ ngam¹ gei² ngang⁶ guo³ tid³

民間相傳江湖人士之間如果不和，則容易彼此打鬥殺戮。有時也比喻一般同胞兄弟之間，如果兩兄弟不和，也會發生不顧親情的爭鬥。

熁過烙雞 hing³ guo³ nad³ gei¹

熁：燙熱；烙雞：烙鐵。烙鐵加熱或通電後溫度很高，比烙鐵還熱，說明溫度非常高。一般用來形容人對某事情的熱情很高。也指頭腦發熱，不夠冷靜。 例 佢兩個爭交爭到面紅耳仔熱，熁過烙雞呀（他

H

們兩個人爭吵爭得臉紅脖子粗）。

呵一呵，好過舊時多 ho¹ yed¹ ho¹, hou² guo³ geo⁶ xi⁴ do¹

小孩摔跤碰疼了頭或手腳，大人往傷痛處邊哈氣邊説"呵一呵，好過舊時多"以示安慰。

荷包穿窿 ho⁴ bao¹ qun¹ lung¹

穿窿：穿孔。錢包有了窟窿，錢就存不住了。比喻錢用光了。 例 都未到月底，就話冇錢咯，係唔係荷包穿窿呀（都還沒到月底就説沒錢了，你的錢包漏底兒了吧）？

喝生晒 hod³ sang¹ sai³

不斷地大聲吆喝，令人反感。對這種情況提出制止時用。 例 大家都喺度睇書，你喺度喝生晒做乜（大家都在這裏看書，你不停地大聲吆喝幹甚麼）？｜唔好喺度喝生晒（別在這裏大聲吆喝）。廣州話的"生晒"沒有具體的意思，只對別人的舉動因為過分強烈而有反感時用。

喝神喝鬼 hod³ sen⁴ hod³ guei²

指人大聲吆喝、叫罵，令人討厭。 例 你唔好喺度喝神喝鬼啦，大家都怕晒你喇（你不要在這裏大聲吆喝，大家怕了你了）。

學口學舌 hog⁶ heo² hog⁶ xid⁶

批評別人鸚鵡學舌時用。 例 自己要有主見，唔好成日學口學舌，噉樣有乜用吖（自己要有主見，不要整天鸚鵡學舌，這樣有甚麼用呢）。

學是學非 hog⁶ xi⁶ hog⁶ féi¹

撥弄是非。 例 最怕有人周圍學是學非（最怕有人到處撥弄是非）。

學人屙屁屙出屎 hog⁶ yen⁴ ngo¹ péi³ ngo¹ cêd¹ xi²

形容學習別人學不到家，出了差錯。類似"東施效顰"的説法。

開價大，還價賣 hoi¹ ga³ dai⁶, wan⁴ ga³ mai⁶

指民間的交易，允許出賣者開高價，也允許購買者壓價。

開講有話 hoi¹ gong² yeo⁵ wa⁶

開講：一般人常説。不能理解為開始説話，相當於"俗話説""常言道"等。 例 開講有話，知人口面不知心，你同生人來往時一定要小心呀（常言道，人心隔肚皮，你跟生人來往時一定要小心啊）｜開講有話，善有善報，惡有惡報（俗話説，善有善報，惡有惡報）。也説"開口有話""開口都話"。

開口"己"，埋口"巳"，半口"已" hoi¹ heo² géi², mai⁴ heo² ji⁶, bun³ heo² yi⁵

埋口：合口。區分"己、已、巳"三個字的口訣。

開口扱着脷 hoi¹ heo² keb⁶ zêg⁶ léi⁶

扱：咬；脷：舌頭。指人一張嘴説話就出差錯。　例 你要準備好你嘅發言稿，唔好一開口就扱着脷呀（你要準備好你的發言稿，不要一開始就出錯）｜今日你講話一開口就扱着脷，點解咁論盡呀（今天你講話一張嘴就就出錯，為甚麼這麼不小心）？

開口埋口 hoi¹ heo² mai⁴ heo²

張嘴閉嘴，比喻人把某些話或事情整天掛在嘴上。　例 你唔好開口埋口都先生先生嘅啦，聽起上嚟好生疏呀（你不要張嘴閉嘴都是先生長先生短的，聽起來多見外啊）｜你呢個人開口埋口都講錢，係唔係想錢想到入迷喇（你這個人張嘴閉嘴都是錢呀錢的，是不是想錢想瘋了）？

開枝散葉 hoi¹ ji¹ san³ yib⁶

比喻生兒育女，傳宗接代。　例 呢條村開始得十幾個人，經過幾百年開枝散葉，而家有四五千人咯（這個村子開始時只有十幾人，經過幾百年的繁育發展，現在有四五千人了）。

開籠雀 hoi¹ lung⁴ zêg³⁻²

打開籠子的鳥兒。比喻人説話説個不停，喋喋不休。　例 呢個女一翻到屋企就好似隻開籠雀噉（這孩子一回到家就像一隻開了籠子的鳥兒似的，喋喋不休）。

開埋井畀人食水 hoi¹ mai⁴ zéng² béi² yen⁴ xig⁶ sêu²

埋：連…也。連井也挖好讓人家吃用井水。指為別人考慮得非常周到。　例 呢位技術員真好，幫助種香蕉，重幫你推銷，真係開埋井畀人食水呀（這位技術員真好，幫助種香蕉，還幫你推銷，考慮得非常周到）。也表示為別人辛苦而自己毫無得益的意思。

開明車馬 hoi¹ ming⁴ gêu¹ ma⁵

車、馬：象棋中的棋子。直截了當地説明意圖。　例 你要開明車馬講清楚至得（你要明明白白把你的意圖説清楚才行）｜我哋可以開明車馬同你講（我們可以把意圖向你們講清楚）。

開心果 hoi¹ sem¹ guo²

比喻無憂無愁、整天嘻笑的人。也比喻善於逗人高興、把歡樂帶給大家的人。　例 你成日咁開心，似足個開心果呀（你整天這麼開心，真像一個開心果啊）。

H

開天索價 hoi¹ tin¹ sog³ ga³

指賣東西時漫無邊際地開高價。 例 你可以開天索價，我可以落地還錢，大家自由買賣（你可以開高價，我也可以還價，大家自由買賣嘛）｜我睇佢有啲似係開天索價嘅嘅意思咯（我看他是有點漫天要價的意思了）。

開鑊貓兒埋鑊狗 hoi¹ wog⁶ mao¹ yi⁴⁻¹ mai⁴ wog⁶ geo²

開鑊：打開鍋蓋；埋鑊：收拾鍋盆。打開鍋時先喂貓，最後收拾飯鍋時才用鍋巴和殘羹剩飯喂狗。多用於慨歎各人待遇的不公。

開正米路 hoi¹ zéng³ mei⁵ lou⁶

指做某一件事正好是某人的長處。 例 呢次要你搞基建，對你嚟講係開正米路咯（這次要你搞基建，對你來說是最合適不過了）。

海底石斑，好魚（瘀）hoi² dei² ség⁶ ban¹, hou² yü²

〔歇後語〕魚：諧音瘀，表示窩囊，倒霉。 例 呢次考得唔好，海底石斑，好魚呀（這次考得不好，真窩囊）。

海軍鬥水兵，水鬥水 hoi² guen¹ deo³ sêu² bing¹, sêu² deo³ sêu²

〔歇後語〕水：除了名詞水以外，另外還有一個意思是作形容詞，即水準低、品質差。海軍與水兵都與水有關，"水鬥水"即雙方都是品質很差的意思。 例 呢兩種產品都係海軍鬥水兵，水鬥水（這兩種產品的品質都是一樣的低劣）。

海面浮萍，無根底 hoi² min⁶ feo⁴ ping⁴, mou⁴ gen¹ dei²

〔歇後語〕浮在河上的浮萍，在沒有根底。多用來比喻人知識淺薄，文化根底不夠深。廣州話的"海"有海、河的意思。"海面"即河面或水面。

海南鵣哥，好唱口 hoi² nam⁴ liu¹ go¹, hou² cêng³ heo²

〔歇後語〕好唱口：能唱，唱得好聽。比喻只會說風涼話。 例 呢個識唱唔識做嘅人似晒海南鵣哥，好唱口（這個會說不會做的人，真像海南八哥，只會說風涼話）。

害人害物 hoi⁶ yen⁴ hoi⁶ med⁶

指連累別人、危害百姓。 例 你做呢啲嘢害人害物，重害埋自己添（你做這些事危害別人，還害了自己）｜亂咁傳播小道消息嘅人真係會害人害物咯（隨便傳播小道消息的人真是害人不淺啊）。

寒露打大風，十個田頭九個空 hon⁴ lou⁶ da² dai⁶ fung¹, seb⁶ go³ tin⁴ teo⁴ geo² go² hung¹

〔農諺〕寒露颳大風，田地裏的莊稼大部分將會受災。 例 今年寒露打風，怕要減產咯，寒露打大風，十個田頭九個空呀（今年寒露颳了大風，恐怕要減產了，寒露颳風，十個田頭九個空啊）。

寒露過三朝，過水要行橋

hon⁴ lou⁶ guo³ sam¹ jiu¹, guo³ sêu²
yiu³ hang⁴ kiu⁴

〔農諺〕寒露：陽曆 10 月 7、8 號左右；三朝：三天。寒露過了三天之後，天氣變冷，過水時不能涉水而要行橋了。

寒露過三朝，遲早一齊飆

hon⁴ lou⁶ guo³ sam¹ jiu¹, qi⁴ zou²
yed¹ cei⁴ biu¹

〔農諺〕飆：抽穗。寒露在十月上旬，再過幾天稻子不管甚麼時候插的秧都一塊兒抽穗了。意思是要及早插秧，不然過了寒露就要抽穗，所種的稻子生長的時間就不夠。 例 種晚造禾要及時，唔係就趕唔切喇，寒露過三朝，遲早一齊飆，種得遲就冇得收咯（種晚稻要及時，否則就來不及了，寒露一過，早種的和晚種的一起抽穗，種得晚就沒有收成了）。

寒露最怕風，霜降最怕雨

hon⁴ lou⁶ zêu³ pa³ fung¹, sêng¹ gong³
zêu³ pa³ yü⁵

〔農諺〕寒露颳風霜降下雨對水

稻的生長都非常不利。

寒天飲冰水，點滴在心頭

hon⁴ tin¹ yem² bing¹ sêu², dim² dig⁶
zoi⁶ sem¹ teo⁴

〔歇後語〕多用來表示對別人的恩德時常記在心裏。 例 你嘅恩德我好似寒天飲冰水，點滴在心頭（你的恩德我真是永遠難忘）。

旱天多雨色，聞雷灑幾滴

hon⁵ tin¹ do¹ yü⁵ xig¹, men⁴ lêu⁴ sa²
géi² dig⁶

〔農諺〕天旱的時候經常會出現下雨的天象，如果聽到雷聲的話，雨水也不過只有幾滴，即雨很少。

航空母艦，食水深 hong⁴ hung¹

mou⁵ lam⁶, xig⁶ sêu² sem¹

〔歇後語〕食水：吃錢，收取款項。比喻在談判生意時，對方要價過高。 例 出租場地，好多都係航空母艦，食水太深喇（出租場地，許多都是要價過高了）。

好柴燒爛灶，好心唔得好報

hou² cai⁴ xiu¹ lan⁶ zou³, hou² sem¹ m⁴
deg¹ hou² bou³

好的柴在破爛的爐灶裏燒，好心人得不到好的回報。埋怨做了好事卻遭到不公平的對待。多為受人誤解自己的好意而發出的怨言。

H

好柴燒爛灶，好頭戴爛帽

hou² cai⁴ xiu¹ lan⁶ zou³, hou² teo⁴ dai³ lan⁶ mou⁶

爛灶：破舊的爐灶；爛帽：破舊的帽子。好的柴火被放在破爛的爐灶裏燒，好比好的頭戴的卻是破舊的帽子。形容人遭受不公平的待遇。

好地地 hou² déi⁶ déi⁶

本來好好的；好端端。　例 佢上晝重係好地地嘅，點知到下晝就唔妥喇（他上午還是好好的，誰知道到了下午就不舒服了）｜呢個收音機原本好地地，點解又爛咗嘅（這個收音機本來是好好的，怎麼又壞了）？

好多人 hou² do¹ yen⁴

直譯是“很多人”。一般用於相反的意思，相當於“沒有人”或“無人”等。　例 你呢度鬼地方，好多人中意嚟呀（你這個鬼地方，是沒人願意來的）｜呢啲酸橙好多人食呀（這些酸橙誰也不會吃的）！廣州話“好多人”表示反義時句末要略帶感歎的語調。

好到飛起 hou² dou³ féi¹ héi²

好得不得了；好極了；棒極了。　例 佢嘅數學簡直好到飛起（他的數學簡直是棒極了）。

好到極 hou² dou³ gig⁶

好極了；太好了（好得不能再好了）。　例 呢個人好到極呀（這個人好極了）｜呢度嘅環境好到極咯（這裏的環境好得不能再好了）。

好到鬼嗽 hou² dou³ guei² gem²

同“好到極”。

好狗唔擋路，好貓唔瞓灶

hou² geo² m⁴ dong² lou⁶, hou² mao¹ m⁴ fen³ zou³

〔戲謔語〕瞓灶：睡在灶上。走路時遇到有熟人在路中間擋道時，用這話來笑罵對方。

好極有限 hou² gig⁶ yeo⁵ han⁶

好極：最好、再好；有限：不會超過某一定的限度。整個意思是“好不了多少”“再好也不過如此”。　例 噉嘅人好極有限啦（這樣的人再好也好不了多少）。“好極有限”中的“好”可以換成其它的形容詞，表示否定的態度。　例 快極有限（快不了多少）｜多極有限（多不了多少）｜遠極有限（遠不了多少）。也說“好晒有限”。

好行 hou² hang⁴

〔應酬用語〕客人離去時，主人祝願客人一路平安時用。相當於“走好啊”“慢走”等。　例 你翻去喇？好行！好行！（你回去啦？慢走！）

好起上嚟糖黐豆，唔好起上嚟水溝油 hou² héi² sêng⁵ lei⁴ tong⁴

qi¹ deo⁶⁻², m⁴ hou² héi² sêng⁵ lei⁴ sêu²
keo¹ yeo⁴

上嚟：起來；黐：粘黏；搇：
摻和。兩人好的時候像糖粘上
豆子，無法分開，不好的時候
像水跟油沒法相融。

好好好，睇唔到 hou² hou² hou², tei² m⁴ dou³⁻²

〔戲謔語〕形容人敷衍了事，輕
諾寡信。答應了的事就是不做。

好好睇睇 hou² hou² tei² tei²

讓別人看見覺得有排場、風
光。 例 呢次你辦婚宴要辦得
好好睇睇至得（這次你辦婚宴
要辦得風風光光才行）。

好嚟好去 hou² lei⁴ hou² hêu³

好來好去，相當於普通話"好
聚好散"。強調當事人相聚的
時候和睦相處，由於意見分歧
而終止合作，也應該平和地
分散。 例 大家合作咗幾年，
而家要分道揚鑣，我希望大家
好嚟好去至得（大家合作了幾
年，現在要分道揚鑣，我希望
大家好聚好散才行）。

好佬怕爛佬，爛佬怕潑婦

hou² lou² pa³ lan⁶ lou², lan⁶ lou² pa³
pud³ fu⁵

好佬：好漢；爛佬：無賴。好
漢怕無賴，無賴怕潑婦。喻一
物降一物。 例 你唔同佢嗌咯，
好佬怕爛佬，爛佬怕潑婦，我

哋走人（你不要跟他理論了，
好漢怕無賴，無賴怕潑婦，咱
們走）。又說"好佬怕爛佬，
爛佬怕癲佬"。

好…唔… hou² … m⁴ …

"好"和"唔"的後面加上動
詞，表示"該怎麼時卻不怎
麼"。 例 你好買唔買，買埋
呢啲嘢做乜吖（你該買不買，
買這些東西幹甚麼）！｜你好
講唔講，講呢啲話會得罪人
㗎（你該說不說，說這些話是
會得罪人的）｜你好做唔做，
做呢啲有乜用呢（你該做的不
做，做這些有甚麼用呢）？

好馬不食回頭草 hou² ma⁵ bed¹ xig⁶ wui⁴ teo⁴ cou²

〔諺語〕比喻做事情要向前進
取，不能再回到原來的地方去
幹過去幹過的事。 例 我都離
開單位五六年咯，我唔想翻去
再做呢種工作咯，好馬不食回
頭草啦嗎（我都離開單位五六
年了，我不想回去再幹這種工
作了）。

好物沉歸底 hou² med⁶ cem⁴ guei¹ dei²

指好的東西在最後找到，相當
於"好貨沉底"。 例 我最後
揀到好嘢，真係好物沉歸底咯
（我最後舀到好東西，真是好
貨沉底了）。

H

好眉好貌生沙虱 hou² méi⁴ hou²
mao⁶ sang¹ sa¹ sed¹

生沙虱：甘薯有病，外表很好
的，但薯肉生黃點，味苦辣。
比喻人的外貌雖然端正，但內
心卻很醜陋。 例 呢個人幾靚
仔嘅，但係心地唔好，正所謂
好眉好貌生沙虱呀（這個人相
當英俊，但是心術不正，正所
謂外貌端正內心醜陋啊）。

好嫲生好仔，好禾出好米
hou² na² sang¹ hou² zei², hou² wo⁴
cêd¹ hou² mei⁵

〔諺語〕嫲：母的，母親；仔：
子女。好的母親自然生下好的
子女，好的禾苗才會長出好的
稻穀。

好女兩頭瞞，唔好女兩頭搬
hou² nêu⁵⁻² lêng⁵ teo⁴ mun⁴, m⁴ hou²
nêu⁵⁻² lêng⁵ teo⁴ bun¹

兩頭：婆家和娘家。指對不利
於兩家團結的事，好的女子兩
頭隱瞞，不好的女子兩頭搬弄
是非。

好牛使崩鼻 hou² ngeo⁴ sei² beng¹
béi⁶

好的耕牛主人喜歡使用，被主
人經常拉去犁地，導致牛的鼻
子都扯破了。比喻老實而能力
強的人多被過度使喚。

好晒有限 hou² sai³ yeo⁵ han⁶
對某事物的評價抱否定的態

度。 例 叫佢上台表演，好晒
有限啦（叫他上台表演，好不
了多少）。也說"好極有限"。

好世界 hou² sei³ gai³
世界：日子，生活，活路。指
生活美好，生活幸福，謀生門
路多。 例 你而家真係好世界
咯（你現在的生活真是幸福美
滿了）｜佢認為喺廣州好世界
過喺鄉下（他認為在廣州要比
在農村生活好）。

好死唔死 hou² séi² m⁴ séi²
直譯時是"該死不死"的意思。
多見於說話人對突然出現不如
意的狀況時的感歎。有"真糟
糕""真氣人""糟透了"等意
思。 例 你睇，好死唔死，又
輸咗喇（你看，多糟糕，又輸
啦）！

好心冇好報，好頭戴爛帽
hou² sem¹ mou⁵ hou² bou³, hou² teo⁴
dai³ lan⁶ mou⁶

好心沒有得到好的報答，反而
受到指責，就像好頭被帶上破
帽子一樣。被人誤會自己的
好意時的氣話。 例 講畀你知
你重話我多事，真係好心冇好
報，好頭戴爛帽（告訴你你還
說我管閒事，真是好心不得好
報）。

好心你啦 hou² sem¹ néi⁵ la¹
直譯是"你好心吧"。一般用

來乞求別人行善或停止作惡，相當於"行行好吧""積積德吧""別作孽了"等意思。 〔例〕呢個乞兒咁可憐，好心你啦，大家畀啲錢佢（這個乞丐那麼可憐，大家行行好吧，給他一點錢）｜你唔好拗斷樹枝，好心你啦（你不要折斷樹枝，積積德吧）。

好心着雷劈 hou² sem¹ zêg⁶ lêu⁴ pég³

好心人沒有得到好報。 〔例〕人哋都係為大家做好事，你重要罰人，真係好心着雷劈咯（人家都是為大家做好事，你還要罰人，真是好心不得好報了）。

好聲好氣 hou² séng¹ hou² héi³

指説話時聲音緩和、心平氣和。 〔例〕你要好聲好氣同佢商量，佢唔會唔同意嘅（你要心平氣和地跟他商量，他是不會不同意的）。

好相與 hou² sêng¹ yü⁵

形容人心地善良，對人態度和藹可親，樂於幫助別人。 〔例〕你有乜困難就去搵呢個亞伯啦，佢好好相與嘅（你有甚麼困難就去找這個老大爺吧，他很好説話）。

好衰唔衰 hou² sêu¹ m⁴ sêu¹

直譯是"該倒霉時不倒霉"，即不應該倒霉時卻倒霉了。表示"真倒霉""倒霉透了"等意思。 〔例〕今日好衰唔衰，啱買嘅手機又畀人偷咗咯（今天倒霉透了，剛買的手機又給人偷了）。也可以説"好死唔死"。

好頭不如好尾 hou² teo⁴ bed¹ yü⁴ hou² méi⁵

做事情好的開頭不如好的結尾。

好頭唔怕戴爛帽，好柴唔怕燒爛灶 hou² teo⁴ m⁴ pa³ dai³ lan⁶ mou⁶, hou² cai⁴ m⁴ pa³ xiu¹ lan⁶ zou³

長得好的頭戴甚麼帽子都好看，好的柴火不怕把灶燒破。比喻行為端正的人到甚麼地方都不怕被人議論。相當於普通話的"身正不怕影子歪"。

好天瓜，落雨麻 hou² tin¹ gua¹, log⁶ yü⁵ ma⁴

〔農諺〕天晴時對瓜類生長有好處，下雨時對麻類生長有利。 〔例〕好天瓜，落雨麻，你種咗瓜又種麻，唔理好天抑或落雨你都唔怕咯（天晴瓜，下雨麻，你種了瓜和麻，不管天晴還是下雨你都不怕了）。

好天攞埋落雨柴，落雨攞埋好天晒 hou² tin¹ lo² mai⁴ log⁶ yü⁵ cai⁴, log⁶ yü⁵ lo² mai⁴ hou² tin¹ sai³

〔諺語〕攞埋：又叫"斬埋"，也砍了。天晴的時候要把下雨的柴火也備足了，到下雨的時候把濕的柴火打下來留到天晴的時候再晒。比喻平時要注意節儉積蓄，到需要用錢的時候就有錢可用。 例 你平時注意積蓄啲錢，到急用嗰陣你就唔使驚喇，好天攞埋落雨柴啦嗎（你平時注意攢點錢，到急需的時候你就不用害怕了，這就是未雨綢繆）。又說"好天斬埋落雨柴，落雨斬埋好天晒"。

好話唔好聽 hou² wa⁶ m⁴ hou² téng¹

直譯是好說不中聽，有"老實說句不好聽的話吧""說句老實話吧"，甚至有"依我看"的意思，直言不諱地表達自己的意見。 例 你哋講嘅我都聽到咯，好話唔好聽，你哋應該主動去同人哋溝通至啱呀（你們說的我都聽到了，老實說吧，你們應該主動去跟人家溝通才是）｜好話唔好聽，你要翻去至得（依我看，你要回去才行）。

好話為 hou² wa⁶ wei⁴

表示同意對方的要求，有"好商量""好說"等意思。 例 你要借幾多錢都得，好話為（你要借多少錢都成，好商量）。

好時糖黐豆，唔好時水摳油
hou² xi⁴ tong⁴ qi¹ deo⁶⁻², m⁴ hou² xi⁴ sêu² keo¹ yeo⁴

黐：粘黏；摳：攪和。形容人們感情好的時候像糖黏上豆一樣緊密，不好的時候就像水和油一樣不相容。 例 佢哋兩個好冇譜嘅，好時就糖黐豆，唔好時就水摳油（他們兩個很沒準兒，好的時候就像糖黏上豆子，不好的時候有像水和油不相容）。

好食爭崩頭 hou² xig⁶ zang¹ beng¹ teo⁴

崩頭：頭破血流。東西好吃，大家互相搶着吃。比喻個人私心重，對好的事物大家都紛紛爭搶，互不相讓。

好少理 hou² xiu² léi⁵

廣州話的"好少"是婉辭，真正意思是"不"，說話人不好意思直說，改"好少"顯得客氣。 例 我好少理呢件事（我不怎麼管這件事）｜佢話點就點，我好少理（他說怎麼樣就怎麼樣，我根本不管）。

好少食 hou² xiu² xig⁶

不吃的意思，但語氣比"唔食"較為客氣。 例 我好少食煙（我不怎麼抽煙）｜呢啲野我好少飲酒（這些東西我不吃）。

好日都唔嚟下 hou² yed⁶ dou¹ m⁴ lei⁴ ha⁵

〔客套語〕多用於寒暄場合，有"老不見來這裏""好長時間不來了"等意思。 例 你點解好日都唔嚟下呀（你為甚麼老不來這裏一下啊）？

好人好姐 hou² yen⁴ hou² zé²

好端端的一個女人，一般指好端端的一個人。 例 佢上晝重係好人好姐，點解又病咗呢（她上午還是是好好的，怎麼又病了呢）。

好人事 hou² yen⁴ xi⁶⁻²

人事：人的性格、脾氣、修養。指人的性格和藹可親，人緣好。 例 佢呢個人咁好人事，做街坊大姐最啱喇（她這個人脾氣這麼好，幹社區工作最合適了）。

好人有限 hou² yen⁴ yeo⁵ han⁶

有限：對某事物基本上持否定的態度。"好人有限"意思是不會是很好的人，相當於"這人好不了多少"的意思。 例 好食懶做嘅人，好人有限啦（好吃懶做的人好不了多少）。

好人有好命 hou² yen⁴ yeo⁵ hou² méng⁶

近似"好人一生平安""吉人自有天相"。 例 你唔使怕，好人有好命（你不用害怕，吉人自有天相）｜我哋祝福大家，好人有好命（我們祝福大家，好人一生平安）。

好秧好禾，好外家就有好老婆 hou² yêng¹ hou² wo⁴, hou² ngoi⁶ ga¹ zeo⁶ yeo⁵ hou² lou⁵ po⁴

〔諺語〕秧苗好才會有好的禾苗，外家好才會有好的老婆。

指父母的人品好子女才好，説明家庭環境對人的影響非常重要。

好仔唔問爺田地，好女唔問嫁妝衣 hou² zei² m⁴ men⁶ yé⁴ tin⁴ déi⁶, hou² nêu⁵ m⁴ men⁶ ga³ zong¹ yi¹

好男兒不貪圖父母的產業，好女兒不在乎嫁妝衣服。比喻有志向的兒女不依賴父母的庇護，全憑個人的努力開闢自己的天地。

好做唔做，年卅晚謝灶 hou² zou⁶ m⁴ zou⁶, nin⁴ sa¹ man⁵ zé⁶ zou³

好做：該做；唔做：不做；年卅晚：除夕夜，年夜；謝灶：送灶神上天。該做時不做，到了年夜才送灶神上天。比喻做事不合時宜。 例 今日落雨，你唔應該搬屋，真係好做唔做，年卅晚謝灶（今天下雨，你不應該搬家，真是該做時不做，就像除夕夜才送灶君上天一樣不合時宜）。

好食懶飛 hou³ xig⁶ lan⁵ féi¹

好吃懶做。 例 你唔好好工作，成日玩遊戲機，正一好食懶飛（你不好好工作，整天玩遊戲機，真是好吃懶做）。

空身伶俐 hung¹ sen¹ ling⁴ léi⁶

獨自一人生活，沒有牽累。 例 我住喺集體宿舍，空身伶俐，唔知幾方便（我住在集體宿舍，獨自一人，非常方便）。

孔夫子搬家，淨係書（輸） hung²
fu¹ ji² bun¹ ga¹, jing⁶ hei⁶ xu¹

〔歇後語〕淨係：盡是。書和輸同音。指參加比賽的人每次都輸，從來不贏。 例 我睇你水準唔夠，打親波都係孔夫子搬家，淨係書略（我看你的水準不夠，每次打球准輸）。

孔夫子搬屋，執書 hung² fu¹ ji²
bun¹ ngug¹, zeb¹ xu¹

〔歇後語〕搬屋：搬家；執書：諧音執輸，吃虧。 例 你哋女子同男子比賽，肯定係孔夫子搬屋，執輸啦（你們女子跟男子比賽，肯定是吃虧了）。

孔明碰到周瑜，一味靠激 hung²
ming⁴ pung³ dou³ zeo¹ yü⁴, yed¹ méi⁶⁻² kao³ gig¹

〔歇後語〕一味：專門；激：氣，故意氣。"一味靠激"即只有使用氣的辦法，使對方感情衝動。 例 呢個仔你表揚佢唔得，批評亦唔得，要孔明碰到周瑜，一味靠激至得（這個孩子你表揚他不行，批評也不行，要採取激將法才行）。

紅藍鉛筆，兩頭都要批
hung⁴ lam⁴ yün⁴ bed¹, lêng⁵ teo⁴ dou¹ yiu³ pei¹

〔歇後語〕批：削，暗指批評。紅藍鉛筆的兩頭都需要削。比喻發生矛盾的雙方都有錯誤，都需要批評。 例 你哋兩個都唔啱。紅藍鉛筆，兩頭都要批（你們兩個都不對，雙方都需要批評）。

紅面關公 hung⁴ min⁶ guan¹ gung¹
指滿臉通紅的人。 例 佢一飲酒就變成紅面關公（他一喝酒就滿臉通紅）。

紅鬚軍師 hung⁴ sou¹ guen¹ xi¹
指愛出餿主意的人。 例 佢一啲本事都冇，就當人哋嘅顧問，直程就係一個紅鬚軍師啦（他一點本事也沒有，就給人家當顧問，簡直就是一個只能出餿主意的人了）。

紅雲上頂，冇處灣艇 hung⁴ wen⁴ sêng⁵ déng², mou⁵ qu³ wan¹ téng⁵
〔諺語〕指天頂上的雲黃而光亮，將會有大風大雨，連小船也沒地方可停靠了。 例 今日要打大風咯，你睇紅雲上頂，冇處灣艇咯（今天要颳大風了，你看紅雲上頂，沒有地方停泊船隻了）。也説"紅雲上頂，搵埞灣艇""紅雲上頂，蓑衣唔離頸"。

紅雲上頂，蓑衣攬腫頸
hung⁴ wen⁴ sêng⁵ déng², so¹ yi¹ lam⁶ zung² géng²

〔農諺〕攬腫頸：脖子繫上蓑

衣，時間長了連脖子都腫了。夜裏天上出現紅雲，預示着要長時間地下雨。又説："紅雲上頂，蓑衣唔離頸"。

紅嘴綠鸚哥 hung⁴ zêu² lug⁶ ying¹ go¹

菠菜的美稱。

紅棗巢皮心未老 hung⁴ zou² cao⁴ péi⁴ sem¹ méi⁶ lou⁵

巢：皺，即皮膚皺。紅棗乾了以後其外皮起滿皺紋，像人老了皮膚也皺了，但其心態還沒有變老。 例 呢個老大都八十幾歲㗎，重同埋啲後生仔唱歌跳舞，真係紅棗巢皮心未老呀（這位大爺都八十好幾了，還跟年輕人唱歌跳舞，真是人老心不老啊）。

J

之不過 ji¹ bed¹ guo³

連詞。表示轉折關係，相當於"不過""只是""但是"等。 例 佢辦事都幾快嘅，之不過有時出啲差錯（他辦事也還算快，不過有時出點差錯）｜呢齣電影都幾好睇，之不過音樂差啲（這場電影很好看，只是音樂還較差一點）。

之唔係 ji¹ m⁴ hei⁶

表示同意對方的意見，句末語調略上升。有"可不是嗎"的意思。 例 之唔係，你講得啱吖（可不是，你説得對）。又説"嗷唔係"。

支離蛇拐 ji¹ léi⁴ sé⁴ guai²

形容人説話吞吞吐吐，閃爍其辭。 例 我睇佢講話支離蛇拐，一定有鬼（我看他説話吞吞吐吐，一定有問題）。

支支整整 ji¹ ji¹ jing² jing²

形容人過分講究打扮，搔首弄姿，或不停地擺弄器物。 例 你唔好支支整整咁耐喇，快啲啦（你不要擺弄那麼久了，快點吧）｜啲女仔出門支支整整唔知幾耐都未出得門（那些女孩出門，打扮不知多久還出不了門）。

知啲唔知啲 ji¹ di¹ m⁴ ji¹ di¹

一知半解。 例 對情況只係知啲唔知啲就唔好亂發表意見（對情況只是一知半解就不要亂發表意見）。

知到瀨尿，企到天光 ji¹ dou³ lai⁶ niu⁶, kéi⁵ dou³ tin¹ guong¹

瀨尿：尿牀；企：站。如果知道要尿牀，就不睡，寧可站到天亮。説明如果事先知道事情會發生，早就會防備，不至於這樣。 例 你點解唔提醒大家，知到瀨尿，企到天光，就唔使咁緊張啦 (你為甚麼不提醒大家，早知道會這樣，有所準備就不至於這麼緊張了)。

知慳識儉 ji¹ han¹ xig¹ gim⁶

慳：節省、節約。懂得節省、節儉，不隨便浪費財物。 例 佢咁細個仔就知慳識儉，第日一定有出息 (他這麼小就懂得節省，將來一定有出息)。

知微麻利 ji¹ méi⁴⁻¹ ma⁴ léi⁶

形容人小心眼兒、勢利眼。 例 有啲人好知微麻利嘅，我都懶得同佢來往咯 (有些人非常小心眼兒，我都懶得跟他來往了) | 幾分錢都算得咁清，太知微麻利喇 (幾分錢都算得那麼清楚，太計較了)。

知頭唔知尾 ji¹ teo⁴ m⁴ ji¹ méi⁵

知其一，不知其二。 例 呢件事，我知頭唔知尾，一時好難決定點做 (這件事我只知其一，不知其二，一時很難決定怎樣做)。

知書識墨 ji¹ xu¹ xig¹ meg⁶

指人有文化素質，知書達理。 例 你係大學生，知書識墨，唔好同佢嗽 (你是大學生，知書達理，不要跟他一般見識)。

知人口面不知心 ji¹ yen⁴ heo² min⁶ bed¹ ji¹ sem¹

只知道人家的長相而不知道其內心世界。 例 我識咗佢都三年咯，之不過重唔係好了解佢，知人口面不知心呀 (我認識他都三年了，但是還不怎麼了解他，真不容易了解一個人啊) | 知人口面不知心，佢講得幾好聽你都唔好隨便就信佢呀 (人心隔肚皮，他説得多好聽你也不要隨便就相信他呀)。

知就笑死，唔知就嚇死 ji¹ zeo⁶ xiu³ séi², m⁴ ji¹ zeo⁶ hag³ séi²

知道的就笑死，不知道的就嚇死。懂得其底細的就把你笑死，不懂得其底細的就把你嚇死。多用於知情者對吹牛者的評論。

滋油淡定 ji¹ yeo⁴ dam⁶ ding⁶

形容人處事不慌不忙，從容穩重。 例 佢做事好滋油淡定嘅 (他做事就是不慌不忙的) | 都快開會咯，你重咁滋油淡定 (都快開會了，你還這麼不慌不忙的)

蜘蛛掛簷前，但凡求雨望穿天 ji¹ ju¹ gua³ yim⁴ qin⁴, dan⁶ fan⁴ keo⁴ yü⁵ mong⁶ qun¹ tin¹

〔農諺〕蜘蛛在屋簷前結網，若要求雨只能望穿天，即求不到雨了。

蜘蛛匿枱底，風雨一齊嚟 ji¹ ju¹ néi¹ toi⁴ dei², fung¹ yü⁵ yed¹ cei⁴ lei⁴

〔農諺〕匿：躲藏；嚟：來。蜘蛛躲在桌子底等陰暗的地方，風雨可能就快來了。

蜘蛛添絲，主好天時 ji¹ ju¹ tim¹ xi¹, ju² hou² tin¹ xi⁴

〔農諺〕蜘蛛在外面增補蜘蛛網，説明天氣要變好了。

衹見公婆齊全，唔管外家死絕 ji² gin³ gung¹ po⁴⁻² cei⁴ qun⁴, m⁴ gun² ngoi⁶ ga¹ séi² jud⁶

外家：娘家。女兒出嫁後，生活在夫家，到了生兒育女之後，其關心的重點變為自己的小家庭，幾乎把娘家忘記掉了。娘家人因此而用這話來批評那些不顧娘家利益的出嫁女兒。

衹見樓梯響，唔見人落嚟 ji² gin³ leo⁴ tei¹ hêng², m⁴ gin³ yen⁴ log⁶ lei⁴

相當於普通話的"光打雷，不下雨"。 例 日日都話分紅，其實就冇其事，衹見樓梯響，唔見人落嚟（天天都説分紅，其實就沒有這回事，光打雷，不下雨）。

紙紮公仔，有神冇氣 ji² zad³ gung¹ zei², yeo⁵ sen⁴ mou⁵ héi³

〔歇後語〕紙紮：用紙捆綁竹篾並糊上紙；公仔：畫中的

人像、人偶玩具等。紙糊的人像，總是不如真人有神采，沒有真人那麼生動。 例 我睇你呢幾日為乜好似紙紮公仔，有神冇氣嗽呀（我看你這幾天為甚麼無精打采的樣子）？

紙紮下扒 ji² zad³ ha⁶ pa⁴

下扒：下巴。用紙糊成的下巴，輕飄飄，戲稱人説話不負責任、輕諾寡信。 例 你係紙紮下扒嚟嘅，邊個信吖（你説話不負責任，誰信你呢）｜佢呢個人紙紮下扒，隨便答應你嘅，邊度有其事吖（他這個人輕諾寡信，隨便答應你罷了，那裏有其事呢）。又説"紙紮下扒，口輕輕"。

紙紮老虎，嚇死人 ji² zad³ lou⁵ fu², hag³ séi² yen⁴

〔歇後語〕用紙糊的老虎只能嚇唬死人。"嚇死人"是雙關語，一個意思是嚇唬死的人；另一個意思是把人嚇壞了，即人受到驚嚇。廣州話一般用後一個意思。 例 你入嚟粒聲唔出，真係紙紮老虎，嚇死人咯（你進來一聲不吭，真嚇死人了）。

紙紮老虎，有威冇勢 ji² zad³ lou⁵ fu², yeo⁵ wei¹ mou⁵ sei³

〔歇後語〕形容人像一隻紙老虎，嚇不了人。 例 你一啲精神都冇，着住件西裝好似紙紮老虎，有威冇勢（你一點精神

J

都沒有，穿着西服也就像個紙老虎，沒有一點氣勢）。

指冬瓜話葫蘆 ji² dung¹ gua¹ wa⁶ wu⁴ lou⁴

形容人亂指亂點，胡説一氣。 例 你要老實講清楚，唔好指冬瓜話葫蘆呀（你要老實講清楚，不要亂指亂點）｜有人喺度指冬瓜話葫蘆噉鬧人（有人指桑罵槐地罵人）。

指手督腳 ji² seo² dug¹ gêg³

指手畫腳。 例 你唔好成日喺度指手篤腳嘅啦（你不要整天在這兒指手畫腳了）。

指天督地 ji² tin¹ dug¹ déi⁶

形容人説話時加上手勢，亂説一氣。 例 你講話唔使加埋隻手指天督地嘅講啦（你説話不用加上手勢亂指亂點了）。

指住棺材叫捉賊，冤枉死人
ji² ju⁶ gun¹ coi⁴ giu³ zug¹ cag⁶, yün¹ wong² séi² yen⁴

〔歇後語〕雙關語，其一，把死人當做盜賊，夠冤枉的。其二，死人：表示極度的意思，即太冤枉了。

至多唔係 ji³ do¹ m⁴ hei⁶

指人不在乎甚麼後果，相當於"大不了""頂多就是"等意思。 例 打爛咗至多唔係賠翻個畀你（打破了頂多就是賠給你一個）｜至多唔係罰幾文雞

算咯（大不了罰幾塊錢算了）。

至好唔係 ji³ hou² m⁴ hei⁶

直譯是"最好不是"，其實意思是"不是才怪呢"。 例 你話你冇講過，至好唔係啦（你説你沒有説過，不是才怪呢）。廣州話另有"唔係就假"這個説法，其肯定的意思更加明顯。

自打鼓，自扒船 ji⁶ da² gu², ji⁶ pa⁴ xun⁴

划龍船時由一人操作。指一人同時做幾件工作。

自己攞嚟衰 ji⁶ géi² lo² lei⁴ sêu¹

攞嚟：找來，取來；衰：倒霉。自己找的倒霉。形容人本來沒事兒，只是自找倒霉，自找沒趣。

自己掘冚自己踩 ji⁶ géi² gued⁶ tem⁵ ji⁶ géi² cai²

冚：坑。自己挖坑本想害人卻讓自己踩了。比喻害人終害己，咎由自取。相當於普通話的"搬起石頭砸自己的腳"。

自有分數 ji⁶ yeo⁵ fen¹ sou³

形容人對某人某事心中已有主意，自有安排。 例 你唔使多嘴，我自有分數（你不必多説，我自有主意）。

自認低威 ji⁶ ying⁶ dei¹ wei¹

自認能力、本事不如別人，而且心服口服，有"甘拜下風"

的意思。 例 呢次比賽佢輸晒，唔自認低威都唔得喇（這次比賽他完全輸了，不甘拜下風也不行了）。

嗛都唔笑 jid¹ dou¹ m⁴ xiu³

嗛：咯吱。咯吱也不笑。形容人非常不高興。 例 激到佢鬼嗛，嗛都唔笑呀（氣得他夠嗆，怎麼也笑不起來）。

積積埋埋 jig¹ jig¹ mai⁴ mai⁴

積埋：積累在一起。把所有的都加在一起或陸續積累起來。 例 我一年嘅收入積積埋埋有五六萬文咁上下啦（我一年的收入加在一起，大概有五六萬元左右吧）。

直腸直肚 jig⁶ cêng⁴ jig⁶ tou⁵

形容人直腸子，心直口快。 例 我講話直腸直肚，容易得罪人呀（我説話心直口快，容易得罪別人）。

沾寒沾冷 jim¹ hon⁴ jim¹ lang⁵

忽冷忽熱，或感覺有點冷。 例 我感覺有啲沾寒沾冷，唔知係唔係感冒呢（我感覺有點忽冷忽熱，不知是不是感冒呢）｜三四月嘅天氣時時都係沾寒沾冷嘅（三四月的天氣經常都是乍冷乍熱的）。

欐頭對腳 jim¹ teo⁴ dêu³ gêg³

指兩人同睡一牀，一人睡一頭。 例 你哋兩個人瞓呢張細

牀要欐頭對腳至瞓得落（你們兩個人睡這張小牀要一人睡一頭才能睡得下）。也指放東西時頭尾相錯。

煎堆碌碌，金銀滿屋 jin¹ dêu¹ lug¹ lug¹, gem¹ ngen⁴ mun⁵ ngug¹

煎堆：一種油炸食品，圓形；碌碌：滾圓滾圓的。吉祥話，逢新居入夥、新年、婚嫁等喜事時，客人送煎堆前來慶賀，對主人説的祝福用語。

賤力得人敬，賤口得人憎 jin⁶ lig⁶ deg¹ yen⁴ ging³, jin⁶ heo² deg¹ yen⁴ zeng¹

〔諺語〕賤力：把自己的力氣看得不值錢，即多出力，經常幫助別人；賤口：嘴巴經常評論別人，令人討厭。 例 你要多做事少講話，賤力得人敬，賤口得人憎呀（你要多做事少説話，不愛惜自己的力氣得到別人的尊敬，信口開河招人嫌）。

賤物鬥窮人 jin⁶ med⁶ deo³ kung⁴ yen⁴

鬥：引誘，吸引。廉價的貨物引誘人去搶購，致使人變窮了。

正薑二豆三薯四葛 jing¹ gêng¹ yi⁶ deo⁶ sam¹ xu⁴ séi³ god³

〔農諺〕正月種薑，二月種豆子，三月種紅薯，四月種葛。

正月冷牛二月冷馬，三月冷死插田亞嫲 jing¹ yüd⁶ lang⁵ ngeo⁴ yi⁶ yüd⁶ lang⁵ ma⁵, sam¹ yüd⁶ lang⁵

J

séi² cab³ tin⁴ a³ ma⁴

〔農諺〕插田：插秧；亞嫲：奶奶。農曆正月時如果寒冷容易把牛凍壞，二月冷則容易把馬凍壞，三月冷容易把插秧的老奶奶凍壞。

正月雨水早，須防五月澇

jing¹ yüd⁶ yü⁵ sêu² zou², sêu¹ fong⁴ ng⁵ yüd⁶ lou⁶

〔農諺〕農曆正月雨水來得早，要防止五月的時候下大雨，發生澇災。

蒸生瓜，㑌㑌地 jing¹ sang¹ gua¹, sen² sen² déi⁶⁻²

〔歇後語〕蒸生瓜：瓜蒸不熟。㑌：艮，像蘿蔔不脆、芋頭不面等。也用來形容人愚鈍，相當於"二百五"。"㑌㑌地"即有一點兒愚鈍，形容人不靈活、傻裏傻氣、笨頭笨腦。 例 咁簡單嘅數都計唔出，真係蒸生瓜㑌㑌地咯（那麼簡單的數也算不出，頭腦太不靈活了）。

精神爽利 jing¹ sen⁴ song² léi⁶

精神飽滿，心情舒暢。 例 我睇你呢排精神爽利，好似中咗大獎噉噃（我看你近來精神飽滿，神采奕奕，像是中了大獎似的）。也有身體健康的意思。 例 呢幾年你精神爽利咗好多，梗係堅持鍛練嘅結果啦（這幾年你身體好多了，肯定是堅持鍛練的結果了）。

整定身勢嫁皇帝 jing² ding⁶ sen¹ sei³ ga³ wong⁴ dei³

整定：預先做好某事。整個意思是預先擺好架勢迎接好事。 例 你一定有份，整定身勢嫁皇帝啦（你一定有份兒，準備迎接好事吧）。

整古作怪 jing² gu² zog³ guai³

指人故意做一些小動作，做鬼臉，故意出洋相。 例 大家開會，你唔好喺度整古作怪呀（大家開會，你不要在這裏胡鬧啊）。

整鬼整馬 jing² guei² jing² ma⁵

其中一個意思和用法同上一條。另外還有一個意思是指人對做某事持否定態度，有"還做甚麼""做這個有甚麼用"的意思。 例 你都冇資金，重整鬼整馬咩（你都沒有資金，還做甚麼）！

整色水 jing² xig¹ sêu²

做表面功夫，裝模作樣。 例 呢啲嘢包裝好睇品質好差，完全靠整色水呃人（這些東西包裝好看品質很差，完全靠外表來騙人）。

靜雞雞認低威 jing⁶ gei¹ gei¹ ying⁶ dei¹ wei¹

靜雞雞：靜悄悄的；認低威：承認有錯或不如別人。靜悄悄地承認錯誤，向人賠禮道歉。 例你怕唔好意思公開認錯，就靜雞雞認低威啦（你不好意思公開承認錯誤就悄悄地向人家賠禮道歉吧）。

靜過靖海路 jing⁶ guo³ jing⁶ hoi² lou⁶
〔戲謔語〕靖海路：廣州路名。靖與靜字同音。人們拿靖海路戲稱為靜海路，用來強調當前環境的安靜。

招人仇口 jiu¹ yen⁴ seo⁴ heo²
仇口：仇恨。招人仇恨、討人嫌。 例做呢啲嘢最招人仇口喇（幹這些事最討人嫌的了）｜你成日唱衰人哋，唔怕招人仇口呀（你整天宣揚人家的缺點，就不怕招惹仇恨）？

朝北晚南五更東，要想落雨一場空 jiu¹ beg¹ man⁵ nam⁴ ng⁵ gang¹ dung¹, yiu³ sêng² log⁶ yü⁵ yed¹ cêng⁴ hung¹
〔農諺〕早上颳北風，晚上颳南風，五更時颳東風，這樣的天氣當天肯定不會下雨。

朝出紅雲晚落雨，晚出紅雲曬街市 jiu¹ cêd¹ hung⁴ wen⁴ man⁵ log⁶ yü⁵, man⁵ cêd¹ hung⁴ wen⁴ sai³ gai¹ xi⁵
〔農諺〕朝：早上。早上東方出現紅雲晚上就會下雨，黃昏的時候西邊看到有紅雲，第二天就是大晴天。

朝翻三，晚翻七，晏晝翻風

唔過日，半夜翻風凍折骨 jiu¹ fan¹ sam¹, man⁵ fan¹ ced¹, ngan³ Zeo³ fan¹ fung¹ m⁴ guo³ yed⁶, bun³ yé⁶ fan¹ fung¹ dung³ jid³ gued¹
〔農諺〕朝：早上；晏晝：中午。早上起風要颳三天；晚上起風要颳七天，中午颳風不到一天，夜裏颳風則非常寒冷。

朝九晚五 jiu¹ geo² man⁵ ng⁵
早上九點上班，下午五點下班的作息制度。 例我過慣晒朝九晚五嘅生活咯（我完全習慣過公司的作息制度了）。

朝九晚四 jiu¹ geo² man⁵ séi³
過去珠江三角洲一帶、粵西、南路一片地區的生活習慣，一天只吃兩頓飯，早餐上午九點，晚餐下午四點。農村在九點至四點之間人們在地裏勞作，叫"朝九晚四"。

朝見口，晚見面 jiu¹ gin³ heo², man⁵ gin³ min⁶
早上見到嘴巴，晚上見到臉面，形容人們互相經常能夠見面。 例你哋大家朝見口，晚見面，要好好相處至好呀（你們大家低頭不見抬頭見，要好好相處才是）。

朝霞唔出門，晚霞行千里 jiu¹ ha⁴ m⁴ cêd¹ mun⁴, man⁵ ha⁴ hang⁴ qin¹ léi⁵
〔農諺〕早上有朝霞當天要下雨

就不出門了；傍晚有晚霞明日
必定是晴天，可以出遠門了。

朝霞陰，晚霞晴 jiu¹ ha⁴ yem¹,
man⁵ ha⁴ qing⁴

〔農諺〕早上有朝霞，可能會
變陰，黃昏時有晚霞，就會變
晴。 例 朝霞陰，晚霞晴，今
晚有晚霞，你聽日出門唔會落
雨（早霞陰，晚霞晴，今晚有
晚霞，你明天出門不會下雨）。

**朝起紅霞晚落水，晚起紅霞曬
死鬼** jiu¹ héi² hung⁴ ha⁴ man⁵ log⁶
sêu², man⁵ héi² hung⁴ ha⁴ sai³ séi²
guei²

〔農諺〕落水（農村多用）：下
雨。早上東方有紅霞到晚上會
下雨，晚上西方有紅霞到次日
將是大晴天。

朝行晚拆 jiu¹ hong⁴ man⁵ cag³

行：鋪牀、架牀。整句話是"早
上鋪牀、晚上拆牀"，但實際
上正相反，每天晚上鋪牀，早
上拆牀。這是習慣的說法。例
我呢間房太細喇，惟有朝行晚
拆至夠住（我的房間太小了，
只好晚上把牀擺上，早上拆牀
才夠住）。

朝紅晚雨，晚紅曬爛牛欄柱
jiu¹ hung⁴ man⁵ yü⁵, man⁵ hung⁴ sai³
lan⁶ ngeo⁴ lan⁴ qu⁵

〔農諺〕早上出現紅霞到晚上會
有雨，黃昏時候有紅霞次日太

陽曬得柱子都爛了。

朝虹晚雨，晚虹曬破鼓 jiu¹ hung⁴
man⁵ yü⁵, man⁵ hung⁴ sai³ po³ gu²

〔農諺〕早上出現彩虹，晚上就
會下雨，黃昏出現彩虹，第二
天就會出大太陽，曬破鼓了。

朝朝一壺茶，唔使揾醫家 jiu¹
jiu¹ yed¹ wu⁴ ca⁴, m⁴ sei² wen² yi¹ ga¹

〔諺語〕朝朝：每天；唔使：不
必；揾：找。每天喝一壺茶，
身體就好，不必看病了。

朝朝一碗粥，餓死醫生一屋
jiu¹ jiu¹ yed¹ wun² zug⁶, ngo⁶ séi² yi¹
sang¹ yed¹ ngug¹

朝朝：每天，或每天早上。每
天喝一碗粥，身體就健康，就
不用去看病，醫生也要失業了。

**朝霓風，晚霓雨，晏晝虹霓曬
裂柱** jiu¹ ngei⁴ fung¹, man⁵ ngei⁴
yü⁵, ngan³ zeo³ hung⁴ ngei⁴ sai³ lid⁶
qu⁵

〔農諺〕霓：副虹。晏晝：下
午。早上出現霓意味着要颳
風，黃昏出現霓意味着要下
雨，下午出現霓則太陽猛烈，
要把柱子曬裂。

朝頭夜晚 jiu¹ teo⁴ yé⁶ man⁵

早上和晚上，一早一晚。 例
我哋朝頭夜晚都會出去散下步
嘅（我們早上和晚上都會出去
散散步的）。

J

朝食晚洗，晚食老鼠洗 jiu¹ xig⁶ man⁵ sei², man⁵ xig⁶ lou⁵ xu² sei²

朝：早上；食：吃。早上吃過的餐具留到晚上才洗，晚飯用過的餐具留給老鼠來洗。形容懶人的生活習慣。

朝種樹，晚鋸板 jiu¹ zung³ xu⁶, man⁵ gai³ ban²

鋸板：鋸板，把木材鋸成板。早上種樹，晚上鋸板，比喻很快有收穫。　例 做呢啲邊度有朝種樹，晚鋸板咁快就有收穫㗎（做這些事哪能當天那麼快就有收益的呢）。

蕉樹開花，一條心 jiu¹ xu⁶ hoi¹ fa¹, yed¹ tiu⁴ sem¹

〔歇後語〕表示大家同心合力，彼此團結。　例 我哋大家一定要團結合作，蕉樹開花一條心至能戰勝困難（我們大家一定要團結合作，同心合力才能戰勝困難）。

照板煮糊 jiu³ ban² ju² wu⁴⁻²

照着樣板來煮糊，相當於"依樣畫葫蘆"。　例 你唔使太麻煩，就係照板煮糊就得嘞（你不必太麻煩，依樣畫葫蘆就行了）。又説"照板煮碗"。

照單執藥 jiu³ dan¹ zeb¹ yêg⁶

比喻按照清單開列的事項去辦事。　例 你乜都唔使，照單執藥就得嘞（你甚麼都不必做，照開列的清單去辦就可以了）。

趙匡胤，大宋（餸）王 jiu⁶ hong¹ yen⁶, dai⁶ sung³ wong⁴

〔歇後語〕趙匡胤：宋朝的第一個皇帝。廣州話"宋"與"餸"同音。"大宋"諧音："大餸"時意思是吃飯時吃菜多，即北京話的"菜莽"。多用來戲指孩子吃菜過分。　例 兩碟餸都唔夠佢食，正一係趙匡胤，大宋王（兩盤菜都不夠他吃，真是一個菜莽）。

朱義盛，假嘢 ju¹ yi⁶ xing⁶⁻², ga² yé⁵

〔歇後語〕朱義盛：廣州舊時的一家金舖，以賣仿金首飾出名。因為模擬程度高，而且不易變色，所以經濟不大富裕的人都喜歡戴朱義盛的戒指、耳環等首飾。後來"朱義盛"成了假金首飾或贋品的代名詞。　例 我睇你呢個古董都係朱義盛，假嘢嚟嘅（我看你這個古董也不過是贋品罷了）。

朱義盛戒指，冇變 ju¹ yi⁶ xing⁶⁻² gai³ ji², mou⁵ bin³

〔歇後語〕朱義盛：舊時廣州專賣模擬金首飾的商號；冇變：首飾的顏色不變。朱義盛製造的仿金製品工藝高超，久不變色。用來比喻事態不會發生變化。

朱義盛，永不脱色 ju¹ yi⁶ xing⁶⁻²

J

wing⁵ bed¹ têu³ xig¹

〔歇後語〕舊時廣州朱義盛所製造的鍍金或仿金首飾光亮而不退色,是廣州有口皆碑的。比喻對象顏色不變。

珠璣路尾,多如(餘)ju¹ géi¹ lou⁶ méi⁵, do¹ yü⁴

〔歇後語〕珠璣路:廣州西關的一條馬路;多如:舊時廣州珠璣路的一家茶樓,"多如"與多餘同音,用來表示多此一舉或多出來的東西的意思。

豬八怪照鏡,好醜自己知

ju¹ bad³ guai³ jiu³ géng³, hou² ceo² ji⁶ géi² ji¹

〔歇後語〕豬八怪:豬八戒。比喻自己的情況自己心裏有數。

豬八怪照鏡,內外唔係人

ju¹ bad³ guai³ jiu³ géng³, noi⁶ ngoi⁶ m⁴ hei⁶ yen⁴

〔歇後語〕豬八怪即豬八戒,本不是人,鏡子裏的豬八怪也不是人。用於抱怨受到不合理的對待。例我同意做又話浪費,唔同意做又話孤寒,真係豬八怪照鏡,內外唔係人咯(我同意做又說浪費,不同意做又說吝嗇,我真是豬八戒照鏡子,內外不是人了)。

豬紅煮豆腐,黑白分明 ju¹ hung⁴ ju² deo⁶ fu⁶, hag¹ bag⁶ fen¹ ming⁴

〔歇後語〕豬紅:豬血。豬血煮豆腐是一個菜餚名。豬血煮熟後呈黑褐色,豆腐熟後仍然白色,豬血與豆腐同時煮也依然黑是黑,白是白。一般用來比喻人能夠分清是非。例要佢做呢個工作你就放心啦,佢做乜嘢都能夠做到豬紅煮豆腐,黑白分明㗎(要他做這個工作你放心好了,他幹甚麼都能夠做到是非黑白分明)。

豬拉草,寒風到 ju¹ lai¹ cou², hon⁴ fung¹ dou³

〔農諺〕豬搬動乾草,估計寒風將到。

豬欄報數,又一隻 ju¹ lan⁴⁻¹ bou³ sou³, yeo⁶ yed¹ zég³

〔歇後語〕豬欄:買賣生豬的店舖。舊時豬行買賣豬時每進出一頭豬都要報數,"又一隻"是雙關語,其一是收進豬一頭或賣出豬一頭;其二是戲謔稱處死了一個犯人。

豬籠跌入水,四圍咁入 ju¹ lung⁴ did³ yeb⁶ sêu², séi³ wei⁴ gem³ yeb⁶

〔歇後語〕四圍:四周;咁:那麼,那樣。豬籠掉進了水裏,四周都進水。廣州話"水"表示錢財。四圍入水就是錢財從四面八方滾滾而來。例你就好啦,幾個公司都賺錢,真係豬籠跌入水,四圍咁入咯(你就好了,幾個公司都賺錢,真是財源滾滾了)。

J

豬籠入水 ju¹ lung⁴ yeb⁶ sêu²

水：雙關語，其一指水，其二指錢。用來比喻錢財從多方面進來、財源廣進。

豬籠入水，八面通 ju¹ lung⁴ yeb⁶ sêu², bad³ min⁶ tung¹

廣州話習慣用水比喻錢財，這句話形容人財源廣進，常用來作祝福語。 例 祝你生意興隆，財源滾滾，好似豬籠入水八面通（祝你生意興隆，財源廣進）。

豬乸戴耳環都話靚 ju¹ na² dai³ yi⁵ wan⁴ dou¹ wa⁶ léng³

豬乸：母豬。母豬戴上耳環就說漂亮。形容人的審美觀有誤。 例 你都冇譜嘅，豬乸戴耳環都話靚喎（你太離譜了，母豬戴上耳環居然也說漂亮）。

豬乸嘥田螺，貪口爽 ju¹ na² jiu⁶ tin⁴ lo⁴⁻², tam¹ heo² song²

〔歇後語〕豬乸：母豬；嘥：嚼；爽：食物爽脆。母豬嚼吃螺螄不是為了吃飽，而是為了爽脆過癮。比喻人說話不怎麼認真負責，而是隨便說說。 例 你係隊長，講話要負責，唔能夠豬乸嘥田螺，貪口爽呀（你是隊長，說話要負責任，不能隨便亂說啊）。

豬乸賣咗仔，大覺瞓 ju¹ na² mai⁶ zo² zei², dai⁶ gao³ fen³

〔歇後語〕豬乸：母豬；瞓：睡。賣了小豬之後，母豬就可以安安穩穩地睡覺了。比喻人減輕了負擔或擺脫了牽掛之後，可以安穩地睡大覺了。

豬乸會上樹 ju¹ na² wui⁵ sêng⁵ xu⁶

豬乸：母豬。母豬能爬樹。比喻不可能發生的事。

豬朋狗友 ju¹ peng⁴ geo² yeo⁵

泛指各種不三不四的朋友。 例 都係嗰啲豬朋狗友教壞晒佢（都是那些不三不四的朋友把他教壞了）。

豬橫脷，橫財順利 ju¹ wang⁴ léi⁶, wang⁴ coi⁴ sên⁶ léi⁶

〔歇後語〕豬橫脷：豬的胰臟。廣州話的"脷"與利同音，即"橫利"，比喻人順利地發了橫財。

豬食糠，雞啄穀，各有各口福 ju¹ xig⁶ hong¹, gei¹ dêg³ gug¹, gog³ yeo⁵ gog³ heo² fug¹

〔歇後語〕豬喜歡吃米糠，雞喜歡啄稻穀。比喻各有各的福分。不必與不同情況的人相比。 例 你中意食甜嘢，我中意食鹹嘢，好似豬食糠，雞啄穀，各有各口福（你喜歡吃甜的，我喜歡吃鹹的，那是各有各的福分）。

J

豬油糯米糕，耪（漏）氣

ju¹ yeo⁴ no⁶ mei⁵ gou¹, neo⁶ héi³

〔歇後語〕耪：膩味。"耪氣" 是雙關語。其一是膩味，其二 是撒氣。廣州話有些人耪、漏 不分，把"耪"誤讀成"漏"了。 "漏氣"形容人性格軟弱，行動 遲緩。

豬有名，狗有姓，砂煲罌罉 都有柄

ju¹ yeo⁵ ming⁴, geo² you⁵ xing³, sa¹ bou¹ ngang¹ cang¹ dou¹ yeo⁵ béng³

砂煲罌罉：鍋碗瓢盆。強調甚 麼東西都有名稱，責備不稱呼 人的人。 例 你問人點解唔叫 人呀，豬有名，狗有姓，砂煲 罌罉都有柄啦嗎（你要問人為 甚麼不稱呼人呢，誰都有名字 啊）。

豬肉佬刮砧板，連渣都刮埋

ju¹ yug⁶ lou² guad³ zem¹ ban², lin⁴ za¹ dou¹ guad³ mai⁴

豬肉佬：賣豬肉的人；刮埋： 一起刮了。比喻官員貪婪，大 錢小財統統搜刮。

豬肉浸醋，肉酸

ju¹ yug⁶ zem³ cou³, yug⁶ xun¹

〔歇後語〕肉酸：肉麻，難看。 形容某種人物的形態或動作行 為難以入目。 例 六七十歲人 着呢種衫，好似豬肉浸醋，肉 酸呀（六七十歲的人穿這種衣 服，太難看了）。

豬掙大，狗掙壞，細佬哥掙成 豬八怪

ju¹ zang⁶ dai⁶, geo² zang⁶ wai⁶, sei³ lou² go¹ zang⁶ xing⁴ ju¹ bad³ guai³

〔諺語〕掙：撐，即拼命吃。豬 能吃就長大得快，狗吃得多會 撐壞肚子，小孩吃得多則身體 發胖難看。

豬仔得食墟墟冚

ju¹ zei² deg¹ xig⁶ hêu¹ hêu¹ hem⁶

墟墟冚：人聲鼎沸，熱鬧非 凡。小豬在吃奶時熱鬧而忙 亂。比喻商家大聲叫賣、互相 傳話，故意顯得熱鬧。也形容 小人得意忘形地呼喊。 例 嗰 班後生仔好似豬仔得食墟墟冚 噉，唔知搞乜野（那群年輕人 在那裏鬧哄哄的，不知道搞甚 麼名堂）。

主人傍客

ju² yen⁴ bong⁶ hag³

本來應該是客人依傍主人， 現在反過來，主人倒依傍客人 了。相當於喧賓奪主。 例 應 該由你主持，由我主持就變成 主人傍客略（應該由你主持， 如果由我來主持就變成喧賓奪 主了）。

煮到嚟就食

ju² dou³⁻² lei⁴ zeo⁶ xig⁶

煮好了就吃，表示對得失都處 之泰然，一切順其自然。 例 對於選舉代表，我冇乜意見， 煮到嚟就食（對於選舉代表，我 沒有甚麼意見，順其自然吧）。

煮人一鑊 ju² yen⁴ yed¹ wog⁶

鑊：大鐵鍋。指在背後向對方的長輩、上級説他的壞話。

煮重米 ju² cung⁵ mei⁵

指在上級或老師面前誇大別人的缺點。 例 你唔好隨便煮人重米呀吓（你可不要在領導面前隨意誇大別人的缺點啊）。

住洋樓，養番狗 ju⁶ yêng⁴ leo⁴⁻², yêng⁵ fan¹ geo²

形容人過着富有的生活。

鑽石王老五 jun³ ség⁶ wong⁴ lou⁵ ng⁵

鑽石：名貴的首飾，富貴的象徵；王老五：單身男子。表示有錢的單身男子。 例 呢個老闆身家幾千萬，係一個鑽石王老五（這位老闆家產幾千萬，是一個單身款爺）。

K

靠佢做膽 kao³ kêu⁵ zou⁶ dam²

做膽：壯膽。靠某人或某物為自己壯膽。 例 行夜路有條棍好，我靠佢做膽㗎喇（走夜路有條棍子較好，我靠它能壯膽呢）。

騎牛揾馬 ké⁴ ngeo⁴ wen² ma⁵

揾：找。表面意思是騎着牛去找馬，要把牛換成馬，因為馬比牛跑得快。一般用來比喻人已經有了工作，但還想換一個更理想的。也常用來譏諷某些人談戀愛時不專一，正在談戀愛了，但總想找到另外一個更好的對象。 例 你都有人同你拍拖咯，重想騎牛揾馬做乜吖（你有人跟你談上戀愛了，還想騎馬找馬幹甚麼）！

騎牛揾牛 ké⁴ ngeo⁴ wen² ngeo⁴

要找牛，其實牛正被自己騎着。比喻東西正在自己身邊卻到處尋找。 例 你周圍揾鎖匙，鎖匙唔係喺你手度咩？真係騎牛揾牛（你到處找鑰匙，鑰匙不是在你手上嗎）？普通話的"騎馬找馬"兼有廣州話的"騎牛揾牛"和"騎牛揾馬"的兩個意思。

騎牛王馬 ké⁴ ngeo⁴ wong⁴ ma⁵

字面意思是騎別人的馬不給錢，或強佔別人的馬來騎。多用來比喻擅自挪用他人的錢財。 例 呢筆錢係人哋攞嚟買設備㗎，你唔好騎牛王馬呀（這筆錢是人家用來買設備的，你不要挪用啊）。

K

騎牛遇親家，出醜偏遇熟人 ké⁴ ngeo⁴ yü⁶ cen³ ga¹, cêd¹ ceo² pin¹ yü⁶ sug⁶ yen⁴

〔歇後語〕意思是自己窮，沒有馬可騎，只好厚着臉皮騎牛當馬。可剛好又遇上親家，就更加難堪。 例 我好少喺街邊大牌檔食嘢，今次啱啱又撞到熟人，真係騎牛遇親家，出醜偏遇熟人咯（我很少在街邊大牌檔吃東西，這次剛剛又碰到熟人，真叫人難堪）。

契弟走得嘜 kei³ dei⁶ zeo² deg¹ mo¹

〔戲謔語〕契弟：王八蛋，窩囊廢，倒霉鬼；嘜：緩慢。指人望風而逃。 例 嗰啲爛仔見有警察嚟，大家就契弟走得嘜咯（那些流氓見有警察來，大家就望風而逃了）。

棋差一着，束手束腳 kéi⁴ ca¹ yed¹ zêg⁶ cug¹ seo² cug¹ gêg³

下棋時，只要走錯了一步，就影響全域。比喻做事，因對某一件事處理不當，會引來無窮的後患。 例 上次你處理得唔啱，大家都消極怠工，真係棋差一着，束手束腳咯（上次你處理得不對，大家都消極怠工，真是一步棋錯，滿盤皆輸了）。

蜞乸逢人黐 kéi⁴ na² fung⁴ yen⁴ qi¹

蜞乸：螞蟥；黐：粘黏，吸附，引申為蹭吃。螞蟥見到人便來吸血。比喻某些吝嗇的人到別人家裏無償地吃喝。 例 呢個嘢又孤寒又為食，邊度有得食就去，正一蜞乸逢人黐（這個傢伙又吝嗇又貪吃，哪裏有吃的就去，遇到誰都想蹭一下）。

企喺城樓睇馬打交 kéi⁵ hei² xing⁴ leo⁴ tei² ma⁵ da² gao¹

站在城樓上看馬打架，比喻所發生的事與自己無關，自己只是看熱鬧而已。 例 佢哋搞成點你都唔使理，你就企喺城樓睇馬打交得咯（他們搞成怎麼樣你都不用管，你坐山觀虎鬥就行了）。

企埋一便 kéi⁵ mai⁴ yed¹ bin⁶

企埋：站到某個地方去；一便：一邊。靠邊兒站、讓開。請別人讓路，態度不夠客氣。 例 大家企埋一便，有車嚟呀（大家靠邊兒站，有車來）。

企歪啲 kéi⁵ mé² di¹

企：站；歪：歪斜的意思。多用於勸別人讓路。如：大家唔該企歪啲（大家請讓開）！

舅父打外甥，打死冇人爭 keo⁵ fu⁶⁻² da² ngoi⁶ sang¹, da² séi² mou⁵ yen⁴ zang¹

爭：偏袒，袒護。過去舊俗認為舅父在家裏的權力是至高無上的，外甥如果犯了錯誤，舅父可以嚴加懲處，連父母親也不敢出面袒護。 例 你唔聽話就要你舅父打你，舅父打外甥，打死冇人爭㗎（你不聽話就要你舅舅打你，舅舅打外甥誰也救不了）。

舅父大過天 keo⁵ fu⁶⁻² dai⁶ guo³ tin¹

廣東民間認為在眾親屬中，舅父的權威最大。 例 外甥結婚請飲你唔去點得呀，舅父大過天嘛（外甥結婚請喝喜酒，你不去怎麼行，舅父比天大吶）。也叫"舅公大過天"。

佢口大，你口細 kêu⁵ heo² dai⁶, néi⁵ heo² sei³

嘴巴大表示權力大。常用於勸説別人不要跟有權有勢的人較量，權力小的鬥不過權力大的。比喻弱不勝強，胳膊扭不過大腿。

乾隆皇契仔，周日清 kin⁴ lung⁴ wong⁴ kei³ zei², zeo¹ yed⁶ qing¹

〔歇後語〕契仔：乾兒子；周日清：雙關語，一指人名，民間傳説是乾隆皇帝的乾兒子，二指經常花光錢，身無分文。 例 我而家唔止係"月光族"，直程係乾隆皇帝契仔周日清添咯（我現在不光每月沒錢剩，還經常身無分文呢）。

橋上倒涼茶，河（何）苦 kin⁴ sêng⁶ dou² lêng⁴ ca⁴, ho⁴ fu²

〔歇後語〕涼茶：清熱湯藥，味苦。在橋上往河裏傾倒苦味的中藥，使河水變苦了。廣州話"河苦"跟"何苦"同音。表示何必、不值得這樣的意思。 例 你噉樣糟質自己，真係橋上倒涼茶，河（何）苦呢（你這樣折磨自己，何必呢）。

繞埋手，晨早走 kiu⁵ mai⁴ seo², sen⁴ zou² zeo²

〔戲謔語〕繞埋手：抱着手；晨早：早上，老早。形容人懶惰，抱着手，早早就溜走。

可惱也 ko¹ nao¹ yé¹

這個讀音是廣州人模仿普通話的讀音，粵劇道白時用，即"真叫我生氣了""真是氣死我了"的意思。在日常口語中也使用，有"豈有此理"的意思。 例 "這樣講來，真是可惱也！"（粵劇道白── 這樣説來，真是叫人生氣了！）｜ 你話幾可惱也呢，我話佢，佢重話我添（你説多叫人生氣啊，我説他，他還説我呢）。

箍頭攬頸 ku¹ teo⁴ lam² géng²

兩人走路時互相搭着肩，很不文明的樣子。 例 行路要有個行路樣，兩個人行路唔好箍頭攬頸（走路要有個走路的樣子，兩個人走路不要搭肩摟頸的）。

裙拉褲甩 kuen⁴ lai¹ fu³ led¹

甩：脫落。形容人衣衫不整，或狼狽不堪的樣子。 例 你做

K

乜咁狼狽呀,搞到裙拉褲甩嘅
(你為甚麼這麼狼狽,弄得衣
衫不整)?

群埋好人學好人,群埋神婆

學拜神 kuen⁴ mai⁴ hou² yen⁴ hog⁶
hou² yen⁴, kuen⁴ mai⁴ sen⁴ po⁴ hog⁶
bai³ sen⁴

群埋:與某些人為伍;神婆:
巫婆。比喻青少年結交朋友的
重要性。

顴骨高高,殺人唔使用刀

kun⁴ gued¹ gou¹ gou¹, sad³ yen⁴ m⁴
sei² yung⁶ dou¹

講究面相的人認為,顴骨高的
人性格強悍。説他們殺人不用
刀純屬偏見。

拳拳到肉 kün⁴ kün⁴ dou³ yug⁶

形容每一拳都擊到點子上。 例
你講話真係拳拳到肉(你説的話
真是每一句都説到點子上了)。

拳頭不打笑面人 kün⁴ teo⁴ bed¹ da²

xiu³ min⁶ yen⁴

〔諺語〕如果你無意傷害了對
方,只要你態度好,賠禮道
歉,對方是不會用武力對付你
的。 例 你好好同佢講,唔使
怕嘅,拳頭不打笑面人嘛(你
好好跟他説,不用害怕,拳頭
不打笑臉人嘛)。

窮到燶 kung⁴ dou³ nung¹

燶:燒焦了。形容人窮到了極
點。 例 嗰年我喺鄉下一文都

冇,真係窮到燶呀(那年我在
鄉下連一塊錢都沒有,真是窮
得叮噹響啊)。

窮快活,餓風流,打爛砂煲煮

缽頭 kung⁴ fai³ wud⁶, ngo⁶ fung¹
leo⁴, da² lan⁶ sa¹ bou¹ ju² bud⁶ teo⁴

〔戲謔語〕砂煲:煮飯用得砂
鍋。窮也快樂,餓也不在乎,
砂鍋打破了就用缽頭做飯。表
明人雖然窮困,但意志絕不消
沉。

窮風流,餓快活 kung⁴ fung¹ leo⁴,

ngo⁶ fai³ wud⁶

形容經濟不富裕的人由於不
刻意追逐個人名利,少了許多
煩惱,其日子反而過得幸福快
樂。 例 你睇人哋阿張,收入
唔算多,一家人過得幾開心,
真係窮風流,餓快活咯(你看
人家老張,收入不算多,一家
人過得多開心,家庭和睦窮日
子也過得挺幸福快樂的)。

窮莫做大,富莫做孻 kung⁴ mog⁶

zou⁶ dai⁶, fu³ mog⁶ zou⁶ lai¹

〔諺語〕孻:排行最小的。家庭
窮不要做大哥,家庭富不要做
小弟。因為貧窮的家庭,長子
責任重,而富有的家庭,幼子
權力不大。

窮人思舊債 kung⁴ yen⁴ xi¹ geo⁶ zai³

〔諺語〕人到了窮困時往往想起
舊時對別人施加過的恩惠。這

樣在精神上多少可以平衡目前
的困境。

窮人一條牛，性命在上頭

kung⁴ yen⁴ yed¹ tiu⁴ ngeo⁴, xing³

ming⁶ zoi⁶ sêng⁶ teo⁴

〔農諺〕窮人的一條耕牛，是他
們的命根子。 🈂️例 農民嘅主要
財產就係牛咯，所以話窮人一
條牛，性命在上頭呀（農民的
主要財產就是牛，所以說窮人
一條牛，性命在上頭呢）。

L

捎草入城 la² cou² yeb⁶ xing⁴

捎：大把地抓。抱着一大抱草
進城。比喻人吃飯時不注意禮
貌，狼吞虎嚥地吃。 🈂️例 食飯
要斯文啲，睇你好似捎草入城
噉，點得呢（吃飯要文雅一點，
看你狼吞虎嚥的，怎麼行呢）。

捎起肚皮畀人睇 la² héi² tou⁵ péi⁴

béi² yen⁴ tei²

捎起：掀起。掀起衣服露出肚
皮讓人看，比喻把自己的弱點
或隱私全暴露給別人。 🈂️例 你
哋乜都要我公佈出去，即唔係
捎起肚皮畀人睇（你們甚麼都
要我公佈出去，不等於把自己
的隱私全暴露給別人嗎）？

捎喉捎脷 la² heo⁴ la² léi⁶

捎：拿，被鹽或其他化學藥品
腐蝕的感覺。脷：舌頭。形容
食物的味道太鹹、太酸或太澀
而使口腔不舒服。

捎埋口面 la² mai⁴ heo² min⁶

捎埋：這裏有收縮的意思。臉
上由於緊張或痛苦、難受而收
縮起來。 🈂️例 睇你成日捎埋口
面，好似唔係幾開心嘅嘛（看
你整天繃着臉，好像不怎麼開
心是嗎）？｜有乜意見就講出
嚟啦，使乜成日捎埋口面啫
（有甚麼意見就說出來嘛，何
必整天繃着臉呢）。

捎心捎肺 la² sem¹ la² fei³

捎：皮膚被藥物刺激的感覺。
心和肺都感到被刺激的難受。
多形容受外界刺激而感到揪心
的難受。

捎手唔成勢 la² seo² m⁴ xing⁴ sei³

捎手：用手來抓，又指棘手；
唔成勢：不成一個樣子。比喻
遇到突發事件，或者面對亂紛
紛的場面，不知所措。 🈂️例 今
日呢件事真叫我捎手唔成勢咯
（今天的這件事真叫我措手不
及）。

捎屎上身 la² xi² sêng⁵ sen¹

捎：抓取。比喻自找麻煩。

例 你為乜要做呢件事呢，嗽就等於揾屎上身咯（你為甚麼要做這件事呢，這就等於自找麻煩）。

啦啦聲 la⁴ la⁴⁻² séng¹

原是象聲詞，習慣用來形容人動作迅速、工作利索。 例 你咪話佢咁肥好似有啲論盡，其實做起嘢嚟拉拉聲，唔知幾快（你別説他胖，似乎有點不靈便，其實幹起活來嘩啦嘩啦的，不知有多快）。

擸網頂 lab³ mong⁵ déng²

擸：全部收取；網頂：指第一名或最高地位。指奪取了最好成績。 例 呢次運動會畀我哋隊擸晒網頂（這次運動會的冠軍讓我們隊全部都拿了）。

立定心水 lab⁶ ding⁶ sem¹ sêu²

立定：決定、下定；心水：決心、心思、心緒等意思。下定決心、專心致志、一心一意。 例 你要學好外語，一定要立定心水學至得（你要學好外語，一定要一心一意地學才行）。

立實心腸 lab⁶ sed⁶ sem¹ cêng⁴

狠下決心、橫下一條心去做某事。與 "立定心水" 近似。

垃圾崗雞公，搵埋畀人食
lab⁶ sab³ gong¹ gei¹ gung¹, wen² mai⁴ béi² yen⁴ xig⁶

〔歇後語〕雞公：公雞；搵埋：（把食物）找出來；畀人食：給別的雞吃。在垃圾堆上的公雞覓食，找到好吃的東西卻讓給別的母雞吃。比喻自己的勞動所得卻讓別人享受了。 例 做編輯呢個工作都係為大家服務嘅，垃圾崗雞公，搵埋畀人食咋（做編輯這個工作是為大家服務，僅僅是為他人作嫁衣裳而已）。

辣過指天椒 lad⁶ guo³ ji² tin¹ jiu¹

指天椒：一種小辣椒，味較辣。比指天椒還辣。多用來形容手段極為毒辣的人。

辣椒湊薑，食壞心腸 lad⁶ jiu¹ ceo³ gêng¹, xig⁶ wai⁶ sem¹ cêng⁴

〔諺語〕湊：連同。廣東民間認為，辣椒跟薑都是辣的，一起吃容易把腸胃辣壞。

立春犁田，春分耙田，清明浸種，穀雨蒔田 leb⁶ cên¹ lei⁴ tin⁴, cên¹ fen¹ pa⁴ tin⁴, qing¹ ming⁴ zem³ zung², gug¹ yü⁵ xi⁶ tin⁴

〔農諺〕立春開始犁田，到春分就耙田，到清明開始浸穀種，準備播種，到穀雨就開始蒔田。這是廣東地區一些農村的農作安排。

立春一日雨，早季禾旱死 leb⁶ cên¹ yed¹ yed⁶ yü⁵, zou² guei³ wo⁴ hon⁵ séi²

L

〔農諺〕立春時如果下了大雨，春天就會天旱，水稻也會旱死。

立春早，清明遲，驚蟄最適宜

leb⁶ cên¹ zou², qing¹ ming⁴ qi⁴, ging¹ zig⁶ zêu³ xig¹ yi⁴

〔農諺〕立春開耕過早了，清明又太遲了，最好在三月初的驚蟄時候開耕最為適宜。

立秋有雨秋收有，立秋無雨實擔憂

leb⁶ ceo¹ yeo⁵ yü⁵ ceo¹ seo¹ yeo⁵, lab⁶ ceo¹ mou⁴ yü⁵ sed⁶ dam¹ yeo¹

〔農諺〕立秋時下雨則晚季水稻生長良好，如果無雨則秋季要失收。

立秋有雨蒔上崗，立秋冇雨蒔落塘

leb⁶ ceo¹ yeo⁵ yü⁵ xi⁴ sêng⁵ gong¹, lab⁶ ceo¹ mou⁵ yü⁵ xi⁴ log⁶ tong⁴

〔農諺〕立秋時如果下雨則會發生水澇，稻子要種到山崗上，如果立秋沒有雨則會旱，水稻要插到水塘裏。

立冬過三朝，田上冇青苗

leb⁶ dung¹ guo³ sam¹ jiu¹, tin⁴ sêng⁶ mou⁵ qing¹ miu⁴

〔農諺〕立冬在 11 月上旬，立冬再過幾天，晚稻全部黃熟了，再也看不到青綠的稻苗作物了。

立夏插田還有功，芒種插田兩頭空

leb⁶ ha⁶ cab³ tin⁴ wan⁴ yeo⁵ gung¹, mong⁴ zung³ cab³ tin⁴ lêng⁵ teo⁴ hung¹

〔農諺〕立夏在 5 月 5、6 日，在這個時候插秧還勉強可以，芒種在 6 月 5、6 日，這時才插秧就太晚了。

拉埋天窗 lai¹ mai⁴ tin¹ cêng¹

字面意思是拉上天窗，即把天窗關閉起來。多用來戲稱結婚。 例 你個仔幾時拉埋天窗呀（你兒子甚麼時候結婚）？｜喂，重未拉埋天窗呀（怎麼，還沒有結婚）？

拉牛上樹 lai¹ ngeo⁴ sêng⁵ xu⁶

指叫人做力所不及的事。相當於"趕鴨子上架"。 例 你叫我唱歌簡直就係拉牛上樹啦（你叫我唱歌那就是趕鴨子上架了）｜我手腳好論盡，做呢啲嘢等於拉牛上樹啦（我笨手笨腳的，幹這個不是趕鴨子上架嗎）！

拉上補下 lai¹ sêng⁶ bou² ha⁶

把高的、多的減少一點，補給低的、少的，使得彼此高低、多少差不多。 例 我呢間鋪頭有時賺錢有時虧損，拉上補下，平均重算過得去（我這商店有時賺錢有時虧損，平均起來，還算過得去吧）。

拉頭纜 lai¹ teo⁴ lam⁶

逆水行船時，一般要幾個人在

L

岸上拉繂，叫拉纜。在最前頭拉纖叫拉頭纜。拉頭纜的繂夫是最有經驗的，人們就用這來比喻做事帶頭。近似"打頭炮"的意思。 例 呢次開會你要準備好呀，我靠你嚟拉頭纜㗎（這次開會你要準備好，我是靠你來打頭炮的啊）。

拉人夾封屋 lai¹ yen⁴ gab³ fung¹ ngug¹

拉人：抓人；夾：而且，和。抓人又查封房子。形容警察對犯罪的人採取嚴厲措施。 例 邊個膽敢販毒，立即拉人夾封屋，睇你重敢唔敢（誰膽敢販毒，立即抓人查封，看你還敢不敢）。

拉人裙扺自己腳 lai¹ yen⁴ kuen⁴ kem² ji⁶ géi² gêg³

扺：覆蓋。把別人的裙子拉來蓋自己的腳，比喻憑藉別人的聲望來抬高自己，相當於"拉大旗作虎皮"。 例 你還你，人哋還人哋，你唔好拉人裙扺自己腳呀（你歸你，別人歸別人，你不要打着人家的招牌啊）。

孻仔拉心肝 lai¹ zei² lai¹ sem¹ gon¹

孻仔：最小的兒子；拉心肝：讓人牽腸掛肚。最小的兒子最令父母牽掛。 例 佢係孻仔，老母當然唔放心啦，孻仔拉心肝啦嗎（他是最小的兒子，母親當然不放心啦，老兒子母親

最牽掛唄）。

𢲲屎忽 lai² xi² fed¹

𢲲：舔；屎忽：屁股。諂媚，拍馬屁。譏笑人有意用卑賤的態度討好別人，馬屁拍得令人噁心。 例 你吹捧佢重以為你𢲲佢屎忽添（你討好他，他還以為你用熱臉貼他的冷屁股呢）！

攬住老公喊捉賊 lam² ju⁶ lou⁵ gung¹ ham³ zug¹ cag⁶

攬：摟抱。抱着自己的丈夫，以為捉到盜賊，形容人糊塗到極點。

攬埋死 lam⁵⁻² mai⁴ séi²

攬埋：抱在一起。與人抱在一起死，表示同歸於盡。 例 你唔識游水就落水救人，等於大家攬埋死嘅嘛（你不會游泳就下水救人，必然大家同歸於盡）。

攬身攬勢 lam² sen¹ lam² sei³

摟摟抱抱的。 例 行路唔好攬身攬勢（走路不要摟摟抱抱的）。

攬頭攬頸 lam² teo⁴ lam² géng²

勾肩搭背。形容人過於親昵，不甚雅觀。 例 兩個人行路攬頭攬頸，太難睇喇（兩個人走在路上勾肩搭背的，太不雅觀了）。

躝街蹺地 lan¹ gai¹ ngad⁶ déi⁶

躝：爬；齧：摩擦。指人坐在地上挪動，緩慢地前行。形容傷殘的人在地上沿街爬行乞討。

躝屍趷路 lan¹ xi¹ ged⁶ lou⁶

罵人語。躝：在地上爬；趷：單腳跳。躝屍趷路即叫人爬開、跳走，即"滾蛋"。 例 人哋唔歡迎你呀，快啲躝屍趷路啦（人家不歡迎你，趕快滾蛋吧）！

諫正經 lan² jing³ ging¹

諫：故意裝成某種樣子，多為貶義。本來是不正經的人，故意裝成很正經的樣子。 例 你呢個人，大家都知到係點樣，唔使喺度諫正經喇（你這個人，大家都清楚是甚麼東西，不要在這裏裝正經了）。

諫叻 lan² lég¹

叻：聰明。裝作很聰明、很能幹、很了不起。 例 你唔識做就咪諫叻喇（你不會做就不要裝聰明了）｜唔識就唔識，千祈唔好諫叻（不懂就不懂，千萬不要裝懂）。廣州話的"諫" lan²，是指人故意裝成某種樣子，後面可以加上形容詞或詞組。 例 諫有實（自以為了不起）｜諫醒（自以為很聰明）｜諫老成（裝得很老成的樣子）｜諫有嘢（自以為很有學問）。

懶到出骨 lan⁵ dou³ cêd¹ gued¹

形容人非常懶，"出骨"沒有具體的意思，只形容懶的程度深，即懶得無以復加。 例 你成日玩，乜都唔做，真係懶到出骨咯（你整天玩，甚麼都不做，真是懶得夠戧）。

懶過條蛇 lan⁵ guo³ tiu⁴ sé⁴

比蛇還懶，形容人非常懶惰。

懶佬工夫 lan⁵ lou² gung¹ fu¹

懶佬：懶漢；工夫：工作。懶人做的工作，即非常簡單、不費勁的工作。 例 呢啲係懶佬工夫嚟，容乜易呀（這些不過是非常容易做的工作，有甚麼難呢）｜你唔好話做懶佬工夫就唔使用心呀（你別説做容易做的工作就不用心思啊）。廣州話的"懶佬 x x"有方便、簡易、舒適的意思，如懶佬鞋（方便鞋）、懶佬椅（躺椅）。

懶人多屎尿 lan⁵ yen⁴ do¹ xi² niu⁶

形容懶人不安心工作，不斷上廁所或藉故請假離開工作崗位。 例 佢唔安心工作，成日話有事要出去，其實係想偷懶之嗎，懶人多屎尿（他不安心工作，整天説有事要出去，其實是藉故偷懶而已）。

懶人使長線 lan⁵ yen⁴ sei² cêng⁴ xin³

做針線的婦女怕穿針麻煩而使用長線。比喻一些人以為自己

L

聰明，常常想出一些怪主意，但往往弄巧成拙。 例 你要好好做，唔好偷懶，學人哋搞懶人使長線嘅辦法唔得㗎（你要好好做，不要偷懶，用取巧的辦法是不行的）。

爛泥防有刺 lan⁶ ban⁶ fong⁴ yeo⁵ qi³

〔諺語〕爛泥：爛泥。爛泥雖然很軟，但仍要提防裏面有刺紮傷腳。告誡人們提高警惕，以防萬一。 例 你住嗰度雖然安全，亦都要注意，爛泥防有刺嘛（你住的地方雖然安全，但也要注意，不怕一萬就怕萬一嘛）。

爛柑甜，爛橙苦，爛碌柚唔使取 lan⁶ gem¹ tim⁴, lan⁶ cang⁴⁻² fu², lan⁶ lug¹ yeo² m⁴ sei² cou²

〔農諺〕碌柚：柚子；唔使：不必；取：要。爛了的柑子仍然甜，爛橙味道苦，但爛柚子則非常苦，不能要。

爛瞓豬 lan⁶ fen³ ju¹

瞓：睡覺。常用來譏笑愛睡懶覺或睡後不容易醒來的人，就像豬一樣。 例 你要按時起身呀，唔好做爛瞓豬呀（你要按時起牀，不要睡懶覺啊）。

爛氣球，吹你唔漲 lan⁶ héi³ keo⁴, cêu¹ néi⁵ m⁴ zêng³

〔歇後語〕吹唔漲：奈何不了。破了的氣球是無法吹漲的。吹唔漲是雙關語。 例 你呢個人詭計多端，我真係吹你唔漲嘞（你這人詭計多端，我真是奈何不了你了）。

爛泥唔扶得上壁 lan⁶ nei⁴ m⁴ fu⁴ deg¹ sêng⁵ bég³

形容人本身素質差，或學習不努力、不思上進，無法對他進行幫助。相當於"朽木難雕"。 例 佢呢個人底子差，自己又唔努力，幫佢都冇用嘅，爛泥唔扶得上壁嗎（他這個人底子差，自己又不用功，幫他也沒有用，朽木難雕啊）。

爛紗燈，得個架 lan⁶ sa¹ deng¹, deg¹ go³ ga³⁻²

〔歇後語〕破爛的紗燈只剩下一個架子。比喻人沒有才學又沒有經驗，但愛擺架子。 例 呢個人又冇本事又冇經驗，以為自己好架勢，其實係爛紗燈，得個架咋（這個人又沒有本領又沒有經驗，以為自己很了不起，其實只有一個架子而已）。

爛身爛勢 lan⁶ sen¹ lan⁶ sei³

形容人衣衫襤褸。 例 你做乜搞到爛身爛勢嘅呀（你為甚麼弄得衣衫襤褸這般境地啊）。

爛頭蟀 lan⁶ teo⁴ zêd¹

直譯是爛了頭的蟋蟀。據説身體有了損傷的蟋蟀特別能鬥，鬥蟋蟀者都拒絕把好的蟋蟀跟它打鬥。用來比喻那些破罐破摔的亡命之徒。 例 呢個爛頭蜶你唔好惹佢呀（這個亡命之徒你不要惹他啊）。

爛船都有三斤釘 lan⁶ xun⁴ dou¹ yeo⁵ sam¹ gen¹ déng¹

〔諺語〕爛船：破船。把破船拆了也有三斤釘子。比喻家底厚的人家雖然破落了，但仍有一定的經濟實力。 例 佢嘅屋企破落咯，不過重係有底子嘅，爛船都有三斤釘啦嗎（他的家雖然破落了，不過還有點底子，破船也有三斤釘子嘛）。

爛肉多碰 lan⁶ yug⁶ do¹ pung³

爛肉：傷口或長瘡的地方。人身上的傷口或長了瘡的地方，最容易被觸碰着。（其實只是"好肉"碰着了也感覺不出而已）。比喻一些人對自己的缺陷和缺點特別敏感，別人稍一提及就以為別人在有意挑他的毛病，攻擊他或挖苦他了。

冷飯菜汁 lang⁵ fan⁶ coi³ zeb¹

殘羹剩飯。多指每頓飯後所剩下的飯和菜餚。 例 你食剩嘅冷飯菜汁唔好隨便倒呀（你吃剩的殘羹剩飯不要隨便倒掉啊）。舊時沿街討飯的乞丐向人們乞討時多用此語。 例 冷飯菜汁，食剩施捨碗（吃剩的飯菜，給我施捨點吧）！

冷過唔知冷，熱過唔知熱 lang⁵ guo³ m⁴ ji¹ lang⁵, yid⁶ guo³ m⁴ ji¹ yid⁶

經歷過寒冷的人不怕冷，在熱的地方住過的人不怕熱。說明人經過風雨、見過世面是很重要的。 例 前一輩人乜都見過，冷過唔知冷，熱過唔知熱，呢啲困難濕濕碎啦（前一輩的人甚麼都見過，甚麼困難沒嘗過，這些困難都是小菜一碟）。

冷巷擔竹竿，直出直入 lang⁵ hong⁶ dam¹ zug¹ gon¹, jig⁶ cêd¹ jig⁶ yeb⁶

〔歇後語〕冷巷：小巷，小胡同或房子內的夾道。冷巷都很窄小，扛竹竿只能直着扛，直來直往。比喻人老實，說話不會拐彎抹角。 例 我唔會講客氣話，講話好似冷巷擔竹竿，直出直入呀（我不會說客套話，說話是直來直往的）。

冷巷階磚，陰濕 lang⁵ hong⁶ gai¹ jun¹, yem¹ seb¹

〔歇後語〕冷巷：偏僻的狹窄通道；階磚：地磚；陰濕：陰險。比喻人性陰險。 例 呢個人係冷巷階磚，陰濕到極呀（這個人陰險極了）。

冷死唔着三條褲，餓死唔同外父做 lang⁵ séi² m⁴ zêg³ sam¹ tiu⁴ fu³, ngo⁶ séi² m⁴ tung⁴ ngoi⁶ fu⁶⁻² zou⁶

外父：岳父。廣東地區冬天不太冷，年輕人再冷也很少穿棉

L

毛褲或絨褲的。過去男子要講面子，再窮也不願意到岳父家做工，否則會被人看不起。現在這種現象已經成為歷史了。

冷手執個熱煎堆 lang⁵ seo² zeb¹ go³ yid⁶ jin¹ dêu¹

執：撿到；煎堆：一種油炸食品，相當於大麻團。比喻意外撿到便宜或得到好處，近似普通話的"撿到了一個大餡餅"。 例 我今日真好彩，買到個好平嘅彩電，真係冷手執個熱煎堆（我今天真走運，買了一個很便宜的彩電，真是撿到了一個大餡餅）。

冷水沖茶，冇起色 lang⁵ sêu² cung¹ ca⁴, mou⁵ héi² xig¹

〔歇後語〕沖茶：沏茶。用涼水來沏茶，沏不出顏色，也沏不出茶味。比喻事情發展得不如人意。

冷浸暖播 lang⁵ zem³ nün⁵ bo³

〔農諺〕冷浸：春天浸穀種時氣溫可以稍冷；暖播：播種時氣溫要暖。在天氣較冷的時候浸種，但播種則要等天氣暖和的時候進行。

磟飯應 lê¹ fan⁶ ying³

磟：吐出；應：答應。把正含在嘴裏的飯吐出來答應別人，表示馬上答應別人。 例 佢嘅要求，我即刻就同意嘞，直程

係磟飯應添呀（我聽到他的要求就馬上答應了，簡直就像飯都沒咽下去就答應了）。

笠高帽 leb¹ gou¹ mou⁶⁻²

給別人戴高帽。 例 你以為你好叻呀，人哋笠你高帽咋（你以為你很了不起，人家給你戴高帽而已）。

立時間 leb⁶ xi⁴ gan¹

極短時間內，馬上，一説就做到。 例 邊個立時間拎得出咁多現金吖（誰一下子能拿出那麼多現金呢）｜立時間叫我去，一啲準備都冇（叫我馬上去，一點準備都沒有）。

立時立緊 leb⁶ xi⁴ leb⁶ gen²

時間緊迫，匆忙急促。 例 得半日時間，我立時立緊點寫得出嚟呢（只有半天的時間，我急急忙忙怎麼寫得出來呢）。

甩皮甩骨 led¹ péi⁴ led¹ gued¹

甩：脱、掉。甩皮甩骨是皮肉和骨都分離了，一般用來形容東西表層脱落，殘破不堪。 例 我個行李箱拎去托運，畀人搞到甩皮甩骨（我的行李箱子拿去托運，讓人弄得殘破不堪）。

甩頭筆，唔寫（捨）得 led¹ teo⁴ bed¹, m⁴ sé² deg¹

〔歇後語〕甩：掉，脱落；唔寫得：不能寫。掉了筆頭的筆

不能寫了。廣州話的"寫"和"捨"同音。"唔寫得"即"唔捨得",捨不得的意思。 〔例〕 你為乜唔畀我呀,我睇你都係甩頭筆,唔寫得咯(你為甚麼不給我呀,我看你是捨不得吧)?

甩繩馬騮 led¹ xing⁴ ma⁵ leo¹

甩繩:脫掉繩子;馬騮:猴子。用來形容淘氣的孩子失去管束,就像脫了韁繩的猴子那樣。 〔例〕 呢個仔好調皮,一放學翻嚟就好似隻甩繩馬騮噉,捉都捉唔翻(這孩子挺淘氣的,一放學回來就好像脫韁的猴子,捉也無法捉回來)。

叻唔切 lég¹ m⁴ qid³

叻:聰明、能幹。唔切:來不及。惟恐來不及表現自己。〔例〕 我哋會有辦法解決呢個問題嘅,唔使你嚟叻唔切(我們會有辦法來解決這個問題的,用不着你來逞能) | 你有機會參加,唔使叻唔切(你有機會參加,用不着急着表現自己)。

捩手掉咗 lei² seo² diu⁶ zo²

捩手:轉過身來隨手做某事;掉咗:扔了。認為某東西沒有用處,不屑一顧,馬上丟棄。〔例〕 嗰啲人發嘅廣告,我睇都唔睇,捩手就掉咗咯(那些人發的小廣告,我看都沒看,轉手就扔了)。

嚟得切 lei⁴ deg¹ qid³

嚟:來。來得及。〔例〕 你六點鐘嘅火車,五點鐘去車站重嚟得切(你六點的火車,五點去車站還來得及)。廣州話"嚟得切"的格式,"嚟"的位置可以改為"寫、食、行、做、趕"等動詞,也表示某一動作"來得及"。 〔例〕 寫得切(來得及寫) | 食得切(來得及吃) | 做得切(來得及做)等等。如果表示否定的意思則用"嚟唔切"。

犁田過冬,勝過糞甕 lei⁴ tin⁴ guo³ dung¹, xing³ guo³ fen³ ngung¹

〔農諺〕糞甕:用大糞施肥。秋收後把水田犁一遍再越冬,比施糞肥作用還大。

禮多人不怪 lei⁵ do¹ yen⁴ bed¹ guai³

〔諺語〕對待別人要講究禮貌,就算有點過分,人家還是不會怪責的。相反,如果對人不講禮貌,別人是不滿意的。 〔例〕 到人屋企一定要叫人呀,禮多人不怪嘛(到別人家裏一定要叫人,禮多人不怪嘛)。

荔枝唔駁唔甜,禾苗唔插秧唔長,魚唔過塘唔肥 lei⁶ ji¹ m⁴ bog³ m⁴ tim⁴, wo⁴ miu⁴ m⁴ cab³ m⁴ zêng², yü⁴ m⁴ guo³ tong⁴ m⁴ féi⁴

〔農諺〕唔駁:不接駁,不接枝;過塘:換另外一個魚塘。荔枝要經過嫁接才甜,水稻要

L

經過育秧插秧才能生長，養魚
要經過育魚苗再換塘才能肥
美。

離婚不離家 léi⁴ fen¹ bed¹ léi⁴ ga¹

舊社會有些夫妻因為丈夫長期
遠離家鄉，不能盡丈夫之責，
婚姻難以繼續下去時，經過雙
方協議，夫妻自願離婚。丈夫
另行娶妻，原來的妻子仍住在
前夫家裏，養育兒女和照顧公
婆，不另嫁人。

離家千里，莫食枸杞 léi⁴ ga¹ qin¹
léi⁵, mog⁶ xig⁶ geo² géi²

民間認為枸杞能補腎、壯陽。
多吃枸杞容易使人性興奮。

離行離迾 léi⁴ hong⁴ léi⁴ lad⁶

迾：量詞，即一行一列的意
思。離行離迾即離開了行列。
[例] 大家排隊都好齊整，惟獨
你企得離行離迾（大家排隊都
很整齊，只有你站得離開了
隊伍）｜你寫字唔齊整，啲字
寫得離行離迾㗎（你寫字不整
齊，字寫得都出了格了）。

離天隔丈遠 léi⁴ tin¹ gag³ zêng⁶ yün⁵

距離天只有一丈的距離。形
容距離説話的地方很遠。[例]
我同佢住得離天隔丈遠，佢邊
有時間嚟揾我呢（我跟他住得
相距很遠，他哪有時間來看我
呢）｜由呢度去美國，真係離
天隔丈遠咯（從這裏到美國，

真是夠遠的了）。

理佢咁多 léi⁵ kêu⁵ gem³ do¹

佢：他；咁多：那麼多。表
示否定的態度，即不理他那麼
多。相當於"管他呢"。[例]
成日又要買呢又要買嚕，理
佢咁多（整天説又要買這又要
買那，管他呢）！｜佢喊就喊
啦，理佢咁多（他哭就哭吧，
管他呢）。

林林沈沈 lem⁴ lem⁴ sem² sem²

表示繁多、林林總總等意思。
[例] 嗰間百貨公司有好多嘢賣
呀，林林沈沈（那家百貨公
司有很多東西賣，林林總總
的）｜一大箱嘢，林林沈沈，
乜都有（一大箱子東西，林林
總總，甚麼都有）。

臨急開坑 lem⁴ geb¹ hoi¹ hang¹

臨急：到了急的時候；坑：屎
坑，廁所。開坑：挖坑、挖廁
所。到了大小便急的時候才去
挖坑做廁所。表示事到臨頭才
倉促應付。[例] 做乜都要事先
準備好，唔好臨急開坑（無論
做甚麼都要事先準備好，不要
臨渴掘井）。又叫"屎急挖糞
坑"。

臨急臨忙 lem⁴ geb¹ lem⁴ mong⁴

臨急：到了急的時候；臨忙：
到了忙碌的時候。急急忙忙
地、臨時手忙腳亂地（做某

L

事）。　例 我一啲準備都冇，臨急臨忙叫我點算吖（我一點準備都沒有，急急忙忙的叫我怎麼辦呢）｜咁多人嚟，我臨急臨忙買乜嘢招待好呢（那麼多人來，叫我臨時匆匆忙忙買甚麼來招待好呢）！

臨老學吹打 lem⁴ lou⁵ hog⁶ cêu¹ da²

指人到了老年才去學吹吹打打各種樂器。吹奏管樂是要用氣力的，老人學吹打有一定的困難，而且學了也用不上，泛指老人學習新的技術有困難。　例 退休以後想學啲新嘅嘢，又怕人哋笑我臨老學吹打（退了休以後想學點新的東西，可又怕別人笑我人老了學不了東西了）。

臨老唔得過世 lem⁴ lou⁵ m⁴ deg¹ guo³ sei³

喻窮人到老年，貧病交迫難以為生。

臨崖勒馬收韁晚，船到江心補漏遲 lem⁴ ngai⁴ leg⁶ ma⁵ seo¹ gêng¹ man⁵, xun⁴ dou³ gong¹ sem¹ bou² leo⁶ qi⁴

〔諺語〕跑馬跑到懸崖才收韁就晚了，漏水的船開到了江心再來修補就遲了。比喻做事要未雨綢繆，否則就來不及了。

臨天光瀨尿 lem⁴ tin¹guong¹ lai⁶ niu⁶

瀨尿：尿牀。快到天亮時才尿牀，比喻事情將近成功了才弄糟了，功虧一簣。　例 都快做好咯，畀佢一腳踢爛咗，真係臨天光瀨尿咯（都快做好了，給他一腳踢破了，真是功虧一簣了）。

臨時臨急 lem⁴ xi⁴ lem⁴ geb¹

臨時、倉促做某事，指事先沒有計劃好，臨時想起便去做。　例 你唔準備好，臨時臨急去做就做唔好嘅（你不準備好，臨時匆忙去做是做不好的）。又說"臨急臨忙"。

靚到怺一聲 léng³ dou³ dem² yed¹ séng¹

〔戲謔語〕靚：漂亮；怺：象聲詞，東西落水聲。形容人或物漂亮無比，帶有戲謔的意味。

鯪魚骨炒飯，食又哽死，唔食又餓死 léng⁴ yu⁴ gued¹ cao² fan⁶, xig⁶ yeo⁶ keng² séi², m⁴ xig⁶ yeo⁶ ngo⁶ séi²

吃鯪魚骨炒飯，可能會被魚骨卡死，但不吃又會餓死，比喻人遇到兩難的問題，一時難以決定。

領嘢 léng⁵ yé⁵

領受了某一東西，比喻遭受到髒物的沾染或中了別人設下的圈套。　例 你件衫揩咗油，領嘢喇（你的衣服蹭了油

L

漆啦）｜呢個係圈套，你因住領嘢（這個是圈套，你當心上當）｜你一唔小心就容易領嘢㗎喇（你一不小心就容易上當的）。又叫"領當"。

良田千頃，不如薄技隨身

lêng⁴ tin⁴ qin¹ king², bed¹ yü⁴ bog⁶ géi⁶ cêu⁴ sen¹

〔諺語〕家有良田千頃，不如有一手技術。 例 一定要學好技術，屋企有錢亦冇用，良田千頃，不如薄技隨身嘛（一定要把技術學好，家裏有錢也沒用，良田千頃，不如薄技隨身嘛）。

梁山好漢，不打不相識

lêng⁴ san¹ hou² hon³, bed¹ da² bed¹ sêng¹ xig¹

〔歇後語〕人們在外，由於發生矛盾而結識了對方。常用自嘲的方式來化解彼此的誤會。

梁新記牙刷，一毛不拔

lêng⁴ sen¹ géi³ nga⁴ cad³⁻², yed¹ mou⁴ bed¹ bed⁶

〔歇後語〕梁新記：舊時廣州一家生產牙刷的商店，牙刷的鬃毛非常牢。"一毛不拔"另外一個意思是指人過於吝嗇。 例 你唔好要佢捐錢咯，呢個人正一梁新記牙刷，一毛不拔（你不要要他捐錢了，這個人吝嗇得很，一毛不拔）。

兩個啞仔嗌交，唔知邊個着

lêng⁵ go³ nga² zei² ngai³ gao¹, m⁴ ji¹ bin¹ go³ zêg⁶

〔歇後語〕啞仔：啞巴；嗌交：吵架；唔知：不知道；邊個：哪一個；着：對。兩個啞巴吵架，別人聽不出聲音也看不懂他們的手勢，不知道誰對誰錯。 例 佢哋兩個人嘅事我都唔清楚，兩個啞仔嗌交，唔知邊個着，叫我點去調解吖（他們兩個人的事我都不清楚，也不知道誰對誰錯，叫我怎麼去調解呢）。

兩公婆見鬼，唔係你就係我

lêng⁵ gung¹ po⁴ gin³ guei², m⁴ hei⁶ néi⁵ zeo⁶ hei⁶ ngo⁵

〔歇後語〕見鬼：出現怪事，或丟了東西等。兩夫妻在一起發生了怪事，不是你幹的就是我幹的。比喻非此即彼，沒有第三種可能。 例 你哋兩個人一個辦公室，文件唔見咗，兩公婆見鬼，唔係你就係我，唔賴得第二個（你們兩個人一個辦公室，文件丟失了，不是你就是我，不能賴別人）。

兩公婆搖櫓，你有你事 lêng⁵

gung¹ po⁴ yiu⁴ lou⁵, néi⁵ yeo⁵ néi⁵ xi⁶

〔歇後語〕櫓：長而大的槳，多安裝在船後或船邊。兩夫妻一人搖櫓，另一人搖槳，各有分工，互相配合。比喻各人有各人的事。

兩頭唔到岸 lêng⁵ teo⁴ m⁴ dou³ ngon⁶

船在江心上兩岸都靠不上。比喻事情處於進退兩難的境地。 例 我架車開到一半路就神咗，兩頭唔到岸，搞到我一啲辦法都冇（我的車走到半路就出了毛病，前不着村後不着店，弄得我一點兒辦法也沒有）｜我出去想話買車票，點知去遲喇，翻嚟又趕唔切食飯，真係兩頭唔到岸（我出去想買車票，誰知去晚了，回來又趕不上吃飯，真是兩頭落空了）。

兩頭唔受中間受 lêng⁵ teo⁴ m⁴ seo⁶ zung¹ gan¹ seo⁶

兩頭：雙方；唔受：不接受、不要。雙方都不要，那就中間的人即第三者要了。用來戲稱人們客氣，雙方推讓，讓第三者得益。 例 你哋兩家都唔要，我就兩頭唔受中間受嘞（你們雙方都不要，那我就要了）。也引申作第三方私吞了甲方送給乙方的禮物。 例 叫佢送樽酒畀老竇，點知佢兩頭唔受中間受嘅（叫他送給父親一瓶酒，誰知他居然自己要了）。

兩頭蛇 lêng⁵ teo⁴ sé⁴

兩面討好或者在兩面撥弄是非的人。 例 你係兩頭蛇，我唔信你咯（你是兩面派，我不信你了）。

兩頭揻 lêng⁵ teo⁴ ten⁴

揻：顫抖，來回走動。 例 我呢兩日事情唔知幾多，搞到我兩頭揻（這兩天我事情太多了，弄得我轉來轉去）｜呢度嘅事你搞唔掂，唔好兩頭揻喇（這裏的事你對付不了，別忙來忙去了）。

兩耳兜風，教壞祖宗 lêng⁵ yi⁵ deo¹ fung¹, gao³ wai⁶ zou² zung¹

祖宗：比喻小孩。某些人認為兜風耳朵的人鬼點子多，容易把孩子教壞。

兩仔爺報佳音，代代（袋袋）平安 lêng⁵ zei² yé⁴ bou³ gai¹ yem¹, doi⁶ doi⁶ ping⁴ ngon¹

〔歇後語〕兩仔爺：兩父子；"代"與"袋"同音。"代代平安"即"袋袋平安"，意思是放心地放進口袋裏，即不管甚麼來路的錢，盡可以照收不誤。 例 廠長話發錢畀大家喎，你就兩仔爺報佳音，代代平安啦（廠長説給大家發錢，你就照收不誤得了，不必多問）。

兩仔爺同心，好過執金 lêng⁵ zei² yé⁴ tung⁴ sem¹, hou² guo³ zeb¹ gem¹

仔爺：父子；執：撿到。兩父子一條心幹事業，比撿到金子還強。

褸錯人皮 leo¹ co³ yen⁴ péi⁴

罵人語。褸：披着。罵某人盡幹壞事，不是人。

褸蓑衣救火，惹火上身 leo¹ so¹ yi¹ geo³ fo², yé⁵ fo² sêng⁵ sen¹

〔歇後語〕褸：披着。披着蓑衣去救火，自找危險，自找麻煩。 例 你噉做等於褸蓑衣救火，惹火上身（你這樣做不行，還自找危險）。

嘍檔唔值錢 leo³ dong³ m⁴ jig⁶ qin⁴

嘍檔：吆喝招人來光顧。邀約對方而遭拒時自嘲的説法。 例 買埋飛嘍佢去睇戲佢都話唔去，真係嘍檔唔值錢略（買好票約他去看電影他都不去，你主動叫人人家還看不上呢）。

劉備借荊州，一借冇回頭 leo⁴ béi⁶ zé³ ging¹ zeo¹, yed¹ zé³ mou⁵ wui⁴ teo⁴

〔歇後語〕冇回頭：沒有歸還的意思。一般用來指人借東西只借不還。 例 你要準時還翻畀我至得呀，如果係劉備借荊州，一借冇回頭噉就唔得㗎（你要及時還給我才行，如果只借不還是不行的）。後一句也説“有借冇回頭”。

劉義打番鬼，越打越好睇 leo⁴ yi⁶ da² fan¹ guei², yüd⁶ da² yüd⁶ hou² tei²

〔歇後語〕劉義：可能是“劉業”的誤傳，即劉永福。太平天國失敗後，劉業率領“黑旗軍”協助越南抗擊法國侵略者，屢立戰功。有粵劇反映這一歷史事實。人們認為劇中的戰鬥場面很精彩。比喻某些事件的發展越來越精彩。 例 呢場波好似劉義打番鬼，越打越好睇（這場球賽真是越打越好看啊）。

流口水 leo⁴ heo² sêu²

本來的意思是幼兒流口水，轉指人的行為幼稚、差勁，再轉指物品品質低劣。 例 有啲學生嘅表現真係流口水（有的學生的表現真差勁）｜呢個工廠出產嘅嘢好流口水㗎（這個工廠出產的東西品質真低劣）。

流離浪蕩 leo⁴ léi⁴ long⁶ dong⁶

流離：流浪；浪蕩：到處遊蕩。指到處遊逛、無所事事。 例 你唔好好工作，成日周圍流離浪蕩做乜吖（你不好好工作，整天在街上遊逛幹甚麼）？

留翻啖氣暖下肚 leo⁴ fan¹ dam⁶ héi³ nün⁵ ha⁵ tou⁵

把將要爆發的那一口氣留下暖一下肚子，勸人不要生氣時用。 例 你嬲咁多做乜吖，留翻啖氣暖下肚啦（你生那麼多氣幹甚麼，保重身體吧）。

L

柳樹開花，冇結果 leo⁵ xu⁶ hoi¹ fa¹, mou⁵ gid³ guo²

〔歇後語〕柳樹每年都開花，吐出柳絮就完了，沒有結出甚麼果子來。比喻事情雖然做了，但沒有結果。

漏氣橡皮波，吹唔漲，掹唔長 leo⁶ héi³ zêng⁶ péi⁴ po¹, cêu¹ m⁴ zêng³, meng¹ m⁴ cêng⁴

〔歇後語〕橡皮波：橡皮球；掹：拉。形容人疲塌，推不動，拉不走，令人毫無辦法。 例 呢個人一啲精神都冇，做乜都唔得，真係漏氣橡皮波，吹唔漲，掹唔長 (這個人一點精神都沒有，幹甚麼都不行，真叫人奈何不了他)。

雷打立秋，遲禾冇得收 lêu⁴ da² lab⁶ ceo¹, qi⁴ wo⁴ mou⁵ deg¹ seo¹

〔農諺〕遲禾：晚稻。立秋日打雷下雨，天氣反常，晚稻將受影響。

雷公打交，爭天共地 lêu⁴ gung¹ da² gao¹, zang¹ tin¹ gung⁶ déi⁶

〔歇後語〕打交：打架；共：和、與、跟。天上的雷神打架，爭奪天和地。廣州話的"爭天共地"的另一個意思是"像天與地之間那麼遠"，即相差十萬八千里。 例 你嘅答案同真實情況相比真係雷公打交，爭天共地咯 (你的答案跟真實情況相比，真是相差十萬八千里了)。

雷公火爆 lêu⁴ gung¹ fo² bao³

火爆：性情暴躁。像雷公那樣暴躁、發怒。形容人盛怒的狀態。相當於"大發雷霆"。 例 一啲啲事，使乜你雷公火爆吖，好似食咗火藥噉 (一點點事，犯得着你大發雷霆嗎，就像吃了火藥似的的)。

雷公轟 lêu⁴ gung¹ gueng¹

直譯是遭雷劈的。指舊時的小當舖，因為其利息非常高而且條件十分苛刻，人們痛罵他們要遭雷劈。後來直接用"雷公轟"來指這些當舖。

雷公劈豆腐，揾軟嘅嚟蝦 lêu⁴ gung¹ pég³ deo⁶ fu⁶, wen² yün⁵ gé³ lei⁴ ha¹

〔歇後語〕揾：找；軟嘅：軟的；蝦：欺負。雷公只劈豆腐，專門欺負軟的。形容人欺軟怕硬。

雷公劈蟻 lêu⁴ gung¹ pég³ ngei⁵

雷劈螞蟻，比喻做小事用大的力量。近似普通話的"牛刀殺雞"。

雷公早唱歌，有雨唔會多 lêu⁴ gung¹ zou² cêng³ go¹, yeo⁵ yü⁵ m⁴ wui⁵ do¹

〔農諺〕下雨前早早打雷，雨不會下得大。 例 都未落雨就行雷，雷公早唱歌，有雨唔會多 (還沒有下雨就打雷，未雨先

L

雷，雨水不會多的）。又叫"雷公先唱歌，有雨亦唔多"。

擂漿棍當吹火筒，盟塞

lêu⁴ zêng¹ guen³ dong³ cêu¹ fo² tung⁴, meng⁴ seg¹

〔歇後語〕擂漿棍：用來研磨米漿的木棍；盟塞：閉塞。用木棍作吹火筒，無作用。比喻人的思想落後、閉塞不通。

累人累物 lêu⁶ yen⁴ lêu⁶ med⁶

拖累了別人，牽累了大家。 例 呢個野真係累人累物（這傢伙拖累了大家）。

力賤得人惜，口賤得人憎

lig⁶ jin⁶ deg¹ yen⁴ ség³, heo² jin⁶ deg¹ yen⁴ zeng¹

力賤：肯賣力氣幹活；口賤：說話太多，隨意貶損別人。埋頭苦幹的人叫人憐惜，隨意貶損別人的人令人憎恨。

連汁撈埋 lin⁴ zeb¹ lou¹ mai⁴

汁：汁液，專指炒菜時菜餚分泌出來的水分，普通話叫湯；撈：拌。連汁也拿來拌飯，不剩任何東西。比喻東西被人全部拿光，一點兒也不剩。 例 你哋些少都要留翻啲畀我哋嗎，連汁都撈埋點得呢（你們多少都要給我們留下一點嗎，全部拿光怎麼行呢）。

蓮子口面 lin⁴ ji² heo² min⁶

口面：面龐。指橢圓形的面龐，多用於女孩。 例 呢個女仔生得一個蓮子口面（這女孩的臉長得橢圓而豐滿）。

蓮子蓉口面 lin⁴ ji² yung⁴ heo² min⁶

指人的笑臉。蓮子蓉是人人喜愛的食品，用來形容人的臉面，說明其可愛的程度。 例 呢個女仔好得人中意，成日蓮子蓉嗽口面（這女孩很討人喜歡，整天笑容滿面的）。

鈴鈴都掉埋 ling¹ ling¹ dou¹ diu⁶ mai⁴

鈴鈴：道士的法鈴；掉埋：也扔了，連鈴鐺都扔了，形容人狼狽或慘敗的樣子。 例 呢次佢輸到鈴鈴都掉埋（這次他輸得夠慘的了）｜個膽小鬼嚇到鈴鈴都掉埋（那個膽小鬼被嚇得狼狽不堪）。

拎雀籠，遲早窮 ling¹ zêg³ lung⁴, qi⁴ zou² kung⁴

〔戲謔語〕整天提着鳥籠的人無所事事，儘管當時還富有，但是玩物喪志，最終是要敗落下去的。

伶牙俐齒 ling⁴ nga⁴ léi⁶ qi²

形容人口齒伶俐，能言善辯。 例 你伶牙俐齒，我講唔過你（你能言善辯，我說不過你）｜係你唔啱，再伶牙俐齒亦都冇用啦（是你不對，再能言善辯也白搭）。

靈前酒壺，斟親都滴眼淚

ling⁴ qin⁴ zeo² wu⁴, zem¹ cen¹ dou¹ dig⁶ ngan⁵ lêu⁶

〔歇後語〕斟親：每次斟酒。在靈前的酒壺，每次斟酒都有酒下滴，好像在懷念親人而滴淚。"斟"還有一個意思是"商談""談論""提及"等意思。形容人每談起某事都免不了要流淚。 例 睇起上嚟佢真係靈前酒壺，斟親都滴眼淚咯（看起來他每提及這事都傷心落淚啊）。

靈神唔使多致囑，好鼓唔使多用槌

ling⁴ sen⁴ m⁴ sei² do¹ ji³ zug¹, hou² gu² m⁴ sei² do¹ yung⁶ cêu⁴

對有靈的神不用多祈求，好的鼓不必使勁敲打。喻對明白事理的人不必多費唇舌，一點就明。

零零林林 ling⁴ ling⁴ lem⁴ lem⁴

原是快速走路時的聲音，轉指動作快速的樣子。 例 有人喺樓上走，零零林林咁響（有人在樓上跑，轟隆轟隆地響）｜佢做嘢好快嘅，零零林林一陣間就做完喇（他幹活很快，嘩啦嘩啦就幹完了）。

零星落索 ling⁴ xing¹ log⁶ sog³

支離破碎，七零八落。 例 颳咗一場颱風，將啲樹吹得零星落索（颳了一場颱風，把樹颳得七零八落）｜桃花謝得差唔多咯，樹上零星落索嘅（桃花

凋謝得差不多了，樹上零零星星地還有一些）。

玲瓏浮突 ling⁴ lung⁴ feo⁴ ded⁶

形容物體精巧細緻，線條清楚，立體感強。 例 呢個雕刻真好，人像玲瓏浮突，好生動呀（這個雕刻真好，人像玲瓏精巧，真生動）。

溜之趷之 liu¹ ji¹ ged⁶ ji¹

趷：單腳跳，也引申作逃跑。溜之大吉、逃走了。 例 開會冇幾耐，佢就溜之趷之咯（開會沒多久，他就溜之大吉了）。

鷯哥命，就食就屙 liu¹ go¹ méng⁶, zeo⁶ xig⁶ zeo⁶ ngo¹

〔歇後語〕鷯哥：八哥；屙，排便。八哥整天都吃東西，吃完了就排便。一般用來指人吃過飯就上廁所，把人比作八哥。

撩火棍唔掉得轉頭 liu² fo² guen³ m⁴ diu⁶ deg¹ jun³ teo⁴

撩火棍：用來整理灶火的木棍；掉轉頭：倒過來。用來整理灶火的棍子，不能倒過來拿。比喻一些人做事不公正，對待別人所用的言語、態度往往不能拿來對待自己。 例 你叫大家餓住去做工，你自己又唔去，係唔係撩火棍唔掉得轉頭呀（你叫大家餓着肚子去幹活，你自己又不去，是不是不公平了）？

L

撩鬼攞病 liu⁴ guei² lo² béng⁶

撩：招惹；攞：取、拿。形容人膽敢招惹鬼神以至得病。比喻自找麻煩、自討苦吃。 例 你惹呢個地頭蛇等於撩鬼攞病（你惹這個地頭蛇，等於自討苦吃）。

撩是鬥非 liu⁴ xi⁶ deo³ féi¹

惹是生非。 例 大家要團結，唔好撩是鬥非（大家要團結，不要惹是生非）｜你食飽冇事做呀，成日撩是鬥非（你吃飽撐的，整天惹是生非）？

攞膽 lo² dam²

攞：取。直譯是取膽，把膽取出來。真正意思是要命。 例 你到時唔完成嘅就攞膽咯（你到時不完成那就要命了）。

攞苦嚟辛 lo² fu² lei⁴ sen¹

嚟：來。自己找辛苦、自討苦吃。 例 人哋話去旅遊係攞苦嚟辛嗎，係唔係呀（人家説去旅遊是自找苦吃，是不是啊）？｜你都退咗休咯，又有病，重攬咁多嘢做，攞苦嚟辛（你都退了休了，又有病，還攬那麼多事來幹，自找辛苦）。又叫"攞嚟辛苦"。

攞景贈慶 lo² ging² zeng⁶ hing³

攞景：有意作秀，或故意做出一些事使人難堪；贈慶：湊熱鬧。制止別人胡鬧時用。 例 你唔好喺度攞景贈慶喇（你不要在這裏添亂了）。

攞口響 lo² heo² hêng²

形容人光説不做，只是嘴巴響而已。 例 你講呢啲話不過係攞口響嘅（你説這些話只不過是説得響亮罷了）｜講過就要做，唔係就等於攞口響（説過就要做，不然就等於説得好聽而已）。

攞嚟搞 lo² lei⁴ gao²

指別人故意找無謂的事來做，有"多此一舉"的意思。 例 都未有條件就開工，係唔係攞嚟搞呀（都還沒有條件就開工，是不是胡搞啊）？

攞嚟講 lo² lei⁴ gong²

指説話不當真，隨便説説，説些不中用的話。 例 我嘅意見你唔好當真呀，我攞嚟講咋（我的意見你不要當真，我隨便説説而已）。另外還有紙上談兵的意思。 例 你嘅意見難做得到，都係攞嚟講嘅嗎（你的意見辦不到，都是紙上談兵而已）。

攞嚟賤 lo² lei⁴ jin⁶

自找麻煩，自甘下賤。 例 你搞埋晒費力不討好嘅嘢，攞嚟賤啦（你盡搞那麼多費力不討好的事，自找麻煩了）｜去做三陪女，真係攞嚟賤（去做三陪女，真是犯賤）。

攞嚟衰 lo² lei⁴ sêu¹

衰：倒霉。自找倒霉、自討苦吃。 例 你惹佢呀，實畀佢鬧啦，嗷唔係攞嚟衰（你招他了，肯定被他罵了，這不是自找倒霉嗎）。

攞嚟笑 lo² lei⁴ xiu³

自己找來笑，逗樂罷了。相當於"鬧着玩兒"。 例 我冇乜意思，攞嚟笑嘅（我沒有甚麼意思，鬧着玩兒罷了）｜你呢個設計唔得，我以為你係攞嚟笑㗎咋（你這個設計不行，我以為你是鬧着玩兒而已）。

攞嚟做 lo² lei⁴ zou⁶

做不必做的事，即無效勞動，沒事找事。 例 你嗷搞法好似細佬哥玩泥沙喎，攞嚟做（你這樣做法像小孩玩泥沙，沒事找事）！

攞便宜 lo² pin⁴ yi⁴

佔別人的便宜，即討便宜。 例 你想攞便宜，冇咁容易（你想討便宜，沒那麼容易）｜你攞唔到便宜嘅（你是佔不到便宜的）。

攞意頭 lo² yi³ teo⁴

圖個好的兆頭。 例 過年喇，大家講啲吉利嘅話，派封利是，都係為咗攞個意頭嘅嗻（過年嘛，大家說些吉利的話，給個紅包，無非是圖個好的兆頭罷了）。

羅漢請觀音，人多好擔當

lo⁴ hon³ céng² gun¹ yem¹, yen⁴ do¹ hou² dam¹ dong¹

〔歇後語〕羅漢請觀音吃飯，因為羅漢人數眾多，請觀音吃飯，大家不用花太多的錢。 例 我哋六個學生請一位老師食飯，大家負擔唔多，真係羅漢請觀音，人多好擔當呀（我們六個學生請一位老師吃飯，大家負擔不多，正所謂羅漢請觀音了）。也可單用頭一句。

羅通掃北 lo⁴ tung¹ sou³ beg¹

羅通：唐朝時的大將。他率軍橫掃敵軍，所向披靡。指某人威力無比時用。一般借用指一些人食量大，將飯桌上的菜餚一掃而光。 例 你唔使驚，有佢羅通掃北，幾多餸都唔會剩呀（你不必擔心，有羅通掃北，多少菜都不會剩的）。

剝咗棚牙 log¹ zo² pang⁴ nga⁴

剝咗：拔掉；棚：量詞，用於牙齒。整個意思是，把某人的牙齒都拔了出來，使人無話可說。 例 你咁多嘴，我剝咗你棚牙先得（你那麼貧嘴，我要把你的牙拔了出來才行）｜等我擺出事實嚟，剝咗你棚牙（等我將事實擺了出來，叫你無話可說）。

絡住屎窟吊頸 log⁶ ju⁶ xi² fed¹ diu³ géng²

絡住：用網狀物兜着；屎窟：屁股；吊頸：上吊。兜着屁股上吊，比喻非常安全。　例 你怕乜吖，重安全過絡住屎窟吊頸（你怕甚麼，比用絡子兜着屁股上吊還安全）。

落地蟹殼，富得窮唔得 log⁶ déi⁶ hai⁵ hog³, fu³ deg¹ kung⁴ m⁴ deg¹

掉在地上的螃蟹殼，富人有鞋穿可以在上面踩，而窮人光着腳不能在上面踩。比喻有些事只有富人能做，窮人是做不了的。例 做房地產係落地蟹殼，富得窮唔得（做房地產生意富人能做，窮人做不了）。

落地喊三聲，好醜命生成 log⁶ déi⁶ ham³ sam¹ séng¹, hou² ceo² méng⁶ sang¹ xing⁴

形容嬰兒呱呱墜地後，其命運就已經決定了。在宿命論者看來，人的性格、命運早在孩提時期就已經定下來了。

落地開花，富貴榮華 log⁶ déi⁶ hoi¹ fa¹, fu³ guei³ wing⁴ wa⁴

吉利語。當家裏有人打破器皿時，別人立即説"落地開花，富貴榮華"表示吉利，也有安慰的作用。相當於北京人説"碎了好，歲歲平安！"

落地沙蟬，收晒聲 log⁶ déi⁶ sa¹ xim⁴, seo¹ sai³ séng¹

〔歇後語〕沙蟬：知了；收聲：

停止作聲。知了一經跌落到地上就不會再鳴叫了。比喻人遇到某種情況就一聲不吭。　例 佢呢個人好似好牙擦嗷，個老豆一嚟到就變成落地沙蟬，收晒聲（他這人像是很能説會道似的，他爹一到就變成啞巴一聲不吭了）。

落降頭 log⁶ gong³ teo⁴

民間傳説某些地區的人用來控制或害人的一種方法，即"放蠱"。

落手打三更 log⁶ seo² da² sam¹ gang¹

落手：剛下手、開始。打更的人一開始就敲打三更，那是打錯了。比喻幹工作一開始就出錯。　例 我今日唔知做乜，居然落手打三更，真衰（我今天不知為甚麼，居然一開始就出差錯，真倒霉）。又叫"埋手打三更"。

落雨擔遮，顧前唔顧後 log⁶ yü⁵ dam¹ zé¹, gu³ qin⁴ m⁴ gu³ heo⁶

〔歇後語〕擔遮：扛傘，打傘。下雨的時候打傘，顧得了前面就顧不到後面。比喻只顧當前利益而沒有照顧以後。　例 你哋大搞野蠻開採，就是落雨擔遮，顧前唔顧後，呢種搞法係唔得嘅（你們大搞野蠻開採，只顧目前不顧將來，這種做法是不行的）

落雨擔遮，死擋（黨） log⁶ yü⁵ dam¹ zé¹, séi² dong²

〔歇後語〕死擋：拼命地遮擋。廣州話"死擋"和"死黨"同音，"死黨"指非常要好的朋友。 例 大家都係落雨擔遮，死擋，就唔使計較咁多啦（大家都是鐵哥們兒，就不用那麼計較了）。

落雨見星，難得天晴 log⁶ yü⁵ gin³ xing¹, nan⁴ deg¹ tin¹ qing⁴

〔農諺〕晚上下雨間歇時看到星星，隨後一定還要下雨。 例 今晚落雨又出星，唔會好天咯，正所謂落雨見星，難得天晴（今晚下雨又見到星星，不會轉晴了，俗話說下雨見星星，難望天晴）。

落雨賣風爐，越擔越重 log⁶ yü⁵ mai⁶ fung¹ lou⁴⁻², yüd⁶ dam¹ yüd⁶ cung⁵

〔歇後語〕風爐：陶製爐子。下雨天挑着缸瓦陶器在外面叫賣，越挑擔子越重。形容人的責任越來越重。

落雨怕立秋，莊稼一半收 log⁶ yü⁵ pa³ lab⁶ ceo¹, zong¹ ga¹ yed¹ bun³ seo¹

〔農諺〕立秋時最怕下雨，如果下雨多了，莊稼只能收到一半。 例 今年立秋落雨多，晚造禾唔會好咯，落雨怕立秋，莊稼一半收呀（今年立秋下雨多，晚稻收成可能不好了，落雨怕立秋，莊稼一半收啊）。

落雨收柴，亂揦 log⁶ yü⁵ seo¹ cai⁴, lün⁶ la²

〔歇後語〕揦：抓，抱。下雨收柴火，因太匆忙便亂抓亂抱。形容人隨便抓取東西。 例 呢的衫要邊件攞邊件，唔好落雨收柴，亂揦呀（這些衣服要哪件取哪件，不要亂抓亂翻）。

落雨收柴，通通攞晒 log⁶ yü⁵ seo¹ cai⁴, tung¹ tung¹ lab³ sai³

下雨天收柴火，全部都收攏起來。比喻莊家把賭場上的賭注統統沒收了。 例 莊家一個唔該就落雨收柴，通通攞晒（莊家一下子就把各人的賭注統統沒收了）。

落雨絲濕 log⁶ yü⁵ xi¹ seb¹

下雨天到處濕淋淋的。 例 落雨絲濕，出去做乜野吖（下雨天濕淋淋的，出去幹甚麼）｜一到三四月，呢度成日落雨絲濕，曬衫都好難乾呀（一到三四月，這裏整天下雨，到處濕淋淋的，連曬衣服也很難乾啊）。

來時風雨去如塵 loi⁴ xi⁴ fung¹ yu⁵ hêu³ yü⁴ cen⁴

形容疾病來的時候很快，但要痊癒則很慢。 例 你要耐心休

息，病都係噉㗎喇，来時風雨
去如塵啦嗎（你要耐心休息，
生病都是這樣的了，病來如山
倒，病去如抽絲嘛）。又説"來
如風雨，去如灰塵""來如風，
去如雨"。

狼過華秀隻狗 long⁴ guo³ wa⁴ seo³ zég³ geo²

狼：兇狠；華秀：人名。比華
秀的狗還兇狠。相傳舊時有叫
華秀的，他的狗十分兇狠，人
或狗都害怕它。人們都認為再
沒有其他的狗比這隻狗更兇狠
了。 例 呢個人一打起交嚟，
重狼過華秀隻狗呀（這個人一
打起架，比華秀的狗還兇啊）。

撈到世界尾 lou¹ dou³ sei³ gai³ méi⁵

撈：混日子，謀生；世界尾：
盡頭，末路。形容人到了山窮
水盡的地步，甚麼機會都沒有
了。 例 你以為失敗一兩次就
撈到世界尾啦，重未有耐（你
以為失敗一兩次就窮途末路了
嗎，還早着呢）！

撈過界 lou¹ guo³ gai³

撈：謀生、混日子、闖江湖
等。超越自己的勢力範圍去謀
求利益。 例 大家各有各嘅地
盤，你撈過界就影響人哋嘅利
益（大家各人有各人的地盤，
你超過了界線就影響別人的利
益）。

撈亂骨頭 lou¹ lün⁶ gued¹ teo⁴

迷信人認為，兩個人的骨骸如
果混在一起埋葬，來世就成為
死對頭，一輩子爭鬥不已。
常用來形容兩人關係極為不
好。 例 你兩個成日嗌交，係
唔係前世撈亂骨頭呀（你們兩
個整天抬槓吵架，是不是前世
有仇）？

撈唔埋 lou¹ m⁴ mai⁴

埋：合在一起。兩個人無法合
作下去。 例 我哋兩個雖然係
同鄉，但係性格唔啱，撈唔埋
（我們兩個雖然是同鄉，但是
性格不同，合不來）。相反的
意思是"撈得埋"（合得來）。

撈埋一齊 lou¹ mai⁴ yed¹ cei⁴

撈埋：混合、摻和。混合在一
起。 例 幾個人交嚟嘅米撈埋
一齊煮得唔得呀（幾個人交來
的米混合在一起煮行嗎）？｜
大家撈埋一齊玩啦（大家合在
一起玩兒吧）。

撈偏門 lou¹ pin¹ mun⁴

直譯是搞少數人做的冷門生
意，但一般多指搞非法經營或
從事不正當的職業。 例 而家
做生意嘅人太多喇，我做呢啲
生意撈偏門重係可以（現在做
生意的人太多了，我做這些冷
門生意還可以）｜你千祈唔好
做嗰啲撈偏門嘅嘢呀（你千萬
不要做那些非法的生意啊）。

L

撈世界 lou¹ sei³ gai³

舊時指外出謀生，尤指沒有專門技能和固定工作的人，在外面跑江湖、打工等，甚至用不正當的手段如偷、蒙、拐、騙等，期望最終能夠賺錢發財。這是很俗的用語，一般人少用。現在多用"發財"或"搵食"來表示人們到某地謀生。 例 你而家喺邊度發財呀（你現在在哪裏工作）？｜我喺深圳搵食（我在深圳工作）。

老豆打仔，鍛煉身體；仔打老豆，打死罷就 lou⁵ deo⁶ da² zei², dün³ lin⁶ sen¹ tei², zei² da² lou⁵ deo⁶, da² séi² ba⁶ zeo⁶

〔戲謔語〕老豆：父親；罷就：罷了。父親打兒子，就像鍛煉身體；兒子打父親，把兒子打死就算了。

老豆都要多 lou⁵ deo⁶ dou¹ yiu³ do¹

老豆：父親。譏笑人極度貪心。 例 呢個人唔知幾貪心，好話唔好聽，老豆都要多呀（這個人不知道有多貪心，說句難聽的話，他連父親都想多要）。

老豆姓乜都唔知 lou⁵ deo⁶ xing³ med¹ dou¹ m⁴ ji¹

乜：甚麼；唔知：不知道。連父親姓甚麼都不知道，形容人忘乎所以的樣子。 例 你誇佢兩句，佢就老豆姓乜都唔知咯

（你誇他兩句，他就忘乎所以了）。

老豆養仔，仔養仔 lou⁵ deo⁶ yêng⁵ zei², zei² yêng⁵ zei²

父親養孩子，孩子也養自己的孩子，民間認為這是一般的公理。老人用以表示靠自己來照顧自己，子女難以依靠，孫子則應由兒女自己來養育。做兒女的則用以表示因為要養育自己的子女而無法奉養父母的意思。

老番瓜，滿肚核 lou⁵ fan¹ gua¹, mun⁵ tou⁵ wed⁶

〔歇後語〕番瓜：南瓜；滿肚核：滿肚子詭計。比喻人詭計多端。 例 呢個老先生講話好似好客氣嗽，其實係老番瓜，滿肚核（這位老先生說話好像很客氣，其實是老謀深算，詭計多端吶）。

老火靚湯 lou⁵ fo² léng³ tong¹

老火：長時間地用文火熬；靚：好。長時間熬製的可口而有營養的好湯。這種湯一般要用二、三個小時製作。

老火炆鴨，得把嘴硬 lou⁵ fo² men¹ ngab³, deg¹ ba² zêu² ngang⁶

炆：燒，燉。長時間地燉鴨，所有的肉都燉爛了，只有鴨嘴還硬。比喻人理虧了而嘴巴還硬。 例 你錯咗重爭乜呀，老

火炆鴨，得把嘴硬嗉（你錯了還爭甚麼，只有嘴還硬罷了）。

老虎打種，一次過 lou⁵ fu² da² zung², yed¹ qi³ guo³

〔歇後語〕打種：動物交配。民間傳說老虎交配只能有一次。指明事情再也不會發生。 例 我睇呢種事情只能老虎打種一次過喇（我看這樣的事只能做一次）。

老虎都要瞌眼瞓 lou⁵ fu² dou¹ yiu³ heb¹ ngan⁵ fen³

瞌眼瞓：打瞌睡。老虎那麼兇猛的野獸也有打瞌睡的時候，比喻人有時也會不那麼精明甚至犯錯誤。 例 邊個都會犯錯誤嘅，老虎都要瞌眼瞓啦（誰都會犯錯誤的，就算老虎也要打瞌睡嘛）。

老虎蟹都假 lou⁵ fu² hai⁵ dou¹ ga²

老虎蟹：一種螃蟹，殼上有花紋；都假：甚麼都不行。整個的意思是表示說話人的決心大，甚麼也不怕。 例 你唔畀翻我，老虎蟹都假（你不還給我，甚麼也不行）。也可以說成"老虎蟹都唔怕"（甚麼都不怕）。

老虎唔怕最怕漏 lou⁵ fu² m⁴ pa³ zêu³ pa³ leo⁶

傳說故事，有一人家住在深山上，有一天下大雨，老虎正好走到那人家的屋旁覓食，聽到屋內的人在說話。有人說，他最怕老虎，另一人說"老虎唔怕最怕漏"。老虎聽了細想，"漏"可能比我兇猛，於是匆匆離去。人們都公認，最可怕的東西莫過於老虎，有人為了強調某一事物的可怕程度，誇張地把該事物說成比老虎還可怕。

老虎頭上釘虱乸 lou⁵ fu² teo⁴ sêng⁶ déng¹ sed¹ na²

釘虱乸：用指甲把蝨子掐死。在老虎頭上掐蝨子。形容人膽大包天，膽大妄為。 例 你噉對佢，直程係老虎頭上釘虱乸啦（你這樣對他，簡直是摸老虎屁股了）。

老虎借豬 lou⁵ fu² zé³ ju¹

比喻人借東西有借無還。 例 你唔好學老虎借豬呀，到時要還翻畀我呀（你不要像老虎借豬那樣，到時要還給我啊）。

老狗嫩貓兒，食死冇人知 lou⁵ geo² nün⁶ mao¹ yi¹, xig⁶ séi² mou⁵ yen⁴ ji¹

〔諺語〕冇：沒有。廣東民間有人愛吃貓狗，相傳老狗和嫩貓是不能吃的。這是誇張的說法。

老公撥扇，妻（凄）涼 lou⁵ gung¹ pud³ xin³, cei¹ lêng⁴

〔歇後語〕撥：扇（扇子）；妻

涼：與淒涼諧音。 例 睇起嚟佢的確係老公撥扇，妻涼咯（看起來他的確是夠淒涼的）。

老糠都要榨出油 lou⁵ hong¹ dou¹ yiu³ za³ cêd¹ yeo⁴

老糠：稻殼，即礱糠。比喻剝削嚴重，連稻殼也要榨出油來。 例 呢個老闆剝削工人好犀利，連老糠都要榨出油呀（這個老闆剝削工人很厲害，連稻殼也要榨出油來）。

老來嬌 lou⁵ loi⁴ giu¹

形容老年婦女仍然像年輕人那樣講究穿着打扮。 例 而家啲婦女退咗休之後，參加各種活動，個個都變得年輕，佢哋真係老來嬌咯（現在的婦女退了休之後，個個都變得年輕，她們真是越活越年輕了）。也形容一些老年婦女打扮得不得體。 例 都八十幾歲咯，重搽咁重嘅唇膏，正一老來嬌（都七老八十了還搽那麼重的口紅，真是老來俏）。

老貓燒鬚 lou⁵ mao¹ xiu¹ sou¹

老貓被燒掉鬚子。比喻老師傅或有經驗的人，一時出現差錯，被人笑話。 例 都做咗幾十年咯，一時錯手，真係老貓燒鬚呀（都幹了幾十年了，一時出錯，真是丟人現眼）。

老鴨冇肉，老禾冇穀 lou⁵ ngab³ mou⁵ yug⁶, lou⁶ wo⁴ mou⁵ gug¹

〔農諺〕老禾：過分成熟的稻子。老鴨子肉較少，生長日子過長的稻子穀粒少。稻子成熟了就要及時收割，否則要減收。

老奀茄 lou⁵ ngen¹ ké⁴⁻²

奀：瘦小。長不大的老茄子。比喻瘦小而老成的小孩。 例 呢個老奀茄有八歲喇（這個瘦小孩兒有八歲了）。

老牛筋，煲唔腍 lou⁵ ngeo⁴ gen¹, bou¹ m⁴ nem⁴

〔歇後語〕煲唔腍：煮不爛。用煮不爛的老牛筋來比喻性格倔強而固執的人，怎麼也説服不了。 例 呢個人正一係老牛筋，煲唔腍，你話佢賺嘥氣啦（這個人真是老頑固，你説他也白費氣）。

老婆擔遮，蔭（陰）公（功） lou⁵ po⁴ dam¹ zé¹, yem¹ gung¹

〔歇後語〕擔遮：撐傘；蔭公：給老公遮陰。廣州話"蔭公"與"陰功"同音，"陰功"是"冇陰功"的省略，即沒有陰德，有"造孽""傷天害理""淒慘"等意思。 例 你無情白事打死隻狗，真係老婆擔遮，蔭公咯（你無故把狗打死，真造孽啊）｜呢個人成屋嘅嘢都畀人打爛晒，真係老婆擔遮，蔭公

L

呀（這個人整屋的東西都讓人
打壞了，真淒慘啊）。

**老婆着錯老公褲，老公着錯老
婆裙** lou⁵ po⁴ zêg³ co³ lou⁵ gung¹
fu³, lou⁵ gung¹ zêg³ co³ lou⁵ po⁴
kuen⁴

〔戲謔語〕妻子穿錯了丈夫的褲
子，而丈夫又穿錯了妻子的裙
子。説明兩個人忙亂的程度。

老師怕問字，學生怕考試
lou⁵ xi¹ pa³ men⁶ ji⁶, hog⁶ sang¹ pa³
hao² xi³

當老師的最怕被學生問字，而
學生最怕的就是考試。

老鼠跌落天平，自稱自 lou⁵ xu²
did³ log⁶ tin¹ ping⁴, ji⁶ qing³ ji⁶

〔歇後語〕多用來嘲諷那些不
知天高地厚的人的作為。如：
自己封自己為董事長，真係老
鼠跌落天平，自稱自（自己封
自己為董事長，真不知天高地
厚）。

老鼠棄沉船 lou⁵ xu² héi³ cem⁴ xun⁴

民間傳説，謂老鼠有靈性，船
上的老鼠能夠預知該船即將沉
沒而全部逃走。現多用來比喻
發現危險而偷偷離去的人的行
為。

老鼠鑽牛角，死路一條 lou⁵ xu²
jun³ ngeo⁴ gog³, séi² lou⁶ yed¹ tiu⁴

〔歇後語〕比喻走進死胡同，沒
有出路了。

老鼠拉龜，冇埞埋手 lou⁵ xu² lai¹
guei¹, mou⁵ déng⁶ mai⁴ seo²

〔歇後語〕冇埞：沒有地方；
埋手：下手。形容對工作沒有
把握，不知從何處下手。 例
要我拆呢架機器，真係老鼠拉
龜，冇埞埋手咯（要我拆掉這
台機器，真是狗咬王八，無從
下手了）。

老鼠拉鯰魚，一命搏一命
lou⁵ xu² lai¹ nim⁴ yü⁴⁻², yed¹ méng⁶
bog³ yed¹ méng⁶

〔歇後語〕老鼠把鯰魚叼去吃，
鯰魚用很尖鋭的角跟老鼠拼
搏。形容做某種事過分冒險，
甚至要用生命來換取，得不償
失。

老鼠䑛燈盞，只顧眼前光
lou⁵ xu² lai² deng¹ zan², ji² gu³ ngan⁵
qin⁴ guong¹

〔歇後語〕䑛：舐，舔。老鼠
偷舔燈盞的油吃，只顧眼前燈
亮，不顧有其他危險。

老鼠嫽貓，嫌命長 lou⁵ xu² liu⁴
mao¹, yim⁴ méng⁶ cêng⁴

〔歇後語〕嫽：招惹。老鼠去招
惹貓，結果是找死。比喻人不
知危險去招引強敵。 例 你居
然去同呢個賊仔打交，係唔係
老鼠嫽貓，嫌命長呀（你居然
跟這個流氓打架，是不是要找
死）？

L

老鼠尾生瘡，大極有限 lou⁵ xu²

méi⁵ sang¹ cong¹, dai⁶ gig⁶ yeo⁵ han⁶

〔歇後語〕大極有限：再大也有個限度。 例 你呢間屋不過係老鼠尾生瘡，大極有限啦（你這房子看來也大不了多少）。

老鼠咬屎窟，暗啞抵 lou⁶ xu²

ngao⁵ xi² fed¹, ngem³ nga² dei²

屎窟：屁股；暗啞：暗中；抵：忍受。老鼠咬屁股，暗自忍受。形容自己難為情的事，不便張聲。也比喻家醜不外揚。 例 呢啲事唔講得出去嘅，老鼠咬屎窟，暗啞抵囉（這些事是説不出去的，暗自忍受得了）。

老鼠守糧倉，監守自盜 lou⁵ xu²

seo² lêng⁴ cong¹, gam¹ seo² ji⁶ dou⁶

〔歇後語〕讓老鼠來看守糧倉。比喻讓盜賊看管錢財，肯定被盜了。

老鼠揾貓，攞嚟衰 lou⁵ xu² wen²

mao¹, lo² lei⁴ sêu¹

〔歇後語〕揾：找；攞嚟衰：自找倒霉。 例 你同咁惡嘅人講理等於老鼠揾貓，攞嚟衰啦（你跟這麼兇的人講理等於老鼠找貓，自找倒霉了）。

老鼠入風箱，兩頭受氣 lou⁵ xu²

yeb⁶ fung¹ sêng¹, lêng⁵ teo⁴ seo⁶ héi³

〔歇後語〕比喻人被夾在中間，兩頭都受氣。 例 佢哋兩個人嗌交都搵我出氣，我真係老鼠入風箱，兩頭受氣略（他們兩個吵架都找我出氣，我真是兩頭不討好了）。

老人講舊事，後生講本事

lou⁵ yen⁴ gong² geo⁶ xi⁶, heo⁶ sang¹ gong² bun² xi⁶

老年人多喜歡回憶往事，年輕人喜歡跟別人比本事。

老人怕激氣，嫩木怕損皮

lou⁵ yen⁴ pa³ gig¹ héi³, nün⁶ mug⁶ pa³ xun² péi⁴

〔諺語〕老人怕受刺激生氣，而嫩的樹卻怕樹皮受傷。 例 老人家要心情好至得，老人怕激氣，嫩木怕損皮呀（老人家心情要好，老人怕生氣，嫩樹怕損皮嘛）。

老人成嫩仔 lou⁵ yen⁴ xing⁴ nün⁶ zei²

形容老年人在性格、脾氣上變得像稚嫩的孩子。又叫"老人變細蚊仔"。

老人説話多，細蚊仔手多

lou⁵ yen⁴ xud³ wa⁶ do¹, sei³ men¹ zei² seo² do¹

説話：話語；細蚊仔：小孩。老人話多，小孩手多。

老友兼死黨 lou⁵ yeo⁵ gim¹ séi² dong²

老友：老朋友；死黨：利益一致，非常要好的朋友，相當於

L

"鐵哥們兒"。強調私人關係非同一般的密切。 例你唔使驚，我哋幾個都係老友兼死黨，你即管講啦 (你不必害怕，我們幾個都是鐵哥們兒，你儘管說吧)。

老友鬼鬼 lou⁵ yeo⁵ guei² guei²

鬼鬼：沒有具體意思。彼此都是老朋友。 例大家都係老友鬼鬼，就唔好客氣喇 (大家都是老朋友，就不要客氣了)。

老魚嫩豬 lou⁵ yü⁴ nün⁶ ju¹

廣東民間認為，吃魚要吃老的大的，大魚肥美，而吃豬則要嫩的，嫩豬的肉肥而不膩，比大豬好吃。

路還路，數還數 lou⁶ wan⁴ lou⁶, sou³ wan⁴ sou³

意思是人情歸人情，借歸借。請客或送禮跟借錢不同，借的不管多少一定要還。

六國大封相 lug⁶ guog³ dai⁶ fung¹ sêng³

原本是一齣粵劇的名字，描寫戰國時蘇秦說服六國聯合抗秦並被各國封相一事，該劇最終收場時眾多的演員都出場，場面熱鬧壯觀。比喻熱鬧場面。 例琴日有間新超市開張，請咗好多人嚟表演，好似六國大封相咁熱鬧呀 (昨天有一家超市開張，請了許多人來表演，熱鬧極了)。

六月秋，趕死牛，七月秋，慢悠悠 lug⁶ yüd⁶ ceo¹, gon² séi² ngeo⁴, ced¹ yüd⁶ ceo¹, man⁶ yeo⁴ yeo⁴

〔農諺〕農曆六月立秋，季節早了，農事較忙；七月立秋，不必搶季節，晚稻插秧可以慢慢來。

六月六，黃皮熟 lug⁶ yüd⁶ lug⁶, wong⁴ péi⁴ sug⁶

〔農諺〕黃皮：一種水果。農曆六月六，黃皮成熟了。

六月棉胎秋後扇，冇人要 lug⁶ yüd⁶ min⁴ toi¹ ceo¹ heo⁶ xin³, mou⁵ yen⁴ yiu³

〔歇後語〕夏天的棉被和秋天以後的扇子，都沒人需要。比喻無用的東西或不合時宜的東西。

六月無閒北 lug⁶ yüd⁶ mou⁴ han⁴ beg¹

〔農諺〕閒北：不起作用的北風。因為農曆六月南方經常吹溫暖的南風，一旦吹北風肯定有雨下。 例而家轉吹北風喇，一定要落雨咯，六月無閒北啦嗎 (現在颳北風，肯定要下雨了，因為六月沒有白颳的北風)。

六月天頂紅，不出五日打大風 lug⁶ yüd⁶ tin¹ déng² hung⁴, bed¹ cêd¹ ng⁵ yed⁶ da² dai⁶ fung¹

〔農諺〕六月時遇上天頂佈滿紅雲，過不了五天就會颳大風 (颱風)。

陸榮廷睇相，唔衰攞嚟衰

lug⁶ wing⁴ ting⁴ tei² sêng³, m⁴ sêu¹ lo² lei⁴ sêu¹

〔歇後語〕陸榮廷：廣西軍閥；睇相：看相；攞嚟衰：自找倒霉。相傳民國初年陸榮廷在廣州任兩廣巡閱使。有一天他便裝上街，找到一位頗有名氣的相師看相。那位相師認出他是陸某，便把他羞辱一番。後來人們便用這個歇後語來取笑那些自取其辱的愚蠢行為。 例 你嘅樣真正係陸榮廷睇相，唔衰攞嚟衰咯（你這樣真是自找倒霉了）。

攣弓駝背 lün¹ gung¹ to⁴ bui³

攣弓，彎曲。彎腰駝背。形容人衰老的樣子。

攣毛鈎鼻難相與 lün¹ mou⁴⁻¹ ngeo¹ béi⁶ nan⁴ sêng¹ yü⁵

攣毛：卷毛，卷髮；鈎鼻：鼻子呈鈎狀；相與：相處。舊時民間對卷髮鈎鼻的西方人多帶有歧視心理，認為卷髮和鈎鼻子的人難以相處。

亂車廿四 lün⁶ cé¹ ya⁶ séi³

胡亂吹噓；胡說八道。 例 你亂吹廿四做乜，冇人信你嘅（你胡亂吹噓甚麼，沒人信你的）。又說"亂吹廿四"。

亂到一鑊泡 lün⁶ dou³ yed¹ wog⁶ pou⁵

鑊：鐵鍋；泡：泡沫。形容東西被弄得淩亂不堪。 例 你搞到我啲文件亂晒，亂到一鑊泡噉（你把我的文件弄亂了，亂成一鍋粥似的）。

亂咁彈琴，冇譜 lün⁶ gem³ tan⁴ kem⁴, mou⁵ pou²

〔歇後語〕亂咁：胡亂地；冇譜：沒有琴譜，又指辦事沒有章法。不按照琴譜來彈琴。比喻不按照常規行事。 例 你個仔四歲就教佢食煙，亂咁彈琴，冇譜（你兒子四歲就教他抽煙，胡來）！

亂棍打死老師傅 lün⁶ guen³ da² séi² lou⁵ xi¹ fu²

指不按規則出手，有時使人難以招架。又說"盲拳打死老師傅"。

亂噏無為 lün⁶ ngeb¹ mou⁴ wei⁴

亂噏：胡說。不該說的亂說。 例 咁多人喺度，你唔好亂噏無為呀（那麼多人在場，你可別胡說啊）。

亂噏廿四 lün⁶ ngeb¹ ya⁶ séi³

廿四：沒有甚麼意思。相當於"胡說八道"。 例 你要講老實話呀，唔好亂噏廿四呀（你要說老實話，不要胡說八道啊）｜你唔好聽佢講，佢直程係亂噏廿四（你不要聽他的，他簡直是胡說八道）。

亂晒龍 lün⁶ sai³ lung⁴

L

亂哄哄、亂七八糟、亂糟糟、
亂了套。 例我啲文件畀你搞
到亂晒龍（我的文件讓你搞得
亂糟糟的）。

龍牀不如狗竇 lung⁴ cong⁴ bed¹ yü⁴ geo² deo³

〔諺語〕狗竇：狗窩，戲指自己
睡習慣的牀。龍牀不如自己的
"狗窩"睡得舒服。 例我去開
會最唔習慣就係住賓館嘅，晚
晚都瞓得唔舒服，真係龍牀不
如狗竇呀（我去開會最不習慣
的就是住賓館了，每晚都睡得
不舒服，真是金窩銀窩不如自
己的狗窩啊）。

龍精虎猛 lung⁴ jing¹ fu² mang⁵

形容人生氣勃勃、生龍活虎。
例呢班後生仔體育活動搞得
好活躍，個個都龍精虎猛嗽
（這班年輕人體育活動搞得很
活躍，個個都生龍活虎的）。

龍船長，惡出涌 lung⁴ xun⁴ cêng⁴, ngog³ cêd¹ cung¹

〔諺語〕惡：難；涌：珠江三
角洲有潮水漲落的小河溝。龍
船太長了，在小河溝裏很難進
出。比喻事物過大，轉動不靈
便。 例你間工廠太大，一兩
個月要轉產冇人哋方便，龍船
長，惡出涌啦嗎（你的工廠太
大，一兩個月要轉產沒有人家
的方便，船大不好掉頭唄）。

龍船棍，頂水（衰）神 lung⁴ xun⁴ guen³, ding² sêu² sen⁴

〔歇後語〕頂：非常，挺；水
神："水"字與"衰"音近。廣
州話"衰神"是罵人的話，意
為討厭的傢伙、倒霉鬼。頂衰
神就是非常倒霉非常糟糕的傢
伙。

龍船裝豬屎，又長又臭 lung⁴ xun⁴ zong¹ ju¹ xi², yeo⁶ cêng⁴ yeo⁶ ceo³

〔歇後語〕形容人講話又長又
沒有內容而且錯誤百出。 例
嗰位主任，講咁耐話，又冇內
容，真係龍船裝豬屎，又長又
臭（那位主任講話那麼久，又
沒有內容，真是懶婆娘的裹腳
布又長又臭）。又説"龍船裝
屎塔，又臭又長"。

龍舟菩薩，水（衰）神 lung⁴ zeo¹ pou⁴ sad³, sêu² sen⁴

〔歇後語〕龍船所供奉的菩薩
是水神。廣州話的"水神"和
"衰神"音近，"衰神"是缺德
鬼、倒霉鬼、討厭的傢伙的意
思。 例我怕晒你呢個龍舟菩
薩水（衰）神喇（我真怕了你這
個缺德鬼了）。

聾佬拜年，大家嗽話 lung⁴ lou² bai³ nin⁴, dai⁶ ga¹ gem² wa⁶

〔歇後語〕聾佬：聾子；嗽：這
樣；話：説。聾子拜年，他聽
不懂對方説甚麼，只好回答大
家都這麼説。廣州話的"大家

L

嗽話"的意思是大家都一樣、
彼此彼此。

聾佬多辯駁 lung⁴ lou² do¹ bin⁶ bog³

耳朵不好的人聽不清楚別人説
甚麼，常愛跟別人理論。

聾佬睇戲，唔知佢講乜 lung⁴

lou² tei² héi³, m⁴ ji¹ kêu⁵ gong² med¹

〔歇後語〕聾人看戲，聽不到聲
音，不知道戲裏頭説甚麼。比
喻聽不出對方説甚麼。 例 有
個外國人同我問路，我直程聾
佬睇戲，唔知佢講乜（有個外
國人向我問路，我簡直一點也
聽不懂）。

聾仔養雞，啼（提）都唔啼
（提） lung⁴ zei² yêng⁵ gei¹, tei⁴ dou¹
m⁴ tei⁴

聾仔：聾人；啼：諧音提。聾
子聽不見雞叫，以為雞不啼。
比喻人對某事從不提及，或避
而不談。 例 你睇佢檢討，對
自己嘅錯誤好似聾仔養雞，啼
都唔啼（你看他檢討，對自己
的錯誤避而不談）。

籠裏雞作反，自己人打自己人
lung⁴ lêu⁵ gei¹ zog³ fan², ji⁶ gei² yen⁴
da² ji⁶ gei² yen⁴

〔歇後語〕在籠子裏的雞作反，
互相打起來，等於自己人打自
己人。 例 大家都係一個單位，
鬥來鬥去都係籠裏雞作反，
自己人打自己人（大家都是一
個單位的，鬥來鬥去都是自己
人，窩裏鬥啦）。

籠面田雞慢爪蟹 lung⁴ min⁶⁻² tin⁴
gei¹ man⁶ zao² hai⁵

〔諺語〕被擠在籠子上層的田雞
和行動緩慢的螃蟹，它們的動
作遲鈍，説明是快要死的了。
比喻東西的品質不好，也比喻
素質低下的人。 例 我睇你呢
啲嘢都係籠面田雞慢爪蟹，唔
買得過呀（我看你這些東西都
是次等貨，不值得買）。

M

唔出辛苦力，點得世間財

m⁴ cêd¹ sen¹ fu² lig⁶, dim² deg¹ sei³
gan¹ coi⁴

點：怎麼。不出力辛苦幹活，
怎麼能得到世界上的錢財。勸
人努力工作用。

唔出聲冇人話你啞 m⁴ cêd¹ séng¹
mou⁵ yen⁴ wa⁶ néi⁵ nga²

不做聲沒人説你是啞巴。制止
別人插話時的用語。

唔唱猶自可，一唱天轉涼

m⁴ cêng³ yeo⁴ ji⁶ ho², yed¹ cêng³ tin¹

M

jun² lêng⁴

〔戲謔語〕比喻人的歌聲很不悦耳。譏笑聽到了某人的歌聲，好像遇到寒冷的天氣那樣令人起雞皮疙瘩。

唔臭米氣 m⁴ ceo³ mei⁵ héi³

臭米氣：人吃糧食就有米糧的氣味。唔臭米氣即沒有米糧的氣味，形容人好像沒有吃過糧食似的，比喻人還年幼、不懂事。 例 你重係唔臭米氣，知到乜吖（你還年幼，懂得甚麼）！又比喻人沒有人情味，沒有人性。 例 呢個人連自己個仔都唔養，真係唔臭米氣咯（這個人連自己的兒子都不養，真是沒有人性了）！

唔臭人嚫 m⁴ ceo³ yen³ cêu⁴

臭：聞得到；人嚫：人的氣味。沒有人的氣味即指沒有人性或不近人情。 例 佢等錢睇病，你重克扣佢嘅工資，真係唔臭人嚫咯（他等錢看病，你還克扣他的工資，太不近人情了）。

唔打得都睇得 m⁴ da² deg¹ dou¹ tei² deg¹

比喻人雖然無能、實力不足，但外表樣子還可以。

唔打得埋 m⁴ da² deg¹ mai⁴

埋：合起。（兩人）合不來。 例 你哋兩個如果唔打得埋就分開嚟做啦（你們兩個如果合不來就分開來做吧）。也可以説成"打唔埋"。

唔嗲唔吊 m⁴ dé² m⁴ diu³

指對甚麼事情都無所謂，漫不經心，愛理不理的態度。 例 你要認真工作，唔好成日唔嗲唔吊噉呀（你要認真的工作，不要愛理不理的樣子）。

唔得柴開，唔得斧（苦）脱 m⁴ deg¹ cai⁴ hoi¹, m⁴ deg¹ fu² tüd³

用斧頭劈柴，斧頭被夾得緊緊的，既劈不開柴，斧頭又脱不了。比喻處於進退兩難的狀態。又因斧與苦同音，也比喻不能脱離苦海。 例 辦呢件事，投入唔少錢，事辦唔成，錢亦退唔翻嚟，搞到唔得柴開，唔得斧（苦）脱（辦這件事，投入不少錢，事情辦不成，錢也退不回來，弄得進退兩難）。

唔得掂 m⁴ deg¹ dim⁶

掂：直、妥當、順暢。唔得掂即不得了、不好辦、糟糕等意思。 例 呢次有啲唔得掂，你快啲嚟幫手啦（這次有點忙不過來，你快點來幫忙吧）｜打爛咗佢嘅古董，你賠錢都唔得掂呀（你打破他的古董，你賠錢也不好辦啊）。

唔得閒 m⁴ deg¹ han⁴

沒有空，忙。 例 我呢排好唔

得閒（我最近很忙）｜我唔得
閒同你傾偈（我沒有工夫跟你
閒聊）。

唔得切 m⁴ deg¹ qid³

是"唔嚟得切"或"唔趕得切"
的省略，來不及的意思。 例
你八點鐘嘅車，七點鐘去就唔
得切㗎喇（你八點的車，七點
去就來不及的了）。

唔抵得頸 m⁴ dei² deg¹ géng²

抵得頸：忍得住氣。唔抵得頸
即忍不住氣。 例 睇見佢唔排
隊，我就唔抵得頸要話佢兩句
（看見他不排隊，我就忍不住
要說他兩句）｜佢噉話你，我
聽見都唔抵得頸呀（他這麼說
你，我聽見都忍不住啊）。

唔等使 m⁴ deng² sei²

沒有用，不頂用，無益。 例
你買埋咁多唔等使嘅野做乜
呀（你買那麼多沒有用的東西
幹甚麼）！｜呢個電腦真唔等
使，乜都唔做得（這個電腦真
不頂用，甚麼都做不了）。

唔多唔少 m⁴ do¹ m⁴ xiu²

不多不少，多少有一點，適當
地。 例 你唔多唔少有啲似你
大佬呀（你多少有一點像你的
哥哥）｜唔多唔少飲啲酒唔緊
要（適當地喝點酒不要緊）。

唔當家唔知米貴 m⁴ dong¹ ga¹ m⁴
ji¹ mei⁵ guei³

不當家不知米貴。比喻不親臨
其事不知道該事情的困難程
度。 例 大家都要輪流負責管
理，我怕你哋唔當家唔知米貴
呀（大家都要輪流負責管理，
我怕你們不親自做一下就不知
道有甚麼困難）。

唔到冬至唔寒，唔到夏至唔熱
m⁴ dou³ dung¹ ji³ m⁴ hon⁴, m⁴ dou³
ha⁶ ji³ m⁴ yid⁶

〔農諺〕不到冬至不冷，不到
夏至不熱。每年夏至之後開始
熱，冬至之後開始冷。

唔到你 m⁴ dou³ néi⁵

由不得你。 例 呢度係圖書館
閱覽室，唔到你大聲講話（這
裏是圖書館閱覽室，由不得你
大聲說話）｜佢嘅口才咁好，
唔到你唔服（他的口才這麼
好，由不得你不服）。

唔發火當病貓 m⁴ fad³ fo² dong³
béng⁶ mao⁴

不生氣便被當作是有病的貓。
表示有人認為自己軟弱可欺。
例 佢以為我好臉善，蝦到我
頭上嚟添，真係唔發火當病貓
（他以為我和善可欺，居然欺
負到我頭上來了，你不生氣他
還把你當作病貓呢）。

唔忿氣 m⁴ fen⁶ héi³

不服氣。 例 你批評得有啲過
頭，佢好似有啲唔忿氣喎（你

批評得有點過頭，他好像有點
不服氣吶）。

唔慌好啦 m⁴ fong¹ hou² la¹

對某一事物作有把握的否定。
肯定不會；肯定不好。 例 叫
個細路仔嚟頂檔，唔慌好啦
（叫個孩子來替代，肯定不會
好的）。

唔嫁又嫁 m⁴ ga³ yeo⁶ ga³

説不嫁人卻又嫁了。指人出爾
反爾，反覆無常。 例 你講過
唔做點解又做呀？真係唔嫁又
嫁（你説過不幹的為甚麼又幹
呢？真是反覆無常）。

唔緊唔吊 m⁴ gen² m⁴ diu³

對甚麼事情都覺得無所謂，無
動於衷，動作慢條斯理。 例
呢個仔考試唔及格都唔緊唔
吊，真冇辦法（這孩子考試不
及格都覺得無所謂，真拿他沒
辦法）｜人都嚟齊咯，你重唔
緊唔吊（人都來齊了，你還慢
條斯理的）｜隔籬火燒屋佢都
唔緊唔吊（鄰居着火了，他還
無動於衷）。又説“唔嗲唔吊”。

唔夠氣 m⁴ geo³ héi³

直譯是“氣不夠”，實際上是指
人走路、爬山等時“氣短”的意
思。 例 我一上三樓就唔夠氣
咯（我一爬上三樓就氣短了）。

唔夠喉 m⁴ geo³ heo⁴

喉喉：食慾滿足。唔夠喉即吃

不飽、吃不夠，也用來形容人
滿足不了慾望。 例 喂，你攞
咗咁多重唔夠喉呀（喂，你拿
了那麼多還不夠嗎）。也可以
説“未夠喉”。

唔夠打 m⁴ geo³ da²

打不過。一般説成“唔夠…
打”。 例 你唔夠我打（你打不
過我）｜你兩個人夾埋都唔夠
我打呀（你們兩個人合在一起
也打不過我）。

唔夠嚟 m⁴ geo³ lei⁴

敵不過、比不過。一般多説成
“唔夠…嚟”。 例 我唔夠你嚟
（我敵不過你）｜我哋咁多人都
唔夠佢嚟（我們這麼多人也敵
不過他）。又説“唔夠捔”。

唔夠皮 m⁴ geo³ péi⁴⁻²

皮：成本、本錢。不夠本兒。
例 一日生意得一百文實在唔
夠皮（一天的生意只得一百元
實在不夠本兒）｜玩咗三日重
好似唔夠皮噉（玩了三天還好
像玩得不夠）。也可以説成“未
夠皮”。

唔夠餕牙罅 m⁴ geo³ xib³ nga⁴ la³

餕：插進縫裏去；牙罅：牙縫
兒。指吃的東西太少，不夠塞
牙縫兒。 例 三個人食一碟仔
嘢，都唔夠餕牙罅啦（三個人
吃一小碟東西，真不夠塞牙縫
兒了）。

唔見人高見衫短 m⁴ gin³ yen⁴ gou² gin³ sam¹ dün²

不覺得人長高卻覺得衣服變短了。

唔經唔覺 m⁴ ging¹ m⁴ gog³

不知不覺。 例 過咗年冇幾日，唔經唔覺又到元宵節咯（過了春節沒幾天，不知不覺又到元宵節了）。

唔覺眼 m⁴ gog³ ngan⁵

沒注意。 例 佢幾時入嚟我一啲都唔覺眼（他甚麼時候進來我一點也沒注意）。

唔覺意 m⁴ gog³ yi³

不小心、沒注意。 例 真對唔住，唔覺意碰親你添（真對不起，不小心碰了你了）｜呢個樽畀佢唔覺意打爛咗（這個瓶子讓他不小心打破了）。

唔該 m⁴ goi¹

直譯是"不應該"。有兩個意思：其一是表示請求別人幫助，相當"勞駕""請"等；另一個是表示感謝別人的效勞，相當於"謝謝"。 例 唔該你幫我將呢封信帶畀李先生（請你幫我把這封信帶給李先生）｜重要你嚟幫我拎行李添，唔該唔該（還要你來幫我拿行李呀，謝謝謝謝）！還有對不起的意思。 例 佢成日要人幫手，一句唔該就瘇死你咯（他整天要別人幫忙，一句對不起就把你累壞了）。

唔該晒 m⁴ goi¹ sai³

對別人表示深切謝意時用。相當於"謝謝""感謝不盡"等意思。 例 要你嚟同我斟茶，真係唔該晒咯（要你來給我倒茶，太謝謝你了）｜唔該晒，我自己嚟得啦，你太客氣喇（謝謝，我自己來行了，你太客氣了）。

唔該先 m⁴ goi¹ xin¹

向眾人表示歉意的客套話，即"我本不該先吃"的意思。 例 唔該先，我食咗咯（不好意思，我先吃過了）。

唔乾唔淨，食咗冇病 m⁴ gon¹ m⁴ zéng⁶, xig⁶ zo² mou⁵ béng⁶

〔戲謔語〕唔乾唔淨：不乾不淨；食咗：吃了；冇病：沒有病。不講衛生的人的〔戲謔語〕

唔講得笑 m⁴ gong² deg¹ xiu³

指不能開玩笑，即必須認真對待。 例 事關大家嘅安全，唔講得笑㗎（事關大家的安全，這是不能開玩笑的）。

唔怪之得 m⁴ guai³ ji¹ deg¹

難怪、怪不得。 例 佢今日唔精神，唔怪之得唔講話啦（他今天身體不舒服，難怪不說話了）。也說"唔怪得"。

唔關事 m⁴ guan¹ xi⁶

表示某一情況與某件事情無關。 例 你今日唔舒服，唔關事話食咗羊肉（你今天不舒服，與吃了羊肉不相干）｜你考試唔考得好，唔關事話天熱（你考試考得不好，與天氣熱無關）。

唔過制 m⁴ guo³ zei³

同"唔制得過"。

唔係都唔定 m⁴ hei⁶ dou¹ m⁴ ding⁶

說不定不是；沒准不是。表示把握不大。 例 你話佢係李生，我睇唔係都唔定（你說他是李先生，我看說不定不是）。

唔係嘅話 m⁴ hei⁶ gé³ wa⁶⁻²

不然的話，否則。 例 你即刻翻去，唔係嘅話就遲到喇（你馬上回去，不然的話就遲到了）｜電費要按時交，唔係嘅話要罰款呀（電費要按時繳納，否則是要罰款的）。

唔係噉講 m⁴ hei⁶ gem² gong²

不是這麼說，不能這麼說。謙虛地回答別人讚揚時用。 例 唔係噉講，我邊有咁叻吖（不是這麼說，我哪有這麼能幹呢）。

唔係路 m⁴ hei⁶ lou⁶

不對頭。 例 咁多人喺度爭交，我睇唔係路就即刻離開咯（那麼多人在那裏吵架，我看不對頭就就馬上離開了）｜呢件事越諗越覺得唔係路（這件事越想越覺得不對頭）。

唔係猛龍唔過江 m⁴ hei⁶ mang⁵ lung⁴ m⁴ guo³ gong¹

〔諺語〕不是強龍不過江，指自己有本事和信心，敢於到別的地方開創事業或參加競爭等。 例 我哋有資金有技術，就敢嚟呢度參加競爭，唔係猛龍唔過江啦嗎（我們有資金有技術，就敢來這裏參加競爭，沒有金剛鑽不攬瓷器活嘛）。

唔係猛龍唔過江，唔係豬扒唔化裝 m⁴ hei⁶ mang⁵ lung⁴ m⁴ guo³ gong¹, m⁴ hei⁶ ju¹ pa⁴ m⁴ fa³ zong¹

〔諺語〕唔係：不是；猛龍：勇猛的人；豬扒：長相難看的人。比喻不是勇猛的人不輕易到大風大浪的地方去，不是長相難看的人不必化裝。

唔係你嘅財，唔入你嘅袋 m⁴ hei⁶ néi⁴ gé³ coi⁴, m⁴ yeb⁶ néi⁵ gé³ doi⁶⁻²

不是你的錢財，進不了你的口袋。用來勸慰那些發不了橫財的人，不要作非分之想。 例 呢筆錢本來就唔係你嘅，唔係你嘅財，唔入你嘅袋，有乜可惜呢（這筆錢本來就不是你的，自然就不歸你所有了，有甚麼可惜的）。

唔係你雞唔入你籠 m⁴ hei⁶ néi⁵ gei¹ m⁴ yeb⁶ néi⁵ lung⁴

不是你的雞不進你的籠。比喻與你無關係的人不會進你家，或不是你應得的錢財進不了你的口袋。

唔係手腳 m⁴ hei⁶ seo² gêg³

不是對手。　[例] 你嚟同我比賽呀，我睇你唔係我手腳（你來跟我比賽嗎，我看你不是我的對手）。

唔係嘢少 m⁴ hei⁶ yé⁵ xiu²

嘢：東西。直譯是不是東西少，指人不簡單，本領高強，不能輕視。　[例] 呢個人唔係嘢少，咪睇小佢呀（這個人很不簡單，別小看他啊）。也引申指事情複雜。　[例] 呢個案件唔係嘢少，要多啲人手至得（這個案件極複雜，要多點人力才行）。

唔係人嘅品 m⁴ hei⁶ yen⁴ gem² ben²

指人沒有人所應有的品格。　[例] 呢個人一啲公德心都冇，真係唔係人嘅品（這個人一點公德心都沒有，簡直就不是人）。也指人的想法、性格愛好與眾人不同。　[例] 佢嘅想法古古怪怪，唔係人嘅品（這個女子打扮的古古怪怪，跟大家都不一樣）。也形容人某方面特別厲害（含貶意）。　[例] 佢發起脾氣嚟唔係人嘅品嘅（他發起脾氣來可厲害了）。

唔係就假 m⁴ hei⁶ zeo⁶ ga²

對某事的判斷非常肯定，直譯是“不是就假的”，實際意思是“不是才怪呢”。　[例] 我話你一定好中意佢呀，唔係就假嘅（我說你一定很喜歡她，不是才怪呐）｜我估肯定係你打爛咗，唔係就假嘅（我猜一定是你打破了，不是才怪呢）。

唔開胃 m⁴ hoi¹ wei⁶

沒有胃口，沒有食欲。　[例] 我今日有啲唔開胃（我今天胃口有點不好）。引申為對人感到厭煩、噁心。　[例] 咪理呢條衰公，我見親佢就唔開胃（別理這個傢伙，我一看見他就噁心）。

唔好東風搞壞個天 m⁴ hou² dung¹ fung¹ gao² wai⁶ go³ tin¹

比喻有人從中挑撥離間，把事情弄壞了。

唔好搞我 m⁴ hou² gao² ngo⁵

同“咪搞我”。

唔好見到神就拜 m⁴ hou² gin³ dou³ sen⁴ zeo⁶ bai³

唔好：不要。不要一見到神就頂禮膜拜。比喻勸人不要盲目求人。

唔好講自 m⁴ hou² gong² ji⁶

先別說，暫且不說。　[例] 你唔

好講自（你先別説）。根據不同情況"講"可以換成其他動詞，如笑、去、打、買等等。

唔好意思 m⁴ hou² yi³ xi³

不好意思。多用於表示輕微的抱歉。 例 我今次又遲到喇，真唔好意思（我這次又遲到了，真不好意思）。如果抱歉的意思深切一些，應該用"對唔住"（對不起）。

唔好手腳 m⁴ hou² seo² gêg³

手腳不好，即手腳不乾淨、有過偷竊行為的意思。 例 呢個人唔好手腳，你要注意佢呀（這個人手腳不乾淨，你要注意他啊）。

唔知抽起邊條筋 m⁴ ji¹ ceo¹ héi² bin¹ tiu⁴ gen¹

譏笑人心血來潮，突然想起某些事情，不經大腦思考便立即實行。 例 佢唔知抽起邊條筋，話要開一間公司喎（他不知是不是心血來潮，説要開辦一家公司啊）。

唔知醜字點寫 m⁴ ji¹ ceo² ji⁶ dim² sé²

指人不知羞恥。 例 呢種話都講得出，真係唔知醜字點寫（這種話都説的出來，真是不知羞恥）。

唔知幾好 m⁴ ji¹ géi² hou²

不知有多好。 例 呢度風景好靚，喺呢度住唔知幾好呀（這裏風景優美，在這裏住不知有多好啊）

唔知好醜 m⁴ ji¹ hou² ceo²

不識好歹。 例 後生仔唔知好醜，你話下佢啦（年輕人不識好歹，你説説他吧）。

唔知好嬲定好笑 m⁴ ji¹ hou² neo¹ ding⁶ hou² xiu³

好嬲：該生氣；定：還是。不知道該生氣還是高興。多指當前發生不如願的事，如好心幹了壞事或幫了倒忙等時用。 例 你唔懂我嘅意圖就亂擺佈，叫我唔知好嬲定好笑（你不知我的意圖就亂擺弄，叫我哭笑不得）。

唔知死字點寫 m⁴ ji¹ séi² ji⁶ dim² sé²

不知道死字是怎麼寫的，指人不顧危險，不知利害。 例 你哋幾個喺馬路追嚟追去，真係唔知死字點寫（你們幾個在馬路上追來追去，真夠玩兒命的） | 呢啲事你都敢做，真係唔知死字點寫咯（這些事你都敢做，真夠玩兒命的）。

唔知衰 m⁴ ji¹ sêu¹

不知道別人討厭自己，不知羞恥。 例 佢講埋咁多八卦野，真係有啲唔知衰呀（她説那麼多婆婆媽媽的事，也不知道別人討厭） | 佢咁下流，唔知衰（他那麼下流，真不知羞恥）。

唔志在 m⁴ ji³ zoi⁶

不在乎，目標、志向不在這裏。 例 我參加勞動唔志在幾多報酬 (我參加勞動不在乎報酬多少) ｜ 你畀幾多我都唔志在 (你給多少我也不在乎)。

唔求周圍人情好，唔飲由佢酒價高 m⁴ keo⁴ zeo¹ wei⁴ yen⁴ qing⁴ hou², m⁴ yem² yeo⁴ kêu⁵ zeo² ga³ gou¹

〔諺語〕不求周圍人的人情，不喝酒管它價錢高不高。一些自認清高的人的處世態度。有 "不求人就不欠別人的人情，事不關己，高高掛起" 的意思。

唔窮唔教學，唔餓唔嚹蕉仔殼 m⁴ kung⁴ m⁴ gao³ hog⁶, m⁴ ngo⁶ m⁴ lên¹ jiu¹ zei² hog³

嚹：啃。不窮不教書，不餓不吃香蕉皮。反映過去社會上人們普遍看不起教學工作。又說 "唔窮唔教學，唔餓唔嚹殼"。(嚹，舔；殼：勺)

唔理咁多 m⁴ léi⁵ gem³ do¹

不管三七二十一；不管怎麼樣。 例 我唔理咁多，到時你要還番畀我 (我不管怎麼樣，到時你要還給我) ｜ 你哋嘅事，我一於唔理咁多 (你們的事，我一概不管) ｜ 唔好理佢咁多，通通都趕出去 (不管他三七二十一，通通給我趕出去)。

唔理好醜，但求就手 m⁴ léi⁵ hou² ceo², dan⁶ keo⁴ zeo⁶ seo²

不管好不好，只要求有收益、有效果就好。近似普通話 "不管黑貓白貓，能抓老鼠的就是好貓"。

唔理天胎 m⁴ léi⁵ tin¹ toi¹

不顧一切，不管三七二十一。 例 邊個勸佢都唔聽，佢唔理天胎硬係要去 (誰勸他都不聽，他不顧一切就是要去)。

唔埋得個鼻 m⁴ mai⁴ deg¹ go³ béi⁶

唔埋得：不能靠近。鼻子不能靠近去，就是東西很臭，臭不堪聞。一般用來表示鄙視某些人的言行或人品。 例 佢以為自己好架勢，其實係唔埋得個鼻 (他以為自己很了不起，其實是一錢不值)。

唔望今年竹，只望明年筍 m⁴ mong⁶ gem¹ nin⁴ zug¹, ji² mong⁶ ming⁴ nin⁴ sên²

今年的竹子已經定型了，但明年的筍一定要管理好，管理得好就能長出好竹子。表示寄希望於將來。

唔嘮耕 m⁴ na¹ gang¹

嘮耕：有關聯、相干、沾邊兒。唔嘮耕即毫不相干、不著邊際等意思。 例 你講嘅話太離譜喇，簡直係唔嘮耕 (你說的話太離譜了，簡直是不着邊際）｜你兩個人嘅睇法有好大出入，直程係唔啤添（你兩個人的看法有很大出入，簡直是完全不同）｜你答非所問，真係唔啤（你答非所問，真是牛頭不對馬嘴）。

唔嬲就假 m⁴ neo¹ zeo⁶ ga²

嬲：生氣。不生氣才怪呢。 例 你亂講人哋嘅私事，人哋唔嬲就假咯（你亂議論人家的私事，人家不生氣才怪呢）｜你整烏糟佢嘅衫，佢唔嬲就假咯（你弄髒他的衣服，他不生氣才怪呢）。

唔嬲就瓦燒 m⁴ neo¹ zeo⁶ nga⁵ xiu¹

瓦燒：指陶製的小人兒。碰到某種情況還不生氣，除非他是陶製的小人兒。意思是誰都會生氣。 例 見到呢種情況，唔嬲就瓦燒（看到這種情況，你不生氣就不是人）。

唔啱偈 m⁴ ngam¹ gei²

啱偈：合得來。唔啱偈即意見不合、合不來的意思。 例 佢哋兩個好唔啱偈，成日頂頸（他們兩個很合不來，整天爭吵不休）。

唔怕百戰失利，就怕灰心喪氣

m⁴ pa³ bag³ jin³ sed¹ léi⁶, zeo⁶ pa³ fui¹ sem¹ song³ héi³

〔諺語〕不怕屢次失敗，就怕灰心喪氣。鼓勵人們堅忍不拔、再接再厲幹下去。

唔怕搏命，至怕睇病 m⁴ pa³ bog³ méng⁶, ji³ pa³ tei² béng⁶

搏命：拼命；至：最；睇病：看病。不怕拼命地工作，最怕得了病去醫院看病。因為拼命工作雖然勞累但是有報酬，而請假去看病除了扣工資以外還要付較高的醫藥費。

唔怕犯天條，至怕犯眾憎

m⁴ pa³ fan⁶ tin¹ tiu⁴, ji³ pa³ fan⁶ zung³ zeng¹

〔諺語〕至怕：最怕；犯眾憎：得罪群眾，令群眾討厭。不怕犯天條，最怕得罪群眾，讓群眾憎恨。

唔怕官，最怕管 m⁴ pa³ gun¹, zêu³ pa³ gun²

〔諺語〕不怕高官，就怕直接管理你的人。有些人認為，大官高高在上，就算做錯了甚麼被他看見了也不知道我是誰，不必怕他。但直接管理你的人就不同，他很了解你，你的一切都掌握在他手裏，所以對他要處處防範。

唔怕寒露雨，最怕霜降風

m⁴ pa³ hon⁴ lou⁶ yü⁵, zêu³ pa³ sêng¹ gong³ fung¹

〔農諺〕寒露下雨有利於水稻生長，但晚稻最怕的是霜降時颳北風。

唔怕生壞命，最怕改壞名

m⁴ pa³ sang¹ wai⁶ méng⁶, zêu³ pa³ goi² wai⁶ méng⁶⁻²

〔諺語〕改名：取名。強調人名的重要，取了不好的名字，將影響終生。

唔怕生壞相，就怕改壞名

m⁴ pa³ sang¹ wai⁶ sêng³, zeo⁶ pa³ goi² wai⁶ méng⁴⁻²

改名：取名。廣東民間很重視給孩子取名，甚至認為取名比長相還重要。

唔怕蝕，至怕歇 m⁴ pa³ xid⁶, ji³ pa³ hid³

〔諺語〕蝕：虧本；歇：停頓，停業。做生意不怕一時虧本，最怕的是停業。

唔癡唔聾，唔做亞姑亞翁 m⁴ qi¹ m⁴ lung⁴, m⁴ zou⁶ a³ gu¹ a³ yung¹

〔諺語〕亞姑亞翁：公公婆婆。有些人主張，做了公公婆婆之後，尤其是跟兒子兒媳一起生活的老人，最好裝癡裝聾，不干預兒子和媳婦的事。

唔似樣 m⁴ qi⁵ yêng⁶⁻²

不像樣、不像話。 例你噉講太唔似樣喇 (你這樣說太不像話了)。

唔清唔楚 m⁴ qing¹ m⁴ co²

不清楚；不明不白。形容人糊裏糊塗，懵懵懂懂。 例搞到我唔清唔楚 (弄得我糊裏糊塗) ｜ 開會傳達得唔清唔楚 (開會傳達得糊裏糊塗)。

唔使慌會 m⁴ sei² fong¹ wui⁵

表示某種情況不可能出現。 例今日一啲雲都冇，唔使慌會落雨啦 (今天一點雲都沒有，肯定是不會下雨的) ｜ 佢讀書唔勤力，考試唔使慌會通過啦 (他讀書不用功，考試肯定是不會通過的)。

唔使急自 m⁴ sei² geb¹ ji⁶

先別急。 例你慢慢講，唔使急自 (你慢慢説，先別急)。

唔使咁巴閉 m⁴ sei² gem³ ba¹ bei³

不必大驚小怪。 例一兩個人嘛，唔使咁巴閉 (一兩個人罷了，不必那麼大驚小怪)。

唔使客氣 m⁴ sei² hag³ héi³

不必客氣。例大家隨便坐啦，唔使客氣 (大家隨便坐吧，不必客氣) ｜ 你有乜嘢意見即管講出嚟，唔使客氣 (你有甚麼意見儘管説出來，不必客氣)。

唔使指擬 m⁴ sei² ji² yi⁵

指擬：指望。唔使指擬即不必指望、別指望的意思。 例你想坐喺度就有得食就唔使指擬嘞 (你想坐著就有吃的那就別指望了)。

唔使拘 m⁴ sei² kêu¹

拘：拘謹、客氣。即不必客

氣。　例 大家都係熟人，隨便食啦，唔使拘呀（大家都是熟人，隨便吃吧，不用客氣）。

唔使嚟 m⁴ sei² lei⁴

直譯是"不必來"，這裏有不必這樣、別這樣、不必指望等意思。例 你有資金就想搞試驗，你唔使嚟喇（你沒有資金就想搞試驗，你就別打算了）。

唔使唔該 m⁴ sei² m⁴ goi¹

不用感謝。在別人表示感謝時所作的回應。例 幫你搬張椅之嗎，唔使唔該（不就幫你搬把椅子，不必謝我）。

唔使問亞貴 m⁴ sei² men⁶ a³ guei³

亞貴：人名。相傳是清末兩廣巡撫柏貴。因他昏庸無能，其下屬有事都不去找他，而是直接請示兩廣總督葉名琛。於是便有"唔使問亞貴"的口頭禪。比喻事情都很明白，不必去問別人，表示說話人很肯定自己的想法。例 邊個攞咗去，唔使問亞貴，我知到係邊個（誰拿了去，不必問，我知道是誰）｜呢個仔今日唔想食飯，唔使問亞貴，梗係有病咯（這個孩子今天不想吃飯，你甭問，肯定是有病了）。

唔使擇日 m⁴ sei² zag⁶ yed⁶

不必挑選日子。多用於指對方隨時、隨意、習慣性地做某事。例 佢日日都去茶樓飲茶嘅，唔使擇日（他天天都去茶樓喝茶，每天如此）。引申指某些動作行為經常甚至隨時都可以發生。例 佢鬧人唔使擇日㗎（他隨時會罵人的）｜你打人唔使擇日，邊個敢同你相處（你隨意就打人，誰敢跟你相處）！

唔死就百零歲 m⁴ séi² zeo⁶ bag³ léng⁴ sêu³

〔戲謔語〕百零歲：一百多歲。不死的話就活到一百多歲。

唔神唔鬼 m⁴ sen⁴ m⁴ guei²

不是神也不是鬼，指責別人把事情弄得不成樣子，非驢非馬，令人哭笑不得。

唔信鏡 m⁴ sên³ géng³

不相信鏡子反映出來的真實情況。比喻人過分自信、主觀。例 你太過唔信鏡喇，聽下人哋嘅意見啦（你過於自信了，聽聽別人的意見吧）。

唔信命都要信下塊鏡 m⁴ sên³ méng⁶ dou¹ yiu³ sên³ ha⁵ fai³ géng³

信下：信一下；塊鏡：那面鏡子。不相信命運也要相信一下那面鏡子。意思是鏡子反映自己真實的容貌，必須相信鏡子中的自己。比喻人要尊重客觀事實。

唔聲唔聲 m⁴ séng¹ m⁴ séng¹

形容人寡言少語，一聲不吭。 例 你咪話佢唔聲唔聲嗽呀，其實佢好多計㗎（你別說他一聲不吭，其實他計謀多着呢）。

唔聲唔聲屙口釘 m⁴ séng¹ m⁴ séng¹ ngo¹ heo² déng¹

唔聲：不作聲；屙：排便。平時不吭聲的人突然說出驚人的話語。比喻突然做出令人瞠目結舌的舉動。 例 呢個仔平時唔中意講話，今日突然提出咁好嘅意見，真係唔聲唔聲屙口釘略（這孩子平時不喜歡說話，今天突然提出這麼好的意見，真是一鳴驚人了）。

唔衰攞嚟衰 m⁴ sêu¹ lo² lei⁴ sêu¹

衰：倒霉、糟糕、討厭。攞嚟衰：自找倒霉、自找麻煩、自討沒趣。 例 今日唔知點，我話佢兩句，佢就嬲咗我，真係唔衰攞嚟衰（今天不知怎麼的，我說了他兩句，他就生我的氣，真是自找倒霉） | 你搞成嗽樣，人人都有意見，你就係唔衰攞嚟衰略（你搞成這個樣子，大家都有意見，你是自找麻煩了）。

唔熟性 m⁴ sug⁶ xing³

不懂人情世故，不會做人。 例 你又想人幫你辦事，人哋又得唔到乜嘢好處，我話你有啲唔熟性略（你又想別人幫你辦事，人家又得不到甚麼好處，我說你有點不懂人情世故了） | 師傅教咗你咁多嘢，得閒都唔去坐下，真係唔熟性（師傅教了你那麼多東西，有空也不去坐坐，真不懂事）。

唔睇得過眼 m⁴ tei² deg¹ guo³ ngan⁵

看不慣，看着不舒服，無法忍受。 例 有啲人着嘅衫真係叫我唔睇得過眼（有些人穿的衣服真讓我看着不舒服） | 喺公共汽車上面大聲講話，我就唔睇得過眼（在公共汽車上大聲說話我真受不了）。

唔聽笛 m⁴ téng¹ dég⁶⁻²

笛：笛子，比喻人們所說的話。不聽某人的笛就是不聽某人的言論、主張、說教、指揮等。 例 大家都唔聽你笛，你有乜辦法吖（大家都不聽你的，你有甚麼辦法呢） | 你點講佢哋都唔聽笛（你怎麼說他們還是不聽你的）。

唔聽老人言，一世坐爛船
m⁴ téng¹ lou⁵ yen⁴ yin⁴, yed¹ sei³ co⁵ lan⁶ xun⁴

〔戲謔語〕不聽老人言，一輩子坐破船。相當於普通話的"不聽老人言，吃虧在眼前"。又說"唔聽老人言，吃苦在眼前。"

唔聽就罷 m⁴ téng¹ zeo⁶ ba⁶

"唔……就罷"，表示如果建議遭到否定，則不再堅持。 例道理都講清楚喇，你唔聽就罷（道理都説清楚了，你不聽就算了）。

唔湯唔水 m⁴ tong¹ m⁴ sêu²

不是湯也不是水，指事情只做得一半左右，即"半拉子"的樣子。 例 你呢個工程整成唔湯唔水噉，邊個敢接手吖（你這個工程做成半拉子，誰敢接手呢）｜你呢篇文章唔湯唔水，叫人點讀呀（你這篇文章寫成半成品，叫人怎麼看啊）？

唔通氣 m⁴ tung¹ héi³

不通氣，即不懂人情世故、不通情達理、不善解人意。一般用來指人妨礙別人。 例 人哋兩個拍拖，你坐喺旁邊做乜嘢呀，真唔通氣（人家兩個人在談戀愛，你坐在旁邊幹甚麼，真不懂給人方便）。

唔同牀唔知被爛 m⁴ tung⁴ cong⁴ m⁴ ji¹ péi⁵ lan⁶

不跟人睡就不知別人的被子破舊。指各人的情況很不相同，不親身體察就無法了解實際情況。 例 你以為我有錢就好歎，其實我嘅家境亦有好多困難，真係唔同牀唔知被爛呀（你以為我有錢就很享福，其實我的家境也有很多困難，你不親自了解就不知別人的難處）。

唔話畀你知，等你心思思 m⁴ wa⁶ béi² néi⁵ ji¹, deng² néi⁵ sem¹ xi¹ xi¹

話畀你知：告訴你；心思思：心裏不停地思念。不告訴你，讓你心裏老惦記着。 例 你問我係唔係中咗獎，唔話畀你知，等你心思思（你問我是不是中了獎，不告訴你，讓你猜去吧）。

唔話得 m⁴ wa⁶ deg¹

不能説，即無可指摘的，相當於"沒甚麼可説的""沒説的""無可挑剔的"等意思。 例 你哋嘅態度咁好，真係唔話得嘞（你們的態度這麼好真是沒甚麼可説的）。

唔話得埋 m⁴ wa⁶ deg¹ mai⁴

下不了結論，難以預料，説不準。 例 十幾歲嘅細路仔，以後會變成點，唔話得埋嘅（十幾歲的小孩，將來會變成怎麼樣，下不了結論）｜呢場比賽邊個贏，唔話得埋㗎（這場比賽誰能贏，很難預料的）。

唔為得過 m⁴ wei⁴ deg¹ guo³

為：計算成本。劃不來，不劃算，多用於做生意時，考慮是否有利可圖。 例 呢種衫賣 20 文一件，唔為得過（這種上衣一件賣 20 元，劃不來）。

唔識駕步 m⁴ xig¹ ga³ bou⁶

不懂得如何做，不懂（行業方面的）規矩。 例 後生仔唔識駕步唔奇怪（年輕人不懂行規不奇怪）。

唔時唔候 m⁴ xi⁴ m⁴ heo⁶

不是時候，時間不對。 例 你兩三點鐘去食晚飯，唔時唔候（你兩三點鐘去吃晚飯，不是時候）。

唔識做人 m⁴ xig¹ zou⁶ yen⁴

不會做人。指不懂得怎樣待人接物，不遵循遊戲規則或潛規則行事。 例 佢重好後生，有啲唔識做人（他還年輕，有點兒不會做人）｜你唔識做人就好難搵到人幫你手（你不按照通常規則行事就很難找到人幫你的忙）。

唔食狗肉撈狗汁 m⁴ xig⁶ geo² yug⁶ lou¹ geo² zeb¹

撈：拌，指用湯汁拌飯。不吃狗肉但用狗肉湯汁拌飯。譏笑那些自稱不吃狗肉的人卻用狗肉汁來拌飯。比喻雖然聲稱反對或忌諱某事，卻幹着與之有關的事情，其實是自欺欺人。

唔食鹹魚口唔腥，唔做壞事心唔驚 m⁴ xig⁶ ham⁴ yü⁴ heo² m⁴ séng¹, m⁴ zou⁶ wai⁶ xi⁶ sem¹ m⁴ géng¹

〔諺語〕不吃鹹魚嘴巴不腥，不做壞事心不慌。

唔食鹹魚免口乾 m⁴ xig⁶ ham⁴ yü⁴ min⁵ heo² gon¹

不吃鹹魚以免口渴。比喻不參與其事不會有風險，免得承擔責任。 例 呢件事你冇參加，你怕乜野吖，唔食鹹魚免口乾（這件事你沒有參加，你怕甚麼，沒有你的責任）。

唔食羊肉一身臊 m⁴ xig⁶ yêng⁴ yug⁶ yed¹ sen¹ sou¹

臊：羊膻。不吃羊肉全身卻有羊的膻味。不吃羊肉全身卻有羊的膻味。比喻沒有參與其事卻被誤會做了壞事。 例 我呢次冇去參加開會，有人話我喺會上搞亂，真係唔食羊肉一身臊咯（這次我沒有參加開會，有人說我在會上搞亂，真是天大的冤枉）。

唔輸蝕 m⁴ xu¹ xid⁶

輸蝕：比較差、略差一籌。唔輸蝕即比較起來並不差。 例 你同佢比較，一啲都唔輸蝕（你跟他比較，一點也不差）。

唔要命嗷 m⁴ yiu³ méng⁶ gem²

不要命似的，拼命似的。 例 你睇佢做野，直程係唔要命嗷（你看他幹活，簡直就是不要命似的）。

唔用腦，等運到 m⁴ yong⁶ nou⁵, deng² wen⁶ dou³

〔戲謔語〕不用腦子，只等運氣到來。批評懶人不動腦筋。

唔執手尾 m⁴ zeb¹ seo² méi⁵

形容人幹活丟三落四，不愛收拾，馬虎隨便。 例 你做完工，唔執手尾點得㗎 (你幹完活了，不收拾東西怎麼行)。

唔制得過 m⁴ zei³ deg¹ guo³

不合算，劃不來。 例 要我同佢換呀，唔制得過 (要我跟他換，劃不來)。

唔走得甩 m⁴ zeo² deg¹ led¹

甩：脫掉。跑不掉，跑不了。 例 唔理你承唔承認，你都唔走得甩 (不管你承認不承認，你都跑不掉)。

唔…就有鬼 m⁴ …zeo⁶ yeo⁵ guei²

對某事的判斷表示十分肯定。 例 唔係佢就有鬼 (不是他才怪呢)！｜呢個會唔開就有鬼咯 (這個會議肯定是要開的)。

唔阻你 m⁴ zo² néi⁵

〔客套語〕客人告別時對主人説的話，有"不打擾了""不妨礙你了"的意思。 例 我要翻去咯，唔阻你咯 (我要回去了，不打擾了)。

唔做賊心唔驚，唔食魚口唔腥 m⁴ zou⁶ cag⁶ sem¹ m⁴ géng¹, m⁴ xig⁶ yü⁴ heo² m⁴ séng¹

〔諺語〕不做賊心不怕，不吃魚嘴巴不腥。比喻沒做壞事心不怕。近似普通話"平生不作虧心事，半夜敲門心不驚"。

唔做老細，唔知柴米貴 m⁴ zou⁶ lou⁵ sei³, m⁴ ji¹ cai⁴ mei⁵ guei³

老細：老闆。不做老闆不知柴米貴。即不當家，不知道日子艱難。

唔做中，唔做保，唔做媒人三代好 m⁴ zou⁶ zung¹, m⁴ zou⁶ bou², m⁴ zou⁶ mui⁴ yen⁴ sam¹doi⁶ hou²

〔諺語〕民間有人認為，不做中間人，不做擔保人，也不做媒人，子孫三代就能安居樂業，一生安好。

唔中用 m⁴ zung¹ yung⁶

直譯是東西不好用的意思，指人無能、沒能耐、沒出息、窩囊等。 例 噉都唔會，真係唔中用咯 (這樣都不會，真是沒出息了)。

麻布做龍袍，唔係嗰種料 ma⁴ bou³ zou⁶ lung⁴ pou⁴, m⁴ hei⁶ go² zung² liu⁶⁻²

〔歇後語〕唔係嗰種料：不是那種材料。 例 佢做領導，我睇係麻布做龍袍，唔係嗰種料 (他當領導，我看他不是那種料子)。

麻骨拐杖，靠唔住 ma⁴ gued¹ guai² zêng⁶⁻², kao³ m⁴ ju⁶

〔歇後語〕用麻稈做的拐杖是

靠不住的。比喻靠不住或沒有
用的東西。 例 你唔好信呀，
呢個人係麻骨拐杖，靠唔住㗎
（你不要相信，這個人就像麻
稈做的拐杖，是靠不住的）。

麻鷹拉雞仔，飛起嚟咬 ma⁴

ying¹ lai¹ gei¹ zei², féi¹ héi² lei⁴ ngao⁵

〔歇後語〕麻鷹：老鷹；拉：
叼；雞仔：小雞；飛起：飛着；
嚟：來。老鷹叼小雞，邊飛邊
咬。廣州話"飛起"的另一個
意思是拼命地、狠狠地、非常
地。往往比喻商家狠命宰客。

麻雀抬轎，擔當唔起 ma⁴ zêg³

toi⁴ giu⁶⁻², dam¹ dong¹ m⁴ héi²

〔歇後語〕表示負不了某種責
任。 例 太大件事喇，我麻雀
抬轎，擔當唔起呀（事情太重
大了，我個人擔當不起啊）。

馬行石橋冇記認 ma⁵ hang⁴ ség⁶

kiu⁴ mou⁵ géi³ ying⁶

記認：痕跡，足跡。馬從石橋
上走過沒有痕跡。比喻所做
過的事沒有留下痕跡，沒有破
綻。 例 你唔使怕，冇人知到
嘅，馬行石橋冇記認（你不必
害怕，沒有人知道的，沒有留
下破綻）。

馬騮學打鐵 ma⁵ leo¹ hog⁶ da² tid³

馬騮：猴子。猴子學打鐵，僅
僅是鬧着玩而已，並非有心去
學習。比喻小孩學大人做事，

不必當真。

馬騮生臭狐，唔係人嘅味

ma⁵ leo¹ sang¹ ceo³ wu⁴, m⁴ hei⁶ yen⁴
gem² méi⁶

〔歇後語〕唔係：不是；嘅：那
樣的。猴子身上有狐臭，但仍
然不是人那樣的氣味。比喻一
些素質不高的人雖然衣着很講
究，但看上去仍然表現不出有
教養的人的風度。

馬騮升官，唔係人嘅品 ma⁵ leo¹

xing¹ gun¹, m⁴ hei⁶ yen⁴ gem² ben²

唔係：不是；人嘅品：像人那
樣的品格。猴子雖然當了官，
但其品質終歸還不是人。多用
來形容某些人的氣質非常低
下。

馬騮執到桔 ma⁵ leo¹ zeb¹ dou³⁻² ged¹

執到：撿到。猴子撿到桔子，
形容人高興的樣子。多用來形
容小孩得到喜愛的東西時高興
的樣子。 例 你睇佢幾開心，
好似馬騮執到桔嘅（你看他多
高興，就像猴子得到桔子似
的）。

馬老識途，人老識理 ma⁵ lou⁵

xig¹ tou⁴, yen⁴ lou⁵ xig¹ léi⁵

〔諺語〕老馬識途，人老懂得道
理。

馬尾紮豆腐，不堪提 ma⁵ méi⁵

zad³ deo⁶ fu⁶, bed¹ hem¹ tei⁴

〔歇後語〕紮：捆綁；不堪提：

提不起來。用馬尾來捆綁豆腐，沒辦法提得起來。"不堪提"是雙關語，其一是提不起來；其二是不堪回首、不願意再提某一件事情。　例 呢件事你就唔好問咯，馬尾紮豆腐，不堪提呀（這件事你就不要問了，不堪回首啊）。

馬屎憑官貴 ma⁵ xi² peng⁴ gun¹ guei³
馬屎也跟着當官主人的顯貴而提高了身價。諷刺與權勢沾親帶故的人也仗勢在人前耀武揚威。　例 佢個表哥係個乜嘢長，佢就以為唔知幾架勢，馬屎憑官貴（他的表哥是個甚麼長，他就以為他自己也很了不起）。

馬死落地行 ma⁵ séi² log⁶ déi⁶ hang⁴
馬死了就下地繼續走，比喻人遇到困境仍可以採取別的辦法繼續幹。　例 我哋而家遇到困難，大家惟有馬死落地行，想其他辦法咯（我們現在遇到困難，大家惟有另想辦法了）。

螞蟻孭田螺，冒充大頭鬼
ma⁵ ngei⁵ mé¹ tin⁴ lo⁴⁻², mou⁶ cung¹ dai⁶ teo⁴ guei²
〔歇後語〕孭：背；大頭鬼：比喻闊氣的人，引申指大人物。螞蟻背着大田螺，看起來它的頭很大，其實是冒充的。用來形容人裝作很了不起。　例 你嘅底細我好清楚，唔使螞蟻孭田螺，冒充大頭鬼咯（你的情

況我很清楚，不用再冒充大人物了）。

擘大口得個窿 mag³ dai⁶ heo² deg¹ go³ lung¹
擘大：張開；窿：洞，窟窿。張着嘴巴只見一個洞。形容人理屈詞窮，說不出話來，相當於"張口結舌"。　例 你問佢乜都唔知，擘大口得個窿（你問他甚麼都不知道，只是張口結舌）｜佢畀我駁到擘大個口得個窿（他讓我駁得張口結舌）。

擘大眼瀨尿 mag³ dai⁶ ngan⁵ lai⁶ niu⁶
瀨尿：尿牀。張着眼睛尿牀。比喻人遇到不好辦的事卻不得已而為之。　例 有乜辦法吖，我唔做唔得呀，惟有擘大眼瀨尿啦（有甚麼辦法，我不做不行啊。只好違心地去做唄）。

擘大獅子口 mag³ dai⁶ xi¹ ji² heo²
張大獅子口。比喻要價過高。　例 你擘大獅子口，叫我點還價呀（你開這麼高的價，叫我怎麼還價呢）。

埋單 mai⁴ dan¹
埋：合攏、歸總、合計。把各樣東西的價錢合在一起，即結賬。普通話吸收了這個用語，但有時有人寫作"買單"，與廣州話原來的意思有差別。　例 食完至埋單（吃完了再結賬）｜你唔好以為由亞爺埋單

就亂咁浪費（你不要以為由公
家結賬就隨意浪費）。

埋手打三更 mai⁴ seo² da² sam¹ gang¹

埋手：下手，開始做。一開始
就出錯。 〔例〕今日真衰，埋手
就打三更（今天真糟糕，一開
始就弄錯了）。又作"開手打
三更""落手打三更"。

買柴燒，糴米煮，租屋住 mai⁵
cai⁴ xiu¹, dég⁶ mi⁵ ju², zou¹ ngug¹ ju⁶

指都市多數人衣食住行都得花
錢。多用於城鄉生活對比時城
裏人強調自己困難的一面。

買定棺材掘定冚，聽死

mai⁵ ding⁶ gun¹ coi⁴ gued⁶ ding⁶
tem⁵, ting³ séi²

〔歇後語〕定：事先準備好；
冚：坑；聽：等候。意思是準
備辦後事。罵人等着去死。
〔例〕你呢個衰鬼，買定棺材掘定
冚，聽死啦你（你這個缺德鬼
準備死去吧）！

買鹹魚放生，不顧死活

mai⁵ ham⁴ yü⁴ fong³ sang¹, bed¹ gu³
séi² wud⁶

〔歇後語〕買鹹魚來放生，不
管它是死的還是活的。"不顧
死活"是雙關語，另一個意思
是不管別人的死活，自己一意
孤行。 〔例〕你唔能嘅樣對待大
家㗎，買鹹魚放生，不顧死活
點得呢（你不能夠這樣對待大

家，不顧死活怎麼行呢）。

買豬頭搭豬骨，大件夾抵食

mai⁵ ju¹ teo⁴ dab³ ju¹ gued¹, dai⁶ gin⁶
gab³ dei² xig⁶

〔歇後語〕大件：塊兒大；夾：
而且；抵食：值得吃，即便宜。
買豬頭又帶上豬骨，讓人看起
來很大很多的樣子。多用來形
容東西又大又多，給人覺得東
西很便宜的樣子。

買水嗷頭 mai⁵ sêu² gem² teo⁴

買水：孝子到河邊打水，為剛
去世的親人清洗身體。形容人
垂頭喪氣、悲哀的樣子。 〔例〕
打醒精神，唔好買水嗷頭（振
作一點，不要垂頭喪氣的樣
子）。

買黃紙唔使帶板 mai⁵ wong⁴ ji² m⁴
sei² dai³ ban²

唔使：不必；帶板：帶樣板。
形容人有病態，臉色蠟黃。

買碗買單丁，瞓醒都變妖精

mai⁵ wun² mai⁵ dan¹ ding¹, fen³ séng³
dou¹ bin³ yiu¹ jing¹

〔戲謔語〕單丁：單數；瞓醒：
睡醒。習慣買碗要買雙數的，
認為買碗筷買單數不吉利。如
果買了單數的，睡醒了也不過
是個妖精。

買少見少 mai⁵ xiu² gin³ xiu²

買東西少了，給人的感覺是分
量不足。説明人的眼力容易出

現錯覺。比如買東西時，感覺買兩次一斤好像比買一次兩斤少。

賣布唔帶尺，存心不量（良） mai⁶ bou³ m⁴ dai³ cég³, qun⁴ sem¹ bed¹ lêng⁴

〔歇後語〕"量"與"良"同音，指人不懷好意。 例我睇呢個人係賣布唔帶尺，存心不量呀（我看這個人存心不良）。

賣大包 mai⁶ dai⁶ bao¹

原指酒樓飯館為了吸引顧客而賤賣大包子，後來人們把廉價推銷產品的做法叫賣大包。 例呢間超市又賣大包咯，快啲去啦（這家超市又廉價賣東西了，快點去吧）。現在多指賣人情。 例呢次考試老師賣大包，唔理考成點都畀及格（這次考試老師送人情，不管考得怎麼樣都給及格）。

賣花姑娘插竹葉 mai⁶ fa¹ gu¹ nêng⁴ cab³ zug¹ yib⁶

指做事情完全是為了別人，自己卻不能享受。 例你哋嘅工作完全係為咗大家，真係賣花姑娘插竹葉呀（你們的工作完全是為了大家，可算是為他人作嫁衣裳了）。

賣花贊花香 mai⁶ fa¹ zan³ fa¹ hêng¹

大致相當於"王婆賣瓜，自賣自誇"。 例你自己講得咁好，真係賣花贊花香呀（你自己說的那麼好，真是王婆賣瓜，自賣自誇啦）。

賣告白 mai⁶ gou³ bag⁶

告白：告示、廣告。在報刊電視上登載廣告，做街頭、廣場、燈箱、車船等各種形式的廣告。 例你想推銷產品一定要賣告白至得（你想推銷產品一定要登廣告才行）｜我今次賣咗一個月告白（我這次登了一個月的廣告）。

賣鹹鴨蛋 mai⁶ ham⁴ ngab³ dan⁶⁻²

〔戲謔語〕多指壞人去世。

賣鹹魚食鹹魚屎 mai⁶ ham⁴ yü⁴ xig⁶ ham⁴ yü⁴ xi²

賣鹹魚的人吃賣剩的細碎鹹魚。指做生意的人一般都十分節儉，捨不得隨便吃用自己的貨物，好比賣鹹魚的人也只能吃賣剩的殘次貨，從來捨不得拿好的鹹魚來吃。 例你以為佢開飯店就成日大飲大食呀，冇嘅樣嘅，賣剩邊啲就食邊啲。賣鹹魚食鹹魚屎咋（你以為他開飯館就整天大吃大喝嗎，沒有的事。賣剩甚麼就吃甚麼而已）。

賣口乖 mai⁶ heo² guai¹

用甜言蜜語討好人。與普通話"賣乖"一語，與自鳴乖巧、討人喜歡，意思差不多。 例你

唔使對我賣口乖，我自有分寸
（你不必花言巧語來討好我，
我心裏有數）。也形容人光説
漂亮話而沒有甚麼行動。　例
你咪喺度賣口乖，做嚟睇下先
（你別在這裏説漂亮話，先做
出來看看吧）。

賣豬仔 mai⁶ ju¹ zei²

原來指十九世紀末至二十世紀
初廣東等地的窮苦百姓被騙賣
到海外當勞工，因為簽約後就
像豬一樣失去人身自由，故叫
"賣豬仔"。現在引申為被人
出賣或被人拋棄。　例 我差啲
畀佢賣豬仔咯（我差一點給他
出賣了）｜ 我琴日坐嗰架車，
畀司機賣豬仔，真激氣（我昨
天乘搭這輛車，讓司機甩在半
路，真氣人）。"豬仔"也可以
引申為被收買了的人。　例 呢
個係豬仔議員（這個是被收買
了的議員）。

賣懶賣懶，賣到年卅晚，人懶我唔懶 mai⁶ lan⁵ mai⁶ lan⁵, mai⁶ dou³ nin⁴ sa¹ man⁵ yen⁴ lan⁵ ngo⁵ m⁴ lan⁵

〔兒童戲謔語〕舊時廣東有些地
方的人，每逢農曆除夕，令兒
童上街"賣懶"，邊走邊叫喊，
以為這樣就能把"懶"賣掉了，
從此就勤快幹活，用功讀書。

賣貓咁好口 mai⁶ mao¹ gem³ hou² heo²

形容人為了某一目的而對人甜
言蜜語。

賣面光 mai⁶ min⁶ guong¹

指用虛偽的言行去討人喜歡，
表面應付得很周到。相當於
"買好"。　例 你唔好信呀，佢
係賣面光咋（你別信，他不過
是故意對你買好罷了）。

賣生藕 mai⁶ sang¹ ngeo⁵

指女子故意向男子賣弄風
情，例 你要因住佢呀，佢好中
意賣生藕㗎（你要當心，她是
很喜歡向男人賣弄風情的）。
又説"拋生藕"。

賣鯇魚尾，搭嘴 mai⁶ wan⁵ yü⁴ méi⁵, dab³ zêu²

〔歇後語〕鯇魚：草魚。廣州
習慣，鯇魚尾比魚身或魚頭略
貴，因此，市場上賣鯇魚尾時
一般要搭點魚頭。"搭嘴"又
指插嘴、插話。表示對經常插
嘴的人極為討厭的情緒。　例
人哋講話唔關你事，你唔好賣
鯇魚尾，搭嘴呀（別人説話跟
你沒有關係，你不要插嘴啊）。

賣剩鴨 mai⁶ xing⁶ ngab³

比喻説話多而聲音大的人。
由於母鴨的聲音大，公鴨基
本上沒有甚麼聲音，賣剩的
母鴨常叫個不停，所以用"賣
剩鴨"來比喻説話聲音大的女
人。　例 你睇佢好似隻賣剩鴨

M

嗽，成日嘈嘈閉（你看她就像隻賣剩的母鴨，整天嘎嘎的叫）。

賣剩蔗，周圍憑 mai⁶ xing⁶ zé³, zeo¹ wei⁴ beng⁶

〔歇後語〕周圍：到處；憑：靠。賣剩的甘蔗到處亂靠亂放。比喻人沒有事情時到處亂靠，妨礙別人。 例 你哋企喺度阻手阻腳，好似賣剩蔗，周圍憑（你們站在這裏礙手礙腳，就不怕妨礙別人）。

賣魚佬，有腥（聲）氣 mai⁶ yü⁴ lou², yeo⁵ séng¹ héi³

〔歇後語〕賣魚的人滿身都是腥氣。廣州話"腥"與"聲"同音。"腥氣"音同"聲氣"，是希望、消息等意思。有聲氣即有希望、有消息。 例 呢個月嘅獎金聽講話賣魚佬，有腥氣咯（這個月的獎金，聽說是有消息了）。

賣魚佬洗身，冇晒腥氣 mai⁶ yü⁴ lou² sei² sen¹, mou⁵ sai³ séng¹ héi³

〔歇後語〕冇晒：完全沒有。賣魚人洗過身就沒有腥氣了，整個的意思與上一條相反。 例 呢次你嘅申請好似賣魚佬洗身，冇晒腥氣咯（這次你的申請好像沒有希望了）。

賣仔莫摸頭 mai⁶ zei² mog⁶ mo² teo⁴

賣孩子時不要撫摸他的頭，一旦捨不得就賣不成了。比喻做事要堅決，既然已經決定了就不能優柔寡斷，否則辦不成大事。也比喻該捨棄的東西，便當忍痛放棄。 例 呢幅畫你都簽字賣咯，做乜重要打開睇下，賣仔莫摸頭呀（這幅畫你都簽字賣了，為甚麼還要打開看看，賣就賣唄）。

攣車邊 man¹ cé¹ bin¹

攣：扳、扶。抓扶着車的旁邊，引申為搭便車。 例 你幾時去廣州，等我攣下你車邊好嗎（你甚麼時候到廣州去，給我搭個腳兒吧）。又引申為"沾光"。 例 你做咁大嘅生意，畀個機會大家嚟攣下車邊啦（你做這麼大的生意，給大家一個機會沾沾光吧）。

晚霞行千里，西北火燒天 man⁵ ha⁴ hang⁴ qin¹ léi⁵, sei¹ beg¹ fo² xiu¹ tin¹

〔農諺〕晚霞預示着天晴，西北就像火燒天一樣。

晚來西北黑半天，縱唔落雨有風纏 man⁵ loi⁴ sei¹ beg¹ heg¹ bun³ tin¹, zung³ m⁴ log⁶ yü⁵ yeo⁵ fung¹ qin⁴

〔農諺〕晚上西北方向有半邊天的烏雲，就算不下雨也有大風來臨。

萬大有我 man⁶ dai⁶ yeo⁵ ngo⁵

無論遇上多大的問題有我頂着。表示説話人敢於承擔風險。 例 你怕乜吖，萬大有我（你怕甚麼，天塌下來有我呢）！

萬能老倌 man⁶ neng⁴ lou⁵ gun¹

老倌：戲曲演員。原指能演多個行當角色的戲曲演員，比喻工作上、技術上的多面手。

慢慢唔遲總要快 man⁶ man⁶⁻² m⁴ qi⁴ zung² yiu³ fai³

〔戲謔語〕唔遲：不遲。慢慢做或慢慢走都不晚，只要快就行。 例 大家慢慢唔遲總要快，落班前做完就得嘞（大家不管快慢，下班前完成就行了）。

盲婚啞嫁 mang⁴ fen¹ nga² ga³

指包辦婚姻。 例 舊社會嘅婚姻大多數都係盲婚啞嫁嘅（舊社會的婚姻大多數都是盲婚的）。

盲官黑帝 mang⁴ gun¹ heg¹ dei³

指人既沒有文化，不懂道理，又固執己見。 例 呢種人盲官黑帝，我真冇辦法搞得佢掂（這種人不懂道理又固執己見，我真沒有辦法對付他）。

盲公打燈籠，照人唔照己 mang⁴ gung¹ da² deng¹ lung⁴, jiu³ yen⁴ m⁴ jiu³ géi²

〔歇後語〕比喻人只看到別人的缺點而看不到自己的毛病。 例 佢呢個人好似盲公打燈籠，照人唔照己（他這個人只看到別人的缺點而看不到自己的毛病）。

盲公開眼，酸到極 mang⁴ gung¹ hoi¹ ngan⁵, xun¹ dou³ gig⁶

〔歇後語〕酸到極：酸極了。形容食物酸極了，酸得連盲人的眼睛都睜開了。

盲公食雲吞，心中有數 mang⁴ gung¹ xig⁶ wen⁴ ten¹, sem¹ zung¹ yeo⁵ sou³

〔歇後語〕表示人對某事心裏清楚。 例 呢件事你盲公食雲吞，心中有數就得嘞（這件事你心裏有數就行了）。又説“盲公食湯圓，心中有數”。

盲公竹 mang⁴ gung¹ zug¹

盲人探路用的竹竿，比喻為指路人、帶路者。 例 我唔識路，全靠佢做盲公竹（我不認識路，全靠他當帶路人）。

盲公竹，督人唔督己 mang⁴ gung¹ zug¹, dug¹ yen⁴ m⁴ dug¹ géi²

〔歇後語〕督：杵、戳。只批評、監督別人而不約束自己。 例 有人只係批評人哋，好似盲公竹，督人唔督己嘅（有人只批評別人，但是不批評自己）。

盲字都唔識一個 mang⁴ ji⁶ dou¹ m⁴ xig¹ yed¹ go³

斗大的字不識一個，目不識丁。

盲拳打死老師傅 mang⁴ kün⁴ da² séi² lou⁵ xi¹ fu²

盲拳：不懂武的人所打出的拳。整個意思是沒有套路的拳術往往叫老師傅防不勝防。比喻不懂章法的人做起事情來有時也能碰對。 例 你係撞彩碰對嘅嘛，盲拳打死老師傅啦嗎（你是碰巧碰對而已，歪打正着罷了）。

盲佬揼骨，鬆人 mang⁴ lou² deb⁶ gued¹, sung¹ yen⁴

〔歇後語〕揼骨：按摩，推拿。舊時盲人按摩叫"鬆骨"，這裏所説的"鬆人"是"鬆人的骨"的意思。廣州話"鬆人"又有溜走的意思。 例 佢去開會坐咗兩三個字就盲佬揼骨，鬆人咯（他去開會坐了十幾分鐘就溜走了）。

盲眼雷公，亂劈 mang⁴ ngan⁵ lêu⁴ gung¹, lün⁶ pég³

〔歇後語〕盲眼：瞎；亂劈：不分青紅皂白地亂劈。瞎眼睛的雷公看不見東西，打雷時就亂劈。比喻人不分是非地亂批評、亂打擊。 例 你要分清對象，唔好盲眼雷公，亂劈呀（你要分清對象，不要亂批亂打擊啊）。

猛火煎堆，皮老心唔老 mang⁵ fo² jin¹ dêu¹, péi⁴ lou⁵ sem¹ m⁴ lou⁵

〔歇後語〕煎堆：一種油炸麻團。用猛火炸煎堆，外面的表皮炸老了，但裏面的餡兒仍然很嫩。形容人年紀雖然老了，但其心理仍然年輕。

貓刮咁嘈 mao¹ guad³ gem³ cou⁴

貓刮：貓發情、交配；咁：那麼；嘈：吵鬧。貓發情時在夜裏叫聲很大，干擾人們入睡。 例 你哋夜晚唱歌跳舞搞到貓刮咁嘈，真討厭（你們晚上唱歌跳舞搞得聲音刺耳，真討厭）。也比喻人大聲地發牢騷。

貓兒洗面，係嗽意 mao¹ yi¹ sei² min⁶, hei⁶ gem² yi³⁻²

〔歇後語〕洗面：洗臉；係嗽意：意思意思而已。人們認為貓洗臉很隨便，比喻做事很不認真，只做個樣子罷了。 例 你總之隨便做下啦，貓兒洗面，係嗽意就得啦（總之你隨便做一下就行了，意思意思而已）。

茅根竹蔗（借）水 mao⁴ gen¹ zug¹ zé³ sêu²

茅根：茅草的根；竹蔗：一種細而硬的甘蔗，一般只能榨成汁液或者煮水喝。用茅根和竹蔗一同煮成湯水作清涼飲料。廣州話"蔗水"與"借水"同音，戲謔作借錢的意思。 例 我睇今日佢嚟九成九係茅根竹蔗水喇（我看他今天來九成是來借錢了）。

孭住個藥煲 mé¹ ju⁶ go³ yêg⁶ bou¹

孭：背。整天背着藥罐子。形容人經常生病。

孭晒上身 mé¹ sai³ sêng⁵ sen¹

孭：背。全背在身上。表示負起全部責任。 例 做領導就要將責任孭晒上身至啱（作為領導，就要負起全部責任才對）。

孭鑊 mé¹ wog⁶

孭：背；鑊：鐵鍋。背黑鍋。比喻替人承擔罪責。 例 既然唔關你事，你唔好同佢孭鑊呀（既然事情與你無關，你不要替他背黑鍋啊）。

歪嘴尿壺，包拗頸 mé² zêu² niu⁶ wu⁴, bao¹ ngao³ géng²

〔歇後語〕包拗頸：專門跟別人爭論、抬槓。形容人喜歡跟別人抬槓，就像一個歪了嘴的尿壺一樣。

乜都假 med¹ dou¹ ga²

乜：甚麼。說甚麼也不行，非這樣不可。表示說話人的態度堅決，不達到目的決不甘休。 例 你唔畀翻我乜都假（你不還給我，說甚麼都不行）。也表示毫無辦法。 例 你冇資金又冇技術，要辦一間工廠，乜都假啦（你既沒有資金也沒有技術，要辦一家工廠，從何談起）。

乜乜物物 med¹ med¹ med⁶ med⁶

這樣那樣的、甚麼甚麼的。 例 你間屋真多嘢，乜乜物物都有（你的房子東西真多，甚麼東西都有）｜佢知到晒你啲嘢，乜乜物物都話畀我知喇（他知道你的事，甚麼甚麼的全告訴我了）。

乜頭乜路 med¹ teo⁴ med¹ lou⁶

甚麼來頭。 例 嗰個人你知到係乜頭乜路呀（那個人你知道有甚麼來頭）？

乜說話 med¹ xud³ wa⁶

〔客套話〕推卻對方的奉承時用。直譯是“甚麼話”，實際意思是“這是甚麼話”“哪裏”。 例 甲：你嘅貢獻真大呀。乙：乜說話，你過獎喇（甲：你的貢獻真大。乙：這是甚麼話，你過獎了）！｜甲：冇你嘅幫助我唔知會點咯。乙：乜說話！（甲：沒有你的幫忙我不知會怎麼樣了。乙：哪裏！哪裏！）

乜嘢話 med¹ yé⁵ wa⁶⁻²

相當於“你說甚麼”“甚麼”“哪裏”等意思。 例 乜嘢話，點解我唔知到嘅（甚麼，為甚麼我不知道）？｜乜嘢話，呢個係你嘅（甚麼，這個是你的）？｜乜嘢話吖，你太客氣喇（哪裏！哪裏！你太客氣了）。

物離鄉貴，人離鄉賤 med⁶ léi⁴ hêng¹ guei³, yen⁴ lêi⁴ hêng¹ jin⁶

〔諺語〕物產離開了本地就賣的高價錢，人離開了家鄉就地位低下了。

物似主人形 med⁶ qi⁵ ju² yen⁴ ying⁴

從人所用的物品可以看到主人的形象和個性，人們認為二者有相似之處。 例 個肥佬揸住支咁粗嘅鋼筆，真係物似主人形（那胖子拿着一支粗粗的鋼筆，真是物品也像主人的樣子）。

密底算盤 med⁶ dei² xun³ pun⁴

底部密封的算盤。比喻善於算計，對事情考慮精密周到又不大張揚的人。多含貶意。 例 碰到呢個密底算盤，你咪想佔便宜（碰到這個善於算計的人，你別想佔到便宜）。

密底算盤，冇漏罅 med⁶ dei² xun³ pun⁴, mou⁵ leo⁶ la³

〔歇後語〕冇漏罅：沒有漏縫兒。比喻考慮問題精密細緻，做事情沒有紕漏。 例 你個計劃好周密，真係密底算盤，冇漏罅呀（你的計劃很周密，真是沒有一點漏縫兒）。

密實姑娘假正經 med⁶ sed⁶ gu¹ nêng⁴ ga² jing³ ging¹

密實：形容人嘴巴嚴密，不輕易說話。比喻人平時不怎麼說話，其實不一定正經。 例 你唔講話亦都唔呃得我，你不過係密實姑娘假正經之嗎（你不說話也騙不了我，你不過是假正經罷了）。

密食當三番 med⁶ xig⁶ dong³ sam¹ fan¹

〔諺語〕密食：打麻將時連續地"和"，積小勝為大勝。比喻經常有收入也就相當於大賺一次。 例 做生意唔能夠一兩日就賺大錢，要薄利多銷，密食當三番啦嗎（做生意不能一兩天就賺大錢，要薄利多銷才能賺錢啊）。

麥欄街口，關（仁）人 meg⁶ lan⁴⁻¹ gai¹ heo², guan¹ yen⁴

〔歇後語〕麥欄街：廣州街名。過去麥欄街口有一家商號叫"關仁堂"。廣州話"仁"與"人"同音，"關仁"即"關人"。廣州話"關人"是關人屁事的省略，即不關我事、與我無關等意思。 例 你叫我去執手尾呀，麥欄街口，關人（你叫我去收拾殘局嗎，我才不管呢）。

米貴兼閏月 mei⁵ guei³ gim¹ yên⁶ yüd⁶

本來米已經貴了，又碰上閏月，增加了困難的程度。整個意思是指人遇到重重的困難或接連遇到倒霉的事。 例 我呢次買屋借咗唔少錢，個仔又要上大學，真係米貴兼閏月咯（我這次買房借了不少錢，兒子又要上大學，真是屋漏又逢連夜雨）。

米水沖涼，糊塗塗 mei⁵ sêu² cung¹ lêng⁴, wu⁴ tou⁴ tou⁴

〔歇後語〕米水：米湯；沖涼：洗澡；糊塗塗：黏糊黏糊的。形容人糊裏糊塗。　例 你成日都好似米水沖涼，糊塗塗嘅（你為甚麼整天都糊裏糊塗的）？

米少飯焦燶 mei⁵ xiu² fan⁶ jiu¹ nung¹

飯焦：鍋巴；燶：燒焦了。本來米已經少了，可又把飯煮糊了。指在困難的情況下增加新的困難。　例 人手本來就唔多，今日又有兩個人病咗，真係米少飯焦燶咯（人手本來就不多，今天又有兩個人生病，真是雪上加霜了）。

咪搞我 mei⁵ gao² ngo⁵

別麻煩我。例 我周身唔得閒，咪搞我咯（我很忙，別麻煩我了）。又表示拒絕幹某事。例 叫我簽名喎，咪搞我（叫我簽名，算了吧）！

咪拘 mei⁵ kêu¹

直譯是別拘謹、不用拘執等意思。多用來表示對某事的否定態度，有"不敢領教""不想上當""別夢想"等意思。　例 你叫我生食牛肉呀，咪拘嘞（你要吃生牛肉嗎，不敢領教）｜你要我陪你去呀，咪拘喇（你要我陪你一起去嗎，別想了。）

眉精眼企 méi⁴ jing¹ ngan⁵ kéi⁵

精：機靈；企：豎。形容人的長相精明機靈，但往往使人覺得不夠老實樣子。　例 睇佢眉精眼企嘅，做事幾精吖，就係唔知老實唔老實（看他長相又精明又機靈，做事也挺能幹，就是不知老實不老實）。

眉毛掛豬膽，苦在眼前 méi⁴ mou⁴ gua³ ju¹ dam², fu² zoi⁶ ngan⁵ qin⁴

〔歇後語〕眉毛上掛了一個豬膽，豬膽的苦就出現在眼前。比喻人面臨苦楚的生活。

眉頭眼額 méi⁴ teo⁴ ngan⁵ ngag⁶

指人的臉色表情。　例 你時時都要睇老闆嘅眉頭眼額行事，真唔舒服（你經常都要看老闆的臉色行事，真不舒服）。

微中取利銷流大，山大斬埋亦多柴 méi⁴ zung¹ cêu² léi⁶ xiu¹ leo⁴ dai⁶, san¹ dai⁶ zam² mai⁴ yig⁶ do¹ cai⁴

〔諺語〕斬埋：砍下來。做生意強調薄利多銷，正如大山砍柴，到處都砍一點，加起來就是一大堆的柴。有"積少成多，集腋成裘"的意思。

未到六十六，唔好笑人手指曲

méi⁶ dao³ lug⁶ seb⁶ lug⁶, m⁴ hou² xiu³ yen⁴ seo² ji² kug¹

〔諺語〕沒到六十六歲，不要笑別人手指彎曲。即沒有到年老的時候不要譏笑別人身體有毛病。因為你還年輕，説不定過幾年你老的時候也會有各種毛病。

未見官府先打三板

méi⁶ gin³ gun¹ fu² xin¹ da² sam¹ ban²

比喻事情還沒開始就已經受到損失。 例 都未開始營業就被罰款，真係未見官府先打三板咯（還沒開始營業就被罰款，好比還沒見到官府就挨打了）。

未見過大蛇屙屎

méi⁶ gin³ guo³ dai⁶ sé⁴ ngo¹ xi²

指人沒見過世面，孤陋寡聞。 例 你做呢啲都係小兒科嘅野，未見過大蛇屙屎（你幹這些都是小玩意兒，沒見過世面）。

未學行，先學走

méi⁶ hog⁶ hang⁴, xin¹ hog⁶ zeo²

行：走；走：跑。還不會走路就學跑。形容人不是按部就班地學習，而是急於求成。

未知死

méi⁶ ji¹ séi²

指人不知天高地厚、不知道厲害。 例 你哋啲細佬哥真係未知死，屋頂點能夠爬上去呢（你們這些孩子真不知天高地厚，屋頂怎麼可以爬上去呢）。

未食五月粽，寒衣唔入槓

méi⁶ xig⁶ ng⁵ yüd⁶ zung³⁻², hon⁴ yi¹ m⁴ yeb⁶ lung⁵

〔農諺〕五月粽：端午粽子；槓：衣箱。還沒有吃過端午粽子，冬衣還不能收到箱子裏去。即沒到農曆五月初五，還可能有寒涼的天氣。

未有耐

méi⁶ yeo⁵ noi⁶⁻¹

耐：久。未有耐即還早，相當於"為時尚早""還早着呢"等意思。 例 你問飯幾時熟呀，未有耐啦（你問飯甚麼時候熟嗎，還早着呢）｜你話結論點呀，重未有耐（你説結論怎麼樣嗎，還早着呢）｜重未有耐結婚就買埋咁多野做乜呢（還遠沒有到結婚的時候就買那麼多的東西幹甚麼）！

未有羊城，先有光孝

méi⁶ yeo⁵ yêng⁴ xing⁴, xin¹ yeo⁵ guong¹ hao³

羊城：廣州的別名；光孝：即光孝寺。還沒有羊城的時候就有光孝寺，説明光孝寺的建造先於廣州城。

沬水舂牆

méi⁶ sêu² zung¹ cêng⁴

沬水：潛水，或把頭沒入水中；舂牆：把頭撞向牆壁。指不避艱險。 例 為咗朋友，我沬水舂牆都唔怕（為了朋友我兩肋插刀也不怕）｜你就算沬

M

水舂牆亦要同我搵佢翻嚟（你就是上刀山下火海也要給我把他找回來）。

蚊髀共牛髀 men¹ béi² gung⁶ ngeo⁴ béi²

蚊髀：蚊子腿；共：與、和；牛髀：牛腿。蚊子的腿很細，牛的腿很粗大，二者差別極大，根本無法相比。 例你哋同嗰啲大公司比，就好似蚊髀共牛髀嗽咯（你們跟那些大公司相比，就好像小巫見大巫了）。

蚊蟲飛成球，風雨就臨頭

men¹ cung⁴ féi¹ xing⁴ keo⁴, fung¹ yü⁵ zeo⁶ lem⁴ teo⁴

〔農諺〕當屋外的蚊子在人的頭上成團地飛時，預示着風雨將至。

蚊都瞓 men¹ dou¹ fen³

直譯是蚊子都睡了。比喻時間太晚或太遲了，連蚊子都睡覺去了。 例你而家至到，蚊都瞓咯（你現在才到，實在太晚了）｜搞幾年至搞得成，蚊都瞓啦（搞幾年才搞得成，太晚了）。

蚊蟻惡，風雨作 men¹ ji¹ ngog³, fung¹ yü⁵ zog³

〔農諺〕蚊蟻：蚊蟲。蚊子和小蟲兇猛地叮人，說明風雨即將來臨。

蚊帳鈎，兩頭掛 men¹ zêng³ ngeo¹, lêng⁵ teo⁴ gua³

〔歇後語〕蚊帳的兩個鈎兒分掛在左右兩旁。兩頭掛是雙關語，另一個意思是兩頭都牽掛。 例一家人住兩個地方，老母兩邊都要照顧，真係蚊帳鈎，兩頭掛咯（一家人分住兩地，母親兩邊都得照顧，真是成了蚊帳鈎兒，兩邊都牽掛了）。

蚊帳被席 men¹ zêng³ péi⁵ zég⁶

泛指鋪蓋，包括被褥、蚊帳、席子、枕頭等。

文章自己嘅好，老婆人哋嘅靚

men⁴ zêng³ ji⁶ géi² gé³ hou², lou⁵ po⁴ yen⁴ déi⁶ gé³ léng³

〔戲謔語〕指一些花心的男人總認為自己的妻子不夠漂亮而心儀別人的妻子。這僅是取笑的話。

聞見棺材香 men⁴ gin³ gun¹ coi⁴ hêng¹

聞到棺材的香味了，戲稱離死不遠。多為老人自嘲語，相當於"半截身子入土"的意思。

問客劏雞 men⁶ hag³ tong¹ gei¹

劏雞：殺雞。問客人是否需要殺雞來招待他，說明主人沒有誠心待客。 例你要真心請客人食飯就唔使問客劏雞（你要是誠心請客人吃飯就不用問客人是否需要殺雞）。

問你點頂 men⁶ néi⁵ dim² ding²

點：怎麼；頂：忍耐，忍受。你說怎麼忍受得了。 例 十幾歲嘅學生行去做咁重嘅野，問你點頂（十幾歲的學生去幹這麼重的活兒，你説叫他怎麼承受得了）！

問心唔過 men⁶ sem¹ m⁴ guo³

過意不去。 例 要你幫咁多忙，我真係問心唔過呀（要你幫那麼多的忙，我真是過意不去啊）。

問師姑攞梳，多餘 men⁶ xi¹ gu¹ lo² so¹, do¹ yü⁴

〔歇後語〕師姑：尼姑；攞：要，取。尼姑沒有頭髮，沒有梳子。向尼姑要梳子，肯定要不到，比喻找的不是對象。 例 你問我借針線即係等於問師姑攞梳嘅，多餘嘅（你向我借針線也就是等於向尼姑借梳子，哪裏有呢）。

搣貓尾 meng³ mao¹ méi⁵

搣：扯。二人串通行騙。 例 有兩個人搣貓尾呃咗好多人（有兩個人串通行騙，坑了許多人）。

盟鼻佬食死老鼠，唔知香共臭 meng⁴ béi⁶ lou² xig⁶ séi² lou⁵ xu², m⁴ ji¹ hêng¹ gung⁶ ceo³

〔歇後語〕盟鼻佬：鼻子塞的人；唔知：不知道；香共臭：香與臭。鼻塞的人吃臭的死老鼠也聞不出香還是臭。比喻人香臭不分，善惡不分。 例 你成日同啲壞人行，真係盟鼻佬食死老鼠，唔知香共臭（你整天跟那些壞人來往，真是善惡不分）。

命仔凍過水 méng⁶ zei² dung³ guo³ sêu²

命仔：生命。形容人生命危在旦夕。

咪媽爛臭 mi¹ ma¹ lan⁶ ceo³

形容人滿嘴髒話。 例 有啲人好冇教養，成日咪媽爛臭（有些人很沒有教養，整天滿嘴髒話）。

眠乾睡濕 min⁴ gon¹ sêu⁶ seb¹

孩子尿牀時，讓孩子睡乾的地方，母親自己睡濕的地方。形容母親愛孩子無微不至。

棉胎當地氈，唔踏實 min⁴ toi¹ dong³ déi⁶ jin¹, m⁴ dab⁶ sed⁶

〔歇後語〕棉胎：棉絮，棉花套，被子的內胎；地氈：地毯；唔踏實：踩不結實。用棉絮當地毯，踩上去有虛浮不結實的感覺。用來形容人浮躁，做事不夠穩健踏實。 例 呢個人做野多少都有啲棉胎當地氈，唔踏實嘅啦（這個人做事多少都有點性急，不怎麼踏實）。

面青口唇白 min⁶ céng¹ heo² sên⁴ bag⁶

形容人臉色不好，似有病容或受到驚嚇。 例 我睇你面青口唇白，好似有病嘅噃（我看你臉色青嘴唇白，是不是身體不舒服啊）｜嚇到佢面青口唇白（嚇得他臉色都變了）。

面係人家畀，架係自己丟
min⁶⁻² hei⁶ yen⁴ ga¹ béi², ga² hei⁶ ji⁶ géi² diu¹

〔諺語〕畀面：給面子；丟架：丟臉。整個意思是面子是人家給的，臉皮是自己丟的。自己首先做好，人家才給你面子；如果自己做不好，就會丟臉，這是咎由自取，怨不得誰了。

面紅面綠 min⁶ hung⁴ min⁶ lug⁶

面紅耳赤。 例 睇你個樣，爭得面紅面綠嘅，何必吖（看你的樣子，爭得面紅耳赤的，何必呢）。

面無四兩肉 min⁶ mou⁴ séi³ lêng⁵⁻² yug⁶

指人顴骨高而腮幫凹陷。民間認為這樣的人難以打交道。（這説法是沒有科學依據的。）

面懵心精 min⁶ mung² sem¹ zéng¹

外表看來好像懵懂糊塗，其實內心卻很精明。 例 你睇佢好似有啲懵懵地，其實唔知幾叻，面懵心精咋（你看他好像

有點傻裏傻氣，其實聰明得很，機靈着呢）。

名成利就 ming⁴ xing⁴ léi⁶ zeo⁶

功成名就。

命裏有時終須有，命裏冇時莫強求 ming⁶ lêu⁵ yeo⁵ xi⁴ zung¹ sêu¹ yeo⁵, ming⁶ lêu⁵ mou⁵ xi⁴ mog⁶ kêng⁵ keo⁴

〔諺語〕宿命論者認為人的一切是命中註定的，命中註定你有的時候最終會有的，但命裏沒有時就不必去強求。人們常用這話勸説世人不要刻意追求甚麼。

藐嘴藐舌 miu² zêu² miu² xid⁶

撇嘴表示輕蔑或不願理睬。

摩羅叉拜神，睇天 mo¹ lo¹ ca¹ bai³ sen⁴, tei² tin¹

〔歇後語〕摩羅叉：舊時對南亞膚色棕黑的人的俗稱；睇天：看着天。摩羅叉祈禱時都仰着頭，好像看着天那樣。整個的意思是"聽天由命"。 例 呢樣嘢好難講嘅，摩羅叉拜神，睇天啦（這種東西很難説的，惟有聽天由命了）。

摩羅叉騎髆馬，叉（差）上叉（差） mo¹ lo¹ ca¹ ké⁴ bog³ ma⁵, ca¹ sêng⁶ ca¹

〔歇後語〕騎髆馬：小孩叉着雙腿騎坐在大人的肩上。小摩羅叉騎坐在大摩羅叉之上便

成了"叉上叉"。廣州話"差"與"叉"同音,"叉上叉"音同"差上差",即很差的意思。多用來評論人的成績或表現等。 例 佢呢次考試幾門功課唔合格,摩羅叉騎轊馬,叉上叉咯(他這次考試幾門功課不及格,差勁透了)。

摸茶杯底 mo² ca⁴ bui¹ dei²

戲稱到茶樓喝茶。 例 朝朝都到茶樓摸茶杯底(每天早上都到茶樓喝早茶)。

摸碟底 mo² dib⁶ dei²

比喻探聽某人的底細、了解根底。 例 你最好去摸下佢嘅碟底(你最好去探聽一下他的底細)。

摸埋都係 mo² mai⁴ dou¹ hei⁶

摸埋:碰到的,遇到的。形容相類似的情況很多,有"幾乎都是"的意思。 例 呢間公司嘅職員,摸埋都係碩士研究生(這家公司的職員幾乎每個都是碩士研究生)。視不同情況還可以說"摸埋都有""摸埋都會"等。

摸蝦嗽手 mo² ha¹ gem² seo²

形容人幹活磨蹭,慢條斯理的樣子。

摸門釘 mo² mun⁴ déng¹

門釘:過去宮殿、官邸的大門上排成列的圓頭裝飾物。比喻到別人家時碰上主人不在,或遇着關着門。相當於"吃閉門羹"。 例 琴日我去搵你,摸咗門釘(昨天我去找你,吃了閉門羹)|今日去博物館參觀,點知又摸門釘(今天到博物館參觀,誰知又吃了閉門羹)。

摸頭擸髻 mo² teo⁴ lab³ gei³

擸髻:摸髮髻。形容人搔首弄姿。 例 開會時注意你嘅儀表,唔好摸頭擸髻呀(開會時注意你的儀表,不要搔首弄姿的)。

剝花生 mog¹ fa¹ sang¹

戲稱陪着別人談戀愛。 例 要我同埋你兩個去呀,我唔想剝花生咯(要我跟你們兩個去嗎,我不想妨礙你們談情說愛了)。

剝光豬 mog¹ guong¹ ju¹

戲稱脫光衣服。 例 細路仔剝光豬游水(小孩脫光衣服游泳)。也指下象棋時一方把另一方的棋子除將或帥外全部吃光。

剝皮田雞,死都唔閉眼 mog¹ péi⁴ tin⁴ gei¹, séi² dou¹ m⁴ bei³ ngan⁵

〔歇後語〕田雞被宰殺了了,眼睛仍然沒有閉上。形容人對某事死不甘心。 例 你唔向佢認錯,佢就剝皮田雞,死都唔閉眼呀(你不向他認錯,他就死也不閉眼)。

芒種下秧大暑蒔 mong⁴ zung³ ha⁶ yêng¹ dai⁶ xu² xi⁶

〔農諺〕蒔：即蒔田，插秧。晚稻芒種前後要播種，到大暑前後就插秧。

芒種節，食唔切 mong⁴ zung³ jid³, xig⁶ m⁴ qid³

〔農諺〕芒種：陽曆 5 月 5、6 或 7 日；食：吃；唔切：來不及。每年到了芒種前後，菜地裏的瓜菜生長很快，多得來不及吃了。

芒種聞雷聲，個個笑盈盈 mong⁴ zung³ men⁴ lêu⁴ xing¹, go³ go³ xiu³ ying⁴ ying⁴

〔農諺〕芒種聽到打雷的聲音，這意味着將要下雨了，個個都喜笑顏開。

芒種樹頭紅，夏至樹頭空 mong⁴ zung³ xu⁶ teo⁴ hung⁴, ha⁶ ji³ xu⁶ teo⁴ hung¹

〔農諺〕芒種時樹上的荔枝熟了，樹梢一片紅，半個月後，到夏至時荔枝已採摘完畢。粵中地區荔枝一般在夏至（六月下旬）到小暑（七月上旬）前後成熟。這話估計是反映廣東南部的情況。

蟒蛇遇箭豬，難纏 mong⁵ sé⁴ yü⁶ jin³ ju¹, nan⁴ qin⁴

〔歇後語〕箭豬：豪豬。形容某人難以對付。例 呢個人好衰，真係蟒蛇遇箭豬，難纏咯（這個人很討厭，很難對付）。

望得立春晴一日，農夫唔使力耕田 mong⁶ deg¹ lab⁶ cên¹ qing⁴ yed¹ yed⁶, nung⁴ fu¹ m⁴ sei² lig⁶ gang¹ tin⁴

〔農諺〕唔使：不必。如果立春那天能夠保持整天天晴，當年將會風調雨順，農民就很輕鬆了。

望微眼 mong⁶ méi⁴ ngan⁵

極目眺望，用盡眼力。例 我住嚹度望微眼咁遠呀（我住在從這裏幾乎看不到的地方）｜望微眼都睇唔到（用盡眼力都看不到）。也表示殷切地盼望。例 你老母望微眼嗽盼你翻嚟呀（你母親日夜地盼你回來呢）。

望山跑死馬 mong⁶ san¹ pao² séi² ma⁵

遠處的山，好像很近，但是要到達那裏卻非常遠，連馬也會跑死。

望天打卦 mong⁶ tin¹ da² gua³

聽天由命，靠天吃飯。例 一定要想辦法先得，唔能夠望天打卦（一定要想辦法才行，不能聽天由命）｜有咗呢條水渠就唔使望天打卦喇（有了這條水渠就不用靠天吃飯了）。

毛管戙篤企 mou⁴ gun² dung⁶ dug¹ kéi⁵

毛管：毛孔，這裏指寒毛；
喊篤企：直直地豎起。寒毛
也全豎了起來，形容人受到
驚嚇時的樣子，相當於"毛骨
悚然"。 例 我畀佢嚇到毛管
喊篤企呀（我被他嚇得毛骨悚
然）。

無端白事 mou⁴ dün¹ bag⁶ xi⁶

無緣無故。 例 你無端白事
去街做乜呀（你無緣無故上街
幹甚麼）？｜無端白事就鬧人
（無緣無故就罵人）。也叫"無
情白事"。

無雞唔成宴 mou⁴ gei¹ m⁴ xing⁴ yin³

沒有雞就不是宴席。廣東民間
習慣，雞是重要的菜餚，凡是
請客吃飯必須有雞，辦酒席更
是以雞為重要的菜餚。

無氈無扇，神仙難變 mou⁴ jin¹
mou⁴ xin³, sen⁴ xin¹ nan⁴ bin³

氈：毯子。魔術表演沒有毯
子、扇子等道具，就算是神仙
也難變出甚麼東西來。比喻沒
有工具，沒有條件，搞不出甚
麼名堂來。

無主孤魂 mou⁴ ju² gu¹ wen⁴

比喻孤獨的人或無依無靠的
人。

無拳無勇 mou⁴ kün⁴ mou⁴ yong⁵

形容勢單力薄。 例 我哋無拳
無勇點同佢鬥得過吖（我們勢
單力薄怎麼能跟他們鬥呢）！

又作"無權無勇"。

無厘神氣 mou⁴ léi⁴ sen⁴ héi³

一點精神都沒有；無精打采。
例 琴晚冇瞓夠，今日無厘
神氣（昨晚沒睡夠，今天一點精神
都沒有）。

無了無休，立夏講到立秋
mou⁴ liu⁵ mou⁴ yeo¹, lab⁶ ha⁶ gong²
dou³ lab⁶ ceo¹

形容人說話時間過長，令人厭
煩。 例 呢兩個人真好氣，無
了無休，立夏講到立秋（這兩
個人真能説，一直説個沒完）。

無情雞 mou⁴ qing⁴ gei¹

舊時商家每到年終都要請僱員
吃一頓年夜飯。如果店主在吃
飯時親自給某一夥計夾一塊
雞肉，就表示明年不再僱用他
了。這塊雞肉叫"無情雞"。

無千無萬 mou⁴ qin¹ mou⁴ man⁶

不知有多少千和多少萬，即成
千上萬，表示眾多。 例 琴日
參加集會嘅人唔知幾多，簡直
就係無千無萬（昨天參加集會
的人不知有多少，簡直是成千
上萬）。

無聲狗，咬死人 mou⁴ séng¹ geo²,
ngao⁵ séi² yen⁴

〔諺語〕見到人不叫的狗一般都
是兇惡的狗。比喻平時不吭聲
的人要比大聲嚷嚷的人要陰險
狠毒。 例 呢個人你咪話佢唔

聲唔聲噉，其實係無聲狗，咬死人㗎（這個人你別説他不怎麼吭聲，其實他是陰險兇狠的）。

無頭安出腳 mou⁴ teo⁴ ngon¹ cêd¹ gêg³

安：編造，捏造。形容人胡編亂造，無中生有。 例 你唔好亂講呀，無頭安出腳係唔得㗎（你不要亂説，無中生有是不行的）。有時也用來指人有意製造事端，無端生事。 例 呢個人最中意無頭安出腳嘅（這個人最喜歡無端生事了）。

無時無候 mou⁴ xi⁴ mou⁴ heo⁶

時間不固定，沒有規律。 例 你彈琴都無時無候嘅，半夜三更重彈乜吖（你彈琴都沒有個時間，半夜三更了還彈甚麼）｜佢哋無時無候都係咁嘈（他們不分晝夜都是那麼吵鬧）。

無事出街少破財 mou⁴ xi⁶ cêd¹ gai¹ xiu² po³ coi⁴

出街：上街。一般人上街總要花點錢。為了避免亂花錢，無事最好少上街為妙。

無事獻殷勤，一定係奸人 mou⁴ xi⁶ hin³ yen¹ ken⁴, yed¹ ding⁶ hei⁶ gan¹ yen⁴

〔諺語〕無緣無故對人獻殷勤必定有其不可告人的目的。也説"無事殷勤，非奸即盜"。

無息貸款，一還一，二還二 mou⁴ xig¹ tai³ fun², yed¹ wan⁴ yed¹, yi⁶ wan⁴ yi⁶

〔歇後語〕表明每件事情都要分別對待，不能混為一談。 例 功勞同缺點錯誤唔能夠撈埋講，都係無息貸款，一還一，二還二（功勞和缺點錯誤不能抵消，功是功，過是過，不能互相抵消）。

無煙大炮 mou⁴ yin¹ dai⁶ pao³

戲稱吹牛吹得太離奇的人。

無酒三分醉，有酒十分癲 mou⁴ zeo² sam¹ fen¹ zêu³, yeo⁵ zeo² seb⁶ fen¹ din¹

沒有喝酒也好像有三分醉似的，真正喝酒時就變得更加癲狂。形容嗜酒如命的人，對酒的癲狂程度。一般用來形容愛裝瘋賣傻的人的表現。

毛管都松晒 mou⁴ gun² dou¹ sung¹ sai³

形容人非常害怕，毛骨悚然。 例 我一睇見條蛇就毛管都松晒（我一看見那條蛇就毛骨悚然）。

冇鼻佬戴眼鏡，你緊佢唔緊 mou⁵ béi⁶ lou² dai³ ngan⁵ géng³, néi⁵ gen² kêu⁵ m⁴ gen²

〔歇後語〕沒有鼻子的人戴眼鏡，掛不住。形容人做事慢條斯理，你着急他不着急。 例 呢件事，你重急過佢，真係冇

M

鼻佬戴眼鏡，你緊佢唔緊（這件事你比他還急，真是皇上不急太監急）。

冇檳榔噍出汁 mou⁵ ben¹ long⁴ jiu⁶ cêd¹ zeb¹

冇：沒有；噍：嚼。沒有檳榔是嚼不出汁液的，但居然沒有檳榔也能嚼出汁液來，説明是無中生有。 例 你唔好信呀，佢呢個人講話冇晒譜，冇檳榔噍出汁嘅（你不要相信，他這個人很沒準兒，説話能夠無中生有）。

冇柄尿壺，揸住頸嚟使 mou⁵ béng³ niu⁶ wu⁴, za¹ ju⁶ géng² lei⁴ sei²

揸住頸：拿着頸，比喻忍住氣。沒有把柄的尿壺，只好拿着它的頸部使用。比喻在無可奈何的情況下忍住性子來使用。 例 呢個技術員有啲調皮，冇辦法，冇柄尿壺，揸住頸嚟使啦（這個技術員有點愛鬧彆扭，沒辦法，忍着性子來使用唄）。

冇柄剃刀，冇用夾損手 mou⁵ béng³ tei³ dou¹, mou⁵ yung⁶ gab³ xun² seo²

〔歇後語〕冇柄：沒有柄；冇用：沒有用；夾：而且；損手：弄傷手，割破手。沒有把兒的剃頭刀，不但沒有用反而要割破手。比喻某些人或物不但沒有用反而會起破壞作用。 例

呢個人得把口又冇本事，正一冇柄剃刀，冇用夾損手（這個人只會説又沒有能耐，用他解決不了問題反而有害）。

冇柄士巴拿，得棚牙 mou⁵ béng³ xi⁶ ba¹ na², deg¹ pang⁴ nga⁴

〔歇後語〕士巴拿：扳手，扳子；得棚牙：只有一副牙齒。扳手沒有了柄，就好像剩下了牙齒一樣。形容人甚麼都不會，只會説。 例 你成日淨係講話唔做嘢，都似晒冇柄士巴拿，得棚牙咯（你整天光説不做，説個沒完）｜正一冇柄士巴拿，得棚牙，做下試試（整天吱吱喳喳，做來看看）。

冇表情 mou⁵ biu² qing⁴

直譯是"沒有表情"，實際意思是尷尬、難堪。 例 佢以為你叫佢去，原來唔係，搞到好冇表情（他以為你叫他去，原來不是，弄得很不好意思）｜舊戀人相見，大家都好冇表情（舊戀人相見，大家都很尷尬）。

冇綢褲着，講嘢唔靈 mou⁵ ceo⁴⁻² fu³ zêg³, gong² yé⁵ m⁴ léng⁴

綢褲：絲綢褲子，代表有錢有勢的人；講嘢：説話。沒有綢褲穿的人説話不靈。意思是沒有地位的人説話不中用。相當於"位卑言微"的意思。

冇搭霎 mou⁵ dab³ sab³

沒有分寸，沒有譜兒。 例 你做事太冇搭霎喇 (你做事太沒分寸了)。也表示不經心，大大咧咧。也說"冇厘搭霎"。

冇膽匪類 mou⁵ dam² féi² lêu⁶

比喻又調皮搗蛋又沒有膽量的人。 例 一個人就唔敢去，你真係一個冇膽匪類咯 (一個人就不敢去，你真是一個膽小鬼了)。

冇啖好食 mou⁵ dam⁶ hou² xig⁶

啖：量詞，口。沒有吃過一口好的東西。比喻沒有過過一天安穩的日子。 例 佢周圍匿，怕有人捉佢，真係冇啖好食咯 (他東躲西藏，怕有人抓他，過的沒有一天安穩)。

冇得傾 mou⁵ deg¹ king¹

傾：聊天、商談。沒有商量的餘地。 例 呢個問題冇得傾 (這個問題沒有商量的餘地) ｜你唔交費就冇得傾咯 (你不交費就沒有商量的餘地了)。

冇得攔 mou⁵ deg¹ man¹

攔：扳。不能扳回、不能挽救的意思。 例 你分數唔夠就冇得攔咯 (你分數不夠就沒辦法了)。

冇得彈 mou⁵ deg¹ tan⁴

彈：說、批評、評論。沒有甚麼可說的、沒有甚麼意見。 例 你做得咁好，真係冇得彈咯 (你做得那麼好，真是沒甚麼意見了) ｜大家都讚你，邊個都話冇得彈啦 (大家都誇獎你，誰都說沒甚麼可說的)。

冇底轎，唔乘（成）人 mou⁵ dei² giu⁶⁻², m⁴ xing⁴ yen⁴

〔歇後語〕沒有底的轎子，不能乘坐得人。廣州話"乘"與"成"同音。形容人不像一個人。

冇花冇假 mou⁵ fa¹ mou⁵ ga²

全部是真的。 例 呢啲雪梨都係天津嘅正嘢，冇花冇假 (這些鴨梨都是天津的正宗產品)。

冇解 mou⁵ gai²

直譯是沒有解釋、無法解釋，實際意思是沒有道理、不像話、奇怪等。 例 我話你都冇解嘅，今日咁熱重着住件冷衫 (我說你真沒有道理，今天這麼熱還穿着毛衣) ｜嗰啲人太冇解喇，周圍掉垃圾 (那些人太不像話了，到處扔垃圾)。

冇交易 mou⁵ gao¹ yig⁶

直譯是沒有交易，但多表示堅決拒絕別人的不合理要求，即沒有商量的餘地。 例 你想一個人要晒呀，冇交易呀 (你想一個人全都要了，沒門兒)！

冇覺好瞓 mou⁵ gao³ hou² fen³

瞓：睡。指被弄得不得安寧。 例 你個仔咁霎氣，你梗係冇覺好瞓啦（你的兒子這麼淘氣，你當然是不得安寧了）。

冇幾何 mou⁵ géi² ho⁴

不經常，即"沒有多少次這樣的機會""機會難逢"的意思。　例 退咗休之後，大家都冇幾何見面咯（退了休之後大家都很少有機會見面了）｜我哋都係冇幾何食一次咋（我們也是偶爾才吃一次的）。廣州話還有"有幾何"一說，意思差不多，但用於反詰語氣。

冇幾耐 mou⁵ géi² noi⁶⁻²

耐：久。沒有多久。　例 我冇幾耐就翻嚟（我不久就回來）｜佢啱去咗三個月，冇幾耐嘛（他剛去了三個月，才沒多久）。

冇咁大個頭，咪戴咁大頂帽 mou⁵ gem³ dai⁶ go³ teo⁴, mei⁵ dai³ gem³ dai⁶ déng² mou⁶⁻²

〔諺語〕沒有這麼大的頭，不要戴這麼大的帽子。即要量體裁衣或量力而行。　例 你有幾多錢辦幾大嘅事，冇咁大個頭，咪戴咁大頂帽呀（你有多少錢就辦多大大事，要量力而行）。

冇咁大隻蛤乸隨街跳 mou⁵ gem³ dai⁶ zég³ geb³ na² cêu⁴ gai¹ tiu³

〔諺語〕冇咁大隻：沒有那麼大的；蛤乸：大青蛙、田雞。整個意思是不會有那麼大田雞滿街跳，也就是不會有便宜的東西等着你去撿。　例 你咪信呀，冇咁大隻蛤乸隨街跳㗎（你別相信，天上不會掉餡餅的）。

冇咁大隻蛤，就唔敢嗌咁大聲 mou⁵ gem³ dai⁶ zég³ geb³ zeo⁶ m⁴ gem² ngai³ gem³ dai⁶ séng¹

蛤：青蛙；嗌：叫喚。沒有那麼大的青蛙，就不會叫出這麼大的聲音。比喻人沒有這麼大的本領就不敢幹這麼大的事情。近似普通話"沒有金剛鑽，不敢攬瓷器"的意思。

冇咁好氣 mou⁵ gem³ hou² héi³

表示不願意跟別人多說話、不屑與對方討論下去。　例 佢一啲誠意都冇，我冇咁好氣同佢傾呀（他一點誠意也沒有，我懶得跟他再談下去了）。

冇咁啱着嘅鞋 mou⁵ gem³ ngam¹ zêg³ gé³ hai⁴

冇咁啱：沒有那麼合適。沒有那麼合穿的鞋。比喻沒有那麼好的事讓人遇到。近似普通話"天上不會掉餡餅"的意思。

冇嗰支歌仔唱 mou⁵ go² ji¹ go¹ zei² cêng³

嗰：那。沒有那支歌唱了。比喻過去曾經有過的美事再也不會發生，即不會有這樣的機會了。

冇瓜攞個茄嚟挾 mou⁵ gua¹ lo² go³ ké⁴⁻² lei⁴ gib⁶

M

攞：拿；挾：夾。沒有瓜還要拿個茄子來夾着，形容人沒事找事，自找麻煩。

冇功都有勞 mou⁵ gung¹ dou¹ yeo⁵ lou⁴

沒有功勞也有苦勞。

冇鞋挽屐走 mou⁵ hai⁴ wan² kég⁶ zeo²

屐：木屐，即木拖鞋。沒有鞋也要挽着木屐走，意思是要迅速離去或落荒而逃。　例 隔籬火燭，大家即刻冇鞋挽屐走（隔壁失火，大家迅速逃離）。又説"冇鞋拉屐走"。

冇口齒 mou⁵ heo² qi²

形容人言而無信、不守信用。例 呢啲咁冇口齒嘅人，你唔好同佢簽合同呀（這些那麼不守信用的人，你不要跟他簽定合同啊）。

冇節竹筒，穿晒底 mou⁵ jid³ zug¹ tung⁴, qun¹ sai³ dei²

〔歇後語〕穿晒底：完全沒有底，暴露無遺。形容事情敗露。　例 呢次你嘅事好似冇節竹筒，穿晒底咯（這回你的事情，完全暴露無遺了）。

冇厘正經 mou⁵ léi⁴ jing³ ging¹

形容人很不正派。例 咁大個人做呢種廣告，冇厘正經（這麼大的人做這種廣告，太不正派了）。

冇厘神氣 mou⁵ léi⁴ sen⁴ héi³

無精打采。　例 你今日為乜冇厘神氣呀（你今天為甚麼無精打采）？

冇厘癮頭 mou⁵ léi⁴ yen⁵ teo⁴

沒有一點興趣，沒有一點趣味。

冇漏罅 mou⁵ leo⁶ la³

漏罅：縫兒、漏洞。形容人説話辦事嚴密、周到，例 你做事真認真，完全冇漏罅喎（你做事很認真，完全沒有漏洞啊）。

冇老豆就窮，冇老母就賤 mou⁵ lou⁵ deo⁶ zeo⁶ kung⁴, mou⁵ lou⁵ mou⁵⁻² zeo⁶ jin⁶

〔諺語〕老豆：父親；老母：母親。沒有父親的孩子就受窮，沒有母親的孩子就低賤。

冇乜咁交關 mou⁵ med¹ gem³ gao¹ guan¹

交關：要緊。沒有甚麼了不起的。　例 細佬哥跌咗一跤，冇乜咁交關嘅（小孩摔了一跤，沒甚麼大不了的）。

冇乜兩句 mou⁵ med¹ lêng⁵ gêu³

冇乜：沒甚麼。沒有甚麼不同意見或不滿，即互相很要好。　例 我同佢好熟，平時大家都冇乜兩句（我跟他很熟，平時彼此很融洽）｜佢對隔籬鄰舍好好，大家對佢都冇乜兩句（他對鄰居很好，大家對他沒有甚麼不滿）。

冇乜手藝 mou⁵ med¹ seo² ngei⁶

手藝：用來消遣的事情。形容人閒極無聊。 例 日日都喺屋企睇電視，冇乜手藝係好無聊嘅（天天都在家看電視，沒甚麼事做是很無聊的）。

冇尾飛砣 mou⁵ méi⁵ féi¹ to⁴

飛砣：一種用來投擲的器具，尾部有繩子，擲出後可以收回。沒有尾繩的飛砣擲出後則無法收回。比喻行蹤不定的人。 例 呢個冇尾飛砣你係搵唔到佢嘅（這個行蹤不定的人你是找不到他的）。

冇尾燒豬，唔慌好事 mou⁵ méi⁵ xiu¹ ju¹, m⁴ fong¹ hou² xi⁶

〔歇後語〕唔慌：不會、不可能。廣東地區民俗，凡用燒豬祭奠死者的，燒豬尾巴必須砍掉，所以沒有尾巴的燒豬都與喪事有關，就不會是喜事了。 例 嗰啲人喺度圍埋一齊，我睇都係冇尾燒豬，唔慌好事咯（那些人圍在一起，我看大概不會是好事）。

冇聞冇味 mou⁵ men⁴ mou⁵ méi⁶

冇聞：聞着不香；冇味：吃着沒味。形容食物一點味道都沒有。 例 呢碗面冇聞冇味，一啲都唔好食（這碗面沒有味道，一點也不好吃）。

冇毛雞，扮大隻 mou⁵ mou⁴ gei¹, ban⁶ dai⁶ zég³

〔歇後語〕扮大隻：裝成很大的樣子，轉指人裝成很富有很了不起的樣子。

冇毛雞打交，啖啖到肉 mou⁵ mou⁴ gei¹ da² gao¹, dam⁶ dam⁶ dou³ yug⁶

〔歇後語〕打交：打架；啖啖：每一口。沒有毛的雞打架，每一口都啄到肉上。比喻每一次都擊中要害。 例 你嘅批評好似冇毛雞打交，啖啖到肉呀（你的批評很中肯，每一句話都擊中要害）。

冇你咁好氣 mou⁵ néi⁵ gem³ hou² héi³

咁：那麼；好氣：指人愛說話，滔滔不絕。沒有你那麼多要說的話。常用來表示不願意與對方談論下去。 例 呢個問題大家都清楚，你重講咁多做乜吖，我冇你咁好氣咯（這個問題大家都清楚，你還說那麼多幹嗎，我不想再跟你說了）。

冇牙佬飲湯，無齒（恥）下流 mou⁵ nga⁴ lou² yem² tong¹, mou⁴ qi⁶ ha⁶ leo⁴

〔歇後語〕冇牙佬：沒有牙齒的人。無齒：諧音無恥。沒有牙齒的人喝湯，因為沒有牙齒，湯水便往下面流了。借指人的言行無恥下流。

冇牙婆食糯米糍，實食冇黐牙

mou⁵ nga⁴ po⁴ xig⁶ no⁶ mei⁵ qi⁴, sed⁶
xig⁶ mou⁵ qi¹ nga⁴

〔歇後語〕實食：肯定能吃得
到；冇黐牙：不粘牙。沒有牙
齒的老太太吃糯米糍粑，吃了
也不粘牙。比喻事情成功非常
有把握，不會有甚麼紕漏。

冇瓦遮頭 mou⁵ nga⁵ zé¹ teo⁴

形容人極窮，上無片瓦，沒有
棲身之地。 例 佢舊時窮得好
交關，真係冇瓦遮頭呀（他過
去窮得很，連棲身之地也沒
有）。

冇眼睇 mou⁵ ngan⁵ tei²

直譯是沒有眼睛看，實際意思
是不願意看，不忍心看。 例
咁肉酸嘅嘢，我冇眼睇咯（這
麼難看的東西，我不想看了）。
也表示撒手不管。 例 你嗽搞
法實撞板，我就冇眼睇咯（你
這樣做法準失敗，我可撒手不
管了）。

冇眼屎乾淨盲 mou⁵ ngan⁵ xi² gon¹ zéng⁶ mang⁴

乾淨盲：沒有眼屎的盲人。眼
睛乾淨的瞎子，有眼睛但看不
見，因而心不煩。 例 費事睇
嘞，冇眼屎乾淨盲（不看了，
眼不見心不煩）！又說"眼屎
乾淨盲"。

冇女郎家，淡過蔗渣 mou⁵ nêu⁵ long⁴ ga¹, tam⁵ guo³ zé³ za¹

郎家：婆家。女兒死了，女兒
的娘家與婆家的來往少了，關
係就變得十分冷淡。

冇晒符 mou⁵ sai³ fu⁴

冇符：沒有辦法。冇晒符即
毫無辦法。 例 我哋畀佢搞到
冇晒符（我們讓他搞得毫無辦
法）。

冇晒計，發啷厲 mou⁵ sai³ gei³⁻², fad³ long¹ lei²

〔戲謔語〕冇晒計：沒有辦法；
發啷厲：毫無道理地大發雷
霆。當人沒有辦法的時候，就
只好大發脾氣。

冇修 mou⁵ seo¹

形容情況達到不能控制的地
步，或沒有辦法對付。 例 佢
哋兩個打交打到冇修（他們兩
個打架打得不可開交）｜佢就
係唔聽勸，真冇修（他就是不
聽勸告，真沒辦法）。

冇心機 mou⁵ sem¹ géi¹

無心、不耐心、不專心。 例
我都冇心機學數學咯（我都無
心學數學了）｜你冇心機聽就
聽唔懂（你不專心聽就聽不
懂）。

冇心裝載 mou⁵ sem¹ zong¹ zoi³

裝載：把事情記在心裏。即對
某事不在意。

M

冇聲好出 mou⁵ séng¹ hou² cêd¹

沒話可說，無言以對。 例 擺出事實，佢就冇聲好出（擺出事實，他就沒話可說）｜問到佢冇聲好出（問得他啞口無言）。

冇手尾 mou⁵ seo² méi⁵

做事有頭無尾，或者指人不愛收拾東西。 例 你做事就係冇手尾（你幹活就是有頭無尾）｜做完嘢都唔執拾啲工具，冇手尾（幹完活也不收拾收拾工具，沒有規矩）。

冇數為 mou⁵ sou³ wei⁴

為：計算成本。不合算，划不來。 例 做呢單生意冇數為（做這門生意不合算）｜十幾日至做得好，得幾十文，我話冇數為咯（十幾天才做好，只賺幾十塊錢，我說划不來）。

冇屎唔入屎坑 mou⁵ xi² m⁴ yeb⁶ xi² hang¹

屎坑：廁所。沒有便意就不進廁所。比喻這是自然的事情，不必多問。 例 有啲事唔使問都知到啦，冇屎唔入屎坑嘛（有些事是很自然的，不必問了）。也相當於"無事不登三寶殿"的意思。 例 今日我嚟搵你，梗係有事啦，冇屎唔入屎坑（今天我來找你，當然是有事了，無事不登三寶殿）。

冇屎撐出腸 mou⁵ xi² zang⁶ cêd¹ cêng⁴

比喻本來沒有的事，硬要編出一些事情來，即無中生有。 例 有啲人得閒冇事做，硬要冇屎撐出腸（有些人閒得沒事幹，硬要無中生有地編造些事情來）。

冇時冇候 mou⁵ xi⁴ mou⁵ heo⁶

沒有時間觀念，不按時間行事。 例 你食飯都冇時冇候嘅，噉樣對身體唔好㗎（你吃飯沒有固定時間，這樣對身體是不好的）。

冇線結他，冇得彈 mou⁵ xin³ gid³ ta¹, mou⁵ deg¹ tan⁴

〔歇後語〕結他：吉他；冇得彈：無可挑剔。沒有線的吉他，不能彈。比喻事情做得十全十美，無可挑剔。 例 你呢度嘅服務工作做得咁好，真係冇線結他，冇得彈咯（你這裏的服務工作搞得這麼好，真是無可挑剔的了）。

冇藥醫 mou⁵ yêg⁶ yi¹

指不可救藥。 例 佢嘅賭癮咁大，我話冇藥醫咯（他的賭癮這麼大，我說沒救了）。

冇陰功 mou⁵ yam¹ gung¹

指人由於做壞事太多，有損陰德，或歎息別人受到惡報。 例 你做埋晒咁多衰嘢，真係

冇陰功咯 (你做的缺德事太多了，有損陰德啊)｜佢而家嗽樣，真係冇陰功咯 (他現在這樣，真是報應了)。

冇癮 mou⁵ yen⁵

沒有癮頭，沒有興趣，沒意思。 [例] 打麻雀最冇癮喇 (打麻將最沒意思了)｜釣魚我最冇癮 (釣魚我最沒有興趣)。

冇油唔甩得鑊 mou⁵ yeo⁴ m⁴ led¹ deg¹ wog⁶

甩：脫離、掉出來；鑊：鐵鍋。鐵鍋被食物粘住，沒有油就不能把食物弄出來。比喻缺少關鍵的東西就做不成事。

冇衣食 mou⁵ yi¹ xig⁶

折壽、缺德。指人過於浪費而損福折壽。 [例] 你哋揼咁多糧食，真係冇衣食咯 (你浪費那麼多糧食，不怕折壽啊)｜你重係好後生唔使咁歡，會冇衣食呀 (你還這麼年輕不必過分享受，會折壽的)。

冇耳茶壺，得把嘴 mou⁵ yi⁵ ca⁴ wu⁴, deg¹ ba² zêu²

〔歇後語〕沒有耳子的茶壺，只剩下壺嘴了。形容人只說不幹，誇誇其談。 [例] 要自己做，唔好學冇耳茶壺，得把嘴嗽至得 (要自己做，不要像沒有把兒的茶壺只剩下一張嘴誇誇其談才行)。

冇耳藤喼，靠托 mou⁵ yi⁵ teng⁴ gib¹, kao³ tog³

〔歇後語〕耳：耳子、挽手。藤喼：藤箱。沒有手提耳子的藤箱，只好用肩膀來托着走。"托"指托大腳，即拍馬屁。比喻一些人專門依靠吹捧、拍馬屁獲取利益和地位。 [例] 有啲人做事唔得，做冇耳藤喼，靠托就好叻 (有些人做事不行，但拍馬屁就很能幹)｜佢有今日嘅地位係做冇耳藤喼，靠托得嚟嘅 (他有今天的地位是靠拍馬屁得來的)。

冇厴雞籠，自出自入 mou⁵ yim² gei¹ lung⁴, ji⁶ cêd¹ ji⁶ yeb⁶

〔歇後語〕厴：蓋子，雞籠的門蓋。沒有蓋子的雞籠讓雞自由出入。比喻本來有門禁的地方讓人隨便出入。 [例] 呢間學校而家變成冇厴雞籠嗽，自出自入 (這所學校現在變成敞開大門，可以隨便進出)。

冇研究 mou⁵ yin⁴ geo³

不必研究。有"沒有問題""無所謂""怎麼都行"等意思。 [例] 你話想借去用幾日呀，冇研究 (你說想借去用幾天嗎，沒問題)。

冇揸拿 mou⁵ za¹ na²

揸拿：把握。沒有把握。 [例] 我做呢件事重係冇揸拿 (我做這事還是沒有把握)。

冇爪蠄蟧 mou⁵ zao² kem⁴ lou⁴

爪：腿腳；蠄蟧：一種大蜘蛛。蜘蛛沒有腿就無法行動。比喻失去依賴就動彈不得的人。　例 佢而家冇咗秘書就好似冇爪蠄蟧噉，嘟都唔嘟得咯（他現在沒有了秘書就好像沒有左右手，動彈不得了）。

冇遮冇掩 mou⁵ zé¹ mou⁵ yim²

沒有遮擋，暴露無遺。　例 呢度冇遮冇掩，唔洗得身（這裏沒有遮擋，不能洗澡）｜嗰個癲佬唔着衫，冇遮冇掩噉點得呀（那個瘋子不穿衣服，全身裸露，這怎麼行）！

冇走雞 mou⁵ zeo² gei¹

走雞：錯過了機會。冇走雞即很有把握。　例 呢次加人工你一定冇走雞喇（這次增加工資你一定有把握了）。

冇走盞 mou⁵ zeo² zan²

十拿九穩、有把握。　例 你嘅條件咁好，你就冇走盞咯（你的條件這麼好，你就十拿九穩了）。也表示沒有迴旋的餘地。　例 時間要求咁緊，我睇冇走盞咯（時間要求這麼緊，我看沒有迴旋的餘地了）。

木工刨樹，專理不平 mug⁶ gung¹ pao⁴ xu⁶, jun¹ léi⁵ bed¹ ping⁴

〔歇後語〕木工師傅的工作之一就是把不平的木材刨平，比喻打抱不平。　例 我就係木工刨樹，專理不平（我就是木工師傅刨樹，專管不平的事）。

木口木面 mug⁶ heo² mug⁶ min⁶

形容人毫無表情的樣子。　例 你做乜野木口木面噉嘅，係唔係瞓唔夠呀（你為甚麼愣在那兒，是不是沒睡夠）？

木棉花開透，寒風快快走 mug⁶ min⁴ fa¹ hoi¹ teo³, hon⁴ fung¹ fai³ fai³ zeo²

〔農諺〕木棉花盛開的時候，寒風不會再來了，天氣不再冷了。

木棉花開透，築基兼使牛 mug⁶ min⁴ fa¹ hoi¹ teo³, zug¹ géi¹ gim¹ sei¹ ngeo⁴

〔農諺〕築基：修補田埂或魚塘的基圍；使牛：犁田耙田。木棉樹是嶺南常見的落葉喬木，三四月開花，木棉花盛開的時候，天氣轉暖，在農村就要開始春耕了。

木棉開花，狗虱成拃 mug⁶ min⁴ hoi¹ fa¹, geo² sed¹ xing⁴ za⁶

〔農諺〕拃：把。木棉花開的時候，跳蚤成把，即春天二三月的時候跳蚤特別多。

木篩箕，滴水不漏 mug⁶ sao¹ géi¹, dig¹ sêu² bed¹ leo⁶

〔歇後語〕廣州話經常把“水”比作錢，“滴水不漏”常用來比喻極度吝嗇，一毛不拔的人。 例 佢真孤寒，正一木筲箕，滴水不漏（他真吝嗇，就像一個木筲箕，滴水不漏）。

木頭公仔 mug⁶ teo⁴ gung¹ zei²

公仔：人像圖畫、雕塑或玩具娃娃等。用木頭做的娃娃即木偶。 例 你乜都由人哋擺佈，即唔係一個木頭公仔（你甚麼都由別人擺佈，不就等於一個木偶嗎）！

木頭眼鏡，睇唔透 mug⁶ teo⁴ ngan⁵ géng³, tei² m⁴ teo³

〔歇後語〕看不清東西或事情將會如何變化。 例 佢嘅目的係點，我真係木頭眼鏡，睇唔透（他的目的是甚麼，我真是看不透）。

木頭人，冇心肝 mug⁶ teo⁴ yen⁴, mou⁵ sem¹ gon¹

〔歇後語〕形容人沒有良心。 例 人哋幫你，你重鬧人，你的確係木頭人，冇心肝（人家幫你你還罵人，你這人真沒良心）。

妹仔大過主人婆 mui⁶⁻¹ zei² dai⁶ guo³ ju² yen⁴ po⁴

妹仔：婢女；主人婆：女主人。婢女比女主人還大，説明主次顛倒。 例 你呢個餸，配菜重貴過主菜，係唔係妹仔大過主人婆呀（你這個菜，配菜比主菜還貴，是不是主次顛倒了）？

嗨腮唔轉 mui² soi¹ m⁴ jun³

嗨：用沒有牙齒的牙牀啃磨。指人嘴裏塞滿食物。 例 你都嗨腮唔轉咯，重想要（你把嘴都塞滿了，還想要）！

梅花間竹 mui⁴ fa¹ gan³ zug¹

互相間隔着。 例 舊時生細佬哥話要梅花間竹嗽至好喎（過去生孩子據説是要男女隔着生才好）｜呢度種幾種花要梅花間竹種至好睇（這裏種幾種花要間隔着種才好看）。

媒人講大話，補鑊用泥搽
mui⁴ yen⁴ gong² dai⁶ wa⁶, bou² wog⁶ yung⁴ nei⁴ ca⁴

媒人經常給男女雙方説過頭話甚至虛假騙人的話，好比説補鍋不用金屬只用泥土來搽那樣荒誕。

門口狗，見人就吠 mun⁴ heo² geo², gin³ yen⁴ zeo⁶ fei⁶

比喻態度很不和藹的看門人。

門口又高狗又惡 mun⁴ heo² yeo⁶ gou¹ geo² yeo⁶ ngog³

形容有錢有勢的人門禁森嚴，老百姓只能畏而遠之。 例 你住嗰度門口又高狗又惡，邊個願意去搵你吖（你住的地方警衛森嚴，誰願意去找你呢）。

門扇底燒炮仗，見聲唔見影
mun⁴ xin³ dei² xiu¹ pao³ zêng², gin³ séng¹ m⁴ gin³ ying²

〔歇後語〕門扇底：門後。在

門後放鞭炮，只聽到聲音，看不到影子。比喻只聞其聲，不見其人，或只見形式不見內容。 例 話要起一度橋，話咗幾年都冇動靜，真係門扇底燒炮仗，見聲唔見影（說要修一座橋，說了幾年都沒有動靜，真是光打雷不下雨）。

瞞得一時瞞唔到一世 mun⁴ deg¹ yed¹ xi⁴ mun⁴ m⁴ dou³⁻² yed¹ sei³

瞞騙他人只能暫時做到，但不能永遠瞞得住人，紙包不住火。

滿盤皆落索 mun⁵ pun⁴ gai¹ log⁶ sog³

全盤都輸，不可收拾。 例 呢次我計劃唔夠周全，搞到我滿盤皆落索咯（這次我計劃不周，弄得我全盤都完了）。又說"一子錯，滿盤皆落索"。

滿天神佛 mun⁵ tin¹ sen⁴ fed⁶

形容事情鬧得沸沸揚揚，也形容事情忙亂難以招架。 例 一件小事，畀嗰啲記者搞到滿天神佛（一件小事，讓那些記者鬧得沸沸揚揚）｜呢排我好忙，搞到我滿天神佛（最近我很忙，弄得難以招架）。

滿肚蟛蟧甲由 mun⁵ tou⁵ kem⁴ lou⁴ ged⁶ zed⁶

蟛蟧：大蜘蛛；甲由：蟑螂。形容人滿肚子都是蜘蛛和蟑螂這些害蟲。比喻此人知道的無聊小道消息特別多。

滿肚密圈 mun⁵ tou⁵ med⁶ hün¹

形容人詭計多端，也形容人計劃周密。 例 你咪睇佢唔聲唔聲嘅，其實滿肚密圈㗎（你別看他不聲不響的，其實鬼主意多着呢）。

滿肚文章 mun⁵ tou⁵ men⁴ zêng¹

形容人滿腹經綸，知識豐富。 例 佢呢個人滿肚文章，乜都懂（他這個人知識豐富，甚麼都懂）。

悶到抽筋 mun⁶ dou³ ceo¹ gen¹

形容人煩悶到極點，難以忍受。 例 呢幾日冇嘢做，悶到抽筋（這幾天沒事幹，悶得慌）。

懵神三星 mung² sen⁴ sam¹ xing¹

糊裏糊塗的人。 例 搞乜都搞錯晒，真係一個懵神三星（搞甚麼都搞錯，其實是一個糊塗蟲）。

懵上心口 mung² sêng⁵ sem¹ heo²

指人十分糊塗。 例 今日你為乜嘢淨係做錯事呀，我睇你懵上心口喇（今天你為甚麼老是出錯，我看你夠糊塗的）。

N

奶媽抱仔，人家物 nai⁵ ma¹ pou⁵ zei², yen⁴ ga¹ med⁶

〔歇後語〕指別人的東西。 例 呢啲嘢唔係我嘅，奶媽抱仔，人家物（這些東西不是我的，是別人的）。

蹍光黑 nam³ guong¹ hag¹

足南：跨越。黃昏時的天色。 例 雞盲嘅人最怕蹍光黑行路咯（夜盲的人最怕是黃昏的時候走路了）。

男勤耕，女勤織，足衣又足食 nam⁴ ken⁴ gang¹, nêu⁵ ken⁴ jig¹, zug¹ yi¹ yeo⁶ zug¹ xig⁶

〔農諺〕男子勤於耕種，女子勤於紡織，那就能夠豐衣足食了。

男唔拜月，女唔祭灶 nam⁴ m⁴ bai³ yüd⁶, nêu⁵ m⁴ zei³ zou³

廣州當地民俗，男子不參加女子在農曆八月十五拜月活動；而女子則不參加男人們臘月二十三日的祭灶活動。

男怕着靴，女怕戴帽 nam⁴ pa³ zêg³ hê¹, nêu⁵ pa³ dai³ mou⁶⁻²

着靴：比喻腿腳浮腫；戴帽：比喻頭臉浮腫。民間認為人得重病後，男的忌諱腿腳浮腫，女的忌諱頭臉浮腫。認為這是病情進入危急狀態的反映。

男人公公 nam⁴ yen⁴ gung¹ gung¹

大男人的；男人大丈夫。對男人的作為表示不以為然時的用語。 例 男人公公同細佬哥玩泥沙，似乜樣吖（大男人的跟小孩玩泥沙，像個甚麼樣子）！

男人口大食四方，女人口大食窮郎 nam⁴ yen⁴ heo² dai⁶ xig⁶ séi³ fong¹, nêu⁵ yen⁴ heo² dai⁶ xig⁶ kung⁴ long⁴

〔諺語〕舊時民間認為，男子嘴巴大長相好，有食福，而女子嘴巴大則認為喜歡吃喝，愛花錢。

男人學做女人工，唔死一世窮 nam⁴ yen⁴ hog⁶ zou⁶ nêu⁵ yen⁴ gung¹, m⁴ séi² yed¹ sei³ kung⁴

過去人們強調男女分工，男子不幹女人活兒，如果男子幹婦女的工作則受到歧視。

男人老狗 nam⁴ yen⁴ lou⁵ geo²

指已經很有經歷、老練、懂得人情世故的男人。 例 你唔使憂，一個男人老狗怕你哋啲嘅仔呃得到佢（你不必擔心，一個大男人你們這些毛孩子能騙

得了他嗎）｜我哋男人老狗同
埋你哋嘅女仔一齊表演唔係幾
好意思呀（我們這些大男人跟
你們這些女孩一塊兒表演有點
不好意思啊）。

男人唔飲酒，枉喺世上走

nam⁴ yen⁴ m⁴ yem² zeo², wong² hei²
sei³ sêng⁶ zeo²

〔戲謔語〕喺：在。男人不會喝
酒，白白活在世上。舊時的人
普遍認為，男子都應該會喝酒。

男人食飯打衝鋒，女人食飯繡

花針 nam⁴ yen⁴ xig⁶ fan⁶ da² cong¹
fung¹, nêu⁵ yen⁴ xig⁶ fan⁶ seo³ fa¹
zem¹

男人和女人吃飯的風格各不相
同。

南風窗 nam⁴ fung¹ cêng¹

南風：港澳地區或海外關係。
隱指由這些地區帶來的經濟收
入。 例 佢中意搵個有南風窗
嘅對象（她喜歡找個有海外關
係的對象）。

南風吹到底，北風來還禮

nam⁴ fung¹ cêu¹ dou³ dei², beg¹ fung¹
loi⁴ wan⁴ lei⁵

〔農諺〕冬天時如果一直颳南
風，最後必然要颳北風。

南風送大寒，正月趕狗唔出門

nan⁴ fung¹ sung³ dai⁶ hon⁴, jing¹ yüd⁶
gon² geo² m⁴ cêd¹ mun⁴

〔農諺〕大寒這個節氣是一年當
中最寒冷的，如果大寒當天颳
南風，即天氣變暖，到了來年
正月的時候就會很冷，連狗也
趕不出門了。

南風入大寒，冷死早禾秧

nam⁴ fung¹ yeb⁶ dai⁶ hon⁴, lang⁵ séi²
zou² wo⁴ yêng¹

〔農諺〕大寒的時候颳南風，
天氣變暖，到春天時天氣則寒
冷，早稻秧會被凍死。

南無佬跌落糞坑，冇晒符

nam⁴ mo⁴ lou² did³ log⁶ fen³ hang¹,
mou⁵ sai³ fu⁴

〔歇後語〕南無佬：替人念經
打醮驅邪的和尚或道士；冇晒
符：毫無辦法。 例 我呢次真
係南無佬跌落糞坑，冇晒符咯
（我這次真是毫無辦法了）。

南無佬畀鬼迷，鈴鈴都掉埋

nam⁴ mo⁴ lou² béi² guei² mei⁴, ling¹
ling¹ dou¹ diu⁶ mai⁴

〔歇後語〕鈴鈴：鈴鐺，和尚
或道士的法鈴；掉埋：也給丟
了。戲指能驅鬼的道士卻被鬼
迷了，而且還被嚇得連鈴鐺也
丟了。形容人使盡渾身解數也
無濟於事。

南撞北，天就黑 nam⁴ zong⁶ beg¹,

tin¹ zeo⁶ heg¹

一直颳着南風，突然轉颳強烈
的北風，天都變黑，説明大風
大雨將至。

鬧人唔使揀日子 nao⁶ yen⁴ m⁴ sei²

gan² yed⁶ ji²

鬧人：罵人；唔使：不必；揀：選擇。罵人不必選日子，形容某些人隨時都在罵人。

粒聲唔出 neb¹ séng¹ m⁴ cêd¹

一聲不吭。 例 你有意見為乜粒聲唔出呀（你有意見為甚麼一聲不吭啦）？

泥水佬嘅瓦刀，搽表面 nei⁴ sêu²

lou² gé³ nga⁵ dou¹, ca⁴ biu² min⁶

〔歇後語〕泥瓦匠的瓦刀，是專門用來糊牆的表面。常用來形容人不做實質性的工作，只做表面工夫。

泥水佬開門口，過得自己過得人 nei⁴ sêu² lou² hoi¹ mun⁴ heo², guo³ deg¹ji⁶ géi² guo³ deg¹ yen⁴

〔歇後語〕開門口：從牆上開門洞。瓦匠開門口要讓自己過得去也讓別人過得去。意思是做事要讓大家都過得去，不能對己寬對人嚴。 例 你唔好太自私，泥水佬開門口，過得自己過得人至好呀（你不要太自私，要自己過得去也讓大家都過得去才行啊）。

你對佢如珠如寶，佢當你鹹水草；你對佢癡心一片，佢當你黐鬼咗線 néi⁵ dêu³ kêu⁵ yü¹ ju¹ yü⁴ bou², kêu⁵ dong³ nêi⁵ ham⁴ sêu² cou²; néi⁵ dêu³ kêu⁵ qi¹ sem¹ yed¹ pin³,

kêu⁵ dong³ néi⁵ qi¹ guei² zo² xin³

〔戲謔語〕鹹水草：舊時用來捆綁菜肉等的水草；黐鬼咗線：發神經病。譏笑人交友、求偶時一廂情願的愚蠢舉動。也說明雙方對對方認識的差距極大。

你幾好嗎 néi⁵ géi² hou² ma³

表示問候的常用語，意思是"你好嗎？"廣州話用"你幾好嗎？"來問你時，你必須回答對方。普通話的"您好！"只是打招呼的用語，你只須用"您好！"或"早上好！"便可。

你係得嘅 néi⁵ hei⁶ deg¹ gé³

你真行。 例 細佬，你係得嘅（老弟，你真行）！｜你係得嘅，我算服咗你（你行，我算服了你）。

你唔嫌我籮疏，我唔嫌你米碎 néi⁵ m⁴ yim⁴ ngo⁵ lo⁴ so¹, ngo⁵ m⁴ yim⁴ néi⁵ mei⁵ sêu³

指各人不挑剔對方的缺點毛病，大家互相包容。 例 佢哋兩個都有缺點，但係大家你唔嫌我籮疏，我唔嫌你米碎，你話幾好呢（他們兩個都有缺點，但大家都不嫌棄，你說多好啊）。

你諗你 néi⁵ nem² néi⁵

諗：想，考慮。你自己拿主

意。　例 呢啲事你諗你嘞（這些事情你自己拿主意好了）。

你諗你，咪諗過隔籬 néi⁵ nem²

néi ⁵, mei⁵ nem² guo³ gag³ léi⁴

咪：別；隔籬：旁邊，鄰居。你考慮你自己的事，別人的用不着你來費心。

你死你事 néi⁵ séi² néi⁵ xi⁶

對人表示漠不關心，有"你的事我堅決不管"的意思。

你有關門計，我有過牆梯

néi⁵ yeo⁵ guan¹ mun⁴ gei³, ngo⁵ yeo⁵ guo³ cêng⁴ tei¹

你用計謀把我關在裏面，我也有梯子可以從牆上翻出來。比喻儘管你用計謀把我陷於困境，而我也有辦法應付，使你的詭計破產。

你有你蹺，我有我妙 néi⁵ yeo⁵

néi⁵ kiu⁴⁻², ngo⁵ yeo⁵ ngo⁵ miu⁶

蹺：奇異，奇怪。比喻各人有各人的能耐，彼此水準都差不多，平分秋色。　例 展覽會嘅工藝品，你有你蹺，我有我妙，非常好睇（展覽會裏的工藝品，各有奇妙精巧，非常好看）。

你有你乾坤，我有我日月

néi⁵ yeo⁵ néi⁵ kin⁴ kuen¹, ngo⁵ yeo⁵ ngo⁵ yed⁶ yüd⁶

乾坤：天地；日月：時光，轉指天地，範圍。你和我都各有各自的天地範圍，彼此各有千秋，互相不要干擾。暗指各人有各人的活法，不要強求一致。

你就想 néi⁵ zeo⁶ sêng²

拒絕對方的要求時的用語，大致相當於"異想天開""簡直是開玩笑""你想得美"等意思。　例 賠咁少就算啦？你就想（賠這麼少就算了？開玩笑）！｜一毫子兩斤？你就想（一毛錢兩斤？你想得美）！

你做初一，我做十五 néi⁵ zou⁶ co¹

yed¹, ngo⁵ zou⁶ seb⁶ ng⁵

民間舊俗，農曆初一和十五都要祭拜祖先和土地神。這裏比喻你既然做了某一件對不起我的事，我也照樣做相同或類似的事回敬你，以牙還牙。　例 你哋兩個唔好噉搞法喇，你做初一，我做十五，幾時至完呀（你們兩個不要這樣搞了，互相以牙還牙甚麼時候才有個完）。

諗錯隔籬 nem² co³ gag³ léi⁴

想偏了，理解錯了。　例 我知道你係諗過隔籬喇（我知道你理解錯了）。

諗翻轉頭 nem² fan¹ jun² teo⁴

諗：想。翻轉頭：回頭。回頭想想，回想過去。　例 你諗翻轉頭睇下，有邊啲做得唔啱嘅就要改正（你回頭想一想，有哪些做得不對的就要改正）｜我有時諗翻轉頭，想起細個嗰陣都幾有意思呀（我有時回想小的時候也是挺有意思的）。

諗過度過 nem² guo³ dog⁶ guo³

諗：想，思考；度：量度。表示經過深思熟慮。 例 呢件事我的確係諗過度過㗎喇（這件事我的確慎重考慮過了）。

諗嚟度去 nem² lei⁴ dog⁶ hêu³

想來想去。 例 我諗嚟度去都諗唔掂（我想來想去都想不清楚）。也説"諗嚟諗去"。

諗縮數 nem² sug¹ sou³

想着少點支出，引申指為自己的私利打算，相當於"打如意算盤""打小算盤"。 例 大家都去義務勞動，就係佢諗縮數唔去（大大家都去義務勞動，就是他怕吃虧不去）｜你成日為自己諗縮數就唔啱喇（你整天為自己打如意算盤就不對了）。

諗真啲 nem² zen¹ di¹

考慮清楚、想清楚。 例 你要諗真啲至決定呀（你要考慮清楚再決定啊）。

臉善得人和 nem⁴ xin⁶ deg¹ yen⁴ wo⁴

臉善：和善。和善的人容易跟別人融洽。

撚雀籠，遲早窮 nen² zêg³ lung⁴, qi⁴ zou² kung⁴

撚：玩弄。玩弄鳥籠的人由於不事生產勞動，坐食山空，遲早要變窮。

能醫不自醫 neng⁴ yi¹ bed¹ ji⁶ yi¹

能醫：有能力的醫生。高明的醫生也不能醫治自己的疾病。比喻人自己對自己的事無能為力。好比醫生不能給自己治病一樣。

嬲到爆晒 neo¹ dou³ bao³ sai³

嬲：生氣；爆晒：全炸了。形容人被氣壞了；氣不打一處來。 例 呢個人太唔講理喇，睇見佢嘅態度，個個都嬲到爆晒（這個人太不講理了，看見他的態度，人人都氣不打一處來）。

扭計師爺 neo² gei³⁻² xi¹ yé⁴

扭計：鬥智。戲指詭計多端的人或專門出鬼主意的人。 例 我怕晒你呢個扭計師爺嘞（我怕了你這個詭計多端的人了）。也戲稱淘氣的小孩。 例 你成日喊，正式扭計師爺（你整天哭，真是淘氣包）。

扭計祖宗 neo² gei² zou² zung¹

淘氣的小孩，胡攪蠻纏的小孩。 例 你呢個扭計祖宗唔好咁扭計咯（你這個淘氣鬼別再鬧了）。

N

扭紋柴，難搞掂 neo² men⁴ cai⁴, nan⁴ gao² dim⁶

〔歇後語〕扭紋柴：紋理不順的柴，用來指蠻不講理的兒童；難搞掂：難以理得順，即不好對付。 例 呢個扭紋柴，難搞掂咯（這個淘氣的孩子真不好對付）。

扭紋柴惡破，扭紋心抱治死家婆 neo² men⁴ cai⁴ ngog³ po³, neo² men⁴ sem¹ pou⁵ ji⁶ séi² ga¹ po⁴

〔諺語〕扭紋柴：紋理不直的柴；惡：難；破：劈；心抱：兒媳；家婆：婆婆。紋理不直柴難劈，性情乖戾的兒媳能把婆婆氣死。

扭盡六壬 neo² zên⁶ lug⁶ yem⁴

比喻絞盡腦汁，用盡計謀。

女係涼心屋，仔係頂心木 nêu⁵⁻² hei⁶ lêng⁴ sem¹ ngug¹, zei² hei⁶ ding² sem¹ mug⁶

一般人認為女兒是父母的貼身棉襖，給父母帶來溫暖。廣東地區炎熱，把經常關心父母冷暖的女兒比作涼快的房屋是合適的。而兒子小的時候一般比較淘氣，常使父母生氣操心，人們把他比作一根頂在心上的木頭。

女人狗肉 nêu⁵ yen⁴ geo² yug⁶

戲稱芭樂，即番石榴。因為芭樂具有特殊的香氣而為女子喜愛就像男人喜愛狗肉那樣。

女人湯圓 nêu⁵ yen⁴ tong¹ yün⁴⁻²

戲稱對女人百般順從、深得女人喜歡的男人。

五行缺水 ng⁵ heng⁴ küd³ sêu²

五行：金木水火土；水：戲稱錢。整個意思是"缺錢"。 例 我乜都唔缺，就係五行缺水（我甚麼也不缺，就是缺錢）。又說"五行缺金"。

五五波 ng⁵ ng⁵ bo¹

波：球；五五：雙方平分。比喻彼此勢均力敵，輸贏的幾率各佔一半。 例 我睇佢哋嘅實力，五五波啦（我看他們的實力，半斤八兩吧）。

五顏六色 ng⁵ ngan⁴ lug⁶ xig¹

原指各種顏色，戲稱受到巨大折磨。 例 呢次搞到我五顏六色咯（這回把我搞得夠慘的）。

五爪金龍 ng⁵ zao² gem¹ lung⁴

戲稱抓東西吃的五指。 例 大家都用筷子食飯，你唔好用五爪金龍喇（大家都用筷子吃飯，你就別用手抓着吃了）。又俗指大鯢，即娃娃魚。

午時花，六時變 ng⁵ xi⁴ fa¹, lug⁶ xi⁴ bin³

午時花：一種顏色多變的花卉。六時：午與五同音，六與五相對。指某些人立場、態度、主張、想法等變化無常。 例 佢都午時花，六時變嘅，邊個敢信佢喎（他的主意變化無常，誰敢相信他啊）。

丫環身屍小姐命 nga¹ wan⁴ sen¹ xi¹ xiu² zé² méng⁶

身屍：相貌身份，舉止風度，含貶意。形容人身份不算高貴，但是他的命運、遭遇卻讓人羨慕。強調人不可貌相。

丫環揸鎖匙，當得家唔話得事 nga¹ wan⁴ za¹ so² xi⁴, dong¹ deg¹ ga¹ m⁴ wa⁶ deg¹ xi⁶

〔歇後語〕揸：拿；鎖匙：鑰匙；話得事：能做主。丫鬟拿着鑰匙，能當家卻做不了主。比喻某些人名義上是領導，但沒有實權。 例 佢話名係主任，其實係丫環揸鎖匙，當得家唔話得事（他名義上是主任，其實很多事作不了主）。

啞佬買棺材，死畀你睇 nga² lou² mai⁵ gun¹ coi⁴, séi² béi² néi⁵ tei²

〔歇後語〕畀你睇：給你看。形容事態極其嚴重。 例 呢次輸得咁慘，真係啞佬買棺材，死畀你睇咯（這次輸得這麼慘，真是要命了）。

啞佬相見，默默無言 nga² lou² séng¹ gin³, meg⁶ meg⁶ mou⁴ yin⁴

〔歇後語〕啞佬：啞巴。啞巴相見時只有用手勢交流，不用説話。比喻兩人相對時説不出話。 例 佢哋兩個面對面，好似啞佬相見，默默無言（他們兩個面對面，默默無言）。

啞仔食湯丸，心裏有數 nga² zei² xig⁶ tong¹ yün⁴⁻², sem¹ lêu⁵ yeo⁵ sou³

〔歇後語〕啞仔：啞巴；湯丸：元宵，湯圓。啞巴吃元宵，心裏有數。

啞仔申冤，無話可説 nga² zei² sen¹ yün¹, mou⁴ wa⁶ ho² xud³

〔歇後語〕啞巴申冤説不出話來。引申作想不出該説甚麼，無言以對。 例 佢冇道理，知到自己理虧，我駁到佢啞仔申冤，無話可説（他沒有道理，知道自己理虧，我駁得他啞口無言）。

啞仔玩琴，會彈唔會唱 nga² zei² wan² kem⁴, wui⁵ tan⁴ m⁴ wui⁵ cêng³

〔歇後語〕"彈"是雙關語，其一是彈琴，其二是批評、指責。"唱"是雙關語，其一是唱歌，其二是做、幹。啞巴玩琴，但唱不了歌。比喻人光會批評別人，自己卻不會幹。 例 你唔好聽佢嘅，佢不過係啞仔玩琴，會彈唔會唱，有本事唱嚟聽下啦（你別聽他的，有能耐的話要他做做看）。

啞仔飲沙士，有氣講唔出

nga² zei² yem² sa¹ xi², yeo⁵ héi³ gong² m⁴ cêd¹

〔歇後語〕沙士：舊時的一種汽水，顏色近似現今的可樂，這種汽水氣很多，很容易被嗆着。啞巴喝了沙士汽水，滿肚子氣說不出話來。形容人因某種原因有氣卻說不出話來。 例 佢畀人揸住把柄，呢次又唔敢出聲，好似啞仔飲沙士，有氣講唔出（他讓人揪住辮子，這次又不敢作聲，一肚子氣卻說不出話來）。

牙擦擦，脷刮刮

nga⁴ cad³ cad³, léi⁶ guad³ guad³

牙擦：誇誇其談，信口開河；脷：舌頭。形容人愛表現，誇誇其談。 例 睇佢講話牙擦擦，脷刮刮嗽，好似唔係幾踏實（看他說話誇誇其談，好像不怎麼踏實）。

牙擦擦，怕警察

nga⁴ cad³ cad³, pa³ ging² cad³

〔兒童戲謔語〕形容花言巧語的人，由於善於詐騙，最怕看到警察。

牙尖嘴利

nga⁴ jim¹ zêu² léi⁶

形容人說話犀利、善辯，近似於"尖嘴薄舌"。 例 我唔中意牙尖嘴利嘅人，無理爭三分（我不喜歡尖嘴薄舌的人，無理也爭三分）。

牙齒當金使

nga⁴ qi² dong³ gem¹ sei²

指人一諾千金，說話算數。 例 佢呢個人好有信用，講到就做到，牙齒當金使（他這個人很有信用，說到做到，一諾千金）。

牙齒印

nga⁴ qi² yen³

咬東西時留下的印痕，比喻傷害了別人所留下的仇怨。 例 有啲人成日得罪人，牙齒印多（有些人整天得罪人，到處結怨）｜佢喺原單位牙齒印好多（他在原單位留下不少仇怨）。

牙籤太小，撩完就掉

nga⁴ qim¹ tai³ xiu², liu⁴ yün⁴ zeo⁶ diu⁶

〔歇後語〕撩：用棍子等物挑動或撥動東西；掉：扔。牙籤太小了，用來剔牙，用完了就扔掉。比喻太小又不值錢的東西，用完了就可以扔了。

牙痛噉聲

nga⁴ tung³ gem² séng¹

像牙痛時發出呻吟聲。比喻人牢騷滿腹或叫苦不迭。 例 受到批評就牙痛噉聲，有乜咁交關呢（受到批評就牢騷滿腹，有甚麼了不起呢）｜佢畀人罰咗五十文就牙痛噉聲（他被人罰了五十元就連連叫苦）。

牙醫睇症，講口齒

nga⁴ yi¹ tei² jing³, gong² heo² qi²

〔歇後語〕睇症：看病症；講口齒：雙關語，講牙齒，講信用。

牙科醫生看病，講牙齒，借用為講信用。例你做咗領導，做事要牙醫睇症，講口齒至得呀（你當了領導，做事要講信用才行啊）。

牙斬斬 nga⁴ zam² zam²

形容人喋喋不休地強辯或表現自己。例你都錯咯重牙斬斬有乜用呢（你都錯了還喋喋不休地強辯有甚麼用呢）｜你唔好喺度牙斬斬喇，冇人信你嘅（你不要在這裏説個沒完，沒人信你的）。

牙斬斬，死得慘 nga⁴ zam² zam², séi² deg¹ cam²

〔兒童戲謔語〕牙斬斬：能言善辯。咒罵那些過分耍嘴皮的人最終得不到好結果。

瓦封領，包頂頸 nga⁵ fung¹ léng⁵, bao¹ ding² géng²

〔歇後語〕頂頸：抬槓、頂嘴。像瓦筒樣子的的領子，穿着時肯定會頂着脖子。指人喜歡抬槓、頂嘴。例你呢個人似晒瓦封領，包頂頸（你這個人就愛抬槓）。

瓦荷包，有幾個錢就噹噹響 nga⁵ ho⁴ bao¹, yeo⁵ géi² go³ qin⁴ zeo⁶ dong¹ dong¹ hêng²

〔歇後語〕用陶器製成的錢包，錢幣在裏頭就容易發出噹噹的聲音。形容人有一點錢就擺闊氣。比喻學問不高的人喜歡表現自己。

瓦面藤菜，日頭死吊吊，夜晚生勾勾 nga⁵ min⁶⁻² teng⁴ coi³, yed⁶ teo⁴⁻² séi² diu⁴ diu⁴, yé⁶ man⁵ sang¹ ngeo¹ ngeo¹

〔歇後語〕死吊吊：將要死的樣子；生勾勾：生生的，即生長旺盛的。生長在屋頂上的藤菜，白天被太陽曬得蔫蔫的，到夜裏得到露水卻生長得非常旺盛。比喻人白天幹活無精打采，而到晚上則生龍活虎地到處作樂。

掗手掗腳 nga⁶ seo² nga⁶ gêg³

掗：佔據地方，妨礙。形容傢俱器具等妨礙手腳。例你個木箱放喺呢度有啲掗手掗腳（你的箱子放在這兒有點礙手礙腳）。

鴨細芙翅大 ngab³ sei³ fu⁴ qi³ dai⁶

細：小；芙翅：胗肝。鴨子雖小但內臟大。形容人雖小但心眼多。例你咪話佢人仔細細，鴨細芙翅大呀（你別説個子小小，心眼多着呢）。

鴨仔聽雷 ngab³ zei² téng¹ lêu⁴

鴨子聽雷聽不懂，聽後無反應。例佢嘅講座我聽唔懂，好似鴨聽雷噉（他的講座我一點也聽不懂）。

呃神騙鬼 ngag¹ sen⁴ pin³ guei²

N

連鬼神都騙，強調欺騙所有的人。 例 嗰啲光棍呃神騙鬼，邊個都呃（那些騙子見人就騙，誰都敢騙）。

挨街憑巷 ngai¹ gai¹ beng⁶ hong⁶

在街邊靠着房牆。指無所事事的人在街邊到處找人聊天。 例 邊個有佢咁得閒吖，成日挨街憑巷（誰像他那麼空閒，整天找人閒聊）。

挨年近晚 ngai¹ nin⁴ gen⁶ man⁵

靠近過年的日子，即年關。 例 都挨年近晚咯，重想出去旅遊（都快過年了，還想出去旅遊嗎）？｜一到挨年近晚，大家都掛住辦年貨（一到年關，大家都惦着辦年貨）。

捱生捱死 ngai⁴ sang¹ ngai⁴ séi²

形容生活艱難，歷盡艱辛。 例 你老母一手一腳養大你，捱生捱死，你千祈唔好忘記呀（你母親一個人把你養大，歷盡艱辛，你千萬不要忘記啊）。

捱更抵夜 ngai⁴ gang¹ dei² yé⁶

捱：忍受；抵夜：熬夜。 例 做報紙編輯工作時時都要捱更抵夜（做報紙編輯工作經常都要熬夜的）。

捱飢抵餓 ngai⁴ géi¹ dei² ngo⁶

指忍受飢餓，忍飢挨餓。 例 舊時糧食唔夠，一到青黃不接嘅時候，有啲人就要捱飢抵餓嘞（過去糧食不夠，每到青黃不接的時候，有些人就要挨餓了）。

捱眼瞓 ngai⁴ ngan⁵ fen³

眼瞓：睏、想睡。夜裏不睡覺，熬夜。 例 今晚又要捱眼瞓嘞（今晚又要熬夜了）。

捱世界 ngai⁴ sei³ gai³

指熬日子，尤指熬苦日子。 例 我細個嗰陣，喺廣州捱世界捱咗五年喇（我小的時候在廣州熬了五年的苦日子）。

嗌通街 ngai³ tung¹ gai¹

嗌：叫罵；通街：整條街。指喜歡跟人吵架、罵街的人。 例 呢個人係有名嘅嗌通街，邊個都怕咗佢（這個人是有名的愛罵街的人，誰也怕了他）。

啱心水 ngam¹ sem¹ sêu²

心水：心意、想法。 例 你噉做就最啱我心水喇（你這樣做就最合我的心意了）。又叫"合心水"。

眼大無神，鼻大吸塵 ngan⁵ dai⁶ mou⁴ sen⁴, béi⁶ dai⁶ keb¹ cen⁴

〔兒童戲謔語〕取笑眼睛鼻子大的人。

眼大睇過龍 ngan⁵ dai⁶ tei² guo³ lung⁴

過龍：超過。指目光只看到遠處，沒有留意近處。 例 你為乜睇唔到呀，係不係眼大睇過龍呀（你為甚麼看不到，是不是沒注意小的地方）？

眼火爆 ngan⁵ fo² bao³

眼睛冒火，即非常憤怒。　例　我一睇見佢去賭錢就眼火爆咯（我一看見他去賭錢就火冒三丈了）。

眼闊肚窄 ngan⁵ fud³ tou⁵ zag³

眼睛大肚子小，多用來戲稱人吃東西時想吃很多，但實際上吃得不多。　例　食自助餐千祈唔好眼闊肚窄，攞太多食唔晒就浪費嘞（吃自助餐不要眼大肚子小，拿太多吃不了就浪費了）。

眼見工夫 ngan⁵ gin³ gung¹ fu¹

指不複雜、看看就能掌握的工作。　例　呢啲都係眼見工夫，睇下就識做嘞（這些都是簡單的工作，看看就會做了）。

眼見心謀 ngan⁵ gin³ sem¹ meo⁴

看見了就想着要得到。　例　呢個細佬哥好貪心，睇見人哋有好嘢就眼見心謀（這孩子很貪心，看見人家有好東西就想着要得到）。

眼角高高 ngan⁵ gog³ gou¹ gou¹

形容人高傲，看不起別人。　例　有啲人眼角高高，我都怕同佢行（有些人自視很高，我怕跟他交往）。

眼光光，等天光 ngan⁵ guang¹ guang¹, deng² tin¹ guong¹

失眠的人等着天亮。也比喻人滿懷心事。　例　琴晚我成晚都係眼光光，等天光（昨晚我整宿都失眠）｜我睇你眼光光，等天光嘅，有乜嘢心事呀（我看你眼睛楞楞的，有甚麼心事）？

眼唔見為淨 ngan⁵ m⁴ gin³ wei⁴ zéng⁶

直譯是眼睛沒看到就算乾淨。一般表示不願意看那些煩心的事，以免生氣。　例　你理佢咁多做乜吖，眼唔見為淨啦嗎（你管那麼多幹嗎，眼不見，心不煩嘛）。也説"眼唔見為伶俐"。

眼眉毛長 ngan⁵ méi⁴ mou⁴ cêng⁴

人到老時眉毛變長。這裏用來戲稱等待的時間太長。　例　要等咁耐，都眼眉毛長咯（要等那麼長的時間，等到我都老了）。

眼眉毛長過辮 ngan⁵ méi⁴ mou⁴ cêng⁴ guo³ bin¹

形容時間過長。眉毛比辮子還長。廣州話一般形容時間長時多説"眼眉毛長"，現在説眉毛比辮子還長，説明時間拖得非常之長，達到難以忍受的程度了。

眼濕濕，扮憂鬱 ngan⁵ seb¹ seb¹, ban⁶ yeo¹ wed¹

〔戲謔語〕形容人滿眼淚水，裝得很憂鬱的樣子。

硬打硬 ngang⁶ da² ngang⁶

實實在在的，不打折扣的，過硬的。　例 任務係硬打硬嘅，要百分之百完成（任務是硬指標，要百分之百完成）。

硬橋硬馬 ngang⁶ kiu⁴ ngang⁶ ma⁵

橋、馬：武術的術語。形容人態度堅決認真，手段強硬。　例 佢呢次係硬橋硬馬，唔係講笑㗎（他這次是動真格的，不是跟你開玩笑）｜佢話要硬橋硬馬同你搏過喎（他說要使出真工夫跟你拼呢）。

硬晒舦 ngang⁶ sai³ tai⁵

舦：舵、方向盤。指事情弄僵，沒有變通的餘地。　例 呢次畀佢搞到硬晒舦，一啲辦法都冇喇（這次讓他弄僵了，一點辦法也沒有了）。

拗手瓜 ngao² seo² gua¹

扳胳膊。二人比臂力，引申指較量。　例 你同佢拗手瓜，點拗得過佢吖（你跟他較量，怎麼敵得過他呢）｜大家拗過手瓜至知（大家比過才見分曉）。

拗罾唔記得攞蝦時 ngao² zeng¹ m⁴ géi³ deg¹ lo¹ ha¹ xi⁴

〔諺語〕拗：扳動；罾：一種方形魚網，上係有十字竹架，另用繩子把長竹竿與十字竹架中

心連着，人捕魚時在岸上把竹竿提起，叫"拗罾"；攞：取，撈取。使用魚罾撈魚就忘記在水裏撈蝦的辛苦。比喻人的條件改變了就忘記過去工作或生活的艱辛。

詏到掂 ngao³ dou³ dim⁶

詏：爭論；掂：直、妥當、順暢。即爭論到水落石出、分清是非曲直。　例 佢兩個唔知幾認真，乜都要詏到掂（他們兩個太認真了，甚麼都要爭個水落石出）。相反的說法是"詏唔掂"（爭論不清）。

咬唔入 ngao⁵ m⁴ yeb⁶

咬不動，啃不動，多用來比喻事情難以處理，或對某人奈何不了。

嘰都冇得嘰 ngé¹ dou¹ mou⁵ deg¹ ngé¹

嘰，又作"咩"：羊叫聲，也指小兒哭聲。比喻動物被制服時連叫聲也發不出，常轉指人在面對威脅時不敢抗爭。　例 一刀鋸落去，嗰隻雞嘰都冇得嘰（一刀割下去，那只雞一聲都不叫就完了）｜咁大個人畀人一腳就踢倒，嘰都冇得嘰（這麼大的人讓人一腳就踢倒，一聲不敢吭）。

嗯得出就嗯 ngeb¹ deg¹ cêd¹ zeo⁶ ngeb¹

嗯：亂說。形容人信口開河，

甚麼話都說。 例 你係大人喇，你點能夠噏得出就噏呢（你是大人了，怎麼能夠信口開河呢）。

噏三噏四 ngeb¹ sam¹ ngeb¹ séi³

噏：胡說，亂說。胡說八道；說三道四。 例 人哋嘅事，唔使你喺度噏三噏四（別人的事，用不着你說三道四）。

岌頭岌髻 ngeb⁶ teo⁴ ngeb⁶ gei³

岌：點頭。點頭點腦的樣子。 例 我講話你就岌頭岌髻，其實你都未聽清楚（我說話你就點頭點腦的，其實你都還沒聽清楚）。

噷契爺噉噷 ngei¹ kei³ yé⁴ gem² ngei¹

噷：懇求；契爺：乾爹。像懇求乾爹似的；求爺爺告奶奶。比喻苦苦央求。 例 噷契爺咁噷，佢都唔肯（怎麼央求他，他都不答應）。

噷噷篩篩 ngei¹ ngei¹ sei¹ sei¹

噷：懇求、央求；篩：搖來搖去。 例 為咗修整呢條路，村長周圍噷噷篩篩，唔知求過幾多人呀（為了修這條路，村長到處求爺爺告奶奶，不知道求過多少人呐）｜你唔使成日噷噷篩篩噉喇，我話過唔同意就唔同意（你不用整天纏着我，我說過不同意就不同意）。

矮仔多計，矮婆多仔 ngei² zei²

do¹ gei³⁻², ngei² po⁴⁻² do¹ zei²

〔戲謔語〕身材矮小的人計謀多，身材矮小的婦女子女多。

矮仔裏面揀高佬 ngei² zei² lêu⁵

min⁶ gan² gou¹ lou²

矮仔：個子矮的人；揀：挑選；高佬：高個子。矮子裏選將軍。比喻從不太理想的人當中挑選相對較好的。

矮仔上樓梯，步步高 ngei² zei²

sêng⁵ leo⁴ tei¹, bou⁶ bou⁶ gou¹

〔歇後語〕矮人上樓梯，一步一步地升高。形容人生活或職位逐步提高。 例 大家收入年年都增加，好似矮仔上樓梯，步步高呀（大家的收入年年都增加，就像芝麻開花節節高啊）。

矮仔跳高，重爭好遠 ngei² zei²

tiu³ gou¹, zung⁶ zang¹ hou² yuan⁵

〔歇後語〕重爭：還差。矮個子跳高，還差很多呢。比喻做事要達標，還差很遠。

蟻搬竇蛇過道，大雨就嚟到

ngei⁵ bun¹ deo³ sé⁴ guo³ dou⁶, dai⁶ yü⁵ zeo⁶ lei⁴ dou³

〔農諺〕竇：窩巢；就嚟：將要。螞蟻搬家，蛇竄過道路，大雨將至。

蟻搬竇，上牆頭，西水浸冧頭

ngei⁵ bun¹ deo³, sêng⁵ cêng⁴ teo⁴, sei¹ sêu² zem³ cong⁴ teo⁴

〔農諺〕竇：窩；西水：西江

水。螞蟻搬窩上牆,西江就要發大水,浸到牀上。説明即將下大雨。

蟻多褸死象 ngei⁵ do¹ leo¹ séi² zêng⁶

〔諺語〕褸:小昆蟲附在人或別的動物身上咬。螞蟻多了也能把大象咬死。指弱小的力量聯合起來就能夠戰勝強者。 例 我哋人多,蟻多褸死象,唔怕佢大隻(我們人多勢眾,力量大,不怕他個子大)。

蟻躝咁慢 ngei⁵ lan¹ gem³ man⁶

躝:爬行;咁:那麼。像螞蟻爬那麼慢。多形容人動作緩慢。

揞住半邊嘴都講贏你 ngem² ju⁶ bun³ bin¹ zêu² dou¹ gong² yéng⁴ néi⁵

揞住:摀住。摀住半邊嘴巴都能説得過你。這是因為真理在自己一邊,理直氣壯,而對方卻沒有道理。也作能言善辯的人自誇。

揞住個荷包 ngem² ju⁶ go³ ho⁴ bao¹

揞住:摀着。把錢包摀着,表示不願意花錢或捨不得出錢。

暗啞抵 ngem³ nga² dei²

啞:不作聲;抵:忍受,吃了虧以後只好暗中忍受而不敢告訴別人。相當於"吃了啞巴虧"。 例 呢件事佢唔敢講畀人聽,惟有暗啞抵咯(這件事他不敢告訴別人,惟有暗自忍受了)。

歪嫋鬼命 ngen¹ niu¹ guei² méng⁶

歪:瘦弱;嫋:細長。形容人十分瘦弱的樣子。 例 你睇佢個樣,歪嫋鬼命嗽,風都吹得倒咯(你看他的樣子,瘦得這個模樣,風都能吹倒了)。

踉踉腳,等人約 ngen³ ngen³ gêg³, deng² yen⁴ yêg³

〔戲謔語〕踉:抖動着腿腳,搖搖晃晃。形容無所事事,等朋友來相約的樣子。

哽心哽肺 ngeng² sem¹ ngeng² fei³

哽:硌。形容人心裏或胃裏堵得厲害。 例 我食咗呢啲嘢,成日都哽心哽肺嗽(我吃了這些東西,整天胃裏堵得慌)。

牛耕田,馬食穀,老豆搵錢仔享福 ngeo⁴ gang¹ tin⁴, ma⁵ xig⁶ gug¹, lou⁴ deo⁶ wen² qin⁴ zei² hêng² fug¹

老豆:父親;搵錢:掙錢。這裏重點在最後一句。意為父親辛辛苦苦掙錢回來是為了兒子享受。這話帶有諧謔意味,但卻反映一些人對子女的過分寵愛。

牛牯跌落井,有力使唔上 ngeo⁴ gu² did³ log⁶ zéng², yeo⁵ lig⁶ sei² m⁴ sêng⁵

〔歇後語〕牛牯:公牛。公牛雖然力氣大,但一旦跌落井,有再大的力氣也用不上了。

形容人處在不利於自己的環境，有再大的本領也施展不出了。 例 我而家嚟到呢度，真係好似牛牯跌落井，有力使唔上咯（我現在來到這裏，就像公牛跌落井，有勁使不上了）。

牛嚙牡丹 ngeo⁴ jiu⁶ mao⁵ dan¹

嚙：嚼。牛把牡丹吃了，根本不懂牡丹名貴。比喻人不懂東西的價值，不識貨。 例 叫我食咁矜貴嘅嘢，一定係好似牛嚙牡丹嘅咯（叫我吃這麼珍貴的東西，一定是如同牛吃牡丹那樣，分辨不出好壞了）。

牛嚙禾稈草，吞吞吐吐 ngeo⁴ jiu⁶ wo⁴ gon² cou², ten¹ ten¹ tou³ tou³

〔歇後語〕禾稈草：稻草。牛嚼稻草，吞了又吐出來反芻。比喻人説話心虛，吞吞吐吐，反反復復。 例 我睇你講話好似牛嚙禾稈草，吞吞吐吐嘅，怕乜呢（我看你説話吞吞吐吐的，怕甚麼呢）？

牛唔飲水唔撳得牛頭低 ngeo⁴ m⁴ yem² sêu² m⁴ gem⁶ deg¹ ngeo⁴ teo⁴ dei¹

〔諺語〕牛不喝水就無法把牛的頭撳下來。比喻他人不願意幹某事時，不能強迫他去幹。 例 人哋唔願意做嘅嘢，你唔好焗住人哋去做，牛唔飲水唔撳牛頭低啦嗎（人家不願意幹的事，你不要強迫人家去幹，強

迫是沒有用的）。

牛皮燈籠，點極都唔明 ngeo⁴ péi⁴ deng¹ lung⁴, dim² gig⁶ dou¹ m⁴ ming⁴

〔歇後語〕點：點燈，指點；明：光亮，明白。牛皮燈籠是不透明的，所以點着了燈籠也不光亮。這裏是雙關語。"點極都唔明"即無論你怎麼指點都不明白，形容人愚蠢，接受能力低。 例 呢個人太笨喇，好簡單嘅事講畀佢聽都唔明白，真係牛皮燈籠，點極都唔明（這個人太笨了，很簡單的事告訴他都不明白）。

牛死送牛喪 ngeo⁴ séi² sung³ ngeo⁴ song¹

牛死了，還要為牛辦喪事。比喻因一損失又導致另一損失。

屙尿遞草紙，徒勞無恭（功） ngo¹ niu⁶ dei⁶ cou² ji², tou⁴ lou⁴ mou⁴ gung¹

〔歇後語〕屙尿：小便；草紙：手紙；恭：大便。"恭"與"功"同音。"無恭"諧音"無功"。小便的時候給人遞手紙，白費勁。比喻多此一舉，徒勞無功。也用來形容人拍馬屁拍得過分而且肉麻。

屙尿隔過渣 ngo¹ niu⁶ gag³ guo³ za¹

隔過渣：過濾。譏笑人過於吝嗇，連尿水都要過濾一次。

屙屎唔出賴地硬 ngo¹ xi² m⁴ cêd¹ lai⁶ déi⁶ ngang⁶

指人遭遇挫折時，怨天尤人。 例 係你自己搞得唔好，又怪人，屙屎唔出賴地硬（是你自己搞得不好，又怪人，整天怨天尤人）。又説"屙屎唔出賴地硬，屙尿唔出賴風猛"。

屙屎唔睇風向 ngo¹ xi² m⁴ tei² fung¹ hêng³

屙屎：解大便；唔睇：不看。解大便不看風向，比喻人做了有損他人利益的事而全然不知。或批評人做壞事也不看在甚麼地方，不知天高地厚。

屙屎入褲裲 ngo¹ xi² yeb⁶ fu³ long⁶

屙屎：拉大便；褲裲：褲襠。把大便拉在褲襠裏，雖然解決了一時的緊急，但卻把褲子弄髒了，還不能解決問題。比喻某些措施不但解決不了問題，反而更糟糕。 例 你嘅搞法更弊，好似屙屎入褲裲嘅，冇用嘅（你這樣做更糟糕，而且又產生新的問題）。

娥姐粉果，好睇又好食 ngo⁴ zé² fen² guo², hou² tei² yeo⁶ hou² xig⁶

〔歇後語〕娥姐：舊時廣州西關某一食店的點心師；粉果：廣東民間的傳統點心，即米粉蒸餃。娥姐人長得漂亮，她的粉果做得好看又好吃，在當地家喻戶曉。後來人們常把娥姐粉果作為美食的代表。 例 你整嘅餸，真係娥姐粉果，好睇又好食呀（你做的菜，跟娥姐的粉果一樣既好看又好吃）。

鵝掌鴨頭雞翼尖 ngo⁴ zêng² ngab³ teo⁴ gei¹ yig⁶ jim¹

雞翼：雞翅膀。廣州人認為雞鴨鵝最好吃的部分。鵝掌皮肉厚，鴨頭骨頭薄而軟，雞翅膀皮嫩滑。

我請你上樓，你請我落樓 ngo⁵ céng² néi⁵ sêng⁵ leo⁴, néi⁵ céng² ngo⁵ log⁶ leo⁴

〔戲謔語〕上樓：進茶樓喝茶吃點心，或者進飯館吃飯；落樓：結帳，即幫人埋單。

餓到唊唊聲 ngo⁶ dou³ géb¹ géb¹ séng¹

唊唊聲，小鴨子的叫聲。形容餓得厲害，肚子咕嚕咕嚕作響。 例 一日冇食飯，我個肚餓到唊唊聲咯（一天沒吃飯，肚子餓得咕嚕咕嚕地響）。

餓狗搶屎 ngo⁶ geo² cêng² xi²

形容人競搶東西時的醜態。 例 嗰啲人見到有好貨就搶，好似餓狗搶屎嘅（那些人見到有好貨就搶，就像餓狗搶吃屎那樣）。也用來形容人向前跌倒。 例 佢跌咗一跤，好似餓狗搶屎嘅（他摔了一個嘴啃泥）。

餓鬼投胎 ngo⁶ guei² teo⁴ toi¹

形容人吃東西時狼吞虎嚥的樣子。 例 你食得咁快，係唔係餓鬼投胎呀（你吃得那麼快，是不是餓鬼投胎來的人）？

餓過飢 ngo⁶ guo³ géi¹

指餓過了勁兒，反而不覺得餓了。 例 我晏晝飯未食，到兩三點鐘又冇咁餓，都餓過飢咯（我中午沒吃飯，到兩三點鐘時又沒那麼餓，都餓過勁兒了）。

惡死能登 ngog³ séi² neng⁴ deng¹

惡死：惡得不得了；能登：沒有具體意思。 例 佢惡死能登嘅，邊個都怕咗佢（他兇惡極了，誰都怕了他）。

惡人自有惡人磨 ngog³ yen⁴ ji⁶ yeo⁵ ngog³ yen⁴ mo⁴

〔諺語〕兇惡的人會有兇惡的人來對付他的。安慰被惡人欺負的人時用。

外母見女婿，口水嗲嗲渧 ngoi⁶ mou⁵ gin³ nêu⁵ sei³, heo² sêu² dé⁴ dé¹ dei³

〔戲謔語〕嗲嗲渧：不停地往下滴。丈母娘見到女婿，高興得口水都不斷地往下滴了。

外甥多似舅 ngoi⁶ sang¹ do¹ qi⁵ keo⁵

外甥的相貌往往跟舅舅相似。又叫"外甥似舅父"。

安樂茶飯 ngon¹ log⁶ ca⁴ fan⁶

指安穩的生活。 例 到老嗰陣有啖安樂茶飯食就得喇（到老的時候能過上安穩的生活就滿足了）。

蕹菜落塘唔在引 ngong³ coi³ log⁶ tong⁴ m⁴ zoi⁶ yen⁵

空心菜跌落水塘就能繁殖，不必用人工引導。因為空心菜容易生長，見水土就生。比喻男女相見，只要彼此欣賞就會發展成為戀人。

蕹菜文章，半通不通 ngong³ coi³ men⁴ zêng¹, bun³ tung¹ bed¹ tung¹

〔歇後語〕蕹菜：通心菜。蕹菜菜莖像竹子有節，所以説"半通不通"。人們用來戲指寫得不很通順的文章。 例 呢篇文章正式係蕹菜文章，半通不通呀（這篇文章恰像空心菜一樣，半通不通的）。

屋漏更兼連夜雨，船遲又遇頂頭風 ngug¹ leo⁶ geng³ gim¹ lin⁴ yé⁵, xun⁴ qi⁴ yeo⁶ yü⁶ ding² teo⁴ fung¹

〔諺語〕比喻本來已經很困難了，偏偏又遇到更困難或倒霉的事。相當於"雪上加霜"或"禍不單行"。

甕底蟾蜍，唔知早夜 ngung³ dei² kem⁴ kêu⁴, m⁴ ji¹ zou² yé⁶

〔歇後語〕甕：缸；蟾蜍：蟾蜍。生活在缸底的蟾蜍看不到陽光，分不出白天黑夜。形容人不分日夜地幹活或沉溺於某種癖好。 例 你哋唔分日夜咁打麻雀，都變咗甕底蠄蟧，唔知早夜咯（你們部分白天黑夜地打麻將，都不知道白天黑夜了）。

拈刺噉拈 nim¹ qi³ gem² nim¹

比喻事情十分容易，就像拔刺那麼簡單。 例 呢件事好簡單嘅，直程係拈刺噉拈啦（這件事非常簡單，簡直就像拔刺那樣容易）。

拈拈苦苦 nim¹ nim¹ xim¹ xim¹

指人吃東西時過於拘謹，不夠大方，或者形容人吃東西時挑挑揀揀。 例 你拈拈苦苦噉，食飯唔使太客氣呀（你拘拘謹謹的，吃飯不必太客氣啊）。

拈雀籠，遲早窮 nim¹ zêg³ lung⁴, qi⁴ zou² kung⁴

整天提着鳥籠遊逛的人早晚要成為窮人。一般用來批評那些整天沉迷於金玉古董的人，長此下去必然會玩物喪志，成為窮而無用的人。

年初一見面，專講好話 nin⁴ co¹ yed¹ gin³ min⁶, jun¹ gong² hou² wa⁶

〔歇後語〕指人只講客氣的話而不講實話。 例 大家要開誠佈公，有乜意見都要直講，唔好年初一見面，專講好話（大家要開誠佈公，有甚麼意見都要説，不要只講好聽的）。

年晚煎堆，人有我有 nin⁴ man⁵ jin¹ dêu¹, yen⁴ yeo⁵ ngo⁵ yeo⁵

〔歇後語〕年晚：年底，除夕；煎堆：一種油炸食品，像大麻團。廣州舊俗，過去每到農曆年底，家家戶戶都炸"煎堆"，所以説別人有我也有。 例 呢種野邊個有呢，真係年晚煎堆，人有我有咯（這種東西誰沒有呢，就像年底的年貨，你有我也有）。

年晚錢，飯後煙 nin⁴ man⁵ qin⁴, fan⁶ heo⁶ yin¹

年底的時候最需要的是錢，吃完飯的時候最需要的抽煙。這是煙癮重的人常説的一句話，認為飯後抽煙最舒服。

年晚砧板，人人都要 nin⁴ man⁵ zem¹ ban², yen⁴ yen⁴ dou¹ yiu³

〔歇後語〕除夕的時候，各家各戶都忙着做年夜飯，大家都離不開砧板。比喻大家都需要。 例 呢個機會，真係年晚砧板，人人都要（這個機會，的確人人都需要）。

年年有今日，歲歲有今朝 nin⁴ nin⁴ yeo⁵ gem¹ yed⁶, sêu³ sêu³ yeo⁵ gem¹ jiu¹

祝壽用語。 例 祝亞嫲壽比南

山，年年有今日，歲歲有今朝
（祝奶奶壽比南山，長命百歲）。

年三十晚出月光，包你冇望

望 nin⁴ sam¹ seb⁶ man⁵ cêd¹ yüd⁶
guong¹, bao¹ néi⁵ mou⁵ mong⁶

〔歇後語〕包：保證；冇望：沒
有看到。農曆年三十夜不可能
有月亮出現，所以保證你看不
到月亮。"包你冇望"的另一
個意思是保準你沒有希望。

年三十晚謝灶，好做唔做

nin⁴ sam¹ seb⁶ man⁵ zé⁶ zou³, hou²
zou⁶ m⁴ zou⁶

〔歇後語〕好做唔做：該做不
做。本來應該在年二十三就謝
灶，但到了年三十晚才謝灶。
形容人錯失了辦事的時機，補
辦也沒有意義了。

年廿三洗衣衫，年廿四掃屋企，年廿七執歸一，年廿八洗邋遢

nin⁴ ya⁶ sam¹ sei² yi¹ sam¹,
nin⁴ ya⁶ séi³ sou³ ngug¹ kéi², nin⁴ ya⁶
ced¹ zeb¹ guei¹ yed¹, nin⁴ ya⁶ bad³
sei² lad⁶ tad³

屋企：家；執歸一：把各樣東
西收拾整齊；洗邋遢：洗骯髒
的東西，指大掃除。舊時廣州
一些人通常在農曆新年前幾天
的安排。

寧教人打仔，莫教人分妻

ning² gao³ yen⁴ da² zei², mog⁶ gao³
yen⁴ fen¹ cei¹

〔諺語〕寧可教人在教育孩子時
打孩子，也絕不能慫恿別人夫
妻分離，破壞別人的婚姻。

寧欺白須公，莫欺鼻涕蟲

ning⁴ héi¹ bag⁶ sou¹ gung¹, mog⁶ héi¹
béi⁶ tei³ cung⁴

〔諺語〕鼻涕蟲：幼兒。寧可看
不起老人，不要看不起小孩。

寧可得罪君子，不可得罪小人

ning⁴ ho² deg¹ zêu⁶ guen¹ ji², bed¹ ho²
deg¹ zêu⁶ xiu² yen⁴

〔諺語〕得罪了君子容易得到他
的原諒，但得罪了小人，就可
能遭到他的報復了。

寧可信其有，不可信其無

ning⁴ ho² sên³ kéi⁴ yeo⁵, bed¹ ho² sên³
kéi⁴ mou⁴

〔諺語〕遇事信其有可做好應對
的準備。如果信其無則思想容
易鬆懈。

寧買當頭起，莫買當頭跌

ning⁴ mai⁵ dong¹ teo⁴ héi², mog⁶ mai⁵
dong¹ teo⁴ did³

買賣股票的技巧。買股票要買
剛剛上漲的而不要買剛剛下跌
的。

寧生敗家子，莫生蠢鈍兒

ning⁴ sang¹ bai⁶ ga¹ ji², mog⁶ sang¹
cên² dên⁶ yi⁴

為人父母都是望子成龍心切，
對子女要求過高，當學習進步
稍慢時，便以此斥責。這只是

家長一時的氣話，實際上敗家子對家庭及父母的傷害更大。

寧做雞頭，莫做鳳尾 ning⁴ zou⁶ gei¹ teo⁴, mog⁶ zou⁶ fung⁶ méi⁵

寧可做雞的頭，不要做鳳的尾巴。比喻寧可在小的單位當頭目，不要在大單位做地位低下的工作。有時也比喻寧可在一般的學校做拔尖兒的學生，不要在名校裏做成績最差的學生。又說"寧做雞頭，莫做牛後"。

寧食飛天四兩，唔食地上半斤 ning⁴ xig⁶ féi¹ tin¹ séi³ lêng², m⁴ xig⁶ déi⁶ sêng⁶ bun³ gen¹

〔諺語〕寧可吃四兩禽肉，不吃半斤在地上走動的動物。民間認為禽類的營養價值比走獸的價值好。這裏指的四兩是四分之一斤，半斤即八兩。又說"寧食天上二兩，唔食地上一斤"。

寧食過頭飯，唔講過頭話 ning⁴ xig⁶ guo³ teo⁴ fan⁶, m⁴ gong² guo³ teo⁴ wa⁶

〔諺語〕寧可吃過多的飯，不要說過頭的話。說過頭話比吃過頭飯更有害。告誡人們說話要謹慎，一不小心就會傷害別人。

寧食開眉粥，唔食愁眉飯 ning⁴ xig⁶ hoi¹ méi⁴ zug¹, m⁴ xig⁶ seo⁴ méi⁴ fan⁶

〔諺語〕寧可每天開開心心地喝粥也不願意愁眉苦臉地吃乾飯。一般用於對工作環境或人際關係的評價。也用於對家庭關係好壞的評價，只要感情好哪怕喝粥也願意，如果感情不好，哪怕吃山珍海味也不行。

寧願隔籬車水，唔願隔籬中舉 ning⁴ yün⁶ gag³ léi⁴ cé¹ sêu², m⁴ yün⁶ gag³ léi⁴ zung³ gêu²

〔諺語〕隔籬：隔壁，鄰居；車水：抽水灌田。寧可鄰居是抽水灌地的農民，不願意隔壁是中了舉而顯赫的人。意思是寧可與平平凡凡的人為鄰，不願意與權貴相處。

擰歪面 ning⁶ mé² min⁶

歪：歪斜。擰歪面即扭轉臉，表示不同意。　例 你同佢講乜都擰歪面（你跟他說甚麼他都扭轉臉不同意）。

擰頭擰髻 ning⁶ teo⁴ ning⁶ gei³

腦袋搖來晃去。　例 睇佢擰頭擰髻噉，好似話唔係幾中意噉（看他搖頭晃腦的，像是不大喜歡呀）。

嫋嫋高高 niu¹ niu¹ gou¹ gou¹

嫋：細長。嫋嫋高高即又細又高。　例 呢個女仔生得嫋嫋高高，太瘦喇（這個女孩身材長得又細又高，太瘦了）。

糯米屎窟 no⁶ mei⁵ xi² fed¹

屎窟：屁股。屁股像糯米一樣有黏性。戲稱喜歡到別人家裏久坐不走的人。　例 呢個糯米屎窟一黐住就唔喐，真冇辦法（這個人一來，屁股粘上凳子就不動，真沒辦法）。

耐不耐 noi bed¹ noi⁶⁻²

偶爾、不時，指隔一段時間或不太經常做某事。　例 我耐不耐翻屋企睇下（我偶爾也回家看看）。也説"耐唔中"。

腦囟未生埋 nou⁵ sên³⁻² méi⁶ sang¹ mai⁴

腦囟：幼兒頭上的囟門；生埋：長合攏。比喻小孩還很年幼。一般用來比喻人尚年輕。　例 你唔好以為好叻，你腦囟重未生埋呢（你不要以為你很了不起，你乳臭還沒乾呢）。

嫩薑好食，老薑好磨 nün⁶ gêng¹ hou² xig⁶, lou⁵ gêng¹ hou² mo⁴

〔諺語〕嫩的薑不辣，好吃，老的薑好磨薑汁。"嫩薑"比喻年輕人，"老薑"比喻老年人。年輕人漂亮，但多不如老年人那樣經受得了各方面的磨難。

燶起塊面 nung¹ héi² fai³ min⁶

燶：烤煳了。板着臉或黑着臉，表示很嚴肅或生氣的樣子。　例 有問題大家可以商量，唔使燶起塊面嘛（有問題大家可以商量，用不着板着臉嘛）｜講兩句就燶起塊面，搞到大家都冇晒表情（説了兩句就黑着臉，弄得大家都很尷尬）。又叫"燶口燶面"。

濃雲蓋東，有雨有風 nung⁴ wen⁴ goi³ dung¹, yeo⁵ yü⁵ yeo⁵ fung¹

〔農諺〕東邊出現濃雲，説明將會有風雨來臨。

P

怕咗你先至怕米貴 pa³ zo² néi⁵ xin¹ ji³ pa³ mei⁵ guei³

怕咗你：怕了你；先至：才、然後。用來表示害怕或討厭某人。　例 你咁百厭，真係怕咗你先至怕米貴呀（你這麼淘氣，真是先怕了你再怕糧食漲價吶）。

扒船打鼓一人兼 pa⁴ xun⁴ da² gu² yed¹ yen⁴ gim¹

扒船：划船。划龍船的時候有人划船有人打鼓指揮，各有分工。如果由一人既划船也兼打鼓，就忙不過來。表示甚麼事都由一人做，忙得不可開交。　例 有乜辦法吖，呢度人手少呀，我惟有扒船打鼓一人兼係啦（有甚麼辦法呢，我這裏人手少，只好甚麼都由我一人包攬了）。

扒逆水 pa⁴ ngag⁶ sêu²

扒：划船。逆水行舟的意思。一般用來指人標新立異或喜歡與人爭辯。 例 佢好中意同人哋扒逆水（他很喜歡跟別人爭辯）。

拍得住 pag³ deg¹ ju⁶

比得上。 例 本地產品拍得住來路貨（本地產品比得上進口貨）。又叫"拍得過"。

拍薑嗽拍 pag³ gêng¹ gem² pag³

拍薑：用刀把薑拍碎；嗽：那樣。形容人用力拍打東西。多形容人用力拍打某人。 例 佢飆起上嚟一手拍個仔，好似拍薑嗽拍（他生氣起來就一巴掌拍他的兒子，往死裏打）。

拍硬檔 pag³ ngang⁶ dong³

互相緊密配合做某事。 例 你哋大家要拍硬檔演出呀（你們大家要互相配合演出啊）｜大家拍硬檔一定會成功嘅（大家緊密配合一定會成功的）。

拍拍囉柚走人 pag³ pag³ lo¹ yeo⁵⁻² zeo² yen⁴

囉柚：屁股。拍拍屁股就走了。指人扔下事情不管，一走了之。 例 你要負責到底，唔好拍拍囉柚走人（你要負責到底，別扔下不管一走了之）。

拍心口 pag³ sem¹ heo²

拍胸膛。一般用來表示敢於承擔某項工作，並保證完成任務。 例 呢單工程冇人敢拍心口（這項工程沒有人敢承擔）｜我哋技術力量唔夠唔敢拍心口（我們技術力量不夠，不敢保證完成任務）。也表示證實某事。 例 呢件事我拍心口喺親眼睇見嘅（這件事我保證是親眼看見的）。

拍手無塵 pag³ seo² mou⁴ cen⁴

形容人身無分文、極度貧困，連拍巴掌也拍不出塵土來。 例 呢次我真係窮到拍手無塵咯（這次我真是窮得叮噹響了）｜當時我拍手無塵，點能夠支持你呢（當時我身無分文，怎能支持你呢）。

拍烏蠅 pag³ wu¹ ying⁴⁻¹

烏蠅：蒼蠅。形容無事可做，多指商店生意冷淡，店員閒得無聊，只好在門口拍蒼蠅。 例 一到淡季，生意就好冷淡，門口都可以拍烏蠅咯（一到淡季，生意就很淡，簡直可以説門可羅雀了）。

派街坊 pai³ gai¹ fong¹

指把東西分送給左鄰右舍。 例 你食唔晒就攞去派街坊囉（你吃不了就拿去送給街坊唄）。

彭祖尿壺，老積 pang⁴ zou² niu⁶ wu⁴, lou⁵ jig¹

〔歇後語〕彭祖：夏代人，相傳有數百歲，後人以彭祖為長壽的象徵；老積：積存在器皿上的垢。彭祖的夜壺由於使用時間長，上面的尿垢也很老。"老積"的另一個意思是形容人很老氣。 例 呢個後生仔講話似晒大人，彭祖尿壺，老積呀（這個小夥子說話像個大人，夠老氣的）。

彭祖遇壽星，各有千秋

pang⁴ zou² yü⁶ seo⁶ xing¹, gog³ yeo⁵ qin¹ ceo¹

〔歇後語〕彭祖與壽星都是長壽的人，大家都有很長的歲月。"各有千秋"是雙關語，既指各有福壽，也指各有所長。 例 你同佢都唔錯，真係彭祖遇壽星，各有千秋呀（你跟他都不錯，真是各有千秋啊）。

棚尾拉箱 pang⁴ méi⁵ lai¹ sêng¹

棚尾：戲棚後面；拉箱：把箱子偷偷拉走。過去在農村演粵劇的戲班，在演出結束時，從戲棚後面把戲箱道具悄悄撤出，隨時離去。後來用來指人偷偷溜走。 例 佢早就棚尾拉箱咯（他早就溜走了）。又說"棚尾拉箱，暗中走人"。

蟛蜞上樹，潮水跟住 pang⁴ kéi⁴ sêng⁵ xu⁶, qiu⁴ sêu² gen¹ ju⁶

〔農諺〕蟛蜞：水溝或水田中的小螃蟹。有潮汐漲落的地方，當水溝中的螃蟹往樹上爬的時候，預示着潮水即將上漲。

拋浪頭 pao¹ long⁶ teo⁴

虛張聲勢來嚇唬對方。 例 你唔夠人哋嚟，拋浪頭亦都冇用吖（你比不過人家，虛張聲勢也是沒有用的）。

拋生藕 pao¹ sang¹ ngeo⁵

同"賣生藕"。

跑馬射蚊鬚 pao² ma⁵ sé⁶ men¹ sou¹

形容事情成功的可能性很渺茫。 例 你想中大獎呀，我睇就等於跑馬射蚊鬚，十分渺茫咯（你想中大獎，我看這等於跑馬射蚊鬚太渺茫了）。

炮仗頸，爆完至安樂 pao³ zêng⁶ géng⁵, bao³ yün⁴ ji³ ngon¹ log⁶

〔歇後語〕頸：脖子，這裏指人的脾性。炮仗頸指人的脾性像鞭炮那樣，要爆發完了才安樂。形容人脾氣暴躁，往往要發洩出來。 例 呢個後生仔正一炮仗頸，爆完至安樂（這個年輕人脾氣暴躁，非得發洩完了才舒服）。

刨得正，冇晒木 pao⁴ deg¹ zéng³ mou⁵ sai³ mug⁶

冇晒：全沒有了。有些木材本身過分彎曲，如果硬要把它刨得直直的，木材就必然變小變短，成不了用材了。比喻對人不能只用一個標準來要求，只能因材而用。

擗埋一字角 pég⁶ mai⁴ yed¹ ji⁶ gog³

擗埋：扔到；一字角：角落，旯旮。把東西扔到角落去。 例 呢啲書冇用咯，擗埋一字角就得咯（這些書沒有用了，隨便扔到一邊就可以了）。

擗炮唔撈 pég⁶ pao³ m⁴ lou¹

擗炮：指憤然把工作拋棄；唔撈：不幹。辭職不幹，憤然離去。 例 佢擗炮唔撈好耐咯（他辭職不幹很久了）

砒霜浸辣椒，毒辣 péi¹ sêng¹ zem³ lad⁶ jiu¹, dug⁶ lad⁶

〔歇後語〕用砒霜浸泡辣椒，既毒且辣。形容人心狠手辣。

皮光肉滑 péi⁴ guong¹ yug⁶ wad⁶

皮膚細嫩。 例 你以為我重好似細路仔噉皮光肉滑咩（你以為我還像小孩那樣細嫩嗎）。

皮鞋線，一扯到喉 péi⁴ hai⁴ xin³, yed¹ cé² dou³ heo⁴

〔歇後語〕皮鞋匠縫合鞋底與鞋面時，要把其中的一根線先扯上來，用嘴巴把線咬住，然後穿第二根線。原為"一扯到口"後訛為"一扯到喉"。比喻人的性格急躁，一提到某事就要別人馬上辦到。 例 呢件事唔係咁易嘅，你想皮鞋線，一扯到喉點得呢（這件事不是那麼容易的，你想一說就辦到，這怎麼能呢）。

皮黃骨瘦 péi⁴ wong⁴ gued¹ seo³

形容人臉色發黃，瘦得皮包骨。 例 呢個細路仔好似有病喎，你睇佢皮黃骨瘦噉（這孩子像是有病，你看他又黃又瘦）。

被鋪蚊帳 péi⁵ pou¹ men¹ zêng³

牀上用品的總稱，鋪蓋。 例 你租呢間屋被鋪蚊帳乜都齊（你租的這套房牀上用品甚麼都齊全）。

頻倫唔入得城 pen⁴ len⁴ m⁴ yeb⁶ deg¹ séng⁴

頻倫：匆忙。太匆忙進不得城市。形容人做事匆匆忙忙，欲速不達。

頻頻撲撲 pen⁴ pen⁴ pog³ pog³

勞碌奔波；來回奔跑。 例 你籌辦呢個會，成日頻頻撲撲，太辛苦喇（你籌辦這個會議，整天勞碌奔波，太辛苦了）。

頻頻撲，有聯絡 pen⁴ pen⁴ pog³, yeo⁵ lün⁴ log³

〔戲謔語〕頻撲：奔波。取笑那些整天跟這個那個不斷地打手機聯絡，似乎很忙碌的人。

朋友妻，不可窺 peng⁴ yeo⁶ cei¹, bed¹ ho² kuei¹

窺：窺伺。民間道德觀念認

為，正直的人不奪朋友的所愛，對朋友的妻子或未婚妻、女友，不能侵奪、窺伺。類似普通話的"朋友妻，不可欺"的説法。

平柴燒爛鑊 péng⁴ cai⁴ xiu¹ lan⁶ wog⁶

平：便宜，品質差的；鑊：鍋。便宜的柴容易把鍋燒壞。勸告人們買東西時不要貪便宜。

平時唔燒香，臨急抱佛腳

péng⁴ xi⁴ m⁴ xiu¹ hêng¹, lem⁴ geb¹ pou⁵ fed⁶ gêg³

〔諺語〕信佛的人平時不燒香敬佛，到有急事的時候就抱着佛像的腳求佛爺保佑。 例 你平時唔努力學習，到考試嗰陣時就急喇，真係平時唔燒香，臨急抱佛腳咯（你平時不用功學習，到考試時就急了，真是臨急抱佛腳了）。

嫖賭飲吹 piu⁴ dou² yem² cêu¹

飲：酗酒；吹：抽鴉片。舊社會的各種惡習的總稱。 例 佢呢個人嫖賭飲吹乜都齊晒（他這個人舊社會的各種惡習都染上了）。

破財擋災 po³ coi⁴ dong² zoi¹

破財免災。迷信的人認為人破了財就可以消除災害。多用來安慰財物受到損失的人。 例 畀賊仔偷咗錢就算破財擋災啦（被小偷偷了錢就算是破財免災吧）。

撲飛 pog³ féi¹

撲：到處奔波；飛：票，如電影票、體育比賽票等。指盡力到處找票。 例 我今日周圍去撲飛都撲唔到幾張（我今天到處去找票也買不到幾張）。

撲水 pog³ sêu²

水：錢。到處去找錢、籌款。 例 開呢個會，我為咗撲水，用咗十幾日嘅時間呀（開這個會，我為了籌款，花了十幾天的時間啊）。

陪太子讀書 pui⁴ tai³ ji² dug⁶ xu¹

指陪伴別人去幹與自己無關的事。 例 有乜辦法吖，惟有陪太子讀書係啦（有甚麼辦法呢，惟有陪着他去幹就是了）。

賠湯藥 pui⁴ tong¹ yêg⁶

湯藥：醫療費。 例 你打傷咗人，一定要陪湯藥呀（你打傷了人家，一定要賠償醫療費的）。

拚死無大害 pun³ séi² mou⁴ dai⁶ hoi⁶

〔諺語〕拚死：拼命。死也不怕，自然就沒有更大的危險了。 例 有人想恐嚇我，我唔怕，拚死無大害（有人想恐嚇我，我不怕，死也不怕還怕甚麼）！

拚死食河豚 pun³ séi² xig⁶ ho⁴ tun⁴

拼了命也要吃河豚，意味着要冒極大的風險。 例 承包呢個演唱會有風險，但係收益高，你敢唔敢拚死食河豚吖（承包這個演唱會有風險，但收益高，你敢不敢冒風險）？

盆滿缽滿 pun⁴ mun⁵ bud³ mun⁵

形容收穫豐厚，大大地賺錢。 例 過年呢幾日，商店推銷電器，賺得盆滿缽滿（過年這幾天，商店推銷電器，賺得錢包滿滿的）。

碰埋頭 pung³ mai⁴ teo⁴

隨便碰到的、到處見到的。 例 我哋呢度大學畢業生好多，碰埋頭都係（我們這裏大學畢業生很多，隨便碰到的都是）｜呢度碰埋頭都有酒樓（這裏到處見到的都是酒樓）。

Q

癡癡呆呆坐埋一台，戇戇居居企埋一堆 qi¹ qi¹ ngoi⁴ ngoi⁴ co⁵ mai⁴ yed¹ toi⁴, ngong⁶ ngong⁶ gêu¹ gêu¹ kéi⁵ mai⁴ yed¹ dêu¹

〔戲謔語〕坐埋：坐在一起；戇居：傻笨，愚蠢；企：站立。瘋瘋癲癲的坐在一起，傻呵呵的圍成一圈。好友之間的戲謔語。多人聚在一起時被好友取笑為湊在一起一大群傻瓜。也有"物以類聚，人以群分"的意思。

黐身膏藥 qi¹ sen¹ gou¹ yêg⁶

緊緊貼在身上的藥膏。比喻老是纏着母親的孩子，即"跟屁蟲"。 例 帶住呢個黐身膏藥去參加聚會好唔方便嘅（帶着這個跟屁蟲去參加聚會很不方便）。

黐牙黐爪 qi¹ nga⁴ qi¹ zao²

黐：粘。指食物黏性大。 例 食糯米年糕食到我黐牙黐爪，太麻煩喇（吃糯米年糕吃得我粘手粘腳的，太麻煩了）。

廁所點燈，搵屎（死） qi³ so² dim² deng¹, wen² xi²

〔歇後語〕搵：尋找。在廁所裏點燈，找屎（死）。屎與死兩個字在廣州西關以及廣東西部一些地方為同音。搵屎就是找死。用來警告人不可大膽妄為。 例 你擒咁高，我睇你都係廁所點燈，搵屎係唔係（你爬那麼高，我看你是在找死吧）？

池中無魚蝦仔貴 qi⁴ zung¹ mou⁴ yü⁴ ha¹ zei² guei³

〔諺語〕指沒有好的，次一點的也算好的了。 例 呢種水果而家過晒造咯，呢啲就算好嘅喇，池中無魚蝦仔貴啦嗎（這種水果現在已經過了嘖兒了，這些就算好的了。沒有好的時候，次一點兒的就是好的了）。

遲下 qi⁴ ha⁵

晚些時候，即過一段時間以後。 例 李先生話遲下會嚟（李先生說晚些時候會來）｜今年遲下要開運動會（今年晚些時候要開運動會）。

遲嚟先上岸 qi⁴ lei⁴ xin¹ sêng⁵ ngon⁶

〔諺語〕按照習慣，凡是乘船過河的，先上船的乘客往裏面走，後到的乘客在靠外邊，船到達對岸後，靠近外邊的先上岸，這是大家都遵守的規矩。這句話用來指後來者反而得到便宜，多帶貶意。 例 你參加工作遲過我好幾年，提升得比我快，真係遲嚟先上岸咯（你參加工作比我晚好幾年，但你提升得比我快，真是後來居上了）。

遲禾實冇穀 qi⁴ wo⁴ sed⁶ mou⁵ gug¹

〔農諺〕禾：稻子；實：一定。插秧遲了則稻子收成不好。

瓷不扷瓦 qi⁴ bed¹ hem² nga⁵

〔諺語〕扷：碰撞。高貴的瓷器不宜跟普通的瓦器相碰。比喻有教養的人不宜跟蠻橫的人發生摩擦。 例 你話晒都係有文化嘅人，點能同嗰啲爛仔鬥呢，瓷不扷瓦啦嗎（你也算是個有文化的人了，怎麼能跟那些無賴爭鬥呢）。

慈母多敗兒 qi⁴ mou⁵ do¹ bai⁶ yi⁴

〔諺語〕慈祥的母親，往往寵壞了兒子。

似模似樣 qi⁵ mou⁴ qi⁵ yêng⁶⁻²

像是那麼一回事，很相像。 例 你跳舞跳得似模似樣（你跳舞跳得很像那麼一回事）｜幾歲嘅細路仔做起嘢嚟好似大人噉，幾似模似樣呀（幾歲的孩子幹起活來像個大人，多像啊）。

切菜刀剃頭，牙煙 qid³ coi³ dou¹ tei³ teo⁴, nga⁴ yin¹

〔歇後語〕牙煙：危險。用切菜刀剃頭不但不舒服，而且有刮傷的危險。 例 嗰啲雜技表演真係切菜刀剃頭，牙煙到極呀（那些雜技表演真是危險極了）。

千多得，萬多謝 qin¹ do¹ deg¹, man⁶ do¹ zé⁶

對幫助過自己的人連連道謝。 例 我幫助過佢一次嘛，就對我千多得萬多謝噉，太客氣喇（我只不過幫助過他一次，就對我千謝萬謝的，太客氣了）。

千間大屋半張牀 qin¹ gan¹ dai⁶ ngug¹ bun³ zêng¹ cong⁴

〔諺語〕雖然你擁有千間大屋，但一個人每天睡覺只佔一張牀。說明房子再大再多也沒有必要，意指個人財產再多也沒有用。又說"千間大屋半張牀，家財萬貫兩餐飯"。

千揀萬揀，揀個爛燈盞 qin¹ gan² man⁶ gan², gan² go³ lan⁶ deng¹ zan²

爛燈盞：比喻不值錢的東西。 例 你唔好揀擇得太犀利喇，千揀萬揀，揀個爛燈盞咋 (你不要太挑剔了，千挑萬挑，挑個破燈盞而已)。

千金難買心頭好 qin¹ gem¹ nan⁴ mai⁵ sem¹ teo⁴ hou³

〔諺語〕有錢也難以買到自己喜歡的事，只要自己喜歡的事就是最好的。 例 你中意做乜都得，千金難買心頭好嘛 (你喜歡做甚麼都行，千金難買心中願嘛)。

千金小姐當丫鬟賣 qin¹ gem¹ xiu² zé² dong³ nga¹ wan⁴ mai⁶

比喻貴重的東西被賤賣了。 例 我呢個古董本來好值錢㗎，而家賣一百文真係千金小姐當丫鬟賣咯 (我這個古董本來是很值錢的，現在賣一百元真是被賤賣了)。

千祈唔好 qin¹ kéi⁴ m⁴ hou²

千祈：務必、千萬。千萬不要的意思。 例 你千祈唔好去呀 (你千萬不要去啊)。

千千聲 qin¹ qin¹ séng¹

有"成千成千的""以千計算"等意思。即買東西或交錢時動輒以千計算。比喻很多，成千成萬。 例 佢好闊佬，買親嘢都係千千聲 (他很闊氣，每次買東西都是成千上萬的) ｜ 人哋一出手都係千千聲 (人家一出手都是以千計算)。

淺水養田螺 qin² sêu² yêng⁵ tin⁴ lo⁴⁻²

〔諺語〕在淺水處養田螺。意思是雖然水淺但可以養田螺。如果在深水裏養反而不行。比喻條件雖差也可以有所作為。說明不能違反規律，要因地制宜。

前嗰排 qin⁴ go² pai⁴⁻²

前些日子。 例 前嗰排你去咗邊度呀 (前些日子你到甚麼地方去了)？ ｜ 前嗰排我翻咗屋企 (前些日子我回家去了)。

前世撈亂骨頭 qin⁴ sei³ lou¹ lün⁶ gued¹ teo⁴

撈亂：弄亂，攪和。迷信的人認為，兩個人的骸骨如果混在一起，來生就會成為死對頭。 例 佢哋兩個梗係前世撈亂骨頭嘞，成日碰埋就嗌交 (他們兩個準是造了甚麼孽，整天一碰面就吵)。

前世唔修 qin⁴ sei³ m⁴ seo¹

前一輩子沒有修行做善事，

所以今生受到報應。多用來憐憫別人的不幸遭遇，並表示感慨。例佢成家人都有病，真係前世唔修咯（他一家的人都有病，不知道前一輩子做了甚麼壞事）。

錢入光棍手，一去冇回頭 qin⁴ yeb⁶ guong¹ guen³ seo², yed¹ hêu³ mou⁵ wui⁴ teo⁴

光棍：騙子。把錢交給了騙子，永遠也不會回來。告誡人們不要輕易相信騙子的花言巧語，更不要把錢交給騙子。

青磚沙梨，咬唔入 qing¹ jun¹ sa¹ léi⁴⁻², ngao⁵ m⁴ yeb⁶

〔歇後語〕用青磚做的沙梨，無法咬得動。比喻人十分吝嗇，別人無辦法從他身上弄出錢財，或者讓他解囊做善事。

青蚊跳，風雨兆；甲由飛，風雨嚟 qing¹ men¹ tiu³, fung¹ yü⁵ jiu⁶; ged⁶ zed⁵ féi¹, fung¹ yü⁵ lei⁴

〔農諺〕甲由：蟑螂；嚟：來。蚊子跳，意味着將有風雨；蟑螂飛，風雨要來臨。

青山古寺，煙都冇朕 qing¹ san¹ gu² ji⁶, yin¹ dou¹ mou⁵ zem⁶

〔歇後語〕朕：量詞，陣（用於煙）。比喻某地人煙稀少。例呢度人好少，真係青山古寺，煙都冇朕呀（這裏人很少，連炊煙也沒有）。

稱呼人少，得失人多 qing¹ fu¹ yen⁴ xiu², deg¹ sed¹ yen⁴ do¹

稱呼：打招呼；得失：得罪。形容人沒有禮貌，不喜歡跟別人打招呼，但得罪人的時候卻不少。例平時稱呼人少，得失人多，邊處有朋友（你平時很少跟人打招呼，又經常得罪人，那裏會有朋友）！

清撈白煠 qing¹ lou¹ bag⁶ sab⁶

煠：用白水煮。指菜餚等只是白煮，沒有甚麼味道。例舊時屋企冇錢，食乜都係清撈白煠咋（過去家裏窮，吃甚麼都是清湯寡水的煮着吃而已）。又說“清水白煠”。

清明吹北風，蠶仔倒滿涌 qing¹ ming⁴ cêu¹ beg¹ fung¹, cam⁴ zei² dou² mun⁵ cung¹

〔農諺〕蠶仔：蠶；涌：珠江三角洲的小河溝。清明的時候颳北風，天氣變冷，人們養的家蠶就會被凍死，小河溝也堆滿死了的蠶蟲。

清明姜，立夏薯 qing¹ ming⁴ gêng¹, lab⁶ ha⁶ xu⁴

〔農諺〕清明的時候種姜，立夏時種甘薯。

清明鬼咁醒 qing¹ ming⁴ guei² gem³ xing²

像清明時的鬼那樣警醒。比喻人十分機警。例個嘢清明鬼

Q

咁醒，你呃佢唔到嘅（那傢伙
十分機警，你是騙不了他的）。

清明唔蒔田，一蝕蝕一年

qing¹ ming⁴ m⁴ xi⁶ tin⁴, yed¹ xid⁶ xid⁶
yed¹ nin⁴

〔農諺〕蒔田：插秧；蝕：吃
虧。清明前後你若不插秧，這
一年你就全無收穫了。

清明前後天陰暗，提防西水將禾浸

qing¹ ming⁴ qin⁴ heo⁶ tin¹
yem¹ ngem³, tei⁴ fong⁴ sei¹ sêu² zêng¹
wo⁴ zem³

〔農諺〕清明前後如果天陰暗，
意味着要下連陰雨，西江水就
上漲，水稻也會被大水淹沒。

清明前後，種瓜點豆

qing¹ ming⁴
qin⁴ heo⁶, zung³ gua¹ dim² deo⁶

〔農諺〕清明前後，可以種各種
瓜類和點豆子了。

清明晴，桑樹掛銀錠；清明暗，西水不離墈

qing¹ ming⁴
qing⁴, song¹ xu⁶ gua³ ngen⁴ ding⁶,
qing¹ ming⁴ ngem³, sei¹ sêu² bed¹ léi⁴
hem³

〔農諺〕西水：珠江的西江水；
墈：碼頭。清明的時候如果天
晴，桑樹就掛滿桑葚，就像掛
滿銀錠一樣；清明時如果是陰
天，雨水就多，西江水就漲到
碼頭上。

清明有南風，時年必大豐

qing¹ ming⁴ yeo⁵ nam⁴ fung¹, xi⁴ nin⁴
bid¹ dai⁶ fung¹

〔農諺〕清明時颳南風，天氣暖
和，當年的農作物一定大豐收。

清水煮豆腐，淡而無味

qing¹
sêu² ju² deo⁶ fu⁶, tam⁵ yi⁴ mou⁴ méi⁵

〔歇後語〕清水和豆腐一起煮，
一點味道都沒有。比喻某些食
物讓人覺得毫無味道。

清湯寡水

qing¹ tong⁴ gua² sêu²
飯餐沒有營養，清淡無味。
例 日日都係食埋啲清湯寡水
嘅野，邊度有營養吖（天天盡
吃那些沒味道的東西，怎麼會
有營養呢）。

請神容易送神難

qing² sen⁴ yung⁴
yi⁶ sung³ sen⁴ nan⁴

〔諺語〕比喻請別人到家裏來幫
忙做事或解決一些問題，待事
成之後對方藉故不離去，主人
則束手無策。 例 你為咗搵人
做膽嚟你屋企住，到時候人哋
唔走你一啲符都冇，真係請神
容易送神難呀（你為了找人來
陪伴到你家住，到時候人家賴
着不走你毫無辦法，真的請神
容易送神難啊）。

埕埕塔塔

qing⁴ qing⁴ tab³ tab³
罎罎罐罐。 例 屋企埕埕塔塔
好多，搬屋好麻煩（家裏罎罎
罐罐很多，搬家很麻煩）。

程咬金三十六路板斧，出齊

qing⁴ ngao⁵ gem¹ sam¹ seb⁶ lug⁶ lou⁶

ban² fu², cêd¹ cei⁴

〔歇後語〕比喻所有的能耐都用盡，再沒有新的花樣了。

朝廷唔會使餓兵 qiu⁴ ting⁴ m⁴ wui⁵ sei¹ ngo⁶ bing¹

朝廷用兵，只要打勝仗就會論功行賞。比喻派人辦事，做成功了一定會有回報。 例 你放心啦，做好咗一定唔會忘記你，朝廷唔會使餓兵嘅（你放心吧，幹成了絕不會忘記你，將來一定論功行賞的）。

朝中有人好做事 qiu⁴ zung¹ yeo⁵ yen⁴ hou² zou⁶ xi⁶

〔諺語〕舊時指在朝廷裏有熟人就好辦事。現在借指有關係就好辦事。

潮流興 qiu⁴ leo⁴ hing¹

時尚流行。 例 呢種衫而家潮流興（這種衣服時尚流行）。

潮州花燈，出雙入對 qiu⁴ zeo¹ fa¹ deng¹, cêd¹ sêng¹ yeb⁶ dêu³

〔歇後語〕潮州地區製作的花燈都是成雙成對地賣。比喻恩愛夫妻形影不離。 例 新婚夫妻都係潮州花燈，出雙入對個咯（新婚夫妻，自然是出雙入對的了）。又叫"潮州花樽，出雙入對"。

潮州佬煲粥，呢鑊傑 qiu⁴ zeo¹ lou² bou¹ zug¹, ni¹ wog⁶ gid⁶

〔歇後語〕煲粥：熬粥；鑊：鐵鍋；傑：稠，比喻收穫大、嚴重、複雜等多種意思。潮州人熬粥，粥稠而米粒不太爛，與粵語地區的人的習慣不同。所以就用稠的潮州粥來戲稱收穫大，或者事態嚴重的意思。

潮州音樂，自己顧自己 qiu⁴ zeo¹ yem¹ ngog⁶, ji⁶ géi² gu³ ji⁶ géi²

〔歇後語〕取笑潮州音樂的聲音好像人在說"自己顧自己"那樣。借指人們各顧各。 例 我哋冇辦法幫助大家咯，大家惟有潮州音樂，自己顧自己咯（我們沒有辦法幫助大家了，大家惟有自己顧自己了）。

處處彌陀佛，家家觀世音 qu³ qu³ néi⁴ to⁴ fed⁶, ga¹ ga¹ gun¹ sei³ yem¹

〔諺語〕到處都有彌陀佛，家家都有觀世音。借指到處的人情心理大體一致。

處暑唔插田，插了也枉然 qu⁵ xu² m⁴ cab³ tin⁴, cab³ liu⁵ ya⁵ wong² yin⁴

〔農諺〕到了處暑這個節氣那天，還沒有插晚稻，以後再插也沒有用了，因為時令過了。

村佬買大鞋 qün¹ lou² mai⁵ dai⁶ hai⁴

村佬：對鄉下人不尊重的稱呼。嘲笑某些人貪便宜，東西買大的覺得合算的心理。

S

沙塵白霍 sa¹ cen⁴ bai⁶ fog³

沙塵：輕浮；白霍：愛出風頭、愛炫耀、驕傲。指人輕浮而愛出風頭。 例 有啲嘅仔唔知幾沙塵白霍，識咗幾個英文單字就以為懂得外文咯（有些青年小子不知有多輕浮，會幾個英文單字就認為懂得外文了）。

沙灣燈籠，何府（苦）sa¹ wan¹ deng¹ lung⁴, ho⁴ fu²

〔歇後語〕廣州附近的沙灣是何姓人氏聚居的地方，舊時每逢節慶或紅白喜事家家戶戶都懸掛燈籠，上書"何府"兩字。廣州話"何府"諧音"何苦"。人們就造出這個戲謔的〔歇後語〕 例 你成日同自己拗，你話係唔係沙灣燈籠，何府呢（你整天跟自己過不去，你說這又何苦呢）。

沙灣河（何），有仔唔憂冇老婆 sa¹ wan¹ ho⁴, yeo⁵ zei² m⁴ yeo¹ mou⁵ lou⁵ po⁴

沙灣：廣州附近的地方；河：指何姓。廣州附近沙灣地方的何姓，是當地的望族，人們比較富有。生了兒子不怕找不到老婆。

沙蟬叫，荔枝熟 sa¹ xim⁴ giu³, lei⁶ ji¹ sug⁶

〔農諺〕沙蟬：知了。夏天知了叫，荔枝就快熟了。

沙哩弄銃 sa⁴ li¹ nung⁶ cung³

魯莽、輕率、毛手毛腳。 例 佢哋沙哩弄銃嘅就話做完咯，唔知品質點樣（他們呼嚕嘩啦就說幹完了，不知品質怎麼樣）。

沙沙滾 sa⁴ sa⁴ guen²

輕浮、不踏實、粗心大意、咋咋呼呼的。 例 呢個人沙沙滾，我唔放心叫佢負責呢件事呀（這個人粗心大意的，我不放心讓他負責這件事啊）。

砂煲兄弟 sa¹ bou¹ hing¹ dei⁶

砂煲：砂鍋。指用同一個砂鍋煮飯親如兄弟的人。 例 佢哋幾個都係砂煲兄弟（他們幾個都是親如兄弟的人）。

砂煲罌罉 sa¹ bou¹ ngang¹ cang¹

罌：罐子；罉：鍋。廚房炊具的總稱，相當於"鍋碗瓢盆"。 例 搞衛生我最怕就係洗嗰啲砂煲罌罉喇（搞衛生我最怕的就是洗那些鍋碗瓢盆了）。

砂煲裝酒，唔在壺（乎） sa¹ bou¹ zong¹ zeo², m⁴ zoi⁶ wu⁴

〔歇後語〕砂煲：砂鍋；唔在壺：不在乎。廣州話壺、乎兩字音近。用砂鍋來裝酒，酒就不在壺裏了。　例 我冇所謂，砂煲裝酒，唔在壺（我無所謂，怎麼都行）。

砂紙燈籠，一點就明 sa¹ ji² deng¹ lung⁴, yed¹ dim² zeo⁶ ming⁴

〔歇後語〕砂紙做的燈籠，比較透明，只要一點亮了就很明亮。比喻人聰明，一說就明白。

耍手兼擰頭 sa² seo² gim¹ ning⁶ teo⁴

耍手：搖手；兼：而且；擰頭：搖頭。又搖手又搖頭，表示堅決不同意、堅決不幹。　例 你叫佢捐啲錢啦，佢總係耍手兼擰頭（你叫他捐點錢吧，他總是又搖手又搖頭）。

耍太極 sa² tai³ gig⁶

原來意思是打太極拳，比喻用軟辦法推託。　例 你唔同意就罷啦，使乜同我耍太極呢（你不同意也就罷了，何必用軟拖的辦法來對我呢）。

霎眼嬌 sab³ ngan⁵ giu¹

霎眼：驟然一看。形容某些女人乍一看很漂亮。　例 佢都四十幾歲咯，重係有啲霎眼嬌（他都四十好幾了，乍一看還挺漂亮的）。

煠熟狗頭 sab⁶ sug⁶ geo² teo⁴

煠：用大鍋煮。煮熟了的狗頭，牙齒全部外露，像在笑的樣子。譏笑人齜牙咧嘴地笑的樣子。　例 你睇佢開心到好似個煠熟狗頭噉（你看他高得齜牙咧嘴的）。

殺雞取蛋，一次過 sad³ gei¹ cêu² dan⁶⁻², yed¹ qi³ guo³

〔歇後語〕形容人搞野蠻生產，不顧後果如何。　例 你用殺雞取蛋，一次過嘅辦法係唔得嘅（你用殺雞取卵的辦法是不行的）。

殺人放火金腰帶，修橋整路冇屍骸 sad³ yen⁴ fong³ fo² gem¹ yiu¹ dai³, seo¹ kiu⁴ jing² lou⁶ mou⁵ xi¹ hai⁴

〔諺語〕金腰帶：比喻為富有；整路：修路；冇屍骸：沒有屍骨，即無地安葬。幹盡壞事的人穿金戴銀，修橋補路的好心人卻死無葬身之地。這是民眾對舊社會不平等制度的批判。

撒谷落田，聽秧（殃） sad³ gug¹ log⁶ tin⁴, ting³ yêng¹

〔歇後語〕撒穀：撒稻穀；聽：等候。把稻穀穀種撒落在田裏，等候出秧苗。"秧"與"殃"同音，"聽殃"即等着遭殃的意思。　例 你做埋咁多陰功事，撒谷落田，聽秧啦（你盡做那些缺德的事，你早晚要遭到報應）。

S

撒路溪錢，引 (癮) 死人

sad³ lou⁶ kei¹ qin⁴, yen⁵ séi² yen⁴

〔歇後語〕路溪錢：簡稱溪錢，即紙錢，迷信用品。廣東民俗，送死人出殯時把紙錢撒在路上以引導亡靈。"引死人"諧音"癮死人"，即極易使人上癮。 例 遊戲機呢種嘢都係撒路溪錢，引死人嘅（遊戲機這種東西極易使人上癮）。

嘥心機捱眼瞓 sai¹ sem¹ géi¹ ngai⁴

ngan⁵ fen³

嘥心機：浪費心思、精力；捱眼瞓：不能睡覺。意思是費力不討好。 例 做呢種工作好嘥心機捱眼瞓嘅（做這些工作費力不討好）。

嘥聲壞氣 sai¹ séng¹ wai⁶ héi³

指說了話沒有作用，白費唇舌。 例 呢個仔好難講得佢掂，你講咁多嘥聲壞氣啦（這孩子很難說得動他，你說這麼多恐怕白費唇舌了）。

曬菲林，唔見得光 sai³ féi¹ lem⁴⁻²,

m⁴ gin³ deg¹ guong¹

〔歇後語〕曬：沖洗；菲林：膠卷。形容醜事怕被暴露。 例 佢哋嘅事都係曬菲林，唔見得光嘅（他的事都是見不得陽光的）。

曬棚上面打交，高鬥 (竇) sai³

pang⁴ sêng⁶ min⁶ da² gao¹, gou¹ deo³

〔歇後語〕曬棚：樓頂上的陽台；打交：打架；高竇：高傲。"鬥"與"竇"音近。在樓頂上打架，即在高處打鬥。形容人高傲。

三步不出車，此棋必定輸 sam¹

bou⁶ bed¹ cêd¹ gêu¹, qi² kéi⁴ bid¹

ding⁶ xu¹

下象棋時的用語。喜歡下棋的人認為，下象棋時，如果不早點出車，這盤棋容易被動。

三步攏埋兩步 sam¹ bou⁶ lab³ mai⁴

lêng⁵ bou⁶

攏埋：合在一起。形容行走迅速。 例 我真想三步攏埋兩步快啲翻到屋企咯（我真想三步併作兩步快點回到家裏了）。

三步一閃雨遲到，一步三閃雨就到 sam¹ bou⁶ yed¹ xim² yü⁵ qi⁴

dou³, yed¹ bou⁶ sam¹ xim² yü⁵ zeo⁶

dou³

〔農諺〕打閃緩慢時雨不會馬上到來，但頻頻地打閃雨馬山就到。

三茶兩飯 sam¹ ca⁴ lêng⁵ fan⁶

三茶：每天早、午、晚的三次茶點。泛指每天的伙食開銷。 例 每日三茶兩飯少少地都要三十文啦（每天生活開銷最少也得三十塊錢吧）。

三催四請 sam¹ cêu¹ séi³ céng²

形容人擺架子，要一再催促才

來。 例 人哋係老領導，你唔三催四請佢係唔會嚟嘅（人家是老領導，你不再三催促他是不會來的）。

三斤孭兩斤，跌倒唔起得身

sam¹ gen¹ mé¹ lêng⁵ gen¹, did³ dou² m⁴ héi² deg¹ sen¹

〔戲謔語〕孭：背小孩兒。三斤體重的小孩背兩斤重的弟妹，跌倒就起不來了。

三分六銀 sam¹ fen¹ lug⁶ ngen⁴

抗日戰爭時的一種銀幣，面值為半角。因當時銀幣一元重量為七錢二分，一角為七分二厘，半角即為三分六厘。也叫"三分六"或"斗令"。

三分顏色當大紅 sam¹ fen¹ ngan⁴ xig¹ dong³ dai⁶ hung⁴

指得到一點稱讚就以為很了不起，得意忘形了。 例 你唔好太得意喇，三分顏色當大紅（你不要太得意了，不要受到一點稱讚就得意忘形了）。

三分人材，七分打扮 sam¹ fen¹ yen⁴ coi⁴, ced¹ fen¹ da² ban⁶

人材：指人的長相。一般人認為，人的容貌儀表如何，有三分是靠長相，七分是靠打扮。 例 你以為個個都係靚女呀，都係化妝嚟咋，三分人材，七分打扮（你以為個個都那麼漂亮，都是化妝成的，三

分長相，七分打扮）。

三夾板上雕花，刻薄 sam¹ gab³ ban² sêng⁶ diu¹ fa¹, hag¹ bog⁶

〔歇後語〕三夾板：三合板。"刻薄"是雙關語。有在薄板上雕刻和對人刻薄兩個意義。 例 你噉對佢，係三夾板上雕花，刻薄呀（你這樣對他有點刻薄啊）。

三更出世，亥時（害死）人

sam¹ gang¹ cêd¹ sei³, hoi⁶ xi⁴ yen⁴

〔歇後語〕三更：籠統指亥時。"亥時"與"害死"音近。人們把"亥時人"戲謔作"害死人"。

三及第 sam¹ geb⁶ dei⁶⁻²

廣東地方的一種肉粥，一般由豬肉、豬肝和肉丸子或豬粉腸等製作。取過去科舉時代盼望考取進士的願望。後來人們只顧吃這種肉粥，不在乎它的原意了。 例 "三及第早晨，一碗就夠"（粵曲唱詞："早上喝一碗及第粥就夠了"）。常謔指把飯煮成又夾生又爛又煳的樣子。

三腳貓功夫 sam¹ gêg³ mao¹ gung¹ fu¹

三腳貓：只有三條腿的貓；功夫：拳術。形容人只有像三腿貓一樣，站也站不穩的武術。比喻人的技藝沒有學好。 例

我睇你都係三腳貓功夫，唔撐得出去（我看你的技術還沒有過硬，拿不出去）。

三斤豬頭，得把嘴 sam¹ gen¹ ju¹ teo⁴, deg¹ ba² zêu²

〔歇後語〕豬頭很大，只有三斤的話就剩下一個嘴巴了。形容人只會説不會幹。 例 你不過係三斤豬頭，得把嘴嘵（你不過只會説不會做而已）。

三九兩丁七 sam¹ geo² lêng⁵ ding¹ ced¹

形容人數很少。 例 今日嚟開會嘅人好少，得三九兩丁七咋（今天來開會的人很少，只有三幾個人而已）。

三九唔識七 sam¹ geo² m⁴ xig¹ ced¹

形容人互相間不怎麼認識。 例 嗰度啲人我三九唔識七（那裏的人我沒認識幾個）｜我同佢哋三九唔識七（我跟他們誰也不認識誰）。

三個鼻哥窿，多一口氣 sam¹ go³ béi⁶ go¹ lung¹, do¹ yed¹ heo² héi³

〔歇後語〕鼻哥窿：鼻孔。三個鼻孔比兩個鼻孔多了一個孔，呼吸時就多了一口氣。

三個姑娘唔當一個瀨屎佬 sam¹ go³ gu¹ nêng⁴ m⁴ dong³ yed¹ go³ lai⁶ xi² lou²

瀨屎佬：大便失禁的男人。三個女孩抵不過一個男人，這只

是誇張的説法。又説"十個姑娘唔夠一個瀨屎叔"。

三個女人一個墟 sam¹ go³ nêu⁵ yen⁴⁻² yed¹ go³ hêu¹

墟：墟場，即集市。三個女人一台戲。戲指婦女們話多，愛説笑，只要有幾位女人聚在一起，説話就多而且熱鬧，嘈雜得就像趕集一樣。

三個手指拈田螺，十拿九穩 sam¹ go³ seo² ji² nim¹ tin⁴ lo⁴⁻², seb⁶ na⁴ geo² wen²

〔歇後語〕拈：抓取、拿捏。比喻做某事十分有把握。 例 我話呢次好有把握，好比三個手指拈田螺，十拿九穩呀（我説這次很有把握，可以説是十拿九穩吧）。

三下五落二 sam¹ ha⁶ ng⁵ log⁶ yi⁶

形容動作迅速。 例 我三下五落二就搞掂咯（我三幾下功夫就弄好了）。

三口兩脷 sam¹ heo² lêng⁵ léi⁶

脷：舌頭。指人説話善變，言而無信。 例 你千祈唔好聽佢講呀，呢個人三口兩脷，唔信得過㗎（你千萬不要聽他説，這個人言而無信，信不過的）。

三口六面 sam¹ heo² lug⁶ min⁶

三方面，有關方面。有關方面共同對某事當面説清楚。 例 呢件事我哋三口六面講清楚佢

（這件事我們三方面當面説清楚）。

三尖八角 sam¹ jim¹ bad³ gog³

物體棱角很多，或圖形不規則。　例呢件行李三尖八角，好難放得落（這件行李棱角多，很難放得下）。

三朝大霧一朝風，一冷冷彎弓

sam¹ jiu¹ dai⁶ mou⁶ yed¹ jiu¹ fung¹, yed¹ lang⁵ lang⁵ wan¹ gung¹

〔農諺〕冷彎弓：冷得人彎着身子。下了三天的霧，然後颳一天風，天氣馬上變冷了。

三朝紅雲一朝風 sam¹ jiu¹ hung⁴ wen⁴ yed¹ jiu¹ fung¹

〔農諺〕連續三天有紅雲，便會有一天颳大風。

三朝兩日 sam¹ jiu¹ lêng⁵ yed⁶

三朝：三天。多用於提醒別人將來可能會有某一天。　例要留翻啲錢至好，話唔定三朝兩日有乜困難，就有得使啦（留着一點錢才好，以後遇到甚麼有困難，就有錢可花了）。

三朝回門多個"佢"sam¹ jiu¹ wui⁴ mun⁴ do¹ go³ kêu⁵

〔戲謔語〕佢：他。新娘出嫁後第三天偕同新郎回娘家探視，其話語中多了一個詞"佢（他）"。娘家姐妹以此來取笑新娘出嫁後的明顯變化。

三兩下手勢 sam¹ lêng⁵ ha⁵ seo² sei³

指做事迅速，不費吹灰之力。　例咁簡單嘅事，我三兩下手勢就做完咗佢咯（這麼簡單的事，我不費吹灰之力就幹完了）｜三兩下手勢就打低佢（三幾下就把他打倒了）。又説"三兩下手腳""三幾下手勢"。

三六滾幾滾，神仙坐唔穩

sam¹ lug⁶ guen² géi² guen², sen⁴ xin¹ co⁵ m⁴ wen²

〔戲謔語〕三六：三加六為九，廣州話九與狗同音，婉指狗肉；滾幾滾：煮開幾分鐘；坐唔穩：坐不住。狗肉一煮開了，其香味使得神仙也坐不住。形容狗肉香味甚濃。

三六香肉 sam¹ lug⁶ hêng¹ yug⁶

"三"加上"六"就是九，廣州話的"九"與"狗"同音。狗肉的婉辭。也叫"香肉"或"三六"。

三唔識七 sam¹ m⁴ xig¹ ced¹

同"三九唔識七"。

三問唔開口，神仙難下手

sam¹ men⁶ m⁴ hoi¹ heo², sen⁴ xin¹ nan⁴ ha⁶ seo²

中醫醫生看病時，離不開"望聞問切"，需要病人配合回答問題，如果病人不開口回答，醫生很難判斷病情。

S

三年唔發市，發市當三年

sam¹ nin⁴ m⁴ fad³ xi⁵, fad³ xi⁵ dong³ sam¹ nin⁴

發市：買賣成交。意思是店舖很長時間都沒有生意，一旦生意成交可以頂得上很長時間的營業收入。一般指做古董或房地產等的生意，生意不多，但利潤頗豐。成交一次，其利潤可以抵得上別人很長時間的收入。

三年掃把都憑成精

sam¹ nin⁴ sou³ ba² dou¹ beng⁶ xing⁴ jing¹

憑：靠，倚靠。掃帚靠了三年的牆也靠成精了。比喻人經歷過多年的歲月也能老練起來。近似普通話的"多年的媳婦熬成婆"。

三扒兩撥

sam¹ pa⁴ lêng⁵ bud³

原指吃飯迅速，三幾下就吃完了。比喻做事情快捷。 例 叫我做，三扒兩撥就做完咯（叫我去做，三幾下就幹完了）。

三仆六坐九扶離

sam¹ pug¹ lug⁶ co⁵ geo² fu⁴ léi⁴

〔諺語〕撲：俯伏；扶離：扶着嬰兒站立時離開手。描述嬰兒身體生長變化的情況。三個月會翻身趴着，六個月後會坐，九個月後扶他站立時可以離開手。

三生唔當一熟

sam¹ sang¹ m⁴ dong³ yed¹ sug⁶

三個生手不如一個熟手。強調熟練工人的重要。

三十六度板斧都出齊

sam¹ seb⁶ lug⁶ dou⁶ ban² fu² dou¹ cêd¹ cei⁴

比喻用盡所有的本領或辦法、手段；使盡渾身解數。 例 三十六度板斧都出齊都搞唔掂（用盡所有辦法都解決不了問題）。

三十六桌（着），酒（走）為上桌（着）

sam¹ seb⁶ lug⁶ zêg³, zeo² wei⁴ sêng⁶ zêg³

桌與着 zêg⁶ 諧音；酒與走同音。從"三十六計，走為上計"變化而來。是酒君子們的諧謔用語。當人們可能發生衝突時，較弱的一方，採取主動避讓的態度。相當於普通話常說的"惹不起，躲得起"的意思。 例 對呢種唔講道理嘅人，重係三十六桌，酒為上桌好咯（對這種不講道理的人，咱惹不起，躲得起）。

三衰六旺

sam¹ sêu¹ lug⁶ wong⁶

災禍與幸福的事，多指禍害或倒霉事。 例 人人都會碰到三衰六旺嘅（人人都會碰上禍福的）｜萬一有個三衰六旺，大家都會幫你嘅（萬一有甚麼困難，大家都會幫助你的）。

三水佬食黃鱔，一碌一碌

sam¹ sêu² lou² xig⁶ wong⁴ xin⁵, yed¹ lug¹ yed¹ lug¹

〔歇後語〕一碌一碌：一段一段。三水地區的人吃黃鱔時習慣把黃鱔剁成一段一段的。形容把東西弄成一段一段的樣子。

三水佬睇走馬燈，陸續有嚟

sam¹ sêu² lou² tei² zeo² ma⁵ deng¹, lug⁶ zug⁶ yeo⁵ lei⁴

〔歇後語〕陸續有嚟：不斷出現。傳說三水地區某人初次見到走馬燈，覺得十分新奇，驚呼"陸續有嚟"。 例 我呢度生意都幾好，客仔好似三水佬睇走馬燈，陸續有嚟（我這裏生意還挺好的，客人總是陸續地來）。

三手兩腳 sam¹ seo² lêng⁵ gêg³

形容人辦事麻利、快捷。 例 咁簡單嘅事，我三手兩腳就做好咯（這麼簡單的事，我兩下子就辦完了）。

三歲定八十 sam¹ sêu³ ding⁶ bad³ seb⁶

〔諺語〕民間認為，人的性格從小就定了下來，可以從三歲看到老年。 例 呢個細佬哥好怕醜，到大個咗亦都會怕見大場面，三歲定八十啦嗎（這小孩很害羞，到長大了也會害怕見大場面，三歲看八十唄）。

三推四搪 sam¹ têu¹ séi³ tong²

一再推搪。 例 你哋唔好三推四搪喇，要就要啦（你們不要一再推搪了，要就要吧）。

三條九，咪喐手 sam¹ tiu⁴ geo²,

mei⁵ yug¹ seo²

咪：別，不要；喐：動。賭博用語，帶有諧謔性。玩一種撲克遊戲時，得到三張九點的牌算是比較大的，所以在出該牌時，對手們一般無法對付，惟有被吃掉。 例 三條九，咪喐手（三張九，誰也別動）！

三黃出陣人人瞓 sam¹ wong⁴ cêd¹ zen⁶ yen⁴ yen⁴ kuen³

三黃：指黃瓜、黃鱔、黃梅雨；瞓：瞓倦。農曆三月至四月，正是春天"黃瓜造"的時節，黃鱔也上市，又逢黃梅雨天。由於天氣悶熱，日長夜短，人們白天容易犯瞓。

三黃四月 sam¹ wong⁴ séi³ yüd⁶

指青黃不接的時候。 例 以前一到三黃四月，呢度啲人就缺糧食咯（以前每到三四月，這裏的人就缺糧食了）。

三日唔讀書口生，三日唔做嘢手生 sam¹ yed⁶ m⁴ dug⁶ xu¹ heo² sang¹, sam¹ yed⁶ m⁴ zou⁶ yé⁵ seo² sang¹

〔諺語〕三天不讀書口就生疏，三天不做工手就生疏。勸人讀書和幹技術活要經常堅持，不能三天打魚兩天曬網似的。

三日髀頭四日腳，五日過咗閂托托 sam¹ yed⁶ bog³ teo⁴ séi³ yed⁶ gêg³, ng⁵ yed⁶ guo³ zo² han⁴ tog³ tog³

〔農諺〕髀頭：肩膀；過咗：過了；閒托托：等閒，很平常。描述人體要適應肩挑、走路等勞動所需的時間。挑擔子肩膀需經過三天，走遠路需要四天，過了第五天無論幹甚麼都輕鬆自如了。

三葉膶 sam¹ yib⁶ yên²

膶：肝。指言行不正常而傻裏傻氣的人。

三月鯉魚豬乸肉 sam¹ yüd⁶ léi⁵ yü⁴ ju¹ na² yug⁶

〔農諺〕豬乸：母豬。三月的鯉魚就像母豬肉，最不好吃。因為鯉魚在三月產卵，產卵後的鯉魚體內肉少無味，像母豬肉那樣難吃。

三月冇清明，四月冇立夏，新穀貴過老穀價 sam¹ yüd⁶ mou⁵ qing¹ ming⁴, séi³ yüd⁶ mou⁵ lab⁶ ha⁶, sen¹ gug¹ guei³ guo³ lou⁵ gug¹ ga³

〔農諺〕農曆三月裏沒有清明，四月裏沒有立夏，天氣將會出現異常情況，雨水不調，水稻將會減產。當年的新穀將會貴過老穀。

三月潑扇，滿面春風 sam¹ yüd⁶ pud¹ xin³, mun⁵ min⁶ cên¹ fung¹

〔歇後語〕潑扇：搧扇子。春天裏搧扇子，颳到臉上的是春風。形容人興高采烈的樣子。 例 呢個女仔一拍起拖就好似

三月潑扇，滿面春風咯（這女孩一談上戀愛就滿面春風啦）。

三月三，擂槌大棍都種生 sam¹ yüd⁶ sam¹, lêu⁴ cêu⁴ dai⁶ guen³ dou¹ zung³ sang¹

〔農諺〕農曆三月初三，木棍也能種活。説明南方清明前後雨水多，種甚麼都容易生長。

三月桃花，紅極有限 sam¹ yüd⁶ tou⁴ fa¹, hung⁴ gig⁶ yeo⁵ han⁶

三月的桃花已經快要凋謝了，再紅也不鮮豔了。比喻歌星、演員等藝人，他們的鼎盛期已過，昔日的風光不再了。

三月蒔田莫慌忙，六月割谷一樣黃 sam¹ yüd⁶ xi⁴ tin⁴ mog⁶ fong¹ mong⁴, lug⁶ yüd⁶ god³ gug¹ yed¹ yêng⁶ wong⁴

〔農諺〕三月裏插秧不必慌忙，到六月就能收割到成熟的稻子。説明只要不違農時，就會有收穫。

三元宮土地，錫（惜）身 sam¹ yün⁴ gung¹ tou² déi⁶⁻² , ség³ sen¹

〔歇後語〕廣州三元宮的土地神，是用錫鑄就的。廣州話"錫"與"惜"字的白讀同音。因此"錫身"與"惜身"同音，指愛惜身體。一般用來批評那些過分愛護身體而不願意賣力幹活的人。 例 你睇佢做野

一啲都唔落力，真係三元宮土
地，錫身呀（你看他幹活一點
也不賣力，倒是懂得愛護身體
的）。

三隻手 sam¹ zég³ seo²

戲稱小偷。　**例** 你要因住啲
三隻手呀（你要當心那些小偷
啊）。

衫爛從小補，病向淺中醫

sam¹ lan⁶ cung⁴ xiu² bou², béng⁶
hêng³ qin² zung¹ yi¹

〔諺語〕衫：衣服；爛：破。衣
服破了要在它剛剛弄破時馬上
補好；得了病要及早醫治。

山草藥，嗡得就嗡 san¹ cou² yêg⁶,

ngeb¹ deg¹ zeo⁶ ngeb¹

〔歇後語〕山草藥：新鮮草藥；
嗡：敷。能用草藥敷就敷。
嗡的另一個意思是"胡說"。
批評人能説得出嘴就隨便亂
説。　**例** 呢個人好嘥，講話亂
嗡，正一山草藥，嗡得就嗡
（這個人很糟糕，説話不負責
任，盡是胡説八道）。

山大斬埋亦係柴 san¹ dai⁶ zam²

mai⁴ yig⁶ hei⁶ cai⁴

〔諺語〕指山如果很大，儘管草
木稀疏但是砍下來也有一大堆
柴火。比喻小數目積累起來會
成為大數目。　**例** 做生意要薄
利多銷至得，山大斬埋亦係柴
（做生意要薄利多銷才行，小

利潤會積累成大利潤的）。

山頂屎，通天臭 san¹ déng² xi²,

tung¹ tin¹ ceo³

〔歇後語〕山頂上的糞便，能
直熏上天。多用來形容人名
聲臭。　**例** 佢做咗好多壞事，
邊個都話佢係山頂屎，通天臭
（他做了許多壞事，誰都説他
臭聲遠揚）。

山高水低 san¹ gou¹ sêu² dei¹

比喻料想不到的事，意外事。
例 平時要注意存番啲錢，就算
有乜山高水低都唔怕啦（平時
留着點錢，就算有甚麼意外也
不怕啦）。

山高皇帝遠，海闊疍家強

san¹ gou¹ wong⁴ dei³ yün⁵, hoi² fud³
dan⁶ ga¹ kêng⁴

疍家：海邊或江邊的水上居
民。比喻在偏僻的地方，誰有
能力誰就能生存；在海上，深
諳水性的疍家人就是他們逞強
的地方。比喻誰最適合當地的
環境，能夠發揮自身才能的，
誰就是強者。

山坑雞，紅就威 san¹ hang¹ gei¹,

hung⁴ zeo⁶ wei¹

〔歇後語〕山坑：山溝；威：漂
亮。山溝裏出產的雞，紅色的
就漂亮。

山窿山罅 san¹ lung¹ san¹ la³

泛指山區偏僻的地方。　**例** 我

鄉下周圍都係山窿山罅（我家鄉到處都是大山溝）。

山水有相逢 san¹ sêu² yeo⁵ sêng¹ fung⁴

後會有期，日後會有相見的機會。往往用於勸人對離別不要過於傷感，或者警告人不要把事情做絕。 例 你唔使擔心，我哋以後有機會見面嘅，山水有相逢（你不必擔心，我們以後是有機會見面的，後會有期）｜你對佢咁絕情，話唔定山水有相逢，到時就難講話喇（你對他這麼絕情，說不定將來會見面，到時就不好說話了）。

閂埋度門遊白雲 san¹ mei⁴ dou⁶ mun⁴ yeo⁴ bag⁶ wen⁴

〔戲謔語〕閂埋：關上（門窗）；度門：扇門；遊白雲：遊白雲山。關上家門遊白雲山，戲稱在家裏旅遊，即忙家務事。 例 星期日我邊度得閒吖，閂埋度門遊白雲就有份（星期天我哪裏有空，整天在家裏做家務事還做不完呢）。

閂埋度門打仔，睇你走得去邊 san¹ mai⁴ dou⁶ mun⁴ da² zei², tei² néi⁵ zeo² deg¹ hêu³ bin¹

〔歇後語〕邊：哪裏。關着門打孩子，看你能逃到哪裏。

閂埋度門一家親 san¹ mai⁴ dou⁶ mun⁴ yed¹ ga¹ cen¹

關起門來是一家。

閂門打狗冇埞走 san¹ mun⁴ da² geo² mou⁵ déng⁶ zeo²

閂門：關起門；埞：地方；走：逃跑。關起門打狗，狗沒地方可跑。比喻關起門來打擊敵人，不讓他們逃跑。 例 將敵人引入村裏頭至打，就好比閂門打狗冇埞走咯（把敵人引進村裏再打，就可以關門打狗，跑不了啦）。

生白果，腥夾悶 sang bag⁶ guo², séng¹ gab³ mun⁶

〔歇後語〕腥夾悶：白果的味道又腥又苦。形容人過於吝嗇、愛挑剔、難以相處而令人討厭。 例 呢個人唔知幾衰，真係生白果，腥夾悶（這個人非常討厭，叫人難以跟他相處）。

生不到官門，死不到地獄 sang¹ bed¹ dou³ gun¹ mun⁴, séi² bed¹ dou³ déi⁶ yug⁶

〔諺語〕人活着的時候不到官府，死了以後就不會到地獄。暗指當過官的人和打過官司的人，都可能幹過壞事，死了以後就要進地獄。

生蟲拐杖，靠唔住 sang¹ cung⁴ guai² zêng⁶⁻², kao³ m⁴ ju⁶

〔歇後語〕"靠唔住"是雙關語。蟲蛀過的拐杖是不能依靠的，也比喻某人不可靠。 例 呢個人係生蟲拐杖，靠唔住（這個人很靠不住的）。

生草藥，係又罨（噏），唔係又罨（噏） sang¹ cou² yêg⁶, hei⁶ yeo⁶ ngeb¹, m⁴ hei⁶ yeo⁶ ngeb¹

〔歇後語〕係：是；罨：敷。有人使用生草藥時，不管對不對症都把藥敷上。廣州話"罨"與"噏（胡說）"同音。這裏是指胡說的意思。　例 你正一生草藥，係又罨，唔係又罨（你真是不管對不對，胡說一氣）。

生葱熟蒜 sang¹ cung¹ sug⁶ xun³

廣東民間烹調菜餚時的習慣，葱要生的，蒜頭則須要煮熟。

生雞熟鴨 sang¹ gei¹ sug⁶ ngab³

廣東地區的飲食習慣，吃白切雞要吃近乎生的，即雞肉剛剛熟，但骨髓還見血時為好，過熟則雞肉不滑，不好吃。鴨則要熟透才能吃。

生雞入，騸雞出 sang¹ gei¹ yeb⁶, xin³ gei¹ cêd¹

騸雞：閹過的公雞。進門時是公雞，出門時是騸雞。比喻只要經過這道門，就把公雞閹成騸雞了。比喻過去的"剃刀門楣"（舊時專門兑換本外幣的小錢莊）對顧客剝削得厲害。

生骨大頭菜，種（縱）壞 sang¹ gued¹ dai⁶ teo⁴ coi³, zung³ wai⁶

〔歇後語〕大頭菜生了筋了就不好吃，是種壞了。"種"諧音"縱"，放縱、寵的意思。　例 呢個仔係生骨大頭菜，種壞咗咯（這孩子被寵壞了）。

生蝦落油鑊，跳亦死，唔跳亦死 sang¹ ha¹ log⁶ yeo⁴ wog⁶, tiu³ yig⁶ séi², m⁴ tiu³ yig⁶ séi²

〔歇後語〕活蝦落油鍋炸，跳與不跳都得死。比喻面臨絕境，反正要完蛋。　例 你而家冇晒辦法喇，好似生蝦落油鑊，跳亦死，唔跳亦死（你現在沒有辦法了，不管怎麼樣都得完蛋）。

生蠄貓入眼 sang¹ ji¹ mao¹ yeb⁶ ngan⁵

生蠄貓：有皮膚病的貓。戲稱男女之間儘管對方缺點毛病比較明顯，還是一見鍾情，相當於"情人眼裏出西施"，略帶貶意。　例 佢哋兩個都係生蠄貓入眼，唔一定好呀（他們兩個一見鍾情不一定是好事）。

生累朋友，死累街坊 sang¹ lêu⁶ peng⁴ yeo⁵, séi² lêu⁶ gai¹ fong¹

形容人行為不好，劣跡斑斑，經常累及親戚朋友。

生安白造 sang¹ ngon¹ bag⁶ zou⁶

胡謅、瞎編，隨意誣陷。　例 你唔好聽佢嗜，佢生安白造咋（你別聽他的，他胡説八道而已）。

生前唔供養，死後枉燒香

sang¹ qin⁴ m⁴ gung¹ yêng⁵, séi² heo⁶ wong² xiu¹ hêng¹

指父母在世時不好好供養，到父母死後再燒香也沒有用了。多用來批評那些對父母採取"薄養厚葬"的做法。

生死有命，富貴由天 sang¹ séi²

you⁵ méng⁶, fu³ guei³ yeo⁴ tin¹

宿命論者認為，人的生死壽命，或富或貴都是命中註定的，不管人們如何努力爭取也是枉然。

生鍟刀，唔喝唔得 sang¹ séng³

dou¹, m⁴ hod³ m⁴ deg¹

〔歇後語〕生鍟：起了銹；喝：隨便用力磨刀，另一個意思是呵斥。比喻一些人行為不自覺，必須要有人對他呵斥才行。 例 有人好唔自覺，你唔話佢都唔得，真係生鍟刀，唔喝唔得（有人很不自覺，你不狠狠地呵斥他真不行）。

生水芋頭，侲侲地 sang¹ sêu² wu⁶

teo⁴, sen² sen² déi⁶⁻²

〔歇後語〕生水芋頭：煮熟後仍然不麵的芋頭；侲侲地：有點兒發戇。比喻傻裏傻氣，或神經不正常的人。 例 呢個人做事古古怪怪，有啲生水芋頭，侲侲地嘅呀（這個人做事有點古怪，像是有點傻氣）。

生人霸死地 sang¹ yen⁴ ba³ séi² déi⁶

原指人未死先霸佔墳地，現多指霸佔着地方而無所作為。 例 掛名做個主任又唔做事，你話佢係唔係生人霸死地吖（掛名當個主任又不幹事，你説他是不是佔着茅坑不拉屎）？

生人唔生膽 sang¹ yen⁴ m⁴ sang¹ dam²

形容人膽子小。 例 你咁大個人都唔敢行夜路，生人唔生膽咯（你這麼大的人也不敢走夜路，膽子也太小了）。

生人勿近 sang¹ yen⁴ med⁶ gen⁶

無論是誰都不要接近。表示某人令人十分討厭，誰接觸他誰倒霉。 例 呢個嘢生人勿近，咪去惹佢呀（這傢伙誰接觸誰倒霉，別去惹他）。

生又巴巴，死又罷罷 sang¹ yeo⁶

ba¹ ba¹, séi² yeo⁶ ba⁶ ba⁶

指人在活着的時候樣樣都很看重，到去世以後甚麼都作罷，一切皆空了。

生意好做，夥記難求 sang¹ yi³

hou² zou⁶, fo² géi³ nan⁴ keo⁴

夥記：夥計。做生意容易，但要找到合適的合作者則很難。

生意碌碌，好過買屋 sang¹ yi³

lug¹ lug¹, hou² guo³ mai⁵ ngug¹

〔諺語〕做生意雖然忙忙碌碌，但比購買房產還要好。

生魚治塘虱，一物治治一物

sang¹ yü⁴⁻² ji⁶ tong⁴ sed¹, yed¹ med⁶ ji⁶ yed¹ med⁶

〔歇後語〕生魚：黑魚；塘虱：鬍子鯰。鬍子鯰雖然有角，但還是被黑魚吃咬，説明自然界各有各的天敵，一物剋一物。 例 你唔使咁惡，會有人治得到你嘅，生魚治塘虱，一物治一物啦嗎（你用不着那麼兇，會有人對付你的，一物剋一物嘛）。

生仔好聽，生女好命 sang¹ zei²

hou² téng¹, sang¹ nêu⁵⁻² hou² méng⁶

好命：有福氣。生兒子聽起來好，但生女兒有福氣。

生仔唔知仔心肝 sang¹ zei² m⁴ ji¹

zei² sem¹ gon¹

父母生了兒子但卻不了解兒子的心思。表示儘管親如父子，互相間還是會有不理解、不相知的地方。

生仔冇屎窟 sang¹ zei² mou⁵ xi² fed¹

生了兒子卻沒有肛門。罵人的話。指人做壞事多了必然會遭到報應的意思。 例 佢做埋咁多陰功嘢，怕佢生仔冇屎窟呀（他幹了那麼多傷天害理的事，我怕他遭報應啊）。

生仔容易起名難 sang¹ zei² yung⁴

yi⁶ héi² méng⁴⁻² nan⁴

〔諺語〕形容人的名字很難起得

合適。

生在蘇州，住在杭州，食在廣州，死在柳州 sang¹ zoi⁶ sou¹

zeo¹, ju⁶ zoi⁶ hong⁴ zeo¹, xig⁶ zoi⁶ guong² zeo¹, séi² zoi⁶ leo⁵ zeo¹

民間盛傳對中國一些城市的評價，認為蘇州風水氣候好，女子長相俊美；杭州風景優美，住得舒服；廣州飲食品種繁多，能享口福；柳州附近盛產優質木材，入土有好棺材。

生在皇帝足，一生多忙碌

sang¹ zoi⁶ wong⁴ dei³ zug¹, yed¹ sang¹ do¹ mong⁴ lug¹

〔戲謔語〕這句話出在通書（黃曆）首頁的一首詩上。該詩內容多帶有宿命論色彩。這句話常被人用作自嘲，帶有戲謔意味。

省港旗兵 sang² gong² kéi⁴ bing¹

指廣州與香港兩地的不法分子所組成的犯罪團夥。

揩乾淨屎窟 sang² gon¹ zéng⁶ xi² fed¹

揩：洗刷；屎窟：屁股。指把屁股洗乾淨。戲指做好坐牢的準備。 例 呢啲嘢你居然敢做，揩乾淨屎窟啦（這些事你都個敢做，準備坐牢吧）。

揩牛王 sang² ngeo⁴ wong⁴

揩：用強力搶奪、勒索。強取他人的東西，勒索。 例 我本字典畀人揩咗牛王（我的字典讓人強拿去了）。

揩黃魚 sang² wong⁴ yü⁴

黃魚：比喻金條。指詐騙錢財。

筲箕兜水，漏洞百出 sao¹ géi¹ deo¹ sêu², leo⁶ dung⁶ bag³ cêd¹

〔歇後語〕用竹篾編的筲箕打水，自然到處都漏水。比喻寫文章或説話漏洞很多。 例 你嘅講話錯誤太多喇，好似筲箕兜水，漏洞百出嘅呀（你的説話錯誤太多了，簡直就是漏洞百出）。

筲箕抦鬼，一窩神 sao¹ géi¹ kem² guei², yed¹ wo¹ sen⁴

〔歇後語〕抦：覆蓋。用筲箕覆蓋鬼神，裏頭成一窩。 例 佢哋個個都有問題，總之筲箕抦鬼，一窩神係啦（他們個個都有問題，總之蛇鼠一窩就是了）。

寫包單 sé² bao¹ dan¹

打保票。 例 呢件事係真嘅，我可以寫包單（這件事是真實的，我可以寫保票）。

捨得買牛唔捨得買牛繩 sé² deg¹ mai⁵ ngeo⁴ m⁴ sé² deg¹ mai⁵ ngeo⁴ xing⁴

形容人大事捨得花錢，但配套的小開支卻捨不得，主次顛倒了。 例 你電視機都捨得買咯，電線又唔捨得換新嘅，真係捨得買牛唔捨得買牛繩（你電視機都捨得買了，卻捨不得換條新的電線，這不是主次顛倒了嗎）。

蛇都死 sé⁴ dou¹ séi²

連最能忍飢耐渴的蛇都熬不住死了。形容太遲緩了。 例 你做得咁慢，等你做好蛇都死咯（你做得這麼慢，等你做好了就晚了）。也比喻後果嚴重。 例 呢次大件事咯，蛇都死咯（這次事態嚴重，真夠瞧）。

蛇唔咬你，你當佢係黃鱔 sé⁴ m⁴ ngao⁵ néi⁵, néi⁵ dong³ kêu⁵ hei⁶ wong⁴ xin⁵

蛇不咬人的時候，你就把它當做不咬人的黃鱔。警告別人不要以為人家不發怒，你就可以隨意欺負。

蛇頭鼠眼 sé⁴ teo⁴ xu² ngan⁵

賊頭賊腦。 例 呢個人蛇頭鼠眼，唔慌好人（這個人賊頭賊腦，肯定不是好人）。

蛇鼠一窩 sé⁴ xu² yed¹ wo¹

壞人糾集在一起，一丘之貉。 例 佢哋一個二個都係壞人，正一蛇鼠一窩（他們一個個都是壞人，簡直就是一丘之貉）。

蛇有蛇路，鼠有鼠路 sé⁴ yeo⁵ sé⁴ lou⁶, xu² yeo⁵ xu² lou⁶

各人有各人的門路，含貶意。 例 佢居然搵到錢起屋，真係蛇有蛇路，鼠有鼠路（他居然掙到了錢蓋房子，真是各有各的門路）。

社壇土地，冇瓦遮頭 sé⁵ tan⁴ tou²

déi⁶⁻², mou⁵ nga⁵ zé¹ teo⁴

〔歇後語〕土地：土地神。形容
人窮苦，住所上無片瓦，就像
社壇的土地神一樣。 例 舊時
好多窮人都係社壇土地，冇瓦
遮頭呀（過去很多窮人都是上
無片瓦，下無寸土）。

射人先射馬，擒賊先擒王

sé⁶ yen⁴ xin¹ sé⁶ ma⁵, kem⁴ cag⁶ xin¹
kem⁴ wong⁴

〔諺語〕射擊敵人先把敵人的馬
射殺掉，剿匪首先要把他們的
頭頭擒獲。比喻做事首先要抓
住要害才事半功倍。

濕柴煲老鴨，夠晒煙韌 seb¹ cai⁴

bou¹ lou⁵ ngab³, geo³ sai³ yin¹ ngen⁶

〔歇後語〕夠晒：足夠；煙韌：
韌，嚼不爛。燒濕的柴火，
煙多。煮老鴨，肉韌難嚼。煙
韌一詞，指男女兩人情意纏
綿。 例 佢哋兩個啱啱結婚，
真係濕柴煲老鴨，夠晒煙韌咯
（他們兩個剛剛結婚，夠親昵
的了）。

濕濕碎 seb¹ seb¹ sêu³

直譯是零零碎碎，實際意思是
小意思、不值一提。 例 百零
文，濕濕碎啦（一百來塊錢，
小意思）。

濕手揦芝麻，唔甩得 seb¹ seo² la²

ji¹ ma⁴, m⁴ led¹ deg¹

〔歇後語〕揦：抓；甩：掉落。
用濕的手抓芝麻，芝麻總粘在
手上掉不了。比喻人與人的關
係總割捨不了。 例 佢嘅煙癮
好難戒，真係濕手揦芝麻，唔
甩得（他的煙癮很難戒掉，就
像濕手粘上芝麻，掉不了）。

濕水狗上岸，亂揈 seb¹ sêu² geo²

sêng⁵ ngon⁶, lün⁶ fing⁶

落了水的狗上岸後，會馬上把
身上的水甩掉。廣州話的“水”
有錢財的意思，把水亂甩就是
把錢胡亂花掉。指人胡亂花
錢。 例 呢個二世祖唔知幾闊
佬，好似濕水狗上岸，亂揈呀
（這個敗家子不知有多闊氣，
整天揮金如土）。

濕水欖核，兩頭滑 seb¹ sêu² lam⁵⁻²

wed⁶, lêng⁵ teo⁴ wad⁶

〔歇後語〕欖核：橄欖核，沾了
水的橄欖核，兩頭都很滑，不
容易抓得住。比喻滑頭的人或
善於投機的人。 例 呢啲好似
濕水欖核，兩頭滑嘅人係靠唔
住嘅（這些滑頭的人是靠不住
的）。

濕水麻繩，越纏越緊 seb¹ sêu²

ma⁴ xing⁴, yüd⁶ qin⁴ yüd⁶ gen²

〔歇後語〕麻繩濕了水纏東西就
會纏得更加緊。常用來比喻人
們互相糾纏不休。 例 我怕晒
佢喇，佢成日喺度纏住我，好似
濕水麻繩，越纏越緊（我怕了

S

他了，他整天糾纏我，而且越纏越緊）。

濕水棉花，冇得彈 seb¹ sêu² min⁴ fa¹, mou⁵ deg¹ tan⁴

〔歇後語〕濕了水的棉花是不能彈鬆的。"彈"又作批評、指責解，"冇得彈"即沒有甚麼可批評指責的，表示滿意。 例 你呢度佈置得咁好真係濕水棉花，冇得彈（你這裏佈置得這麼好，沒甚麼可説的）。

濕水炮仗 seb¹ sêu² pao³ zêng⁶⁻²

炮仗：鞭炮。沾了水的鞭炮不會爆響，比喻脾氣極好，不會發脾氣的人。

濕水炮仗，死引（癮）seb¹ sêu² pao³ zêng⁶⁻², séi² yen⁵

〔歇後語〕死引：炮仗的引線不能點燃了。"引"諧音"癮"。指人對某種事成了癖好。 例 我睇你打麻雀變成濕水炮仗，死引咯（我看你打麻將都成癮了）。

十八廿二 seb⁶ bad³ ya⁶ yi⁶

形容人還很年輕，二十歲左右。 例 佢重係十八廿二，大把世界啦（她還是十幾二十歲，前途無量）｜我唔係十八廿二咯，唔做得呢啲工（我不年輕了，做不了這些工作）。

十八廿二，人正當年 seb⁶ bad³ ya⁶ yi⁶, yen⁴ jing³ dong¹ nin⁴

十八至二十二的年齡，正是年

富力強，幹事業的最佳年齡。

十幾人分食一分煙，冇厘癮頭 seb⁶ géi² yen⁴ fen¹ xig⁶ yed¹ fen¹ yin¹, mou⁵ léi⁴ yen⁵ teo⁴

〔歇後語〕食一分煙：抽一分煙；冇厘癮頭：一點癮頭兒都沒有。十幾個人分抽一分重的煙，每人分不到一厘，一點兒不過癮。比喻對某些活動不感興趣。

十個姑娘唔夠一個瀨屎叔 seb⁶ go³ gu¹ nêng⁴ m⁴ geo³ yed¹ go³ lai⁶ xi² sug¹

同"三個姑娘唔當一個瀨屎佬"。

十個光頭九個富 seb⁶ go³ guong¹ teo⁴ geo² go³ fu³

十個禿子有九個是富人。形容禿頭的男子是富人的長相。 例 男人冇頭髮唔緊要，十個光頭九個富，我話重好添（男人沒有頭髮不要緊，十個禿子九個富，我説這還好吶）。

十個瓦罉九個蓋，扻嚟扻去扻唔冚 seb⁶ go³ nga⁵ cang¹ geo² go³ goi³, kem² lei⁴ kem² hêu³ kem² m⁴ hem⁶

〔歇後語〕瓦罉：砂鍋；扻：蓋；冚：嚴密，合攏。十個沙鍋只有九個蓋，總是蓋不住這十個鍋。比喻人為了遮掩錯誤或毛病總是遮蓋不住。 例你做錯咗乜野想遮係唔遮得住㗎，十個瓦罉九個蓋，孭嚟孭去孭唔冚嘅（你做錯了事想遮掩是不行的，紙是包不住火的）。又説"十個茶壺九個蓋"，指東西數量不夠。

十個女九個賊 seb⁶ go³ nêu⁵⁻² geo² go³ cag⁶

女：女兒。女兒多半向着自己的丈夫、婆家，娘家裏有甚麼好的東西往往拿到婆家去。做母親的戲稱女兒為"賊"，父母對女兒的做法多半是默許的。

十指唔浸陽春水 seb⁶ ji² m⁴ zem³ yêng⁴ cên¹ sêu²

十個指頭不沾陽春水。指人從不幹粗活，連春天那麼暖和的水都不沾。形容女子嬌生慣養，不幹家務勞動。

十指孖埋 seb⁶ ji² ma¹ mai⁴

孖埋：連在一起。十個指頭連在一起，形容人不會幹活。例你做呢啲咁簡單嘅野都唔會，好似十指孖埋噉（你幹這些這麼簡單的事也不會，真是笨手笨腳的）。

十指痛歸心 seb⁶ ji² tung³ guei¹ sem¹

十個指頭個個都連着心，個個都一樣，哪一個受傷都疼痛難忍。比喻子女對於父母個個都一樣。例做父母都係惜住啲仔女個咯，十指痛歸心嘛（做父母的都是疼愛自己的子女的了，十指連心，個個都痛嘛）。

十字街心跑馬，頭頭是道 seb⁶ ji⁶ gai¹ sem¹ pao² ma⁵, teo⁴ teo⁴ xi⁶ dou⁶

〔歇後語〕在十字街頭騎馬，無論哪一頭都有路。形容人善於辭令，説起話來很有條理。例你講起話嚟好清楚，十字街心跑馬，頭頭是道（你説起話來很清楚，説得頭頭是道）。

十字未有一畫 seb⁶ ji⁶ méi⁶ yeo⁵ yed¹ wag⁶

十字共兩畫，一畫也還沒有，表明事情還沒有頭緒。例你問佢幾時結婚呀，十字未有一畫呀（你問他甚麼時候結婚，八字還沒有一撇呢）。

十萬九千七 seb⁶ man⁶ geo² qin¹ ced¹

形容數目龐大。例新住宅區收管理費唔通你收我十萬九千七咁多呀（新住宅區收管理費難道你能收我十萬八萬嗎）？｜你同佢相差十萬八千七（你跟他相差十萬八千里）。

十問九唔知 sab⁶ men⁶ geo² m⁴ ji¹

九唔知：狗不知。廣州話的"九"與"狗"同音。這是罵人的話。例叫你幾聲你都唔應，十問九唔知（叫你幾次都不答應，耳朵聾了似的）。

十五十六 seb⁶ ng⁵ seb⁶ lug⁶

形容人心神不定，七上八下，心裏拿不定主意甚至害怕。〔例〕我個心一直都係十五十六，冇辦法決定（我的心一直都是七上八下，沒法決定）｜佢咁夜重未翻，我個心一直十五十六（他這麼晚還不回來，我心裏忐忑不安）。

十年唔逢一閏 seb⁶ nin⁴ m⁴ fung⁴ yed¹ yên⁶

一般三年就逢一閏，十年不閏年是沒有的。這裏意思是沒有見過，十分罕見的意思。〔例〕你今年翻屋企過年，真係十年唔逢一閏呀（你今年回家過年，真是少見啊）。

十年唔耕，九年唔種 seb⁶ nin⁴ m⁴ gang¹, geo² nin⁴ m⁴ zung³

比喻多年不做某事，手藝早已荒廢了。〔例〕呢種手藝十年唔耕，九年唔種咯，做得唔好（這種手作多年不做了，做得不好）。

十三點 seb⁶ sam¹ dim²

形容人言談有點不合常理，半瘋不瘋的，相當於"二百五"。〔例〕你做嘢都冇晒譜嘅，唔怪之得有人話你係十三點咯（你做事太沒準兒了，難怪有人說你是二百五了）。

十三點鐘，聲大夾冇譜 seb⁶ sam¹ dim² zung¹, séng¹ dai⁶ gab³ mou⁵ pou²

〔歇後語〕十三點鐘：表示不合常規的、無理的；夾：而且；冇譜：離譜。形容人聲音又大又無理。

十畫都未有一撇 seb⁶ wag⁶ dou¹ méi⁶ yeo⁵ yed¹ pid³

寫十畫還沒有一撇，意思是為時尚早。類似普通話"八字還沒有一撇"的説法。

十成九 seb⁶ xing⁴ geo²

指估計得差不多。〔例〕你估得差唔多，十成九啦（你猜得差不離，八九不離十吧）。也表示很有把握或接近完成。

十成着咗九成 seb⁶ xing⁴ zêg⁶ zo² geo² xing⁴

着咗：中了，對了。很可能，十拿九穩，達到基本上可以肯定的程度。〔例〕呢件事一定得，十成着咗九成咯（這件事一定能行，十拿九穩了）。

十一哥，土佬 seb⁶ yed¹ go¹, tou² lou²

〔歇後語〕十一即"土"的意思。指本地人，轉指土氣重的人或大老粗。〔例〕我哋都係十一哥，土佬，大家唔好見怪（我們都是大老粗，見識不多，請大家不要見怪）。

十人生九品 seb⁶ yen⁴ sang¹ geo²
ben²

指世上的人各不相同，十個人
裏頭就有九種品性，人的習慣
和愛好也各不相同。 例 開講
有話，十人生九品，點能夠要
求一律相同呢（常言道，十個
人有九種品格，怎麼能夠要求
他們一律相同呢）。

十二點半鐘，指天督地 seb⁶ yi⁶
dim² bun³ zung¹, ji² tin¹ dug¹ déi⁶

〔歇後語〕督：杵、戳。鐘錶到
了十二點半的時候，指針一條
指上，一條指下，即指天又指
地。比喻人説話時用手指亂指
一氣。 例 你講話唔好亂指一
通，好似十二點半鐘，指天督
地嘅（你説話不要用手指亂指
一氣嘛）。

十二月雷公叫，有穀冇處糶
seb⁶ yi⁶ yüd⁶ lêu⁴ gung¹ giu³, yeo⁵
gug¹ mou⁵ qu³ tiu³

〔農諺〕農曆十二月的時候如果
打雷，來年就會豐收，稻穀多
得沒地方賣了。

十月秋茄當臘肉 seb⁶ yüd⁶ ceo¹
ké⁴⁻² dong³ lab⁶ yug⁶

有些人認為，十月秋天的茄子
比較好吃，可以比得上臘肉。
可能這個時候的茄子水分比較
少，吃起來口感好。

十月火歸臟，唔離芥菜湯
seb⁶ yüd⁶ fo² guei¹ zong⁶, m⁴ léi⁴ gai³
coi³ tong¹

〔諺語〕民間認為，農曆十月的
時候，人的火氣進入內臟，容
易上火，每天喝點芥菜湯，可
以幫助去火。

十月火歸天 seb⁶ yüd⁶ fo² guei¹ tin¹

〔農諺〕農曆十月份，地面上的
火氣已經回歸到上天了。説明
已經不怎麼炎熱了。

十月芥菜，起心 seb⁶ yüd⁶ gai³ coi³,
héi² sem¹

〔歇後語〕芥菜：北方叫蓋菜。
芥菜到了晚秋就起菜心，即菜
薹。“起心”是雙關語，另一
個意思是指年輕人對異性起了
愛慕之心或形容人對某事有不
良的動機。 例 我睇你見到嗰
個女仔就十月芥菜起心咯（我
看你見到那個女子就對她有點
意思了）。

十月茭筍，黑心 seb⁶ yüd⁶ gao¹
sên², heg¹ sem¹

〔歇後語〕茭筍：茭白。到了
十月份，茭白成熟了，其心有
黑色的花點。比喻人心地不
良。 例 呢個人對批評過佢嘅
人都要報復，十月茭筍，黑心
呀（這個人對批評過他的人都
要報復，黑心着呢）。

S

十月蔗頭，甜到尾 seb⁶ yüd⁶ zé³ teo⁴, tim⁴ dou³ méi⁵

〔農諺〕甘蔗到十月後就成熟了，從頭到尾都很甜。一般用來形容人的生活一輩子都非常美好。

十月子薑冇老嫩 seb⁶ yüd⁶ ji² gêng¹ mou⁵ lou⁵ nün⁶

〔農諺〕子薑：嫩薑。農曆十月時，嫩薑都長成了，看上去不分老嫩。形容老人和小孩不分長幼一起嬉戲。 例 佢同個孫仔玩起嚟就十月子薑冇老嫩咯（他跟孫子玩耍起來就沒大沒小了）。

十月有霜，谷米滿倉 seb⁶ yüd⁶ yeo⁵ sêng¹, gug¹ mei⁵ mun⁵ cong¹

〔農諺〕十月下霜，天氣寒冷，病蟲害少，晚稻收成就好。

十冤九仇 seb⁶ yün¹ geo² seo⁴

指人們之間的冤仇深重。 例 你哋兩個又唔係十冤九仇，使乜搞到咁交關呢（你們兩個彼此又不是有深仇大恨，何必弄到這個地步呢）！

十撐九傷 seb⁶ zang⁶ geo² sêng¹

〔諺語〕指經常吃得過飽的人，身體容易受到傷害。 例 你唔好食得太多，十撐九傷呀（你不要吃得太多，撐壞肚子的）。

十隻手指孖埋 seb⁶ zég³ seo² ji² ma¹ mai⁴

孖埋：連在一起。十隻手指連在一起，不能幹活了。比喻人甚麼事也不會做。 例 我睇你係唔係十隻手指孖埋，乜都唔識做呀（我看你是不是沒有手啊，甚麼都不會做）。

十丈龍船唔着一寸 seb⁶ zêng⁶ lung⁴ xun⁴ m⁴ zêg⁶ yed¹ qun³

十丈長的龍船，個人所得的不足一寸。形容個人所得甚微。 例 獎金得一萬文，幾十個人分，十丈龍船唔着一寸（獎金只有一萬，幾十個人分，能有多少）！

十足十 seb⁶ zug¹ seb⁶

十分相像、十足的、地地道道的。 例 佢十足十似晒佢大佬（他十分像他的哥哥）｜呢啲係十足十嘅靚嘢（這些是地地道道的好東西）。

失驚無神 sed¹ ging¹ mou⁴ sen⁴

突然、冷不防。 例 下午失驚無神落起雨嚟（下午突然下了一場雨）｜佢失驚無神走咗入嚟，嚇我一跳（他突然跑了進來，嚇了我一跳）。

失失慌，害街坊 sed¹ sed¹ fong¹, hoi⁶ gai¹ fong¹

〔戲謔語〕失失慌：慌慌張張。形容人不夠鎮定，動不動就大驚小怪，驚動別人。

失匙夾萬 sed¹ xi⁴ gab³ man⁶

夾萬：保險箱。由於丟了鑰匙，無法拿到保險箱裏面的錢。比喻不掌握財權的富家子弟。 例 你屋企有錢都係假嘅，你係個失匙夾萬，邊度有錢呢（你家裏有錢也是白搭，你沒掌握財權，哪裏有錢呢）。

虱乸擔枷 sed¹ na² dam¹ ga¹

虱乸：蝨子。比喻要受到嚴厲的懲處。 例 呢次你又要虱乸擔枷咯（這回你又要受到嚴厲的懲處了）。

膝頭撟眼淚 sed¹ teo⁴ giu² ngan⁵ lêu⁶

撟：擦，抹。指人蹲着哭，用膝蓋擦眼淚，形容人十分傷心悲痛或者後悔。 例 你唔改過認錯，拉你去坐監，你就膝頭撟眼淚都有份呀（你不改過認錯，把你抓去坐牢，你就後悔莫及了）。

膝頭自在，牙鉸平安 sed¹ teo⁴ ji⁶ zoi⁶, nga⁴ gao³ ping⁴ ngon¹

〔諧謔語〕膝頭：膝蓋；自在：舒服；牙鉸：牙關節。失業了，不用整天勞碌奔跑，膝頭舒服了，牙關節也因不用忙於嚼食而得到平安。意思是如果兩腿不奔跑勞累，嘴巴就沒有吃的了。

實斧實鑿 sed⁶ fu² sed⁶ zog⁶

千真萬確，鐵證如山。 例 呢個事實係實斧實鑿嘅，你唔承認都唔得（這個事實是千真萬確的，你不承認也不行）。

實牙實齒 sed⁶ nga⁴ sed⁶ qi²

言之鑿鑿，說得非常真實。 例 佢講得實牙實齒，邊度有錯嘅呢（他說得千真萬確，哪裏會有錯的呢）。

實食冇黐牙 sed⁶ xig⁶ mou⁵ qi¹ nga⁴

實食：一定吃得上；冇黐牙：不粘牙。指完全有把握，十拿九穩。 例 呢次你一定會贏，實食冇黐牙喇（這次你一定會贏，十拿九穩了）。

塞古盟憎 seg¹ gu² meng⁴ zeng¹

"瞎鼓盲箏"的訛音。意為：對情況不清楚，難以判斷。 例 呢件事我塞古盟憎，冇辦法處理（這件事我對情況一點也不了解，沒辦法處理）。又表示毫無思想準備，以致措手不及。 例 我塞古盟憎接受任務，一啲思想準備都冇（我糊裏糊塗接受任務，一點思想準備都沒有）。

石板上斬狗腸，一刀兩斷

ség⁶ ban² sêng⁶ zam² geo² cêng⁴, yed¹ dou¹ lêng⁵ dün⁶

〔歇後語〕表示堅決斷絕關係。 例 呢次我堅決同佢分手喇，石板上斬狗腸，一刀兩斷（這次我堅決跟他分手，一刀兩斷算了）。

石地塘鐵掃把，硬打硬 ség⁶ déi⁶ tong⁴ tid³ sou³ ba², ngang⁶ da² ngang⁶

〔歇後語〕地塘：曬穀場。石曬場碰上鐵掃帚，比喻硬碰硬。 例 兩間公司都好有實力，佢哋競爭起嚟真係石地塘鐵掃把，硬打硬呀（這兩家公司都很有實力，他們競爭起來真是硬碰硬啊）。也比喻實實在在。 例 呢次定嘅措施，條條都係石地塘鐵掃把，硬打硬嘅（這次制定的措施，每一條都是實實在在的）。

石灰籮 ség⁶ fui¹ lo⁴

裝石灰的籮筐放到哪裏都會留下石灰印痕，比喻到處都留有劣跡的人。 例 呢個人成日做壞事，去到邊度衰到邊度，正一石灰籮（這個人整天幹壞事，到那裏都劣跡斑斑）。

石灰落田，草死禾生 ség⁶ fui¹ log⁶ tin⁴, cou² séi² wo⁴ sang¹

〔農諺〕南方土地多呈酸性，耘田時放些鹼性的石灰，水稻就生長得好，而石灰又可以殺死雜草。

石罅米，畀雞啄 ség⁶ la³ mei⁵, béi² gei¹ dêng¹

〔歇後語〕石罅：石縫；畀：讓，給；雞：妓女；啄：雞用嘴啄食。把玩弄妓女的浪蕩公子，比喻為讓雞啄吃的石縫兒米。因為他們不惜為妓女提供生活來源而散盡錢財。"啄"廣州話字音讀 dêg³，訓讀 dêng¹。

石馬無能枉自大 ség⁶ ma⁵ mou⁴ neng⁴ wong² ji⁶ dai⁶

石馬不能動，高大也沒有甚麼用。比喻人沒有能力，個子再大也無用。 例 人生得高大做事冇能力有乜用呢，石馬無能枉自大（人長得高大但沒有能力有甚麼用？只是白長個高個子罷了）。

石柱出汗，大雨滾滾 ség⁶ qu⁵ cêd¹ hon⁶, dai⁶ yü⁵ guen² guen²

〔農諺〕石柱"出汗"，表明空氣潮濕，預示着大雨將至。

石頭磨剃刀，有損無益 ség⁶ teo⁴ mo⁴ téi³ dou¹, yeo⁵ xun² mou⁴ yig¹

〔歇後語〕用石頭來磨剃刀，肯定把剃刀磨壞了。形容做某種事沒有好處。 例 你做呢啲嘢唔單只冇用，重係石頭磨剃刀，有損無益添呀（你做這些事不但沒有用，而且還有害處呢）。

石灣公仔，冇腸肚 ség⁶ wan¹ gung¹ zei², mou⁵ cêng⁴ tou⁵

〔歇後語〕石灣：地名；公仔：人像玩偶。廣東佛山石灣出產的陶瓷玩偶很著名。玩偶是沒有內臟的。比喻人沒有心腸。 例 你係唔係太過刻薄喇，唔好學石灣公仔，冇腸肚呀（你是不是太刻薄了，別太沒心腸了）。

石獅唔怕雨滂沱 ség⁶ xi¹ m⁴ pa³ yü⁵ pong⁴ to⁴

石獅子不怕風吹雨打。比喻正直的人不怕被人詆毀打擊。

西風吹過晝，大水浸到灶 sei¹ fung¹ cêu¹ guo³ zeo³, dai⁶ sêu² zem³ dou³ zou³

〔農諺〕晝：中午。從早到晚颳西南風，就可能是熱帶低氣壓的前兆，説明將會帶來一場大雨。

西南二伯父 sei¹ nam⁴ yi⁶ bag³ fu⁶⁻²

西南：廣東地名。指表面上是好好先生，實際上是縱容甚至教唆小孩做壞事的年長者。 例 呢個老師其實係西南二伯父嚟㗎（這個老師其實是教唆青少年做壞事的傢伙）。

西閃雨淙淙，南閃猛南風， 北閃江水漲，東閃日頭紅 sei¹ xim² yü⁵ cung⁴ cung⁴, nam⁴ xim² mang⁵ nam⁴ fung¹, beg¹ xim² gong¹ sêu² zêng³, dung¹ xim² yed⁶ teo⁴ hung⁴

〔農諺〕西邊打閃將要連連下雨，南邊打閃要颳南風，北邊打閃將會下大雨而且河水漲，東邊打閃太陽紅，即大晴天。

篩身篩勢 sei¹ sen¹ sei¹ sei³

不停地搖晃着身體。指小孩撒嬌。 例 呢個女最中意詐嬌喇，成日篩身篩勢（這女孩最愛撒嬌了，整天搖晃着身體）。

使牛要惜牛辛苦 sei² ngeo⁴ yiu³ ség³ ngeo⁴ sen¹ fu²

用牛犁地的時候要愛惜耕牛，不要讓牛過度疲勞。比喻用人的時候要關心愛護別人。 例 你做領導，唔好成日叫人做呢樣又做嗰樣，使牛要惜牛辛苦呀（你做領導不要整天叫人幹這幹那，別讓人太勞累啊）。

使銅銀夾大聲 sei² tung⁴ ngen⁴⁻² gab³ dai⁶ séng¹

使：用；銅銀：假銀圓；夾：而且。指理虧的人還使橫，故意大聲爭吵，靠嗓門大來壓人。有"無理爭三分""無理取鬧"等意思。 例 明明係你唔啱咯，重同人哋詏，使銅銀夾大聲（明明是你不對了，還跟人爭，無理取鬧）。

使橫手 sei² wang⁴ seo²

橫手：替人行兇的人，不正當的手段。指雇人做打手去傷害他人。 例 你要因住佢使橫手呀（你當心他暗中使壞，雇打手來傷害你啊）。

洗腳唔抹腳，亂擝 sei² gêg³ m⁴ mad³ gêg³, lün⁶ fing⁶

洗完腳不擦腳，把腳上面的水

S

隨意甩掉。"水"廣州話又指錢，指人隨意揮霍錢財。 例 呢個二世祖你話幾闊佬吖，使錢就好似洗腳唔抹腳，亂掉（這個敗家子你説多闊氣呢，花起錢來揮金如土，亂扔）。

洗腳上田 sei² gêg³ sêng⁵ tin⁴

上田：從田裏上來，比喻農民不再幹農活。即從農業人口變為城鎮人口。

洗濕個頭 sei² seb¹ go³ teo⁴

剃頭前必先洗頭，剛把頭洗濕了，比喻事情剛開始，不得不幹下去。 例 我都洗濕個頭咯，唔做唔得呀（我都開始做了，不幹下去不行啊）。

世界輪流轉 sei³ gai³ lên⁴ leo⁴ jun²

世界上的事情是經常變化的，誰都不能永遠保持優勢，處於劣勢的也不會永遠是劣勢。有"三十年河東，三十年河西"的意思。 例 你唔使驚，以後就會變好嘅嘞，世界輪流轉啦嗎（你不必擔憂，以後就會變好的。不是説三十年河東，三十年河西嗎）？

世間上邊處有唔食飯嘅神仙 sei³ gan¹ sêng⁶ bin¹ xu³ yeo⁵ m⁴ xig⁶ fan⁶ gé³ sen⁴ xin¹

〔諺語〕邊處：哪裏；唔食飯：不吃飯；嘅：的。世界上哪裏有不吃人間煙火的神仙。

勢兇夾狼 sei³ hung¹ gab³ long⁴

夾：而且；狼：兇狠。形容人來勢洶洶，十分兇惡。 例 你睇佢勢兇夾狼噉，你要因住嚟呀（你看他來勢洶洶，你要當心啊）。也形容某些事情做得過分。 例 慢啲食唔使勢兇夾狼噉嗎（慢點吃，不要狼吞虎嚥嘛）。

勢估唔到 sei³ gu² m⁴ dou³

從未料到；確實估計不到。 例 勢估唔到佢咁壞（從未料到他這麼壞）｜勢估唔到佢嚟呢一手（確實估計不到他出這一招）。

細佬哥學游水，一味講淺（錢） sei³ lou² go¹ hog⁶ yeo⁴ sêu², yed¹ méi⁶⁻² gong² qin⁴⁻²

〔歇後語〕細佬哥：小孩；一味：只，單純地；淺：錢的諧音。小孩子學游泳，多到水淺的地方。淺字與錢字諧音，比喻甚麼事都要講金錢。 例 做事情唔能夠話好似細佬哥學游水，一味講淺（錢）嘅至得（做事情不能甚麼都要向錢看才行）。

細佬哥剃頭，快嘞快嘞 sei³ lou² go¹ tei³ teo⁴, fai³ lag³ fai³ lag³

〔歇後語〕快嘞：快了。小孩剃頭，很不耐煩，大人則哄他説"快了，快了！"用來形容事情不久便完成。 例 你問

幾時完成呀，細佬哥剃頭，快
嘞，快嘞（你問甚麼時候完成，
快了）！

細佬哥玩泥沙 sei³ lou² go¹ wan² nei⁴ sa¹

細佬哥：小孩兒；玩泥沙：過
娃娃家。比喻所做的事屬於做
兒戲，不能當一回事。 例 你
唔使理佢，細佬哥玩泥沙嘅嘛
（你不必理他，不過是小孩過
娃娃家罷了）。

細佬哥入祠堂 sei³ lou² go¹ yeb⁶ qi⁴ tong⁴

小孩個子小，祠堂比一般房子
寬大。形容衣服過於肥大，穿
着不合適。 例 你呢件衫大得
太犀利喇，好似細佬哥入祠堂
噉（你這件上衣太大了，就像
小孩進了大祠堂似的）。

細細金剛砂，大大豆腐渣 sei³ sei³ gem¹ gong¹ sa¹, dai⁶ dai⁶ deo⁶ fu⁶ za¹

小的都是很有用的，大的只是
無用的豆腐渣。比喻看人不能
只看個子大小，個子矮小的人
有時比大個子強。

細時唔屈，大時反骨 sei³ xi⁴ m⁴ wed¹, dai⁶ xi⁴ fan² gued¹

唔屈：不受到約束；反骨：反
叛。指兒童時代不加以勸導約
束，長大後就容易反叛，難以
改變。

誓願當食生菜 sei⁶ yün⁶ dong³ xig⁶ sang¹ coi³

誓願：發誓；食生菜：極容易
辦到的事。比喻人發誓像吃
生菜那麼容易但並不履行諾
言。 例 你信佢呀，佢誓願當
食生菜（你信他嗎，他發誓比
吃生菜還容易）。

死畀你睇 séi² béi² néi⁵ tei²

畀：給；睇：看。表示事態嚴
重，或陷入困境。 例 如果做
唔成，就要死畀你睇喇（如果
做不成，那就完啦）。

死腸直肚 séi² cêng⁴ jig⁶ tou⁵

形容人說話直來直去，處事過
於死板，不避忌諱。 例 佢死
腸直肚嘅，一啲都唔會避忌
（他太死板了，一點也不怕犯
忌諱）。

死得眼閉 séi² deg¹ ngan⁵ bei³

可以死得瞑目。表示對事情不
再擔憂了。

死得人多 séi² deg¹ yen⁴ do¹

比喻慘敗或事態嚴重。 例 呢
單生意死得人多咯（這宗生意
虧得慘了）｜如果畀人偷咗，
嗽就死得人多咯（如果讓人偷
了去，那就慘了）。

死雞撐硬腳 séi² gei¹ cang³ ngang⁶ gêg³

指明知理虧仍然繼續狡辯，無
理爭三分。 例 明明係你錯咯，

S

重要死雞撐硬腳做乜吖（分明
是你錯了，還無理爭三分幹甚
麼）！

死過翻生 séi² guo³ fan¹ sang¹

指大難不死。例 你死過翻生，
一定有後福呀（你大難不死，
一定有後福啊）。也用來形容
死去活來。 例 佢嬲到極，
將個仔打到死過翻生（他氣極
了，把他的兒子打得死去活
來）。

死慳死抵 séi² han¹ séi² dei²

指人拼命幹活又儘量節儉。
例 為咗買屋，佢呢幾年死慳
死抵，正所謂一年起屋，三年
食粥呀（為了買房子，他這幾
年苦幹又節儉，正所謂一年蓋
房，三年喝粥啊）。

死姣死唔靚 séi² hao⁴ séi² m⁴ léng³

姣：淫蕩；靚：漂亮。賣弄風
騷的人偏偏又不漂亮。有時用
來描寫水準不高的人偏偏喜歡
賣弄自己的知識，結果弄巧成
拙。

死剩把口 séi² jing⁶ ba² heo²

指人光會說三道四或無理強
辯。 例 你有乜用，死剩把口
之嗎（你有甚麼用，只剩下一
張嘴巴罷了）。又說"死剩把
聲"。

死豬唔怕滾水淥 séi² ju¹ m⁴ pa³ guen² sêu² lug⁶

〔諺語〕唔怕：不怕；滾水：開
水；淥：燙。死了的豬就不怕
開水燙。形容人橫下心來，破
罐破摔。

死唔眼閉 séi² m⁴ ngan⁵ bei³

死不瞑目。

死牛一便頸 séi² ngeo⁴ yed¹ bin⁶ géng²

形容人脾氣拗，固執己見，不
聽勸告。 例 我未見過咁硬頸
嘅人，死牛一便頸（我從來沒
見過這麼固執的人，就像牛一
樣的脾氣）。

死纏爛打 séi² qin⁴ lan⁶ da²

胡攪蠻纏，糾纏不休。 例 呢
隻嘢唔知幾死纏爛打，你千祈
唔好惹佢呀（這傢伙太胡攪蠻
纏了，你千萬別招他）。

死晒籠雞 séi² sai³ lung⁴ gei¹

比喻事情全部搞砸了。 例 你
唔好問咯，呢次畀佢搞到死晒
籠雞咯（你別問了，這次讓他
搞砸了）。

死蛇爛鱔 séi² sé⁴ lan⁶ xin⁶

形容人懶懶散散的樣子。 例
你成日好似死蛇懶鱔噉，打醒
啲精神呀（你整天懶懶散散的
樣子，振作點吧）。

死死下 séi² séi² ha⁵⁻²

形容狀況嚴重，相當於"…得
要命""夠餓"等意思。 例 今

日行咗好多路，癐到我死死下（今天走了很多路，累得我夠戧）｜你話咗佢一句，佢就激到死死下（你説了他一句話，他就氣得要命）。

死人燈籠，報大數 séi² yen⁴ deng¹ lung⁴, bou³ dai⁶ sou³

〔歇後語〕指虛報數目。廣東地區舊俗，人死了之後，喪家門前要掛燈籠，上面寫着死者的年齡，上了年紀的人一般要比實際年齡多加三歲。 例 單據要實報實銷，唔能夠死人燈籠，報大數呀（單據要實報實銷，不能多報啊）。

死人尋舊路 séi² yen⁴ cem⁴ geo⁶ lou⁶

譏諷保守迂腐的人處世過於死板。

死人兼揼屋 séi² yen⁴ gim¹ lem⁶ ngug¹

揼屋：房子倒塌。又死人，又倒塌了房子，真是禍不單行。 例 呢次真慘，又輸咗波，又搭唔到車，真係死人兼揼屋咯（這次真慘，又打輸了球，又趕不上車，真是禍不單行了）。

死在夫前一枝花 séi² zoi⁶ fu¹ qin⁴ yed¹ ji¹ fa¹

舊時有些人認為妻子先於丈夫去世，丈夫有可能有能力把葬禮搞得風風光光。如果死在丈夫之後，由於沒人主辦，恐怕

就沒有這個規格了。

四邊四便 séi³ bin¹ séi³ bin⁶

四周、周圍。 例 我間屋四邊四便種晒樹（我家四周種滿了樹）。

四點六企 séi³ dim² lug⁶ kéi⁵

辦事按規矩、要求嚴格而且有條不紊。 例 佢係一個四點六企嘅人，就係死板嘅（他是一個嚴格按規矩辦事的人，就是死板點兒）。

四方帽碗，冇個人啱 séi³ fong¹ mou⁶⁻² wun², mou⁵ go³ yen⁴ ngam¹

〔歇後語〕啱：合適，對。四方的帽碗，沒有人合適，因為每個人的頭都是圓的，四方的帽碗戴不上頭。指某樣東西不合適任何人或沒有一個人做得對。

四方木加眼釘，踢都唔郁 séi³ fong¹ mug⁶ ga¹ ngan⁵ déng¹, tég³ dou¹ m⁴ yug¹

〔歇後語〕唔郁：不動。四方木本來就不容易滾動，再釘上一口釘子，更不容易移動滾動了。形容人呆板之極。

四方木，踢一踢，郁一郁 séi³ fong¹ mug⁶, tég³ yed¹ tég³, yug¹ yed¹ yug¹

〔歇後語〕郁一郁：動一動。比喻人懶，不主動幹活。 例 做事要主動先至得呀，唔好學四

方木，踢一踢，喐一喐嗽（幹
活兒要主動才行，不要像四方
木那樣，不踢不動）。

四方鴨蛋 séi³ fong¹ ngab³ dan⁶⁻²
比喻稀奇古怪的東西。 例 有
乜好睇吖，又唔係四方鴨蛋
（有甚麼好看的，又不是甚麼
稀奇古怪的東西）。

四萬嗽口 séi³ man⁶ gem² heo²
嘴巴像"四萬"那樣。麻將牌上
"四萬"的"四"像人張開口露
出牙齒笑的樣子。形容人高興
得合不攏嘴。 例 佢歡喜到四
萬嗽口（他高興得合不攏嘴）。

四平八正 séi³ ping⁴ bad³ zéng³
端端正正，整整齊齊。 例 啲
書要擺得四平八正，坐亦要坐
得四平八正（書要擺得整整齊
齊，坐也要坐得端端正正）。

四四六六 séi³ séi³ lug⁶ lug⁶
指辦事得體，合乎規範。 例
懂得規矩嘅人會做得四四六六
嘅（懂得規矩的人會做得很得
體的）。

四月八，翻挖 séi³ yüd⁶ bad³, fan¹
wad³
〔農諺〕農曆四月初八，雖然天
氣變暖，但經常還有冷空氣南
下，氣溫突然變冷，人們要把
早已收藏起來的寒衣又挖出來
穿。廣東地區一般要到端午以
後才算進入夏季。

心大心細 sem¹ dai⁶ sem¹ sei³
形容人拿不定主意，猶疑不
決。 例 我接受好定唔接受好，
重係心大心細（我接受好呢還是
不接受好呢，仍然拿不定主意）。

心急馬行遲 sem¹ geb¹ ma⁵ hang⁴ qi⁴
人心急時，就是騎着馬也覺
得馬行走得慢。比喻人趕着
做某事，往往覺得進行得很
慢。 例 工程進行得都幾快吖，
你覺得慢係因為你心急馬行遲
之嗎（工程進行得相當快嘛，
你覺得慢是因為你心太急了）。

心肝梗，蜜糖埕 sem¹ gon¹ ding³,
med⁶ tong⁴ qing⁴
心肝梗：心肝兒；蜜糖埕：裝
蜂蜜的罐子。比喻最心疼的孩
子。

心肝唔搭肺 sem¹ gon¹ m⁴ dab³ fei³
形容人缺乏感情，或心不在
焉。 例 人哋問東，你就答西，
係唔係心肝唔搭肺呀（人家問
東你就答西，是不是心不在焉
啊）？｜呢個人心肝唔搭肺，
唔好同佢講咁多（這個人跟你
沒感情，別跟他說那麼多）。

心口有執毛，殺人唔用刀
sem¹ heo² yeo⁵ zeb¹ mou⁴, sad³ yen⁴
m⁴ yong⁶ dou¹
〔戲謔語〕心口：胸部；執：量
詞，把（毛）。胸脯上有毛的
人（多指洋人）比較強悍。

心知肚明 sem¹ ji¹ tou⁵ ming⁴

心裏有數。　例 唔使問喇，呢個問題你心知肚明（不用問了，這個問題你心裏有數）。

心懵面精 sem¹ mung² min⁶ zéng¹

看起來好像很聰明，其實很糊塗、愚蠢。與"面懵心精"相反。

心想事成 sem¹ sêng² xi⁶ xing⁴

〔祝福語〕萬事如意。　例 祝你哋大家心想事成（祝你們大家萬事如意）。

心水清 sem¹ sêu² qing¹

頭腦清醒、冷靜。　例 你心水清，由你嚟寫啦（你頭腦清醒，由你來寫吧）｜對呢件事，我心水好清（對這件事我頭腦很清醒）。

心思思 sem¹ xi¹ xi¹

心裏老盤算着，惦念着。　例 佢成日心思思想住去玩（他整天心裏老惦着去玩）。

深耕長穀，淺耕長殼 sem¹ gang¹ zêng² gug¹, qin² gang¹ zêng² hog³

〔農諺〕種田要深耕，淺耕則不長穀子。

深海石斑，好魚（淤） sem¹ hoi² ség⁶ ban¹, hou² yü⁴⁻²

〔歇後語〕深海裏的石斑魚是上等海鮮。魚與淤諧音。淤有丟臉、沒面子的意思。　例 呢次展覽搞得唔好，我真係深海石斑，好魚（淤）呀（這展覽搞得不好，我真是丟人現眼了）。

深田淺芋疏苑薑 sem¹ tin⁴ qin² wu⁶ so¹ deo¹ gêng¹

〔農諺〕苑：棵。耕田種水稻要深，種芋頭要淺，種薑要稀疏。

甚至無 sem⁶ ji³ mou⁴

説話人表示退讓一步，姑且承認某種事實，大致相當於"哪怕""就算是""退一步來説"等意思。　例 甚至無只有你一個人亦應該負責呀（哪怕只有你一個人也應該負責嘛）｜甚至無你唔得閒，你亦要講一聲吖（就算是你沒空，也要説一聲吧）。

辛苦搵嚟自在食 sen¹ fu² wen² lei⁴ ji⁶ zoi⁶ xig⁶

搵嚟：掙來。指辛辛苦苦掙來的錢要舒舒服服地享受。　例 舊時收入少，梗係慳啲啦。而家錢多咗喇就要使，辛苦搵嚟自在食啦嗎（過去收入少，當然節省點了，現在錢多了就要花，辛苦掙來的錢要舒服地花嘛）。

伸腰弄懶 sen¹ yiu¹ nung⁶ lan⁵

舉手伸腰打哈欠，多用來描寫懶人的姿態。　例 今日你為乜伸腰弄懶，瞓唔夠係唔係（今天你為甚麼老是伸腰打哈欠，睡不夠是不是）？

身嬌肉貴 sen¹ giu¹ yug⁶ guei³

身體嬌貴。 例 呢個女仔身嬌肉貴，做得乜野重野呀（這個女孩身體嬌嫩，幹得了甚麼重活呢）。

身光頸靚 sen¹ guong¹ géng² léng³

指人衣着光鮮，打扮整齊。例 今日你着得身光頸靚梗係有喜事嘞（今天你穿得這麼光鮮，肯定有喜事了）。

身水身汗 sen¹ sêu² sen¹ hon⁶

形容人渾身大汗淋漓。 例 今日好熱，大家勞動個個都做到身水身汗（今天天氣很熱，大家勞動個個都做得渾身大汗淋漓）。

身屍蘿蔔皮 sen¹ xi¹ lo⁴ bag⁶ péi⁴

指人的樣子、面目，也指人的德行。 例 佢嘅身屍蘿蔔皮就係噉咯（他的面目就是這樣）｜邊個唔知到你嘅身屍蘿蔔皮呀（誰不知道你的德行是甚麼樣啊）。

新地種蔗三年肥 sen¹ déi⁶ zung³ zé³ sam¹ nin⁴ féi⁴

〔農諺〕新開荒的地肥力比較足，種甘蔗或花生等作物比較適宜，但只能維持兩三年，土地的肥力就會減退。以後必須施肥或輪種別的作物。

新官上場整色水 sen¹ gun¹ sêng⁵ cêng⁴ jing² xig¹ sêu²

整色水：做表面工夫。有啲新官上任只注意一些形象工程，做表面功夫，以為這樣可以快速取得民心。

新年流流 sen¹ nin⁴ leo⁴ leo⁴

大過年的，大新年的。 例 細路仔新年流流着靚啲（小孩子大過年的要穿漂亮點）｜新年流流咪講啲唔利市嘅話（大新年的別説不吉利的話）。

新屎坑，三日香 sen¹ xi² hang¹, sam¹ yed⁶ hêng¹

〔歇後語〕屎坑：廁所。新的廁所只能保持幾天內無臭味。比喻人們對新的東西只有三天的熱情，短暫的新鮮感。 例 細佬哥玩乜野都唔玩得幾耐，新屎坑，三日香嘛（小孩玩甚麼東西都玩不了多久，只有兩三天覺得新鮮罷了）。

新鮮滾熱辣 sen¹ xin¹ guen² yid⁶ lad⁶

剛做好的菜餚，新鮮而熱和。借指新鮮的東西或剛發生的事物。 例 麵包要新鮮滾熱辣至好食（麵包要新鮮的才好吃）｜呢個新聞係新鮮滾熱辣嘅（這個新聞是剛發生的）。又叫"新鮮熱辣"。

呻餓唔呻飽 sen³ ngo⁶ m⁴ sen³ bao²

〔諺語〕呻：呻吟，感歎。在家裏生活的孩子，經常受到長輩的教育，肚子餓了可以訴説餓

了，但吃得過飽則不能説吃得
太飽了。否則要受到神靈懲罰
的。因為天下還有許多吃不飽
的人。也表示一些人待遇差、
生活不好時就叫苦，待遇好、
生活好時就一聲不吭了。

神高神大 sen⁴ gou¹ sen⁴ dai⁶

形容人高大。 例 呢個人神高
神大（這個人個子高大）。

神主牌都會擰轉面 sen⁴ ju² pai⁴⁻²
dou¹ wui⁵ ning⁶ jun² min⁶

神主牌：祖先的牌位；祖宗的
牌位都會把臉轉過去。比喻連
祖宗也表示反對。 例 你哋搞
到周圍都污染晒，神主牌都會
擰轉面呀（你們搞得到處都被
污染了，連祖宗都會反對的）。

神主牌都會喐 sen⁴ ju² pai⁴⁻² dou¹
wui⁵ yug¹

喐：動。神主牌都動了起來，
表示人走了大運。 例 你咁好
彩，中咗大獎，神主牌都會喐
呀（你的運氣那麼好，中了大
獎，連祖宗的牌位都動了起來
了）。

神台桔，陰乾 sen⁴ toi⁴ ged¹, yem¹
gon¹

〔歇後語〕放在神台上作供品
的桔子，時間長了就乾了。
比喻人的身體或企業每況愈
下。 例 嗰間工廠年年都蝕本，
變咗神台桔，陰乾咯（那家工

廠年年虧本，越來越不行了）。

神台貓屎，神憎鬼厭 sen⁴ toi⁴
mao¹ xi², sen⁴ zeng¹ guei² yim³

〔歇後語〕貓屎拉在神台上，
神鬼都討厭。比喻專做壞事的
人，誰都討厭。 例 你做埋咁
多衰野，成咗神台貓屎，神憎
鬼厭咯（你盡做那麼多的缺德
事，誰都討厭了）。

神仙過鐵橋，穩陣又穩陣
sen⁴ xin¹ guo³ tid³ kiu⁴, wen² zen⁶
yeo⁶ wen² zen⁶

〔歇後語〕穩陣：穩當、穩妥。
表示非常穩妥。 例 你就放心
啦，做呢件事係神仙過鐵橋，
穩陣又穩陣嘅（你儘管放心好
了，幹這件事是非常穩妥的）。

神仙屎，唔臭米氣 sen⁴ xin¹ xi²,
m⁴ ceo³ mei⁵ héi³

〔歇後語〕神仙不吃人間煙火，
所以其糞便也沒有糧食的氣
味。比喻年齡小的人吃糧食不
多，沒有經驗，不懂人情世故。

神又係佢，鬼又係佢 sen⁴ yeo⁶
hei⁶ kêu⁵, guei² yeo⁶ hei⁶ kêu⁵

"神"代表好人，"鬼"代表壞
人。比喻那些裝着慈善面孔的
惡人。 例 呢個人乜都做得出，
神又係佢，鬼又係佢，好多人
都畀佢呃咗呀（這個人甚麼都
做得出，有時像是好人，其實
是壞人，很多人都被他騙了）。

晨早大嚿雲，晏晝曬死人

sen⁴ zou² dai⁶ geo⁶ wen⁴, ngan³ zeo³ sai³ séi² yen⁴

晨早：早上；大嚿雲：大塊的雲彩；晏晝：中午。早上看到有大塊的雲團，到中午時太陽就一定很猛烈。

晨早流流 sen⁴ zou² leo⁴ leo⁴

大清早的。　例 晨早流流就嗌交，不成體統（大清早的就吵架，太不像話了）。

晨早黑雲攔住東，穿起蓑衣去做工 sen⁴ zou² hag¹ wen⁴ lan⁴ ju⁶ dung¹, qun¹ héi² so¹ yi¹ hêu³ zou⁶ gung¹

〔農諺〕晨早：早晨。早晨看到東邊佈滿黑雲，穿着蓑衣去幹活吧。意思是當天一定要下雨。

順得哥情失嫂意 sên⁶ deg¹ go¹ qing⁴ sed¹ sou² yi³

指討好了哥哥，又得罪了嫂嫂，有"左右為難""兩面不討好"等意思。　例 你哋幾位領導意見唔統一，叫我順得哥情失嫂意咯（你們幾位領導意見不一致，叫我左右為難了）。

順風使悝 sên⁶ fung¹ sei² léi⁵

悝：船帆。順着風來揚帆，比喻順水推舟，或順風吹火，費力不多，事情容易做。　例 呢件事好辦，我只不過係順風使悝嘅（這件事好辦，我不過是

順便幫忙而已）。

順風順水 sên⁶ fung¹ sên⁶ sêu²

〔祝福語〕送人乘船遠行時用。相當於"一路順風""一路平安"等意思。　例 坐穩船呀，順風順水（一路平安，一路順風）！也用來指事情進展順利。　例 佢呢兩年順風順水，一直升到主任（他這兩年十分順利，一直當上了主任）。

順風屎艇，快夾臭 sên⁶ fung¹ xi² téng⁵, fai³ gab³ ceo³

〔歇後語〕屎艇：裝大糞的小船；夾：又，而且。比喻文章的品質低劣，雖然寫得快，但很差勁，又長又臭。

擤甩邊髀 seng³ led¹ bin¹ béi²

擤：痛惜；甩：脫落；髀：大腿。掉了一邊腿，損失很大。比喻捨不得、心疼等意思。　例 你要咁多，等於要我擤甩邊髀咯（你要那麼多，叫我損失太大了，真捨不得呢）。

聲大大，冇嘢賣 séng¹ dai⁶ dai⁶, mou⁵ yé⁵ mai⁶

指人雖然大聲吆喝，但沒東西賣。比喻人虛張聲勢，但沒有實際行動。有"光打雷，不下雨""雷聲大，雨點小"等意思。　例 日日動員大家搞技術革新，又冇行動，聲大大，冇嘢賣（每天動員大家搞技術革

新，又沒有行動，光打雷不下雨）。

聲大夾冇准 séng¹ dai⁶ gab³ mou⁵ zên²

夾：而且。指人說話聲音大，但內容錯誤甚多。 例 呢個人講話聲大夾冇准（這個人說話聲音大但錯誤百出）。

聲大夾惡 séng¹ dai⁶ gab³ ngog³

說話聲音大而且態度兇惡。 例 有道理慢慢講，聲大夾惡冇用嘅（有道理慢慢說，以聲勢壓人是沒有用的）。

聲都唔聲 séng¹ dou¹ m⁴ séng¹

聲：說話。一聲不吭。 例 人哋問你點解聲都唔聲啫（人家問你為甚麼一聲不吭）？

成地咁大 séng⁴ déi⁶ gem³ dai⁶

指東西灑落滿地；滿地都是。 例 你個籮穿窿，啲穀漏到成地咁大（你的籮筐穿了孔，稻穀灑落了一地）。

成個隔夜煎堆嗽 séng⁴ go³ gag³ yé⁶ jin¹ dêu¹ gem²

煎堆：油炸糯米團子。整個人像一個被擱置了一夜的油炸團子那樣。多形容人軟弱無能。像個撒了氣的皮球。

成年大月 séng⁴ nin⁴ dai⁶ yüd⁶

長年累月，形容長時間地做某事或過某種生活等。 例 做呢種粗重野做一頭半個月就話嘑，成年大月咁做好辛苦㗎（幹這種重活幹一個月半個月還可以，長年累月地幹是很辛苦的）｜你做田工成年大月都唔戴帽點得呀（你幹農活長年累月都不戴帽子怎麼行）！

成世流流長 séng⁴ sei³ leo⁴ leo⁴ cêng⁴

一輩子那麼長。指時間過長了。 例 起呢間屋要起十幾二十年，成世流流長，太犀利喇（蓋這幢房子蓋了十幾二十年，幾乎一輩子了，時間太長了）｜兩夫妻脾性唔同，成世流流長點過呀（兩夫妻的脾氣不同，一輩子怎麼過啊）。

雙門底賣古董，開天索價，落地還錢 sêng¹ mun⁴ dei² mai⁶ gu² dung², hoi¹ tin¹ sog³ ga³, log⁶ déi⁶ wan⁴ qin⁴

〔歇後語〕雙門底：廣州的地名。雙門底曾是廣州市古董店集中的地方。賣古董的都開出天價，而買古董的也狠狠殺價。意思是你可以開高價，我也可以大大殺價，買賣自由。 例 賣野唔能夠你話幾多就幾多，雙門底賣古董，開天索價，落地還錢嘛（賣東西不能由你說多少錢就多少錢，你可以開高價，我也可以還價嘛）。

相見好，同住難 sêng¹ gin³ hou², tung⁴ ju⁶ nan⁴

〔諺語〕大家相見時非常要好，但同在一起住卻很困難。形容兄弟姐妹或好友之間的關係，本來是很好的，但由於種種原因很難長期住在一處。例 兄弟各自成咗家，重係分開住好，開講有話"相見好，同住難"啦嗎（兄弟各自成了家還是分開住好，俗話説"相見好，同住難"嘛）。

相罵冇好口 sêng¹ ma⁶ mou⁵ hou² heo²

人們互相對罵肯定沒有好聽的話。 例 鬼叫你同佢嗌交咩，人哋梗係用難聽嘅話鬧你啦，相罵冇好口啦嗎（誰叫你跟他吵架，人家當然是用難聽的話罵你了，吵架哪裏還有好聽的話的）！

相請不如偶遇 sêng¹ qing² bed¹ yü⁴ ngeo⁵ yü⁶

請客來相聚，不如客人突然來到，給大家一個驚喜，這樣令人更加高興。這是對"不速之客"的客氣話。

相思病冇藥醫 sêng¹ xi¹ béng⁶ mou⁵ yêg⁶ yi¹

相思病不是真病，不能用藥物來醫治。一般用來嘲笑或勸慰某些青年男女，要認清情勢，不能盲目暗戀異性。

湘女多情四川辣，潮州針黹客家歌 sêng¹ nêu⁵ do¹ qing⁴ séi³ qun¹ lad⁶, qiu⁴ zeo¹ zem¹ ji² hag³ ga¹ go¹

讚揚各地婦女各有各的能耐。湖南女子多情，四川妹子喜歡吃辣椒，潮州女孩善於針黹，而客家姐妹則喜歡唱山歌。

霜降唔颳風，禾苗好過冬 sêng¹ gong³ m⁴ guad³ fung¹, wo⁴ miu⁴ hou² guo³ dung¹

〔農諺〕霜降時（10 月 23 或 24 日）不颳北風，不出現寒流，禾苗就不至於受凍。

霜降遇風唔入米 sêng¹ gong³ yü⁶ fung¹ m⁴ yeb⁶ mei⁵

〔農諺〕入米：穀粒灌漿。霜降颳北風，水稻生長緩慢，影響灌漿，導致減產。

想唔衰，埋大堆 sêng² m⁴ sêu¹, mai⁴ dai⁶ dêu¹

〔戲謔語〕衰：糟糕，倒霉；埋大堆：縈成一大堆，即團結大多數人。想不倒霉就跟多數人在一起。

想唔⋯都幾難 sêng² m⁴ ... dou¹ géi² nan⁴

非⋯不可，非⋯不行。 例 呢次我想唔同意都幾難呀（這次我非同意不可了）。

想食人隻車 sêng² xig⁶ yen⁴ zég³ gêu¹

中國象棋戰鬥力最強的棋子

是"車"，想把人家的車吃掉，説明其胃口太大。比喻過分貪心。 〔例〕你要價咁高，想食人隻車咩（你要價這麼高，太貪心了吧）？

上牀夫妻，落牀守禮 sêng⁵ cong⁴ fu¹ cei¹, log⁶ cong⁴ seo² lei⁵

強調夫妻之間的應對准則要隨着不同的環境而有所區別。在家裏是夫妻關係，但在公共場所就要遵守當地的禮俗，尊重他人。

上牀蔗，落牀粥，食上三朝變磨轆 sêng⁵ cong⁴ zé³, log⁶ cong⁴ zug¹, xig⁶ sêng⁵ sam¹ jiu¹ bin³ mo⁶ lug¹

上牀：臨睡前；落牀：清早起牀後；磨轆：磨扇。睡前吃甘蔗，早起吃粥，吃上三天就使人發胖。

上得牀嚟拉被扣 sêng⁵ deg¹ cong⁴ lei⁴ lai¹ péi⁵ kem²

扣，覆蓋。上了牀還要拽被子蓋，形容人得寸進尺。 〔例〕我睇你頸渴，畀你飲杯茶，點知你上得牀嚟拉被扣，重要食飯添喎（我看你口渴，讓你喝了杯茶，誰知你得寸進尺，還要吃飯呐）。

上得官廳，執得馬屎 sêng⁵ deg¹ gun¹ téng¹, zeb¹ deg¹ ma⁵ xi²

上官廳：比喻當官；執：撿拾。

能當官能當馬伕，比喻人能上能下，上可以當領導，下可以做普通的員工。

上得山多遇着虎 sêng⁵ deg¹ san¹ do¹ yü⁶ zêg⁶ fu²

〔諺語〕經常上山，就可能會遇到老虎。冒險幹那些違法違規的勾當，最終受到懲處。多用來規勸人們不要去做那些違法的事。

上爐就係香，歸家就係娘 sêng⁵ lou⁴ zeo⁶ hei⁶ hêng¹, guei¹ ga¹ zeo⁶ hei⁶ nêng⁴

插到香爐裏就是香，嫁到人家裏就是娘。舊時對妓女的看法比較寬容，認為只要嫁到人家裏，就是從良，跟一般的婦女一樣，不再受到歧視。

上山擒虎易，開口求人難 sêng⁵ san¹ kem⁴ fu² yi⁶, hoi¹ heo² keo⁴ yen⁴ nan⁴

〔諺語〕舊社會人們互相關心幫助的少，要開口求人比上山抓捕老虎還難。多用於慨歎人情冷暖，並勸人不要輕易求人。

上山捉蟹，難 sêng⁵ san¹ zug¹ hai⁵, nan⁴

〔歇後語〕山上沒有螃蟹，要在山上捉螃蟹，自然是難了。近似"緣木求魚"。 〔例〕呢度冇煤，你要喺呢度挖煤，等於上山捉蟹，難呀（這裏沒有煤，

S

你要在這裏挖煤，等於上山捉
螃蟹，難啊）。

上家打仔下家乖 sêng⁶ ga¹ da² zei² ha⁶ ga¹ guai¹

上面一家父母打孩子，下面一
家的孩子就變乖了。説明間接
教育的重要性。 例 呢個嘅仔
聽到對面嗰個爛仔畀人捉咗，
呢幾日好咗好多，真係上家打
仔下家乖咯（這個孩子聽到對
面的小流氓被抓了，這幾天表
現好了許多，間接的教育挺有
作用的）。

上家碰一碰，下家有餐餸 sêng⁶ ga¹ pung³ yed¹ pung³, ha⁶ ga¹ yeo⁵ can¹ sung³

上家，下家：上手，下手；碰：
麻將術語；餸：菜。打麻將時，
如果上家叫"碰"，對下家會有
好處，因為碰了之後，又輪到
下家摸牌，增加了取勝的機會。

上面賣松糕，下面賣涼粉 sêng⁶ min⁶ mai⁶ sung¹ gou¹, ha⁶ min⁶ mai⁶ lêng⁴ fen²

指人上身和下身的穿着很不相
稱。上身穿冬天的衣服，下身
穿夏天的短裙。

上五寸下五寸 sêng⁶ ng⁵ qun³ ha⁶ ng⁵ qun³

小腿骨正面中間的一段。 例
畀佢踢中我嘅上五寸下五寸，
痛到我碌喉度（給他踢中我的

小腿骨，疼得我滾在地上）。

上屋搬下屋，唔見一籮穀 sêng⁶ ngug¹ bun¹ ha⁶ ngug¹, m⁴ gin³ yed¹ lo⁴ gug¹

〔諺語〕指搬家必定會有損失，
哪怕是從上一間屋子搬到下一
間屋子也要損失一籮穀子。

收收偋偋 seo¹ seo¹ béng³ béng³

偋：收藏，躲藏。把財物或
其他東西遮遮掩掩地收藏起
來。 例 咪收收偋偋啦，冇人
要你嘅（別藏着掖着了，沒人
要你的）。

手板眼見功夫 seo² ban² ngan⁵ gin³ gung¹ fu¹

容易學會的工作。 例 呢個工
作容易學，手板眼見功夫之嗎
（這個工作容易學，不過是簡
單活兒而已）。

手快有，手慢冇 seo² fai³ yeo⁵, seo² man⁶ mou⁵

商家向顧客推銷商品所用的話
語。意思是趕快來搶購，慢了
就買不到了。

手急眼快，眼慢輸晒 seo² geb² ngan⁵ fai³, ngan⁵ man⁶ xu¹ sai³

這原是賭場上莊家讓人趕快下
賭注的話。形容在競爭中行動
要迅速，慢一點就要輸給別人。

手瓜點拗得過大髀 seo² gua¹ dim² ngao² deg¹ guo³ dai⁶ béi²

手瓜：上胳膊的肌肉，或指胳膊；點：怎麼；拗：扳動；大髀：大腿。胳膊怎麼扳得過大腿。比喻力量弱小的人怎麼樣也敵不過強大的對手。一般用來勸導那些力量弱小的一方避免與強大的對手直接發生衝突，以免吃虧。　例 你唔好同人哋爭喇，你手瓜點拗得過大髀呢（你不要跟人家爭了，你雞蛋怎碰得過石頭呢）。

手瓜硬 seo² gua¹ ngang⁶

比喻人或企業的實力雄厚。例 人哋嘅手瓜硬，你唔拼得過佢嘅（人家的實力雄厚，你是拼不過他的）。

手指罅疏 seo² ji² la³ so¹

手指罅：手指縫兒。比喻人花錢大手大腳，沒有積蓄。例 年輕嗰陣時使錢好闊佬，手指罅疏，冇乜積蓄（年輕的時候花錢闊氣，手太鬆了，沒甚麼積蓄）。

手指拗入唔拗出 seo² ji² ngao² yeb⁶ m⁴ ngao² cêd¹

拗：扳動。手指向裏彎而不向外彎。指在利益上總是向著自己人一方，相當於"胳膊向裏不向外"。例 唔係話邊個都係手指拗入唔拗出嘅（不能説誰都是胳膊向裏不向外的）。

手無揸雞之力 seo² mou⁴ za¹ gei¹ ji¹ lig⁶

揸：抓，握。手無縛雞之力。形容人身體軟弱無力。

手上無錢空看市 seo² sêng⁶ mou⁴ qin⁴ hung¹ hon³ xi⁵

手裏沒有錢，去市場也只能白看而已。表明自己沒有錢辦甚麼都不行。

手揗腳震 seo² ten⁴ gêg³ zen³

揗、震：顫動。形容人慌張的樣子。例 嚇到佢手揗腳震嗽（嚇得他手腳都發抖）。

手頭緊，搵真銀 seo² teo⁴ gen², wen² zen¹ ngen⁴⁻²

〔兒童戲謔語〕搵：找；搵真銀：幹工作掙錢。

手停口停 seo² ting⁴ heo² ting⁴

手停：沒有工作；口停：沒有飯吃。指人一旦失去工作就沒有飯吃了。例 佢冇乜積蓄，一冇工作就手停口停嘞（他沒有甚麼積蓄，一旦沒有工作就揭不開鍋了）。

守得雲開見月明 seo² deg¹ wen⁴ hoi¹ gin³ yüd⁶ ming⁴

堅持到雲開天晴就能見到天上的明月了。勸喻人要堅持真理，堅信正確始終會戰勝錯誤的。

秀才瞌眼瞓，枕住書（輸）seo³

coi⁴ heb¹ ngan⁵ fen³, zem² ju⁶ xu¹

〔歇後語〕瞌眼瞓：打瞌睡；枕住：頭枕着，或連續不斷地；"書"與"輸"同音，因此"枕住書"即枕住輸、連續不斷地輸的意思。 例我呢次參加捉棋比賽，直程係秀才瞌眼瞓，枕住書呀（我這次參加象棋比賽，每場都輸）。

秀才手巾，包書（輸）seo³ coi⁴

seo² gen¹, bao¹ xu¹

〔歇後語〕手巾：手絹。秀才手絹是用來包書的。"包書"諧音"包輸"。比喻肯定要輸。 例你如果未準備好就去比賽，一定係秀才手巾，包書（你如果沒準備好就去比賽，肯定要輸）｜你同我比賽，唔使講都係秀才手巾，包書啦（你跟我比賽，不用説准輸）。

秀才識字讀半邊 seo³ coi⁴ xig¹ ji⁶

dug⁶ bun³ bin¹

有些人認字只看半邊，但往往讀錯。譏笑懶人學習不認真，對知識一知半解，往往鬧出笑話來。

秀才遇着兵，有理講唔清

seo³ coi⁴ yü⁶ zêg⁶ bing¹, yeo⁵ léi⁵

gong² m⁴ qing¹

〔戲謔語〕取笑只有書本知識的人，遇到緊急的實際情況就難以對付，怎麼説也説不清了。

瘦骨如柴煲轆竹 seo³ gued¹ yü⁴

cai⁴ bou¹ lug¹ zug¹

形容人非常瘦。"煲轆竹"沒甚麼意思。常用作諧謔語。

瘦田冇人耕，耕開有人爭

seo³ tin⁴ mou⁵ yen⁴ gang¹, gang¹ hoi¹

yeo⁵ yen⁴ zang¹

〔諺語〕瘦瘠的田本來沒有人願意耕的，但有人去耕種了就會來爭着耕。比喻某些廢物沒有人要，但有人要了別人就會來爭了。 例呢個水塘冇人利用，你想話用嚟養魚，就有話係佢嘅，真係瘦田冇人耕，耕開有人爭咯（這個水塘沒有人利用，你想用來養魚，就有人説是他的，真是你不要他也不要，你想要他也想要）。

受人二分七，做到氣都咳

seo⁶ yen⁴ yi⁶ fen¹ ced¹, zou⁶ dou³ héi³

dou¹ ked¹

二分七：微薄的工錢。拿了別人的工資，不管工資多少都要聽人使喚拼命幹。

受人二分四，做到你嗍氣

seo⁶ yen⁴ yi⁶ fen¹ séi³, zou⁶ dou³ néi⁵

sog³ héi³

二分四：極少的錢，即民國初年一天最低的工資。拿了人家微薄的報酬就要拼命為人家辦事。 例有乜辦法吖，受人二分四，做到你嗍氣（有甚麼辦法呢，拿了人家的工錢，幹得

你夠戙就是了）。又説“受人
二分四，做到頭都瘴”。

壽星公吊頸，嫌命長 seo⁶ xing¹
gung¹ diu³ géng², yim⁴ méng⁶ cêng⁴
〔歇後語〕吊頸：上吊。壽星
自殺，是因為嫌自己太長壽
了。 例 你爬上去咁牙煙，
係唔係壽星公吊頸，嫌命長呀
（你爬上去那麼危險，是不是
活膩了）？

衰多口 sêu¹ do¹ heo²
衰：倒霉、麻煩。指因為多嘴
而招致麻煩。 例 呢個人冇乜
野嘅，就係衰多口嘅（這個人
沒有甚麼問題，只不過是因為
多嘴而討人嫌罷了）。

衰到加零一 sêu¹ dou³ ga¹ ling⁴ yed¹
比最壞的還要壞。極言壞的程
度深。 例 呢個人衰到零加一
（這個人壞透了）。

衰到貼地 sêu¹ dou³ tib³ déi⁶
衰：令人討厭，倒霉。貼地：
達到極點。令人十分討厭，倒
霉透了。 例 佢呢個人專門做
埋啲衰野，神憎鬼厭，真係衰
到貼地（他這個人盡做那些缺
德的事，誰都恨他，真是糟糕
透了）｜呢排真係衰到貼地，
做乜都唔成（最近真是倒霉透
了，幹甚麼都不成）。

衰家食尾和 sêu¹ ga¹ xig⁶ méi⁵ wu⁴⁻²
〔戲謔語〕玩麻將倒霉的輸家往

往是在最後一局時才和。

衰過偷貓 sêu¹ guo³ teo¹ mao¹
衰：下作、倒霉。偷貓是無能
卑鄙的行為，比偷貓還不如就
更加下作了。 例 呢個人成日
打聽人哋嘅隱私，真係衰過偷
貓呀（這個人整天打聽別人的
隱私，下作極了）。

衰開嚟有頭有路 sêu¹ hoi¹ lei⁴ yeo⁵
teo⁴ yeo⁵ lou⁶
倒霉起來幹甚麼都出問題，禍
不單行。 例 人衰開嚟有頭有
路，飲滾水都會鯁頸（人倒霉
起來幹甚麼都不行，喝開水也
嗆嗓子）。

衰衰累累 sêu¹ sêu¹ lêu⁴ lêu⁴
形容人衣着寒磣、猥瑣。 例
參加大會要衣着整齊一啲，
唔好衰衰累累嗽啦（參加大會
衣着要整齊一點，不要太寒磣
了）。又形容人垂頭喪氣、一
蹶不振的樣子。 例 要振作精
神，咪衰衰累累嗽（要振作精
神，別一副垂頭喪氣的樣子）。

水兵對水手 sêu² bing¹ dêu³ sêu² seo²
水：水準低。比喻競技雙方水
準都很低。 例 呢場波水兵對
水手，冇乜睇頭（這場球賽雙
方水準都很低，沒甚麼看頭）。

水煲咁大隻膽 sêu² bou¹ gem³ dai⁶
zég³ dam²
水煲：燒水的鍋；咁：那麼。

形容人膽大。 例 咁高嘅樹你都敢擒上去，真係水煲咁大隻膽咯（這麼高的樹你都敢爬上去，真是膽大包天了）。

水草綁豆腐，不堪提 sêu² cou² bong² deo⁶ fu⁶, bed¹ hem¹ tei⁴

〔歇後語〕同 "馬尾紮豆腐，不堪提"。

水底屙尿，自己知 sêu² dei² ngo¹ niu⁶, ji⁶ géi² ji¹

〔歇後語〕在水中撒尿只有自己知道。指責別人裝聾作啞，不承認錯誤時用。

水咁凍 sêu² gem³ dung³

咁：那麼。像水那麼涼。形容希望甚微或人失望時的心情。 例 我睇呢次你想中標，水咁凍咯（我看這次你想中標，希望甚微了）｜我聽到呢個消息，個心好似水咁凍咯（我聽到這個消息之後心都涼了）。

水瓜打狗，唔見咗一橛 sêu² gua¹ da² geo², m⁴ gin³ zo² yed¹ güd⁶

〔歇後語〕水瓜：無棱絲瓜；唔見咗：丟掉了；橛：量詞，截，段。絲瓜很脆，拿來打狗就容易斷成兩截。 例 呢次出去旅遊，我啲獎金好似水瓜打狗，唔見咗一橛咯（這次出去旅遊，我的獎金又去了一截了）。

水鬼升城隍 sêu² guei² xing¹ xing⁴ wong⁴

由鬼升為神，從最低的地位上升到較高的地位。諷刺小人得志。 例 做個乜鬼主任就好得戚，其實係水鬼升城隍之嗎（當了個甚麼主任就很了不起，其實是小人得志罷了）。

水鬼人情 sêu² guei² yen⁴ qing⁴

順水人情，或不值得做的人情。 例 有時候水鬼人情都要做下嘅（有時候順水人情也是應該做的）。

水滾唔響，響水唔滾 sêu² guen² m⁴ hêng², hêng² sêu² m⁴ guen²

水開不響，水響不開。比喻有學識的人城府較深，不到處張揚，而膚淺的人卻愛誇誇其談。

水過鴨背 sêu² guo³ ngab³ bui³

形容人不用心聽，別人的話當作耳邊風，聽了之後又忘了。 例 你唔畀心機聽，梗係水過鴨背啦（你不用心聽，當然是左耳朵進，右耳朵出唄）。

水坑牛，兩便食 sêu² hang¹ ngeo⁴, lêng⁵ bin⁶ xig⁶

水坑：小水溝；兩便：兩邊；食：吃。在水溝裏的牛，兩邊的草都能吃。比喻人的收入從兩方面來，兩面通吃。 例 你收咗買方嘅傭金，又收賣方嘅錢，真係水坑牛，兩便食咯（你收了買方的傭金，又收賣方的錢，真是兩面通吃了）。

水殼仔，唔浮得幾日 sêu² hog³ zei², m⁴ pou⁴ deg¹ géi² yed⁶

〔歇後語〕小小的水殼，經不住風浪，很容易沉沒。比喻一些輕浮的人，風光不了幾天就要沉淪下去。　例 我睇佢好似個水殼仔，唔浮得幾日咯（我看他很像小小的水殼，輕浮不了幾天了）。

水靜河飛 sêu² jing⁶ ho⁴ féi¹

形容冷冷清清的樣子。　例 呢度冇乜人，水靜河飛（這裏沒甚麼人，冷冷清清的）。

水摳油 sêu² keo¹ yeo⁴

摳：把兩種東西攪和在一起。水和油是不能相混合的。形容人彼此水火不相容。　例 佢哋兩個好起上嚟糖黐豆，唔好起上嚟水摳油（他們兩個好的時候好比糖粘豆，不好的時候就像水攪油）。

水摳油，撈唔埋 sêu² keo¹ yeo⁴, lou¹ m⁴ mai⁴

〔歇後語〕摳：摻和；撈：混合；埋：合在一起。形容兩人水火不相容。　例 佢哋兩個人脾性唔同，係水摳油，撈唔埋嘅（他們兩個人的脾氣性格截然不同，不能在一起）。

水流柴 sêu² leo⁴ cai⁴

比喻居無定所、到處流浪的人。農村裏也指別處來定居的人。

水流神主牌，到處冇人受 sêu² leo⁴ sen⁴ ju² pai⁴⁻², dou³ qu³ mou⁵ yen⁴ seo⁶

〔歇後語〕水流：在水上漂流；神主牌：祖宗的靈牌；冇人受：沒有人接受。在河上漂流的靈牌沒有人要。比喻無用的東西，沒有人接受。　例 你又矮又細，打籃球最執輸，難怪水流神主牌，到處冇人受啦（你又矮又小，打籃球最吃虧，怪不得沒有人願要你了）。

水銀瀉地，無孔不入 sêu² ngen⁴ sé³ déi⁶, mou⁴ hung² bed¹ yeb⁶

〔歇後語〕水銀撒落地後到處流淌。比喻人喜歡鑽空子，無孔不入。

水洗都唔淨 sêu² sei² dou¹ m⁴ zéng⁶

形容受到冤枉，無法洗雪。　例 呢次畀人冤枉，真係水洗都唔淨呀（這次被人冤枉，真是跳進黃河也洗不清了）。也叫"水洗都唔清"。

水上打齋，冇壇（彈） sêu² sêng⁶ da² zai¹, mou⁵ tan⁴

〔歇後語〕打齋：打醮，道士設壇念經做法事。冇壇：沒有設壇。在水上面打醮，無法設壇。廣州話"壇"與"彈"同音。"冇彈"是沒有甚麼可說的、沒有甚麼可指責的等意思。表示對別人的服務或貨物等的品質沒有異議。

水上浮萍，冇時定 sêu² sêng⁶ feo⁴ ping⁴, mou⁵ xi⁴ ding⁶

比喻人的行蹤不定，就像水上的浮萍一樣，沒有定下來的時候。

水上扒龍船，好醜有人見 sêu² sêng⁶ pa⁴ lung⁴ xun⁴, hou² ceo² yeo⁵ yen⁴ gin³

〔歇後語〕扒龍船：划龍船。在水上划龍船，划得好醜岸上的人都看得見。比喻所做的事是公開的，做得怎麼樣大家都看得見。例 我哋做事係公開嘅，水上扒龍船，好醜有人見（我們做事是公開的，做得怎麼樣都有人看見）。

水上扒龍船，岸上夾死仔 sêu² sêng⁶ pa⁴ lung⁴ xun⁴, ngon⁶ sêng⁶ gib⁶ séi² zei²

夾死仔：擁擠得不得了，連兒子被擠死也不知道。形容端午節時龍舟比賽的熱鬧情況。

水為財，尿為寶 sêu² wei⁴ coi⁴, niu⁶ wei⁴ bou²

〔農諺〕水是農家人的財富，尿是莊稼的肥料。

水汪汪 sêu² wong¹ wong¹

形容事情尚未落實。例 嗰件事重係水汪汪嘅，未落實（那件事還沒有眉目，還不落實）。

水汪汪，蛋花湯 sêu² wong¹ wong¹, dan⁶ fa¹ tong¹

〔戲謔語〕意思同上，但帶有諧謔意味。

水烏月黑 sêu² wu¹ yüd⁶ heg¹

指沒有月亮的夜晚，野外漆黑。例 呢幾日夜晚冇月光，水烏月黑嘅點行路呀（這幾天晚上沒有月亮，黑漆漆的怎麼走路啊）。

水浸缸瓦舖，盆滿缽滿 sêu² zem³ gong¹ nga⁵ pou³, pun⁴ mun⁵ bud³ mun⁵

〔歇後語〕形容賺錢多，收穫豐富。例 呢個假期，好多商店賺到好似水浸缸瓦舖，盆滿缽滿咯（這個假期，很多商店都賺了大錢了）。

水浸老牛皮，泡唔開 sêu² zem³ lou⁵ ngeo⁴ péi⁴, pao³ m⁴ hoi¹

〔歇後語〕泡唔開：泡不開。引申為無法開導、啟發，不可理喻。例 佢呢個人好頑固，你點解釋都重係水浸老牛皮，泡唔開（他這人很頑固，你怎麼解釋都沒有辦法）。

水浸眼眉，唔知死 sêu² zem³ ngan⁵ méi⁴, m⁴ ji¹ séi²

〔歇後語〕形容情勢危急，還不知道危險。例 你曬嘅穀都就嚟畀水沖走咯，快啲翻去睇下啦，水浸眼眉，唔知死呀（你曬的稻穀都快要讓水沖走了，快點回去看看吧，都火燒眉毛了還不知道）。

水浸塔頂，淹（醃）尖 sêu² zem³ tab³ déng², yim¹ jim¹

〔歇後語〕淹尖：水淹塔的頂尖。淹和醃同音。醃尖有愛挑剔，吹毛求疵的意思。 例 我睇你揀嚟揀去都話唔啱，真係水浸塔頂，醃尖到極咯（我看你挑來挑去都説不行，也真夠挑剔的）。

水浸禾花，慘過抄家 sêu² zem³ wo⁴ fa¹, cam² guo³ cao¹ ga¹

〔農諺〕如果下了滂沱大雨，淹了正在開花的水稻，這比抄家還慘。説明水稻開花時最怕下大雨。

水中無魚蝦公為大 sêu² zung¹ mou⁴ yü⁴ ha¹ gong¹ wei⁴ dai⁶

蝦公：蝦。水裏沒有魚，蝦就是最大的動物了。比喻在沒有更重要的東西時，次要的就是最重要的了。 例 呢度冇人叻過我，我就係水中無魚蝦公為大嘅（這裏沒有人比我強，我好比山中無虎猴子稱王罷了）。又説“塘中無魚蝦仔貴”。

梳起唔嫁 so¹ héi² m⁴ ga³

梳起：把頭髮盤起來，像個成年人的樣子；唔嫁：不嫁。過去珠江三角洲一帶農村的風俗，有些女子不想嫁人，自己就把頭髮盤起來，像個成年人的打扮，叫做“梳起唔嫁”，也叫“自梳唔嫁”。不結婚的女子叫“自梳女”。

疏哩大嚇 so¹ li¹ dai⁶ kuag³

指東西分佈得稀稀拉拉的。 例 你啲菜種撒得唔勻，生出嚟嘅菜秧疏哩大嚇噉（你的菜種撒得不勻，長出來的菜秧稀稀拉拉的）。

疏秧密禾，多收幾籮 so¹ yêng¹ med⁶ wo⁴, do¹ seo¹ géi² lo⁴

〔農諺〕播秧宜疏，插秧宜密，這樣收成就好。

傻出唔傻入 so⁴ cêd¹ m⁴ so⁴ yeb⁶

形容人出錢時裝糊塗，收錢時則不糊塗。也説“傻入唔傻出”，收錢收多了裝糊塗，支出時認真核對，絕對不能有差錯。

傻傻更更 so⁴ so⁴ gang¹ gang¹

傻更：傻呵呵的，傻裏傻氣的。形容傻的程度更加嚴重。 例 呢個人傻傻更更，你唔好同佢玩呀（這個人傻裏傻氣的，你不要跟他玩啊）。

傻傻戇戇 so⁴ so⁴ ngong⁶ ngong⁶

比“傻傻更更”更加嚴重。呆頭呆腦的樣子。 例 呢個人傻傻戇戇，唔知係唔係詐諦嘅呢（這個人呆頭呆腦，不知是不是裝的呢）。

傻人自有傻人福 so⁴ yen⁴ ji⁶ yeo⁵ so⁴ yen⁴ fug¹

〔戲謔語〕戲稱老實人往往由於得到別人的同情和尊重而受到額外的照顧。

蘇州屎 sou¹ zeo¹ xi²

比喻留下來的爛攤子或棘手問題。 例 前任領導留落嚟嘅都係蘇州屎（前任領導留下來的都是爛攤子和棘手問題）。

蘇州過後冇艇搭 sou¹ zeo¹ guo³ heo⁶ mou⁵ téng⁵ dab³

〔諺語〕比喻錯過了機會就再難逢了。相當於"過了這個村就沒有這個店了"。 例 你要揸住機會，蘇州過後冇艇搭咯（你要抓住機會，過了這個村就沒有這個店了）。

臊臊地都係羊肉 sou¹ sou¹ déi⁶⁻² dou¹ hei⁶ yêng⁴ yug⁶

羊肉有點羶，但畢竟是很有營養的羊肉。一般指某些東西雖然有缺點，但還是很不錯的。 例 你話呢個手機唔靚，唔理咁多咯，臊臊地都係羊肉吖（你說這個手機不漂亮，不管那麼多了，這畢竟還是手機嘛）。

數碟底 sou² dib⁶ dei²

揭露別人的隱私，揭露秘密。 例 你有乜意見可以講出嚟，唔好喺後便數碟底（你有甚麼意見可以說出來，不要再後面打小報告）。

數錢數到手抽筋 sou³ qin⁴ sou³ dou³ seo² ceo¹ gen¹

〔戲謔語〕形容人突然發了大財，錢多得數不過來。

數碗數碟 sou² wun² sou² dib⁶

一一數落、評論。 例 你唔使喺度對佢數碗數碟喇，我知到晒喇（你不用在這裏一一數落他了，我全知道了）｜我可以數碗數碟講畀你知（我可以一一告訴你）。

數還數，路還路 sou³ wan⁴ sou³, lou⁶ wan⁴ lou⁶

指在錢財上不能含糊不清。大致相當於"送歸送，借歸借"的意思。 例 借你嘅錢一定要還，數還數，路還路嘛（借你的錢一定要還，送歸送，借歸借嘛）。

縮埋一嚿 sug¹ mai⁴ yed¹ geo⁶

縮埋：縮成、縮起來；一嚿：一團。 例 凍到我縮埋一嚿嗽（冷得我縮作一團）。

縮埋一字角 sug¹ mai⁴ yed¹ zi⁶ gog³

縮埋：縮成、縮起來；一字角：角落。指人不願意拋頭露面，縮在角落裏。 例 大家開會，你要積極發言，唔好縮埋一字角呀（大家開會，你要積極發言，不要躲在角落裏）。

熟不拘禮 sug⁶ bed¹ kêu¹ lei⁵

指彼此相熟就不必講究禮節了。

熟讀王叔和，不如臨症多

sug⁶ dug⁶ wong⁴ sug¹ wo⁴, bed¹ yü⁴
lem⁴ jing³ do¹

〔諺語〕王叔和：魏晉間名醫，編著有《脈經》十卷等書。把王叔和的書讀得爛熟，倒不如多在臨床診病中積累經驗。這是強調直接經驗的重要性，但應該把理論與實踐相結合才是正確的。

熟口熟面 sug⁶ heo² sug⁶ min⁶

指某人面熟、似曾相識或老相識。　例　大家都熟口熟面，重使乜拘吖（大家都是老相識了，還客氣甚麼呢）｜呢個人好似有啲熟口熟面（這個人有點面熟）。

熟行熟路 sug⁶ hong⁴ sug⁶ lou⁶

形容人對該事或某地十分熟悉。

熟人買爛鑊 sug⁶ yen⁴ mai⁵ lan⁶ wog⁶

〔諺語〕爛鑊：破鍋。人們普遍認為跟熟人做生意最容易受騙，原因是過分相信熟人，沒有警惕性，很容易上當，有時吃了啞巴虧還不好意思去投訴。　例　你買嘢最好重係去商店買，同熟人買容易上當，熟人買爛鑊嗎（你買東西最好還是到商店裏買，跟熟人買容易上當，買到不滿意的東西）。

鬆啲 sung¹ di¹

指比某個數目略多一點。　例　呢個手機一千文鬆啲啦（這個手機一千塊錢多一點吧）。

鬆毛鬆翼 sung¹ mou⁴ sung¹ yig⁶

指鳥類把羽毛翅膀鬆開。比喻人得意洋洋的樣子。　例　得啲就鬆毛鬆翼嗽，使乜咁巴閉（有點成績就得意洋洋的樣子，有甚麼了不起）。

宋三個細佬，宋四（死）

sung³ sam¹ go³ sei³ lou², sung³ séi²

〔歇後語〕細佬：弟弟；宋四：諧音送死。罵人語。相當於"你找死啊"等。

鱅魚頭，鯇魚尾，蛤乸髀 sung⁴

yü⁴ teo⁴, wan⁵ yü⁴ méi⁵, geb¹ na² béi²

〔諺語〕鱅魚：花鱸，胖頭魚；鯇魚：草魚；蛤乸：田雞；髀：腿。胖頭魚的頭，草魚靠近尾巴的下半段，田雞的腿，人們認為是比較好吃的地方。

T

太公分豬肉，人人有份

tai³ gung¹ fen¹ ju¹ yug⁶, yen⁴ yen⁴ yeo⁵ fen⁶⁻²

〔歇後語〕舊時農村每逢清明或其他節日，要殺豬祭拜祖宗，然後把豬肉煮熟，按照慣例分給眾子孫。凡是族中的男丁都人人有份。 例 呢啲係大家嘅，太公分豬肉，人人有份（這是大家的，人人有份）。

貪得意 tam¹ deg¹ yi³

對某事不是認真的對待，只是逢場作戲而已。 例 你以為佢好中意整蛋糕食呀，貪得意咋（你以為很喜歡做蛋糕吃嗎，鬧着玩罷了）。

貪口爽 tam¹ heo² song²

指人為了一時痛快而説出一些不負責任的話。 例 呢度人多，你唔好貪口爽亂講呀（這裏人多，你可不要為了痛快而胡説八道啊）｜你為乜亂講呀，貪口爽呀（你幹嗎胡説，不要圖一時痛快而亂説話）！

貪平買瘦牛 tam¹ péng⁴ mai⁵ seo³ ngeo⁴

買牛如果貪便宜就買了瘦牛。形容人貪便宜卻買到不好的東西。 例 你個手機咁平，原來係鮓嘢，貪平買瘦牛係啦（你的手機這麼便宜，原來是次貨，貪便宜買劣貨就是了）。

貪威識食 tam¹ wei¹ xig¹ xig⁶

貪威：愛漂亮；識食：懂得吃。形容人講究享受、貪圖虛榮。 例 有啲人唔好好工作，成日顧住玩，貪威識食（有些人不好好工作，整天忙着玩兒，貪圖享受）。

痰塞肺眼 tam⁴ seg¹ fei³ ngan⁵

形容人糊裏糊塗、懵懵懂懂，好像是被痰堵塞了肺中的氣管一樣。 例 咁簡單嘅問題都唔識，真係痰塞肺眼咯（這麼簡單的問題都不懂，真是糊塗了）。

歎世界 tan³ sei³ gai³

歎：享受；世界：生活、日子。 例 你而家就好啦，退咗休又唔使做嘢，日日去飲茶，真夠歎世界咯（你現在就好了，退了休之後又不用上班，天天去"飲茶"，真夠享福的）。

睇差一皮 tei² ca¹ yed¹ péi⁴

睇：看。判斷不夠準確。 例 呢個問題我睇差一皮喇（這個問題我判斷得不太準確）。

睇得過眼 tei² deg¹ guo³ ngan⁵

看着感到過得去。形容事情做得還算不錯。　例 你寫嘅字都睇得過眼（你寫的字還算不錯）｜後生仔做嘢你睇得過眼就算咯（年輕人做事你看得過去就算了）。

睇見都唔開胃 tei² gin³ dou¹ m⁴ hoi¹ wei⁶

看見就不想吃。形容對食物不感興趣。比喻對某些事物非常厭惡。　例 呢幅畫我睇見就唔開胃（這幅畫我看着就覺得噁心）｜佢嘅表演太低級喇，大家睇見都唔開胃（他的表演太低級了，大家都很討厭）。

睇過隔籬 tei² guo³ gag³ léi⁴

隔籬：旁邊。看到旁邊的地方去了，注意力旁移了。　例 唔好意思，睇過隔籬添（不好意思，看錯了）。

睇起上嚟 tei² héi² sêng⁵ lei⁴

看起來、看上去。　例 你睇起上嚟重係好後生，唔似五十歲噃（你看上去還是很年輕，不像五十歲嘛）｜而家睇起上嚟要落雨喇（現在看起來要下雨了）。又叫"睇起嚟"。

睇住嚟 tei² ju⁶ lei⁴

警告別人時用，有"等着瞧"的意思。　例 你唔惡得幾日喇，睇住嚟啦（你兇不了幾天了，

等着瞧吧）。另外，請人注意時用，有"當心""小心"等意思。　例 滾水呀，睇住（開水，當心）！｜上面有危險，睇住嚟（上面有危險，注意）！

睇嚟湊 tei² lei⁴ ceo³

看着辦，看具體情況再決定怎麼辦。　例 畀幾多都得，你睇嚟湊啦（給多少都可以，你看着辦吧）｜你話點處理佢好呀，睇嚟湊啦（你說怎樣處理他好呢，看着辦吧）。

睇唔過眼 tei² m⁴ guo³ ngan⁵

看不過眼。無法忍受眼前所發生的事。　例 我睇唔過眼就即刻走開（我看不過眼就馬上離開）｜幾個人蝦一個女仔，好多人都睇唔過眼（幾個人欺負一個女孩，很多人都無法忍受）。

睇唔入眼 tei² m⁴ yeb⁶ ngan⁵

同"睇唔過眼"。又指看不上眼。　例 呢度啲嘢品質太差，我通通睇唔入眼（這裏的東西品質太差，我通通看不上眼）。

睇門口 tei² mun⁴ heo²

指在機關、公司、單位等做門衛、收發工作。　例 我退休前喺學校睇門口（我退休前在學校當門衛）。又指家庭常備一些藥物、現金等以應急需的做法。　例 要買啲止痛藥嚟睇門

口（要買點止痛藥放在家裏以備急需）。

睇錢份上 tei² qin⁴⁻² fen⁶ sêng⁶

戲稱為了錢。 例你出咗咁多錢，睇錢份上都要感謝你吖（你出了這麼多錢，為了這錢也應該感謝你啊）。

睇死 tei² séi²

看透、看扁（指對人持否定態度）。 例我早就睇死佢咯，佢邊度會做吖（我早就看扁他了，他怎麼會做呢）｜你唔好睇死人哋，或者佢會做都唔定（你不要看不起他，也許他會做呢）。

睇衰 tei² sêu¹

看不起、蔑視、小看。 例唔係我睇衰你，其實係你自己睇唔起自己之嘛（不是我看不起你，其實是你自己看不起自己罷了）。

睇餸食飯 tei² sung³ xig⁶ fan⁶

餸：菜餚。看着菜吃飯，比喻看情況如何量力行事，量入為出。 例做幾大間屋你要根據自己嘅能力先得，睇餸食飯好緊要呀（蓋多大的房子要根據自己的能力才行，量力行事很重要）｜你一個月使幾多錢要睇你嘅工資有幾多，睇餸食飯至得呀（你一個月花多少錢要看你的工資有多少，量入為出

才行啊）。

睇餸食飯，睇燭南無 tei² sung³ xig⁶ fan⁶, tei² zug¹ nam⁴ mo⁴

〔諺語〕睇：看；餸：菜；南無：念經。看菜吃飯，看香燭念經。看見菜多時多吃菜，少吃飯，香燭還燒時繼續念經。比喻量入為出。

睇數 tei² sou³

結帳，埋單。 例呢度飲茶食完至睇數（這裏飲茶吃完了再結帳）｜你哋使咗幾多通通由我嚟睇數（你們花了多少錢統統由我來埋單）。

睇色水 tei² xig¹ sêu²

看形勢。 例我睇色水唔係幾對路嘛（我看形勢好像不大對頭啊）。

睇人眉頭眼額 tei² yen⁴ méi⁴ teo⁴ ngan⁵ ngag⁶

看人臉色行事。 例自己開間公司，唔使睇人眉頭眼額（自己開一家公司，不用看人臉色行事）。

睇準起筷 tei² zên² héi² fai³

直譯是看準了再動筷子。比喻為看準形勢抓住時機再行事。 例你唔好亂嚟，要睇準起筷呀（你們不要亂來，要看準時機才能行動）。

剃刀門楣，出入都刮 tei³ dou¹ mun⁴ méi⁴, cêd¹ yeb⁶ dou¹ guad³

〔歇後語〕剃刀門楣：舊社會從事兌換外幣的錢莊，進出都收取兌換費用。 例 有種手機打出接收都收費，似晒剃刀門楣，出入都刮（有種手機接聽電話都收費，進出都刮你一層皮）。

剃眼眉 tei³ ngan⁵ méi⁴

使人當眾出醜、丟臉。 例 佢謔叻，畀人剃眼眉（他逞能，被人當眾羞辱）｜佢想剃我眼眉（他想當眾讓我出醜）。

剃頭佬教仔，有得刮就刮

tei³ teo⁴ lou² gao³ zei², yeo⁵ deg¹ guad³ zeo⁶ guad³

〔歇後語〕剃頭佬：理髮師；刮：剃。"刮"是雙關語，另一個意思是搜刮、貪污的意思。比喻那些貪官想盡辦法搜刮民財。

剃頭佬走警報，懶刮 tei³ teo⁴ lou² zeo² ging² bou², lan⁵ guad³

〔歇後語〕懶刮：懶得剃了。抗戰時日本飛機來轟炸，百姓為了逃命，顧不得做生意了。"懶刮"是雙關語，另一個意思是不願意幹。這說法比較粗俗，一般人少用。

剃頭唔濕水，乾刮 tei³ teo⁴ m⁴ seb¹ sêu², gon¹ guad³

〔歇後語〕乾刮：硬着刮。即強硬地刮。比喻貪官強奪民財，也比喻商家強買強賣，攫取暴利。

諀鬼食豆腐 tem³ guei² xig⁶ deo⁶ fu⁶

諀鬼：騙鬼。廣東民俗，每年農曆七月十四為鬼節，人們在家門前擺設酒飯果品，點香燭焚燒紙錢等，祭奠野鬼遊魂，俗叫"燒衣"。後來有的人為了省錢，只用果品和豆腐代替酒飯。人們用這話來比喻某人只說得好聽，但沒有甚麼實際內容，只不過是騙人而已。 例 你信佢吖，諀鬼食豆腐咋（你信他，騙人的）！又叫"呃鬼食豆腐"。

藤條炆豬肉 teng⁴ tiu⁴⁻² men¹ ju¹ yug⁶

〔戲謔語〕藤條：雞毛撣子。指孩子被家長用雞毛撣子鞭打。

聽出耳油 téng¹ cêd¹ yi⁶ yeo⁴

形容音樂、歌曲等十分動聽。 例 你呢首小夜曲我都聽出耳油咯（你的這支小夜曲叫我聽得着迷了）。

聽價唔聽斗 téng¹ ga³ m⁴ téng¹ deo²

斗：過去量糧食的器具；唔聽斗：買東西時沒有注意東西的規格。整個意思是只注意價錢而沒注意其規格與分量。 例 有啲人去買野淨係貪平，唔注意分量，聽價唔聽斗，結果上晒當咯（有人買東西光看價錢便宜，忽視分量，結果上當了）。

聽講話 téng¹ gong² wa⁶

聽説、據説。 例 聽講話你要出國喇，係嗎（聽説你要出國了，是嗎）？｜聽講話今年要增加工資嗎，係真嘅嗎（據説今年要增加工資呢，是真的嗎）？

聽過隔籬 téng¹ guo³ gag³ léi⁴

隔籬：隔壁。聽錯了。 例 一唔注意就聽過隔籬（一不小心就聽錯了）｜話明你知喇，唔好聽過隔籬呀（告訴你了，別聽錯了）。

聽落有骨 téng¹ log⁶ yeo⁵ gued¹

聽落：聽起來，聽出來；有骨：話中有話。聽起來話中有話。比喻別人的話另有所指。

偷風莫偷雨 teo¹ fung¹ mog⁶ teo¹ yü⁵

〔諺語〕颱風的時候小偷往往出來行竊，但下雨的時候小偷則不願意出來偷東西。這是因為颱風的時候，房子的主人聽到甚麼響聲以為是颱風所致，但下雨天晚上主人擔心屋漏，睡得不安穩，這時如果小偷來行竊，很容易被主人發覺。

偷雞唔到蝕把米 teo¹ gei¹ m⁴ dou³⁻² xid⁶ ba² mei⁵

小偷偷雞，偷雞不着反而損失了用來誘雞的一把米。比喻想佔點便宜，結果便宜佔不到反而受到損失。 例 呢條友仔想話唔買票，結果畀人查出，重罰咗十文添，真係偷雞唔到蝕把米咯（這個傢伙打算不買票，結果被查出來，還罰了十塊錢，真是不值啊）。

偷呃拐騙 tou¹ ngag¹ guai² pin³

偷蒙拐騙。 例 呢個爛仔壞事做盡，偷呃拐騙乜都齊（這個無賴甚麼壞事都做盡了，偷蒙拐騙無一不做）。

偷食唔會揩嘴 teo¹ xig⁶ m⁴ wui⁵ giu² zêu²

揩：擦拭。偷吃了東西卻不會把嘴巴擦乾淨，讓別人發現自己的作為。一般用來譏笑那些做了錯事又不小心留下痕跡的做法。

偷易不偷難 teo¹ yi⁶ bed¹ teo¹ nan⁴

小偷偷竊時的心理，對容易到手的就偷，過於冒險的就不敢輕舉妄動。

頭崩額裂 teo⁴ beng¹ ngag⁶ lid⁶

頭破血流，焦頭爛額。形容人遇到嚴重挫折， 例 如果你亂嚟，肯定要碰到頭崩額裂（如果你要蠻幹，肯定要碰得頭破血流）｜呢單嘢搞到我頭崩額裂（這件事弄的我焦頭爛額）。

頭大冇腦 teo⁴ dai⁶ mou⁵ nou⁵

頭雖然大但沒有腦，比喻人沒有頭腦，辦事不經過大腦。 例 你做事唔想清楚，頭大冇腦有乜用呢（你做事沒想清楚，沒有頭腦，有甚麼用）！

頭耷耷，眼濕濕 teo⁴ deb¹ deb¹ , ngan⁵ seb¹ seb¹

頭耷耷：頭垂下來，垂頭喪氣；眼濕濕：眼睛濕潤，要哭的樣子。形容人垂頭喪氣、傷心欲哭的樣子。 例 佢畀老師批評到頭耷耷，眼濕濕嘅（他被老師批評得垂頭喪氣，快要哭了）。

頭殼頂生瘡，腳板底流膿，衰到貼地 teo⁴ hog³ déng² sang¹ cong¹, gêg³ ban² dei² leo⁴ nung⁴, sêu¹ dou³ tib³ déi⁶

〔歇後語〕頭殼頂：頭頂；衰：倒霉；貼地：極端。頭上長了瘡，腳板流膿，形容人到了最倒霉的時候。又説"頭殼頂生瘡，腳板底流膿，壞透嘞"。

頭尖額窄，冇厘貴格 teo⁴ jim¹ ngag⁶ zag³, mou⁵ léi⁴ guei³ gag³

冇厘：毫無；貴格：貴相。頭又尖額頭又窄，沒有一點貴人的長相。

頭頤頤，四圍踱 teo⁴ ngog⁶ ngog⁶, séi³ wei⁴ dog⁶

頭頤頤：抬頭望；四圍踱：到處踱來踱去。抬着頭，到處漫步。 例 你睇呢個人頭頤頤，四圍踱，梗係新嚟嘅人（你看這個人抬着頭走來走去，肯定是新來的人）。

頭頭掂掂 teo⁴ teo⁴ dim⁶ dim⁶

頭掂：清楚、順暢。是有條有理、井井有條等意思。 例 原來係一個唔掂嘅公司，佢幾個月就搞得頭頭掂掂（原來是一個經營不善公司，他幾個月就弄得井井有條）。

頭頭碰着黑 teo⁴ teo⁴ pung³ zêg⁶ heg¹

形容人運氣極差，到處碰壁，事事不順心。 例 呢次真係頭頭碰着黑咯，冇樣掂（這次真是倒霉透了，到處碰壁，沒有一樣事是順利的）。

頭腫眼疣 teo⁴ zung² ngan⁵ dêu³

疣：輕微的腫。指臉面浮腫。 例 今日睇你頭腫眼疣做乜呀（今天看你臉面浮腫，為甚麼啦）？

頭黃、二白、三花、四黑 teo⁴ wong⁴ 、yi⁶ bag⁶ 、sam¹ fa¹ 、séi³ hag¹

愛吃狗肉的人把不同毛色的狗分為四個級別：最好的是黃毛狗，其次是白毛狗，再次是花毛狗，最次的是黑毛狗。但民間有人認為黑毛狗肉屬於大補人體，對治療某種疾病有好處。

投石落屎坑，激起公糞（憤） teo⁴ ség⁶ log⁶ xi² hang¹, gig¹ héi² gung¹ fen³

〔歇後語〕屎坑：廁所，糞坑。把石頭扔進糞坑，激起糞水。糞與憤同音。形容某些事件引起公眾的憤怒。 例你如果處理唔妥，就會投石落屎坑，激起公憤㗎（你如果處理不妥就會激起公憤的）。

貼錯門神 tib³ co³ mun⁴ sen⁴

門神像應是左右相向，如果貼錯了就背對着背。比喻兩人鬧彆扭。 例你哋兩公婆日日都嗌交，係唔係貼錯門神呀（你們兩口子天天都吵架，是不是對錯八字啦）？｜佢兩個嗌咗交，呢幾日面左左，好似貼錯門神噉（他們兩個吵過架，這幾天都繃着臉）。

貼錢買難受 tib³ qin⁴ mai⁵ nan⁶ seo⁶

花錢買罪受。戲指花了錢卻得不到享受，反而受苦受累或受氣。 例旅遊咁辛苦，我就唔去咯，費事貼錢買難受呀（旅遊這麼辛苦，我就不去了，免得花錢買罪受）。

貼身膏藥 tib³ sen¹ gou¹ yêg⁶

整天貼在身上的膏藥。比喻整天緊跟着別人或死纏着別人的人。 例你唔好成日跟住我，好似我嘅貼身膏藥噉（你不要整天跟着我，就像一隻跟屁蟲一樣）。

鐵腳馬眼神仙肚 tid³ gêg³ ma⁵ ngan⁵ sen⁴ xin¹ tou⁵

鐵腳即能走路，馬眼指善於在夜裏活動，神仙肚即不怕飢餓。形容人不怕艱苦勞累、日夜奔波挨餓，是個任勞任怨的人。 例邊個有你咁叻吖，鐵腳馬眼神仙肚，行得走得重餓得（誰有你那麼棒，能走能跑還能捱餓）。

鐵公雞，一毛不拔 tid³ gung¹ gei¹, yed¹ mou⁴ bed¹ bed⁶

〔歇後語〕鐵公雞身上拔不出毛，指人極度吝嗇。 例呢個鐵公雞一毛不拔，要佢出錢就唔使指擬咯（這個吝嗇鬼一毛不拔，要他出錢就別指望了）。

鐵拐李打足球，一腳踢 tid³ guai² léi⁵ da² zug¹ keo⁴, yed¹ gêg¹ tég³

〔歇後語〕鐵拐李：八仙之一，跛腿；一腳踢：各種事務全部由一人包攬。 例呢度各樣工作我要鐵拐李打足球，一腳踢（這裏的工作全部由我一人包攬）。

鐵沙梨，咬唔入 tid³ sa¹ léi⁴⁻², ngao⁵ m⁴ yeb⁶

〔歇後語〕同"青磚沙梨，咬唔入"。

鐵樹開花，啞佬都會講話 tid³ xu⁶ hoi¹ fa¹, nga² lou² dou¹ wui⁵ gong² wa⁶

啞佬：啞巴。如果鐵樹能開花，啞巴也會講話了。比喻不可能的事。

鐵嘴雞，牙尖嘴利 tid³ zêu² gei¹, nga⁴ jim¹ zêu² léi⁶

〔歇後語〕形容人伶牙俐齒，能說會道，言辭犀利。 例 呢個人好會狡辯，人人都話佢鐵嘴雞，牙尖嘴利（這個人很會說話，誰都説他伶俐齒）。

天跌落嚟當被抧 tin¹ did³ log⁶ lei⁴ dong³ péi⁵ kem²

抧：蓋，覆蓋。天塌下來當被子蓋。指多大的困難也不怕，多嚴重的後果也敢於承擔。 例 你放膽去做啦，我負責，天跌落嚟當被抧（你放心去幹吧，我負責，天塌下來當被子蓋）。

天跌落嚟有高佬頂住 tin¹ did³ log⁶ lei⁴ yeo⁵ gou¹ lou² ding² ju⁶

天塌下來有高個子頂着。表示不管甚麼危難困苦都有人撐着。用於安慰眾人，鼓勵大家努力去幹。

天發黃，大水打崩塘 tin¹ fad³ wong⁴, dai⁶ sêu² da² beng¹ tong⁴

〔農諺〕天色發黃，預示着要下大雨，連山塘都可能要沖垮。

天腳底 tin¹ gêg³ dei²

天邊、天涯地角，籠統指很遠的地方。 例 佢住喺天腳底咁遠，邊度搵得到佢吖（他住在天涯地角那麼遠，哪裏能找到他呢）。

天光大白 tin¹ guong¹ dai⁶ bag⁶

天大亮，光天化日。 例 一覺瞓到天光大白（一覺睡到天大亮）｜你居然天光大白就喺度搶嘢（你居然光天化日之下就在這裏搶東西）！

天起魚鱗斑，食過飯上山 tin¹ héi² yü⁴ lên⁴ ban¹, xig⁶ guo³ fan⁶ sêng⁵ san¹

〔農諺〕天上有魚鱗一樣的雲彩，是天晴的徵候，可以吃過飯上山幹活去了。

天開眼 tin¹ hoi¹ ngan⁵

老天有眼。 例 呢個壞人終於畀法院判咗刑，真係天開眼咯（那個壞人終於被判了刑，真是老天有眼了）。

天開眼，煮粥煮成飯 tin¹ hoi¹ ngan⁵, ju² zug¹ ju² xing⁴ fan⁶

〔諧謔語〕即老天有眼保佑我們這些窮人，煮粥居然變成米飯了。指結果比預期好得多。

天紅紅，賣禾蟲 tin¹ hung⁴ hung⁴, mai⁶ wo⁴ cung⁴

〔農諺〕天紅紅：指西邊天色變紅，將會颳風下雨；禾蟲：疣吻沙蠶，生長在珠江三角洲流域的稻田裏，青紅色相間，體扁長，可吃。天紅色颳風時禾蟲將大量出現。

天冷冷窮人，天熱熱大眾 tin¹ lang⁵ lang⁵ kung⁴ yen⁴, tin¹ yid⁶ yid⁶ dai⁶ zung³

冬天寒冷，窮人衣衫單薄，受苦難堪；夏天富人窮人都同樣受到酷暑的煎熬。現代社會的生活條件雖有所改善，但天氣的冷熱對窮人、富人的感受或影響仍有不同。

天落油炒飯 tin¹ log⁶ yeo⁴ cao² fan⁶

天掉餡餅，指人異想天開。 例 你乜都唔想做，等天落油炒飯啦（你甚麼都不想幹，等天掉餡餅吧）。

天無絕人之路 tin¹ mou⁴ jud⁶ yen⁴ ji¹ lou⁶

雖然身處絕境，但是只要千方百計想辦法總會有出路的。多用來勸慰一時遇到困難的人，不要被困難嚇倒，要盡最大的努力。 例 你唔使驚，一定有辦法嘅，天無絕人之路啦嗎（你不必害怕，一定是有辦法的，車到山前必有路嘛）。

天生天養 tin¹ sang¹ tin¹ yêng⁵

生下來的人或萬物必然有辦法生存下去。 例 你唔使驚，生到個仔就有辦法養，天生天養嘛（你不必擔憂，孩子能生下來就有辦法活下去，天生一個人，必有一份糧嘛）。

天上雷公，地上舅公 tin¹ sêng⁶ lêu⁴ gung¹, déi⁶ sêng⁶ keo⁵ gung¹

〔諺語〕舅公：舅爺爺即父親的舅父。舊時廣東民間認為舅父、舅公在家裏的地位很高，權力很大，其威嚴可以與天上

的雷公相比。這可能與百越地區古代民族的習俗有關。

天上雲交雲，地下雨淋淋 tin¹ sêng⁶ wen⁴ gao¹ wen⁴, déi⁶ ha⁶ yü⁵ lem⁴ lem⁴

〔農諺〕天上雲層密佈，地上將要下雨淋淋。

天上雲起殼，唔過三日落 tin¹ sêng⁶ wen⁴ héi² hog³, m⁴ guo³ sam¹ yed⁶ log⁶

〔農諺〕天出現捲層雲，不出三天之內將會有雨。

天黃黃，地黃黃，魚仔走過塘 tin¹ wong⁴ wong⁴, déi⁶ wong⁴ wong⁴, yü⁴ zei² zeo² guo³ tong⁴

〔農諺〕天地都呈現黃色，小魚要走過別的魚塘。預示天將有暴風雨。

天黃有雨，人黃有病 tin¹ wong⁴ yeo⁵ yü⁵, yen⁴ wong⁴ yeo⁵ béng⁶

〔農諺〕天變成黃色，預示將會有雨，人臉色發黃，顯示這個人身體有病。

天時暑熱 tin¹ xi⁴ xu² yid⁶

天氣炎熱。 例 南方唔同北方，天時暑熱要注意飲涼茶呀（南方跟北方不同，天氣炎熱要注意喝些清涼飲料啊）。

天一半地一半 tin¹ yed¹ bun³ déi⁶ yed¹ bun³

形容手上的東西灑落太多。常

指小孩吃飯飯粒灑落遍地。

例 你食飯就好好坐住食，唔好食到天一半地一半（你吃飯就好好的坐着吃，不要掉得滿地都是）。

天養人就肥吶吶，人養人就瘦出骨 tin¹ yêng⁵ yen⁴ zeo⁶ féi⁴ ded¹ ded¹, yen⁴ yêng⁵ yen⁴ zeo⁶ seo³ cêd¹ gued¹

〔諺語〕肥吶吶：胖乎乎。天養人，強調對兒童要順乎自然規律來餵養，人養人指人主觀地、或盲目地注意飲食與營養，結果適得其反，把人養成百病叢生，甚至骨瘦如柴了。

天有不測風雲，人有霎時一身銀 tin¹ yeo⁵ bed¹ ceg¹ fung¹ wen⁴, yen⁴ yeo⁵ sab³ xi⁴ yed¹ sen¹ ngen⁴

〔諺語〕指世事難料，人的運氣說不定會突然好起來而發大財。

天然白虎湯 tin¹ yin⁴ bag⁶ fu² tong¹

白虎湯：一種清熱瀉火的中藥方劑。戲稱西瓜。 例 夏天有天然白虎湯食就唔怕熱喇（夏天有西瓜吃就不怕熱了）。

田邊禾，財主婆 tin⁴ bin¹ wo⁴, coi⁴ ju² po⁴

〔戲謔語〕田邊的稻子長勢特別好，因而收成都比較可觀。

田雞東，蛤（夾）東 tin⁴ gei¹ dung¹, geb³ dung¹

〔歇後語〕田雞：青蛙，廣州話又叫"蛤乸"，簡稱"蛤"。"田雞東"即"蛤東"，與"夾東"（或"合東"）諧音，意思是大家共同做東、共同出錢吃飯或其他消費，現在叫 AA 制。 例 我哋而家食飯興田雞東蛤東喇（我們現在吃飯興 AA 制了）。

田雞過河，各有各蹳 tin⁴ gei¹ guo³ ho⁴, gog³ yeo⁵ gog³ yang³

蹳：蹬。比喻一事當前各人各自想辦法解決。

田螺浮水面，風雨就唔遠 tin⁴ lo⁴⁻² feo⁴ sêu² min⁶, fung¹ yü⁵ zeo⁶ m⁴ yün⁵

〔農諺〕田螺爬出水面，預示着風雨將至。

田螺唔知自身曲 tin⁴ lo⁴⁻² m⁴ ji¹ ji⁶ sen¹ kug¹

〔諺語〕田螺：螺螄。螺螄的殼是彎曲的，它不知道自己的身也是彎曲的。比喻人對自己的缺點毛病往往不自覺。

田螺唔知身扭，甲由唔知身臭 tin⁴ lo⁴⁻² m⁴ ji¹ sen¹ neo², ged⁶ zed⁶ m⁴ ji¹ sen¹ ceo³

〔諺語〕甲由：蟑螂。螺螄不知道自身扭曲，蟑螂不知道自己身臭。比喻人往往不知道自己的缺點。

田螺爬上旗杆頂，惟我獨尊 tin⁴ lo⁴⁻² pa⁴ sêng⁵ kéi⁴ gon¹ déng², wei⁴ ngo⁵ dug⁶ jun¹

〔歇後語〕田螺爬上最高的旗杆頂，覺得它是最高的了。比喻有些人處在領導崗位時就覺得自己是最了不起的人。例 你唔好以為啱啱升咗官就好不得了，田螺爬上旗杆頂，惟我獨尊（你不要以為剛剛升了官就很了不起，惟我獨尊）。

田禾初亮花，切莫捉青蛙 tin4 wo4 co1 lêng6 fa1, qid3 mog6 zug1 qing1 wa1

〔農諺〕田裏的水稻剛剛抽穗揚花的時候，切莫下田捉青蛙。

田要深耕，地要淺種 tin4 yiu3 sem1 gang1, déi6 yiu3 qin2 zung3

〔農諺〕犁田要犁得深，在地上種農作物要種得淺。

T

挑通眼眉 tiu1 tung1 ngan5 méi4

挑：雕刻，摳。形容人非常精明，連眉毛也能摳得通。

跳樓貨 tiu3 leo4 fo3

指貨物的價格低於成本，商家賣了就要虧本甚至破產。可能因此而跳樓。這是商家危言聳聽的廣告手法。

條氣唔順 tiu4 héi3 m4 sên6

氣不順，指遭遇到不平的事而引起的憋氣，即"氣不過""不服氣"等。例 睇見佢喺度亂蝦人，我條氣就唔順（看見他在隨意欺負人，我的氣就不打一處來）｜無端端畀老闆鬧咗一餐，梗係條氣唔順啦（無緣無故被老闆罵了一頓，當然是不服氣啦）。

條命凍過水 tiu4 méng6 dung3 guo3 sêu2

指人的性命到了危急關頭，危在旦夕。

佗手攏腳 to4 seo2 neng3 gêg3

佗手：拖手；攏腳：連着腳。形容攜帶小孩很不方便。例 去買嘢帶住個細路仔好唔方便嘅，佗手攏腳（去買東西帶着小孩很不方便，牽手拉腳的）。

陀陀擰 to4 to4-2 ning6

團團轉。多用來形容人忙亂的樣子。例 今日顧客多，忙到佢陀陀擰（今天顧客多，忙得他團團轉）。

駝背夾直 to4 bui3 gab3 jig6

指硬要把駝背夾直，比喻強迫人做為難的事。例 我實在唔識唱歌，你硬係要我唱，等於將我駝背夾直嚛（我實在不會唱歌，你非要我唱，這不是趕鴨子上架嗎）。

鴕鳥鑽沙，顧頭唔顧尾 to4 niu5 jun3 sa1, gu3 teo4 m4 gu3 méi5

〔歇後語〕形容人採取錯誤的辦法，不顧結果如何而蠻幹，以至功敗垂成。例 你開始大搞一通，最後搞唔掂喇就唔理，正一鴕鳥鑽沙，顧頭不顧尾

（你開始的時候大搞一通，最後像只鴕鳥把頭一鑽，尾巴就不管了）。

托大腳 tog³ dai⁶ gêg³

拍馬屁。 例 你噉做好似有托大腳嘅嫌疑噃（你這樣做似乎有拍馬屁的嫌疑呐）。

托賴 tog³ lai⁶

〔客套話〕托對方的福。多用於回答對方的問候。 例 我幾好，托賴托賴（我很好，托您的福）。

托手踭 tog³ seo² zang¹

手踭：肘兒。指有意妨礙或阻撓別人做事。相當於"掣肘"。 例 你唔會托我手踭啩（你不會阻撓我吧）？

托塔都應承 tog³ tab³ dou¹ ying¹ xing⁴

托塔：扛馬桶。表示決心大，無論幹甚麼也敢答應。 例 你畀我參加嘅話，你叫我做乜野都得，托塔都應承呀（你讓我參加的話你叫我幹甚麼都行）。

枱枱凳凳 toi⁴ toi⁴ deng³ deng³

桌椅板凳。 例 搬家最麻煩就係嗰啲枱枱凳凳喇（搬家最麻煩的就是那些桌椅板凳了）。

抬棺材甩褲，失禮死人 toi⁴ gun¹ coi⁴ led¹ fu³, sed¹ lei⁵ séi² yen⁴

〔歇後語〕甩褲：掉了褲子。"失禮死人"是雙關語，既指對死者失禮，也指對人太失禮了。 例 有咁多人客喺度你就猛咁食，真係抬棺材甩褲，失禮死人喇（有那麼多的客人在場你就拼命地吃，太失禮了）。

湯丸（圓）命，一浮頭就畀人食 tong¹ yün⁴⁻² méng⁶, yed¹ pou⁴ teo⁴ zeo⁶ béi² yen⁴ xig⁶

〔歇後語〕湯丸：湯圓，即元宵；浮頭：浮起來；畀：給，讓；食：吃。元宵煮熟後，都浮了起來，人們就馬上把它吃了。比喻誰一出頭就遭人打擊。相當於"槍打出頭鳥"。

劏白鶴 tong¹ bag⁶ hog⁶

劏：宰殺。戲指因醉酒而嘔吐。 例 琴晚佢飲得多，又劏白鶴喇（昨晚他喝得多，又吐得很厲害）。

劏雞嚇馬騮 tong¹ gei¹ hag³ ma⁵ leo¹

劏：宰殺；馬騮：猴子。殺雞給猴看。比喻人用殺一儆百的辦法來警告所有人。

劏光豬 tong¹ guong¹ ju¹

指下象棋時，棋子除"將""帥"以外，被對方全部吃光。

劏豬凳，上親就死 tong¹ ju¹ deng³, sêng⁵ cen¹ zeo⁶ séi²

〔歇後語〕上親：一旦上去（就…）。用來殺豬的凳子，哪一隻豬上去就意味着死亡。 例 呢度好危險，唔好上去呀，劏豬凳，上親就死（這裏很危險，別上去，一上去就完蛋）。

劏死牛 tong¹ séi² ngeo⁴

攔路搶劫。 例 夜晚時時都有人喺度劏死牛（晚上經常有人在這裏攔路搶劫）。

塘底石，水乾先見 tong⁴ dei² ség⁶, sêu² gon¹ xin¹ gin³

〔歇後語〕塘：水塘；水：兼指錢；先見：才見得到。水塘底的石頭要等到水都乾了才看得見。比喻人平時見不到他，到沒有錢的時候才出現（一般是來借錢）。 例 呢條友正一塘底石，水乾先見（這傢伙平時總看不到他，可到了沒有錢的時候他就來了）。

塘水滾塘魚 tong⁴ sêu² guen² tong⁴ yü⁴

魚在魚塘裏翻來滾去，比喻人們彼此鬧來鬧去都是自己家裏的事。 例 幾兄弟姐妹為咗分老豆嘅遺產，喺屋企爭到塘水滾塘魚嗽，唔知幾巴閉（幾兄弟姐妹為了分父親的遺產，在家裏爭得不可開交，夠熱鬧的）。

蟛蜞滿天飛，風雨一齊嚟 tong⁴ méi¹ mun⁵ tin¹ féi¹, fung¹ yü⁵ yed¹ cei⁴ lei⁴

〔農諺〕蟛蜞：蜻蜓；嚟：來。蜻蜓滿天飛，預兆風雨即將來臨。

蟛蜞咬尾，自己食自己 tong⁴ méi¹ ngao⁵ méi⁵, ji⁶ géi²⁻¹ xig⁶ ji⁶ géi²⁻¹

〔歇後語〕蟛蜞：蜻蜓。蜻蜓咬尾巴，好像是自己吃自己，其實是在交配。用來說明各人自顧自，互相不管。 例 我哋大家做生意，住埋一齊，但係蟛蜞咬尾，自己食自己（我們大家做生意，住在一起，但是自己吃自己）。

糖黐豆 tong⁴ qi¹ deo⁶⁻²

黐：黏。糖跟豆黏在一起就很難分得開，形容兩個人非常要好，形影不離。 例 佢兩個好到糖黐豆嗽，成日都唔分開（他們兩個好得要命，好像糖黏上了豆子，整天形影不離）。

土地燈籠，夜不收 tou² déi⁶⁻² deng¹ lung⁴, yé⁶ bed¹ seo¹

〔歇後語〕土地：土地神。舊時民俗每逢初一、十五祭拜土地神時，晚間要點掛燈籠，天亮以後才收。比喻那些沉迷於夜生活，徹夜不歸的人。

肚飽飯有沙 tou⁵ bao² fan⁶ yeo⁵ sa¹

吃飽了飯就覺得飯裏有沙子。
〔諺語〕比喻人一旦生活富裕就看不起平常的飲食。

肚飢勤執豆，食飽懶低頭 tou⁵ géi¹ ken⁴ zeb¹ deo⁶⁻², tou⁵ bao² lan⁵ dei¹ teo⁴

〔諺語〕執：撿拾。喻人窮困時

則努力工作，一旦經濟好轉後就懶起來了。多用來批評那些剛剛解決溫飽問題就不思進取的人。

斷柄鋤頭，冇揸拿 tün⁵ béng³ co⁴ teo⁴, mou⁵ za¹ na⁴

〔歇後語〕冇揸拿：沒有把握。⬚ 呢件事我好似斷柄鋤頭，冇揸拿嘞（這件事我可能沒有把握啊）。

斷線紙鷂，無牽無掛 tün⁵ xin³ ji² yiu⁶⁻², mou⁴ hin¹ mou⁴ gua³

〔歇後語〕紙鷂：風箏。斷了線的風箏，就沒有人牽着它了。比喻不用掛念任何人。⬚ 佢而家仔女都大晒嘞，兩公婆日日都去玩，斷線紙鷂，無牽無掛嘞（他現在子女都長大了，老兩口每天都出去玩，沒有甚麼牽掛了）。

斷線三弦，冇得彈 tün⁵ xin³ sam¹ yün⁴, mou⁵ deg¹ tan⁴

〔歇後語〕三弦：一種彈拔樂器；冇得彈：沒有辦法彈。斷了弦的琴就沒辦法彈了。廣州話的"彈"另外有批評、指責等意思。"冇得彈"是指別人的服務、態度等都很滿意，沒有甚麼意見的意思。⬚ 你哋個個都做得咁好，斷線三弦，冇得彈嘞（你們每人都做得這麼好，沒甚麼可說的）。

通天老倌，樣樣皆能 tung¹ tin¹ lou⁵ gun¹, yêng⁶ yêng⁶ gai¹ neng⁴

〔歇後語〕老倌：舊時指粵劇演員。有通天本領的演員，裝扮甚麼像甚麼。一般用來讚揚人能力強，幹甚麼都行。

痛腳安歸前 tung³ gêg³ ngon¹ guei¹ qin⁴

對痛腳要多加保護，時刻放在身前，以免受到二次傷害。比喻對自己的缺點和弱點要注意隱蔽，避免遭到別人攻擊。

同撈同煲 tung⁴ lou¹ tung⁴ bou¹

同撈：共同謀生；同煲：一塊兒吃飯。指幾個人在一起謀生，一起生活，患難與共，親如兄弟。⬚ 我哋做生意嗰陣，大家唔分大細，同撈同煲（我們做生意的時候，大家不分大小，一塊兒幹一塊兒吃）。

同人唔同命，同遮唔同柄 tung⁴ yen⁴ m⁴ tung⁴ méng⁶, tung⁴ zé¹ m⁴ tung⁴ béng³

〔諺語〕遮：傘。都是人卻各有各的命運；同是雨傘但傘把兒卻不一樣。多用作感歎人的運氣遭遇各不相同。⬚ 世界乜人都有，同人唔同命，同遮唔同柄（世界上甚麼人都有，都是人但各人的命運卻不相同）。

同枱食飯，各自修行 tung⁴ toi⁴ xig⁶ fan⁶, gog³ ji⁶ seo¹ heng⁴

〔諺語〕雖然大家同門同道，同在一張桌子上吃飯，但各人修行要靠自己去做。比喻誰將來情況如何，要靠自己的努力。

同窰嘅缸瓦，一路貨色 tung⁴ yiu⁴ gé³ gong¹ nga⁵, yed¹ lou⁶ fo³ xig¹

〔歇後語〕同一窰燒出來的缸瓦，品質差不多。比喻各人都是一樣的貨色，一丘之貉。 例 我睇你哋都係同窰嘅缸瓦，一路貨色（我看你們都是一丘之貉）。

桐油罐裝桐油 tung⁴ yeo⁴ gun³ zong¹ tung⁴ yeo⁴

桐油罐只能裝桐油，不能裝其他東西。比喻人的興趣、技能一般不容易改變，也比喻人的本性難移。 例 你讀過師範，而家翻嚟呢度重係做翻教師好，桐油罐裝桐油嗎（你讀過師範，現在回來這裏還是當老師好，這是自然而然的）｜呢個嘢舊年時時打交，今年話改好咗咯，呢排又打傷人喇，真係桐油罐裝桐油咯（這個傢伙去年經常打架，今年說是改好了，可最近又打傷人了，真是本性難移了）。

銅片切豆腐，兩面光 tung⁴ pin³⁻² qid³ deo⁶ fu⁶, lêng⁵ min⁶ guong¹

〔歇後語〕兩面光：兩面都光滑。形容人兩面討好、愛耍滑頭。 例 你邊個都唔得罪，銅板切豆腐，兩面光（你誰也不得罪，兩面都過得去）。

銅銀買病豬，兩家偷歡喜 tung⁴ ngen⁴⁻² mai⁵ béng⁶ ju¹, lêng⁵ ga¹ teo¹ fun¹ héi²

〔歇後語〕銅銀：假的銀圓；兩家：雙方。用假銀幣買病豬，買的和賣的雙方都以為佔了便宜，偷着高興。其實彼此彼此，誰也沒有佔到便宜。 例 你哋兩個都係大泡和，居然銅銀買病豬，兩家偷歡喜添（你們兩個都是大傻瓜，以為佔了對方的便宜，還偷着樂吶）。

銅皮鐵骨，夾木屎忽 tung⁴ péi⁴ tid³ gued¹, gab³ mug⁶ xi² fed¹

屎忽：屁股。形容人是鐵打的身體，屁股也像夾上木板一樣。比喻天不怕地不怕的硬漢。 例 呢個人身體強壯，銅皮鐵骨，夾木屎忽，你搞佢唔掂（這個人身體強壯，鐵打的身子，你對付不了他）。

W

搣爛塊面 wa² lan⁶ fai³ min⁶

撕破臉皮，比喻鬧翻。 佢兩個都搣爛塊面咯（他們倆撕破臉皮鬧翻了）。又比喻不講情面。 佢辦事就係親戚都敢搣爛塊面嘅（他辦事就是親戚也不講情面的）。

話得埋 wa⁶ deg¹ mai⁴

（對事情）可以預料，說得準。多同於否定句或反詰句。 呢種事話得埋嘅咩（這種事怎能預料得了呢）？｜呢啲嘢邊個都唔話得埋（這些事誰也說不准）｜好難話得埋嘅（這很難肯定）。

話都冇咁快 wa⁶ dou¹ mou⁵ gem³ fai³

很快，比說話還快。 話都冇咁快就做完喇（話音未落就做完了）。

話到尾都係 wa⁶ dou³ méi⁵ dou¹ hei⁶

說到底還是。 我話到尾都係你嘅表哥吖（說到底我還是你表哥嘛）。

話咁易 wa⁶ gem³ yi⁶

像說話那麼容易。形容事情非常簡單容易，不費吹灰之力。 要佢表演節目，話咁易啦（要他表演節目，太容易啦）。

話口未完 wa⁶ heo² méi⁶ yün⁴

話音未落。指說話間事情隨即發生，或動作隨即進行。 你寫得真快，話口未完就寫好咯（你寫得真快，話音剛落就寫好了）。

話之佢 wa⁶ ji¹ kêu⁵

話：原意是"告訴"。表明說話人對某事採取不管的態度。相當於"管他那麼多"。 話之佢呀，賺又好，蝕又好，我都唔理呀（管他呢，賺也好，賠也好，我一概不管）｜邊個搞爛邊個賠，話之佢呀（誰弄壞了誰賠，我不管那麼多）。如果指的是對方，則說成"話之你"。

話落 wa⁶ log⁶

交代下來，事先告訴。 老闆出去前有冇話落啲乜嘢呀（老闆出去前有沒有交代些甚麼）？｜你要訂房，話落畀經理知未呀（你要訂房間，事先告訴經理了沒有）？

話唔定 wa⁶ m⁴ ding⁶

說不定，普通話口語常用"沒準兒"。 呢件事話唔定有啲聲氣㗎（這件事說不定有點

希望啊）｜聽日話唔定要落雨
咯（明天沒準兒要下雨呢）。

話唔埋 wa⁶ m⁴ mai⁴

難以預料，難以預測。 例 兩
個隊實力都差唔多，邊個贏就
話唔埋喇（兩個隊實力都差不
多，誰贏就難以預料了）。

話明你知 wa⁶ ming⁴ néi⁵ ji¹

明白告訴你。 例 話明你知，
我係唔會同意嘅（明白告訴你
吧，我是不會同意的）。

話冇咁快 wa⁶ mou⁵ gem³ fai³

說沒那麼快。指事情發生極
快，連說話也趕不上事情的發
生。但實際上不一定有人在
說話，只強調其迅速。與普
通話的"說時遲，那時快"近
似。 例 佢話都冇咁快就食完
喇（他很快就吃完了）。

話晒都係 wa⁶ sai³ dou¹ hei⁶

不管怎麼說，畢竟還是；終歸
還是。 例 佢有缺點，不過話
晒都係班長，你要尊重佢至得
（他儘管有缺點，不過畢竟還
是班長，你要尊重他才行）｜
你話晒都係佢嘅大佬呀，要話
下佢至得（你畢竟還是他的哥
哥，要說說他才行）。

話三話四 wa⁶ sam¹ wa⁶ séi³

說三道四。 例 自己做得好，
人哋就唔會話三話四（自己
做得好，人家就不會說三道

四）。又表示説話不着邊際。
例 講正題啦，咪話三話四咯
（説正題吧，別漫無邊際的亂
扯了）。

話頭醒尾 wa⁶ teo⁴ xing² méi⁵

形容人聰明、機靈，善解人
意，只要提一下他就醒悟對
方的用意。 例 呢個人好叻，
話頭醒尾，唔使你詳細交帶嘅
（這個人很機靈，你稍一提醒
他就能夠領會意圖，不用你詳
細交代）。

話事偈 wa⁶ xi⁶ gei²

正如某某所説。通過引用別人
的話來引證自己的觀點。 例
亞強話事偈，同人哋合作好難
嘅（正如小強所説，跟人家合
作是很難的）。

話是話 wa⁶ xi⁶ wa⁶

話是這麼説；話雖如此。 例
呢個問題好解決，話是話，不
過而家條件重未成熟（這個問
題好解決，話雖如此，現在的
條件還不成熟）。

話嘑 wa⁶ zé¹

不完全同意對方的看法，有
"話雖如此，但…"和"可以這
麼認為"的意思。常用在句的
開頭或前一分句的句末。 例
話嘑，重係穩陣啲好（話雖
如此，但還是穩妥一點好）｜
一百文就話嘑，幾毫子算乜嘢

吖（一百塊錢還可以説，幾毛錢還算甚麼）｜三幾個人就話嘛，咁多人就算咯（三幾個人還可以，這麼多人就算了吧）。

挖爛飯煲 wad³ lan⁶ fan⁶ bou¹

挖爛：摳破；飯煲：飯鍋。把飯鍋都摳破了，比喻人的胃口極好。　例 今日我胃口真好，幾乎挖爛飯煲添（今天我的胃口真好，幾乎把鍋也摳破了）。

挖肉補瘡 wad³ yug⁶ bou² cong¹

把好的肉挖出來，拿來補因長了瘡而潰爛的地方。比喻人做了錯事或蠢事，為了彌補損失而花去更多的人力物力，結果弄巧成拙，因小失大。

挖肉攞瘡生 wad³ yug⁶ lo² cong¹ sang¹

把肉割破讓它長瘡。比喻無事找事，自找麻煩，自討苦吃。

挖咗個冚畀人踩 wad³ zo² go³ tem⁵ béi² yen⁴ cai²

設圈套讓人上當。　例 你要注意佢呀，佢挖咗個冚畀人踩（你要注意着點，他設了個圈套讓人踩呢）。

畫花口面 wag⁶ fa¹ heo² min⁶

把容貌塗髒，轉指損毀形象，多指在背後散佈流言蜚語貶損別人的聲譽。　例 你一下畀人畫花口面，點講都講唔清咯（你一旦被人損毀了形象，怎麼説也説不清了）。

畫鬼容易畫馬難 wag⁶ guei² yung⁴ yi⁶ wag⁶ ma⁵ nan⁴

〔諺語〕畫家要畫人們沒有見過的東西容易，但要畫大家熟悉的東西就難。

畫公仔畫出腸 wag⁶ gung¹ zei² wag⁶ cêd¹ cêng⁴

公仔：畫中人。畫畫時把人物的內臟也畫出來，比喻説話過於露骨，把不必要説的也説出來。　例 你簡單講一下就得嘞，唔使畫公仔畫出腸嘅（你簡單説一下就可以了，不必過於詳細）｜你呢個人嘅都唔明，係唔係要我畫公仔畫出腸你至明呀（你這個人這樣還不懂，是不是要我把全部都説出來才懂）？

畫壞鍾馗 wag⁶ wai⁶ zung¹ kuei⁴

傳説中驅鬼的鍾馗相貌很醜陋，畫壞了的鍾馗就更加醜陋。形容人的相貌極端醜陋難看。　例 呢個野肉酸到成個畫壞鍾馗嘅（這個傢伙比鍾馗還醜）。

畫耳上牆 wag⁶ yi⁵ sêng⁵ cêng⁴

把耳朵畫到牆上去，形容人無心傾聽或聽而不聞。　例 唔理你講乜，佢一於畫耳上牆（不管你説甚麼，他就是充耳不聞）。

W

歪嘴吹喇叭，一股斜（邪）氣 wai¹ zêu² cêu¹ la³ ba¹, yed¹ gu² cé⁴ héi³

〔歇後語〕"邪氣"是雙關語，其一是歪風邪氣，不正當的邪氣；其二是斜着吹來的氣。歪着嘴吹喇叭，吹出一股斜氣。廣州話"斜"與"邪"同音。吹斜氣成了吹邪氣。 例 你哋呢度好似有啲歪嘴吹喇叭，一股斜氣（你們這裏好像有點歪風邪氣）。

壞到加零一 wai⁶ dou³ ga¹ ling⁴ yed¹

比最壞還要加一等。指非常壞，壞透了。 例 呢個人壞到加零一，冇得救喇（這個人壞透了，沒法挽救了）。

壞鬼書生多別字 wai⁶ gui² xu¹ sang¹ do¹ bid⁶ ji⁶

〔諺語〕壞鬼：不好的；別字：別號。名稱多的人總有點古怪。多用來形容行為古怪的人和古怪的做法。

彎腰駝背上樓梯，春春地 wan¹ yiu¹ to⁴ bui³ sêng⁵ leo⁴ tei¹, zung¹ zung¹ déi⁶⁻²

〔歇後語〕春春地，指走路時，頭上下搖晃。春春地與中中地（中不溜兒）諧音，即對某一事物的評價為一般，過得去。 例 佢嘅成績都係彎腰駝背上樓梯，春春地啦（他的成績也就屬於中不溜兒的吧）。

玩出火 wan² cêd¹ fo²

以不嚴肅、不負責的態度對待工作，以至惹了麻煩。 例 你哋咁搞法會玩出火㗎（你們這樣搞會惹出麻煩的）｜你噉做唔怕玩出火呀（你這樣做不怕出問題嗎）？

還神 wan⁴ sen⁴

還願。指迷信的人在困苦時求神保佑並許下了願，如願後即對神酬謝。 例 佢病好咗就即刻去還神（他病好了就馬上去還願）。

橫財就手 wang⁴ coi⁴ zeo⁶ seo²

就手：順手。不費太大的氣力就得到意外之財，多用作客套語。

橫街窄巷 wang⁴ gai¹ zag³ hong⁶

小街小巷或城鎮中偏僻的地方。 例 你間店開喺橫街窄巷度，邊個知到你吖（你的店開在小胡同裏，誰知道你啊）。

橫九掂十 wang⁴ geo² dim⁶ seb⁶

掂：直的意思。橫是九，直是十，二者都差不多。意思是不管怎麼處理都一樣，隨他去吧。 例 你點搞都一樣，橫九掂十，我唔理咁多咯（你怎麼搞也差不了多少，我管不了那麼多了）。又有無論如何、不管用甚麼辦法的意思。 例 你橫九掂十都要同我搞好佢（你無論如何都要給我弄好）。

橫紋柴，好惡破，扭紋心抱治家婆 wang⁴ men⁴ cai⁴, hou² ngog³ po³, neo² men⁴ sem¹ pou⁵ ji⁶ ga¹ po⁴

諧謔語。橫紋柴：紋理不順的木柴；惡破：難劈開；扭紋：淘氣的，蠻橫的；新抱：兒媳；家婆：婆婆。紋理不順的柴難劈，蠻橫的兒媳整治婆婆。

橫"戌"點"戍"空中"戊" wang⁴ sêd¹ dim² xu³ hung¹ zung¹ meo⁶

區分"戌、戍、戊"三個字的口訣。

橫水艔 wang⁴ sêu² dou⁶⁻²

艔：客船，是過去珠江水域的主要交通工具。"橫水艔"指載客過河的渡船。　例　"一個錢一個寶，冇錢唔過得橫水艔"（俗語。意為沒有錢連收費很便宜的渡船也坐不了）。

屈尾十 wed¹ méi⁵ seb⁶

屈：彎曲。十字的第二筆來一個拐彎，形容人走了之後又拐回來了。　例　佢走咗冇幾耐，一個屈尾十又翻嚟咯（他走了沒多久，兜了一個圈子又回來了）。

威過威士忌 wei¹ guo² wei¹ xi⁶ géi⁶

〔戲謔語〕威：威風，漂亮。比威士忌還威風。戲稱對方的姿態威風凜凜。

為得過 wei⁴ deg¹ guo³

為：計算成本。劃得來，合算。　例　做呢單生意為得過（做這筆生意劃得來）。又叫"有數為"。

為老不尊，教壞子孫 wei⁴ lou⁵ bed¹ jun¹, gao³ wai⁶ ji² xun¹

〔諺語〕老人們不自尊自重，給子孫做榜樣，就會教壞子孫。

為唔過 wei⁴ m⁴ guo³

是"為得過"的否定説法。又叫"冇數為"。

衛生麻雀 wei⁶ sang¹ ma⁴ zêg³

麻雀：麻將。打麻將時人們不計較輸贏或輸贏錢額不大的做法。　例　你哋唔好賭錢呀，玩下衛生麻雀就冇問題（你們不要賭錢，隨便玩玩，不算錢就沒問題）。

為財死，為財亡，為財跌落蓮藕塘 wei⁶ coi⁴ séi², wei⁶ coi⁴ mong⁴, wei⁶ coi⁴ did³ log⁶ lin⁴ ngeo⁵ tong⁴

〔兒歌〕諷刺貪婪的人。歌詞近似"人為財死，鳥為食亡"。

為口奔馳 wei⁶ heo² ben¹ qi⁴

為了生活而勞碌奔波。這種説法比較文雅，通俗的説法是"為兩餐頻撲"。　例　我成日咁忙都係為口奔馳咋（我整天這麼忙無非是為了生活罷了）。

為食鬼，砧板蟻，人咁高，佢咁矮 wei⁶ xig⁶ guei², zem¹ ban² ngei⁵, yen⁴ gem³ gou¹, kêu⁵ gem³ ngei²

〔兒歌〕為食鬼：饞嘴貓；咁：這麼；佢：他。小饞貓，像隻砧板螞蟻，人家那麼高，他這麼矮。

為食貓 wei⁶ xig⁶ mao¹

饞貓。比喻饞嘴的人，多指孩子。 例 聽講有得食，為食貓就唔肯走咯（聽說有吃的，饞貓就不肯走了）。

為人為到底，送佛送到西 wei⁶ yen⁴ wei⁶ dou³ dei², sung³ fed⁶ sung³ dou³ sei¹

〔諺語〕多指幫助他人要幫到底，不能半途而廢。 例 你既然話要幫佢咯，就幫到底啦，為人為到底，送佛送到西啦嗎（你既然說要幫他，那就幫到底，不要半途而廢了）。

揾餐食餐 wen² can¹ xig⁶ can¹

揾：找。同"餐揾餐食"。

揾到着數扮大方 wen² dou² zêg⁶ sou³ ban⁶ dai⁶ fong¹

揾：找，得到；着數：便宜。形容人佔了便宜後卻裝作無所謂的樣子，近似普通話的"得了便宜還賣乖"的意思。

揾朝唔得晚 wen² jiu¹ m⁴ deg¹ man⁵

有上頓沒下頓，指生活貧困。 例 嗰陣時候好艱難，日日都係揾朝唔得晚㗎（那個時候很艱難，每天都是有上頓沒下頓的）。

揾嚟辛苦 wen² lei⁴ sen¹ fu²

自找辛苦勞累。 例 搬嚟搬去，揾嚟辛苦嘅嘘（搬來搬去，自找辛苦罷了）。

揾老襯 wen² lou⁵ cen³

老襯：笨蛋。愚弄別人，或使人上當受騙。 例 你想揾老襯呀（你想騙人嗎）？｜你要揾老襯揾第個啦（你要騙人找別人去吧）。"揾"字之後可以插入賓語。 例 你唔好揾我老襯呀（你別把我當傻瓜來騙啊）｜我唔會揾你老襯嘅（我不會把你當傻瓜來騙的）。

揾窿路 wen² lung¹ lou⁶

找門路，尤指不大正當的門路。 例 你揾得到窿路就幫下佢啦（你找得門路就幫他一下吧）｜等我揾下窿路睇得唔得啦（讓我找找門路看行不行）。

揾米路 wen² mei⁵ lou⁶

"米"代表糧食，即生活必需的東西。指找生活來源、生活路。 例 要入城無非就係想揾米路嘅（想進城無非就是想找生活出路罷了）。

揾錢講精，剩錢講命 wen² qin⁴⁻² gong² zéng¹, xing⁶ qin⁴⁻² gong² méng⁶

〔諺語〕搵錢：掙錢；講精：講究精明和聰明；剩錢：能存錢，守住錢財。掙錢靠精靈和精明，而要守住錢財則要靠人的命運。

搵食 wen² xig⁶

覓食，謀生。 例 雀仔喺田邊搵食（小鳥在田邊覓食）｜去廣州搵食（到廣州謀生）。有時也可以引申為撈好處。 例 你嚟係想搵翻啲食嗎（你來是想撈點好處吧）？

搵嘢做 wen² yé⁵ zou⁶

找工作，找活兒幹。 例 而家好多婦女都出嚟搵嘢做咯（現在許多婦女都出來找工作幹）。

搵着數 wen² zêg⁶ sou³

找便宜，佔便宜。你成日諗住搵着數點得㗎（你整天盡想着佔便宜怎麼行呢）｜你因住佢嚟搵你着數呀（你當心他來佔你便宜啊）。

搵周公 wen² zeo¹ gung¹

戲指入睡，入夢。典出《論語·述而》："子曰：甚矣吾衰也，久矣吾不復夢見周公。"原來是孔夫子曾經做夢夢見周公，後來人們把入睡叫搵周公。 例 佢早就去搵周公咯（他早就睡着了）｜每次開會佢都搵周公（每次開會他都睡覺）。

穩穩陣，做半份 wen² wen² zen⁶, zou⁶ bun³ fen⁶

穩陣：穩妥行事。搞投資炒股等風險投資，不能全部投入，要留有餘地。

雲跑地，有雨落唔完；雲跑北，有雨唔落得 wen⁴ pao² déi⁶, you⁵ yü⁵ log⁶ m⁴ yün⁴; wen⁴ pao² beg¹, yeo⁵ yü⁶ m⁴ log⁶ deg¹

〔農諺〕雲層向大地壓下來，意味着雨將下個不停；雲向北方去，雨要下也下不了。

雲往東，翻大風；雲往西，淋死雞 wen⁴ wong⁵ dung¹, fan¹ dai⁶ fung¹; wen⁴ wong⁵ sei¹, lem⁴ séi² gei¹

〔農諺〕翻大風：颳大風。雲向東運行，將會颳大風；雲向西運行，將會有大雨，把雞都淋死了。

魂魄唔齊 wen⁴ pag³ m⁴ cei⁴

形容人失魂落魄，或受驚嚇後的狀況。迷信的人認為人有三魂七魄，受驚後會丟失一部分，使人心神不定。 例 呢次遇到滑坡，嚇到我魂魄唔齊（這次遇到滑坡，嚇得我連魂都丟了）。

混吉 wen⁶ ged¹

婉辭。廣州話常用"吉"字代替"空"字，因為"空"與"凶"同音。如"空屋"叫"吉屋"。因此"混吉"多用作貶義詞，

W

有徒勞無功、一無所獲、白費力氣等意思。

喊哇鬼震 wi¹ wa¹ guei² zen³

喊哇:小孩的驚叫聲。形容人們的驚叫聲震天響。 例 有隻狗突然鑽咗入嚟,嚇到啲細佬仔喊哇鬼震 (突然有一隻狗鑽了進來,把孩子們嚇得大聲驚叫)。

禾杈髀 wo⁴ ca¹ béi²

禾杈:用來叉稻草的杈子。杈子的兩個齒一般長,好比兩兄弟。與某人的關係為"禾杈髀"即叔伯兄弟姐妹的關係。 例 我同佢係禾杈髀 (我跟他是堂兄弟) | 佢係我禾杈髀大佬 (他是我堂兄)。

禾叉跌落井,叉(差)到底 wo⁴ ca¹ did³ log⁶ zéng², ca¹ dou³ dei²

〔歇後語〕禾叉掉進水井,一直落到井底。廣州話"叉"與"差"同音。"叉到底"即"差到底",極差勁的意思。指人的表現非常不好。 例 佢考試嘅成績唔好呀,真係禾叉跌落井,叉到底咯 (他考試的成績不好啊,簡直是糟糕透了)。

禾蟲過造恨唔翻 wo⁴ cung⁴⁻² guo³ zou⁶ hen⁶ m⁴ fan¹

禾蟲:疣吻沙蠶,生長在水田中,形狀像螞蟥,青黃色相間,作菜餚味鮮美。禾蟲生產期一過,當年就再也不會來了。

禾草穿針,唔過得眼 wo⁴ cou² qun¹ zem¹, m⁴ guo³ deg¹ ngan⁵

〔歇後語〕禾草:又叫禾稈草、禾稈,即稻草。眼:針眼。用稻草來穿針肯定穿不過去。"唔過得眼"另一個意思是看不過去、看着不順眼等。 例 睇見佢噉搞法,我真係禾草穿針,唔過得眼 (看見他這麼搞,我真是看不過去)。

禾稈揜珍珠 wo⁴ gon² kem² zen¹ ju¹

禾稈:稻草;揜:覆蓋。用稻草蓋着珍珠,比喻人不願意露富。 例 你睇佢着得咁寒酸,其實係禾稈揜珍珠咋 (你看他穿得這麼寒磣,其實是裝窮罷了)。也可以用來形容人故意掩藏很有價值的東西,包括才華,不讓別人知道。

禾怕隔夜秧,仔怕後來娘 wo⁴ pa³ gag³ yé⁶ yêng¹, zei² pa³ heo⁶ loi⁴ nêng⁴

〔諺語〕種水稻最怕用拔起過夜的秧苗,過去一般認為孩子最不宜的是由後母來撫養。

禾怕寒露風,人怕老來窮 wo⁴ pa³ hon⁴ lou⁶ fung¹, yen⁴ pa³ lou⁵ loi⁴ kung⁴

〔諺語〕每年寒露 (10 月 8 日或 9 日) 前後,正當晚稻抽穗灌漿時期,如果這時冷空氣來臨,就會影響晚稻生長,所以晚稻最怕寒露冷風。人到了老年最怕貧困，晚景淒涼。

禾怕霜降風，禾頭有水唔怕風

wo⁴ pa³ sêng¹ gong³ fung¹, wo⁴ teo⁴ yeo⁵ sêu² m⁴ pa³ fung¹

〔農諺〕水稻怕霜降時的北風，但是田裏有足夠的水就不怕風了。

禾黃雞厭穀 wo⁴ wong⁴ gei¹ yim³ gug¹

〔農諺〕黃：成熟；厭：膩；穀：稻穀。稻子熟了的時候，雞經常能吃到稻穀，吃膩了就不想吃了。比喻儘管是好吃的東西，但吃多了就會生厭。例 你餐餐都食肉，食多咗就厭喇，禾黃雞厭穀啦嗎（你每頓都吃肉，吃多了就膩了，就是收割稻子的季節，雞也不吃稻穀了）。

和尚擔遮，無髮（法）無天 wo⁴ sêng⁶⁻² dam¹ zé¹, mou⁴ fad³ mou⁴ tin¹

〔歇後語〕擔遮：撐傘；無髮：無法。法與髮同音。形容人違法亂紀，胡作非為。例 呢個地方當時壞人當道，真係和尚擔遮，無法無天呀（這個地方當時是壞人當道，他們真是無法無天啊）。

和尚仔念經，有口無心

wo⁴ sêng⁶⁻² zei² nim⁶ ging¹, yeo⁵ heo² mou⁴ sem¹

〔歇後語〕和尚仔：小和尚。

小和尚念經，只是照着經書背誦，對經文理解不了比喻人説話不小心得罪了人，但是他是無心的。例 佢講嘅話你唔好介意呀，和尚仔念經，有口無心嘅（他説的話你不要介意，他是有口無心的）。

鑊底嗽面 wog⁶ dei² gem² min⁶

鑊：鐵鍋；嗽：那樣；面：臉。像鐵鍋底那樣黑的臉。形容人憤怒或不高興時的樣子。例 我睇你鑊底嗽面，為乜咁嬲呀（我看你臉黑黑的，為甚麼這麼生氣）？

黃大仙，有求必應 wong⁴ dai⁶ xin¹, yeo⁵ keo⁴ bid¹ ying³

〔歇後語〕黃大仙：是有名的神仙，香港民間傳説，大仙慈悲為懷，對來朝拜的香客有求必應。

黃蜂尾後針 wong⁴ fung méi⁵ heo⁶ zem¹

比喻某人的手段非常狠毒。

黃朝白晏 wong⁴ jiu¹ bag⁶ ngan³

朝：早上；白晏：中午。比喻接近中午時分。例 黃朝白晏嘅時候大家精神最好（上午的時候大家的精神最好）。

黃連樹下彈琴，苦中作樂 wong⁴ lin⁴ xu⁶ ha⁶ tan⁴ kem⁴, fu² zung¹ zog³ log⁶

〔歇後語〕形容人在艱苦的環境

中仍然很快樂。黃連是草本植物，不能叫"樹"，使用的人不知道，以為黃連是一種樹。但已經約定俗成，只能仍舊。 例 呢度嘅生活咁艱苦你重係好快樂，可以話黃連樹下彈琴，苦中作樂咯（這裏的生活這麼艱苦你還挺樂觀的，可謂苦中有樂啊）。

黃綠醫生 wong⁴ lug⁶ yi¹ sang¹

醫術不高明的醫生，庸醫。過去有的庸醫或遊醫到處張貼各種顏色的街頭廣告，被人們稱為黃綠醫生。

黃牛落水，角（各）顧角（各） wong⁴ ngeo⁴ log⁶ sêu², gog³ gu³ gog³

〔歇後語〕黃牛不會游水，下了水以後，自己也照顧不了自己了。廣州話的"各"與"角"同音。"角顧角"即各顧各。比喻遇到危難時，彼此難以互相照顧。 例 洪水一嚟，大家都搏命咁走，真係黃牛落水，角顧角咯（洪水一來，大家都拼命地逃走，誰也顧不了誰了）。

黃泡髧熟 wong⁴ pao¹ dem³ sug⁶

黃泡：色黃而難看；髧：垂下；髧熟：萎黃而浮腫。形容病人萎黃的氣色和浮腫的相貌。 例 睇你個樣黃泡髧熟噉，係唔係有病呀（看你的樣子，臉色萎黃，是不是有病啊）？

黃皮樹鷯哥，唔熟唔食 wong⁴ péi⁴⁻² xu⁶ liu¹ go¹, m⁴ sug⁶ m⁴ xig⁶

〔歇後語〕鷯哥：俗指八哥兒。在黃皮樹上的八哥兒，專挑熟了的黃皮果子來吃。比喻一些人專門坑害熟人。

黃鱔上沙灘，唔死一身潺（殘） wong⁴ xin⁵ sêng⁵ sa¹ tan¹, m⁴ séi² yed¹ sen¹ san⁴

〔歇後語〕潺：黏液。"一身潺"與"一身殘"音近，指滿身傷殘。黃鱔上了沙灘，沾滿了沙子，動彈不得，只好分泌大量黏液，樣子非常狼狽。比喻人陷入危難境地，儘管最後脫離了險境，也要受到很大的損傷。 例 佢呢次生意失敗，好比黃鱔上沙灘，唔死一身潺咯（他這次的生意失敗，不破產也要元氣大傷了）。

黃腫腳，不消蹄（提） wong⁴ zung² gêg³, bed¹ xiu¹ tei⁴

〔歇後語〕黃腫腳：黃腫病人的腳腿；不消蹄：浮腫的腳不消退。廣州話"蹄"與"提"同音。不消提即別再提的意思。 例 以前啲嘢，真係黃腫腳，不消蹄咯（以前的事就別再提了）。

旺丁唔旺財 wong⁶ ding¹ m⁴ wong⁶ coi⁴

迷信的人認為某事或某人能導致人丁興旺，但對發家致富不起作用。

烏燈黑火 wu¹ deng¹ heg¹ fo²

黑燈瞎火。　例 今晚冇電，成條街烏燈黑火嘅（今晚沒有電，整條街黑燈瞎火的）。

烏啄啄，任人將 wu¹ dêng¹ dêng¹, yem⁶ yen⁴ zêng¹

烏啄啄：糊裏糊塗。糊裏糊塗的人下象棋，隨便讓人將軍。比喻人辦事糊塗，吃了虧還不知道。　例 你要打醒精神，唔好烏啄啄任人將呀（你要提高警惕，不要隨便讓人將你的軍）。

烏雞啄豆腐，烏啄啄 wu¹ gei¹ dêng¹ deo⁶ f u⁶, wu¹ dêng¹ dêng¹

〔歇後語〕烏啄啄：糊裏糊塗，莫名其妙。　例 佢哋做乜，我直程係烏雞啄豆腐，烏啄啄（他們幹甚麼，我完全不清楚）。

烏龜爬門檻，唔跌唔進 wu¹ guei¹ pa⁴ mun⁴ kam⁵, m⁴ did³ m⁴ zên³

〔歇後語〕烏龜要爬過門檻，必須滾跌過去。"跌"有挫折失敗的意思；"進"即進步。比喻人不受過失敗就不會有進步。

烏襤苟褸 wu¹ lam⁴ geo² leo⁵

形容衣衫襤褸。　例 唔好詐窮嘞，而家重着得烏襤苟褸嘅做乜喎（別裝窮了，現在還穿得破破爛爛的幹嗎）？

烏哩單刀 wu¹ li¹ dan¹ dou¹

亂七八糟，一塌糊塗。　例 呢

間房畀你搞到烏哩單刀（這個房間讓你搞得亂七八糟）。

烏龍王 wu¹ lung⁴⁻² wong⁴

糊塗蟲，責任心不強又經常出差錯的人。　例 你真係烏龍王，呢張發票你寫多咗一個零喇（你真是個糊塗蟲，這張發票你多寫了一個零了）。

烏眉瞌睡 wu¹ méi⁴ heb² sêu⁶

昏昏欲睡。例 我琴晚冇瞓夠，今日成日烏眉瞌睡（我昨晚沒睡足，今天總是昏昏欲睡）。

烏鴉洗身，風吹翻樹根 wu¹ nga¹ sei² sen¹, fung¹ cêu¹ fan¹ xu⁶ gen¹

〔農諺〕烏鴉在水邊戲水，可能會颳大風。

烏天黑地 wu¹ tin¹ heg¹ déi⁶

天昏地暗。　例 你睇烏天黑地嘅，要落雨咯（你看天昏地暗的，要下雨了）。

烏雲低暗，大雨來探 wu¹ wen⁴ dei¹ ngem³, dai⁶ yü⁵ loi⁴ tam³

〔農諺〕烏雲又低又黑，預示着大雨將至。

烏雲攔東，唔係雨就係風 wu¹ wen⁴ lan⁴ dung¹, m⁴ hei⁶ yü⁵ zeo⁶ hei⁶ fung¹

〔農諺〕東邊佈滿烏雲，不是下雨就是颱風。

烏雲上頂，風雨唔使請 wu¹ wen⁴ sêng⁵ déng², fung¹ yü⁵ m⁴ sei² céng²

〔農諺〕烏雲積聚在天頂上，預兆風雨即將來臨。

烏雲在東，有雨都唔兇 wu¹ wen⁴ zoi⁶ dung¹, yeo⁵ yü⁶ dou¹ m⁴ hung¹

〔農諺〕烏雲雖然預示着下雨，但如果雲是在東方，就算下雨也不會太兇猛。

烏蠅戴到龍眼殼 wu¹ ying⁴⁻¹ dai³ dou³⁻² lung⁴ ngan⁵ hog³

烏蠅：蒼蠅。蒼蠅戴上龍眼殼帽子，很不相稱。比喻人的穿戴太寬太大。

烏蠅褸馬尾，一拍兩散 wu¹ ying⁴⁻¹ leo¹ ma⁵ méi⁵, yed¹ pag³ lêng⁵ san³

〔歇後語〕烏蠅：蒼蠅；褸：蒼蠅等昆蟲麇集在某物上面。蒼蠅麇集在馬尾巴上，馬尾巴一拍，蒼蠅散開，而馬尾巴也散開。比喻合作雙方散夥。 例 如果大家唔想繼續合作，惟有烏蠅褸馬尾，一拍兩散算咯（如果大家不想合作下去，就乾脆散夥算了）。

污糟邋遢 wu¹ zou¹ lad⁶ tad³

污糟、邋遢：都是骯髒的意思。兩個詞經常連用，有加強語氣的作用。 例 你呢度搞到污糟邋遢，坐都冇地方坐（你這裏弄得骯髒不堪，連坐也沒地方坐）。

胡哩馬杈 wu¹ li¹ ma⁵ ca⁵

形容人寫字寫得潦草不堪。 例 你哋字寫得胡哩馬杈，叫人點睇呢（你的字寫得亂七八糟，叫人怎麼看呢）。

鬍鬚都趷起 wu⁴ sou¹ dou¹ ged⁶ héi²

趷：翹起。形容人生氣，鬍子都翹了起來。 例 你激到佢鬍鬚都趷起咯（你氣得他吹鬍子瞪眼了）。

鬍鬚勒特 wu⁴ sou¹ leg⁶ deg⁶

鬍子拉碴，鬍子滿臉的樣子。 例 你睇佢鬍鬚勒特嘅，點見得客吖（你看鬍鬚拉碴的，怎麼能去會客人呢）。

胡天胡帝 wu⁴ tin¹ wu⁴ dei³

肆意胡鬧，毫無顧忌地亂搞。 例 呢班馬騮精喺度胡天胡帝，冇人管得住（這班淘氣鬼在這裏胡鬧，沒人管得住）。

葫蘆王 wu⁴ lou⁴⁻² wong⁴

愛撒謊、吹牛的人。葫蘆一般指乾的葫蘆殼，多用來裝東西。過去民間遊醫或道士常用來裝藥品或其他東西。人們把"葫蘆"看作神秘東西，把撒謊吹牛叫"吹葫蘆"，而把愛吹牛的人稱為"葫蘆王"。 例 佢呢個人正一葫蘆王，你千祈唔好信呀（他是個愛吹牛的人，你千萬別信）。

狐狸嗌交，一派狐（胡）言 wu⁴ léi⁴⁻² ngai³ gao¹, yed¹ pai³ wu⁴ yin⁴

〔歇後語〕嗌交：吵架。斥責對方胡言亂語。狐與胡同音。指出吵架的人都是胡説八道。 〔例〕你唔好信佢呀，都係狐狸嗌交，一派胡言（你不要信他，都是一派胡言）。

芋頭煲糖水，心淡 wu⁶ teo⁴ bou¹

tong⁴ sêu², sem¹ tam⁵

〔歇後語〕糖水：一種甜食，用白薯、紅豆、綠豆、蓮子等用水煮透，放上黃片糖即成。用芋頭做原料，芋頭熟了之後其心仍然是淡的。"心淡"比喻人對某事已經失望，不感興趣了。 〔例〕呢個公園年年都做唔成，大家都芋頭煲糖水，心淡咯（這個公園年年都做不成，大家都不感興趣嘍）。

芋頭沾糖，心淡 wu⁶ teo⁴ jim²

tong⁴, sem¹ tam⁵

〔歇後語〕拿煮熟的芋頭蘸糖吃，外面甜而心裏淡。形容人對某事物感覺失望。

護照相片，出洋相 wu⁶ jiu³ sêng³

pin³⁻², cêd¹ yêng⁴ sêng³

〔歇後語〕出洋相是雙關語。其一指出國用的照片，其二指出醜。形容人做事、説話鬧笑話，丢人現眼。 〔例〕呢個人唔知做乜，時時都係護照相片，出洋相嘅（這個人不知道為甚麼，經常都丢人現眼）。

回南轉北，冷到面都黑

wui⁴ nam⁴ jun² beg¹, lang⁵ dou³ min⁶ dou¹ heg¹

〔農諺〕回南：南風天；轉北：轉颳北風。廣東地區冬春季節裏颳南風時，氣溫上升，濕度增加，叫"回南天"。如果寒流南下，轉颳北風，氣溫驟降。回南天突然轉颳北風，冷得人們臉都黑了。又叫"回南轉北，冷到口唇黑"或"回南轉北，冷到口黑面黑"。

會彈唔會唱 wui⁵ tan⁴ m⁴ wui⁵ cêng³

原來指人只會彈琴而不會唱戲，轉指人只會批評別人而自己卻不會做任何事情。"彈"有評論的意思。 〔例〕你成日彈人哋呢度唔好嗰度唔好，你又唔會做，真係會彈唔會唱（你整天評論別人這裏不好那裏不好，你又不會做，真是光會批評不會幹）。

會錯意 wui⁶ co³ yi³

理解錯了，領會錯了。 〔例〕你會錯意喇，我唔係噉嘅意思（你誤會了，我不是這個意思）。

碗碟有相扻 wun² dib⁶ yeo⁵ sêng¹ hem²

扻：磕碰。碗和碟子經常放在一塊兒，經常同時使用，彼此碰撞的機會很多。比喻經常生活在一起的人，彼此發生矛盾、摩擦的情況是很自然的，不必大驚小怪。多用來勸慰人們彼此要抱着容忍的態度來處理各種問題。類似普通話"鍋碗也有相碰的時候"。

X

絲絲濕濕 xi¹ xi¹ seb¹ seb¹

形容地上到處是水，或者指梅雨天到處潮濕。　例 菜市成地水，絲絲濕濕，好難行（菜市場滿地是水，濕淋淋的很難走）。

斯文淡定 xi¹ men⁴ dam⁶ ding⁶

形容人舉止文雅大方，應對從容。例 你睇佢幾斯文淡定呀，好似個模特噉（你看他多文雅大方，就像個模特那樣）。

師傅教落 xi¹ fu² gao³ log⁶

師傅傳授下來就是這樣，說明這樣做法是有根據的。

師姑褲腳，綁死一世 xi¹ gu¹ fu³ gêg³, bong² séi² yed¹ sei³

〔歇後語〕師姑：尼姑。尼姑的褲腳是整天纏着的，比喻人自始至終被困在一個地方，或被一種辦法難住。相當於普通話的"吊死在一棵樹上"。　例 你要想多啲辦法，唔好師姑褲腳，綁死一世呀（你要多想辦法，不要吊死在一棵樹上）。

獅子咁大個鼻 xi¹ ji² gem³ dai⁶ go³ béi⁶

比喻人架子大，難以接近。　例 呢個主任，獅子咁大個鼻，你求得到佢（這個主任，架子可大了，你能求他）！

獅子擘大口 xi¹ ji² mag³ dai⁶ heo²

獅子大開口。比喻要價太高，或條件太苛刻。　例 你獅子擘大口，邊個敢同你買嘢喝（你獅子大開口，誰敢買你的東西呀）！

屎窟生瘡，冇眼睇 xi² fed¹ sang¹ cong¹, mou⁵ ngan⁵ tei²

〔歇後語〕屎窟：屁股。屁股上長了瘡，自己看不到。其實是指不願意看。　例 呢個仔學得咁差，佢老豆真係屎窟生瘡，冇眼睇咯（這孩子學得這麼差勁，他父親真不願意看了）。

屎窟生瘡冇眼睇，鼻哥生瘡在眼前 xi² fed¹ sang¹ cong¹mou⁵ ngan⁵ tei², béi⁶ go¹ sang¹ cong¹ zoi⁶ ngan⁵ qin⁴

鼻哥：鼻子。告誡別人要注意行善，不要作惡，做了壞事會遭到報應的。

屎坑計 xi² hang¹ gei³⁻²

屎坑：廁所。在廁所裏想出的計謀。即不高明的主意，餿主意。 例 你聽佢嘅屎坑計實衰（你聽他的餿主意準倒霉）。

屎坑旁邊食香蕉，難為你開口

xi² hang¹ pong⁴ bin¹ xig⁶ hêng¹ jiu¹, nan⁴ wei⁴ néi⁵ hoi¹ heo²

〔歇後語〕在廁所旁邊吃香蕉，沒辦法張嘴吃。 例 佢咁困難你重問佢借錢，真係屎坑旁邊食香蕉，難為你開口呀（他這麼困難你還跟人家借錢，難為你開口啊）。

屎坑石頭，臭夾硬 xi² hang¹ ség⁶

teo⁴, ceo³ gab³ ngang⁶

〔歇後語〕夾：而且。廁所裏的石頭，既臭且硬。形容人既沒有本事又頑固。也指人頑固地堅持錯誤，不接受批評。

屎坑竹枝，掗拃夾臭 xi² hang¹

zug¹ ji¹, nga⁶ za⁶ gab³ ceo³

〔歇後語〕掗拃：佔地方的，愛霸佔的；夾：而且，又。放在廁所裏的竹樹枝，既礙事又臭。形容人品行不好又愛張揚，令人討厭。 例 你唔好理佢呀，呢個人屎坑竹枝，掗拃夾臭（你不要理他，這個人又臭又愛惹事）。

屎棋貪食卒 xi² kéi⁴ tam¹ xig⁶ zêd¹

〔諺語〕屎棋：臭棋，不高明的棋術。形容人眼光短淺，只想吃對方的卒子，忘了大局。比喻人貪圖眼前小利，而丟棄了重大利益，相當於"撿了芝麻丟了西瓜"。

屎氹關刀，聞（文）唔得，舞（武）唔得 xi² tem⁵ guan¹ dou¹,

men⁴ m⁴ deg¹, mou⁵ m⁴ deg¹

〔歇後語〕屎氹：糞坑；關刀：一種長柄大刀。"聞""文"同音，"武""舞"同音。掉在糞坑裏的大刀，既聞不得，也舞不得。戲稱那些甚麼也不會幹的人，既不能文，也不能武。

時不時 xi⁴ bed¹ xi⁴

時常，偶爾，不時。 例 佢時不時都會嚟下嘅（他偶爾也會來一下的）｜你大佬時不時都講起你（你哥哥時常都說起你）。

時運高，搏番鋪 xi⁴ wen⁶ gou¹,

bog³ fan¹ pou¹

〔戲謔語〕時運：運氣；搏番鋪：再拼一局。譏笑喜歡賭博的人，以為時來運轉了，可以到賭場上拼一拼運氣了。

時辰八字 xi⁴ sen⁴ bad³ ji⁶

用天干地支表示人出生的時間，年、月、日、時各兩個字，共八個字，即"生辰八字"。迷信的人認為根據生辰八字可以測定人的命運好壞。

市橋蠟燭，假細芯（心） xi⁵ kiu⁴ lab⁶ zug¹, ga² sei³ sem¹

〔歇後語〕市橋：廣州市番禺區政府所在地。過去當地出產的蠟燭，其芯很粗，但露在外面的芯卻很細，成了"假細芯"。"芯"與"心"同音。人們用這話來形容某些人的假情假意。例 你以為佢好關心你，其實係市橋蠟燭，假細芯（你以為他很關心你，其實是假情假意的）。

事不離實 xi⁶ bed¹ léi⁴ sed⁶

強調確有其事，事情確實如此，不容抵賴的意思。例 你親口同我講過嘅，事不離實嘛（你親自跟我說過的，事情確實是這樣嘛）｜事不離實，佢唔賴得去嘅（事實就是這樣，他是抵賴不了的）。

事急馬行田 xi⁶ geb¹ ma⁵ hang⁴ tin⁴

中國象棋的規則是"馬"走日字，"象"走田字。如果馬走了田字就違反規則。人們戲稱情急之下採取違規手段應付情況，就好像"馬"走了"田"字那樣。例 我知嗷做法係唔啱嘅，但係事急馬行田，實在冇其他辦法咯（我知道這樣做是不對的，但情急之下實在沒有其他辦法了）。

蒔禾蒔到處暑，有得蒔冇得煮 xi⁶ wo⁴ xi⁶ dou³ qu⁵ xu², yeo⁵ deg¹ xi⁶ mou⁵ deg¹ ju²

〔農諺〕蒔禾：插秧；有得：有；冇得：沒有⋯可⋯。插晚稻秧插到處暑（陽曆 8 月 22、23 或 24 日），季節錯過了，插了秧也不會有收成。

豉油碟，想點就點 xi⁶ yeo⁴ dib⁶, sêng² dim² zeo⁶ dim²

〔歇後語〕豉油：醬油；點：雙關語，一是蘸，二是怎麼樣。醬油碟，想蘸就蘸。比喻人不受拘束，想怎麼樣就怎麼樣。例 呢度唔係你屋企，以為係豉油碟呀，想點就點（這裏不是你家，你以為想怎麼樣就怎麼樣啦）！

豉油碟，任人點 xi⁶ yeo⁴ dib⁶, yem⁶ yen⁴ dim²

點：擺佈、支使。比喻人不能自主，人家要怎麼樣就怎麼樣。

豉油撈飯，整色水 xi⁶ yeo⁴ lou¹ fan⁶, jing² xig¹ sêu²

〔歇後語〕豉油：醬油；撈：拌。用醬油來拌飯，使飯增加顏色。比喻為了矇騙別人而弄虛作假。例 有啲產品品質好差，但包裝搞得好高級，其實係豉油撈飯，整色水咋（有的產品品質很差勁，但外包裝搞得很高級，其實是弄虛作假罷了）。

豉油樽枳，鹹濕 xi⁶ yeo⁴ zên¹ zed¹, ham⁴ seb¹

〔歇後語〕樽：瓶子；枳：塞子；鹹濕：淫穢，好色，下流。醬油瓶的塞子，既鹹又濕。廣州話"鹹濕"有淫穢、下流等意思。比喻一些人好色之徒的下流行為。 例 呢個友成日中意講埋啲下流嘢，正一豉油樽枳，鹹濕到極（這個傢伙整天喜歡説些淫穢的東西，下流極了）。

是非成日有，唔聽自然無 xi⁶ féi¹ xing⁴ yed⁶ yeo⁵, m⁴ téng¹ ji⁶ yin⁴ mou⁴

〔諺語〕人與人之間的是是非非隨時隨地都有，但不聽就沒有了。勸人不要理睬流言蜚語。

㨿高枕頭諗下 xib³ gou¹ zem² teo⁴ nem² ha⁵

㨿：墊；諗：思考。墊高枕頭睡，好好想一想。勸告別人認真考慮。 例 呢個道理好簡單，你㨿高枕頭諗下啦（這個道理很簡單，你好好想一想吧）。

色膽大過天 xig¹ dam² dai⁶ guo³ tin¹

指好色的人色膽包天。為了滿足情欲而敢於幹出犯法的勾當。

識啲啲，扮老師；唔識字，扮博士 xig¹ di¹ di¹, ban⁶ lou⁵ xi¹, m⁴ xig¹ ji⁶, ban² bog³ xi⁶

〔兒童戲謔語〕識：懂得；啲啲：一點兒。懂得一點的人當老師，不認識字的人當博士。

識啲唔識啲 xig¹ di¹ m⁴ xig¹ di¹

識：懂得。一知半解，只懂得皮毛。 例 呢個問題我識啲唔識啲啦（這個問題我懂得一點）｜你識啲唔識啲就猛咁吹，唔知醜字點寫（你只懂一點點就拼命吹，一點也不害臊）。

識彈唔識唱 xig¹ tan⁴ m⁴ xig¹ cêng³

只會彈琴不會唱歌。比喻人只會批評別人，不會做事。 例 其實佢亦做唔到，識彈唔識唱之嗎（其實他也做不到，會彈不會唱罷了）。又説"會彈唔會唱"。

識少少，扮代表 xig¹ xiu² xiu², ban⁶ doi⁶ biu²

〔兒童戲謔語〕形容人懂得不多，但愛出風頭。 例 有啲人好似好叻嗽，中意出風頭，識少少，扮代表（有些人挺像很了不起的，愛出風頭，懂得一點點就胡亂吹噓）。

識者鴛鴦，唔識者兩樣 xig¹ zé² yün¹ yêng¹, m⁴ xig¹ zé² lêng⁵ yêng⁶

鴛鴦是一種水鳥，雌雄的樣子差別很大，不認識它的人以為是兩種鳥，只有認識它的人才知道是一對鴛鴦。比喻懂行的人能明白事理的真相，外行的人往往被表面現象所迷惑。

X

食白果 xig⁶ bag⁶ guo²

即沒得到應得的效果、白費功夫。 例 辛苦咗幾日，重食白果添（辛苦了幾天，竟然徒勞無功）。

食飽飯，等屎屙 xig⁶ bao² fan⁶ deng² xi² ngo¹

吃飽飯就等着拉屎。形容人終日無所事事。

食飽唔憂米，得閒揾戲睇

xig⁶ bao² m⁴ yeo¹ mei⁵, deg¹ han⁴ wen² héi³ tei²

〔戲謔語〕得閒：有空兒；揾：找；睇：看。吃飽了就不必擔心糧食，有空兒就找戲看去。比喻人過着衣食無憂的日子。

食飽無憂米 xig⁶ bao² mou⁴ yeo¹ mei⁵

吃飽了使人忘掉憂愁的米糧。諷刺一些人飽食終日，無所用心的樣子。 例 呢個人食飽無憂米，唔知老豆姓乜咯（這個人飽食終日，連父親姓甚麼都忘記了）｜你梗係食飽無憂米嘞，成日嘻嘻哈哈嘅（你一定是吃飽了不知憂愁，整天嘻嘻哈哈的）。也形容人無憂無慮地過日子。

食飽睡一睡，好過做元帥

xig⁶ bao² sêu⁶ yed¹ sêu⁶, hou² guo³ zou⁶ yün⁴ sêu³

〔諺語〕吃飽了飯之後稍睡一會兒，比做元帥還舒服。

食波餅 xig⁶ bo¹ béng²

波：球。戲稱被球擊中。球打在人身上，留下一個圓形印痕，就像一個大餅。

食七嘅食 xig⁶ ced¹ gem² xig⁶

過去農村的喪家每隔七天為死者祭奠一次，共七次。每次都設飯菜招待來弔唁的親友。凡是同村的人甚至過路的人都可以去吃，叫"食七"。因為去吃的多為窮人而且都是白吃的，食相都不怎麼好。人們用"食七嘅食"來形容一些人不雅的食相。

食得鹹魚抵得渴 xig⁶ deg¹ ham⁴ yü⁴ dei² deg¹ hod³

〔諺語〕能吃鹹魚就不怕渴。比喻敢做某事就能對付由此帶來的各種後果，有敢做敢當的準備。 例 我唔怕，我食得鹹魚抵得渴（我不怕，我敢做敢當）｜食得鹹魚抵得渴，我有辦法對付（能吃鹹魚就不怕渴，我有辦法對付的）。

食得係福，着得係祿，瞓得就生肉 xig⁶ deg¹ hei⁶ fug¹, zêg³ deg¹ hei⁶ lug⁶, fen³ deg¹ zeo⁶ sang¹ yug⁶

〔諺語〕能吃就是福，能穿就是祿，能睡就長肉。意思是勸人盡情地享受目前的幸福生活。

食得禾米多 xig⁶ deg¹ wo⁴ mei⁵ do¹

指某人壞事做得多，侵佔人民的利益多，暗示這樣的人必然沒有好下場。　例 呢個人食得禾米多，肯定冇得好死（這個人貪了不少不義之財，肯定沒有好下場）。

食多啲大頭菜 xig⁶ do¹ di¹dai⁶ teo⁴ coi³

〔戲謔語〕多啲：多點兒；大頭菜：一種根用芥菜，通常來醃成鹹菜。民間認為吃鹹大頭菜會使人做夢。因此，當別人有不切實際的幻想時，就勸他多吃大頭菜，以期在夢中實現其願望。

食多屙多，枉費奔波 xig⁶ do¹ ngo¹ do¹, wong² fei³ ben¹ bo¹

屙：排便，大便。比喻徒勞無功。　例 你嘅搞法，都係食多屙多，枉費奔波啦（你這樣做，還不是徒勞無功）！

食飯包台，做工夫冇耐 xig⁶ fan⁶ bao¹ toi⁴, zou⁶ gung¹ fu¹ mou⁵ noi⁶

包台：吃飯速度慢，最後一個吃完；冇耐：不耐久，不耐勞。指人進食速度慢，說明消化力差，其身體不夠強壯，幹力氣活則不能持久。

食飯大過天 xig⁶ fan⁶ dai⁶ guo³ tin¹

吃飯這件事比天還大，強調按時吃飯的重要性。相當於“民以食為天”。　例 到十二點就唔好再開會咯，食飯大過天呀（到十二點就不要再開會了，民以食為天嘛）。

食飯唔好食飽，講嘢唔好講盡 xig⁶ fan⁶ m⁴ hou² xig⁶ bao², gong² yé⁵ m⁴ hou² gong² zên⁶

〔諺語〕吃飯不要吃得十分飽，說話不要把話講盡。強調說話要留有餘地，不要絕對化，要給對方留有考慮的餘地。

食夾棍 xig⁶ gab³ guen³

比喻兩面受壓，左右為難。相當於“兩面不討好”的意思。　例 兩個領導意見唔同，叫我喺中間食夾棍（兩個領導意見不同，叫我在中間兩面不討好）。

食過翻尋味 xig⁶ guo³ fan¹ cem⁴ méi⁶

形容食物味道極好，吃過還想回頭再吃。　例 呢間店嘅嘢好好食，保證你食過翻尋味（這家館子的東西很好吃，保證你吃過回頭還要來吃）。

食過五月粽，寒衣收入槓 xig⁶ guo³ ng⁵ yüd⁶ zung³⁻², hon⁴ yi¹ seo¹ yeb⁶ lung⁵

〔農諺〕槓：木製衣箱。吃過了端午粽子之後，天氣再不會冷了，可以把寒衣收進衣箱裏了。

食係十足，着係九六 xig⁶ hei⁶ seb⁶ zug¹, zêg³ hei⁶ geo² lug⁶

強調吃是第一位的，穿屬於

第二位。民間常説"民以食為天",説明吃比甚麼都重要。

食自己 xig⁶ ji⁶ géi²

自食其力,指靠自己的力量過活,也指靠過去的積蓄過日子。 例 呢排冇去工作,食自己啦(近來沒有去工作,靠原來的積蓄過日子了)。

食豬紅屙黑屎,馬上見功 xig⁶ ju¹ hung⁴ ngo¹ hag¹ xi², ma⁵ sêng⁶ gin³ gung¹

〔歇後語〕豬紅:豬血。比喻做某事很快導致某種後果。 例 玩遊戲機玩得多,學習成績就差,好似食豬紅屙黑屎,馬上見功(玩遊戲機玩多了,學習就差了,馬上奏效)。

食蓮子羹 xig⁶ lin⁴ ji² geng¹

〔戲謔語〕指被槍斃。 例 嗰個殺人兇手食蓮子羹咯(那個兇手被槍決了)。

食龍肉都冇味 xig⁶ lung⁴ yug⁶ dou¹ mou⁵ méi⁶

吃龍肉也沒有味道。比喻人由於生病或心情不好,沒有食欲,吃甚麼都不香。 例 你呢個問題未解決,叫我食龍肉都冇味(你這個問題不解決,叫我吃甚麼好東西都沒胃口)。

食唔窮,着唔窮,計劃不周一世窮 xig⁶ m⁴ kung⁴, zêg³ m⁴ kung⁴, gei³ wag⁶ bed¹ zeo¹ yed¹ sei³ kung⁴

〔諺語〕吃不窮,穿不窮,計劃不好一輩子窮。強調居家過日子要計劃周到,生活才過得美滿。又説"食唔窮,着唔窮,打算唔通一世窮"。

食貓面 xig⁶ mao¹ min⁶⁻²

指被訓斥、遭白眼,因而難堪。 例 呢次搞成噉樣,老闆一定畀我食貓面咯(這次搞成這樣,老闆一定要訓斥我了)|你跌咗單據,翻去實食貓面咯(你丟了單據,回去一定挨訓了)。"食貓面"是"識貌面"的變音。原來是由"畀個貌面佢識"的省略。後來訛為"畀個貓面佢食",又簡化為"食貓面"。

食麵飲埋湯,唔使開藥方 xig⁶ min⁶ yem² mai⁴ tong¹, m⁴ sei² hoi¹ yêg⁶ fong¹

〔諺語〕飲埋湯:連湯也喝了;唔使:不必。吃湯麵連湯也喝了,對身體有好處,就不必看病了。強調喝麵湯的好處。近似普通話"原湯化原食"的説法。

食無情雞 xig⁶ mou⁴ qing⁴ gei¹

比喻被解雇。 例 舊時話,年卅晚老闆畀嘢計食無情雞,第二年就要炒魷魚喇(過去傳説,吃年夜飯的時候老闆親自讓嘢計吃無情雞,來年就要被解雇了)。

食無時候，瞓無竇口 xig⁶ mou⁴ xi⁴ heo⁶, fen³ mou⁴ deo³ heo²

瞓：睡；竇口：窩，即住所。形容窮人到處流浪，吃住都沒有固定的地方。又説"食有時候，居無竇口"。

食砒霜毒老虎，大家一齊死 xig⁶ péi¹ sêng¹ dug⁶ lou⁵ fu², dai⁶ ga¹ yed¹ cei⁴ séi²

吃了砒霜後去讓老虎吃自己，人與老虎同歸於盡。形容人為了達到目的，不惜犧牲自己生命的笨辦法。 例 如果實在冇辦法，惟有食砒霜毒老虎，大家一齊死咯（如果實在沒有辦法，只有魚死網破，大家同歸於盡了）。

食砒霜屙屎毒狗 xig⁶ péi¹ sêng¹ ngo¹ xi² dou⁶ geo²

毒：這裏音杜，毒殺的意思。相傳有人想把別人的狗毒殺，便自己先吃毒藥砒霜，打算拉出屎來毒狗，結果可想而知。比喻愚蠢的人想害人卻先害了自己。

食生菜 xig⁶ sang¹ coi³

比喻很容易辦到的事。 例 你呢件事容易過食生菜啦（你這件事太容易了）。

食塞米 xig⁶ seg¹ mei⁵

白吃飯，罵人無能、懵懂、愚鈍時用。 例 咁淺嘅字都唔識，真係食塞米咯（這麼淺的字也不懂，真是白吃飯了）。又叫"食枉米"。

食死老公摳爛席 xig⁶ séi² lou⁵ gung¹ kem² lan⁶ zég⁶

摳爛席：蓋破席子。指好食懶做的女人能把丈夫吃窮，蓋的只有破席子。

食死貓 xig⁶ séi² mao¹

背黑鍋。指受冤枉或被人栽贓陷害。 例 你唔使怕，我唔會畀你食死貓嘅（你不用害怕，我是不會讓你背黑鍋的）。

食水太深 xig⁶ sêu² tai³ sem¹

要價太高。 例 手續費要收幾百文，係唔係食水太深喇（手續費要收幾百元，是不是要價太高了）？

食頭和，輸甩褲 xig⁶ teo⁴ wu⁴, xu¹ led¹ fu³

〔戲謔語〕頭和：打麻將頭一局"和"了；甩：掉。牌友們常戲説，打麻將時如果頭一局贏了，接下來會連遭失敗，最後連褲子也輸掉了。

食拖鞋飯 xig⁶ to¹ hai⁴ fan⁶

指男人靠女人養活。又叫"食軟飯"。

食土鯪魚 xig⁶ tou² léng⁴ yü⁴⁻²

舊時戲稱主人收女傭人為妾。

食枉米 xig⁶ wong² mei⁵

同"食塞米"。

食碗面反碗底 xig⁶ wun² min⁶⁻² fan² wun² dei²

碗面：碗上面，即碗裏頭的東西。吃完碗裏的東西便把碗反過來，意為吃飽了就翻臉不認人。引申為忘恩負義，恩將仇報。 例我介紹佢嚟工作，點知佢重話我排擠佢，真係食碗面反碗底（我介紹他來工作，誰知他還說我排擠他，真是恩將仇報）。

食屎屙飯 xig⁶ xi² ngo¹ fan⁶

罵人不近人情，沒良心，有不是人的意思。 例嗰個嘢嗽都做得出，真係食屎屙飯（那傢伙這樣的事也做得出來，真不是人）。

食屎食着豆 xig⁶ xi² xig⁶ zêg⁶ deo⁶⁻²

指人本來遭遇很不好，但意外地碰到了好運氣，得到好處。 例呢次罰佢去掃街邊，畀佢執到一張彩票，結果中咗獎，真係食屎食着豆嘞（這次罰他去掃大街，讓他撿到一張彩票，結果得到中了獎，真是該他運氣好）。

食嘢打背脊落 xig⁶ yé⁵ da² bui³ zég³ log⁶

吃東西從脊背下去。形容東西吃得極不舒服，不容易下嚥。比喻處境難堪，日子不好過。 例人哋對你咁冷淡，真係食嘢打背脊落呀（人家對你那麼冷淡，日子真不好過）。

食嘢唔做嘢，做嘢打爛嘢 xig⁶ yé⁵ m⁴ zou⁶ yé⁵, zou⁶ yé⁵ da² lan⁶ yé⁵

平時遊手好閒，光吃不做事，偶爾做點事又出差錯，把器物打破。用來責備那些既懶又粗心的人。

食嘢食味道，睇戲睇全套 xig⁶ yé⁵ xig⁶ méi⁶ dou⁶, tei² héi³ tei² qun⁴ tou³

〔諺語〕吃東西主要是吃它的味道，看戲要從頭到尾地看才有意思。

食嘢一條龍，做嘢一條蟲 xig⁶ yé⁵ yed¹ tiu⁴ lung⁴, zou⁶ yé⁵ yed¹ tiu⁴ cung⁴

〔戲謔語〕形容人好吃懶做，吃東西時狼吞虎嚥，但幹活時就變成一條蟲，懶散無力。

食夜粥 xig⁶ yé⁶ zug¹

晚上吃夜宵喝粥。民間習武多在夜間進行，最後要加餐，多為喝粥，故"食夜粥"變成練習武藝的代用語。 例佢嘅功夫梗係使得啦，食過幾年夜粥個嘛（他的拳腳當然行了，練過幾年武術的）。

食藥唔戒口，神仙都冇修 xig⁶ yêg⁶ m⁴ gai³ heo², sen⁴ xin¹ dou¹ mou⁵ seo¹

冇修：沒有辦法。吃中藥一般要忌口，不然的話連神仙也治不好。

食人唔瀡骨 xig⁶ yen⁴ m⁴ lê¹ gued¹

瀡：吐。吃人不吐骨頭。形容對人盤剝得非常厲害，殺人不眨眼。 呢個人剝削人好犀利，直程係食人唔瀡骨呀（這個人剝削人非常狠，簡直就是殺人不眨眼的）。

食人一餐飯，有事等你辦

xig⁶ yen⁴ yed¹ can¹ fan⁶, yeo⁵ xi⁶ deng² néi⁵ ban²

〔諺語〕吃了別人一頓飯，接下來會有事找你辦。說明甚麼都會事出有因，天上不會掉餡餅，別人不會白白讓你佔便宜的。

食人一碗飯，做到頭都爛；食人一碗粥，做到頭都禿

xig⁶ yen⁴ yed¹ wun² fan⁶, zou⁶ dou³ teo⁴ dou¹ lan⁵; xig⁶ yen⁴ yed¹ wun² zug¹, zou⁶ dou³ teo⁴ dou¹ tug¹

吃人家一碗飯或一碗粥，幫人家幹活辦事累得身體都垮了。說明欠了人情債的嚴重後果。

食人隻車 xig⁶ yen⁴ zég³ gêu¹

下象棋時車被吃掉了是很重大的損失。比喻把別人主要的財物都侵佔去了，或者要價過高，讓人承擔不了。 例 你呢

個零件要我成千文，你真係食人隻車咯（你這個零件竟要我上千元，你這樣宰得太過分了吧）？

食魚食肉，唔似飯初熟 xig⁶ yü⁴ xig⁶ yug⁶, m⁴ qi⁵ fan⁶ co¹ sug⁶

〔諺語〕唔似：不像。吃魚或者吃肉，都不如吃剛剛煮熟的飯那麼香。

食完兼夾搦 xig⁶ yün⁴ gim¹ gab³ nig¹

兼夾：還，而且；搦：拿。吃完了還拿。用於去取笑貪心的人，吃夠了還拿走。 例 你睇佢幾貪心呀，食完兼夾搦㗎（你看他多貪心，吃完了還拿着走）。

食完五月粽，過咗百日又係冬

xig⁶ yün⁴ ng⁵ yüd⁶ zung³⁻², guo³ zo² bag³ yed⁶ yeo⁶ hei⁶ dung¹

吃完端午粽子，再過一百天又到中秋節，冬天快到了。形容時間過得快。

食軟飯 xig⁶ yün⁵ fan⁶

同"食拖鞋飯"。

食詐和 xig⁶ za³ wu⁴⁻²

和：音糊，打麻將的術語。指打麻將時誤以為和牌而攤牌。比喻讓某種假像迷惑而判斷錯誤。 例 我以為係得晒喇，點知係食詐和（我以為是沒問題了，誰知道不是這麼一回事）。

食齋都會升仙，牛馬早就上西天 xig⁶ zai¹ dou¹ wui⁵ xing¹ xin¹, ngeo⁴ ma⁵ zou² zeo⁶ sêng⁵ sei¹ tin¹

食齋：吃素。吃素都能成仙，那麼一輩子都吃素的牛馬，早就上了西天了。

食咗草龍 xig⁶ zo² cou² lung⁴

草龍：一種喂鳥的蟲，據説鳥吃了唱得歡。比喻人的心情愉快或遇上高興的事時，心裏興奮，話語特別多，説個沒完。 例 你講極都唔完，係唔係食咗草龍呀（你老説個沒完，是不是吃了興奮藥啦）？

食咗十擔豬油咁腍 xig⁶ zo² seb⁶ dam³ ju¹ yeo⁴ gem³ neo⁶

腍：膩味。原意是形容人胃口不好，好像吃了很多豬油那麼膩味。比喻人做事提不起勁，慢騰騰的。 例 睇你做嘢咁慢，好似食咗十擔豬油咁腍喎（看你幹活這麼慢，就像吃了十擔豬油似的）。

食咗成擔蒜頭，好大口氣 xig⁶ zo² séng⁴ dan³ xun³ teo⁴, hou² dai⁶ heo² héi³

〔歇後語〕口氣：口腔的氣味，説話時的氣勢。形容人説話氣勢大。 例 有人啱發咗啲財就好似食咗成擔蒜頭，好大口氣啊（有人剛發了點財就覺得很了不起，口氣可不小）。

食咗人碗茶 xig⁶ zo² yen⁴ wun² ca⁴

吃過了別人的茶，指舊時女子一方接受男方的茶禮，便意味着同意與男方訂婚。比喻曾受過別人的恩惠。 例 你食咗人碗茶就算你同意喇（你受了對方的禮，就算你同意了）。

閃得高，水浸洲，閃得低，旱死雞 xim² deg¹ gou¹, sêu² zem³ zeo¹, xim² deg¹ dei¹, hon⁵ séi² gei¹

〔農諺〕閃電時，閃在天空高處，將會有大雨，如果閃得很低，則沒有雨。

仙都唔仙下 xin¹ dou¹ m⁴ xin¹ ha⁵

仙：銅板，一分錢；唔仙下：一文不名。形容人極度貧困。 例 個陣我仙都唔仙下，邊度有錢買新衫吖（那時候我一文不名，哪裏有錢買新衣服呢）。 "仙"是英文 cent 的音譯。

先不先 xin¹ bed¹ xin¹

首先，早先。 例 你先不先醃好啲牛肉，再落鑊炒（你首先把牛肉醃好，然後再放到鍋裏炒）。

先敬羅衣後敬人 xin¹ ging³ lo⁴ yi⁶ heo⁶ ging³ yen⁴

形容那些勢利的人，對人只看衣着，對衣着華麗的有錢人就恭恭敬敬，對衣着樸素的一般人就冷眼相看。

先敬太公，後敬喉嚨 xin¹ ging³

tai³ gung¹, heo⁶ ging³ heo⁴ lung⁴

太公：祖先；敬喉嚨：戲稱吃東西。民間一般的家規，在過節時，家裏的菜餚比較豐盛，這時大家必須首先祭拜祖先，然後大家才開始用餐。

先嗰排 xin¹ go² pai⁴⁻²

前些時候，前一段日子。 例 先嗰排我去咗旅遊（前些日子我旅遊去了）｜我先嗰排好唔得閒（我前些時候很忙）。

先雷後落，唔夠濕鑊 xin¹ lêu⁴

heo⁶ log⁶, m⁴ geo³ seb¹ wog⁶

〔農諺〕落：下雨；鑊：鍋。先打雷後下雨，所下的雨不夠把鐵鍋弄濕，説明雨量極小。

先雷後雨唔濕鞋，先雨後雷水浸街 xin¹ lêu⁴ heo⁶ yü⁵ m⁴ seb¹ hai⁴, xin¹ yü⁵ heo⁶ lêu⁴ sêu² zem³ gai¹

〔諺語〕唔濕鞋：鞋也不濕；水浸街：雨水大，連街道也浸了。先打雷後下雨，雨量不大；先下雨後打雷，下雨的時間長，雨量大。

先使未來錢 xin¹ sei² méi⁶ loi⁴ qin⁴

把還沒有到手的錢提前花掉了，相當於"寅吃卯糧"。 例 你再唔掂亦唔好先使未來錢呀（你再困難也不要寅吃卯糧啊）。

先一排 xin¹ yed¹ pai⁴⁻²

同"先嗰排"。

蹁西瓜皮 xin³ sei¹ gua¹ péi⁴

蹁：滑倒。比喻設圈套讓人上當受害。 例 你放心好喇，佢唔會整你蹁西瓜皮嘅（你放心好了，他不會讓你上當受害的）。

善財難舍，冤枉甘心 xin⁶ coi⁴

nan⁴ sé², yün¹ wong² gem¹ sem¹

形容有些吝嗇的富人，捨不得捐錢做善事，但被人詐騙，交了冤枉錢卻甘心情願。

星期美點 xing¹ kéi⁴ méi⁵ dim²

茶樓每週輪換推出的各種鹹甜點心。

城頭上跑馬，一味兜圈 xing⁴

teo⁴ sêng⁶ pao² ma⁵, yed¹ méi⁶⁻² deo¹ hün¹

〔歇後語〕人在城頭上跑馬，轉來轉去。比喻人説話反復兜圈子。

醒目仔 xing² mug⁶ zei²

機靈鬼，指聰明靈活而又善於隨機應變的年輕人。 例 呢個醒目仔你唔呃得佢㗎（這個機靈鬼你是騙不了他的）。

承你貴言 xing⁴ néi⁵ guei³ yin⁴

〔客套語〕謝謝你的祝願，希望像你所説的那樣。

燒豬耳，免炒（吵） xiu¹ ju¹ yi⁵, min⁵ cao²

〔歇後語〕免炒：不用炒。燒豬

X

的耳朵是熟的，可以馬上吃，不用回鍋炒了。廣州話的"炒"與"吵"用音，"免炒"即"免吵"，不要吵架或不要爭論等意思。多用來勸人不要爭論，以免影響其他的事情。又叫"燒豬肉，免炒"。

燒冷灶 xiu¹ lang⁵ zou³

指善待失勢的人，給他們支持和幫助，並指望將來他們能東山再起，而自己也從中得到好處。

燒水劏牛，搵工做 xiu¹ sêu² tong¹ ngeo⁴, wen² gung¹ zou⁶

〔歇後語〕劏牛：宰牛；搵：找。宰牛時燒水，是多餘的工作，因為宰牛只需剝皮，不用熱水燙皮毛。比喻沒事找事幹。 例你噉搞法直程係燒水劏牛，搵工做嘅嗻（你這樣搞，簡直就是沒事找事罷了）。

燒台炮 xiu¹ toi⁴ pao³

戲指人們發怒時拍桌子。 例喂，你話佢為乜又燒台炮喇（喂，你說他為甚麼又拍桌子了）？

燒壞瓦，唔入沓 xiu¹ wai⁶ nga⁵, m⁴ yeb⁶ dab⁶

〔歇後語〕入沓：摞在一起。燒壞了的瓦片不平整，難以跟好的瓦片摞在一起。比喻人不合群。 例呢個人係燒壞瓦，同大家唔入沓（這個人很孤僻，跟大夥兒格格不入）。

小鬼扮大神 xiu² guei² ban⁶ dai⁶ sen⁴

小人物充作大人物。比如婢女裝扮成女主人的樣子或譏笑一般人員充作領導官員的做法。

小鬼唔見得大神 xiu² guei² m⁴ gin³ deg¹ dai⁶ sen⁴

形容一些人膽怯，不善於交際，當接觸領導或"大人物"時往往怯場，言語遲鈍。

小鬼升城隍 xiu² guei² xing¹ xing⁴ wong⁴

同"水鬼升城隍"。

小寒暖，大寒無地鑽 xiu² han⁴ nün⁵, da⁶ hon⁴ mou⁴ déi⁶ jun³

〔農諺〕無地鑽：天氣冷得令人無處躲。小寒的時候暖，到大寒時就會很冷。又叫"小寒暖，大寒冇埞捐"。

小滿江河滿 xiu² mun⁵ gong¹ ho⁴ mun⁵

〔農諺〕在正常年份裏，到小滿的時候雨水比較多，江河都滿了。

小錢唔出大錢唔入 xiu² qin⁴ m⁴ cêd¹ dai⁶ qin⁴ m⁴ yeb⁶

〔諺語〕不投入一定的成本，就得不到大的利潤。用於勸人要捨得花本錢。

小心無大錯 xiu² sem¹ mou⁴ dai⁶ co³

凡事小心謹慎就不會出重大的差錯。 〔例〕各個環節你都要認真檢查至得呀,小心無大錯啦嗎(各個環節你都要認真檢查才行,小心點就不會出錯嘛)?

小心駛得萬年船 xiu² sem¹ sei² deg¹ man⁶ nin³ xun⁴

〔諺語〕凡事小心謹慎就能保得長久平安無事。

小數怕長計 xiu² sou³ pa³ cêng⁴ gei³

就算是很小的數目,日積月累起來,也成了一個大數目。一般用來勸誡人們注意節儉,或不要輕視小數目。 〔例〕一日識三個字,一年就識千幾字喇,小數怕長計吖嗎(一天認識三個字,一年就一千多字了,積少成多嘛)。

小偷畀狗咬,暗啞抵 xiu² teo¹ béi² geo² ngao⁵, ngem³ nga² dei²

〔歇後語〕暗啞抵:暗中忍受。小偷在作案時被狗咬了也不敢張聲,只好暗中忍受。比喻人吃了啞巴虧。 〔例〕佢貪平買咗個走私貨,以為會佔啲着數,其實係舊野,真係小偷畀狗咬,暗啞抵咯(他貪便宜買了個走私貨,以為賺了,其實是舊東西,真是啞巴吃黃連了)。

小暑一聲雷,曬穀搬嚟又搬去 xiu² xu² yed¹ séng¹ lêu⁴, sai³ gug¹ bun¹ lei⁴ yeo⁶ bun¹ hêu³

〔農諺〕嚟:來。小暑時是多陣雨季節。曬穀場上的人特別忙碌。雷聲一響雨就來,人們趕收稻穀,雨停後馬上又搬回去晾曬。

小雪見好天,雨雪到年邊 xiu² xud³ gin³ hou² tin¹, yü⁵ xud³ dou³ nin⁴ bin¹

〔農諺〕小雪那天如果是晴天,到農曆年末將會有雨雪。

小船靠埋大船邊,唔係搵膏就搵鹽 xiu² xun⁴ kao³ mai⁴ dai⁶ xun⁴ bin¹, m⁴ hei⁶ wen² gou¹ zeo⁶ wen² yim⁴

靠埋:靠過來;搵:找;膏:油。小船靠到大船邊來,不是找油就是找鹽。比喻小戶人家到大戶人家來,總是有事相求。

小兒科 xiu² yi⁴ fo¹

本來指醫院的兒科,借指小事或容易辦的事,人們往往看不起。 〔例〕呢件事係小兒科嘅,我一於同你搞掂(這是小事一椿,我一定給你辦好)|你咪話佢係小兒科呀,有兩手㗎(你別説他幼稚不行,其實有兩下子的)。

小兒無詐病 xiu² yi⁴ mou⁴ za³ béng⁶

小孩不會裝病。形容小孩天

X

真，不會撒謊，如果有病就自然表現出來，如果沒有病，裝也裝不成。

小暑大暑未為暑，最熱在立秋處暑 xiu² xu² dai⁶ xu² méi⁶ wei⁴ xu², zêu² yid⁶ zoi⁶ lab⁶ ceo¹ qu⁵ xu²

〔農諺〕未為：還不是；小暑大暑都不算很熱，最熱的是立秋處暑之間。

小雪大雪未為雪，小寒大寒至係寒 xiu² xud³ dai⁶ xud³ méi⁶ wei⁴ xud³, xiu² hon⁴ dai⁶ hon⁴ ji³ hei⁴ hon⁴

〔農諺〕至係：才是。小雪大雪時還不算冷，到小寒大寒的時候才算寒冷。

少塊膶 xiu² fai³ yên⁶⁻²

膶：肝。人缺少一塊肝。形容人沒頭腦，傻乎乎的。相當於"沒心沒肺"。 例 你呢個人人哋呃你都唔知，好似少塊膶噉（你這個人別人騙你也不知道，沒心沒肺似的）。

少食多滋味 xiu² xig⁶ do¹ ji¹ méi⁶

〔諺語〕勸誡人們進食不要過量。少吃一點味道還好，吃多了反而覺得沒味道。

少食多滋味，多食壞肚皮 xiu² xig⁶ do¹ ji¹ méi⁶, do¹ xig⁶ wai⁶ tou⁵ péi⁴

〔諺語〕勸告人們注意養生，吃得少覺得很有滋味，吃多了就弄壞腸胃了。

少年唔學種，老來兩手空 xiu³ nin⁴ m⁴ hog⁶ zung³, lou⁵ loi⁴ lêng⁵ seo² hung¹

〔諺語〕批評年輕人不好好學習勞動技能，到年老時就窮困潦倒了。

笑口噬噬 xiu³ heo² sei⁴ sei⁴

噬噬：咧嘴笑的樣子，帶貶意。 例 佢笑口噬噬噉，我擔心佢唔係真心同意嘅（他呲牙裂嘴笑的樣子，我擔心他不是真心同意的）。

笑口吟吟 xiu³ heo² yem⁴ yem⁴

形容人滿面笑容的樣子。 例 佢成日笑口吟吟，有好事都唔定呀（他整天笑嘻嘻的，説不定有好事呢）。

笑騎騎，放毒蛇 xiu³ ké⁴ ké⁴, fong³ dug⁶ sé⁴

笑騎騎：笑嘻嘻。形容有些人一邊微笑一邊給你下毒手，笑裏藏刀。 例 呢個人心好毒，時時都笑騎騎，放毒蛇㗎（這個人心很毒，經常笑裏藏刀）。

笑甩棚牙 xiu³ led¹ pang⁴ nga⁴

甩：掉下；棚：整排（牙齒）。笑掉了整排牙齒。 例 你一百米走咗十五秒就算冠軍，唔怕人哋笑甩棚牙呀（你一百米跑了十五秒就算冠軍，不怕人家笑掉了大牙嗎）？

肇慶荷包，佗衰人 xiu⁶ hing³ ho⁴ bao¹, to⁴ sêu¹ yen⁴

〔歇後語〕肇慶：廣東西部的城市；荷包：錢包；佗：佩戴，掛靠，連累；衰：倒霉。肇慶以草席著名，所產的荷包也是用草編成，而當地的乞丐多背着一個草袋行乞。這樣人們把當地的草荷包認為不吉祥的東西。人帶了這種荷包會使人倒霉。 例 你做埋咁多衰嘢，連累咗大家，真係肇慶荷包，佗衰人呀（你盡做那麼多缺德的事，都把大家牽連上了）。

書要讀，飯要焗 xu¹ yiu³ dug⁶, fan⁶ yiu³ gug⁶

〔諺語〕焗：燜，悶。人要讀書才有作為，正如煮飯要燜才熟。

輸到貼地 xu¹ dou³ tib³ déi⁶

形容輸得很慘。 例 你同嗰個棋王捉棋，梗係輸到貼地啦（你跟那位棋王下棋，當然輸得一塌糊塗了）。

輸少當贏 xu¹ xiu² dong³ yéng⁴

在競賽對手強自己弱的情況下，少輸一點就算贏了。 例 你同高手比賽唔輸就假嘅咯，輸少當贏係啦（你跟高手比賽不輸才怪呢，少輸一點就不錯了）。

薯頭薯腦 xu⁴ teo⁴ xu⁴ nou⁵

蠢笨、遲鈍的樣子。 例 你唔好裝成薯頭薯腦噉嘅樣，你呃唔到我嘅（你不必裝成傻呵呵的樣子，你是騙不了我的）。

樹大有枯枝，族大有乞兒 xu⁶ dai⁶ yeo⁵ fu¹ ji¹, zug⁶ dai⁶ yeo⁵ hed¹ yi¹

〔諺語〕族：宗族；乞兒：乞丐。意思是人多了自然有個別敗類，正如大樹必然有幾枝枯枝一樣，不必感到奇怪。

樹林菩薩，陰夾獨（毒） xu⁶ lem⁴ pou⁴ sad³, yem¹ gab³ dug⁶

〔歇後語〕在森林中樹陰下的菩薩，只有孤獨的一個。廣州話“陰獨”與“陰毒”同音。形容人陰險毒辣。

樹老根多，人老話多 xu⁶ lou⁵ gen¹ do¹, yen⁴ lou⁵ wa⁶ do¹

〔諺語〕意為人年紀大了，說話就囉嗦。一般用來取笑那些說話喋喋不休的人。

樹尾甲由，又愛風流又怕揸 xu⁶ méi⁵ ged⁶ zed⁶, yeo⁶ ngoi³ fung¹ leo⁴ yeo⁶ pa³ dad³

〔歇後語〕甲由：蟑螂；揸：摔。蟑螂爬到樹上是因為愛風流，但又害怕摔了下來。形容人又想得到利益，又怕擔風險。 例 你想賺錢又怕蝕本，好似樹尾甲由，又愛風流又怕揸，噉點得呢（你想賺錢又怕折本，怕擔風險，這怎麼行）。

X

樹上有果，地上無禾 xu⁶ sêng⁶
yeo⁵ guo², déi⁶ sêng⁶ mou⁴ wo⁴

〔農諺〕同"樹上濃，地下空"。

樹上濃，地下空 xu⁶ sêng⁶ yung⁴,
déi⁶ ha⁶ hung¹

〔農諺〕濃：這裏音容，果子密的意思。果樹結果多了，地上的莊稼收成就不好。這是因為雨水少，果樹結的果子就多，而地上的莊稼則因缺水以至收成不好。

樹小扶直易，樹大扶直難 xu⁶
xiu² fu⁴ jig⁶ yi⁶, xu⁶ dai⁶ fu⁴ jig⁶ nan⁴

〔諺語〕樹小的時候容易扶直，樹長大了就不容易扶直了。比喻小孩有甚麼缺點錯誤要抓緊教育，讓他改過，到長大了則難以改造了。

樹有根唔怕倒，人有理唔怕告
xu⁶ yeo⁵ gen¹ m⁴ pa³ dou², yen⁴ yeo⁵
léi⁵ m⁴ pa³ gou³

〔諺語〕唔怕倒：倒不了；唔怕告：不怕被別人控告。樹有根大風吹不倒，人有理不怕別人控告，有理走遍天下。

樹搖葉落，人搖福薄 xu⁶ yiu⁴ yib⁶
log⁶, yen⁴ yiu⁴ fug¹ bog⁶

〔諺語〕勸誡人要注意儀表，站有站相，坐有坐相，不要搖來晃去，否則就不好，沒有"福氣"。

酸薑喬 xun¹ gêng¹ kiu²

〔歇後語〕喬：叫"喬頭"，一般都是醃酸用。廣東人喜歡把酸薑和喬頭一塊兒食用。這裏隱去了"頭"字。"酸薑喬"即指頭。例成日耷低個酸薑喬，有乜事啫（整天耷拉着腦袋，到底有甚麼事呢）？

酸宿餲臭 xun¹ sug¹ ngad³ ceo³

宿：餿；餲：尿臊味。指汗臭、尿臭等難聞的氣味。例幾日未洗身，成身酸宿餲臭（幾天沒洗澡，整身酸臭難聞）。又叫"酸宿爛臭"。

損手爛腳 xun² seo² lan⁶ gêg³

手腳破損。泛指四肢傷痛等疾病。

算死草 xun³ séi² cou²

把野草也能算死，形容人精於計算，分毫不差。比喻斤斤計較而又吝嗇的人。

船頭尺，度水 xun⁴ teo⁴ cég³, dog⁶
sêu²

〔歇後語〕度：音鐸，量度；水：錢財。船頭尺：船頭側面用來測量吃水深度的尺規。"度水"戲指借錢。例我睇佢今日嚟有九成係船頭尺，度水喇（我看他今天來有九成是來借錢的）。

船頭慌鬼，船尾慌賊 xun⁴ teo⁴
fong¹ guei², xun⁴ méi⁵ fong¹ cag⁶

船頭怕鬼船尾怕賊，形容人畏首畏尾，顧慮甚多。相當於"前怕狼，後怕虎"。 例你要大膽做，唔好船頭慌鬼，船尾慌賊嘅呀（你要大膽地幹，不要前怕狼後怕虎的）。

Y

船小好掉頭，船大好衝浪 xun⁴ xiu² hou² diu⁶ teo⁴, xun⁴ dai⁶ hou² cung¹ long⁶

〔諺語〕小船靈活，容易掉頭，大船不怕風浪。說明大小都有自己的優勢，勉勵人們要充分利用自己的優勢，增強信心。

也文也武 ya⁵ men⁴ ya⁵ mou⁵

耀武揚威，洋洋得意的樣子。 例你唔使也文也武，有問題大家商量啦（你不用耀武揚威，有問題大家商量吧）｜佢喺度也文也武，好乞人憎（他在這裏耀武揚威，叫人討厭）。

廿一日菢唔出雞，壞蛋 ya⁶ yed¹ yed⁶ bou⁶ m⁴ cêd¹ gei¹, wai⁶ dan²

〔歇後語〕廿：二十；菢：孵。孵小雞要二十一天，如果超過了這個時間，說明雞蛋是壞了。"壞蛋"用作罵人的話。 例呢個嘢我睇都係二十一日菢唔出雞，壞蛋嚟㗎（這個傢伙我看是個壞蛋）。

蹮台腳 yang³ toi⁴ gêg³

鱷掌：用腳蹬。形容夫婦或戀人二人共同進餐。 例落班翻屋企同老婆蹮台腳（下班回家跟老婆兩人一起吃飯）。

惹屎上身 yé⁵ xi² sêng⁵ sen¹

招惹了一身麻煩，自找麻煩。 例你做呢件事本來係好心，結果惹屎上身，真唔值（你做這件事本來是好意，結果招惹了麻煩，太不值了）。

夜間落雨日間晴，蝦仔又多水又清 yé⁶ gan¹ log⁶ yü⁵ yed⁶ gan¹ qing⁴, ha¹ zei² yeo⁶ do¹ sêu² yeo⁶ qing¹

〔農諺〕夜裏下雨白天晴朗，水裏的蝦又多水又清。

夜間落雨日間晴，魚仔又乾菜又青 yé⁶ gan¹ log⁶ yü⁵ yed⁶ gan¹ qing⁴, yü⁴ zei² yeo⁶ gon¹ coi³ yeo⁶ qing¹

〔農諺〕晚上下雨白天晴，小魚能夠曬得乾地裏的菜又有陽光照射而青綠。對農家來說，這是最好最理想的天氣。

夜遊神 yé⁶ yeo⁴ sen⁴

指晚上經常外出遊玩的人，夜貓子。

入鄉隨俗，入港隨灣 yeb⁶ hêng¹ cêu⁴ zug⁶, yeb⁶ gong² cêu⁴ wan¹

〔諺語〕人到了新的地方要尊重和順從當地的習俗，正如船進港時要順着港灣的地形一樣。又叫"入鄉隨俗，入水隨灣"。

入網魚，進籠蝦，走唔甩

yeb⁶ mong⁵ yü⁴, zên³ lung⁴ ha¹, zeo² m⁴ led¹

〔歇後語〕甩：脫。魚進了網，蝦進了籠，沒法逃脫。比喻陷入了別人的圈套，逃不脫了。 例 嗰個賊仔畀人圍住，好似入網魚，進籠蝦，走唔甩，惟有老實認錯係啦（那個小偷被人圍住，成了甕中之鱉，逃脫不了，只有老實認錯吧）。

入屋叫人，入廟拜神 yeb⁶ ngug¹ giu³ yen⁴, yeb⁶ miu⁶ bai³ sen⁴

〔諺語〕進屋要叫人，進了廟就要拜神。勸人要講究禮貌，一進屋就要稱呼主人。

入山諗定出山計 yeb⁶ san¹ nem² ding⁶ cêd¹ san¹ gei³⁻²

〔諺語〕諗定：想好。進山時要想好出山的計劃。比喻做事要先計劃好如何進行，並想好退路，不能盲目行事。

入咗長頸罌 yeb⁶ zo² cêng⁴ géng² ngang¹

〔戲謔語〕入咗：進了；長頸罌：長脖罐子。比喻東西被吃進了肚子。 例 嗰啲餅早就入晒佢嘅長頸罌咯（那些餅早就讓他全給吃了）。

一巴摑聾耳 yed¹ ba¹ guag³ lung⁴ yi⁵

比喻對某事不管、不聞不問。 例 佢一巴摑聾耳，一於懶理（他撒手不管，不聞不問）。

一把火 yed¹ ba² fo²

形容人火氣上升，怒不可遏。 例 睇佢一把火噉，唔好惹佢喇（看他怒不可遏的樣子，不要惹他了）｜睇見佢個衰樣我就一把火啦（看見他那德行我就冒火了）。

一百歲唔死都有新聞聽 yed¹ bag³ sêu³ m⁴ séi² dou¹ yeo⁵ sen² men⁴ téng¹

人活到一百歲不死的話都有新聞可聽。説明社會上天天都有新聞，而且無奇不有。 例 有人生咗一對孖仔，居然係一個黑嘅一個白嘅，真係一百歲唔死都有新聞聽咯（有人生了一對雙胞胎，居然是一個是黑的一個是白的，真是每天都有怪事）。

一白遮三醜 yed¹ bag⁶ zé¹ sam¹ qiu³

人的皮膚白皙就能夠掩蓋臉上的某些缺陷而顯得不怎麼

難看。 例 佢皮膚白啲，大家
就話佢靚，其實係一白遮三醜
嘅（她的皮膚白皙，大家就說
她漂亮，其實是一白遮三醜罷
了）。又說"一白映三俏"。

一部通書睇到老 yed¹ bou⁶ tung¹
xu¹ tei² dou³ lou⁵

通書：曆書，皇曆。每年的曆
書不完全相同，而一輩子只
用一部曆書。比喻人只會按
老規矩辦事，墨守成規，一成
不變。 例 今時唔同往日咯，
你咪一部通書睇到老呀（今天
跟往年不同，你不要總是按老
規矩辦事啊）｜你呢個人太守
舊喇，一部通書睇到老點得呢
（你這個人太守舊了，一部皇
曆看到老怎麼行呢）。

一扯到喉 yed¹ cé² dou³ heo⁴

形容人性急，一提起就想馬上
得到。 例 要慢慢嚟，唔能夠
一扯到喉咁快㗎（要慢慢來，
不能一說就做得到那麼快的）。

一沉百踩 yed¹ cem⁴ bag³ cai²

沉：沉淪。比喻人遇到厄運、
不幸的時候，眾人都來欺負
他，對他落井下石。近似"牆
倒眾人推"的意思。 例 有啲
人見到邊個受到處分，居然采
取一沉百踩嘅態度（有些人見
某人受到處分，居然採取落井
下石的態度）。

**一層沙紙隔層風，冇層沙紙
唔過得冬** yed¹ ceng⁴ sa¹ ji² gag³
ceng⁴ fung¹, mou⁵ ceng⁴ sa¹ ji² m⁴
guo³ deg¹ dung¹

〔諺語〕沙紙雖然薄，但可以
擋一層風，沒有沙紙的話冬天
也過不了。常比喻東西雖小，
但其作用是不能忽視的。又說
"隔層紗紙隔層風"。

一鍬唔得成井 yed¹ ceo¹ m⁴ deg¹
xing⁴ zéng²

〔諺語〕只挖一鍬土成不了水
井。比喻做事要按部就班，努
力不懈，才能完成。

一擔豬屎一擔穀 yed¹ dam³ ju¹ xi²
yed¹ dam³ gug¹

〔農諺〕過去農村種莊稼多用
有機肥，而豬糞的肥效是比較
高的。這話也比喻無論做甚麼
事，只要付出多少努力就會有
多少收穫。

一啖砂糖一啖屎 yed¹ dam⁶ sa¹
tong⁴ yed¹ dam⁶ xi²

啖：量詞，一口（飯、水）。
比喻對人恩威並施，相當於
"胡蘿蔔加大棒"的政策。 例
人哋唔係細路仔，你用一啖砂
糖一啖屎嘅辦法對付人點得呢
（人家不是小孩，你用軟硬兼
施的辦法來對付人怎麼行呢）。

一單還一單 yed¹ dan¹ wan⁴ yed¹ dan¹
一碼歸一碼，一筆歸一筆。説

Y

明幾種事情各不一樣，不能混為一談。

一啲都唔係 yed¹ di¹ dou¹ m⁴ hei⁶

完全不是；絕對不是。 例 你話我打爛咗呀，一啲都唔係（你說是我打破的，完全不是）。

一代親，二代表，三代嘴藐藐
yed¹ doi⁶ cen¹, yi⁶ doi⁶ biu², sam¹ doi⁶ zêu² miu⁵⁻² miu⁵⁻²

第一代是同胞兄弟姐妹，很親；第二代是堂兄弟姐妹或表兄弟姐妹，有點疏遠；到了第三代那就更疏遠了，相見時只冷淡地打個招呼就過去了。

一戙都冇 yed¹ dung⁶ dou¹ mou⁵

一戙：一墩，一摞。原指撲克等的一墩。一墩都沒有，說明輸得很慘。比喻大敗、慘敗。 例 呢次佢輸到一戙都冇呀（這次他慘敗了）。

一分錢搣開兩邊嚟使 yed¹ fen¹ qin⁴ mid¹ hoi¹ lêng⁵ bin¹ lei⁴ sei²

搣：掰。嚟：來；使：花（錢）。把一分錢的硬幣也掰開來花。形容人極度節儉。普通話也有類似的說法。

一闊三大 yed¹ fud³ sam¹ dai⁶

形容主要的開支大，其他的開支也跟着增大。 例 你買咗呢套屋咁大，其他開支就一闊三大咯（你買的這套房子這麼大，其他種種開支就都跟着大了）。

一家大細 yed¹ ga¹ dai⁶ sei³

一家子大小，全家人。 例 一家大細一共六個人（一家大小一共六個人）。

一家大細老嫩 yed¹ ga¹ dai⁶ sei³ lou⁵ nün⁶

一家老小。 例 你一家大細老嫩有幾多人呀（你一家老小有多少人）？

一家唔知一家事 yed¹ ga¹ m⁴ ji¹ yed¹ ga¹ xi⁶

每個家庭都有自己的苦衷，局外人是不知道的。相當於"每家都有一本難念的經"。 例 一家唔知一家事，我亦有好多困難呀（每家都有一本難念的經，我也有很多困難啊）。

一家女唔食得兩家茶 yed¹ ga¹ nêu⁵⁻² m⁴ xig⁶ deg¹ lêng⁵ ga¹ ca⁴

女：女兒。一個女兒不能接受兩家的聘禮，比喻二者只能選擇一個。 例 我都應承咗人哋咯，冇辦法再應承你喇，一家女唔食得兩家茶啦嗎（我都答應別人了，實在沒法再答應你了，總不能同時答應兩家吧）？

一家便宜兩家着數 yed¹ ga¹ pin⁴ yi⁴ lêng⁵ ga¹ zêg⁶ sou³

一家：一方；便宜：有利；兩家：雙方；着數：有利。做某件事似乎對某一方有利，其實對大家都有利。　例呢個工程對兩條村都有好處，真係一家便宜兩家着數咯（這個工程對兩條村子都有好處，真是兩全其美了）。

一腳丁走佢 yed¹ gêg³ ding¹ zeo² kêu⁵

丁：用力踢。用力把人踢出去。　例如果係我，早就一腳丁走佢咯（要是我，早就一腳把他踢出去了）。

一腳踢 yed¹ gêg³ tég³

全部工作由一個人包攬完成。　例呢幾件事由我一腳踢（這幾件事由我一人承擔）｜呢處嘅事由佢一腳踢（這裏的事由他一人幹）。

一雞死一雞鳴 yed¹ gei¹ séi² yed¹ gei¹ ming⁴

一隻雞死了，另一隻雞新生又在鳴叫。指事物發展變化中，有的被淘汰，有的剛剛出現，生生不息，"枯樹前頭萬木春"，這就是自然規律。　例大城市嘅商店變化好快，有啲啱啱執笠，有啲又開張，真係一雞死一雞鳴呀（大城市的商店變化很快，有的剛剛倒閉，有的又開張，這就是生生不息吧）。

一斤番薯三斤屎 yed¹ gen¹ fan¹ xu⁴ sam¹ gen¹ xi²

番薯：甘薯，紅薯，白薯。民間認為，番薯澱粉多，能使人排便通暢。

一斤雞十五兩腸 yed¹ gen¹ gei¹ seb⁶ ng⁵ lêng² cêng⁴

腸：這裏指心眼。形容人的心眼多，多用於小孩。過去一斤為十六兩，腸子佔了十五兩，說明心眼實在太多了。

一狗吠形，百狗吠聲 yed¹ geo² fei⁶ ying⁴, bag³ geo² fei⁶ xing¹

〔諺語〕一隻狗叫了，其他的狗也跟着叫。形容人根本不了解情況，隨聲附和着別人。　例你唔好聽見人話乜你就噏乜，一狗吠形，百狗吠聲（你不要聽見別人說甚麼你就說甚麼，隨便附和）。又說"一犬吠形，百犬吠聲"。

一嚿飯 yed¹ geo⁶ fan⁶

嚿：量詞，塊，團。一團飯。形容人笨拙、遲鈍、無能，甚麼都做不好。相當於"窩囊廢"。　例你乜都唔會做，真係一嚿飯嘅（你甚麼都不會做，是個飯桶）。

一嚿雲 yed¹ geo⁶ wen⁴

一團雲。廣州話"雲"與"暈"同音。一團雲即一團含混不清的東西，使人發暈。多用來形容人迷迷糊糊或不了解情況。　例你講嚟講去，我對呢件事重係一嚿雲嘅（你說來說

Y

去，我對這件事還是弄不明白）。

一句講晒 yed¹ gêu³ gong² sai³

講晒：説完。用一句話來説，總而言之。 例 我講咁多，一句講晒就係要大家注意安全（我説那麼多，用一句話來説就是要大家注意安全）。

一句時文當歌唱，唔慌肚內有包藏 yed¹ gêu³ xi⁴ men⁴ dong³ go¹ cêng³, m⁴ fong¹ tou⁵ noi⁶ yeo⁵ bao⁵ cong⁴

時文：喜慶儀式上用的成套吉祥話，話語；唔慌：表示對後面的話語持否定的態度。把別人的話掛在嘴上，根本不往心裏去。

一個餅印嗽 yed¹ go³ béng² yen³ gem²

餅印：餅模子；嗽：那樣。指兩個人相貌十分相像。 例 佢兩姐妹好似一個餅印嗽（她兩姐妹像是一個模子印出來似的）。

一個蜆一個肉 yed¹ go³ hin² yed¹ go³ yug⁶

比喻每個工作崗位都有人，每個人都有他的工作。相當於"一個蘿蔔一個坑"。 例 我呢度一個蜆一個肉，減少邊個都難呀（我這裏一個蘿蔔一個坑，減少誰都難）。

一個嬌，兩個妙，三個斷擔挑 yed¹ go³ giu¹, lêng⁵ go³ miu⁶, sam¹ go³ tün⁵ dam³ tiu¹

擔挑：扁擔。民間對子女應該生多少最理想的看法：生一個就覺得嬌貴，生兩個最好，生三個則家裏負擔太大，連扁擔都壓斷了。

一個字 yed¹ go³ ji⁶

鐘錶刻度盤上的一個字，即五分鐘。 例 我嘅錶而家係兩點四個字（我的錶現在是兩點二十分）｜五點一個字（五點五分）｜三點兩個半字（三點十二分或十三分）。在"點"之後，"個字"可以省略。 例 兩點三（兩點十五分）｜九點十（九點五十分）。

一個荔枝三把火 yed¹ go³ lei⁶ ji¹ sam¹ ba² fo²

民間認為荔枝性熱，多吃了會上火。

一個蘿蔔一個氹 yed¹ go³ lo⁴ bag⁶ yed¹ go³ tem⁵

氹：坑。比喻每一個人都有各自的職責。同普通話的"一個蘿蔔一個坑"。

一個唔該使死人 yed¹ go³ m⁴ goi¹ sei² séi² yen⁴

唔該：禮貌用語，請求或感謝別人時用，即謝謝，勞駕。一句"謝謝""勞駕"就把人使喚得到處奔忙。多用於對別人過分要求而不滿。 例 你唔怕人哋辛苦，想用一個"唔該"使死人呀（你不怕人家辛苦，想光説一聲"勞駕"就隨便使喚人嗎）。

一個唔該就走人 yed¹ go³ m⁴ goi¹ zeo⁶ zeo² yen⁴

形容人對某事漠不關心，採取不負責任的態度。 例 呢個教室畀你哋搞到亂晒龍，一個唔該就想走人啦（這個教室讓你們搞得亂七八糟，拍拍屁股就想溜走啦）？

一個錢買隻牛都唔笑一笑
yed¹ go³ qin⁴ mai⁵ zég³ ngeo⁴ dou¹ m⁴ xiu³ yed¹ xiu³

形容人不輕易露出笑容。

一個錢一個寶，冇個錢唔過得橫水艔 yed¹ go³ qin⁴ yed¹ go³ bou², mou⁵ go³ qin⁴ m⁴ guo⁴ deg¹ wang⁴ sêu² dou⁶⁻²

橫水艔：供過河的渡船。錢是有用處的，沒有錢哪怕連渡船也無法乘坐。

一個田角三菔禾，十個田角一籮穀 yed¹ go³ tin⁴ gog³ sam¹ deo¹ wo⁴, seb⁶ go³ tin⁴ gog³ yed¹ lo⁴ gug¹

〔諺語〕菔：叢，棵。在一個田角上加種三叢稻子，在十個田角上就能收穫一籮稻穀。喻積少成多，勸勉人們注意增產增收。

一個田螺煠鑊湯 yed¹ go³ tin⁴ lo⁴⁻² sab⁶ wog⁶ tong¹

煠：久煮；鑊：炒菜鍋。用一個螺螄煮一大鍋湯，形容湯水用料太少，淡而無味。也比喻實際內容很少。 例 成碗綠豆湯得幾粒綠豆，好似一個田螺煠鑊湯噉（一碗綠豆湯只有幾粒綠豆，就像清湯寡水一樣）｜解釋一句唐詩居然寫成幾萬字嘅文章，真係一個田螺煠一鑊湯（解釋一句唐詩居然寫成幾萬字的文章，加的水分太多了）。

一個仙都唔值 yed¹ go³ xin¹ dou¹ m⁴ jig⁶

仙：銅圓。形容某事物一錢不值。 例 你呢個發明冇用，一個仙都唔值（你這個發明沒有用，一錢不值）。

一個二個 yed¹ go³ yi⁶ go³

一個個地，多指人。 例 大家一個二個都翻去咯（大家一個個都回去了）｜你哋一個二個聽住（你們每個人都聽着）。也可以説"一隻二隻"。

一個做好，一個做醜 yed¹ go³ zou⁶ hou², yed¹ go³ zou⁶ ceo²

指兩個人使用截然相反的態度對付另一個人，其中一人做"好人"，和顏悦色，另一人做"醜人"，惡言相待。普通話叫"一個做白臉，一個做紅臉"。

一蟹不如一蟹 yed¹ hai⁵ bed¹ yü⁴ yed¹ hai⁵

一個不如一個；一個比一個壞；每況愈下。 例 現今嘅學生嘅體質好似冇以前咁硬淨，係唔係一蟹不如一蟹呢（現在的學生的體質好像沒有以前那麼結實，是不是一代不如一代呢）？

一殼揰起 yed¹ hog³ bed¹ héi²

殼：勺；揰起：舀起。用勺一下子舀起。相當於普通話的"一鍋端"。 例 琴晚嘅行動將嗰批毒販一殼揰起咗（昨晚的行動把那批毒販一鍋端了）。也用來比喻所有的錢財一次用盡。 例 呢次佢買股票將佢所有嘅錢一殼揰起，放晒落去，太牙煙喇（這次他買股票把所有的錢都投了進去，太危險了）｜呢個賭友琴晚賭錢，畀人一殼揰起咗（這個賭棍昨晚賭博讓人家弄得輸個精光）。

一殼眼淚 yed¹ hog³ ngan⁵ lêu⁶

形容人眼眶充滿眼淚，非常傷心。 例 佢傷心到一殼眼淚噉咯（他傷心得淚流滿面）。

一子錯，全盤皆落索 yed¹ ji² co³, qun⁴ pun⁴ gai¹ log⁶ sog³

落索：落空，失控。下棋時，走錯一子，將導致全盤失控，最終成為敗局。

一節淡三墟 yed¹ jid³ dam⁶ sam¹ hêu¹

墟：集市。過一個節日，人們集中消費，使得接着三個集市日的生意都變淡了。

一朝權在手，便把令來行 yed¹ jiu⁶ qun⁴ zoi⁶ seo², bin⁶ ba² ling⁶ loi⁴ hang⁴

指人一旦掌握了權力之後，就對別人發號施令。

一箸夾中 yed¹ ju⁶ gab³ zung³

箸：筷子。形容人猜測準確或說話中肯。 例 你估得好啱，真係一箸夾中咯（你猜得很對，一下子就給你猜中了）。也表示抓住了要害，使得事情一舉成功。

一磚豆腐想升仙 yed¹ jun¹ deo⁶ fu⁶ sêng² xing¹ xin¹

一磚：一塊。拜佛才幾天，只吃了一塊豆腐就想成仙。比喻人稍微涉獵某方面的知識，便以為精通了。有時用來諷刺人急於求成，做事想一蹴而就。 例 你以為咁容易呀，一磚豆腐想升仙，邊度有呢種事吖（你以為很容易嗎，幹幾天就成功，那裏有這種事呢）。

一揭三條柴 yed¹ kin² sam¹ tiu⁴ cai²

揭：揭開。煮飯等沒熟時，如果隨意揭開鍋蓋，相當於費掉三根柴火。話雖誇張，但其意思是不要隨意揭起鍋蓋，以免浪費熱力。

一理通百理明 yed¹ léi⁵ tung¹ bag³ léi⁵ ming⁴

〔諺語〕一個道理弄通了，了解一方面的知識，其他許多道理就能觸類旁通，明白相關的道理了。

一窿蛇 yed¹ lung¹ sé⁴

一窩蛇。比喻一夥都是壞人，相當於"一丘之貉"。 ⟨例⟩我睇佢哋都係一窿蛇（我看他們都是一丘之貉）。

一龍去，二龍追 yed¹ lung⁴ hêu³, yi⁶ lung⁴ zêu¹

龍：比喻作人。當某一人離隊辦事未回，又派人去找，結果離隊的人更多，人員更難集中。 ⟨例⟩大家等一下啦，唔使一龍去二龍追咯（大家等一等吧，不必派人去到處找了）。

一馬還一馬 yed¹ ma⁵ wan⁴ yed¹ ma⁵

一事歸一事，不能混為一談。

一物治一物，糯米治木虱
yed¹ med⁶ ji⁶ yed¹ med⁶, no⁶ mei⁵ ji⁶ mug⁶ sed¹

一物降一物。即每一種動物都有它的天敵。傳說有一農村新媳婦，一次她在屋裏偷吃糯米飯，剛好婆婆進來看見，問她幹甚麼，她説牀上有木虱（臭蟲），拿糯米來治。"糯米治木虱"只是歇語，主要在頭一句"一物治一物"。 ⟨例⟩呢個仔老豆老母對佢都冇辦法，惟有佢大佬至搞得佢掂，真係一物治一物，糯米治木虱（這孩子爹媽都拿他沒辦法，只有他哥才對付得了他，真是一物降一物啊）。

一物治一物，生魚治塘虱 yed¹ med⁶ ji⁶ yed¹ med⁶, sang¹ yü⁴⁻² ji⁶ tong⁴ sed¹

治：克服，降服；生魚：黑魚；塘虱：鬍子鯰。説明世間各種動物都有相剋的天敵，連嘴邊帶有硬角的鬍子鯰都被黑魚所剋。比喻無論多麼強大的人都有能夠制服他的人。

一文錢大過簸箕 yed¹ men⁴ qin⁴ dai⁶ guo³ bo³ géi¹

一塊銅錢看得比簸箕還大。形容人吝嗇，把錢看得太重。 ⟨例⟩你係唔係慳過頭喇，一文錢大過簸箕嘅咯（你是不是太摳門了，一分錢好像比簸箕還大似的）。

一文有找 yed¹ men¹ yeo⁵ zao²

一文：一元。有找：進行買賣交易時，戲說找錢只需找最小的錢數給對方。 ⟨例⟩呢個打火機好平，一文有找（這個打火機很便宜，不到一塊錢）｜呢件衫唔算貴，一百文有找（這件衣服不算貴，不到一百塊錢）。

Y

一命二運三風水 yed¹ méng⁶ yi⁶ wen⁶ sam¹ fung¹ sêu²

迷信命運和風水的人認為，人的境遇好壞首先決定於命運，其次是運氣，最後還有看居住環境風水如何。

一命二運三風水，四積陰功五讀書 yed¹ méng⁶ yi⁶ wen⁶ sam¹ fung¹ sêu², séi³ jig¹ yem¹ gung¹ ng⁵ dug⁶ xu¹

命：命運；運：運氣。舊時的封建意識形態認為，決定人生命運的各種要素依次是：命運、運氣、風水、陰功、讀書學習，把命運看得最重要，而把讀書學習放在最後。

一面屁 yed¹ min⁶ péi³

形容人被罵得滿臉羞慚。

一粒老鼠屎整壞一鑊粥 yed¹ neb¹ lou⁵ xu² xi² jing² wai⁶ yed¹ wog⁶ zug¹

鑊：鍋。比喻害群之馬對群體所起的破壞作用非常大。

一凹一凸 yed¹ neb¹ yed¹ ded⁶

崎嶇不平。例 呢條路未整好，一凹一凸好難行呀（這條路還沒修好，崎嶇不平很難走啊）。又叫"一岩一窟"。

一眼關七 yed¹ ngan⁵ guan¹ ced¹

關：注意，關照；七：前、後、左、右、上、下、中七個方面。形容人注意四周動靜，相當於"眼觀六路，耳聽八方"。 例 佢一眼關七，有乜嘢動都知到（他眼觀六路，有甚麼動靜他都知道）。

一眼睇晒 yed¹ ngan⁵ tei² sai³

一目了然。例 呢個角度好好，企喺呢度就一眼睇晒（這個角度很好，站在這裏就可以一目了然）。

一眼針冇兩頭利 yed¹ ngan⁵ zem¹ mou⁵ lêng⁵ teo⁴ léi⁶

〔諺語〕一枚針沒有兩頭銳利。比喻事物不可能每方面都那麼好。形容人只能有某方面的專長，不可能處處都很強。 例 唔能夠要求人哋樣樣都叻，一眼針冇兩頭利嗎（不能夠要求人家每一方面都特別突出，一枚針沒有兩頭尖嘛）。

一年見一面，劏雞兼炒麵；一日見三面，口水噴上面 yed¹ nin⁴ gin³ yed¹ min⁶, tong¹ gei¹ gim¹ cao² min⁶, yed¹ yed⁶ gin³ sam¹ min⁶, heo² sêu² pen³ sêng⁵ min⁶

〔戲謔語〕劏雞：殺雞；兼：而且。形容人與人長時間不見面就非常客氣，如果經常見面就不那麼客氣，甚至吵架。

一年起屋，三年食粥 yed¹ nin⁴ héi² ngug¹, sam¹ nin⁴ xig⁶ zug¹

指人們蓋新房子要耗費巨大錢財，在農村要節約三年以上才能攢夠這筆錢。

Y

一拍兩散 yed¹ pag³ lêng⁶ san³

指合夥的人或情侶從此分手、分道揚鑣。 *例* 我哋大家搞搞下，覺得唔係幾啱，後嚟就一拍兩散咯（我們大家做了不久，覺得意見不大合，後來就乾脆分道揚鑣了）｜佢哋兩個拍拖拍咗幾個月，成日嗌交，冇幾耐就一拍兩散咯（他們兩個談戀愛談了幾個月，整天吵架，沒多久就分手了）。

一仆一轆 yed¹ pug¹ yed¹ lug¹

連滾帶爬，跌跌撞撞。形容人走路匆忙，幾乎要跌跤似的。 *例* 個賊仔畀人追到一仆一轆噉走咗（那個小偷被人趕到連滾帶爬地逃跑了）。

一碰三斗油 yed¹ pung³ sam¹ deo² yeo⁴

碰了一下就好像燒了三斗油。比喻人脾氣火暴。 *例* 使乜咁交關吖，一碰三斗油噉（何必那麼厲害，一蹦三尺高似的）。

一次不忠，百次不用 yed¹ qi³ bed¹ zung¹, bag³ qi³ bed¹ yung⁶

一次不忠誠，以後沒人信任，永遠不能使用。

一次笨，九次精 yed¹ qi³ ben⁶, geo² qi³ zéng¹

做過一次愚蠢的事，以後變得聰明了。相當於吃一塹，長一智，以後會吸取教訓。

一次起，兩次止，三次唔使指擬 yed¹ qi³ héi², lêng⁵ qi³ ji², sam¹ qi³ m⁴ sei² ji² yi⁵

唔使：不必；指擬：指望。指做某些事只能做一次至兩次，絕對不能有第三次。 *例* 去玩遊戲機唔好玩得太多呀，一次起，兩次止，三次唔使指擬（去玩遊戲機不要玩得太多，一次兩次就可以，絕對不要玩三次以上）。也可以用於其他的事，如吃東西、唱歌、旅遊、運動等等。量詞"次"可以改成"碗"、"杯"等。 *例* 我唔食得幾多，一碗起，兩碗止，三碗唔使指擬喇（我吃不了多少，一碗兩碗還可以，三碗就不行了）。

一處鄉村一處例 yed¹ qu³ hêng¹ qun¹ yed¹ qu³ lei⁶

例：慣例。各地有各地的風俗習慣，不必大驚小怪。 *例* 大家各有各嘅例規，一處鄉村一處例嗎（大家各有各的慣例，不同的地方有不同的風俗嘛）。又叫"各處鄉村各處例"。

一三五七九，無雙（傷） yed¹ sam¹ ng⁵ ced¹ geo², mou⁴ sêng¹

〔歇後語〕"雙"諧音"傷"，無雙即無傷。不要緊，無大礙的意思。 *例* 細路仔跌咗一跤嘛，一三五七九，無雙（小孩子摔了一跤罷了，不要緊）。

一生兒女債，半世老婆奴

yed¹ sang¹ yi⁴ nêu⁵ zai³, bun³ sei³ lou⁵ po⁴ nou⁴

一輩子勞碌奔波都是為了兒女和老婆的幸福，就好像是兒女和老婆的奴僕一樣。形容男人家庭的責任重大。男人們用來自嘲時用。

一世人兩兄弟 yed¹ sei³ yen⁴ lêng⁵ hing¹ dei⁶

形容兩人非常友好，一輩子形同手足，親密無間，可以互相信賴互相幫助。

一世人流流長 yed¹ sei³ yen⁴ leo⁴ leo⁴ cêng⁴

流流長：綿長。人一輩子這麼綿長。多用於勸慰別人，人生前途無量，眼光要放得長遠一些。 例暫時一啲啲困難算得乜野吖，一世人流流長，你重有大把世界呢（暫時困難算得了甚麼，人一輩子那麼長，以後的機會有的是呢）。

一身光鮮 yed¹ sen¹ guong¹ xin¹

形容人衣着入時而華麗。 例你今日着得一身光鮮，去飲係唔係呀（你今天打扮得這麼漂亮，赴宴去是嗎）？

一身蟻 yed¹ sen¹ ngei⁵

形容人麻煩很多，就像滿身爬滿螞蟻一樣。 例唔關你事你咪理，費事惹到一身蟻嘞（與

你無關的事你別理，免得惹來一身麻煩了）。

一身潺 yed¹ sen¹ san⁴

潺：黏液。形容人被某事弄得狼狽不堪。 例呢次佢畀人整到一身潺呀（這次他被人整得夠慘的）。

一手一腳 yed¹ seo² yed¹ gêg³

獨自完成某一件事。 例屋企嘅傢俬都係佢一手一腳做嘅（家裏的傢具都是他親手做的）。

一頭半個月 yed¹ teo⁴ bun³ go³ yüd⁶

半個月左右的時間。 例起一間屋你以為一頭半個月就得啦（蓋一座房子你以為半個月左右就可以了嗎）？

一頭打瀉，一頭滑甩 yed¹ teo⁴ da² sé², yed¹ teo⁴ wad⁶ led¹

打瀉：打翻；滑甩：滑脫。挑擔子時不小心把擔子的一頭打翻了，而另一頭又滑脫了，結果損失慘重。一般用來形容人連遭多次損失，禍不單行。 例聽講有個考生喺考場門口跌倒受傷，考試又趕唔上，真係一頭打瀉，一頭滑甩咯（聽說有一位考生在考場門口跌倒受傷，結果又趕不上考試，真是一頭抹了一頭脫了）。

一頭霧水 yed¹ teo⁴ mou⁶ sêu²

形容人對某事不了解真實情

況，摸不着頭腦。　例 你哋點樣搞法，我重係一頭霧水嘵（你們怎麼搞我還是完全不清楚呢）。

一頭煙 yed¹ teo⁴ yin¹

形容人非常忙或麻煩多，理不出頭緒而頭昏腦脹。　例 呢排我忙到一頭煙嘞（近來我忙得頭昏腦脹）｜你哋啲嘢搞到我一頭煙（你們的事，弄得我頭昏腦脹）。

一天光晒 yed¹ tin¹ guong¹ sai³

形容問題完全解決了或出現大好局面。　例 經過大家努力，呢個問題一天光晒咯（經過大家的努力，這個問題完全解決了）｜到年底我哋廠新產品一出就一天光晒喇（到了年底我們廠的新產品一出來問題就解決了）。

一條腸通到底 yed¹ tiu⁴ cêng⁴ tung¹ dou³ dei²

形容人直腸直肚，老實忠厚。　例 佢性格比較直，有乜就話乜，一條腸通到底（他的性格比較直，有甚麼就說甚麼，直來直去的）。又說“一條腸通到篤”或“一一條腸通到腳踭跟”。

一條氣 yed¹ tiu⁴ héi³

直喘氣，上氣不接下氣。　例 走到我一條氣嘞（跑得我上氣不接下氣）。也形容一口氣地，一鼓作氣地。　例 你能夠一條氣上六樓嗎（你能夠一口氣登上六樓嗎）？｜大家不如一條氣做完至休息啦（大家不如一口氣幹完了再休息吧）。

一條路行到篤 yed¹ tiu⁴ lou⁶ hang⁴ dou³ dug¹

篤：底，盡頭。一條道走到黑。形容人頑固，不懂得隨機應變。　例 要醒目啲至得，唔好一條路行到篤（頭腦要清醒，不要一條道走到黑）。

一條鎖匙唔聞聲，兩條鎖匙鈴鈴響 yed¹ tiu⁴ so² xi⁴ m⁴ men⁴ séng¹, lêng⁵ tiu⁴ so² xi⁴ ling¹ ling¹ hêng²

鎖匙：鑰匙。指一個人獨處時沒有聲音，也沒有摩擦，但兩個人在一起時就會發生矛盾。相當於“一個巴掌拍不響”。

一肚核 yed¹ tou⁵ wed⁶

多形容小孩心計多，愛出鬼點子。　例 你咪話佢人仔細細呀，一肚核㗎（你別說他個子小小的，鬼點子多着吶）。

一還一，二還二 yed¹ wan⁴ yed¹, yi⁶ wan⁴ yi⁶

一是一，二是二。強調兩個問題不同，不能混為一談。　例 出差同旅遊唔同，公私要分開，一還一，二還二（出差跟旅遊不同，公私要分開，一是一，二是二）。

一位先生一本經 yed¹ wei⁶⁻² xin¹ sang¹ yed¹ bun² ging¹

先生：這裏指南無佬，即念經的和尚。形容眾說紛紜，各有各的說法。 例 大家意見都未統一，一位先生一本經，叫我點信你哋呢（大家眾說紛紜，叫我怎麼相信你們呢）？

一鑊泡 yed¹ wog⁶ pou⁵

鑊：炒菜鐵鍋。比喻局面弄得一塌糊塗，搞到一團糟。 例 呢件事原來好好地，佢一嚟就搞到一鑊泡嘅（這件事原來好好的，他一來就弄得亂七八糟）。

一鑊熟 yed¹ wog⁶ sug⁶

比喻眾多人一起完蛋。 例 警察夜晚去揸賭，十幾個人一鑊熟（晚上警察去查抄賭場，十幾個人一鍋端）。也比喻做事畢其功於一役。 例 幾件事一齊嚟做得咯，一鑊熟幾好呀（幾件事一塊兒幹得了，畢其功於一役多好啊）。

一鑊舀起 yed¹ wog⁶ yiu² héi²

鑊：大鐵鍋。用大勺把鍋裏的東西一次全部舀起來。比喻所剩無幾或徹底失敗。 例 佢呢次畀人一鑊舀起咗咯（他這次被人打得徹底失敗了）。

一鑊粥 yed¹ wog⁶ zug¹

形容事情或東西被弄得亂七八糟，一塌糊塗。

一時半時 yed¹ xi⁴ bun³ xi⁴

一時半會兒。 例 呢場雨一時半時唔會停（這場雨一時半會兒停不了）。

一時唔偷雞做保長 yed¹ xi⁴ m⁴ teo¹ gei¹ zou⁶ bou² zêng²

〔戲謔語〕做壞事成性的人，一時半日不幹壞事便以為自己是正人君子，端起架子教訓別人。 例 呢個人偷慣咗嘢，居然一時唔偷雞做保長，真好笑（這個人偷盜成性，一時不幹壞事就來教訓別人，真可笑）。又說"一日唔偷雞就做鄉長"。

一時貓面，一時狗面 yed¹ xi⁴ mao¹ min⁶, yed¹ xi⁴ geo² min⁶

形容人的態度、臉色多變，自相矛盾。令人難以捉摸。

一時三刻 yed¹ xi⁴ sam¹ hag¹

一下子，立刻。 例 你要我一時三刻做完，難呀（你要我一下子幹完，難啊）。

一時糖黐豆，一時水摳油 yed¹ xi⁴ tong⁴ qi¹ deo⁶⁻², yed¹ xi⁴ sêu² keo¹ yeo⁴

黐：粘；摳：摻和。形容兩個人的關係反復無常，一時好得難捨難分，形影不離，一時又變得水火不相容。 例 你兩個真係冇解嘅，一時糖黐豆，一時水摳油（你們兩個真是莫名其妙，一會兒好得形影不離，一會兒又水火不相容）。

一時時 yed¹ xi⁴⁻² xi⁴

此一時，彼一時。 例 菜價有時貴，有時平，一時時唔同（菜價有時貴，有時便宜，每個時候不一樣）｜佢嘅生意，一時時啦（他的生意，時好時壞）。

一一二二 yed¹ yed¹ yi⁶ yi⁶

一五一十，一一。 例 你知到嘅事要一一二二講晒出嚟（你知道的事要一五一十地說出來）｜我都一一二二話晒畀你知喇（我都一一告訴你了）。

一夜瞓唔足，三日木獨 yed¹ yé⁶ fen³ m⁴ zug¹, sam¹ yed⁶ mug⁶ dug⁶

〔諺語〕瞓：睡；木獨：萎靡呆滯。一晚睡不足，三天精神都不振。 例 前晚瞓唔夠，今日重係唔精神，有人話一夜瞓唔足，三日木獨，真係個嘢（前晚睡不夠，今天還沒有精神，有人說一天睡不足，三天補不回，這可是真的）。又說："一夜瞓唔足，三夜補唔足。"

一日到黑 yed¹ yed⁶ dou³ heg¹

從早到晚。 例 今日佢一日到黑都冇休息過，太癐喇（他今天從早到晚都沒有休息過，太累了）。

一日南風三日報，三日南風狗捐灶 yed¹ yed⁶ nam⁴ fung¹ sam¹ yed⁶ bou³, sam¹ yed⁶ nam⁴ fung¹ geo² gün¹ zou³

〔農諺〕捐：鑽。冬季連颳三天南風就會有冷空氣南下，冷得狗也鑽進灶腔取暖。

一日省一口，一年剩一斗 yed¹ yed⁶ sang² yed¹ heo², yed¹ nin⁴ xing⁶ yed¹ deo²

〔諺語〕勸勉人要節儉，並要持之以恆，時間長了就會有成效。

一人計短，二人計長 yed¹ yen⁴ gei³ dün², yi⁶ yen⁴ gei³ cêng⁴

〔諺語〕一個人想不出好的辦法，兩個人的計策就多。指大家一齊出主意就能解決許多問題。 例 你最好揾多幾個人嚟商量啦，一人計短，二人計長啦嗎（你最好多找幾個人來商量吧，人多辦法多唄）。

一人有福，帶歇一屋 yed¹ yen⁴ yeo⁵ fug¹, dai³ hid³ yed¹ ngug¹

家裏有一人當了官或得勢，就使家人都能沾光。 例 你老豆做咗個乜嘢長，唔好以為能夠一人有福，帶歇一屋咯（你爹當了個甚麼長，別以為一人當了官，全家人都沾光了）。

一樣米養百樣人 yed¹ yêng⁶ mei⁵ yêng⁵ bag³ yêng⁶ yen⁴

〔諺語〕同是一樣的米可以養出

Y

上百樣品性各不相同的人,用來慨歎人們良莠不齊。 例 人哋噉食飯佢又係噉食飯,點解佢又咁差呀,真係一樣米養百樣人(別人這樣吃飯他也這樣吃飯,為甚麼他就那麼糟糕。大家吃的都是大米呀)。

一隻筷子食豆腐,搞掬晒 yed¹ zég³ fai³ ji² xig⁶ deo⁶ fu⁶, gao² wo⁵ sai³

〔歇後語〕掬:壞了事。用一隻筷子來吃豆腐,結果攪爛了。比喻事情被人搞黃了。 例 你一嚟就嘥,好似一隻筷子食豆腐,搞掬晒咯(你一來就糟糕,甚麼事都讓你攪黃了)。

一隻筷子食蓮藕,刮眼 yed¹ zég³ fai³ ji² xig⁶ lin⁴ ngeo⁵, ged¹ ngan⁵

〔歇後語〕刮:刺,戳,捅。用一根筷子吃蓮藕,只能用筷子來捅着蓮藕的窟窿眼兒。"刮眼"是指強光刺眼的意思。比喻對某些事看着不順眼。 例 我睇佢哋噉搞法有啲一隻筷子食蓮藕,刮眼呀(我看他們這麼搞叫人有點看着不順眼)。

一隻雞唔好佗衰一籠 yed¹ zég³ gei¹ m⁴ hou² to⁴ sêu¹ yed¹ lung⁴

一隻雞不好,害了一籠。強調集體裏的每一個個體都很重要,否則一個不好就影響全體。

一隻屐 yed¹ zég³ kég⁶

屐:木屐,比喻卑微下賤的東西。形容人垂頭喪氣的樣子。 例 佢畀老豆鬧到一隻屐噉(他被父親罵得抬不起頭)|呢排做到一隻屐噉(最近幹活累得夠嗆)。

一隻牛唔剝得兩浸皮 yed¹ zég³ ngeo⁴ m⁴ mog¹ deg¹ lêng⁵ zem³ péi⁴

唔剝得:不能剝出;兩浸皮:兩層皮。一隻牛不能剝出兩層皮。形容辦不到的事。 例 我冇辦法日頭打兩份工,一隻牛唔剝得兩浸皮(我沒辦法白天打兩份工,一隻牛剝不出兩層皮)。

一張口,兩條脷 yed¹ zêng¹ heo², lêng⁵ tiu⁴ léi⁶

脷:舌頭。一個嘴巴長了兩條舌頭。比喻人前人後所說的話不同。 例 佢見乜嘢人就講乜嘢話,一張口,兩條脷(他見甚麼人說甚麼話,各不相同)。

一張票,睇到笑 yed¹ zêng¹ piu³, tei² dou³ xiu³

〔戲謔語〕睇:看。指香港某些低俗電影院只買一次票就可以隨意看多次同樣的電影。

一竹篙摘沉一船人 yed¹ zug¹ gou¹ nam⁵ cem⁴ yed¹ xun⁴ yen⁴

摘:用長棍等打。一根竹竿把一船的人都打下水去。比喻不分青紅皂白打擊一大片,傷害無辜。 例 你批評要搞清對象,

唔好一竹篙搞沉一船人呀（你
批評要分清對象，不要一棍子
把一船的人都打啊）。

一宗服一宗，老鼠服貓公

yed¹ zung¹ fug⁶ yed¹ zung¹, lou⁵ xu²
fug⁶ mao¹ gung¹

一物降一物，老鼠的天敵是貓。

一盅兩件 yed¹ zung¹ lêng⁵ gin⁶

一盅：一壺茶；兩件：兩塊點
心。廣州人早上到茶樓喝茶吃
點心，一般喝一壺茶吃兩三塊
點心即可。"一盅兩件"比喻
到茶樓喝茶吃茶點。 例 朝早
去茶居飲茶，一盅兩件，幾舒
服嘅（早上到茶樓喝茶，吃兩
三塊點心，夠舒服的）。

日本味精，味之素（未知數）

yed⁶ bun² méi⁶ jing¹, méi⁶ ji¹ sou³

〔歇後語〕日本產的味精叫味之
素。廣州話"味之素"諧音"未
知數"。用來表示事情發展還
不可預料。 例 呢件事會變成
點，我重係日本味精味之素喎
（這件事會變成怎麼樣，我還
是不好預測）。

日出早，雨淋腦 yed⁶ cêd¹ zou², yü⁵

lem⁴ nou⁵

〔農諺〕頭一天還下着雨，第二
天雖然早上太陽出得很早，但
當天還會有雨。

日防夜防，家賊難防 yed⁶ fong⁴

yé⁶ fong⁴, ga¹ cag⁶ nan⁴ fong⁴

防這防那，家賊最難防。

日光日白 yed⁶ guong¹ yed⁶ bag⁶

光天化日，大白天。 例 你居
然日光日白就搶嘢（你居然在
光天化日之下就搶東西）！

日落雲裏走，雨在半夜後

yed⁶ log⁶ wen⁴ lêu⁵ zeo², yü⁵ zoi⁶
bun³ yé⁶ heo⁶

〔農諺〕太陽下山時，西邊有濃
雲遮住太陽，到後半夜一般會
下雨。

日落有雲蓋，明日雨再來

yed⁶ log⁶ yeo⁵ wen⁴ goi³, ming⁴ yed⁶
yü⁵ zoi³ loi⁴

〔農諺〕太陽下山的時候如果有
雲遮蓋，明天可能還會有雨。

日捱夜捱 yed⁶ ngai⁴ yé⁶ ngai⁴

日夜苦幹。

日醒夜醒，有頭冇頸 yed⁶ séng²

yé⁶ séng², yeo⁵ teo⁴ mou⁵ géng²

冇：沒有。兒童謎語，指魚。

日頭出得早，天氣難得保

yed⁶ teo⁴ cêd¹ deg¹ zou², tin¹ héi³
nan⁴ deg¹ bou²

〔農諺〕日頭：太陽。太陽早早
就出來，雲霧稀薄，當天有可
能要下雨。

日頭唔好講人，夜晚唔好講神

yed⁶ teo⁴⁻² m⁴ hou² gong² yen⁴, yé⁶
man⁵ m⁴ hou² gong² sen⁴

〔諺語〕日頭：白天；講：議論。

勸誡人們不要背後議論別人的長短，否則容易招惹是非。

若要窮，朝朝瞓到熱頭紅；若要富，耕田養豬磨豆腐

yêg⁶ yiu³ kung⁴, jiu¹ jiu¹ fen³ dou³ yid⁶ teo⁴ hung⁴; yêg⁶ yiu³ fu³, gang¹ tin⁴ yêng⁵ ju¹ mo⁶ deo⁶ fu⁶

〔諺語〕朝朝：天天，每天；瞓：睡；熱頭：太陽。如果要窮，每天睡到太陽高升；如果要富，那就耕田、養豬、磨豆腐。

若要人似我，除非兩個我

yêg⁶ yiu³ yen⁴ qi⁵ ngo⁵, cêu⁴ féi¹ lêng⁵ go³ ngo⁵

除非有兩個我，否則天下不會有人似我。強調天下不會有完全相同的兩個人。

陰功積落子孫受

yem¹ gung¹ jig¹ log⁶ ji² xun¹ seo⁶

陰功：原指陰德，變指罪行、罪孽；積落：積存下來。前人的罪孽積存下來讓子孫承受報應。一般用來警告人們不能做傷天害理的壞事，否則子孫將遭到報應。

陰聲細氣

yem¹ séng¹ sei³ héi³

説話溫柔，聲音輕而小。 例 一個大隻佬，講話陰聲細氣，一啲都唔似男人（一個大男人，説話溫溫柔柔的，一點都不像個男人）。

飲飽食醉

yem² bao² xig⁶ zêu³

習慣説法，即食飽飲醉。 例 呢個懶人乜都唔做，成日飲飽食醉（這個懶人甚麼都不做，整天吃呀喝的）。

飲得杯落

yem² deg¹ bui¹ log⁶

可以開懷暢飲了。表示事情如願以償，心事放下。 例 你個仔考上大學，呢次飲得杯落咯（你的兒子考上大學，這回可以放心喝一杯啦）。

飲薑酒

yem² gêng¹ zeo²

廣東民俗，婦女分娩之後都要吃薑醋。用大量鮮薑、豬蹄、去殼的熟雞蛋加甜醋煮好，產婦在月子裏每天吃薑和豬蹄、雞蛋。孩子滿月設"薑酌"待客叫請飲薑酒。

飲光食光，身體健康

yem² guong¹ xig⁶ guong¹, sen¹ tei² gin⁶ hong¹

人的胃口好，能吃能喝，説明身體健康。

飲水尾

yem² sêu² méi⁵

喝別人喝剩的湯。比喻別人已經佔了先機，自己只好在後面跟着撈取一點小利益。 例 你嚟遲咗咯，飲水尾啦（你來遲了，只好撿點小的吧）。

飲頭啖湯

yem² teo⁴ dam⁶ tong¹

啖：量詞，口（湯、粥等）。喝頭一口湯，比喻最先得到利益，最先佔了便宜。 例 你就

好啦，呢次畀你飲咗頭啖湯咯
（你就好了，這次讓你搶佔了
先機）｜佢飲咗頭啖湯，乜都
撈夠咯（他佔了先機，甚麼都
賺夠了）。

飲咗門官茶 yem² zo² mun⁴ gun¹ ca⁴

門官：門神。民間傳說，人喝
了拜門神的茶會大笑不止，
引申指人笑口常開。 例 你係
唔係飲咗門官茶呀，成日笑喎
（你是不是吃了甚麼藥，整天
笑個不停的）。

任食唔嬲 yem⁶ xig⁶ m⁴ neo¹

任食：隨便吃；唔嬲：不生氣。
請朋友分享食物時，主人鼓勵
客人們盡情地享受的意思。
"食"可改用其他動詞，表示歡
迎或允許對方這樣做，例如貨
主賣東西時也可以說"任揀唔
嬲"，顧客可以隨便挑選。

因加得減 yen¹ ga¹ deg¹ gam²

本來是增加的，弄不好卻變成
減了，即弄巧成拙。

因住後尾嗰兩年 yen¹ ju⁶ heo⁶ méi⁵
go² lêng⁵ nin⁴

罵人的話。因住：當心。當心
最後那幾年。警告別人不要把
事做絕了，積些陰德，以免不
得善終。 例 你做埋咁多陰功
嘅嘢，因住後尾嗰兩年（你盡
幹那些缺德的事，當心不得好
死）。

人比人，比死人 yen⁴ béi² yen⁴,
béi² séi² yen⁴

意為人與人之間是不宜相比
的。如果硬要比較，只能使人
陷入苦惱之中。勸導人們知足
常樂。

人蠢冇藥醫 yen⁴ cên² mou⁵ yêg⁶ yi¹

人智力低下不可用藥來治，多
用於指責做事不動腦筋而屢犯
錯誤的人。

人醜望衣裝，鬢醜望花傍

yen⁴ ceo² mong⁶ yi¹ zong¹, ben³ ceo²
mong⁶ fa¹ bong⁶

〔諺語〕人如果長得不夠漂亮就
需要衣裳來裝扮；兩鬢如果長
得不好就用花來點綴一下。說
明無論誰都有愛美之心，希望
通過裝扮來掩飾自己有缺陷的
容貌。

人大分家，樹大分椏 yen⁴ dai⁶
fen¹ ga¹, xu⁶ dai⁶ fen¹ nga¹

〔諺語〕人長大了，兄弟姐妹就
要分家，而樹木長大了則分出
椏杈來，說明這是事物發展的
必然的趨勢。

**人哋食豆卜卜響，自己食豆彈
崩牙** yen⁴ dêi⁶ xig⁶ deo⁶⁻² bug¹ bug¹
hêng², ji⁶ géi² xig⁶ deo⁶⁻² dan⁶ beng¹
nga⁴

卜卜響：吃炒豆子的聲音。人
家吃豆子時嘎巴響，自己吃豆
子時卻把牙給崩破了。怨恨自

Y

己的遭遇沒有人家的好。在
同一件事情上，人家是丰采照
人，自己卻是倒霉不爽。

人多口雜 yen⁴ do¹ heo² zab⁶

人多嘴雜。指人多意見也多，
難以統一。 例 呢度人多口雜，
做乜都難（這裏人多意見多，
幹甚麼都難）｜人多口雜，講
乜野都有呀（人多嘴雜，説甚
麼的都有）！

人多好做作，人少好食作
yen⁴ do¹ hou² zou⁶ zog³, yen⁴ xiu²
hou² xig⁶ zog³

人多好辦事，人少好吃東西。

人多冇好湯，豬多冇好糠
yen⁴ do¹ mou⁵ hou² tong¹, ju¹ do¹
mou⁵ hou² hong¹

吃飯的人多，就做不出足夠的
好湯來供應，豬多也不能有足
夠的糠來喂飼。比喻人口多，
生活品質就不會高，無法做到
優生優育。 例 佢屋企仔女多，
十幾個人食飯，人多冇好湯，
豬多冇好糠，細路仔營養點夠
吖（他家裏子女多，十幾個人
吃飯，這樣孩子營養就不夠
了）。

人多煠狗唔腍 yen⁴ do¹ sab⁶ geo² m⁴
nem⁴

煠：用大鍋煮；腍：軟爛。人
多了主意就多，連煮狗肉也煮
不爛了。比喻意見分歧，甚麼

也幹不好。 例 呢度人太多，
好難統一意見，所以話人多煠
狗唔腍咯（這裏人太多，很難
統一意見，所以説人多連燉狗
肉也燉不爛了）。

人多心唔齊，黃金變黃泥
yen⁴ do¹ sem¹ m⁴ cei⁴, wong⁴ gem¹
bin³ wong⁴ nei⁴

〔諺語〕一家人人心不齊的話，
就算有錢也沒用。説明家庭團
結和睦比甚麼都重要。

人多手腳亂 yen⁴ do¹ seo² gêg³ lün⁶

指人多了東西容易弄錯，事情
容易弄亂。 例 你哋貴重嘅野
要鎖好，人多手腳亂，容易畀
人搞錯咗（你的貴重東西要鎖
好，人多手亂，容易讓別人拿
錯）。

人到中年萬事憂 yen⁴ dou³ zung¹
nin⁴ man⁶ xi⁶ yeo¹

人到中年，工作、生活的壓力
增加，上有父母需要照顧，下
有子女要撫養教育，經濟上和
精神上的負擔都重。與普通話
的“人到中年萬事休”在形式
上有點相似，但所表達的內容
不同。

人合人緣 yen⁴ gab³ yen⁴ yün⁴

指人與人之間有緣分。 例 佢
哋兩個好啱偶，真係人合人緣
咯（他們兩個很合得來，真是
有緣分了）。

人間蒸發 yen⁴ gan¹ jing¹ fad³

人好像水一樣蒸發了，即突然消失了。指人失蹤，不在公眾場合露面了。 例 自從上個月見過佢之後，就突然人間蒸發咯（自從上個月見過他之後就音信全無）｜佢又想玩人間蒸發嘞（他又想躲起來了）。

人間消失 yen⁴ gan¹ xiu¹ sed¹

從世界上消失了。指某人失蹤了，或不露面了。 例 呢兩個月佢人間消失咯（這兩個月不見他露面了）。

人結人緣 yen⁴ gid³ yen⁴ yün⁴

每個人都有他自己的人緣。又說"人合（gab³）人緣"。

人講你又講 yen⁴ gong² néi⁵ yeo⁶ gong²

人家說甚麼你就跟着說甚麼，人云亦云。 例 你要諗下啱唔啱，咪人講你又講（你要想一想對不對，不要人家說甚麼你也跟着說）｜你要有頭腦，千祈唔好人講你又講（你要有頭腦，千萬不要人云亦云）。

人工高，冇秘撈 yen⁴ gung¹ gou¹, mou⁵ béi³ lou¹

秘撈：秘密地去兼職掙外快。工資高了，職工就不用偷偷地去兼職撈外快了。

人嚇人，嚇死人 yen⁴ hag³ yen⁴, hag³ séi² yen⁴

民間認為裝神弄鬼嚇人，會把人嚇死。所以老一輩人常勸誡年輕人不要隨意嚇唬別人，否則後果嚴重。

人嚇人，好易暈 yen⁴ hag³ yen⁴, hou² yi⁶ wen⁴

指人嚇唬人容易把人嚇出病來。

人閒長指甲，人窮長頭髮 yen⁴ han⁴ zêng² ji² gab³, yen⁴ kung² zêng² teo⁴ fad³

形容一些人飽食終日，無所事事，指甲也就容易長，而一些窮人則窮困潦倒，懶修邊幅，連頭髮也長了。又說"人閒生指甲，人窮生頭髮"。

人之初，口多多 yen⁴ ji¹ co¹, heo² do¹ do¹

〔戲謔語〕人之初：指幼兒；口多多：幼兒說話口無禁忌。意思是對於小孩的話不必當真，童言無忌。也用來譏笑多嘴的人不夠老成練達。

人靠衣裝，佛靠金裝 yen⁴ kao³ yi¹ zong¹, fed⁶ kao³ gem¹ zong¹

人要靠衣裳來包裝才顯得精神漂亮，就好像廟裏的佛像那樣，用金子包裝了之後顯得非常華麗。說明人們非常重視衣着和靠衣着顯示出來的儀表。

人勤地出寶，人懶地生草 yen⁴ ken⁴ déi⁶ cêd¹ bou², yen⁴ lan⁵ déi⁶ sang¹ cou²

Y

〔諺語〕人勤快耕種，地裏就生出財寶，人懶了地裏就長草。勸諭人們勤儉持家，勞動致富。

人窮斷六親 yen⁴ kung⁴ tün⁵ lug⁶ cen¹

形容人一旦窮困，連親戚朋友都不願與他來往，説明世態炎涼。 例 呢幾年佢嘅景況唔係幾好，親戚朋友都唔嚟揾佢，正所謂人窮斷六親略（這幾年他的狀況不怎麼好，親戚朋友都不來找他，真是人窮了連親戚朋友都斷絕了）。

人爛瞓賣樓，豬爛瞓生肉
yen⁴ lan⁶ fen³ mai⁶ leo⁴, ju¹ lan⁶ fen³ sang¹ yug⁶

〔諺語〕爛瞓：愛睡覺，即懶的意思。人懶就窮，結果連住房也賣掉了；豬愛睡覺就長肉。批評懶惰的人窮得只能連住房也賣了。

人老精，鬼老靈 yen⁴ lou⁵ zéng¹, guei² lou⁵ léng⁴

〔諺語〕人老了生活經驗豐富，甚麼事都騙不了他，而鬼老了就有靈氣。這只是比喻的説法。 例 呢個老傢伙你唔呃得佢㗎，人老精，鬼老靈啦嗎（這個老頭你是騙不了他的，人越老越老謀深算嘛）。

人命大過天 yen⁴ méng⁶ dai⁶ guo³ tin¹
人的性命比天還大。

人無千日好，花無百日紅 yen⁴ mou⁴ qin¹ yed⁶ hou², fa¹ mou⁴ bag³ yed⁶ hung⁴

〔諺語〕人生是多變的，運氣有時好有時壞，不可能永遠都好；花不可能永遠都盛開，永遠都鮮紅如初。這是當人遇到挫折時用來安慰的話。也用來告誡人要居安思危。 例 你而家雖然順利，但是人無千日好，花無百日紅，要防範風險至好（你現在雖然順利，但很難保證不會出現困難的情況，所以要做些防範風險的措施才好）。

人無生活計，枉食人間米
yen⁴ mou⁴ sang¹ wud⁶ gei³, wong² xig⁶ yen⁴ gan¹ mei⁵

〔諺語〕人沒有生活的計劃、生活的目標等理想，就枉做一輩子人了。

人冇十足，裙冇十幅 yen⁴ mou⁵ seb⁶ zug¹, kuen⁴ mou⁵ seb⁶ fug¹

人沒有十全十美的好人，裙子也沒有用十幅布縫成的。強調人無完人，誰都會有缺點，不能要求過高。 例 人人都會有缺點，點能夠樣樣都好呢，人冇十足，裙冇十幅啦嗎（人人都會有缺點，怎能夠樣樣都好呢，沒有十全十美的完人嘛）。

人咬人，冇藥醫 yen⁴ ngao⁵ yen⁴, mou⁵ yêg⁶ yi¹

指人與人互相戕害，彼此傷了心是最難醫治的。

人嗡佢又嗡 yen⁴ ngeb¹ kêu⁵ yeo⁶ ngeb¹

嗡：胡說。別人說他也說。相當於"人云亦云"。 例 佢都唔清楚人哋嘅意思，人嗡佢又嗡（他都不清楚別人的意思，人說他也跟着胡說）。

人餓唔怕醜，雞餓趕唔走 yen⁴ ngo⁶ m⁴ pa³ ceo², gei¹ ngo⁶ gon² m⁴ zeo²

人飢餓時就不害羞，雞餓了到處覓食，轟也轟不走。比喻人到了利害攸關的時候就不顧一切，甚至敢於拼命。

人怕丟架，樹怕剝皮 yen⁴ pa³ diu¹ ga⁵⁻², xu⁶ pa³ mog¹ péi⁴

〔諺語〕丟架：丟臉。人害怕丟臉，樹怕剝皮。勸諭人們要照顧別人的面子，不要互相揭短。又說"人怕傷心，樹怕剝皮"。

人怕激氣，牛怕穿鼻 yen⁴ pa³ gig¹ héi³, ngeo⁴ pa³ qun¹ béi⁶

〔諺語〕人害怕生氣，牛怕穿鼻子。

人怕嚱，米怕篩 yen⁴ pa³ ngei¹, mei⁵ pa³ sei¹

〔諺語〕嚱：懇求、哀求、磨蹭。人最怕別人對你不斷懇求，好心的人經不起別人的苦苦哀求就心軟答應了。 例 你要請假就去揾廠長啦，你猛咁嚱佢，佢就會同意嘅喇，人怕嚱，米怕篩啦嗎（你要請假就去找廠長吧，你使勁地求他，他就會同意的，人最怕別人來磨蹭嘛）。

人怕三分虎，虎怕七分人 yen⁴ pa³ sam¹ fen¹ fu², fu² pa³ ced¹ fen¹ yen⁴

〔諺語〕人雖然怕老虎，但老虎更怕人。比喻邪惡的東西總是害怕正義的東西。 例 你唔使怕，人怕三分虎，虎怕七分人（你不必害怕，人雖然怕老虎，但老虎更怕人）。

人怕失時，狗怕夏至，雞怕年初二，鴨怕七月十四，牛怕犁秧地 yen⁴ pa³ sed¹ xi⁴, geo² pa³ ha⁶ ji⁶, gei¹ pa³ nin⁴ cp¹ yi⁶, ngab³ pa³ ced¹ yüd⁶ seb⁶ séi³, ngeo⁴ pa³ lei⁴ yêng¹ déi⁶

〔諺語〕人以及狗、雞、鴨、牛等家畜家禽各有害怕的時候。人最怕做事錯過時機；狗怕夏至，有的地方人們夏至要吃狗肉；雞怕正月年初二"開年"的時候，俗例家家要殺雞；鴨子怕農曆七月十四中元節，那時家家要殺鴨過節；牛怕的是犁秧地，秧地又硬又小，要求又高，很難犁得主人滿意。說明不管是誰都有各自的難處和害怕的時候。

Y

人怕笑，字怕吊 yen⁴ pa³ xiu³, ji⁶ pa³ diu³

〔諺語〕人怕被別人恥笑，字怕被掛到牆上，讓人欣賞，因為掛着的字，毛病容易被人看出，掛着好像沒有平放着好看。又叫"人怕打，字怕掛"。

人怕笑，字怕吊，布怕照 yen⁴ pa³ xiu³, ji⁶ pa³ diu³, bou³ pa³ jiu³

人怕被恥笑，字怕被掛起來讓人揣摩，而布的品質如何，對着光線照一照就看得出來。

人怕冤，牛怕鞭，蛇仔怕火煙 yen⁴ pa³ yün¹, ngeo⁴ pa³ bin¹, sé⁴ zei² pa³ fo² yin¹

人怕受到冤枉，牛害怕鞭子，蛇怕火煙熏。

人情大過天 yen⁴ qing⁴ dai⁶ guo³ tin¹

民間認為，人際關係非常重要，要禮尚往來，欠了別人的人情一定要還。 例 以前佢請過你，而家你一定要請翻佢至得，人情大過天呀（以前他請過你，現在你一定要回請他，人情比天還大吶）。

人情大過債 yen⁴ qing⁴ dai⁶ guo³ zai³

民間認為，人情非常重要，甚至比債務還重要。欠債固然要還，欠了人情更應該還。 例 大家幫助過你，記住第日一定要報答，人情大過債呀（大家幫助過你，你記着將來一定要報答，人情比債還重要啊）。又説"人情緊過債"。

人情留一線，日後好相見 yen⁴ qing⁴ leo⁴ yed¹ xin³, yed⁶ heo⁶ hou² sêng¹ gin³

〔諺語〕意為人與人的關係不能做絕了，要留有餘地，以便日後相逢時能有迴旋之處。

人情還人情，數目要分明 yen⁴ qing⁴ wan⁴ yen⁴ qing⁴, sou³ mug⁶ yiu³ fen¹ ming⁴

〔諺語〕民間交往的準則是，私人之間可以相互贈送，有來有往。但借錢借物一定要歸還，而且數目要清楚，不能含糊。

人生路不熟，隨處叫阿叔 yen⁴ sang¹ lou⁶ bed¹ sug⁶, cêu⁴ xu³ giu³ a³ sug¹

〔諺語〕到了陌生的地方，對當地的一切情況都不了解，惟一的辦法是隨時隨地向別人請教。

人細鬼大 yen⁴ sei³ guei² dai⁶

人的年齡小，但老成、早熟，心眼也多。 例 你睇佢細細個，人細鬼大，好多計仔㗎，（你看他年紀小小的，可心裏鬼主意多着呢）｜咁細個仔就講大人話，真係人細鬼大呀（年紀小小的就説大人的話，真是個小老成啊）。

Y

人細鬼大，鴨細芙翅大 yen⁴ sei³
guei² dai⁶, ngab³ sei³ fu⁴ qi³ dai⁶

細：小；芙翅：雞鴨鵝等的胘
肝。形容人小小的年紀，卻有
大人的心思。多用來形容小孩
少年老成。

人死留名，虎死留皮 yen⁴ séi²
leo⁴ ming⁴, fu² séi² leo⁴ péi⁴

〔諺語〕人在世上要為社會作
貢獻，死了之後留下名聲，就
像老虎死了之後也留下虎皮一
樣。用來勸誡人們注意給後人
留下好的名聲。

人心不足蛇吞象 yen⁴ sem¹ bed¹
zug¹ sé⁴ ten¹ zêng⁶

〔諺語〕形容人非常貪婪，貪
欲之心無法控制，就好像一條
蛇見了大象也想吞下去那樣。
例 你要得太多喇，真係人心不
足蛇吞象（你要得太多了，真
是貪得無厭）。

人心博人心，八兩換半斤
yen⁴ sem¹ bog³ yen⁴ sem¹, bad³ lêng⁵
wun⁶ bun³ gen¹

博：換取。各人的心都是相同
的，要將心比心。多用來勸説
人們要彼此體諒對方。

人心隔肚皮，冷飯隔筲箕
yen⁴ sem¹ gag³ tou⁵ péi⁴, lang⁵ fan⁶
gag³ sao¹ géi¹

〔諺語〕人心隔着肚皮，就好像
冷飯隔着筲箕一樣，看不見。

人心冇厭足 yen⁴ sem¹ mou⁵ yim³
zug¹

人的貪慾永遠無法滿足。 例
你得咗呢樣又要嗰樣，真係人
心冇厭足咯（你得了這樣又要
那樣，真是慾壑難填了）。

人心肉做 yen⁴ sem¹ yug⁶ zou⁶

人心是肉做的，意指人應有同
情心，應有惻隱之心。 例 佢
咁可憐，大家會幫佢嘅，人心
肉做吖嘛（他這麼可憐，大家
會幫助他的，人應有同情心
嘛）。

人熟禮唔熟 yen⁴ sug⁶ lei⁵ m⁴ sug⁶

儘管彼此都很熟，但還是要講
究禮節的。 例 你同佢係老友，
但係人熟禮唔熟，都要講究禮
貌呀（你跟他是老朋友，但是
還要講究禮貌的）。

人橫有所恃，大食有指擬
yen⁴ wang⁶ yeo⁵ so² qi⁵, dai⁶ xig⁶
yeo⁵ ji² yi⁵

橫行霸道的人都是有所依仗
的。後一句只是用來襯托。

人會變，月會圓 yen⁴ wui⁵ bin³,
yüd⁶ wui⁵ yün⁴

〔諺語〕強調人是會變化的，
正如月有陰晴圓缺那樣。 例
你唔能用固定眼光睇人，人會
變，月會圓啦嗎（你不能用固
定的眼光去看人，人是會變
的）。

人會轉，月會圓 yen⁴ wui⁵ jun³, yüd⁶ wui⁵ yün⁴

人的境遇會轉變，正如月亮有圓有缺。多用來安慰人們，事物隨時都在發生變化，不必擔憂。

人善畀人欺，馬善畀人騎 yen⁴ xin⁶ béi² yen⁴ héi¹, ma⁵ xin⁶ béi² yen⁴ ké⁴

〔諺語〕善："臉善"的減省，即善良而軟弱；畀：給，被。人如果太軟弱就容易被人欺負。

人一世，物一世 yen⁴ yed¹ sei³, med⁶ yed¹ sei³

一般用來慨歎人生短促，不要虛度年華。一輩子很快就過去了，正如各種東西一樣，不多久就灰飛煙滅。 例 你而家有條件歎就歎喇，有幾多年歎吖，人一世，物一世（你現在有條件享受就享受吧，能有多少年享受呢，一輩子很快就過去了）！

人人自認屎忽白 yen⁴ yen⁴ ji⁶ ying⁶ xi² fed¹ bag⁶

屎忽：屁股。人人都以為自己最清白。比喻只看見別人的缺點錯誤，自己比別人乾淨，沒有錯誤。這是嘲笑那些沒有自知之明的人的用語。

人人識和尚，和尚唔識人 yen⁴ yen⁴ xig¹ wo⁴ sêng⁶⁻² , wo⁴ sêng⁶⁻² m⁴ xig¹ yen⁴

和尚人數少，大家都容易認識他，但到寺廟的人多，和尚認識不了那麼多的人。

人有失手，馬有失蹄 yen⁴ yeo⁵ sed¹ seo², ma⁵ yeo⁵ sed¹ tei⁴

〔諺語〕人無論做甚麼事都會有失手的可能，正如馬一樣，有時也會出現打前失的情況。在表演某些難度大的動作之前首先聲明時用，或者在別人表演出現差錯時用來安慰的話。

人有相似，物有相同 yen⁴ yeo⁵ sêng¹ qi⁵, med⁶ yeo⁵ sêng¹ tung⁴

〔諺語〕人的相貌有相近似的，正如器物有相同一樣。 例 你睇錯人都唔定，人有相似，物有相同啦嗎（說不定是你看錯人了，人有同相，馬有同鞍嘛）。

人有三衰六旺 yen⁴ yeo⁵ sam¹ sêu¹ lug⁶ wong⁶

指人的一生有盛衰、順利與波折的時候，不必過於計較，要泰然處之。安慰別人遭到厄運時用語。 例 你唔使太激氣，人有三衰六枉，過一陣又會好翻嘅（你不必太懊惱，人的運氣總是時好時壞，過不久又會好起來的）。

人又老，錢又冇，痔瘡生上腦 yen⁴ yeo⁶ lou⁵, qin⁴ yeo⁶ mou⁵, ji⁶ cong¹ sang¹ sêng⁵ nou⁵

〔戲謔語〕戲指人老了，生活無着，貧病交加的窘狀。

人要虛心，火要空心 yen⁴ yiu³ hêu¹ sem¹, fo² yiu³ hung¹ sem¹

〔諺語〕燒灶火時，柴要架空火才旺。用來襯托人要虛心才好。

人要留情，水要留垽 yen⁴ yiu³ leo⁴ qing⁴, sêu¹ yiu³ leo⁴ ngen⁶

〔諺語〕垽：沉渣，沉澱物。對人要留有餘地，不可做絕了。正如水一樣，到最後多少都留下一點沉澱物。

人要面，樹要皮 yen⁴ yiu³ min⁶⁻², xu⁶ yiu³ péi⁴

面：面子。愛面子的人比較重視面子，就好像樹那樣，沒有皮是不行的。 〔例〕你唔好當住大家嘅面批評佢，人要面樹要皮㗎（你不要當着大家的面批評他，人是要面子的嘛）。

人爭一口氣，樹爭一層皮 yen⁴ zang¹ yed¹ heo² héi³, xu⁶ zang¹ yed¹ ceng⁴ péi⁴

〔諺語〕做人要爭氣，就像樹要保護皮那樣重要。

人仔細細 yen⁴ zei² sei³ sei³

指年紀小小。 〔例〕你人仔細細要讀好書，唔好成日掛住玩（你年紀小小要讀好書，不要整天惦着玩兒）｜想唔到佢人仔細細咁聰明（想不到他年紀小小的就這麼聰明）。

人在情在，人走茶涼 yen⁴ zoi⁶ qing⁴ zoi⁶, yen⁴ zeo² ca⁴ lêng⁴

人在的時候彼此情意濃濃，但人走了茶就涼了。比喻世態炎涼，人處於順境時，受人尊重，一旦失勢就被人遺忘。原來的情義就隨之消逝了。

引蛇入屋拉雞仔 yen⁵ sé⁴ yeb⁶ ngug¹ lai¹ gei¹ zei²

拉：叼。把蛇引進屋內叼走了小雞。比喻把壞人引了進來禍害了自己人。近似普通話"引狼入室"的説法。

贏把遮，輸架車 yéng⁴ ba² zé¹, xu¹ ga³ cé¹

〔戲謔語〕遮：傘。指賭博贏小輸大，勸導人不要去賭博。又指人得少失大，即"撿了芝麻，丟了西瓜"。

贏粒糖，輸間廠 yéng⁴ neb¹ tong⁴⁻², xu¹ gan¹ cong²

〔戲謔語〕同上。

楊梅到處一樣花 yêng⁴ mui⁴ dou³ qu³ yed¹ yêng⁶ fa¹

指各個地方都一樣美好，不必過於刻意只選擇某一個地方。多用作安慰語。又説"到處楊梅一樣花"。

養得生都會畀蚊叮死 yêng⁵ deg¹ sang¹ dou¹ wui⁵ béi² men¹ déng¹ séi²

形容孩子的體質很弱，哪怕僥倖養大了也能被蚊子叮咬死的。

Y

養豬帶挈狗 yêng⁵ ju¹ dai³ hid³ geo²

帶挈：提攜，使沾光。農家一般不把狗喂飽，如果養了豬，豬吃剩的東西狗可以吃，使狗沾光了。比喻在做某事的時候，無意間使另一方得益。 例 你大佬養病食嘅補品你亦有一份，真係養豬帶挈狗咯（這哥哥養病吃的補品你也有一份，真是讓你沾光了）。

養你好似養雀仔，有毛有翼嘟嘟飛 yêng⁵ néi⁵ hou² qi⁵ yêng⁵ zêg³ zei², yeo⁵ mou⁴ you⁵ yig⁶ du¹ du¹ féi¹

雀仔：小鳥兒；翼：翅膀。母親感歎養育兒女的心情，把孩子養大了，翅膀硬了就紛紛飛走了。

養羊種薑，本小利大 yêng⁵ yêng⁴ zung³ gêng¹, bun² xiu² léi⁶ dai⁶

〔農諺〕養羊和種薑，成本小利益大。

養仔百歲，閉翳九十年 yêng⁵ zei² bag³ sêu³, bei³ ngei³ geo² seb⁶ nin⁴

閉翳：擔憂。父母生養子女，付出甚多，從小至長大成人，無時無刻不為子女擔憂。多用來教育青年人要孝敬父母，報答父母生養的劬勞。又說"養兒一百歲，長憂九十年"。

養仔唔供書，不如養隻豬 yêng⁵ zei² m⁴ gung¹ xu¹, bed¹ yü⁴ yêng⁵ zêg³ ju¹

〔諺語〕供書：供孩子讀書。撫養孩子如果不讓他讀書，倒不如養一隻豬。勸導人們要讓孩子讀書受教育。

油甘仔命，先苦後甜 yeo⁴ gem¹ zei² méng⁶, xin¹ fu² heo⁶ tim⁴

油甘仔：即餘甘子，一種野生果，小灌木，果圓，大如指頭，初吃味澀，過後變甘甜。比喻人的景況開始時艱苦，後來慢慢變得幸福美滿。 例 佢細個嗰陣好窮，而家好咯，真係油甘仔命，先苦後甜呀（他小的時候很苦，現在好了，可謂先苦後甜了）。

油炸蟹 yeo⁴ za³ hai⁵

用油炸過的螃蟹，爪子都向外伸張。比喻在公共場所橫行霸道的人。 例 碰到呢隻油炸蟹，你避下佢啦（遇到這個橫行霸道的人，你躲避他一下吧）｜我睇你呢個油炸蟹能夠橫行到幾時（我看你這個霸道的人能夠橫行到幾時）。

油浸唔肥 yeo⁴ zem³ m⁴ féi⁴

形容身體瘦的人，無論吃甚麼東西，總是胖不起來，甚至用油浸着也胖不了。

遊車河 yeo⁴ cé¹ ho⁴⁻²

乘車兜風遊覽。 例 食完飯開車出去遊車河（吃過飯開車出去兜風）。乘船遊覽叫"遊船河"。

Y

游龍舟水 yeo⁴ lung⁴ zeo¹ sêu²

龍舟水：端午節前下的雨水。廣東民俗，端午節時，家家戶戶的婦女們到村子附近的小河裏洗衣物，孩子們則到河裏游泳，叫"游龍舟水"。

有賊心冇賊膽 yeo⁵ cag⁶ sem¹ mou⁵ cag⁶ dam²

有幹壞事的想法但沒有膽量去做。 例 呢個人好想挪用公款，但係有賊心冇賊膽（這個人很想挪用公款，不過他膽量不夠）。

有尺莫量人短，有口要講人長 yeo⁵ cég³ mog⁶ lêng⁴ yen⁴ dün², yeo⁵ heo² yiu³ gong² yen⁴ cêng⁴

〔諺語〕勸導人們不要在背後議論別人的短處，相反要多宣揚別人的長處。一般用來阻止別人在背後議論他人的是非。

有得攣 yeo⁵ deg¹ man¹

攣：扳回，挽救。可以挽救，可以補救。 例 你想下辦法啦，話唔定重有得攣（你想一下辦法吧，說不定還有挽回的餘地）｜你寫錯幾個字嗻，有得攣（你不過是寫錯幾個字罷了，可以挽救）。

有得震，冇得瞓 yeo⁵ deg¹ zen³, mou⁵ deg¹ fen³

〔戲謔語〕震：顫抖；瞓：睡。只有驚恐顫抖，無法安心睡覺。形容人極為害怕。 例 呢排大力打擊刑事犯罪，啲嘢友就有得震冇得瞓咯（近來大力打擊刑事犯罪，那些傢伙就坐臥不寧了）。

有竇口，早啲唞 yeo⁵ deo³ heo², zou² di¹ teo²

〔戲謔語〕竇口：窩，家庭；唞：休息，睡覺。勸告有家室的人早點回家休息。

有花自然香，唔使隨處抰 yeo⁵ fa¹ ji⁶ yin⁴ hêng¹, m⁴ sei² cêu⁴ qu³ yêng²

〔諺語〕唔使：不必；抰：抖動，張揚。香花自然有香氣，比喻好事自然有人傳播，不必到處去張揚。 例 你嘅功勞大家會知到嘅，有花自然香，唔使隨處抰（你的功勞大家是知道的，不必到處宣揚）。

有分數 yeo⁵ fen¹ sou³

心中有數，有分寸。 例 呢個人，我有分數（這個人，我心中有數）｜你做事要有分數至得呀（你做事要有分寸才行啊）。也表示胸有成竹，早有打算。 例 呢件事，我有分數嘅，你等住睇啦（這件事，我早有打算，你等着看吧）。

有福依還在，無福孭席袋 yeo⁵ fug¹ yi¹ wan⁴ zoi⁶, mou⁴ fug¹ mé¹ zég⁶ doi⁶

依還：依然，仍然；孖：背。
有福氣的無論遇到甚麼風浪波
折，福氣都不會失去，沒有福
氣的則背着席袋流浪乞討。

有風唔好駛盡哩 yeo⁵ fung¹ m⁴ hou² sei² zên⁶ léi⁵

哩：風帆。行船的時候，可以
利用船帆作動力，但不要把風
帆放滿。比喻做事要注意留有
餘地。

有風使盡哩 yeo⁵ fung¹ sei² zên⁶ léi⁵

有風的時候把風帆放滿，讓船
全速前進。比喻充分地利用
有利條件去做有利於自己的
事。　例 而家政策好，你可以
有風使盡哩，大幹一場（現在
政策好，你可以充分利用有利
條件大幹一場）。也比喻人做
事不留餘地，恃勢欺負別人。
例 佢而家威晒，有風使盡哩，
睇佢以後點收科（他現在威風
八面，甚麼都做絕了，看他以
後怎麼收場）。

有風駛盡哩，閻羅王揾你

yeo⁵ fung¹ sei² zên⁶ léi⁵, yim⁴ lo⁴ wong⁴ wen² néi⁵

〔諺語〕揾：找。有風時揚盡了
風帆，閻羅王就會找你，指駕
船時駛盡了風帆非常危險。警
告人們不要有恃無恐地去攫取
利益，做事必須留有餘地。

有交易 yeo⁵ gao¹ yig⁶

可以進行買賣，買賣成交。引
申指可以打交道、合作。　例
呢度食飯五文有交易（這裏
吃飯，五塊錢就可以）｜呢個
價位都算係麻麻地啦，有交
易（這個價位還算可以，成交
吧）。｜呢個人都幾老實嘅，
我同佢有交易（這個人還算老
實，我跟他打過交道）。

有交易，靠實力 yeo⁵ gao¹ yig⁶, kao³ sed⁶ lig⁶

〔戲謔語〕交易：事情辦成功。
只要有實力就能辦成事情。

有雞唔管管麻鷹 yeo⁵ gei¹ m⁴ gun² gun² ma⁴ ying¹

麻鷹：老鷹。老鷹要叼吃小
雞，主人經常要驅趕老鷹。把
精力放在對付在天上飛的老
鷹上，結果雞養不好，白費精
力。還不如把小雞管好養好。
勸導人們抓住主要矛盾，不要
主次顛倒。

有計食計，冇計食泥 yeo⁵ gei³⁻² xig⁶ gei³⁻², mou⁵ gei³⁻² xig⁶ nei⁴

有計謀的靠計謀取勝，沒有計
謀的吃泥土。比喻有辦法、有
智謀的取得主動，獲得實效，
而沒有辦法的則束手無策，坐
以待斃。

有幾何 yeo⁵ géi² ho⁴⁻²

（這樣的機會）難得有一回。
表示機會難逢，勸人做某事

時用。 例 呢餐飯我請，有
幾何吖（這頓飯我做東，難得
一回啊）｜今日大家開心，
飲兩杯啦，有幾何呢（今天大
家高興，喝兩杯吧，機會難逢
嘛）｜有幾何，你就畀佢請一
次假啦（能有多少次呢，你就
讓他請一次假吧）。"有幾何"
用於反詰語氣。陳述語氣用
"冇幾何"。

有今生冇來世 yeo⁵ gem¹ sang¹, mou⁵ loi⁴ sei³

勸諭人們要珍惜今生的情緣，
享受當前的美好生活，不能把
希望寄託在來世。

有金執都執唔贏 yeo⁵ gem¹ zeb¹ dou¹ zeb¹ m⁴ yéng⁴

執：撿。形容人動作緩慢，
幹甚麼都比不過別人。 例 你
行得咁嘭，有金執都執唔贏啦
（你走的這麼慢，有金子撿也
撿不過別人了）。

有嗰種，出嗰蛹 yeo⁵ gem² zung², cêd¹ gem² yung²

嗰：這樣的。有甚麼樣的物種
就長出甚麼樣的蛹。比喻有甚
麼樣的父母，就有甚麼樣的子
女。近似普通話的"龍生龍，
鳳生鳳，老鼠生子會打洞"。

有咁大個頭戴咁頂帽 yeo⁵ gem³ dai⁶ go³ teo⁴ dai³ gem³ dai⁶ déng² mou⁶⁻²

〔諺語〕有多大的頭戴多大的
帽子。表示凡事要量力而為，
不要好大喜功。 例 你有幾多
錢辦幾大嘅事，有咁大個頭戴
咁大頂帽（你有多少錢辦多大
的事，正如有多大的頭戴多大
的帽子一樣，要量力而為才
行）。

有咁大條魚打咁大個量 yeo⁵ gem³ dai⁶ tiu⁴ yü⁴ da² gem³ dai⁶ go³ wen⁶

〔諺語〕多這麼大的魚才能打出
多大的量。比喻有多大的能力
才能做多大的事。 例 如果佢
唔係有實力，唔會搞咁大嘅排
場，有咁大條魚打咁大個量啦
嗎（如果他不是有實力，不會
搞這麼大的動作的）。

有咁好得咁好 yeo⁵ gem³ hou² deg¹ gem³ hou²

說多好有多好。 例 嗰度嘅風
景有咁好得咁好呀（那裏的風
景你說多好有多好）。其中的
"好"可以根據所指的不同情況
換成其他形容詞。

有咁啱得咁蹺 yeo⁵ gem³ ngam¹ deg¹ gem³ kiu²

啱：巧。說那麼巧有那麼巧，
無獨有偶。 例 兩仔爺同一日
生，你話係唔係有咁啱得咁蹺
呢（兩父子同一天生，你說是
不是說那麼巧就有那麼巧呢）。

Y

有咁耐風流，就有咁耐折墮

yeo⁵ gem³ noi⁶ fung¹ leo⁴, zeo⁶ yeo⁵ gem³ noi⁶ jid³ do⁶

咁耐：那麼久；折墮：折壽，遭受懲罰。享受多少腐化生活，就會遭受多少報應。又説"有咁多風流有咁多折墮"。

有嗰句講嗰句 yeo⁵ go² gêu³ gong² go² gêu³

嗰句：那句。有那句説那句，即有甚麼説甚麼。叫人有話直説，不能胡説亂説。

有古講咯 yeo⁵ gu² gong² lo³

古：故事。即要解釋清楚的話就説來話長了。 例 佢嘅事呀，有古講咯（他的事，説來話長了）。

有氣冇埞唞 yeo⁵ héi³ mou⁵ déng⁶ teo²

埞：地方；唞：歇氣，休息。形容忙得沒有地方休息。 例 呢幾日我忙到有氣冇埞唞咯（這幾天我忙得沒有地方休息了）。

有口無心 yeo⁵ heo² mou⁴ sem¹

為不經意説錯話而辯解，多用於為自己或別人開脱。 例 我知到李生係為大家好嘅，講呢句話有口無心，大家唔好怪責吓（我知道李先生是為大家好，他不是故意的，大家不要見怪啊）。

有口話人，冇口話自己 yeo⁵ heo² wa⁶ yen⁴, mou⁶ heo² wa⁶ ji⁶ géi²

話：説，指責。比喻只會批評別人而不檢討自己。

有朝冇晚 yeo⁵ jiu¹ mou⁵ man⁵

朝：早上，早餐；冇晚：沒有晚餐。形容人窮困，上頓不接下頓。 例 舊時佢嘅日子好艱難呀，食飯有朝冇晚（過去他的日子很艱難啊，每天吃飯上頓不接下頓的）。

有辣有唔辣 yeo⁵ lad⁶ yeo⁵ m⁴ lad⁶

比喻有利有不利。 例 做事情梗係有辣有唔辣嘅喇（做事情肯定是有利有不利的）。

有力做到冇力，冇力做到摟席

yeo⁵ lig⁶ zou⁶ dou³ mou⁵ lig⁶, mou⁵ lig⁶ zou⁶ dou³ leo¹ zég⁶

冇力：沒有力氣；摟席：披席子。描寫勞苦人民的苦難歷程。從年輕力壯幹到年老體弱，最後衣衫襤褸只有披着一張破席子。

有乜冬瓜豆腐 yeo⁵ med¹ dung¹ gua¹ deo⁶ fu⁶

有甚麼三長兩短。 例 要注意安全，有乜冬瓜豆腐就唔掂喇（要注意安全，有甚麼三長兩短就不好辦了）｜我一人喺屋企，佢有乜冬瓜豆腐點算呀（我一個人在家，他有甚麼三長兩短該怎麼辦啊）？

有乜咁架勢 yeo⁵ med¹ gem³ ga³ sei³

有甚麼了不起。 例 你做咗科
長有乜咁架勢呀（你做了科長
有甚麼了不起的）。

有乜話乜 yeo⁵ med¹ wa⁶ med¹

有甚麼說甚麼。 例 你就有乜
話乜啦（你就有甚麼說甚麼吧）。

有紋有路 yeo⁵ men⁴ yeo⁵ lou⁶

有條理、有條不紊、頭頭是
道。 例 女仔做嘢都係細心啲
嘅，做乜都有紋有路（女孩子
做事都是比較細心的，做甚麼
都有條不紊）。

有冇搞錯 yeo⁵ mou⁵ gao² co³

字面意思是有沒有弄錯。但實
際上其含意比較複雜，大概有
"不會吧""不是吧""怎麼一回
事""不像話""不可思議"等
意思，語氣比較溫和。 例 今
日咁熱你重着冷衫，有冇搞錯
呀（今天這麼熱你還穿毛衣，
怎麼一回事）？｜你要我參加
演講，有冇搞錯呀（你要我參
加演講，不會吧）？｜有冇搞
錯呀，邊個喺度亂掉垃圾呀
（真不像話，誰在這裏亂扔垃
圾）！

有你冇我 yeo⁵ néi⁵ mou⁵ ngo⁵

你死我活。 例 呢場比賽好激
烈，兩家都有你冇我噉搏呀
（這場比賽很激烈，雙方都你
死我活地拼搏）。

**有你在生大鑊煮，冇你在生捱
番薯** yeo⁵ néi⁵ zoi⁶ sang¹ dai⁶ wog⁵
ju², mou⁵ néi⁵ zoi⁶ sang¹ ngai⁴ fan¹
xu⁴⁻²

在生：活着的時候；捱：忍受，
艱難度日。妻子對亡夫的哭
訴，有你在的時候大鍋吃飯，
沒有你時只能以番薯度日。

有諗頭 yeo⁵ nem² teo⁴

諗：想，思考。值得思考，耐
人尋味。 例 呢件事好有諗頭
（這件事很值得思考）。也可
以用來形容人有頭腦或頭腦清
醒。 例 你呢個人好有諗頭（你
這個人很有頭腦）。

有牙冇眼 yeo⁵ nga⁴ mou⁵ ngan⁵

形容人開懷大笑的樣子。 例
你睇佢幾開心，笑到有牙冇眼
咯（你看他多高興，笑得閉不
攏嘴吶）。

有眼無珠 yeo⁵ ngan⁵ mou⁴ ju¹

形容人失察，看不出事實真相
而被欺騙，而判斷錯誤。 例 我
一時鬼揞眼，有眼無珠，差啲
畀人呃咗（我一時鬼迷心竅，看
不出騙局，差點兒被人騙了）。

有排你等 yeo⁵ pai⁴ néi⁵ deng²

有排：相當長的時間。夠你等
的，形容時間長。 例 呢間公
司要十點至開門，有排你等咯
（這家公司要十點才開門，夠
你等的）。

Y

有炮仗唔使人點引 yeo⁵ pao³ zêng⁶⁻² m⁴ sei² yen⁴ dim² yen⁵

有鞭炮不用別人來點，比喻自己的事可以自己解決，用不着別人來指點。

有便宜哈哈笑，冇便宜流馬尿 yeo⁵ pin⁴ yi⁴ ha¹ ha¹ xiu³, mou⁵ pin⁴ yi⁴ leo⁴ ma⁵ niu⁶

〔戲謔語〕流馬尿：指流淚。譏笑人佔了便宜就高興，佔不到便宜就生氣流淚。多用來取笑兒童。

有便宜唔使頸 yeo⁵ pin⁴ yi⁴ m⁴ sei² géng²

唔使頸：不生氣。佔到便宜就不生氣。

有婆婆就依賴，冇婆婆孫仔自然乖 yeo⁵ po⁴ po⁴ zeo⁶ yi¹ lai⁶, mou⁵ po⁴ po⁴ xun¹ zei² ji⁶ yin⁴ guai¹

婆婆：外婆，這裏指祖母。婆婆在的時候，孫兒甚麼都依賴婆婆；婆婆不在的時候，孫兒無可依賴，自然會很乖。

有錢儲定急時用，好天斬埋落雨柴 yeo⁵ qin⁴ cou⁵ ding⁶ geb¹ xi⁴ yung⁶, hou² tin¹ zam² mai⁵ log⁶ yü⁵ cai⁴

〔諺語〕儲：攢着；斬埋：事先砍好。有錢要攢着留作急需時用，天氣好時把柴火砍好留作下雨時燒。比喻做事要未雨綢繆，有備無患。

有錢樓上樓，冇錢地下踎 yeo⁵ qin⁴ leo⁴ sêng⁶ leo⁴, mou⁵ qin⁴ déi⁶ ha⁶ meo¹

〔諺語〕踎：蹲。有錢的人住樓房，沒有錢的人則只有在地上蹲着。描繪過去貧富生活的差別。 例 而家大家生活都好咗咯，唔使學舊時有錢樓上樓，冇錢地下踎嘅咯（現在大家生活都很好，不像過去有錢人住大樓，窮人蹲擠在平房了）。

有錢唔好使盡，有力唔好用盡 yeo⁵ qin⁴ m⁴ hou² sei² zên⁶, yeo⁵ lig⁶ m⁴ hou² yung⁶ zên⁶

勸誡人們凡事要留有餘地，不要做絕了。

有錢買雞，冇錢買豉油 yeo⁵ qin⁴ mai⁵ gei¹, mou⁵ qin⁴ mai⁵ xi⁶ yeo⁴

冇：沒有；豉油：醬油。譏笑人有錢買雞卻沒有錢買醬油。比喻人對待事物主次顛倒，大事能辦到卻不願做做配套的小事。

有錢日日節，無錢日日歇 yeo⁵ qin⁴ yed⁶ yed⁶ jid³, mou⁴ qin⁴ yed⁶ yed⁶ hid³

有錢：指有錢的人，富人；無錢：指無錢的人，窮人；歇：停，引申指斷炊。有錢的人家天天吃得好，像過節一樣，而窮人則忍受飢餓，吃上頓沒下頓，天天都可能斷炊。多用來批評有錢人家花天酒地的生活，對窮苦人家抱着同情和憐

憫的態度。也用來批評人生活
沒有計劃，不會量入為出，有
錢的時候就亂花錢，花光了錢
的時候就吃了上頓沒有下頓的
做法。

有錢有面手瓜起脹 yeo⁵ qin⁴⁻² yeo⁵
min⁶⁻², seo² gua⁴ héi² jin²

〔戲謔語〕手瓜：胳膊上的肌
肉；起脹：腱子突出來。有錢
有勢就逞強淩弱。

有情飲水飽，無情食飯飢
yeo⁵ qing⁴ yem² sêu² bao², mou⁴
qing⁴ xig⁶ fan⁶ géi¹

〔諺語〕跟有感情的人一起生
活，喝水也覺得飽，跟沒有感
情的人在一起，吃了飯也覺得
飢餓。

有殺錯，冇放過 yeo⁵ sad³ co³,
mou⁵ fong³ guo³

〔戲謔語〕寧可錯殺而不放過，
指責暴政錯殺無辜。

有殺冇賠 yeo⁵ sad³ mou⁵ pui⁴

原指在賭場上，莊家只贏不
賠。也借指經商總是只賺不
賠。　例 呢個辦法最好嘞，利
潤少啲但係有殺冇賠嘛（這個
辦法最好，利潤是少一點，可
是只賺不賠呀）。

有麝自然香，唔使當風揳
yeo⁵ sé⁶ ji⁶ yin⁴ hêng¹, m⁴ sei² dong¹
fung¹ yêng²

唔使：不必；揳：抖動。有麝

香別人會聞得到，不必對着風
抖動。比喻自己有甚麼優點，
不必當眾宣揚。又説"有麝自
然香，何必當街揚"。

有心開晏店，唔怕大肚廉 yeo⁵
sem¹ hoi¹ ngan³ dim³, m⁴ pa³ dai⁶
tou⁵ lim⁴

晏：午飯，也指飯；晏店：飯
館；唔怕：不怕；大肚廉：食
量大的人。既然有心開飯館，
就不怕食量大的人來吃。比喻
敢於做某件事就不怕會出現甚
麼問題。

有心唔怕遲，十月都係拜山時
yeo⁵ sem¹ m⁴ pa³ qi⁴, seb⁶ yüd⁶ dou¹
hei⁶ bai³ san¹ xi⁴

拜山：掃墓。只要你有心，做
甚麼都不會遲，就算十月也可
以去掃墓。

有心冇肺 yeo⁵ sem¹ mou⁵ fei³

形容人不動腦筋、沒心沒肺的
樣子。　例 有乜問題你要諗下
至得嗎，成日有心冇肺嘅點得
呢（有甚麼問題你要動腦筋想
一想才行嘛，整天沒心沒肺的
怎麼行呢）。

有心冇神 yeo⁵ sem¹ mou⁵ sen⁴

形容人做事或學習精神不集
中。　例 我睇你今日學習有心
冇神，到底有乜事呀（我看你
今天學習精神不集中，到底有
甚麼事）？

有心裝冇心人 yeo⁵ sem¹ zong¹ mou⁵ sem¹ yen⁴

有心:有意;裝:伺機陷害。有意設陷阱引導別人犯錯,達到害人的目的。

有神冇氣 yeo⁵ sen⁴ mou⁵ héi³

有氣無力,形容人虛弱的樣子。 例 佢啱啱病好,睇起上嚟重係有神冇氣嗽(他剛剛病好,看起來還是很虛弱的樣子)。

有數為 yeo⁵ sou³ wei⁴

為:計算成本。劃得來,計算起來不至於蝕本。 例 呢次買賣都算係有數為啦(這次買賣還算劃得來)。

有彈有讚 yeo⁵ tan⁴ yeo⁵ zan³

彈:批評;讚:讚揚。有批評的也有讚揚的。 例 對呢項改革有彈有讚(對這項改革有批評的也有讚揚的)。

有頭毛唔做瘌痢 yeo⁵ teo⁴ mou⁴ m⁴ zou⁶ lad³ léi¹

頭毛:頭髮;唔做:不做;瘌痢:頭癬,即黃癬。頭上有頭髮就不會長瘌痢,即有頭髮説明沒有長頭癬。意思是如果條件好的話也不至於落得這樣的境遇。

有拖冇欠 yeo⁵ to¹ mou⁵ him³

所欠的債務雖然拖着,但遲早一定清還。 例 你放心好咯,我總之係有拖冇欠(你放心得了,總之遲早一定清還)。

有鬍鬚就係老豆 yeo⁵ wu⁴ sou¹ zeo⁶ hei⁶ lou⁵ deo⁶

有奶便是娘。 例 佢呢個人好衰嘅,認錢唔認人,有鬍鬚就係老豆(他這個人很糟糕,認錢不認人,有奶便是娘)。也指人粗心大意,用想當然的辦法來看事物。 例 你睇真啲,呢個係水錶唔係鐘,唔好話有鬍鬚就係老豆(你看清楚一點,這個是錶,別亂認錯了)。

有碗話碗,有碟話碟 yeo⁵ wun² wa⁶ wun², yeo⁵ dib⁶ wa⁶ dib⁶

有甚麼説甚麼。 例 你唔使講大話,有碗話碗,有碟話碟得嘞(你不用撒謊,有甚麼説甚麼就行)。又叫"有碗數碗,有碟數碟"。

有事鍾無豔,無事夏迎春 yeo⁵ xi⁶ zung¹ mou⁴ yim⁶, mou⁴ xi⁶ ha⁶ ying⁴ cên¹

〔諺語〕鍾無豔:相傳為戰國時齊宣王的東宮王后,聰穎,有雄才,但貌醜;夏迎春:相傳為齊宣王的西宮王后,貌美。民間傳説,齊國有戰事時,宣王日夜與鍾無豔在一起商量禦敵的計策,無戰事時宣王就寵倖夏迎春。比喻一些領導平時偏愛喜歡對他阿諛奉承的人,只有遇到重大問題時才去找他不大喜歡但有本事的人。

有爺生冇乸教 yeo⁵ yé⁴ sang¹ mou⁵ na² gao³

爺：父親；乸：母親。指孩子缺乏家庭教育，本來應該說"有乸生冇爺教"，但習慣就是這麼說。 例 我睇你一啲家教都冇，真係有爺生冇乸教咯（我看你一點家庭教育都沒有，真是有娘生沒爹教了）。

有人辭官歸故里，有人漏夜趕科場 yeo⁵ yen⁴ qi⁴ gun¹ guei¹ gu³ léi⁵, yeo⁵ yen⁴ leo⁶ yé⁶ gon² fo¹ cêng⁴

漏夜：星夜，連夜。有人辭官告老還鄉，有人星夜趕路參加會試，各有不同目的。比喻世上人多色多彩，各有各的事業和追求。

有樣學樣 yeo⁵ yêng⁶⁻² hog⁶ yêng⁶⁻²

指人不分好壞，見到甚麼學甚麼，見到誰就跟誰學。 例 細佬哥一般都係有樣學樣㗎（小孩一般都是見甚麼學甚麼的）。

有異性，冇人性 yeo⁵ yi⁶ xing³, mou⁵ yen⁴ xing³

〔戲謔語〕批評一些人見到異性，就失去了人性，見色忘義。

有型有款 yeo⁵ ying⁴ yeo⁵ fun²

指人有派頭，有風度，其打扮與衣着有個性。

有揸拿 yeo⁵ za¹ na⁴

有把握。 例 呢次你做有揸拿嗎（這次你做有把握沒有）？否定的説法是"冇揸拿"。

有借有還千百轉，有借冇還一次過 yeo⁵ zé³ yeo⁵ wan⁴ qin¹ bag³ jun², yeo⁵ zé³ mou⁵ wan⁴ yed¹ qi³ guo³

強調借東西要及時歸還，有借有還再借不難。

有仔教落孫 yeo⁵ zei² gao³ log⁶ xun¹

為了家傳的東西不至於失傳，就算有了兒子也要同時教給孫子，以保證世代代相傳下去。

有仔萬事足，無病一身輕 yeo⁵ zei² man⁶ xi⁶ zug¹, mou⁴ béng⁶ yed¹ sen¹ hing¹

有了兒子就心滿意足了，沒有病一身輕鬆。

有酒有肉親兄弟，無柴無米做乜夫妻 yeo⁵ zeo² yeo⁵ yug⁶ cen¹ hing¹ dei⁶, mou⁴ cai⁴ mou⁵ mei⁵ zou⁶ med¹ fu¹ cei¹

有酒有肉就可以親如兄弟，無柴無米連做夫妻也難。比喻一些人有吃有喝就做狗肉朋友，一旦沒有吃喝，情分就斷了，連夫妻關係也維持不下去了。

有早知，冇乞兒 yeo⁵ zou² ji¹, mou⁵ hed¹ yi⁴⁻¹

如果大家都能未卜先知，世上就不會有討飯的乞丐了。感歎世事難料。

Y

有中錯狀元，冇安錯花名

yeo⁵ zung³ co³ zong⁶ yün⁴, mou⁵
ngon¹ co³ fa¹ méng⁴⁻²

安：取名；花名：綽號，外號。只有中錯狀元，卻沒有把外號取錯的。強調人的外號一般都取得準確合理，並經過眾人認可的。又説"有中錯狀元，冇起錯花名"。

又叻又抵手 yeo⁶ lég¹ yeo⁶ dei² seo²

叻：聰明；抵手：能幹。形容人聰明能幹。 例 呢個後生仔乜都會做，又叻又抵手（這個年輕人甚麼都會做，又聰明又能幹）。

又唔係 yeo⁶ m⁴ hei⁶

通常"唔係"兩個音讀成一個音節 mei⁶，用於反詰語氣，有"還不是（一樣）"的意思。 例 你嗽搞法又唔係一樣（你這樣搞法還不是一樣）！｜稱嚟稱去又唔係咁重（稱來稱去還不是那麼重嗎）！

又乜又物 yeo⁶ med¹ yeo⁶ med⁶

"物"沒有甚麼意思，這是用來陪襯"乜"。又這樣又那樣，又這個又那個。 例 佢買咗好多野嚟，又乜又物（他買了許多東西來，又這個又那個）｜佢對我意見好大，又話我乜又話我物（他對我意見很大，又説我這樣又説我那樣）。

又乜又盛 yeo⁶ med¹ yeo⁶ xing⁶

形容東西或活動繁多，相當於普通話的"又這個又那個的"、"又…又甚麼的"。 例 琴晚開聯歡會，大家又乜又盛（昨晚開聯歡會，大家又這樣那樣的）｜佢對你有好多意見，又乜又盛，我都唔信（他對你有很多意見，又這個又那個的，我都不信）。

又呢又嚕 yeo⁶ ni¹ yeo⁶ lou³

嚕：那（廣州話必須與"呢"配搭着使用，但有的地方如番禺、南海、順德、中山、連山、廉江等地可以單獨使用表示遠指）。又這又那，又這樣又那樣，又這個又那個。 例 佢嘅野真多，又呢又嚕（他的東西真多，又這又那）｜乜你咁多事㗎，又呢又嚕（怎麼你事兒那麼多，又這樣又那樣的）。

又屎又巴閉 yeo⁶ xi² yeo⁶ ba¹ bei³

屎：無能；巴閉：咋呼，誇張。既沒有本事又張揚。 例 呢個人乜都唔得，又屎又巴閉（這個人甚麼都不行，又無能又張揚）。

又要姑娘靚，又要禮事（利市）平 yeo⁶ yiu³ gu¹ nêng⁴ léng³, yeo⁶ yiu³ lei⁵ xi⁶ péng⁴

靚：漂亮；禮事（利市）：紅包；平：便宜，低廉。指要求過高，又要東西好，又要便宜。

依時依候 yi¹ xi⁴ yi¹ heo⁶

按時。　例 大家都要依時依候到呀（大家都要按時到啊）｜你唔使叫佢，佢依時依候就會醒㗎喇（大家不必叫他，他到時就會醒的）。

醫得頭嚟腳抽筋 yi¹deg¹ teo⁴ lei⁴ gêg³ ceo¹ gen¹

嚟：來。治得了頭腳又抽筋。形容人頭痛醫頭，腳痛醫腳，忙亂得很。比喻問題不斷出現，這裏還沒有解決，那裏又冒出來，難以對付。

齙牙唪哨 yi¹ nga⁴ bang⁶ sao³

齙牙：齜牙咧嘴；唪哨：沒甚麼意思。形容人咧着嘴露出牙齒，一副難看的樣子。

移船就墈 yi⁴ xun⁴ zeo⁶ hem³

墈：小河的碼頭。移動船隻遷就碼頭。比喻採取主動，配合對方。　例 我哋為主，你哋為輔，你要移船就墈先至得嗎（我們為主，你們為輔，你要主動配合我們才行嘛）。

以心為心 yi⁵ sem¹ wei⁴ sem¹

將心比心。　例 你以心為心想下，佢噉做都有道理㗎（你將心比心想一想，他這樣做也是有道理的）。

以為得味 yi⁵ wei⁴ deg¹ méi⁶⁻²

形容人沾沾自喜，以為了不起。　例 嗰個嘢坐住喺度飲茶，邊個都唔理，以為得味（那傢伙坐着喝茶，誰也不理，以為很了不起）。

以為你大晒 yi⁵ wei⁴ néi⁵ dai⁶ sai³

以為你是老大。　例 你唔好以為你大晒，乜都由你話事（你不要以為你是老大，甚麼都由你說了算）。

以為運到，原來心躁 yi⁵ wei⁴ wen⁶ dou³, yün⁴ loi⁴ sem¹ cou³

心躁：心裏躁熱。指人的心情煩躁、急躁。人犯急躁的毛病時，熱氣上升，以為是運氣來了。告誡人們處事要冷靜，不要急。

耳仔出油 yi⁵ zei² cêd¹ yeo⁴

耳朵出油了。多用來形容人聽到自己所喜愛的音樂後的滿足感。　例 你唱嘅粵曲，我真係聽得耳仔出油咯（你唱的粵曲，我聽得入迷了）。

耳仔啷埋 yi⁵ zei² yug¹ mai⁴

啷埋：也動了。連耳朵也動了。多用來取笑人吃美食時像豬吃食那樣連耳朵也動的狀態，帶有戲謔的意味。多用於形容年青人大快朵頤的形象。

二八天，軟綿綿，係清係補冇主見 yi⁶ bad³ tin¹, yün⁵ min⁴ min⁴, hei⁶ qing¹ hei⁶ bou² mou⁵ ju² gin³

二八天：二月或八月的天氣；係清係補：用清涼的辦法或是

Y

用補的辦法；冇主見：沒有確切的主意。在二八天裏，人們感覺身體軟綿綿的，用清涼或者補的辦法都沒有確切的主意，必須根據個人的情況而定。

二八月，亂穿衣 yi⁶ bad³ yud⁶, lün⁶ qun¹ yi¹

每年農曆二月和八月時，天氣不冷不熱，身體好的人穿得比較少，而身體欠佳的人則穿得比較多。

二打六，未夠斤兩 yi⁶ da² lug⁶, méi⁶ geo³ gen¹ lêng²

〔歇後語〕"打"是加的意思，二加六是八，過去八兩祇相當於半斤。有不夠格、水準低的意思。 例我睇呢個人都係二打六嚟嘅（我看這個人也就是半瓶醋而已）｜你唔好畀埋啲二打六嘅嘢我哋呀（你不要盡把那些不合格的產品給我們啊）。

二花面頸 yi⁶ fa¹ min⁶⁻² géng²

二花面：粵劇的一種行當，角色是正直而愛打抱不平者；頸：脾氣。二花臉的脾氣，即正直而愛打抱不平的性格。 例佢呢個人係二花面頸，睇見有唔合理嘅事就要干涉（他這個人有愛打抱不平的脾氣，看見有不合理的事就要干涉）。

二趾長過公，唔死一世窮 yi⁶ ji² cêng⁴ guo³ gung¹, m⁴ séi² yed¹ sei³ kung⁴

二趾：腳二趾；公：腳拇趾。有些相面師認為，腳二趾比腳拇趾長的，是窮苦相。

二奶仔 yi⁶ nai⁵⁻¹ zei²

二奶：妾，小老婆。指小老婆所生的子女。比喻受到歧視、得不到公平對待的人。

二五仔 yi⁶ ng⁵ zei²

跑腿的，保鏢或打手。

二三線，好難變 yi⁶ sam¹ xin³, hou² nan⁴ bin³

〔戲謔語〕二三線：演藝界的第二三批的演員。這些演員很難得到出頭之日。

二四六八單，冇得變 yi⁶ séi³ lug⁶ bad³ dan¹, mou⁵ deg¹ bin³

〔歇後語〕冇得變：沒有辦法改變。玩撲克或牌九的"鬥牛"時，每人發五張牌，每人任選其中三張組成 10、20 或 30 點（K、Q、J 算 10 點）剩下兩張點數之和大者為贏。如果所得牌為 2、4、6、8 再加一張單數，則任何三張牌永遠無法組成 10 的倍數，這肯定要輸。比喻事情已成定局，無法改變。 例呢件事都二四六八單咯，冇得變（這事已經成為定局了，沒法改變）。

Y

二叔公耕田，聽秧（殃） yi⁶ sug¹ gung¹ gang¹ tin⁴, ting³ yêng¹

〔歇後語〕聽：等着。二叔公耕田，等着人送秧來。秧跟遭殃的殃同音。聽秧即等着遭殃、倒霉。 例 你放咁多化肥，啲菜都燒死咯，呢次你就二叔公耕田，聽秧啦（你放這麼多化肥，把菜都燒死了，這回你就等着遭殃吧）。

二叔公割禾，望下截 yi⁶ sug¹ gung¹ god³ wo⁴, mong⁶ ha⁶ jid⁶

〔歇後語〕二叔公：年紀較老的人；割禾：割水稻；望下截：看水稻的下半截，又表示寄希望於下半輩子。

二叔公排第幾，重使問 yi⁶ sug¹ gung¹ pai⁴ dei⁶ géi², zung⁶ sei² men⁶

〔歇後語〕二叔公：二叔祖；重使問：還需要問嗎？二叔祖排第幾，還需要問嗎？說明事情很清楚，不用問了。

二跳四 yi⁶ tiu³ séi³

原為賭博用語。常常用來形容人蹦跳的樣子，多指小孩被打時亂蹦亂跳的樣子。 例 你唔聽話，你老豆實打到你二跳四（你不聽話，你爸爸一定要把你揍痛的）｜嗰個賊仔畀人打到二跳四（那個小偷讓人打得夠嗆）。

二月東風大旱天，三月東風水浸田 yi⁶ yüd⁶ dung¹ fung¹ dai⁶ hon⁵ tin¹, sam¹ yüd⁶ dung¹ fung¹ sêu² zem³ tin⁴

〔農諺〕二月裏颳東風則當年天旱，三月裏颳東風則雨水多。

二仔底，冇得睇 yi⁶ zei² dei², mou⁵ deg¹ tei²

〔戲謔語〕二仔底：用撲克賭博的術語，即所發的底牌為二；冇得睇：沒有看頭，即沒有贏的希望。

二仔底，死跟 yi⁶ zei² dei², séi² gen¹

〔歇後語〕二仔底：用撲克賭博時所發的底牌為“二”。一種叫“拖沙蟹”的賭博，每人共發牌五張，其中一張底牌為暗牌，其餘為明牌。每發一張牌時，每人根據自己的牌的大小來決定是否繼跟上或退出。一般情況下，底牌不好時就應該退出，但有些人希望下一張是好牌，就橫下心來跟上，叫“死跟”，即拼死也跟上，企圖迷惑對方。比喻人虛張聲勢或只會模仿別人的作為。 例 你唔使怕佢，佢不過係二仔底，死跟咋（你不必怕他，他不過是虛張聲勢罷了）。

易過借火 yi⁶ guo³ zé³ fo²

比借火還容易，形容事情非常容易。 例 叫我寫封信就易過

借火啦（要我寫封信比做甚麼
還容易）。

易過食生菜 yi⁶ guo³ xig⁶ sang¹ coi³

比吃生菜還容易。形容事情非
常容易。

易話為 yi⁶ wa⁶ wei⁴

好商量，好説。 例 你要延長
一年至還呀，易話為（你要延
長一年才還嗎，好説）。

熱飢冷飽 yid⁶ géi¹ lang⁵ bao²

熱：發熱，即發燒；冷：發冷，
即發瘧疾。民間習慣認為，發
燒的病人不宜吃飽，但發瘧疾
的人則要吃飽飯。又叫"冷飽
熱飢"。

熱飯唔得熱食 yid⁶ fan⁶ m⁴ deg¹ yid⁶
xig⁶

太熱的飯不能馬上吃。比喻做
事不可操之過急。

熱過唔知熱，冷過唔知冷 yid⁶
guo³ m⁴ ji¹ yid⁶, lang⁵ guo³ m⁴ ji¹ lang⁵

炎熱的天氣一過就不覺得熱，
寒冷的天氣一過就不覺得冷。
多用來批評人對過去的艱難痛
苦忘記得太快。近似普通話的
"好了傷疤忘了疼"。

熱氣飯 yid⁶ héi³ fan⁶

比喻將來可能引起麻煩的工
作。又比喻不容易做的工作。
例 呢啲熱氣飯千祈咪食（這些
會引起麻煩的事千萬別幹）。

熱頭出得早，天氣難得保
yid⁶ teo⁴ cêd¹ deg¹ zou², tin¹ héi³ nan⁴
deg¹ bou²

〔農諺〕熱頭：太陽。太陽出得
早，天氣可能要發生變化。

熱頭射一射，落雨落到夜 yid⁶
teo⁴ sé⁶ yed¹ sé⁶, log⁶ yü⁵ log⁶ dou³ yé⁶

〔農諺〕射一射：短暫照射一
下。太陽在陰天裏突然出來照
射一下，隨後又被雲層遮蓋着，
這預示着會有長時間的雨。

熱天熱大眾，冷天冷窮人
yid⁶ tin¹ yid⁶ dai⁶ zung³, lang⁵ tin¹
lang⁵ kung⁴ yen⁴

〔諺語〕熱天：夏天；冷天：冬
天。夏天的時候不管貧富都要
受到炎熱天氣的煎熬；冬天天
氣寒冷，受冷的只是缺少衣被
的窮人，而富人有足夠禦寒的
衣服被褥。這只是過去的情況。

逆水行船好過灣 yig⁶ sêu² hang⁴
xun⁴ hou² guo³ wan¹

〔諺語〕灣：停泊。逆水行船雖
然慢，但比把船停泊下來不走
要好。近似普通話"不怕慢，
就怕站"的説法。

醃尖麻米 yim¹ jim¹ ma⁴ mei⁵

醃尖：愛挑剔，講究；麻米：
刻薄，小氣。形容人過分講
究，愛挑剔，言語刻薄。 例
我都同你修改咗幾次咯，你重
唔中意，太醃尖麻米喇啩（我

都給你修改了幾次了，你還不滿意，未免太挑剔了吧）？

醃尖腥悶 yim¹ jim¹ séng¹ mun⁶

由於太挑剔、囉嗦而令人討厭。 例 你咁醃尖腥悶，我嘅生意好難做咯（你這麼挑剔，我的生意很難做了）。

鹽倉階磚 yim⁴ cong¹ gai¹ zun¹

階磚：地磚。鹽倉的地磚，又鹹又濕。鹹濕又表示淫穢。比喻淫穢好色的人。 例 有個野好事唔做，成日睇埋啲鹹濕書，人人都話佢係鹽倉階磚（有個傢伙好事不做，整天盡看些黃色書刊，誰都說他是騷貨）。又說"鹽倉土地"。

鹽倉土地，鹹濕公 yim⁴ cong¹ tou² déi⁶⁻², ham⁴ seb¹ gung¹

〔歇後語〕土地：土地神，土地爺；鹹濕公：淫穢的男人。鹽倉的土地神又鹹又濕，即很好色， 例 呢個野正一鹽倉土地，鹹濕公嚟㗎（這個傢伙是個好色之徒）。

閻羅王出告示，鬼睇 yim⁴ lo⁴ wong⁴ cêd¹ gou³ xi⁶, guei² tei²

〔歇後語〕鬼睇：讓鬼看。閻王出的告示，專門是讓鬼看的。"鬼睇"的另一個意思是帶有鄙視的否定態度，即"鬼才看""誰也不看"等。 例 有啲人寫嘅文章又長又臭，閻羅王出告示，鬼睇咯（有些人寫的文章又長又臭，誰也不看）。

閻羅王打仗，鬼打鬼 yim⁴ lo⁴ wong⁴ da² zêng³, guei² da² guei²

〔歇後語〕比喻壞人之間互相爭鬥，相當於"狗咬狗"。

閻羅王吊頸，你唔死我死 yim⁴ lo⁴ wong⁴ diu³ géng², néi⁵ m⁴ séi² ngo⁵ séi²

表示事態嚴重，不得了了。 例 聽講呢次大鑊咯，閻羅王吊頸，你唔死我死咯（聽說這次嚴重了，你我都有大麻煩了）。

閻羅王嫁女，鬼要 yim⁴ lo⁴ wong⁴ ga³ nêu⁵⁻², guei² yiu³

〔歇後語〕鬼要：鬼才要，誰也不要。指誰也不會要。 例 呢啲柑咁酸，閻羅王嫁女，鬼要呀（這些桔子這麼酸，誰要啊）！

閻羅王後一代，正鬼仔頭 yim⁴ lo⁴ wong⁴ heo⁶ yed¹ doi⁶, jing³ guei² zei² teo⁴

〔歇後語〕閻王的下一代就是鬼兒子的頭頭。"鬼仔頭"戲指小孩子的頭兒，即小鬼頭兒。

Y

閻羅王開飯店，鬼食 yim⁴ lo⁴ wong⁴ hoi¹ fan⁶ dim³, guei² xig⁶

〔歇後語〕鬼食：鬼才吃，即誰也不願意去吃。閻王開的飯館，鬼才去吃。比喻東西很糟糕，誰也不吃。 例 呢啲餅咁邋遢，閻羅王開飯店，鬼食呀（這些餅這麼髒，誰敢吃啊）。

閻羅王招工，搵鬼嚟做 yim⁴ lo⁴ wong⁴ jiu¹ gung¹, wen² guei² lei⁴ zou⁶

〔歇後語〕搵：找；嚟：來。搵鬼嚟做意思是找鬼來做，但表示"誰也不願意做"的意思。 例 你呢個工程又危險又冇安全設備，閻羅王招工，搵鬼嚟做啦（你這個工程又危險又沒有安全設備，誰願意幹啊）！

閻羅王探病，問你死未 yim⁴ lo⁴ wong⁴ tam³ béng⁶, men⁶ néi² séi² méi⁶

〔歇後語〕指人不懷好意或別有用心。 例 我睇佢呢次嚟係閻羅王探病，問你死未嘅（我看他這次來是不懷好意的）。

閻羅王貼告示，鬼話連篇 yim⁴ lo⁴ wong⁴ tib³ gou³ xi⁶, guei² wa⁶ lin⁴ pin¹

〔歇後語〕指文章、説話等荒謬無稽。

閻羅王揸攤，鬼買 yim⁴ lo⁴ wong⁴ za¹ tan¹, guei² mai⁵

〔歇後語〕揸攤：開賭，近似押寶的賭法；鬼買：鬼才買，誰也不買。指貨物不好，無人問津。 例 呢啲野又曳又貴，閻羅王揸攤，鬼買咯（這些東西又次又貴，誰買他的）！

閻王殿大罷工，冇鬼用 yim⁴ wong⁴ din⁶ dai⁶ ba⁶ gung¹, mou⁵ guei² yung⁶

〔歇後語〕冇鬼用：雙關語，其一是沒有鬼可差使；其二是，鬼字作加強語氣用，即沒有甚麼用處的意思。 例 你呢個舊錶壞咗喇，閻王殿大罷工，冇鬼用咯（你這個舊錶壞了，一點用處也沒有了）。

煙通老鼠，人家發火就走 yin¹ tung¹ lou⁵ xu², yen⁴ ga¹ fad³ fo² zeo⁶ zeo²

〔歇後語〕煙通：煙囪；發火：生火。廣州話的"發火"還有生氣的意思。別人一生氣他就走開。 例 佢呢個人好膽小，人哋一惡佢就聲都唔聲，正一煙通老鼠，人家發火就走（他這個人膽子很小，人家一生氣他就一聲不吭，趕快溜之大吉）。

演粵劇唱京戲，南腔北調 yin² yüd⁶ kég⁶ cêng³ ging¹ héi³, nam⁴ hong¹ beg¹ diu⁶

〔歇後語〕粵劇代表南腔，京戲代表北調。同台演出兩種戲，自然是南腔北調了。

軀胸凸肚 yin² hung¹ ded⁶ tou⁵

軀胸：挺胸；凸肚：腆着大肚子。形容肥胖人的站姿。 例 睇你軀胸凸肚嘅樣似晒個大老闆（看你挺胸腆着大肚子，真像個大老闆）。

燕子高飛晴天告，低飛雨天到

yin³ ji² gou¹ féi¹ qing⁴ tin¹ gou³, dei¹
féi¹ yü⁵ tin¹ dou³

〔農諺〕燕子在高空飛翔告訴人
們天氣晴朗，而燕子低飛則預
示天要下雨了。

英雄莫問出處 ying¹ hung⁴ mog⁶

men⁶ cêd¹ qu³

對待英雄不必計較他的歷史與
出身，強調只看現在的表現。
近似普通話"英雄不怕出身低"
的說法。

英雄莫問出處，落泊莫問根由

ying¹ hung⁴ mog⁶ men⁶ cêd¹ qu⁵, log⁶
bog⁶ mog⁶ men⁶ gen¹ yeo⁴

強調對人的評價只管現在的表
現，不必追究人家的出身和歷
史。近似普通話"英雄不提當
年勇"或"英雄不怕出身低"的
說法。

認低威 ying⁶ dei¹ wei¹

低威：無能，不如人。自己承認
不如對方，甘拜下風。 例 如果
打你唔贏，我就自認低威（如果
打不過你，我就甘拜下風）。

認細佬 ying⁶ sei³ lou²

承認自己是對方的弟弟。意
即承認自己不如對方，甘拜下
風。 例 你樣樣都咁叻，我冇
辦法唔認細佬咯（你樣樣都這
麼好，我惟有甘拜下風了）。

認衰仔 ying⁶ sêu¹ zei²

承認自己是無能的人、窩囊
廢。 例 你唔敢爬上去你就要
認衰仔（你不敢爬上去你就要
承認是窩囊廢）。

認咗第二冇人敢認第一 ying⁶ zo²

dei⁶ yi⁶ mou⁵ yen⁴ gem² ying⁶ dei⁶ yed¹

首屈一指的，無人能比的，
絕對冠軍。 例 呢種技術，佢
認咗第二，全市冇人敢認第一
（這種技術，全市沒有人比得
上他）。

腰長人懶 yiu¹ cêng⁴ yen⁴ lan⁵

民間有人認為，腰長的人屬於
懶惰型，而腰身短的人則做事
勤快。

腰骨刺，唔離橫耕席 yiu¹ gued¹

cég³, m⁴ léi⁴ wang⁴ gang¹ zég⁶

刺：疼痛；橫耕席：橫編的草
席。腰痛，離不開席子，即腰
痛就要多躺多休息。

腰骨痛，豬腰煲杜仲，唔好得餐餸 yiu¹ gued¹ tung³, ju¹ yiu¹ bou¹

dou⁶ zung⁶, m⁴ hou² deg¹ can¹ sung³

煲：煮；唔好：不好，即吃不
好；餸：菜。腰骨痛，用豬腰
煮杜仲可以治，如果治不好也
可以作菜吃，不至於浪費。也
說"腰骨痛，豬骨煲杜仲"。

要風得風，要雨得雨 yiu³ fung¹

deg¹ fung¹, yiu³ yü⁵ deg¹ yü⁵

形容人很有勢力，能呼風喚
雨，甚麼都可以做得到。

Y

要頸唔要命 yiu³ géng² m⁴ yiu³ méng⁶

頸：氣，意氣。為了爭一口氣而不惜性命。 例 年輕人脾氣唔好，為咗一啲啲小事就打交，要頸唔要命（年輕人脾氣不好，為一點小事就打架，爭一口氣就不要命）。

要埋我份啦 yiu³ mai⁴ ngo⁵ fen⁶⁻² la¹

把我的那份也要了吧。表示說話人對某東西很反感、討厭。相當於"白給也不要"。（"要"字可以換成"去、食、玩"等字。）

要靚唔要命 yiu³ léng³ m⁴ yiu³ méng⁶

靚：漂亮。為了美就不要命。包括為了漂亮就冒險去做整形手術、狠命節食減肥、大冷天只穿很少的衣服等等。 例 你做咁大嘅整形手術太牙煙喇，要靚唔要命咯（你做這麼大的整形手術太危險了，你要美不要命啦）。

要埋我份啦 yiu³ mai⁴ ngo⁵ fen⁶⁻² la¹

把我的那份也要了吧。表示說話人對某東西很反感、討厭。相當於"白給也不要"。

要仔收聲敲鑊耳 yiu³ zei² seo¹ séng¹ hao¹ wog⁶ yi⁵

收聲：停止哭鬧；鑊耳：鐵鍋耳。為了哄孩子不哭，父母可以把鐵鍋耳敲下來。批評某些當父母的對兒子的過分溺愛。

魚打暈，大雨臨 yü⁴ da² wen⁶, dai⁶ yü⁵ lem⁴

〔農諺〕魚在水面打暈，大雨即將來臨。

魚生狗肉，扶旺唔扶衰 yü⁴ sang¹ geo² yug⁶, fu⁴ wong⁶ m⁴ fu⁴ sêu¹

〔歇後語〕魚生：生魚片；扶旺：對身體旺盛的人有幫助；唔扶衰：對身體衰弱的人沒有幫助。即是說，生魚和狗肉，只是身體健壯、消化力強的人才能吃用。比喻某些人，只支持強者而欺壓弱者。

雨打驚蟄節，二月雨唔歇 yü⁵ da² ging¹ jig⁶ jid³, yi⁶ yüd⁶ yü⁵ m⁴ hid³

〔農諺〕驚蟄時下雨的話，農曆二月份雨水會很多。

雨遮唔怕借，千祈唔好罨過夜 yü⁵ zé¹ m⁴ pa³ zé³, qin¹ kéi⁴ m⁴ hou² ngeb¹ guo³ yé⁶

雨遮：雨傘；唔怕：不怕；千祈：千萬；罨：漚，捂。雨傘不怕借用，但不要捂着過夜。提醒別人借用了雨傘要注意把雨傘打開晾乾。

月光生毛，大雨滔滔 yüd⁶ guong¹ sang¹ mou⁴, dai⁶ yü⁵ tou¹ tou¹

〔農諺〕月光：月亮。月色朦朦朧朧時，將會下大雨。

月係中秋明，餅係廣州靚 yüd⁶ hei⁶ zung¹ ceo¹ ming⁴, béng² hei⁶ guong² zeo¹ léng³

〔戲謔語〕靚：品質好。月亮在中秋時最明亮，月餅屬廣州出的最好。

月朦朦，水滿塘 yüd⁶ mung⁴ mung⁴, sêu² mun⁵ tong⁴

〔農諺〕月色朦朦朧朧，預示着大雨下得水塘也會灌滿。

越窮越見鬼，肚餓倒瀉米 yüd⁶ kung⁴ yüd⁶ gin³ guei², tou⁵ ngo⁶ dou² sé² mei⁵

見鬼：遇到倒霉的事；倒瀉：灑落（在地上）。人越窮越倒霉，肚子餓的時候卻偏偏灑了米。形容人越是窮困的時候越容易遇到不順利的事。

越窮越見鬼，越冷越翻風 yüd⁶ kung⁴ yüd⁶ gin³ guei², yüd⁶ lang⁵ yüd⁶ fan¹ fung¹

翻風：颱風，氣溫下降。形容人越是窮或倒霉越是遭遇不順利的事。

喐不得其正 yug¹ bed¹ deg¹ kéi⁴ jing³

喐：動。動彈不得。　例 坐車人太多，逼到我喐不得其正咯（坐車人太多了，擠得我動彈不得了）。

喐身喐勢 yug¹ sen¹ yug¹ sei³

身體動來動去，動個不停。　例 坐要有坐嘅樣，唔好成日喐身喐勢（坐要有坐的姿勢，不要整天動來動去）。

喐手喐腳 yug¹ seo² yug¹ gêg³

動手動腳，指人有輕浮或粗暴的舉動。　例 你唔好對佢喐手喐腳呀（你不要對她動手動腳啊）｜有理講理，唔好喐手喐腳（有道理你就講道理，不要動手動腳）。

喐喐貢 yug¹ yug¹ gung³

動個不停，不停地動，因為影響別人而令人討厭。　例 你坐住就唔好喐喐貢啦（你坐着就不要動個不停啦）。

冤崩爛臭 yün¹ beng¹ lan⁶ ceo³

指臭氣熏天。　例 有隻死老鼠，搞到周圍冤崩爛臭（有一隻死老鼠，弄得到處臭氣熏天）。

冤口冤面 yün¹ heo² yün¹ min⁶

愁眉苦臉的樣子。　例 你做乜成日冤口冤面嘅呀（你為甚麼整天愁眉苦臉的樣子）？

冤豬頭有盟鼻菩薩 yün¹ ju¹ teo⁴ yeo⁵ meng⁴ béi⁶ pou⁴ sad³

冤：即冤臭，惡臭；盟鼻：鼻子塞。在供桌上擺上爛臭的豬頭，偏偏有鼻子塞的菩薩來享用，再臭也熏不到他。比喻你出甚麼怪招都有辦法對付。

冤枉嚟，瘟疫去 yün¹ wong² lei⁴, wen¹ yig⁶ hêu³

從不正當途徑得來的冤枉錢，也會在不正常的情況下散去，

說明不義之財永難久享，甚至
遭到報應。

玄壇嗷面 yün⁴ tan⁴ gem² min⁶

像玄壇那樣的臉色。形容人黑
着臉，滿臉不高興。 例 有唔
同意見你就講，咪玄壇嗷面（有
不同意見你就説，別黑着臉）。
（玄壇，指玄武，中國古代神話
中北方之神，披髮黑衣，仗劍，
踏龜蛇，從者執黑旗。）

軟腳蟹 yün⁵ gêg³ hai⁵

比喻走不快或不能走遠路的
人，也比喻沒能力遇事驚慌
失措的人。 例 你呢個軟腳蟹
點行得咁遠路呢（你這個不能
走路的人怎能走這麼遠的路
呢）？｜一啲事就嚇得手揗腳

震，正一軟腳蟹（一點事就嚇
得手腳發抖，十足的膽小鬼）。

軟皮蛇 yün⁵ péi⁴ sé⁴

疲疲塌塌、自甘落後的人。
例 打起精神，唔好似條軟皮蛇
嗽（提起精神來，不要像條軟
皮蛇那樣）。也指那些無論對
他怎樣批評教育都不起作用的
人。

願賭服輸 yün⁶ dou² fug⁶ xu¹

願賭：願意參加賭博；服輸：
輸了就服氣。指甘心情願去做
一件有風險的事，就要承擔一
切後果。 例 做呢件事我雖然
唔一定有把握，但係我願賭服
輸（做這件事我雖然不一定有
把握，但是我願意承擔風險）。

Z

揸大葵扇 za¹ dai⁶ kuei⁴ xin³

揸：拿着。指做媒，因為粵劇
舞台上媒人手裏都拿着大葵
扇，人們就以大葵扇代指媒
人，而以揸大葵扇代指做媒。
例 佢專門揸大葵扇，要佢介紹
個朋友畀你咧（她專門給人家
做媒，請她給你介紹個朋友好
嗎）？

揸雞腳 za¹ gei¹ gêg³

抓住把柄，抓小辮子。 例 我
唔怕佢嚟抓雞腳（我不怕他來

抓小辮子）｜你抓唔到我嘅雞
腳嘅（你是抓不到我的把柄的）。

揸頸就命 za¹ géng² zeo⁶ méng⁶

揸頸：忍氣吞聲；就命：聽從
當前的命運。暫時忍氣吞聲，
順從當前的境遇。 例 你而家
寄人籬下，惟有揸頸就命係啦
（你現在寄人籬下，惟有忍着
點吧）。

揸住慌死，放咗慌飛 za¹ ju⁶ fong¹
séi², fong³ zo² fong¹ féi¹

活抓了一隻小鳥，抓緊了怕捏死，放了手又怕飛走。常用來比喻溺愛孩子的父母，不知怎樣對待孩子才好。

揸住個士巴拿，行匀天下都唔怕 za¹ ju⁶ go³ xi⁶ ba¹ na², hang⁴ wen⁴ tin¹ ha⁶ dou¹ m⁴ pa³

揸住：拿着，比喻掌握了；士巴拿：扳子；行匀：走遍了。掌握了一些技術，走遍天下也不怕。

揸正嚟做 za¹ zéng³ lei⁴ zou⁶

秉公辦事，堅持原則，不偏袒。 例 你負責呢個工作，一定要揸正嚟做（你負責這個工作，一定要秉公辦事）｜要揸正嚟做就唔能夠爭住熟人（秉公辦事就不能偏袒熟人）。

詐癲扮傻 za³ din¹ ban⁶ so⁴

裝瘋賣傻。 例 你唔好喺度詐癲扮傻咯，我睇得出嘅（你不要在這裏裝瘋賣傻了，我看得出的）。

詐假意 za³ ga²⁻¹ yi³⁻¹

假裝，裝作某種樣子。 例 佢詐假意話病嘅嘑（他只不過是裝病罷了）｜你詐假意做我嘅表哥（你假裝做我的表哥）。還有"鬧着玩"的意思。 例 你唔好信呀，佢詐假意咋（你不要相信，他是鬧着玩兒罷了）。

詐傻扮懵 za³ so⁴ ban⁶ mung²

裝糊塗。 例 其實你係懂嘅，你唔好詐傻扮懵咯（其實你是懂的，你不要裝糊塗了）。

詐唔知 za³ m⁴ ji¹

裝作不知道。 例 你詐唔知嘅，其實你係知到嘅（你裝作不知道而已，其實你是知道的）。

詐傻納福 za³ so⁴ nab⁶ fug¹

因裝傻而得到了便宜。 例 呢個人好精，自己裝成有病嘅，等人嚟照顧佢，想詐傻納福之嗎（這個人真鬼，自己裝成有病的樣子，讓人來照顧他，無非是裝傻賺便宜罷了）。

拃亂歌柄 za⁶ lün⁶ go¹ béng³

拃：從中攔阻。指從中間打斷別人的話。 例 佢真冇禮貌，人哋講緊話就過嚟拃亂歌柄（他真沒禮貌，人家正在談話就過來打斷你的話頭）。

擇日不如撞日 zag⁶ yed⁶ bed¹ yü⁴ zong⁶ yed⁶

選擇日子倒不如隨便定的日子好。迷信的人辦甚麼事都要選擇日子，不迷信的人則隨便選個自己方便的日子，後者可能比前者所選的日子好。

齋口不如齋心 zai¹ heo² bed¹ yü⁴ zai¹ sem¹

齋口：吃素；齋心：心地善良，

Z

有菩薩心腸。意即只是吃素不如心地善良。

斬到一頸血 zam² dou³ yed¹ géng² hüd³

被賣方宰得很厲害。 例 兩千文嘅手機用咗五千文去買，你畀人斬到一頸血略（兩千塊的手機用五千塊去買，你讓人宰得太厲害了）。又表示被人嚴重欺騙或勒索。 例 畀人呃咗十萬文，真係斬到一頸血略（讓人騙了十萬元，真是損失慘重呀）！

斬腳趾避沙蟲 zam² gêg³ ji² béi⁶ sa¹ cung³

沙蟲：腳氣，即腳癬。為了消滅腳趾的腳癬，採取斬掉腳趾的辦法。形容人愚蠢之至，為了避免小的麻煩而作出過大的犧牲。 例 佢幾傻呀，為咗怕人入嚟偷嘢，將啲窗口都封實晒，噉唔係等於斬腳趾避沙蟲（他夠傻的，為了怕人進來偷東西，把窗戶都封死了，多可笑）。

斬雞頭換雞腳 zam² gei¹ teo⁴ wun⁶ gei¹ gêg³

把雞頭換成雞腳。比喻顛倒是非。

斬雞頭，燒黃紙 zam² gei¹ teo⁴, xiu¹ wong⁴ ji²

意為金蘭結義。

斬頭截尾 zam² teo⁴ jid⁶ méi⁵

掐頭去尾。 例 人哋嘅說話，你唔好斬頭截尾噉引用至得呀（人家的話，你不能掐頭去尾地引用才行嘛）。

瞇眉瞇眼 zam² méi⁴ zam² ngan⁵

瞇眉：擠眉；瞇眼：眨眼。擠眉弄眼，形容人輕佻，不莊重。

賺得嚟，使得去 zan⁶ deg¹ lei⁴, sei² deg¹ hêu³

雖然賺錢但也有許多地方要花錢。多用來表明個人的收入雖然不少，但支出也很多。 例 你以為我賺錢好多呀，每月嘅開銷咁大，賺得嚟，使得去（你以為我很賺錢嗎，每個月開支這麼大，賺得多花得也多）。

賺快錢，炒孖展 zan⁶ fai³ qin⁴⁻², cao² ma¹ jin²

〔戲謔語〕孖展：英語 merchant "商人" 的音譯。要賺錢快就去做商人。

賺嘥氣 zan⁶⁻² sai¹ héi³

賺：得到，落得；嘥氣：浪費口舌。指說了許多話仍沒有結果，徒勞無功。 例 我都費事同佢講咁多，賺嘥氣呀（我都懶得跟他說那麼多，這不白費勁嗎）。

賺衰 zan⁶⁻² sêu¹

賺：得到，落得；衰：倒霉，

麻煩。只得到倒霉，即自找倒霉。　[例] 你惹到佢嬲咗，畀佢鬧，唔係賺衰（你惹得他生氣，讓他罵了，不自找倒霉嗎）。

賺頭蝕尾 zan⁶ teo⁴ xid⁶ méi⁵
一種生意經，即先賺後賠，賣前面的貨要賺錢，等賺夠成本以後就可以減價甩賣，甚至低於成本賣出去，這樣資金周轉快，總的來看還是賺錢。

爭秋奪暑 zang¹ ceo¹ düd⁶ xu²
指夏秋之間的一段時間，天氣特別熱。相當於北方所説的"秋老虎"。　[例] 呢幾日爭秋奪暑，熱到飛起（這幾天秋老虎特別厲害，熱得厲害）。

爭風呷醋 zang¹ fung¹ hab³ cou³
爭風吃醋。也比喻人們為了某一事情而互相嫉妒爭鬥。

爭理不爭親 zang¹ léi⁵ bed¹ zang¹ cen¹
爭：袒護，維護。幫理不幫親。[例] 我做組長爭理不爭親，你係我熟人都唔能夠幫你呀（我當組長幫理不幫親，你是我的熟人也不能幫你啊）。

爭唔落 zang¹ m⁴ log⁶
爭：袒護。指不值得袒護。[例] 咁蠻嘅仔真係爭唔落呀（這麼淘氣的孩子不值得袒護）。

爭唔上口 zang¹ m⁴ sêng⁵ heo²
爭：祖護；上口：説得出口。沒有理由或沒有辦法祖護。[例] 你呢個人咁冇信用，叫人爭唔上口（你這個人這樣沒有信用，叫人沒法為你辯護）。

爭成條墟 zang¹ séng⁴ tiu⁴ hêu¹
墟：集市。相隔有一個集市那麼遠。意即彼此相很遠。　[例] 我同你比，爭成條墟咯（我跟你比，差得遠着呢）。

爭天共地 zang¹ tin¹ gung⁶ déi⁶
爭：相差；共：和，與。有天壤之別，相差十萬八千里。[例] 兩個地方嘅條件真係爭天共地呀（兩個地方的條件真是相差十萬八千里啊）。

爭先慢 zang¹ xin¹ man⁶
爭：相差；先：用桿秤稱東西時秤桿尾翹起，表示所稱的東西略多於所表示的數目；慢：表示所稱的東西略少於所表示的數目，北京話叫"兔"一點。表示所估計的重量幾乎沒有差別。　[例] 呢條魚我估有兩斤，最多爭先慢（這條魚我估計有兩斤，差不了多少）。

姐姐嗽手 zé²⁻⁴ zé²⁻¹ gem² seo²
手部動作像小姐似的，諷刺人過於斯文不會幹體力活。　[例] 睇你姐姐嗽手，重係等我嚟做啦（看你動起手來像個小姐，還是讓我來幹吧）。

Z

姐手姐腳 zé² seo² zé² gêg³

像小姐一樣的手腳。形容人不會幹活,或幹不了體力勞動。 例 睇你姐手姐腳嘅,一定未做過呢啲工嘞(看你像個小姐那樣幹活,一定沒幹過這種工吧)?

借歪啲 zé³ mé² di¹

歪:歪斜的意思。請人讓路時的客套語。 例 唔該借歪啲(勞駕,請讓讓,借光)!

借尿遁 zé³ niu⁶ dên⁶

遁:逃逸。藉口到廁所小便,偷偷溜走。 例 呢個懶人話去廁所,其實係借尿遁之嗎(這個懶人說是上廁所,其實是想開小差罷了)。又說"借水遁"。

借頭借路 zé³ teo⁴ zé³ lou⁶

尋找種種藉口。 例 佢借頭借路係都唔肯嚟(他尋找種種藉口怎麼也不肯來)。

蔗二爽,甜過糖 zé³ yi⁶ song², tim⁴ guo³ tong⁴⁻²

爽:量詞,截,段。甘蔗的第二段(每段約一尺左右,從蔗梢算起)是最甜的。

汁都撈埋 zeb¹ dou¹ lou¹ mai⁴

汁:菜餚裏的湯汁;撈:拌。吃飯時把菜吃個精光,連菜湯也拌飯吃了。比喻全部取走,一點不剩。 例 呢個嘢真貪心,將大家嘅嘢攞晒,汁都撈埋(這個傢伙真貪心,把大家的東西全拿走了,一點也不剩)|你睇報紙真認真,成張睇晒,汁都撈埋(你看報紙真認真,整張報紙全部看完,一字不落)。

執豆噉執 zeb¹ deo⁶⁻² gem³ zeb¹

執:撿。就像撿豆子那樣撿。比喻做事輕而易舉。 例 要我做呢啲嘢,執豆咁執啦(要我幹這些事,太容易了)。

執地仔 zeb¹ déi⁶ zei²

指撿破爛的小孩,拾荒者。

執到金都唔會笑 zeb¹ dou³⁻² gem¹ dou¹ m⁴ wui⁵ xiu³

比喻心情不好,或者形容一些人過於嚴肅,不苟言笑,就算撿到金子也不會笑。 例 佢呢個人好梗板嘅,執到金都唔會笑(他這個人非常古板,撿到金子也不會笑)。

執到正 zeb¹ dou³ zéng³

堅決秉公辦事,不循私情。 例 領導要執到正先得(領導要秉公辦事才行)。又指人打扮整齊。 例 今日為乜執到正呀(今天為甚麼打扮得那麼整齊)?

執翻條命 zeb¹ fan¹ tiu⁴ méng⁶

執翻:撿回來。把性命撿回來,即死裏逃生。 例 呢次車禍有幾個人有事,算執翻條命咯（這次車禍有幾個人沒事，算是死裏逃生了）。

執瓦漏，越執越漏 zeb¹ nga⁵ leo⁶, yüd⁶ zeb¹ yüd⁶ leo⁶

執瓦漏：修補屋頂。房頂修理工作不認真的話，房頂越修越漏。比喻工作如果不負責任，事情會越弄越糟糕。

執死雞 zeb¹ séi² gei¹

得到意外的好處或揀到了便宜，如買到退票等。

執手尾 zeb¹ seo² méi⁵

收拾善後工作。例你做完工，要收好啲工具，唔好要人同你執手尾呀（你幹完活要收拾好工具，不要讓別人來給你收拾）。

執蘇州屎 zeb¹ sou¹ zeo¹ xi²

指處理善後工作。例呢次事件搞到亂晒龍，由你嚟執蘇州屎啦（這次事件搞得亂了套，由你來處理善後工作吧）。

執條襪帶累副身家 zeb¹ tiu⁴ med⁶ dai³⁻² lêu⁶ fu³ sen¹ ga¹

執：撿到；累：連累，搭上；身家：家財，家產。撿到了一條襪帶，卻把整個身家都搭上了。民間故事：有人撿到了一條襪帶，便想光有襪帶不行，必須有襪子來配，於是買了襪子。又想有襪子必須有鞋，有了鞋又要有新的衣服，有了新衣服有要買新房子、買車等等，結果把全部儲蓄都花光了還不夠。比喻人做事因小失大。

執輸過人 zeb¹ xu¹ guo³ yen⁴

比不上別人；處於吃虧的地位。例你慢手慢腳，做乜都會執輸過人啦（你手慢腳慢的，幹甚麼都比不過別人啦）｜佢細隻啲嘛，游水唔會執輸過人㗎（他個子雖然小一點，游泳是不會吃虧的）。

執輸行頭，慘過敗家 zeb¹ xu¹ heng⁴ teo⁴, cam² guo³ bai⁶ ga¹

〔諺語〕執輸：吃虧；行頭：戲班的服裝、道具等。戲班演出時，服裝道具等不如別人的好，演出效果大受影響，肯定得不到好評。這對演員來說比敗家還慘。

執輸晒 zeb¹ xu¹ sai³

佔不到便宜，吃了大虧。例你咁遲至到，乜都冇咯，執輸晒啦（你這麼遲才到，甚麼都撈不着了）｜你細個過佢，同佢比賽梗係執輸晒啦（你個子比他小，你跟他比賽當然吃大虧了）。

執人口水溦 zeb¹ yen⁴ heo² sêu² méi⁶⁻¹

口水溦：唾沫星子。撿別人的唾沫星子，即模仿別人說話，相當於"拾人牙慧"或"鸚鵡學舌"。例你有頭腦就要用自

Z

己嘅話嚟講，唔好執人口水溦（你有頭腦就要用自己的話來說，不要拾人牙慧）｜人講一句你學一句，嗽叫做執人口水溦（人家説一句你學一句，這樣叫做鸚鵡學舌）。

執二攤 zeb¹ yi⁶ tan¹

把別人用過的東西拿來用，即使用二手貨。 例 我呢個手機係執二攤嚟咋（我這個手機是買二手貨的）｜唔緊要，執二攤好過冇啦（不要緊，用二手貨比沒有強）。也指接手做別人未完成的工作。 例 你最好做埋佢，費事搵人嚟執二攤啦（你最好把工作幹完了，免得找別人來接着幹）。

執仔婆 zeb¹ zei² po⁴

接生婆，即過去的助產士。

枳飽掙脹 zed¹ bao² zang⁶ zêng³

撐飽吃夠。 例 你睇佢枳飽掙脹就瘑喺度（你看他吃飽撐夠了就躺在那兒了）。

窒口窒舌 zed⁶ heo² zed⁶ xid⁶

窒：突然停止。指説話結結巴巴。 例 你講話有啲窒口窒舌，係唔係心慌呀（你説話有點結巴，是不是心慌）？

窒手窒腳 zed⁶ seo² zed⁶ gêg³

縮手縮腳。 例 凍到佢窒手窒腳（冷得他縮手縮腳）｜你大膽做，唔使窒手窒腳嘅（你大膽幹，用不着縮手縮腳）。

隻眼開隻眼閉 zég³ ngan⁵ hoi¹ zég³ ngan⁵ bei³

一隻眼睛打開，一隻眼睛閉着。眸一隻眼閉一隻眼。比喻馬馬虎虎對待事情。 例 對呢種事冇辦法認真，惟有隻眼開隻眼閉啦（對這種事沒辦法認真，惟有眸一隻眼閉一隻眼了）。又説"隻眼開隻眼埋"。

隻手隻腳 zég³ seo² zég³ gêg³

只有自己一個，沒有任何人幫忙。 例 得我隻手隻腳，唔做得乜野嘅（只有我孤單一人，幹不了甚麼）。

着草鞋，有排捱 zêg³ cou² hai⁴, yeo⁵ pai⁴ ngai⁴

〔戲謔語〕有排捱：捱苦的時間相當長。指穿草鞋的窮人，不容易熬出頭來。

着住龍袍唔似太子 zêg³ ju⁶ lung⁴ pou⁴ m⁴ qi⁵ tai³ ji²

穿着龍袍不像太子。形容人本身條件缺少，裝扮甚麼都不成。 例 你係着 T 裇嘅命，唔着得西裝，真係着住龍袍唔似太子咯（你是穿 T 裇的命，穿不了西服，穿上西服也不像穿西服的樣兒）。

着升唔着斗 zêg⁶ xing¹ m⁴ zêg⁶ deo²

總有不合適的地方，到這裏合

適了，那邊又不合適。　例　細
路仔翻學，嗰間學校師資好啲
但係太遠，呢間近但係校風差
啲，真係着升唔着斗，唔知讀
邊間好（小孩上學，那所學校
師資好但是太遠，這所近但是
校風差點，真是不能樣樣合
適，不知上哪一所好）。又叫
"合升唔合斗"。

仔大仔世界 zei² dai⁶ zei² sei³ gai³

〔諺語〕世界：生活。兒子長大
了之後，他們的生活自有他們
的過法，言外之意是父母不必
為他們操心。　例　你啲仔女都
大晒咯，你唔使掛住佢哋嘅，
仔大仔世界啦嗎（你的兒女都
長大了，你不必老惦着他們，
兒孫自有兒孫福嘛）。

仔係蜜糖埕，女係心肝椗

zei² hei⁶ med⁶ tong⁴ qing⁴, nêu⁵⁻² hei⁶
sem¹ gon¹ ding³

埕：罎子，罐；椗：柄。兒子
是蜂蜜罐，女兒是心肝柄。形
容子女都是母親的骨肉，不能
捨棄。相當於普通話的"手心
是肉手背也是肉"。

仔唔嫌爺醜，女唔嫌乸瘦

zei² m⁴ yim⁴ ye⁴ ceo², neu⁵⁻² m⁴ yim⁴
na² seo³

仔：兒子；女：女兒；乸：母。
兒子不嫌棄父親醜陋，女兒不
嫌棄母親胖瘦。近似普通話
"兒不嫌母醜"的説法。説明人

的血緣親近勝過一切。

仔細老婆嫩 zei² sei³ lou⁵ po⁴ nün⁶

家中孩子小，妻子年輕。多用
來表示某人有後顧之憂。　例
佢而家仔細老婆嫩，所以搏命
嗽加班搵錢（他老婆年輕孩子
小，所以拼命加班掙錢）。

仔要親生，田要深耕 zei² yiu³

cen¹ sang¹, tin⁴ yiu³ sem¹ gang¹

〔農諺〕兒子需要是親生的，田
要深耕深翻。

制得過 zei³ deg¹ guo³

制：可以做，願意幹。指做某
件事劃得來。　例　你話同佢哋
合作制得過嗎（你説跟他們合
作劃得來嗎）？｜一隻牛換一
隻羊你話制得過嗎（一頭牛換
一只羊你説劃得來嗎）？

制水馬騮 zei³ sêu¹ ma⁴ leo¹

制水：限制喝水；馬騮：猴子。
限制喝水的猴子。過去民間相
傳，為了防止猴子體型長得過
大而殘忍地限制猴子喝水，這
種猴子叫制水馬騮。轉指體型
消瘦的人。　例　佢為乜咁瘦呀，
好似隻制水馬騮嗽（他為甚麼
這麼瘦，像隻瘦猴兒似的）。

祭五臟廟 zei³ ng⁵ zong⁶ miu⁶⁻²

戲稱吃東西，填飽肚子。　例
你啲蛋糕，有人攞去祭五臟廟
咯（你的蛋糕，有人拿去吃掉
了）。

Z

祭灶鯉魚，瞌埋雙眼亂噏 zei³ zou³ léi⁵ yü⁴, heb¹ mai⁴ sêng¹ ngan⁵ lün⁶ ngeb¹

〔歇後語〕瞌埋：閉着（眼）；噏：胡説。用來祭灶的鯉魚，眼睛閉着，嘴巴一張一合地動，像是在説話。形容人閉着眼睛説瞎話。 例 你要睇清楚啲呀，唔好學條祭灶鯉魚，瞌埋雙眼亂噏呀（你要看清楚，不要閉着眼胡説啊）。

針鼻削鐵 zem¹ béi⁶ sêg³ tid³

從針鼻上削鐵是很微小的工作，比喻獲利甚微，也形容人極度吝嗇。 例 針鼻削鐵，賺得幾多吖（這小小的生意，能賺得多少錢）！

針唔刮到肉唔知痛 zem¹ m⁴ ged¹ dou³ yug⁶ m⁴ ji¹ tung³

刮：刺。針沒有刺到皮膚時不覺得痛。比喻沒有經歷過就沒有切身感受。

砧板蟻，為食鬼 zem¹ ban² ngei⁵, wei⁶ xig⁶ guei²

〔歇後語〕為食：饞嘴；為食鬼：饞嘴的人。在砧板上的螞蟻，為了覓食而成了刀下鬼。多用來指饞嘴的孩子。 例 你兩個都係砧板蟻，為食鬼（你們兩個都是饞鬼）。

枕住嚟做 zem² ju⁶ lei⁴ zou⁶

枕住：連續不斷地，不停地。堅持不斷地做某事。 例 你做事如果唔枕住嚟做就做唔好（你做事如果不堅持不斷地做就做不好）。其他情況也可以説"枕住嚟食、枕住嚟學"等。

枕頭木虱，包咬頸 zem² teo⁴ mug⁶ sed¹, bao¹ ngao⁵ géng²

〔歇後語〕木虱：臭蟲；咬頸：與"拗頸"諧音，即抬槓。"包拗頸"即專門抬槓的意思。 例 你呢個人成日同人哋爭乜吖，真係枕頭木虱包拗頸咯（你跟人抬甚麼槓呢，整天都跟人家過不去）。

浸死鴨乸 zem⁶ séi² ngab³ na²

浸死：溺水。母鴨也淹死了，説明時間過長。 例 你幾日至寫好一封信，浸死鴨乸咯（你幾天才寫好一封信，時間太長了）。

真傢伙 zen¹ ga¹ fo²

真東西；真格兒的；認真的。 例 呢個金錶係真傢伙嚟嘅，唔係鍍金嘅（這個金錶是真東西，不是鍍金的）｜呢次唔係講笑，係真傢伙嚟（這次不是開玩笑，是真格兒的）。

真金白銀 zen¹ gem¹ bag⁶ ngen⁴⁻²

強調是錢而不是別的東西，強調某物真正有價值。 例 我呢間店係靠真金白銀買嚟嘅（我

Z

這個店是用錢買來的）｜呢個古董重值錢過真金白銀呀（這個古董比金錢還貴重）。

真金唔怕紅爐火，石獅子唔怕雨來淋 zen¹ gem¹ m⁴ pa³ hung⁴ lou⁴ fo², ség⁶ xi¹ ji² m⁴ pa³ yü⁵ loi⁴ lem⁴

〔諺語〕真金不怕火煉，石獅子不怕雨淋。

真三國，假水滸，大話西遊 zen¹ sam¹ guog³, ga² sêu² wu², dai⁶ wa⁶ sei¹ yeo⁴

民間對三部古典小説的評價，認為《三國演義》內容真實，《水滸傳》的內容是虛構的，而《西遊記》的內容過於誇張。

進門聞咳嗽，醫生眉頭皺 zên³ mun⁴ men⁴ ked¹ seo³, yi¹ sang¹ méi⁴ teo⁴ zeo³

患者進門就咳嗽，醫生也感到難辦而皺眉頭。説明咳嗽是不好對付的病。

盡地一煲 zên⁶ déi⁶ yed¹ bou¹

傾其所有，孤注一擲。　例 我呢次攞出全部財產，盡地一煲同佢搏過（我這次拿出全部錢財孤注一擲跟他拼了）。

盡心盡肺 zên⁶ sem¹ zên⁶ fei³

竭誠盡力，全心全意。　例 佢對事業夠盡心盡肺咯（他對事業説得上是竭誠盡力了）。

盡人事 zên⁶ yen⁴ xi⁶⁻²

盡主觀努力做某事，按人道主義原則辦。多指對垂危病人盡最大努力搶救。　例 醫生話打針都冇用咯，盡人事啦（醫生説打針也沒有用了，不過還是盡最大的努力做吧）。

睜眉突眼 zeng¹ méi⁴ ded⁶ ngan⁵

形容人發怒時吹鬍子瞪眼的樣子。　例 我睇佢個樣，睜眉突眼噉，有啲得人驚（我看他的樣子，吹鬍子瞪眼的，有點可怕）。

憎人富貴嫌人窮 zeng¹ yen⁴ fu³ guei³ yim⁴ yen⁴ kung⁴

對富貴的人憎恨，對貧窮的人嫌棄。形容人有妒忌有自大的心理。　例 有啲人邊個都睇唔起，以為自己叻晒，憎人富貴嫌人窮（有的人誰都看不起，以為自己最了不起，對有錢人討厭，對窮人瞧不起）。

精出骨 zéng¹ cêd¹ gued¹

精：精明。形容自私的人善於為自己打算。　例 佢做乜都只為自己打算，真係精出骨咯（他幹甚麼都是為自己打算，實在太自私了）。

精乖伶俐 zéng¹ guai¹ ling⁴ léi⁶

指小孩聰明伶俐。　例 呢個仔精乖伶俐，好得人歡喜（這孩子聰明伶俐，很討人喜歡）。

Z

精過冇尾蛇 zéng¹ guo³ mou⁵ méi⁵ sé⁴

形容人過度精明。含貶義。

精埋一便 zéng¹ mai⁴ yed¹ bin⁶

精：精明，取巧，自私；埋：靠近。一便：一方，一面。把聰明才智只用在有利於自己方面。 例 佢叻就幾叻，不過精埋一便嘅嘸（他聰明是很聰明，不過把聰明只用在對自己有利這方面罷了）。

精人出口，笨人出手 zéng¹ yen⁴ cêd¹ heo², ben⁶ yen⁴ cêd¹ seo²

精人：聰明人，機靈人，怕吃虧的人；出口：用嘴巴説話；出手：動手做。幹工作時，聰明人只動嘴説説怎麼做，但不動手；笨人才真的動手幹。另外還有一個意思是發生糾紛時，聰明人只是吵架，笨人容易動手打架。

精人燒濕竹，笨人燒濕木 zéng¹ yen⁴ xiu¹ seb¹ zug¹, ben⁶ yen⁴ xiu¹ seb¹ mug⁶

〔諺語〕精人：聰明人。聰明人懂得濕的竹子可以燒，濕的木材不能燒。但笨人不懂道理，做事蠻幹，結果往往失敗。

精精都諫你入笭 zéng¹ zéng¹ dou¹ tem³ néi⁵ yeb⁶ léng¹

精精：無論多麼聰明；諫：哄騙；笭：捕蝦的竹籠。無論你多精明都免不了要被騙。又説

"精精都入笭"。

張飛打李逵，黑鬥黑 zêng¹ féi¹ da² léi⁵ kuei⁴, hag¹ deo³ hag¹

〔歇後語〕張飛：三國時蜀國的名將；李逵：《水滸傳》裏的人物。兩個人膚色都很黑。"黑打黑"有兩個意思：膚色很黑的兩個人相打；壞人與壞人相鬥。常用來指壞人相鬥。 例 佢哋兩個係壞人，張飛打李逵，黑鬥黑，唔使理佢（他們兩個都是壞人，狗咬狗，別管他們）。

張天師着鬼迷 zêng¹ tin¹ xi¹ zêg⁶ guei² mei⁴

張天師：即張道陵，道教的始祖，民間傳説能驅鬼鎮魔。着：遭，被。能驅鬼鎮魔的大師卻被鬼迷住，栽倒在對手手裏。説明大師也有偶然失手的時候。

周身八寶 zeo¹ sen¹ bad³ bou²

周身：全身。形容人本領、技能多，懂的很多。 例 佢文化唔算高，不過周身八寶，真係唔錯（他文化不算高，不過本事特大，真不錯）。

周身刀冇張利 zeo¹ sen¹ dou¹ mou⁵ zêng¹ léi⁶

冇張利：沒有一把是快的。雖然全身都是刀，但沒有一把是快的。比喻人甚麼都懂一點，但不專，沒有一樣是特長。

周身蟻 zeo¹ sen¹ ngei⁵

全身爬滿螞蟻，比喻惹了許多麻煩。 例 搞呢件事整到我周身蟻（搞這件事，弄的我惹了許多麻煩）。

周身唔聚財 zeo¹ sen¹ m⁴ zêu⁶ coi⁴

全身不聚財。原是從"周身唔自在"演變而來。意思是全身不舒服。 例 今日我周身唔聚財（今天我全身不舒服）。

周身喐，扮忙碌 zeo¹ sen¹ yug¹, ban⁶ mong⁴ lug¹

喐：動。形容那些偷懶的人，整天好像很忙碌，其實不是真正地幹活。 例 有啲人好似好勤力噉工作，其實係周身喐，扮忙碌之嗎（有的人好像很努力地工作，其實是做樣子而已，工作不出活兒）。

周圍都係 zeo¹ wei⁴ dou¹ hei⁶

形容東西灑落滿地，到處都是。 例 你嘅架罉為乜放到周圍都係呀（你的工具為甚麼放得到處都是）？

周時無日 zeo¹ xi⁴ mou⁴ yed⁶

經常，時常。 例 我周時無日都喺呢度（我經常都在這裏）｜兩公婆周時無日嗌交做乜吖（兩口子老吵架幹甚麼）！

走兵遇着賊 zeo² bing¹ yü⁶ zêg⁶ cag⁶

本來逃避兵亂，卻又遇着強盜，遭到打劫。指躲避某一禍害時，卻又遇上更嚴重的禍害。 例 嗰陣佢都幾慘呀，個仔跌傷咗，想去叫人嚟幫手，但自己又畀人懷疑係賊仔畀人捉住，真係走兵遇着賊咯（那時他夠慘的，兒子摔傷了，想找人來幫忙，但自己又被人懷疑是小偷，抓了起來，真是禍不單行了）。

走第九 zeo² dei⁶ geo²

名列第九，意思是名列最後。一般用來形容人甚麼都不如別人，比誰都差。 例 呢次你真係走第九咯（這次你真的是最糟糕的了）。

走夾唔唞 zeo² gab³ m⁴ teo²

走：跑，逃走；夾：而且；唞：休息。由於害怕或其他原因而拼命地逃跑，逃之夭夭。 例 嚇到佢走夾唔唞（嚇得他拼命逃跑）｜嗰個賊仔聽講話有警察嚟，即刻走夾唔唞（那個小偷聽說有警察來，馬上逃之夭夭）。

走雞捉翻隻鴨 zeo² gei¹ zug¹ fan¹ zég³ ngab³

諧謔語。捉翻：捉回來。雞跑了，抓回來一隻鴨子。比喻有得有失，損失不大。

走甩身 zeo² led¹ sen¹

甩：脫，逃脫。利用機會逃

脱出去。 [例] 你一睇唔住佢，佢就會走甩身㗎（你一看不住他，他就會逃脱的）。也叫"走甩雞"。

走漏眼 zeo² leo⁶ ngan⁵

因為沒注意或思想不集中而看不到。 [例] 呢個名單本來有你嘅名嘅，我走漏眼冇發現嘅（這個名單本來是有你的名字的，只不過我沒注意沒發現罷了）。

走西水 zeo² sei¹ sêu²

西水：指西江的洪水。廣東珠江水域每年都有水患，尤其是西江的洪水較為嚴重，過去水利設施較差時，每當洪水來臨，當地農民都要逃避，叫"走西水"。

走雨罅 zeo² yü⁵ la³

罅：縫隙；雨罅：兩場大雨中間的間歇時間。利用兩場大雨之間的短暫時間趕緊行走，這是避免遭到雨淋的一種辦法。

走走趯趯 zeo² zeo² dég³ dég³

趯：奔走。到處走來走去，到處奔波。 [例] 你為乜成日喺度走走趯趯呀（你為甚麼整天在這裏走來走去）？｜做推銷員就係要周圍走走趯趯咯（做推銷員就是要到處奔波了）。

酒香都怕倔頭巷 zeo² hêng¹ dou¹ pa³ gued⁶ teo⁴ hong⁶

倔頭巷：死胡同。有些人説"酒香不怕巷子深"，但實際上，酒香也怕巷子深。因為人都有取易舍難的習慣，更可況交通不便且偏僻的"倔頭巷"呢。廣州話的説法符合人的心理。

酒樓例湯，整定 zeo² leo⁴ lei⁶ tong¹, jing² ding⁶

〔歇後語〕例湯：飯館每天為顧客事先準備好的湯；整定：事先安排好。引申為為命中注定。 [例] 有時有啲嘢冇辦法解釋，好似酒樓例湯，整定嘅嘅（有時很多東西沒有辦法解釋，好像是命中注定的那樣）。

酒滿敬人，茶滿欺人 zeo² mun⁵ ging³ yen⁴, ca⁴ mun⁵ héi¹ yen⁴

〔諺語〕給客人敬酒倒茶的規矩。敬酒時酒要斟滿，表示尊敬人；但斟茶待客只斟七分滿，斟滿了表示欺辱客人。因為茶水滾燙，滿杯時客人難以端起。

酒頭茶尾飯中間 zeo² teo⁴ ca⁴ méi⁵ fan⁶ zung¹ gan¹

〔諺語〕品嘗酒、茶、飯味道的方法。酒要喝開頭的，茶要喝尾後的，米飯要吃中間的。

酒醉三分醒 zeo² zêu³ sam¹ fen¹ xing²

喝醉酒的人心裏依然有幾分

清醒。　例 醉酒佬講話多，佢心裏重係明白㗎，酒醉三分醒嘛（喝醉的人說話多，他心裏還是明白的，酒醉心裏明啊）。

就慣姿勢 zeo⁶ guan³ ji¹ sei³

把某種不良的動作或姿勢養成習慣。　例 坐住腰要坐得直，唔好側住身，就慣姿勢就唔好喇（坐着腰要正直，不要斜側着身，習慣了就不好了）。

……就話嘅 …… zeo⁶ wa⁶ zé¹

表示帶條件的退讓，勉強同意。有"…猶自可"的意思。　例 去咁遠玩，有車坐就話嘅（去那麼遠玩兒，有車坐還差不多）｜食餐飯百幾文咁貴，十零文就話嘅（吃頓飯一百多塊錢這麼貴，十幾塊錢還可以）。

嘴藐藐，打得少 zêu² miu⁵⁻² miu⁵⁻², da² deg¹ xiu²

〔戲謔語〕嘴藐藐：對人藐視的樣子。警告那些愛惹是生非的人，要老實一點，否則容易挨打。

最多唔係 zêu³ do¹ m⁴ hei⁶

最多不就是，頂多，大不了。　例 打爛咗最多唔係賠翻個畀你（打破了大不了賠給你一個）｜唔緊要，最多唔係罰款（沒事兒，頂多就是罰款）。

醉酒佬數街燈，都唔知幾盞（孌） zêu³ zeo² lou² sou² gai¹ deng¹, dou¹ m⁴ ji¹ géi² zan²

〔歇後語〕醉酒佬：醉漢；唔知：不知道；幾盞：與幾孌（多麼好）同音，即"不知道有多好"的意思。

左口左面 zo² heo² zo² min⁶

滿臉不高興的樣子。　例 佢唔知做乜嘢，成日左口左面嘅（他不知為甚麼，整天一臉不高興的）。

左鄰右里 zo² lên⁴ yeo⁶ léi⁵

街坊鄰里。　例 呢件事，左鄰右里都知到晒（這件事，街坊鄰里全都知道）。

阻手阻腳 zo² seo² zo² gêg³

礙手礙腳。　例 細路仔喺度玩阻手阻腳（孩子們在這裏玩礙手礙腳的）。

阻頭阻路 zo² tou⁴ zo² lou⁶

阻礙着；礙手礙腳。　例 呢度好多人出入，你唔好阻頭阻路（這裏很多人出入，你不要擋道）。

阻頭阻勢 zo² teo⁴ zo² sei³

形容人老是妨礙着別人。　例 你放個箱喺度，阻頭阻勢，我哋點樣做嘢呢（你放了個箱子在這裏，妨礙着別人，我們怎麼幹活呢）。

坐定粒六 zo⁶ ding⁶ neb¹ lug⁶

坐定：固定，穩拿。擲色子最大的數目是六，所以穩拿一個"六"就肯定贏了。即十拿九穩。 例 你就唔使慌咯，坐定粒六啦嗎（你就不用愁了，肯定十拿九穩了）。

坐一望二 zo⁶ yed¹ mong⁶ yi⁶

在有把握得到一樣東西的情況下，希望還得到另一樣東西。

坐二望一 zo⁶ yi⁶ mong⁶ yed¹

穩居第二位，還要努力爭取第一位。

作揖搲腳背，一舉兩得 zog³ yeb¹ ngao¹ gêg³ bui³, yed¹ gêu² lêng⁵ deg¹

〔歇後語〕搲：抓撓。作揖的時候順便抓腳背，兩件事都做了。 例 你出差順便探親，好似作揖搲腳背，一舉兩得咯（你出差順便探親，真是一舉兩得了）。

在家千日好，出門半朝難

zoi⁶ ga¹ qin¹ yed⁶ hou², cêd¹ mun⁴ bun³ jiu¹ nan⁴

〔諺語〕半朝：半天。指人習慣了住在家裏，甚麼都方便，一旦離開了家，甚麼都不習慣，感覺諸多困難。 例 你哋未出過遠門，乜都唔習慣，大家要互相幫助，在家千日好，出門半朝難呀（你們沒有出過遠門，甚麼都不習慣，大家要互相幫

助，一離開家，甚麼都困難的）。

裝彈弓 zong¹ dan⁶ gung¹

設圈套。 例 你要因住人哋裝彈弓呃你（你要當心別人設圈套騙你）。

裝假狗 zong¹ ga² geo²

弄虛作假。 例 商家為咗推銷產品，有時會裝假狗呃人呀（商家為了推銷產品，有時會弄虛作假騙人的）｜前面嗰度門係裝假狗嘅（前面的那扇門是假的）。

裝起個踭 zong¹ héi² go³ gong⁶

踭：螃蟹的鉗子。擺起爭鬥的架勢。 例 唔使裝起個踭嚟同人嘈（用不着擺起架勢跟人家吵）。

裝香打乞嗤，一面灰 zong¹ hêng¹ da² hed¹ qi¹, yed¹ min⁶ fui¹

〔歇後語〕裝香：上香；打乞嗤：打噴嚏。上香的時候打噴嚏，弄得一臉灰。比喻自討沒趣，丟人現眼。

睄人屙屎生眼針，睄人屙尿發尿淋 zong¹ yen⁴ ngo¹ xi² sang¹ ngan⁵ zem¹, zong¹ yen⁴ ngo¹ niu⁶ fad³ niu⁶ lem⁴

睄：偷看；屙屎：大便；眼針：生針眼（麥粒腫）；發尿淋：整天有尿意。民間傳說，偷看別人大便會生針眼，偷看別人小便會整天想尿尿。

撞板多過食飯 zong⁶ ban² do¹ guo³ xig⁶ fan⁶

撞板：碰釘子。碰釘子比吃飯的時候還多。指失敗的可能性大於成功的可能性。 例 你呢個人核核突突，做事撞板多過食飯（你這個人愣頭愣腦，幹事肯定經常碰釘子）。

撞口撞面 zong⁶ heo² zong⁶ min⁶

形容整天與某人相碰，低頭不見抬頭見。 例 我哋大家都係隔籬鄰舍，成日撞口撞面，都好熟嘅（我們大家都是街坊鄰居，整天低頭不見抬頭見，都是很熟的）。

撞口卦 zong⁶ heo² gua³

碰巧被説對了。 例 細佬哥亂噏，撞口卦撞中咗咯（小孩子亂説，碰巧説對了）。

撞手神 zong⁶ seo² sen⁴

靠手碰運氣，指抓鬮時被抓中了或摸彩摸中了等。 例 你就好彩啦，撞手神抽到獎（你真有運氣，碰運氣抽到了獎）。

早起三朝當一日，早起三年頂一春 zou² héi² sam¹ jiu¹ dong³ yed¹ yed⁶, zou² héi² sam¹ nin⁴ ding² yed¹ cên¹

〔諺語〕每天早起，三天就等於多了一天，三年就多了一個春天。勸勉人們要早起，珍惜時光。

早知燈係火，唔使盲摸摸 zou² ji¹ deng¹ hei⁶ fo², m⁴ sei² mang⁴ mo² mo²

盲摸摸：在黑燈瞎火裏摸索。早知道燈火可以照明，就不會黑燈瞎火的亂摸了。比喻一些原來很簡單的情況或道理，卻沒有引起人們的注意，結果走了彎路，白費勁了。 例 原來咁簡單，早知燈係火，唔使盲摸摸啦（原來這麼簡單，早知道這樣就不用瞎弄了）。

早知冇乞兒 zou² ji¹ mou⁵ hed¹ yi⁴⁻¹

早知：事先能夠知道；冇：沒有；乞兒：乞丐。如果能有先知，就不會有乞丐了。多用於為自己的失策、誤判而作的自我辯解和安慰。

早晚凍，晏晝熱，要落雨半個月 zou² man⁵ dung³, ngan³ zeo³ yid⁶, yiu³ log⁶ yü⁵ bun³ go³ yüd⁶

〔農諺〕晏晝：中午。早晚涼，中午熱，要下雨半個月。

早晨 zou² sen⁴

清早起牀後，見面時打招呼用語，即"早上好"。 例 朝早見面要同人哋講聲"早晨"（早上跟人見面要説聲"早上好"）｜李老師，早晨（李老師，早上好）！

早晨流流 zou² sen⁴ leo⁴ leo⁴

大清早的。 例 早晨流流要着

Z

夠衫至好（大清早的要穿夠衣服才好）｜早晨流流碰到啲嘅嘢（大清早的碰到這樣的事情）！

早哨 zou² teo²

哨：休息。早點休息，相當於"晚安"。　例 姑媽，早哨（姑姑，晚安）！

早禾忌北風，晚禾忌雷公

zou² wo⁴ géi⁶ beg¹ fung¹, man⁵ wo⁴ géi⁶ lêu⁴ gung¹

〔農諺〕雷公：打雷，即下雨。早稻喜歡濕熱的天氣，害怕颳北風，晚稻害怕打雷下暴雨。

早禾望白撞，翻藁望偷淋

zou² wo⁴ mong⁶ bag⁶ zong⁶, fan¹ gou² mong⁶ teo¹ lem⁴

〔農諺〕早禾：早稻；白撞：即白撞雨，太陽照射着下的陣雨；藁：割水稻後，剩在田裏的稻根莖；偷淋：夜裏下的雨。早稻喜歡白天下的驟雨，翻藁漚田盼夜雨。

早禾望白撞，晚造望秋霖

zou² wo⁴ mong⁶ bag⁶ zong⁶, man⁵ zou⁶ mong⁶ ceo¹ lem⁴

〔農諺〕秋霖：秋天的大雨。早造的水稻盼望陣雨，晚造的水稻盼望秋天的大雨，尤其是夜雨。

早禾須用早，晚禾不可遲

zou² wo⁴ sêu¹ yung⁶ zou², man⁵ wo⁴ bed¹ ho² qi⁴

〔農諺〕早禾：早稻；晚禾：晚

稻。早稻要早插，晚稻不能插得太晚。

早禾壯，需白撞 zou² wo⁴ zong³, sêu¹ bag⁶ zong⁶

〔農諺〕早稻要長得好需要白天的驟雨（白撞雨）。

早走早着 zou² zeo² zou² zêg⁶

着：合適，妥當。　例 呢度咁亂，你重係早走早着咯（這裏這麼亂，你還是早走為妙）。

早造冇底，晚造冇禾 zou² zou⁶ mou⁵ dei², man⁵ zou⁶ mou⁵ wo⁴

〔農諺〕早造沒有底肥，到了種晚造時因肥力不夠，水稻生長不好，收成差。

早造生水，晚造生泥 zou² zou⁶ sang¹ sêu², man⁵ zou⁶ sang¹ wo⁴

〔農諺〕早稻要多用水保溫，晚稻則不必多用水，水淺到見泥即可。

祖孫回家，返老還童 zou² xun¹ wui⁴ ga¹, fan² lou⁵ wan⁴ tung⁴

〔歇後語〕祖父和孫子一老一少回家。比喻老年人變得年輕了。　例 你呢幾年面色咁好，好似祖孫回家，返老還童咯（你這幾年臉色這麼好，好像返老還童了）。

灶君跌落鑊，精（蒸）神 zou³ guen¹ did³ log⁶ wog⁶, jing¹ sen⁴

〔歇後語〕鑊：鐵鍋；蒸和精同

音。 [例] 你着起呢件衫，真係灶君跌落鑊，蒸（精）神略（你穿上這件衣服，真是精神奕奕了）。

灶君老爺，黑口黑面 zou³ guen¹ lou⁵ yé⁴, hag¹ heo² hag¹ min⁶

〔歇後語〕灶神整天在灶旁，被熏得臉都黑了。比喻人生氣時，臉色好像很黑的樣子。 [例] 你睇佢一定好嬲喇，好似灶君老爺，黑口黑面嘅樣（你看他一定是很生氣了，好像臉色都變黑了）。

灶頭抹布，鹹濕 zou³ teo⁴ mad³ bou³, ham⁴ seb¹

〔歇後語〕鹹濕：淫穢。 [例] 呢條友仔冇正經，正一灶頭抹布，鹹濕（這個傢伙很不老實，是個好色之徒）。

灶君上天，有句講句 zou³ guen¹ sêng⁵ tin¹, yeo⁵ gêu³ gong² gêu³

〔歇後語〕民間認為灶神每年農曆臘月二十三上天，如實地向玉皇大帝報告供奉他的這個家的情況，有甚麼説甚麼。 [例] 你一定要全面彙報，好似灶君上天，有句講句嘅呀（你一定要全面彙報，有甚麼説甚麼啊）。

做醜人 zou⁶ ceo² yen⁴

做得罪人的事，做紅臉。 [例] 你兩個人，一個做好人，一個做醜人，嗽樣最好（你們兩個人，一個做白臉，一個做紅臉，這樣最好）。

做到此官行此禮 zou⁶ dou³ qi² gun¹ hang⁴ qi² lei⁵

做甚麼官行甚麼官的禮。比喻做甚麼要按照該工作的要求行事，不能隨便，也不能超越。

做到隻狸噉嘅樣 zou⁶ dou³ zég³ léi⁴⁻² gem² gé³ yêng⁶⁻²

形容人勞累過度，累得一塌糊塗。 [例] 呢兩日趕寫文件，晚晚都開夜車，做到隻狸噉嘅樣（這兩天趕寫文件，每晚都加班，累得一塌糊塗）。

做家庭工 zou⁶ ga¹ ting⁴ gung¹

外幹活兒，即領活兒回家裏幹。

做慣乞兒懶做官 zou⁶ guan³ hed¹ yi⁴⁻¹ lan⁵ zou⁶ gun¹

當乞丐時間長了，人就懶，甚至連官也懶得當了。形容人習慣做某一種事就懶得改變去做另外一種事。 [例] 我懶散慣，唔想擔當乜嘢職務略，正所謂做慣乞兒懶做官呀（我散漫慣了，不想再擔當甚麼職務了，正所謂做慣了乞丐懶做官了）。

做鬼都唔靈 zou⁶ guei² dou¹ m⁴ léng⁴

幹甚麼都不行。 [例] 佢嗽嘅衰樣，做鬼都唔靈啦（他這德行，幹甚麼都不行啊）。

做光面工夫 zou⁶ guong¹ min⁶⁻² gong¹ fu¹

做表面工夫。 例做嘢要實在一啲，唔好淨係做光面工夫（做事要實在些，不要光做表面工夫）。

做好做醜 zou⁶ hou² zou⁶ ceo²

做好事或者做壞事，比喻不管採取甚麼手段。 例你做好做醜都要捉到呢個賊仔（你好歹也要把這個小偷抓到）。

做生不如做熟 zou⁶ sang¹ bed¹ yü⁴ zou⁶ sug⁶

做新的工作不如做熟悉的工作好。

做世界 zou⁶ sei³ gai³

指行兇、偷盜、劫掠等犯罪勾當。 例夜晚行路要注意有人做世界呀（晚上走路要注意有人搶劫啊）。

做縮頭烏龜 zou⁶ sug¹ teo⁴ wu¹ guei¹

比喻人膽小怕事，遇事臨陣退縮。

做日和尚念日經 zou⁶ yed⁶ wo⁴ sêng⁶⁻² nim⁶ yed⁶ ging¹

〔戲謔語〕做一天和尚撞一天鐘。

做又三十六，唔做又三十六 zou⁶ yeo⁶ sam¹ seb⁶ lug⁶, m⁴ zou⁶ yeo⁶ sam¹ seb⁶ lug⁶

指以前一些國營企業的職工，每月工資都是三十六元，幹多幹少工資都一樣。

做二架梁 zou⁶ yi⁶ ga³ lêng⁴

管閒事。 例我唔中意做二架梁嘅，你自己去啦（我不喜歡多管閒事，你自己去吧）。

做仔要做大，做女要做細 zou⁶ zei² yiu³ zou⁶ dai⁶, zou⁶ nêu⁵⁻² yiu³ zou⁶ sei³

〔諺語〕當兒子要當長子，做女兒要做小女兒。因為長子可以繼承父業，掌握大權，幼女能得到父母和兄姐們的關愛。

做咗手腳 zou⁶ zo² seo² gêg³

做了手腳，即被別人從中搞了小動作。 例你呢份文件畀人做咗手腳咯（你這份文件被人修改過了）。

竹織鴨，冇心肝 zug¹ jig¹ ngab³, mou⁵ sem¹ gon¹

〔歇後語〕竹織：用竹子編織。用竹子編織的鴨子，沒有內臟。比喻人沒有心肝，即沒有良心。 例我話你呀好似一隻竹織鴨，冇心肝呀（我說你呀，沒有良心啊）。

竹織批蕩 zug¹ jig¹ pei¹ dong⁶

竹織：用竹子搭架；批蕩：抹灰。一種簡易的建築方法。用竹子搭起一個房架子，用竹片做牆，外面抹上灰沙，屋頂蓋瓦。這種房子簡單經濟，外表跟普通的磚瓦房差不多。

Z

竹絲燈籠，心眼多 zug¹ xi¹ deng¹ lung⁴, sem¹ ngan⁵ do¹

〔歇後語〕用細竹篾編的燈籠，窟窿眼很多。比喻人心眼兒多，對別人有過多的顧慮。 例 呢個人乜都好就係竹絲燈籠，心眼多（這個人甚麼都好，就是心眼兒多）。

竹樹尾甲由，歎風涼 zug¹ xu⁶ méi⁵ ged⁶ zed⁶, tan³ fung¹ lêng⁴

〔歇後語〕甲由：蟑螂；歎：享受。蟑螂爬到竹樹梢上享受清涼風。形容人逍遙自在地享受生活。 例 你就好啦，乜都唔使做，日日都去飲茶，真係竹樹甲由，歎風涼咯（你就好啦，甚麼都不用幹，每天還去飲茶，生活夠滋潤的了）。

竹樹尾甲由，又想風流身又餲 zug¹ xu⁶ méi⁵ ged⁶ zed⁶, yeo⁶ sêng² fung¹ leo⁴ sen¹ yeo⁶ ngad³

〔歇後語〕餲：臊臭味。蟑螂爬到了竹樹上，以為很風流，可是它身上有一股臊臭氣味，讓人討厭。比喻那些自身有很大缺點的人以為自己爬到很高的地位就可以威風一番，但他的名聲不好，處處討人嫌。 例 呢條友以為自己做咗組長就好架勢，其實係竹樹尾甲由，又想風流身又餲（這個人以為自己當了組長就很了不起，其實大家並不買他的賬）。

捉錯用神 zug¹ co³ yung⁶ sen⁴

揣度錯別人的意圖。 例 你唔好捉錯用神喇，我唔係噉嘅意思（你理解錯我的主意了，我不是這個意思）。

捉到鹿唔識脫角 zug³ dou³⁻² lug⁶ m⁴ xig¹ tüd³ gog³

捉到了鹿不懂得把鹿角取下。比喻碰上了良好時機或到了手的東西卻不會利用。 例 好難至買到架儀器，居然捉到鹿唔識脫角，冇人會用喇（很不容易買到一台儀器，居然沒法擺弄，沒有人會使用）。

捉雞腳 zug¹ gei¹ gêg³

抓住對方的弱點，抓住把柄，抓辮子。 例 我唔怕你捉我雞腳（我不怕你來抓我的辮子）。

捉字虱 zug¹ ji⁶ sed¹

摳字眼兒，挑字眼兒。 例 領會文件唔能夠捉字虱（領會文件不能摳字眼兒）。

捉蛇入屎窟 zug¹ sé⁴ yeb⁶ xi² fed¹

屎窟：肛門。把蛇捉到了，卻放進自己的肛門裏，比喻人自找麻煩。 例 你噉樣做等於捉蛇入屎窟嘅（你這樣做不是等於自找麻煩嗎）！又叫"捉蟲入屎窟"。

捉痛腳 zug¹ tung³ gêg³

抓住別人的缺點錯誤，即揭短，揭瘡疤。 例 你唔好再捉人哋嘅痛腳咯（你就不要再揭人家的瘡疤了）。

捉黃腳雞 zug¹ wong⁴ gêg³ gei¹

黃腳雞：好色之徒。指捉拿進入別人家裏調戲婦女的好色之徒。

捉羊牯 zug¹ yêng⁴ gu²

佔別人便宜或宰割別人。 〔例〕佢想捉你羊牯呀（他想佔你便宜吶）。

捉用神 zug¹ yung⁶ sen⁴

用神：用意，意圖。揣度別人的用意。 〔例〕你點想就點樣回答，唔好靠捉用神嘛（你怎麼想就怎麼回答，不要揣度人家的意圖嘛）。

逐啲 zug⁶ di¹

一點一點地，逐一。 〔例〕問題要逐啲解決至得（問題要一點一點地解決）。

中秋月不明，花生少收成

zung¹ ceo¹ yüd⁶ bed¹ ming⁴, fa¹ sang¹ xiu² seo¹ xing⁴

〔農諺〕中秋時月亮不出，即逢陰雨天，花生的產量就受到影響。

中年發福，閻羅王豬肉 zung¹ nin¹ fad³ fug¹, yim¹ lo⁴ wong⁴ ju¹ yug⁶

中年人如果發福，即身體肥胖，就成了閻王的肉食。即不能長壽了。

舂瘟雞 zung¹ wen¹ gei¹

因發瘟而撞來撞去的雞。形容人亂衝亂撞、急匆匆地走路。 〔例〕睇你行路舂瘟雞噉，去邊呀（看你走路亂衝亂撞的，哪兒去）？

終須有日龍穿鳳，唔通日日褲穿窿 zung¹ sêu¹ yeo⁵ yed⁶ lung⁴ qun¹ fung⁶, m⁴ tung¹ yed⁶ yed⁶ fu³ qun¹ lung¹

終須：終於；龍穿鳳：穿龍穿鳳，即穿着龍鳳大袍；唔通：難道；穿窿：穿孔，即破爛。總有一天發達起來，就穿起龍鳳大袍，難道每天都穿着這樣破舊的褲子！這是暫時貧窮的人的誓言。

種禾最怕寒露風，做人最怕老來窮 zung³ wo⁴ zêu³ pa³ hon⁴ lou⁶ fung¹, zou⁶ yen⁴ zêu³ pa³ lou⁵ loi⁴ kung⁴

〔農諺〕水稻最怕寒露時颳北風，而人老病多，需要金錢，貧病交加那是最淒涼的狀況。

重冇咁嬲 zung⁶ mou⁵ gem³ neo¹

嬲：生氣。還沒有那麼生氣。表示事情並不理想，有"還不如…"的意思。 〔例〕星期日話去旅遊，喺屋企休息重冇咁嬲啦（星期日說去旅遊，還不如在家休息吶）。

Z